禧福祥

新时代好小说

《小说选刊》杂志社 编

作家出版社

目录

微小说

序

好小说映照新时代

李晓东

2019年3月4日下午，习近平总书记看望出席全国政协会议的文艺界、社科界委员，并发表重要讲话，提出文艺、社科工作记录新时代、书写新时代、讴歌新时代的历史使命。这本小说集里收录的，是荣获第一届、第二届"'禧福祥杯'《小说选刊》最受读者欢迎小说奖"的主要作品，涵盖中篇小说、短篇小说、微小说三个门类，都是在《小说选刊》读者广泛投票的基础上，经初评委、终评委严格评选产生的，可从一个方面，窥见近两年来中国中短微小说的成就。

新时代需要好小说，新时代更需要好企业。改革开放四十年最重大而本质的成就，就是确立了社会主义市场经济体制，一大批敢闯敢试的时代弄潮儿，离开国营单位，放下"铁饭碗"，开拓出属于自己的一片天地，王延安和他的陕西禧福祥公司，就是其中翘楚。

初识禧福祥，首先印象深刻的，是这个名字。中国传统店铺有用"祥"命名的习惯，著名的，如"恒源祥""老凤祥"，清末北京前门大栅栏一带，还有八家带"祥"字的绸布店，称为"八大祥"。商号称"祥"，其含义当然是吉祥如意、生意兴隆、财源广进。"祥福也。从示羊声。一云善。似羊切"(《说文解字》)。祥之意，乃福善相依，中国人对生活、对人性最真诚的信仰与祝愿之一。店招以"祥"收尾，既是祝福自己，更把美好的祝愿送给客户和来宾。可以说，一个祥字，心愿全出。

而禧福祥，却将中国人的三重信仰叠加在一起，隆重呈现在世人面前。世人常愿“福禄寿禧”，“禧，礼吉也”（《说文解字》），“禧，福也”（《尔雅》）。而“福”，更是国人最核心的信仰，中国人的普世价值，归结起来其实就一个词——“自求多福”——通过自己的努力，获得生活的改善。福，会意兼形声字。甲骨文中，“福”是双手虔诚地捧着酒坛（酉）敬神（示）的形象，以酒敬神，祈求福备之意。《说文解字》云“福，祐也”，赐福、保佑之意。《韩非子》语“全寿富贵谓之福”，而人生最大之理想的“五福临门”，语出《尚书·洪范》，“一曰寿，二曰富，三曰康宁，四曰攸好德，五曰考终命”。综述可知，“禧福祥”三字，含义相通，即三重之福也。重要的事情说三遍，最郑重、隆重地祝愿天下众生富强（富）、民主（康宁）、文明（攸好德）、和谐（寿）、美丽（考终命），为盛世弘禧、为民众荐福、为人生祈祥。

之所以有这样的仁心气概，源出禧福祥品牌创始人王延安先生。王延安祖籍江苏徐州，生于西安。高中毕业后到陕西蒲城插队，后参军入伍，在北京服役，多次立功受奖。二十三岁复员后，在多家国企工作，渐成业务骨干。受市场经济大潮感召，毅然放弃令人羡慕的国营大饭店管理工作，下海创业。筚路蓝缕、艰辛备尝，在建筑、装潢等领域崭露头角，成为西安知名的青年企业家。

2001年的一次与友人聚会上，王延安提出想喝当地产的西凤酒，却发现所在酒店根本没有西凤酒卖。而后他更发现，偌大的西安，占主导地位的，是安徽白酒。作为土生土长的西安人，王延安深受震动。西凤酒，是与茅台、五粮液、汾酒并列的中国四大名酒之一，有着悠久的历史，独具一格的“凤香型”，更标示着它的无可替代的风格。“凤鸣岐山”的传说，不仅开辟了八百年天下的周朝，更是中国传统文化的开篇宣言。于情于理，传承千年的西凤酒，和陕西这块土地紧紧相依的西凤酒，不应该被湮没。“为什么我的眼里常含泪水，因为我对这土地爱得深沉”，向来不服输、有办法的王延安暗下决心，一定要让这只美丽的凤凰在市场经济的天空中翱翔。

凤凰涅槃，要经过火的考验。从未接触过白酒行业的王延安思考着，如何别出心裁，做出、打响适合二十一世纪消费者心态的西凤品牌？酒是陈的香，茅台之所以名贵，一个重要原因就是每瓶酒都至少存放五年才能出厂。作为千年古酒的西凤，拥有独特的藤编酒海技术，藏酒千年不涸，愈久愈香、越藏越醇。王延安受此启迪，开发了西凤十五年、六年两款年份酒。

西凤十五年、六年，有一个响亮的口号——“陕西人喝出来的品牌”。一个品牌，必须得到消费者由衷认可，路才能越走越宽。而要得到消费者认可，必须走出厂子、走出巷子，走到消费者中间，走到最广阔的城乡大地上。

2018、2019年，我两次参加中国著名作家禧福祥采风活动，两次看了王延安董事长写的记述禧福祥发展的长篇诗作，既是叙事诗、更是抒情诗。创业维艰，西凤十五年、六年品牌初创时团队成员抛家舍业、辛苦跋涉，北上陕北、南下陕南，中及关中平原，远至甘肃天水、平凉、庆阳，城市、县城、乡镇、农村，不只为推销一瓶酒，更为树立一个民族工业的品牌。一个个空白点进驻了、一个个专营店建立了、一个个销售奇迹发生了，一个个销售冠军诞生了、一个个满满的收获成真了，一个响亮的民族品牌出世了！毛泽东主席给《人民文学》杂志创刊号题字“希望有更多好作品出世”，成为中国文学界七十年来的工作宗旨，禧福祥也一样，希望有更好的西凤酒品牌出世，成为陕西人、西北人、中国人永恒的记忆。

时代在前进、技术在革新、品牌在发展。如今的禧福祥，已全面使用大数据技术进行市场分析、动态追踪、实时反馈，将传统的走遍千山万水、访遍千家万户、历过千难万险、吃尽千辛万苦和现代化技术支持结合起来，让这只见过周文王、秦穆公的古老凤凰，在新时代展翅翱翔，发出最辉煌的光芒。

好酒芳醇，香溢四极。创业十九年来，禧福祥始终大力投入公益事业。捐建了“延安小学”“凤翔中学体育馆”，设立了“延安光明基金”“王延安教育筑梦基金”等，累计向社会公益事业、慈善事业捐款近亿元。与《小说选刊》的合作，开拓了禧福祥与中国文学名刊联袂发展的新征程。自古诗酒不分家，离骚下酒、陶渊明饮酒诗、李白斗酒诗百篇、苏东坡把酒问青天、曹雪芹举家食粥酒常赊……酒是中国文学最重要的主题之一，而文化无疑是中国酒的精魂，及至西方，诗神精神和酒神精神也二位一体、互为表里、相得益彰。两年来，三十多位著名作家走进禧福祥，走进陕西宝鸡扶风县柳林镇西凤酒厂，还有奠定中华文明根基的周原大地。在宝鸡青铜器博物馆，看到青铜铭文上“中国”二字，招展的旗帜和美丽的国民，自豪与温暖油然而生。

周虽旧邦，其命惟新。改革开放不仅是当代中国走向繁荣富强的必由之路，也是中华文明一以贯之的精神，以传统文化为圭臬，而又在改革开放大时代勇立潮头的禧福祥公司，正是民族精神与时代精神完美融合的体现。新的时代需要新的文学，新的文学映照新的时代，愿这本集子如西凤十五年酒、六年酒一样，历久弥新、永远香醇。

中篇小说

新　娘

吴克敌

1

吃了谁的奶，谁就是你的娘！

时隔五十一年，也就是抗日战争胜利四十五周年前夕，袁心初忍俊不禁，又给牛少峰这么说了。她说了这句话后，紧跟着还加了一句，老娘是娘，新娘也是娘。

五十一年前的袁心初，十七岁过了点，还不到十八岁时，就自觉结束了她女孩子的生活，把她热烫烫的姑娘身子，交给了英俊的牛少峰，满心欢喜地做了他的新娘。北平女子学堂的高才生袁心初，在做牛少峰的新娘之前，打死她都想不到，她会嫁给一个军人，而且还是甘心情愿。在此之前，有些文艺情怀的袁心初，是不怎么瞧得上军人的，她不仅瞧不起，甚至还有些厌恶，她看到北平城裹着绑腿的大兵，个个横得不行。这种坏印象，直到“卢沟桥事变”。死守卢沟桥桥头的中国部队拼死抵抗日本鬼子的进攻，一个连的兵力，到最后仅有四人生还，其余全部壮烈牺牲。这是袁心初对大兵印象的一次改变。紧接着，日本鬼子大举侵犯北平，她家赖以生存的电器厂，在日寇的炮火轰击下，全部焚毁。父母亲不想看着他们的宝贝女儿，在日寇的铁蹄下遭罪，便把袁心初送到了战略后方的西安。老两口守在北平，意图恢复家业。

袁心初来到西安后，立即进入西安女校继续学业。

这时候的西安城，因为1936年的“西安事变”，抗日情绪十分高涨。袁心初所处的西安女校，是由爱国人士于右任倡办的，多由爱国知识分子任教，牛少峰就是他们中的一员。

牛少峰结合当时的形势，在西安女校组织了一支抗日宣传队，他们用课余时间排练。到了星期日，他就把宣传队拉到西安的大街上去，向市民演出宣传。泣血写出《松花江上》的张寒晖，当时也在西安，牛少峰就请他来，指导宣传队员演唱。袁心初从北平来，吐字清晰、嗓音浑厚，被选出来做了领唱。他们不仅演唱“流亡三部曲”，还演出街头剧《放下你的鞭子》《不识字的母亲》《黑地狱》等。

我的家在东北松花江上，
那里有森林煤矿，
还有那满山遍野的大豆高粱。
我的家在东北松花江上，
那里有我的同胞，
还有那衰老的爹娘。
“九一八”，“九一八”，
从那个悲惨的时候……

领唱的袁心初，排练时练得认真，上街演唱时唱得动情，她唱着，不仅把她自己唱得泪流满面，还把街头围观的群众唱得肝肠寸断、泪洒现场。

《松花江上》是“流亡三部曲”的第一首，另两首《离家》和《上前线》都是刘雪庵写出来的。在牛少峰的组织下，经袁心初领唱出来，依然使人心魄颤动！袁心初还扮演街头抗日剧《放下你的鞭子》中的女儿香姐……这个时期的她，俨然西安街头的抗日宣传明星。

牛少峰感动于袁心初的演唱，而袁心初也感动于牛少峰对她的信任，师生间慢慢地建立起一种说不清、道不明的情愫……袁心初以为，他们师生还会在西安女校继续他们的学习和抗战宣传事业，却忽然传来她父母的消息。驻留在北平图谋重振家业的老人，因为反对日寇在北平的法西斯统治，竟被日本宪兵秘密抓进监狱，拷打致死！噩耗传来，袁心初痛不欲生，几次都哭得晕了过去。

袁心初悲惨地成为一名战争中的孤儿！

2

知晓实情的牛少峰，自觉承担起护佑袁心初的责任，他像亲哥哥一样，关心着袁心初，守卫着袁心初，直到袁心初从丧失父母的大悲痛中回过神来，牛少峰才告诉了袁心初他在心里酝酿了很久的一个决定。

那是1938年盛夏的一个傍晚，牛少峰约出袁心初，到西安城墙边的绿树林带里散步。牛少峰说了，说他不能再在学校里的课堂上教书了。他说他要参军入伍，扛起枪打鬼子！

牛少峰投笔从戎的这一举动，感动了袁心初。她说，为我父母报仇！

牛少峰说，为你死难的父母，还为千千万万的苦难百姓！

袁心初把牛少峰抱住了，说，中国不能亡！

牛少峰也抱住了袁心初，说，民族不能亡！

凶残的侵华日军，自"卢沟桥事变"以后，沿着长城一线，迅速占领了冀中平原，没过多久，就又入侵山西境内，相继攻下大同、太原等战略重镇，并囤积兵力。在控制了同蒲铁路线后，不断向黄河北岸的临汾、运城、平陆、张店等地侵略推进……这是日军本部的一大目标，使我抗日力量首尾不能相顾，从而攻占陕西，向西北直取甘肃、青海、新疆，向西南则拿下四川、云南、贵州。

黄河声响，古渡告急，日本华北牛岛、川岸师团，已兵临与陕西一水之隔的风陵渡。

"西安事变"后，西北军的领袖人物杨虎城被迫出国，孙蔚如接任了被整编为国民革命军第38军的西北军的军长。在此关键时刻，他向陕西军民盟誓：余将以血肉之躯，报效国家，舍身家性命以拒日寇……但闻黄河水长啸，不求马革裹尸还！然后愤然统兵渡过黄河，在山西的中条山与日寇展开了殊死搏击。

投笔从戎的牛少峰，被编在孔从洲 17 师的补充团。因为他学识渊博，熟悉历史，知晓地理，在补充团练了几日枪械，即被安排在团部做了参谋。

牛少峰的参谋做得是称职的，在搜集情报、分析敌情，以及地图推演等方面，都做得有声有色。团副杨法震是黄埔军校武汉分校第六期学员，他在学校时就加入了中国共产党，在孔从洲的 17 师为骨干成员，有着丰富的人生经验和战斗经验。他对牛少峰的分析推演，十分服气，他做什么都愿意与牛少峰商量了再决定。

“血战永济”是 38 军进入山西境内与日寇打的头一场战役。这时的日本侵略者是傲慢的，他们根本没把 38 军当回事，以为他们与中央军打，也打得顺风顺水，一个装备和训练水平都低的地方军队，还不是一击即溃。可是实战起来，骄横的日本鬼子吃了一惊……补充团在牛少峰的谋略下，跟随团副杨法震，绕到战斗打得最为惨烈的东原防线背后，出其不意地于那个叫栲栳镇的地方，先打了鬼子一个措手不及，再接再厉，又在黑水村消灭了日寇的警戒哨，旋即在唐家营端了日寇预备队的窝，后又在北古城炸毁了日寇增援的汽车队……补充团几乎清一色新兵，所以有此战果，用杨法震的话说，牛少峰谋划有功。

补充团孤军深入，最后打到黄河岸边的马家崖，近九千人的队伍，吸引了牛岛三个大队的精锐，被围在悬崖顶上。鬼子的迫击炮，像是冰雹一样往补充团的阵地上飞，两天时间就牺牲了二百余人，在这之前，对牛少峰影响极大的杨法震已壮烈牺牲，而退守在马家崖顶的战友们，都已经弹尽粮绝，鬼子兵却一拨一拨地往上进攻。最后时刻，牛少峰站在马家崖峰头，唱起秦腔《金沙滩》里杨继业的两句词：

两狼山，战胡儿……天摇地动，

好男儿为国家何惧死生！

牛少峰唱罢后，马家崖顶上他的战友们齐声也唱了一遍。大家宁死不做俘虏，两人挽臂，三人牵手，向着波涛汹涌的黄河，跳了下去！

牛少峰往下跳的时候，他想起袁心初了，而当他从昏迷中醒来时，他就斜倚在袁心初的怀里。

3

你醒来了！

我知道你会醒来的。

眼睛已经睁开一道细线的牛少峰，当他听到袁心初欣喜的呼叫，这才觉得自己没有死。他还活着，活着倚在袁心初的怀里。

牛少峰他们去了中条山抗击日寇，袁心初担起西安女校抗日宣传队的责任，继续在西安的街头演唱，与此同时，她积极向陕西抗战后援会申请，要东过黄河，到中条山前线慰问抗战的英雄们。袁心初的申请被批下来了，他们在有关方面的武装护送下，来到黄河岸边，计划趁着夜色掩护，再向黄河对岸摆渡……他们所在的地方，是黄河的一个大弯，在马家崖跳河的补充团英雄，被冲到这个弯上，有许多人就搁浅在沙滩上，他们中的人，绝大多数牺牲了，像牛少峰一样生还的人不多，而且牛少峰生还在袁心初的怀抱里，这只能说是一种天意了。

身上负有炮弹爆炸的弹片伤，还有枪弹的弹穿伤，牛少峰是必须回西安疗伤了。就在他疗伤期间，西安的多家报纸，报道了他们补充团在中条山抗战中的英雄事迹，其中就有牛少峰的篇章，把他在马家崖高唱秦腔的那一幕，写得壮怀激烈、慷慨悲昂。得知他回西安疗伤后，热血澎湃的西安市民，带着回民坊上的腊牛肉、腊羊肉，还有油糕麻花，纷纷到牛少峰疗伤的大差市医院来看他，你走了他来，看望英雄牛少峰的人群，在医院都排成了长队……袁心初在这时候，陪在牛少峰身边，接待着每一位前来探视的西安市民。

牛少峰的伤势好起来了。

就在牛少峰伤好出院的那天，袁心初穿了身淡绿色的旗袍，怀抱一束在西安还不怎么流行的花儿，来到医院向牛少峰求婚了。

女孩儿求婚，在那个时候，要不是因为抗战这一特殊背景，几乎是不可想象的。

袁心初是从北平流亡来的，而牛少峰是从东北流亡来的，两个因家乡遭受日本鬼子侵略，流亡到西安来的年轻男女，经过这一段不算长也不算短的相处和交流，彼此都从心里产生了深深的爱意。

把自己精心打扮起来的袁心初，仿佛一朵出水的青莲，她把怀里的那一束鲜花递到牛少峰的手里，少见羞涩，少见慌乱，她平静地给牛少峰表露了自己的心声。

袁心初说，我爱你！

袁心初说，你要了我吧！

袁心初说，你知道，我的父母都被日本鬼子杀害了，我没了亲人，你就是我唯一的亲人。

同为天下流亡人！袁心初的表白，是牛少峰最想的，也最爱听的话。袁心初说他是她如今唯一的亲人，而她又何尝不是他唯一的亲人？“九一八”后，牛少峰挟裹在东北大学的师生之中，一路流亡到西安。他多方探听，也都没有联系到身在东北的父母，他们是像他一样流亡了呢？还是没能逃跑，深陷在日寇侵略的泥沼？

牛少峰从袁心初的手里接过那束鲜花，他很想答应袁心初的请求，而且答应的话语，亦如炒熟的花生豆，香喷喷流到了他的舌头尖，他却改口了。

牛少峰说，我身体好了还要上战场！

牛少峰说，倭寇不灭，何以家为！

牛少峰说，你等着我，我这就归队中条山，等我们彻底消灭完日本鬼子，全国庆祝胜利的日子，我们就结婚！

袁心初听懂了牛少峰的话，他答应了她的婚姻请求，这是比什么都要让她开心和幸福的呢！

袁心初扑进牛少峰的怀里，给了他一个热辣辣的长吻。

袁心初说，在你归队中条山前，我要把我交给你！

袁心初说到做到，也不论牛少峰的态度如何，她拉着西安女校抗日宣传队的兄弟姐妹来到他租住的西安后宰门，不到一天的时间，就把她和牛少峰结婚的新房收拾出来了。

4

家在关中西府凤栖镇南街村的姜上清，也是宣传队一员，他家有百十来亩地、两头牛和一匹骡子。每次回家来校，都是那匹大黑骡子驮着一骡背的吃用，送姜上清来西安。他虽然读的是书院门里的关中新学，在西安街头看了西安女校的抗日宣传演出，便自觉到西安女校来，参加了他们的宣传队。在唱“流亡三部曲”时，他是合唱队员，演出《放下你的鞭子》时，他扮演流亡的父亲……可以说，他有演艺方面的天赋，合唱时唱得好，演出时演得好，与抗日宣传队的兄弟姐妹，相处得融洽和谐，极具人缘。

创办了抗日宣传队的牛少峰是西安女校的老师，小了牛少峰五岁的姜上清，也把牛少峰当作了他的老师。老师要结婚了，他岂有不帮忙的道理？帮助袁心初收拾婚房是必须的，他还要带头为牛少峰老师和袁心初张罗一顿结婚宴。

正值全国抗日的艰苦时期，牛少峰办不出一顿像样的结婚宴，袁心初也办不到，但家境殷实的姜上清是可以的。在牛少峰缠不过袁心初，确定下与袁心初结婚的日子后，姜上清就于当天在后宰门他们租住的婚房近旁，拣了家西府风味的小馆子，订了一个大桌子，在那个阳光灿烂的中午，约来宣传队的队员，来给牛少峰和袁心初举行婚礼了。

新娘也是娘。这句让袁心初毕其一生都不能忘的话，就是牛少峰在他们的婚礼上说给她的。

袁心初憧憬过她的婚礼，如果不是日本鬼子侵略过来，如果她的父母不是被日本鬼子杀害，她的婚礼肯定是盛大的，无论是在北平，或者是在西安。她肯定要身穿漂亮的婚纱礼服，迎来众多亲朋，在神圣庄严的《婚礼进行曲》中，与她爱的人，牵手在婚礼殿堂上，欢天喜地地接受大家的祝福。她和她爱着的人，还要互相起誓，忠实自己的婚姻，忠实自己的爱情……可是日本鬼子打来了，国家到了最为危难的时候，袁心初的婚礼也只能办成这个样子了。

这个样子是简朴的，却也是隆重的，他们抗日宣传队的人都来了，还有和牛少峰一起工作过的几位同事。在姜上清的热情招呼下，大家挤挤挨挨地坐了一桌子，就等着新郎牛少峰和新娘袁心初登场了。

袁心初有她从北平流亡至西安时带来的好几身旗袍，那天向牛少峰求婚，袁心初穿的是一件淡绿色的旗袍，今天是她和牛少峰新婚的大喜日子，她就把压在箱底的一件红绸绣花旗袍穿上了身。这是袁心初的母亲带着她在北平最有名的瑞蚨祥绸缎庄，给她量身定制的。定制时，她母亲有意让制衣师傅留出了些尺寸，过了两年再穿，刚好合体。旗袍裹在袁心初高挑的身体上，要多熨帖有多熨帖，一道镶着黄绸绲边的襟线，从她脖领处起头，斜着转到她的右臂腋下，端直地顺着她凹进去的腰部和凸出来的臀部，弯曲而下，直下下摆处，仿佛一道闪电般明亮，在这明亮的一线之上，缀饰着一排溜的本色琵琶盘扣。袁心初在牛少峰的牵引下，款款地走到大家跟前时，让团团围坐在餐桌上的宾朋，全都情不自禁地站起来，向着袁心初和牛少峰热烈地鼓起掌来。

就在这时，一阵空袭的警报，刺耳地响了起来，但是大家没有出去躲避，袁心初和牛少峰没有，姜上清他们也没有，还有这家关中西府菜馆的老板、炉头和服务生都没有躲，大家坚持在那张餐桌周围，为袁心初和牛少峰操办着婚礼。

高堂遇难了，或是音信全无，没在身边就没法拜。但天是中国的天，地是民族的地，袁心初和牛少峰行礼如仪，拜了天拜了地，双方对面站着，也互相拜了。到他俩说誓言时，袁心初没说，牛少峰说了。

牛少峰说，这个“良”字是今天的主角。对于“良”我有话说，天南地北，我和袁心初流亡在西安，能在西安相遇、相熟、相爱，怎么说都是一份良缘。良缘让我俩今天，一个做了新娘，一个做了新郎。我是想了，“娘”字里有“良”，“郎”字里有“良”，“娘”字是“良”字的左边加一个“女”字，“郎”字是“良”字的右边挂一只“耳朵”，这说明什么呢？说明新娘老娘都是娘，老娘把一个儿子养大，养到一定年龄，就要找一个新娘，让新娘来养了。而挂了一只“耳朵”的“郎”，是我们的祖先在造字时，告诫为郎的人，是要听话的，不只要听老娘的话，更要听新娘的话。我认真地想了，为娘的人，老娘也好，新娘也罢，唠叨可能要唠叨一些，正因为唠叨，才证明她对我们为郎者的爱。我发誓，我爱我的新娘，我听我新娘的话。

牛少峰的誓言是独特的，袁心初一字不落地听进了心里。不只袁心初听进了心里，参加他俩婚礼的姜上清等人，也都认真地听进了心里。牛少峰把他的誓言刚说完，满桌的人，还有小馆子里的老板、炉头和服务生，都热烈地鼓起了掌。

就在这时，日本鬼子的飞机来了，在离后宰门不远的钟鼓楼一带，扔下了不少炸弹。轰隆轰隆的炸弹声，传到袁心初和牛少峰的婚礼现场上来，嘴快的姜上清开口了，他说，袁心初和牛老师结婚，咱们忘记了燃放爆竹，鬼子的炸弹，来帮忙了，它噼噼啪啪的爆炸就当是给咱们进行的婚礼添响儿哩！

姜上清说了后，大家异口同声地咒骂起了日本鬼子，少耍你鬼子的威风，爷爷们有收拾狗日的的时候呢。

5

送走了姜上清他们，袁心初和牛少峰回到他俩临时租赁的洞房里，说着他们今后的打算，直到天黑，袁心初点亮她买回来的两根粗红的喜烛，坐在床边，等着牛少峰来给她解开旗袍上的纽扣，帮她脱下旗袍，两人便可以同床了。可是牛少峰却没有，他痴痴地看着烛光里的袁心初，觉得袁心初是神圣的，神圣得如是一位下凡的仙子。

袁心初等不来牛少峰帮忙，她就自己脱了裹在身上的红绸旗袍，钻进被窝等牛少峰了。牛少峰不能让袁心初尴尬，他也把自己身上的衣服脱了去，钻进被窝，紧贴着袁心初躺下……牛少峰在那一瞬间，不知是神的指示，还是本能使然，他像他小时候吃娘的奶一样，埋头进袁心初的胸怀里，张嘴吃住了袁心初的乳房。

袁心初没有反对牛少峰吃她的乳房，她甚至怕他吃不尽兴，还调整着她躺着的姿势，方便牛少峰吃得更自在更得心。

牛少峰吃了几口，把埋在袁心初胸怀里的头抬起来，给袁心初说了。牛少峰说他这一生，活到现在，吃了两个女人的奶，一个是母亲，一个就是袁心初了。他说他吃着老娘奶的时候，他是孩子，他现在来吃新娘袁心初的奶，他是血肉之躯的男子汉。牛少峰这么说了几句话后，像他当天在婚宴上一样，再次地给袁心初盟誓了。

牛少峰说，有奶就是娘，我不会让老娘丢脸，更不会让新娘失望。我爱老娘，我还要像爱我的老娘一样爱我的新娘。

甜蜜的新婚日子，过了不到十天，中条山抗日的形势呼唤着牛少峰，他告别袁心初，与自愿赴中条山抗日的陕西籍青年勇士，再渡黄河，他们再次被编进了孔从洲 17 师的补充团。

牛少峰初上中条山的英勇事迹，给他再上中条山抗日打好了基础，他受团部的重视，担起了补充团一营三连连长的职责。

跟随牛少峰在西安积极宣传抗日的姜上清，这一次也跟随牛少峰渡河来到中条山。牛少峰让他给自己做起了文书。

归队不到几天，后来被抗战史学家称为“望原会战”的一场旷日持久的大战役，就在中条山打响了。这是比牛少峰参加过的“血战永济”“六六会战”更为惨烈、更为血腥的战役，时间持续了数十日。渡河抗战的三万陕西地方军，愣打得有二十万精锐之师的日军，没能西进一步，力保陕西全境和大西北，未遭日本铁蹄践踏。

时间熬到了 1940 年 10 月，蒋介石发来调防命令，要孙蔚如的 38 军离开苦战近三年的中条山，让十七万之多的正规军换防过来。应该说，这是一次战略性的换防，十七万正规军，比之三万地方军，力量得到了相当大的提升，可是不到半年的时间，却被日寇全线击败，有七万抗日官兵，流血牺牲在了那片苦难的山地上。

就在38军换防的前夕，牛少峰所在的补充团受命向洗耳河的日军发起了一次主动进攻。进攻的主力为补充团的一营，牛少峰是一营三连的连长，他主动请缨，率领三连做了出击的先头兵。他们把出击的时间，选择在一个伸手不见五指的夜晚，一百五十多人的三连勇士，悄悄越过洗耳河，直到靠近日寇的阵地，听得见日寇昏睡的打鼾声，这才把他们拿在手里的手榴弹，拽掉拉环。手榴弹像是钢铁的冰雹一般，争先恐后地落入日寇的阵地，炸得鬼子兵鬼哭狼嚎、尸横遍野……这一次偷袭，让扼守洗耳河的鬼子兵，全线溃退了三十里，为补充团跟随38军撤离战场，赢得了宝贵的时间。

然而，给牛少峰做文书的姜上清受伤了。他被夜间的流弹伤了一只眼睛，还被炸裂的迫击炮弹片，炸掉了一条胳膊。

姜上清不能跟随牛少峰再上抗日战场了。

姜上清被转移回了西安，住进了西安为抗战英雄设立的荣军医院。做了新娘，还没有度完蜜月就送走新郎的袁心初，这时也从西安女校毕业出来，自愿到荣军医院做了一名救死扶伤的护士。纱布包着头，还包着一条胳膊的姜上清被转移进荣军医院，恰好是袁心初来接的。不过，十分熟悉姜上清的袁心初并没有一眼认出他来。跟随牛少峰渡河去了中条山的姜上清，在一年多的时间里，血肉之躯被战争的血腥和残酷弄得完全变了样。他不仅缺了一只眼，断了一条胳膊，就连他的精神状态，也早已不是在西安街头宣传抗日时的状态了。他虽然重伤在身，但他没有因为重伤，而显得烦躁——荣军医院里，多有这种沮丧，或是乖戾烦躁的伤员。姜上清不是，转移来荣军医院，他被流弹伤了一只眼，被弹片炸断了一条胳膊，他应该感觉到伤痛，他有资格呻吟，他也可以沮丧，可以烦躁，可以乖戾的，可他没有。从战火纷飞的中条山转移进西安荣军医院的他，在转移的路上就很安静，住进了荣军医院，他表现得就更安静了。

接收了姜上清的袁心初，没有立即认出他来，只有一份他的伤情表，袁心初在薄薄的纸页上扫了一眼，就惊得顿时瞪大了眼睛。

躺在担架上伤了一只眼睛，断了一条胳膊的人是姜上清吗?

瞪大了眼睛的袁心初，把她的视线全部聚焦在姜上清的身上，她想用她的眼睛证明，躺在担架上的人不是姜上清。她多希望记录姜上清伤情的那页纸登记错了，或者受伤的是另一位姜上清。

袁心初有核对伤者身份的职责，她俯身到姜上清的耳朵旁，轻柔地问了一句：

你是姜上清？

姜上清的嘴巴张了张，像袁心初问他一样，轻声地回答了一句，我是。

眼泪从袁心初的心泉里喷涌而出，顷刻模糊了她的眼睛。姜上清的声音，虽然带着浓重的战火味道，但是袁心初在他刚一张口的那一瞬间，就听出来了。没有错，他就是同袁心初一起在西安街头宣传抗日的姜上清，他就是给袁心初操办了婚礼的姜上清，他就是跟随她的新郎牛少峰上了中条山打鬼子的姜上清……珠串般的眼泪，带着袁心初身体的热度，一滴又一滴，滴在了姜上清的身上。

袁心初给姜上清说，我是心初。

袁心初说，我要让你好起来。

重伤的姜上清，大半个脸包在厚厚的带血的纱布里，但纱布没能掩饰住他的笑。

姜上清微笑着说，我好了后还去跟随牛少峰。

姜上清说，我跟牛少峰去打鬼子。

6

姜上清用他好着的那只手，从他胸前的衣服口袋，掏出了一封信，交到了袁心初的手上。

这封信带着血。

这是刚做新郎就上了战场的牛少峰，亲亲爱爱的牛少峰写给袁心初的信哩。把信接到手里，袁心初没有立即打开看，她只把那封带血的信，在她激烈跳动的心口上捂了捂，就伴随着姜上清进了荣军医院的手术室。他被流弹击伤的眼睛，还有被弹片切断的胳膊，都需要在医院重新清创，重新消毒，重新手术。

可以说，荣军医院尽可能完美地给姜上清做了创伤手术。

姜上清现在远离抗日的前线，他转移到大后方的西安，安安静静地养伤了。

而且姜上清还有袁心初的相陪，她给他做他想吃的饭食，给他说他想听的话。

牛少峰托姜上清捎给袁心初的信，袁心初就是在这样的一种气氛里说给姜上清听的。

袁心初说牛少峰在心里责备他自己，没有把姜上清照顾好，让他受了这么重的伤。牛少峰还在信里说，他还要转移出中条山去中原打鬼子，他不能陪在姜上清的身边，照顾他，安慰他，他就只能把姜上清交给袁心初了。袁心初的工作恰好在荣军医院里，她有责任，也有义务，一定会代他把姜上清照顾好、安慰好。

姜上清不等袁心初把牛少峰的信给他说完，就已感动地抢着说了。

姜上清说，牛老师还在战火纷飞的前线上，他可是要关心好、照顾好他自己哩！

姜上清说，我希望牛老师再来信。

如姜上清所期待的，牛少峰从抗战的前线上，又给西安捎回了几封信。从这些来信里，袁心初和姜上清知道，牛少峰已经在战火中升任 17 师补充团的一名营长了。他们从中条山调防下来，在中原地区，与侵华日军周旋了一年多，然后又转防湖北的重镇武汉，去和凶残的日寇周旋了。

牛少峰捎给袁心初和姜上清的信，自武汉来的是最后一封，从此杳无音信，直到抗战胜利。袁心初和姜上清在西安等着牛少峰回来，一直等着，等到全面内战，解放军打败了蒋家王朝，把蒋介石和国民党赶到了台湾岛，毛泽东主席站在天安门城楼上，庄严地向世界宣告，中华人民共和国成立，也不见牛少峰回西安来。

他抗战牺牲了吗？

他跟随国民党跑到台湾去了吗？

这是个问题呢，袁心初不敢想，姜上清也不敢想，他俩不敢想牛少峰抗战牺牲，也不敢想牛少峰跑到台湾去。他们多方打听，还去了投诚改编为中国人民解放军的孔从洲 17 师，也没有打听到牛少峰的消息。牛少峰像是石沉大海，从这个热火朝天的新中国消失了。

我是他的新娘啊！

找不到牛少峰人，也打听不出他的消息，袁心初却没有失望，她坚持相信，她的新郎牛少峰，有一天定会出现在她面前，他们卿卿我我，他们恩恩爱爱……不仅是作为新娘的她，还有给她和牛少峰操办婚礼的姜上清，也坚持认为，牛少峰不知哪一天，一定会回到袁心初的身边，他们卿卿我我，他们恩恩爱爱……袁心初和姜上清，就这么一门心思地期待着。

期待着的他俩，身不由己地裹进了新中国建立以后的各种运动之中。解放初的时候，新生的人民政权，把袁心初和姜上清，很自然地划入到国民党残余之中去了。姜上清抗战参加的是国民党地方军，袁心初嫁的是国民党地方军的军官，他们必须接受教育和改造。不过还好，新生的中央政府，对中条山抗战的国民党地方军，有种超乎寻常的肯定，发出专门文件，对牺牲在中条山抗战的勇士，以政府的名义，敲锣打鼓，送去"革命烈属"的红木牌子，挂在牺牲者的家门口。姜上清是参加了中条山抗战的，他虽然没有牺牲，却也为抗战奉献了一颗眼珠子和一条胳膊，他自然也受到了人民政府的优待。可是袁心初呢？她在抗战时期，积极参加抗日救亡的宣传工作，新婚之时，送丈夫牛少峰上中条山，她自己则自愿参加西安荣军医院的工作，废寝忘食、夜以继日，全身心地救助抗日转移来的伤病员，她的工作热情和工作态度，得到了大家一致的好评……可她送上中条山的新郎牛少峰，怎么就没了音信呢？为此，袁心初未得到新政府的优待，新政府却也没有难为她，安排她为荣军医院改成的地方人民医院的职工，继续做她的护士工作。

然而好景不长，朝鲜战争的爆发，以及后来国民党反攻大陆的叫嚣，让在人民医院当护士的袁心初，是没法安静下来了。她被运动中的群众组织，一次次地揪出来审查了，罪名越来越大。先只是批判她是国民党军官的阔太太，后来就成了国民党潜伏在中国大陆的特务了。

袁心初有口难辩，她的日子过得太艰难了。

姜上清见不得袁心初的日子难过。

作为一名抗日荣誉军人，解放初的时候，姜上清有资格被安排工作，但他推辞了，说他瞎了一只眼睛，断了一条胳膊，他能干什么呢？他只能是新政府的一个负担，他不想成为政府的负担。可是人民政府又岂能放弃他不管？还是按照他的能力，把他安排进后宰门小学做了一名小学语文教员，可他干了不长时间，还是回到了凤栖镇，进到凤栖镇小学，做了一名小学教员。

7

这是姜上清远离袁心初的理由。

当然，这只是个表面的理由。姜上清在心里是这么给自己说的，这么给自己说也说得过去，但他知道，他还有一个理由的，他想着自己离开，留给袁心初一个相对开阔的空间，好让袁心初有个重新安排自己的机会。

姜上清抗战受了重伤，回到西安后，一直以来都是由袁心初照顾着的。先是在荣军医院配合康复治疗，康复治疗得差不多时，抗战的前线上，又不断有伤员转移来，姜上清还能占着一张病床吗？他是不能的，便自觉申请，要出院归队，但他的身体已然无法归队了。袁心初动员姜上清把他接到了后宰门她租住的地方，给他也租了一间房子，两个人在一个院子里，袁心初也好照顾姜上清。

后来的事情，证明了袁心初的安排是对的，袁心初可以很方便地照顾姜上清，姜上清也能很好地照顾袁心初。他们在一起，很有些相依为命的样子。

他们所以能够相依为命，这是因为他们的心里，牵挂着同一个人，那就是新婚后上了抗日前线的牛少峰。

有了这么个共同的牵挂，袁心初和姜上清没有熬不过去的日子，苦也罢，难也罢，相扶相携，相帮相衬，就都能相互照看着往前熬。

可是有人向袁心初求爱了。

全国刚解放的那几年，许多参加了革命的人，枪林弹雨地走了过来，他们中间某些人急吼吼地要给自己找一个爱人！他们背着满身的功劳，不管对方爱不爱他，只要他爱上了对方，他就认定那是他的爱人。软磨硬泡也罢，死缠烂打也罢，他们才是无所顾忌呢。再不行，他们还有组织，把自己的婚姻情况，打个报告给组织，组织自会帮助他，向被他爱的人做工作，讲他对革命的贡献，讲他出生入死的功劳，还讲对方要有阶级感情，要勇于献身，这就是对革命的认识问题，也是对革命的感情问题。

袁心初就遇到了这样一个人。

这人就是解放军军管了荣军医院后的政治部主任，后来又做了西安人民医院的人事部主任。他对革命的贡献多不多？他对革命的功劳大不大？袁心初不知道，但他已经把袁心初的个人情况，摸了个底儿透。他找袁心初谈话了，问了袁心初几个日常工作的小事后，话题忽然一转，一下子就说到了牛少峰身上。

主任说，你的新郎叫牛少峰？

袁心初惊讶主任把她日思夜想的牛少峰还叫她的新郎！她没有回答他，而他好像也不需要她回答，就又接着他自己的话头说开了。

主任说，我说得对吧？你们新婚后不几天，牛少峰就上前线了。那时候你是新娘，他是新郎，我没说错吧？

袁心初立刻承认了主任的话，但她实在不知主任说这些话的目的是什么。

主任又滔滔不绝地说上了。

主任说，他是国民党反动派的军官！我这么说你明白吗？

袁心初被主任的这句话吓住了，脸上一片惊恐。

主任从她的脸色上看出了她的惊恐，就还加上一句话说，而你……做过他的新娘，你就是国民党反动派军官的新娘！

这是主任第一次找袁心初谈的话。他让袁心初心惊胆战地听了后，没有等袁心初吐一个字，就宽宏大度地让她走了。

袁心初听了主任让她走的话，如逢大赦一般，低着头就往主任的办公室门外走，当她前脚踏出门槛，后脚还留在门里的时候，又听到主任说了一句话。

主任说这句话时，不像他前面谈话那么凌厉，那么冰冷。他这时说话的语气，有了一种关爱，有了一点温度。

主任说，当然，只要你愿意，你可以做个革命者的新娘。

尽管主任把这句话说得温暖，说得柔和，但袁心初听了后，似乎更加让她感到一种残酷，一种冷硬。

主任没有叫住袁心初，他只是看着袁心初的背影，说了他对袁心初最想说的这句话，然后就看着袁心初仿佛一只受惊的小兔子，慌慌乱乱地走出他的办公室，慌慌乱乱地走得不见了踪影。

这个结果，是主任想要的，他要袁心初慌慌乱乱，只有她慌慌乱乱了，主任才可能实现他所想要达到的目的。主任笑了，他知道他笑得有点阴，不过他知道他是开心的。

慌慌乱乱的袁心初，不仅慌慌乱乱着她的步子，还慌慌乱乱着她的心，她慌慌乱乱地回到后宰门她租住的院子，慌慌乱乱地转进了姜上清的房子，来给姜上清说主任找她说话的事了。

8

因为姜上清的残疾，他被新生的人民政府安排在后宰门小学，教低年级学生的语文课。袁心初慌慌乱乱地推开他的房门，看见姜上清正埋头在一堆小学生作业本里，认真地批改小学生写错的错别字，批出一个，就用他手里的红毛笔勾出来，再在那个错别字旁边，标注上正确的字。

可以说，姜上清是爱他这份人民教师工作的，他热心又专注。热心专注的他没有想到，袁心初会是这么地慌慌乱乱。她把房门推得急了，两扇门板，在她剧烈的推掀下，像她自己当时的状态一样，也是慌慌乱乱的，慌慌乱乱的门板上有铁打的门闩儿，门闩儿也慌慌乱乱地响了好一阵。

姜上清抬起头来，他看见已经站在他身边的袁心初，他朝慌慌乱乱的她温暖地笑着，问她话了。

姜上清说，怎么了？看你慌的！

姜上清就是这么一个人，他自己残疾了，不以为自己残疾，还把自己当作一个健康的人，坚持始终地关心袁心初，照顾袁心初。这个变化，从姜上清的战争创伤好了后，就一直持续着。只要袁心初在他面前，他就一成不变地给她温暖和煦的微笑，在琐琐碎碎的生活中，凡是姜上清想到的，就一定给袁心初先做了。解放前后的西安，家家户户的锅台灶台，烧的还是劈柴，到了冬天，要取暖了，烧的都是木炭，还有用的水，那时候的西安，自来水的供应非常有限，像他们租住在后宰门那样的大杂院，用的还都是井水。他们院子还算好，有一眼不知哪个朝代的井，要吃水了，都是住家户自己到井台上去打。姜上清残废了一条胳膊，可他不顾袁心初的反对，总是自己摇着陈旧的辘轳把，从几丈深的井底，把水打上来。他总是先把袁心初的水缸装满，再给自己的水缸里打水。至于劈柴，还有木炭，农贸市场有终南山山民挑来卖的，姜上清就到农贸市场上去买了。木柴买回来，他用他仅有的那条胳膊、那只手，配合着他的一双大脚，把袁心初和他灶头的柴火劈得碎碎的，码在灶头边上，伸手就能用得上。

有一年，入冬的雪来得早了点，姜上清还没来得及给袁心初和自己准备好木炭，一场铺天盖地的大雪封住了路，终南山山民烧好的木炭，没能挑进农贸市场来。姜上清不能让袁心初因没有木炭取暖而冻着，就到农贸市场和一位山民谈好价，他跟着山民，上了一趟终南山，给袁心初挑回了一担木炭。

姜上清上终南山挑木炭，事先没给袁心初说，当他一身的泥水、一身的汗水，把一担木炭挑回后宰门来，袁心初的心疼坏了。

袁心初心里疼着，接过姜上清的木炭挑子，却没给姜上清好脸看。她不仅没有好脸看，还出口骂上了姜上清，说他真真正正地，就是个关中愣娃，比关中愣娃都不如，干脆就是一头骡子，一头犟得八条大绳拉不动的骡子。袁心初责骂着姜上清，她自己却流泪了！

姜上清不怕袁心初责骂他，她越是责骂他，他的心就越热。但是他怕袁心初流泪，她一流泪，他的心就会难受。

姜上清为自己辩解了，今冬雪来得早，农贸市场上没有木炭。

袁心初不理姜上清的辩解，只要她还流着泪，姜上清就还要辩解。

姜上清说，就怕你被冻坏了。

姜上清不这么说倒还罢了，他这么一说，袁心初的眼泪流得更多了。姜上清能怎么办呢？他只有再辩解了。

姜上清说，我不能让你受冻。

姜上清说，你把我当旁人了？

姜上清说，我不是旁人，我应该操心你的事。

姜上清和袁心初的日子，就这么过着，在还没有解放的时候，他们会说起牛少峰。姜上清说起牛少峰时，说得总有一股英雄气，姜上清说他崇拜牛少峰，还说牛少峰有苍天保佑，他一定也在什么地方，想念着袁心初，思念着袁心初。后来全国解放，姜上清和袁心初，慢慢不说牛少峰了，是从哪一天不再说了呢？他俩也不知道了。他们敏感地意识到，牛少峰对于他们未来的生活，是一个忌讳。

嘴上是不说了，但在姜上清和袁心初的心里，一直都揣着牛少峰，让他始终鲜活着，英雄着。

9

慌慌乱乱地推门进到姜上清房子的袁心初，没有迟疑，也没有不好意思，她给姜上清起说人民医院的主任了。

袁心初说，那个主任找我谈话，说我是国民党反动派军官的新娘！

袁心初说，那个主任还说我可以做革命者的新娘！

别说袁心初是慌慌乱乱的，在袁心初把头一句说给姜上清，姜上清听着也慌慌乱乱起来了。姜上清慌乱着，又听了袁心初说的第二句话，这第二句话还没落音，姜上清即已慌乱得失了态。他手抖得把拿在手里批改小学生作业的那杆红毛笔，抖出了点点红墨水来，如血一般，洒在了他正批改的小学生作业本上。

姜上清听懂了那个主任说给袁心初的话，但他有点不相信自己耳朵似的，张口又问起来了袁心初。

姜上清说，那主任啥意思？

袁心初回答姜上清，说，你说呢？你说他啥意思？

姜上清心里始终揣着牛少峰。

姜上清说，那，那……那牛少峰怎么办？

姜上清替牛少峰说话，说出的声音竟然也如牛少峰一般。袁心初听着，把眼盯在姜上清的脸上，恍恍惚惚地，把姜上清真的当成了牛少峰。然而很快，袁心初就醒过神儿来了。不过也好，这使慌慌乱乱的袁心初不再慌乱了。刚才煞白的脸，也瞬间泛起了一层红晕，袁心初把她苗条端庄的腰身摇了摇，并抬起她的手，把她浓密黑亮的头发捋了捋，甚至还不失妩媚地给姜上清羞涩地笑了笑。

袁心初说，新娘！

袁心初说，谁一生还能不断地做新娘呀？

袁心初说，我做一次就好了！

姜上清的心放下来了。因为心放了下来，他慌乱的手也不抖了，他给袁心初说，你先回你房里歇着去，你不要紧张，你不要害怕，一切有我哩。你呀……你不是说最爱吃我做的一口香臊子面吗？我把肉割回来了，我马上切肉做臊子，咱今天就香香地吃臊子面。

袁心初听姜上清这么安慰她，她笑了，姜上清把袁心初送进她住着的房子里去歇息。回过身来，姜上清就把菜刀拿到房门口，在一块磨凹得像是一弯月亮的磨石上，泼着水磨菜刀了……姜上清在磨石上，把菜刀磨得吐出的都是铁锈与磨石相摩擦流出来的暗红色水污。他认真地磨了一阵，用手指在菜刀刃上擦拭了下，确认磨得够锋利了，这就去案板前切那块他买回的猪肉了。

放在以前，姜上清用刀来切肉臊子，常常切得并不顺利，疙疙瘩瘩的，要费好多劲。但今天来切那块猪肉，他切得就很顺畅，他一会儿的工夫，就把肉臊子切出来了。

接下来是炒底汤，还有切漂菜。底汤有金针菇、木耳、蒜薹、红萝卜、豆腐和鸡蛋，剩下就是葱花了。

姜上清很灵活地准备好了一口香臊子面的配菜，这就把袁心初叫了出来，给袁心初下面烧汤来吃了。

袁心初刚吃一筷头一口香臊子面，就夸上姜上清了。袁心初说，你做的一口香臊子面太香了！

袁心初这么夸赞姜上清，姜上清自然是开心的，他的喉咙眼里，憋了有一句话，不过他说不出来。哪句话呢？好吃的话，我天天做给你吃。这句话热烫烫都涌流到他舌头尖尖上了，但被他死死地咬在牙缝里，没有说出来。

姜上清没说来的话，袁心初说出来了。

袁心初说，真想天天吃你做的一口香臊子面。

袁心初的话一说出口，姜上清便又想起了带他上中条山抗战的牛少峰。他因此在心里苦苦地问上了，牛少峰啊！你在哪儿呢？

姜上清只能在他心里问牛少峰了。他问不出来牛少峰的确切信息，但他看得见袁心初医院的那个主任，在这个时候到后宰门来了。

他过来会是个灾难吗？

10

头一次见到袁心初医院的那个主任，姜上清见他生得很体面，有一张有棱有角的脸。他到后宰门袁心初和姜上清租住的院子里来了，他来的时候，姜上清从农贸市场买了一担劈柴刚回院子，这担劈柴，姜上清是买给袁心初的。袁心初房檐口的劈柴垛子不能少了，如果少，姜上清就会及时地从农贸市场买了挑回来，再给袁心初劈成小段，整齐地码起来。这一天，姜上清刚把劈柴挑回来，在袁心初的房门口放下，回到自己的房子里，把他出门前泡的浓茶端起来，灌了两口，拿了毛巾在洗脸盆里浸泡，拧出来擦他脸上微微沁出的细汗。这时就听窗外，一阵自行车链条铮铮铮铮地响……自行车链条的轻响，在解放初的西安，是非常稀罕的，姜上清擦着脸，伸长脖子，透过窗子上镶的一块玻璃，这就看见那个主任了。他把骑来的自行车，往院墙的一边靠上去，就在院子里叫起袁心初了。

那个主任的叫声相当亲切。

主任叫，心初。

主任叫，心初你在哪里？

主任叫，心初……

主任第三声“心初”没叫出来，袁心初就从她的房门里出来了。

袁心初有这样的修养，也有这样的礼貌。她客气地应了主任一声，主任。

在自己房里擦脸的姜上清，听到了袁心初那一声客气的招呼，就知道这个生得体面的人，就是给袁心初谈话，说袁心初是“国民党反动派军官的新娘”，还说袁心初也“可以做个革命者的新娘”的主任。

姜上清没有走出他的房门，他就站在窗户的玻璃后，两眼看着窗外，他要看看这个撵到袁心初房门口的主任，能说什么，能做什么。

那个主任面对袁心初，说，你住得可真偏僻啊！

主任说，你让我好找！

没听见袁心初回答，站在自己房内的姜上清，则在自己的心里替袁心初回答了。

姜上清在他心里说，不好找，你就甭来找嘛。

姜上清心说，没人稀罕你来找。

姜上清心说，你找来又能咋？

这么在心里回答着那个主任，姜上清心里好受了些。但他依旧没动身子，还站在自己的房子里，观察那个主任说什么，做什么。

那个主任的眼睛看向了姜上清刚买回来的那担劈柴。他问袁心初了，说，是你刚买回来的？

袁心初没有回应他，他自己就又说上了，说，都是长柴，我给劈吧。

还说，像你房檐下堆的那些劈柴一样，劈碎了才好烧。

那个主任这么说着，就去拿了碎柴堆上的斧子，解开他说的长柴捆子，去院子那个树根做的柴墩子前，抡起来一斧头，抡起来一斧头，很是在行地劈着那捆长柴。

他会劈柴哩！

站在自己房子里的姜上清，听见他在心里说了这么一句话。他心里这么说着，就觉得那个主任，还真像其时宣传的那样，革命干部必须保留劳动人民的本色，必须传承老八路的传统……姜上清这么想着时，看见袁心初回了一下头。回过头来的袁心初，是看向姜上清的窗户的，她料定姜上清这个时候，是站在窗户后边，透过镶在窗户的那片玻璃，来看院子里发生的情况。

袁心初看向窗户的脸色，是无可奈何的。

姜上清一下子就看出了袁心初脸色后面的内容，他在窗户后边站不住了。他走向自己的房门口，掀开门帘，走到院子里来了。

走到院子里的姜上清，看似问的是袁心初，其实问的是那个主任。

姜上清说，劈柴的是你那个主任吗？

袁心初没来得及回应姜上清的问话，劈着柴的那个主任，已停下了他手里的活，转脸把问话的姜上清看了一眼，就给他热情地说上了。

那个主任说，我不用猜，我知道你是谁。

主任说，你是姜上清。

主任说，我知道你是在中条山抗战时受伤致残的。我们新的人民政府，对参加中条山抗战的人，还是承认和优待的。

主任这么说着，放下了他手里劈柴的斧头，亲切地走到姜上清的跟前，把姜上清伤了的那只眼睛看了看，又抬起他的手，要去触摸那条残了半截的胳膊。主任的手都要触摸上姜上清的残肢了，可姜上清用他完好的那只手，把主任的手挡了回去。

姜上清必须承认，如果不是袁心初给他转述那个主任说她是“国民党反动派军官的新娘”，以及还“可以做个革命者的新娘”的话，姜上清不会驳了那个主任的面子的。有了那两句话，姜上清就不能不反抗、反对他了。

11

挡回了那个主任的手，姜上清走到长柴前，把那个主任放下的斧头拿起来，用他的大脚把一根长柴踏定在那个劈得千疮百孔的树根上，像他过往给袁心初劈柴时一样，一斧子一斧子地劈着柴。

被姜上清挡回了他的手后，那个主任的脸上，有点他自己知道的不自然，但他忍得住，忍着撵到姜上清的跟前，和姜上清来夺劈柴的斧子了。

那个主任说，你一个手劈柴不方便，还是我来劈吧。

姜上清说，我一个手劈柴劈了好些年了，没有啥不方便的。

那个主任说，这我知道，许多年了，都是你照顾着袁心初的。她是我们医院的员工，我是医院的主任，今后就不麻烦你来照顾关心她了。

主任说，我会自觉来的，来接你的班，照顾关心她！

那个让姜上清心情不快的主任，说着这样的话，姜上清几乎是要愤怒了。他以目横扫那主任，没有给他任何正面回应。姜上清没有回应，袁心初就更没有了。但是这个主任是有耐心的，太有耐心了，以后的日子，他隔不了两三天，就要骑着铮铮作响的自行车，到后宰门袁心初租住的地方来。前一回来，主任的自行车后架上带一捆葱，这一回来，主任的自行车后架上带一捆萝卜，自然还有下一回、下下一回，主任的自行车后架还会带来白菜、蒜苗、青菜、芹菜什么的，他不仅自行车后架上带东西，自行车的车头也会挂个帆布兜儿。他的帆布兜儿里装的什么呢？不是袁心初不给姜上清说，他就不能知道了，但袁心初怎么能不给姜上清说呢？她是要说的，她说主任的帆布兜儿里，带来的有布料，有成衣，还有编织衣物的毛线什么的。袁心初给姜上清说了这些，姜上清就不能不多想了。他想那个主任，也是够用心的。

姜上清问袁心初了，说，你都接受了？

袁心初说，还能怎么办呢？

简单的两句对话，都是疑问句，姜上清用疑问的方式问了袁心初，而袁心初也用疑问的方式回答了姜上清。虽然都是疑问句，但他俩不用解释就都知道各人问话的意思了。特别是姜上清，还在自己的内心生出一种他怎么想都觉得难受的想法。姜上清自觉自己该离开后宰门了，甚至是离开西安城。他应该给袁心初腾出一定的空间，让她对自己的未来有个新的安排。

心里有了这个想法，姜上清就回了一趟凤栖镇，他是抗日致残的，而且文化程度较高，是凤栖镇急切需要的知识人才。他把自己想回老家工作的想法，给当地政府的领导说了。他说了后，当即获得领导们的支持，问他回来打算做什么。姜上清说他在西安市当小学教师，回来了就还做他的小学教师。瞌睡遇上了枕头，凤栖镇小学的师资力量是落后的，正好需要姜上清这样的教师来补充。他说了自己目标，镇上领导是高兴的，他们高兴着，还说不希望屈了姜上清的才华。领导这么说，应该还有好的安排的，但姜上清回乡的心情太急切了，他话赶话地给镇上的领导保证，说没啥屈才不屈才的，说他回乡来教小学生，是心甘情愿的。

回凤栖镇只几日的时间，就办好自己的调转申请，姜上清再回西安来，来办这边的手续了。

风尘仆仆的姜上清，前脚踏进他后宰门住的院子，袁心初医院的那个主任后脚也来了。这一天，那个主任的自行车后架上带的是两根莲藕，白白嫩嫩的，仿佛两条小儿的胳膊……那主任一进院子，看见袁心初在她的房门口洗着衣服，洗衣盆的旁边，有一个快要空了的水桶，那个主任看见了，把自行车后架的莲藕取下来，往水桶边一放，这就拎起水桶，去井边打水去了。

那主任做这些事，像在他家里一样，做得既不生疏，也不别扭，好像那是他天经地义该做的事似的。

那主任要这么做，袁心初拿他一点办法都没有。她不想搭理他，就对几天不见、刚回院子里来的姜上清不无亲切地问了。

袁心初问，几天不见，你去哪儿了？

姜上清想他不能瞒着袁心初，就老实地回答她，说，我回了凤栖镇。

袁心初没少听姜上清说他的故乡凤栖镇，就应着他说，回你老家了？

姜上清说，回我老家了。

袁心初觉出了些异常，她不知姜上清不辞而别，回他老家凤栖镇做了什么。就问，你回老家干啥去了？

姜上清说，正要和你商量呢，我回凤栖镇，是办调转回我老家凤栖镇工作的事。

袁心初洗衣服的手停了下来。姜上清把他堵在肺腔里想说一直不好说出来的话，赶在这个时候说出来了。

姜上清说，我知道我是该离开了。

姜上清说，凤栖镇是我的老家，我就回老家去。

姜上清给袁心初说了这两句话后，背对着袁心初，一步一挪，仿佛脚上灌了铅似的，挪进了他的房子里。

12

从井台上打水回来的那个主任，把满满一桶清水，摇摆着提给袁心初，放在她的脚边，直起腰来，朝消失在他房子门口的姜上清，声音洪亮地说了一句话。

那主任听到姜上清调转回故乡凤栖镇的话了。他赞成他的做法，说，调回故乡好。

主任说，调回故乡了，也给自己安个家。

主任说的话，袁心初也许还听得不甚清楚，但姜上清是清楚的。

姜上清曾犹犹豫豫，是留在西安不走呢，还是为给袁心初留出空间而调回故乡去？就在这个期间，袁心初医院的那个主任，寻到姜上清的小学找他去了。那主任找到姜上清，把他能说不能说、想说不想说的话，都给姜上清说了。

那主任说到最后，咱手捂心口想一想，袁心初难道就一直给国民党反动军官背黑锅吗？

主任说，这不公平。

主任说，袁心初就是愿意给国民党反动军官背黑锅，她也得知道他人现在怎么样，还在不在，还好不好。

主任说，再者是，女人一辈子是要活两世人的。先做新娘，再做老娘。袁心初做过新娘了，按她现在的情况，她该做老娘了！可她做得了老娘吗？

不能说那主任的话说得失理，不能说那主任的话说得过分。姜上清正是因为有了与那主任的那次谈话，才下定了调转回故乡凤栖镇的决心。他主动行动，去故乡凤栖镇做好了那里的工作，回西安来，再做调转工作，他自己不用费力，给那主任说说，那主任就会给他解决好，但他心里却总是特别别扭，特别不舒服……

那主任在院子里呼应着他，他听着知道了他的别扭、他的不舒服，都集中在那主任身上。

姜上清别扭那主任，不舒服那主任。而那主任在呼应了姜上清一句话后，就站在院子里，给洗衣服的袁心初来说他给姜上清说过的话了。

那主任说，你的命运是不公平的。

主任说，我查阅了你的历史表现，你的人生本质是积极的，是进步的，这你自己最知道。

主任说，你只是嫁给了一个国民党的反动军官，做了这个军官的新娘。这是历史事实，你不能抹杀，我也不能抹杀，但一切都会改变的。因为你的思想本质，还是积极的，还是进步的。我欣赏你在医院的工作，医院里的同志，也都肯定你的工作。

主任说，我有能力，让你在今天的现实生活里活得公平起来。

是个什么样的公平呢？

袁心初心里想得明白，姜上清心里想得清楚。想得明白的袁心初，不动声色地依然洗着她的衣服，而想得清楚的姜上清，本来心里就极不平静，当下又受了那主任劳什子话的刺激，他掉转头来，不想看见那主任，却看见了那把劈柴的斧子，此刻正静静地躺在柴火垛上，因为太阳光的照射，锋利的刃口，闪动出灿灿的亮光。姜上清被斧刃上的闪光吸引了，他走到斧子跟前，弯腰捉住斧柄，握在手里，提着往那主任身边走了过去……姜上清这一举动，把那主任吓住了，吓得僵在原地，脸白得像一张纸，两片能说会道的嘴唇，突然抖动得像风吹翻的树叶，哗哗地直流唾液……洗衣服的袁心初，并没注意到姜上清突然的这一举动，但她隐约觉出院子里的杀气！袁心初抬了一下头，这就看见提着斧头的姜上清，向那主任逼近，她霍地从洗衣盆边跃起身来，扑过去抱住了姜上清，并责问起了他。

袁心初说，你要干什么？

袁心初说，不值得的！

袁心初说，你把斧头放下。

姜上清虽然把一条胳膊丢在了抗日战争时的中条山上，但一点没丢他的一身胆气和勇力。他仅只一拧身子，就把抱着他的袁心初甩离两三米远。

甩离了袁心初的姜上清说，我是杀过人的，杀的是日本鬼子。

姜上清说，我不会再杀人了。

姜上清说，我只是要主任把他说的公平，落实得公平了。

姜上清这么凶巴巴地说着话，提着亮光闪闪的斧头，从那主任的身边走过，用他在中条山杀鬼子残了的那截断臂，把那主任撞了一下，即把那主任撞得转了一个圈儿。到他再站定时，只见姜上清的斧头，落在他带来的两根莲藕上，斧起斧落，把两根莲藕，剁成了碎碎的好几段。这样了，姜上清似觉还不过瘾，最后举起斧子，竟然剁向了他的断臂。

血！鲜红的血从姜上清斧剁的断臂上浸了出来，浸透了他半截空落落的袖管，滴答滴答，直往地上流……惊愣了片刻的袁心初，再次扑到姜上清的身边，此一时刻，她竟忘了自己的护士身份，应该先给伤了自己的姜上清包扎伤口，她却扑进姜上清的怀里，把断臂上流血如注的姜上清，拦腰抱住，摇着她的头，把她本来梳篦得整齐的头发，摇得纷纷乱乱。

袁心初说，你把你砍伤了！

袁心初说，你为啥要砍伤你呢？

袁心初说，你不该砍伤你！

姜上清在袁心初给他说出这些话后，像他开初一样，非常强横地再次甩脱袁心初，并且扔掉沾着鲜血的斧头，把断臂上半截空袖管抓起来，使劲地缠在他自伤了的断臂上，不错眼地看向那主任，给他强硬地说了一句话。

姜上清说，公平！我请你说话算话。

13

调转到凤栖镇的姜上清，白天在教室里吃粉笔灰，晚上就回他南街村自己家里夜宿。

经过轰轰烈烈的“土改运动”，姜上清家的财产按照当时的政策，在分浮财时，大多数都分给贫苦百姓了。姜上清拥护新中国的这一政策，他毫无怨言，不仅没有怨言，而且还感谢政府在分他家浮财时，给他家留下了村口的一院马房。名为马房，可以想象该是姜上清家解放前养马的院落了。这是不错的，他们姜家祖居凤栖镇南街村，不仅有百十来亩的土地，而且还有自己的生意，他们家的土地需要借助马的力量耕种，他们家的生意也需要马力驮运。土地里耕种的是麦子、玉米、高粱、杂豆，他们把麦子、玉米、高粱、杂豆耕种在村外的土地里，而这些麦子、玉米、高粱、杂豆成熟了，则要驮运到远处去，县城是最近的地方，向西还要驮运到宝鸡，向东则要驮运到西安，这可就远了，单程三百里，不借助马力是做不到的。所以姜上清的祖上，养了多少年的大马？他说不清楚，到他记事的时候，睁眼见到的就有一群。“土改”把一群马都分了，空出一座院子来，就留给他家住了。坚决调转回凤栖镇小学的姜上清，他自然就住在了他家的马房院里。

但姜上清显然不是一匹马。

姜上清住在他们家的马房院里，什么时候都能闻到一股一股的马臊味，即便是夜里沉睡过去，在梦里也能感受到扑鼻的马臊味。不过，姜上清并不厌弃马臊味，天天闻，夜夜嗅，闻久了，嗅长了，竟然成了一种习惯，闻着嗅着马臊味就能睡得踏实，睡得香甜，睡实睡甜了的时候，还会继续做梦。姜上清做梦，梦见的总是袁心初。告别了西安市后宰门他与袁心初租住的那个小院，回到凤栖镇自己家里的姜上清，一晚一夜，做梦就只梦温婉宜人，却还执拗倔强的袁心初。

姜上清又梦见袁心初了。

姜上清在西安告别袁心初回到凤栖镇来，头一夜就梦见了袁心初。这是姜上清过去所没有的，他虽然入睡后会做梦，梦这梦那的，他会梦见他在中条山打鬼子，枪林弹雨、尸横遍野，他会梦见他在极残酷的战斗中牺牲了，牺牲了的他，竟然会生出一对翅膀来，使他扶风而起，飞翔在星空灿烂的天上……总之，姜上清的梦，与他参加的中条山抗战密不可分，因此梦里所梦只有袁心初的丈夫、他的首长牛少峰，却绝对没有梦见过袁心初。可他离开了袁心初，调转回到他的故乡凤栖镇，袁心初却从此强横地进入了他的梦里，并且霸蛮地不再离去。

姜上清梦见的袁心初，是她做新娘时的样子，一袭红色的旗袍，收腰翘臀，极尽性感美艳。她是笑着的，微微地笑着，鼓凸凸的胸前，戴着一朵鲜艳的大红花，红花下飘拂着一条小小的红丝带，红丝带上是金粉写的“新娘”两个字。是的，梦中的袁心初总是不曾变化的新娘。做新娘的袁心初是清晰的，是明确的，但伴在她身边的人是谁呢？是牛少峰。对，是新郎牛少峰。可是过一会儿，牛少峰却模糊了去，代之而来的是另一个人。这个人是谁呢？是袁心初医院的那个主任吗？是他，就是他。这个主任，一副春风得意的样子……梦中的姜上清不想看到这样的情景，他痛苦地闭上了眼睛，他拒绝看见那主任，可那主任还要给姜上清显摆，大喊大叫地，说他让袁心初公平了。

梦做到这时候，姜上清都会一个激灵，清醒过来。醒过来的姜上清，无一例外地是一身汗水。

姜上清在被窝里，拼命地摇一下头。他摇头是想赶走他的梦，可他一闭上眼睛，刚刚睡过去，原来做的梦会跟着续上来……姜上清拿他的梦一点办法都没有，梦就这么一夜一夜地折磨着他，让他夜里睡不好，天明起来，他的眼睛总是红红的，到学校去，惹得学校的老师都关心他，问他眼睛怎么了。他不好说出原因，就只能搪塞，说他残了一只眼睛，可能受这只残眼的影响吧，这只好的眼睛总是红的。

姜上清这么搪塞着，把别的老师都搪塞过去了，但有一位叫芸娘的女老师，没信他的搪塞，自己上街，买了杏核凉眼药，在姜上清下课回到家里的时候，她给他送到家里来了。

马房在姜上清回来后，请人改造过了。他在房内砌了几道隔墙，卧室、厨房、书房就都有了。他父母种庄稼、做生意，都是行家里手，在养育他这个儿子上，也极为讲究，但他们只能在顺境里生活，遇上逆境，就不知道怎么生活了。特别是他的生身老娘，在姜上清瞒着家里上了中条山抗日，把自己的一只眼睛和一条胳膊废了后，他老娘就受不了了，结果把自己愁苦得一病不起，还没等到解放，就撒手而去。他老爸耐不住寂寞，续娶了一房伴儿，后妻解放后不愿跟着姜上清的老爸受难，向人民政府申请离婚，获批后再嫁县城一个有头有脸的小干部，撇下姜上清老爸一个人，老人家熬了没有多少日子，就自己解决了自己。所以，姜上清从西安调转回凤栖镇，马房院里就只有他一个人。

芸娘寻到姜上清改造成家的马房院子来，已是傍晚时分，她看见厨房亮着灯，而且听到有风箱抽动的啪嗒声，就知道姜上清在厨房烧晚饭。芸娘在院子里，本想叫一声“姜上清”的，可她把嘴张了几张，没叫出来，就把她的头发顺手捋了捋，抬脚直接走进了姜上清的厨房。

14

厨房里满是烟。

毕竟残后只剩一条胳膊、一只手，在灶台烧火，又要添柴，又要拉风箱，姜上清再怎么忙碌，都无法配合得很好。他是勉为其难的，所以捂出了太多的柴烟，让闯进厨房来的芸娘，看灶火边的姜上清，只是一团模糊的影子，而姜上清因为专注于灶台里的火焰，并没看见闯进来的芸娘。

她一心一意地关注着姜上清，别人不怎么知道，但芸娘自己是知道的，她知道她关注姜上清已有些年头了。

那时候芸娘还小，也就十三岁的样子吧，而那时的姜上清，应该是不小了，十八岁？十九岁？芸娘不晓得，芸娘只晓得她跟随母亲从老家河南的黄河岸边逃避战乱，一路西来，讨吃要喝，到了西安城里，见到了在西安街头宣传抗日的姜上清他们。他们演出队十多个人，芸娘不知何故，一眼就认下了姜上清。演出队集体演唱《离家》和《上前线》，芸娘依在她娘的身边，手拿着讨来的蒸馍，一时竟忘了吃，她认真地听姜上清他们演唱，唱一句她记一句，唱一声她记一声，她听了一遍，就把几首宣传抗日的歌曲，差不多记了下来。特别是姜上清他们演唱的《离家》，芸娘原来没有听过，却像前世就会唱似的，在姜上清他们演唱的时候，她竟然跟着他们也唱了起来：

泣别了白山黑水，
走遍了黄河长江。
流浪、逃亡，
逃亡、流浪。
流浪到哪年？
逃亡到何方？
……

跟着姜上清他们演唱《离家》，也不知芸娘自己能理解多少，但她一定能想到逃难路上的辛酸和悲苦。芸娘把自己唱哭了，她抬头看娘，娘比她哭得更伤心。芸娘没等姜上清他们把《离家》唱完，就手举着她讨来的半个蒸馍，从围观的人群里挤进来，挤到正演唱《离家》的姜上清他们前面，也不拐弯，直接走到姜上清身边，踮起脚来，把她手里的半个蒸馍，举得很高，一心要献给姜上清吃。

芸娘说，我就只有半个蒸馍。

芸娘说，是我讨来的。

芸娘说，我讨来就给你。

姜上清他们演唱宣传抗日，在西安街头，遇到过各种各样的状况，但给他们献来半个讨来的蒸馍，这还是头一次。就是这个朴素的头一次，因为真诚真挚，使演唱现场的气氛达到了一个无法预测的高潮。姜上清他们演唱得更悲伤，更忧愤，而围观的人群都流着泪，呼应着姜上清他们的演唱，大家高呼，团结抗日！打倒日寇！

姜上清俯下身来，他在芸娘乱糟糟的头发上摸了摸，而后蹲下身子，把芸娘搂在怀里，接过她手里的半个蒸馍，一点一点地喂进了芸娘饥饿的嘴里。

此后的一段时日，姜上清他们在牛少峰的带领下，不管演出到西安城的哪里，只要他们演唱的声音响起，不一会儿，芸娘都会撵着他们来，跟着他们演唱。

姜上清跟着牛少峰要上中条山抗日去了。在他们出发的那天，芸娘躲在送行的人群里，一直送着，送出很远很远，直到绝大多数送行的人都停下了送行的脚步，可是芸娘没有停步，她坚持送着，直到送得看不见了去抗日的姜上清他们，芸娘才怅怅地收住了脚。

过去的一切，姜上清是记得的，但他认不出现在的芸娘，就是那个在西安街头给他献馍的小姑娘。

姜上清更不知道给他献馍的小姑娘，后来又去了哪里，生活得怎么样。

芸娘跟着她娘，在西安城流浪了些日子，像许多逃难来到陕西的河南人一样，继续沿着陇海铁路向西流浪，母女俩流浪到了凤栖镇，母亲填房给一个流浪到此的货郎，那货郎有个儿子。他们虽然同为乱世沦落人，但货郎的儿子却霸蛮得可以，他把自己该有的吃食吃了后，总要去夺芸娘碗里的，惹得芸娘除了哭还是哭。

伤心哭泣的芸娘，一次哭过后，可能想起了在西安城演唱宣传抗日的姜上清他们，独自个儿去凤栖镇的街头，小声地哼唱起了《离家》：

看！
火光又起了，不知多少财产毁灭！

听！

炮声又响了，不知多少生命死亡！

哪还有个人幸福？

哪还有个人安康？

谁使我们流浪？

谁使我们逃亡？

……

芸娘如泣如诉的吟唱，被一位穿长衫的过路人听见了，他走到芸娘跟前，问了芸娘的身世，这便领着芸娘，去了在凤栖镇三姓人家共享的祠堂里开办的图存新学，插班在新学的三年级，成了众多东北、华北流亡到此的学生中的一员。

图存新学的学习，彻底改变了芸娘的命运。

解放后，图存新学改为凤栖镇小学，芸娘哪儿也没去，自愿留在学校，做了学校的音乐老师。

音乐老师芸娘，像那时的女性青年一样，都怀有一颗崇拜英雄的心。在凤栖镇小学努力工作的芸娘，经常会想起姜上清，那个她在西安街头结识，给他献过半个蒸馍，最后又撵着他送他东去中条山抗日的小伙子，扎根在了她的心里，是她所能想到的最具体、最亲近的英雄。命运真是不错，姜上清突然就回凤栖镇来了，而且还进了凤栖镇的小学，像芸娘一样，做了一名小学老师。

芸娘把这当作了缘分，一个天降的缘分呢！

15

芸娘蹲在了烧火的姜上清身边，伸手把灶台的火，用一根火棍拨了拨，火烧得大了起来，而烟气却小了许多。

拨旺了灶台里的火，芸娘随即站起来，揭开锅盖，顺手从旁边的水缸里舀了半瓢水，添在了热气腾腾的铁锅里。

芸娘给姜上清说，多一个人，多一碗水，你说呢？

姜上清没有说啥，在他烧火做饭的厨房里，突然闯进来个芸娘老师，让他吃惊不小。他呆在灶火旁，盯着芸娘老师看，看她给灶台里添柴拨火，看她给锅里添水下菜……是的，姜上清准备的晚餐就是一个蒸馍一碗汤，汤里要打一个鸡蛋，要下一把菠菜，这他都预备好了。芸娘老师来了，说多一个人，多一碗水，她这是和姜上清商量吗？没有，她没和姜上清商量，她这么说了，也这么做了，她是自觉的，更是主动的，很有些她做主的意思。

在凤栖小学的校园里，大家见了面，是都要互称老师的，姜上清自然把芸娘叫芸娘老师了。他发现芸娘老师是大方的，而且温暖多情，教学工作也不含糊，总是走在前头，这使他尊重敬佩芸娘老师。但此时此刻，芸娘老师撵到他的家里来，他想不明白，她这是要做什么？

姜上清想归想，并不妨碍芸娘老师手脚利索地烧汤馏馍。她在烧汤馏馍的间隙，还飞快地洗了一个红萝卜，动作熟练地切成丝，调了油泼辣子、盐和醋，备在案板上，等着汤熟馍热，就和姜上清一起吃晚饭了。

芸娘的自觉和主动，让姜上清更加手足无措。芸娘把筷子和凉拌红萝卜端出厨房，端到院子的石桌上，回头再回厨房把两碗鸡蛋汤和馏软的两个蒸馍，也端到院子里的小石桌上。芸娘招呼姜上清了。

芸娘说，姜老师，来喝汤啊！

听到芸娘的招呼，姜上清才挪步到小石桌前坐下。此前他看着自觉主动的芸娘，被动得不知往小石桌前坐。

在小石桌前坐下了，姜上清却还被动地不知捉筷子拿馍，是芸娘拿起一个馏软的蒸馍，顺势掰成两半，一半她拿着，一半送到姜上清的手里。是这一个动作，让姜上清有所觉悟，模糊地想起他在西安街头宣传抗日的一个情景，他把眼睛睁大了，睁大了眼睛去看给他手里送馍的芸娘。

芸娘看懂了姜上清眼睛里的内容，她说，姜老师想起啥了？

姜上清结巴起来，说，在西安……抗日……《离家》……

芸娘说，姜老师记性好，你们演唱《离家》，而我就是个离家的人，你们把我唱哭了。

深秋时节的傍晚，有凉凉的风吹来，带着庄稼成熟的淡香，还有一轮圆月，像新涂了一层水银的镜子，从一片云朵里钻出来，照在姜上清的马房院子，院子里亦如新涂了一层水银似的，洁净而清亮。芸娘抬了抬头，她借景说了一句话。

芸娘说，今晚的月亮真圆啊！

姜上清受了芸娘的感染，也抬起头来看月亮了。他看了一眼月亮说，有个人，你应该也认识。

芸娘说，谁呢？

姜上清说，袁心初。

芸娘说，是你们抗日演唱队的领唱吗？

姜上清说，是她。

芸娘说，她不是嫁给你们抗日演唱队的队长了吗？她送你们队长上前线，我是看见了的，一套红色的旗袍。在那一天，不只是我，西安城的人都被她吸引了，她可真是漂亮好看哩！

姜上清被芸娘的描述鼓舞着，几乎都要激动起来了。他说，可她……

芸娘快人快语，说，她怎么了？还好吗？

姜上清说，很难说好。

芸娘听出姜上清的话中话，说，你操心着她？

姜上清说，能不操心吗？

此后的日子，芸娘都要到姜上清居住的马房来，来了给他做饭、洗衣服、洗被褥，做着这些家务活的时候，芸娘自然地要与姜上清拉话了。姜上清很清楚地听出芸娘的心声，芸娘没什么顾忌的，芸娘要照顾他，把他照顾一辈子。对此，姜上清是被感动着，但也难堪着，他没给芸娘松口，在芸娘每次把话说到这个方向的时候，他都会提出袁心初。

袁心初成了姜上清拒绝芸娘的一面挡箭牌。

姜上清说，咱都说了，我得操心袁心初。

芸娘听得出来，姜上清说的只是一句托词，所以芸娘依然故我，要到姜上清的马房院里来。她来了眼里都是活，手里都是活，把姜上清照顾得真叫一个无微不至、周到熨帖。

凤栖镇小学，以及凤栖镇街道上的人，长着眼睛都看到了，所以就言三语四、七嘴八舌，说什么话的都有。有说芸娘老师眼睛没瞎吧，咋就死心眼一个，看上个少眼缺胳膊的。当然还有说芸娘老师心肠好，人善良，姜老师残了一只眼睛，缺了一条胳膊，还不是为了打鬼子残了的！姜老师有资格享受芸娘老师的照顾。

这些话，芸娘老师都听到了，姜上清也听到了。

芸娘老师听到了什么话都不说，依然照顾着姜上清，而姜上清听到了，就要给芸娘说了。

又是一个圆月挂在天边的傍晚，芸娘给姜上清烧好晚饭，他们一起在院子里的小石桌上吃着，姜上清就给芸娘说上了。

姜上清说，芸娘老师，学校和街道上的人说咱俩哩。

芸娘说，我听得见。

姜上清说，我觉得大家说得有道理，我一个少只眼睛、缺条胳膊的残疾——

芸娘没让姜上清说完，就插进来话说，你是为了打鬼子少了一只眼睛，缺了一条胳膊的。我从河南逃难到陕西，我知道你的牺牲不是只为你，而是为了民族的解放、人民的幸福。

芸娘说得堂而皇之，姜上清接不上话了。

没话可接的姜上清，就又说起了袁心初。姜上清正说着袁心初的当口，顶着一头月光的袁心初，就寻到姜上清的马房院里来了。

袁心初的到来，给姜上清解了大围。

16

姜上清来给芸娘和袁心初互做介绍了。

他先给芸娘介绍袁心初，接着又向袁心初介绍芸娘了。

姜上清说，你才来，但你应该是认识芸娘老师的。我们在西安组织抗日宣传演出，手里举着半个蒸馍的女子，可就是现在的芸娘老师呢！

介绍完芸娘老师时，姜上清多说了一句话。他说，我们都在凤栖镇小学当老师。

姜上清给芸娘和袁心初相互介绍着她俩，他介绍得仔细认真，并且还有点兴奋开心。可是她俩，却都矜持得可以，在姜上清介绍到她俩谁时，谁都只是点点头，轻轻淡淡地问一声对方好。

她俩的这一份矜持和客气，自己是清楚的，而姜上清也不糊涂。相互间保持着谁都不愿明说，而且也说不明白的距离……她俩在凤栖镇相处了几天，几天时间里，芸娘带着袁心初，不仅走了凤栖镇四条街，还走了凤栖镇小学。两位与姜上清都有那么点瓜葛的女人，即便是如此亲近地相处了几天，也都没有把她们自己存储在胸怀里那点心思说出来。

袁心初就要回西安了，芸娘借口学校有课，没有来送，所以只有姜上清来送了。

那个时候，凤栖镇没有通班车，袁心初必须赶去扶风县城，搭上班车，转道降帐火车站，才能坐上火车回西安。姜上清本可以借辆自行车驮着袁心初去扶风县城的，但他怕他一条胳膊把握不稳自行车，就徒步陪着袁心初走了。正是庄稼成熟的时节，姜上清陪在袁心初身边，要走二十多里土路的，土路上两边，有红了穗的高粱，有裂开身子的玉米棒子，还有低垂了脑袋的谷子和糜子……袁心初抗日时从北京流亡到西安，她始终生活在大城市里，很少下到农村来，这时与姜上清双双走在乡间的土路上，看见一路的高粱、玉米和谷子、糜子，她觉出了新鲜，因此问了姜上清许多田舍的事。袁心初问得仔细，姜上清回答得认真，不知不觉地就到了扶风县城，赶上了一趟班车，他们就要分手了，袁心初才给姜上清说了几天来她想要说的话。

袁心初说，你就不要把芸娘“老师、老师”地叫了。

袁心初说，芸娘对你是真心的，她人好心更好！

袁心初给姜上清说这话时，她已坐进了班车里，是坐在位子上摇开一扇车窗玻璃，把头伸出窗外给姜上清说的。她刚说罢，还等不及姜上清回她话，班车即吼叫着转动了胶皮轮子，呼哧呼哧向前蹿了去。

袁心初是回西安去了，而芸娘仿佛生了一双顺风耳，她听见了袁心初给姜上清说的话似的，她到姜上清的马房院子来得更勤快了，照顾姜上清也更加细微了……恰在这个时候，台湾海峡的风潮激烈了起来，这从报纸上看得到，也从广播上听得到，退居台湾的蒋介石，借助美帝的势力，大力叫嚣要反攻大陆！

姜上清因此又做梦了。

姜上清梦见了牛少峰，国民党军官的牛少峰一身笔挺的军装，英姿飒爽、精神抖擞……他伸出双臂，从台湾岛伸过来，伸过了浪涛汹涌的台湾海峡，伸向了一袭红绸旗袍的袁心初，而袁心初一脸的喜气，她脚穿同为红色的高跟鞋，迎着牛少峰伸向她的双臂，奋勇地奔跑着，原来盘在脑后的长发，被风吹散了，飘飘荡荡，仿佛一面迎风的旗帜。他们是久别的夫妻，一个向另一个高声地喊着话。

牛少峰喊，心初心初，我的新娘！

袁心初喊，少峰少峰，我的新郎！

牛少峰和袁心初的叫喊声，把梦中的姜上清喊叫醒来了。醒来后的姜上清，不知他的梦是吉是凶。他不敢想，又不能不想，这么糊里糊涂地想着，便又睡了过去。睡过去的姜上清不由自主地又做梦了。这一回的梦里，没有了牛少峰，只有身在西安的袁心初。

姜上清梦见袁心初好孤单、好凄楚，她被医院的那个主任揪出来了，揪到了西安城的大街上。那个主任严声厉色地揭露袁心初，说这个女人是阴险的，她的男人是国民党的反动军官，她是她男人派遣潜伏在西安城里的国民党特务，大家一定要擦亮眼睛，狠揭猛批袁心初，使她这个女特务的阴谋诡计，完全彻底地失败掉！

有了这一梦，姜上清在凤栖镇待不住了，哪怕多待半分钟，就觉得身在西安城的袁心初会出大事，有大难。姜上清给学校请了假，马不停蹄地向西安去了。让姜上清吃惊的是，他梦里的情景，就在西安街头真实地上演着。袁心初医院的那个主任，原本穷追猛打地追求着袁心初，口口声声要给袁心初公平的他，指使两个满脸怒气的青年，反剪着袁心初的双手，狠揪着袁心初的长发，把袁心初从他们医院的大门里推出来，到人山人海的大街上游行。

袁心初的脖子上，挂着一方大木牌，写着“国民党潜伏特务袁心初”！

姜上清知道他在大街上，对被批斗的袁心初，是不能有任何帮助的。他悄悄躲开游行的人群，去了袁心初租住的后宰门，静静地等在那里，直到华灯初上，这才等回了袁心初。总是保持自己整洁和风度的袁心初，此刻是另一个样子，她衣衫不整、头发凌乱，踉跄着走在昏暗的路灯下，趔趔趄趄，仿佛随时都要倒在大街上似的……姜上清迎上去了，他心疼并暖心地叫着她。

姜上清说，心初，袁心初！

姜上清只是轻轻地一叫，袁心初就如没了筋骨似的，往一边倒了下来，姜上清赶紧扶住她，把她扶进他们过去租住的地方。没有吃，没有喝，他帮助袁心初简单地收拾了一下，便又扶着袁心初去了西安火车站，一起回了凤栖镇。

17

姜上清把媳妇领回来啦！

凤栖镇上的人，见到袁心初伴在姜上清身边进了他的马房院，就喜鹊炸窝似的议论开了。这之前，凤栖镇的人虽然见过袁心初，但姜上清并没有给谁宣扬她是他的啥，现在跟伴他再进他的马房院，他仍然没说袁心初是他媳妇，而袁心初自己也没说她是姜上清的媳妇，然而富有经验的凤栖镇人，即坚定地认为，姜上清和袁心初是夫妻关系。凭什么呢？就凭姜上清对袁心初的那一份关爱，还有袁心初对姜上清的那一份依恋，他俩恩恩爱爱，他俩是一对儿。

凤栖镇人议论，瞧人家姜上清的媳妇，细皮嫩肉的，多白净啊！

凤栖镇人还议论，那叫洋气！懂吗？人家姜上清的媳妇太洋气了！

所有的议论，一字不落地钻进了姜上清和袁心初的耳朵。他俩听了，虽然尴尬脸红，却从来都不辩驳。凤栖镇人当着他俩的面议论，他俩坦然大方，而且还表现出夫妻才会有的那种亲昵。

出入在一个院子里，姜上清和袁心初需要凤栖镇人的这种议论。他俩知道，这是一种掩护，一种对袁心初最好的掩护。在这种议论的掩护下，袁心初安然地度过了民主改革运动、文化教育战线和知识分子思想改造运动、肃清反革命运动、整风和“反右”运动，以及后来的社会主义教育运动，甚至规模更大、范围更广的“文化大革命”运动，平平安安地迎来了拨乱反正后的改革开放。望眼欲穿的姜上清和袁心初，密切关注着台海的变化，直到 1987 年年底，两岸解除了台籍人员探访大陆亲属的禁锢，国民党老兵纷纷踏访大陆，寻找他们的亲人……这样的讯息，在报纸上找得到，在广播上听得到，在电视新闻里也看得到，这给了姜上清和袁心初极大的期望，期望牛少峰成为探访大陆的国民党老兵中的一员，健健康康、精精神神地站在他们面前。

像姜上清和袁心初一样，等待牛少峰早回大陆探亲的人还有芸娘。

袁心初小鸟依人地跟随姜上清住进了他的马房院，不论凤栖镇上的人怎么议论他俩，怎么把他俩议论成了恩恩爱爱、卿卿我我的一对儿，芸娘却不这么认为。她在袁心初住进姜上清马房院不几日，就看出了他俩的关系，并不是凤栖镇上人议论的那样。他俩表现出的恩恩爱爱、卿卿我我，都只是知己朋友的一种真情流露。芸娘为了证实她的认识，她不管袁心初是不是住在姜上清的马房院，依然还像她过去一个样，不断要到姜上清的马房院里去。

来来去去，时间久了，芸娘和袁心初，竟然成了非常要好的朋友。

后来发生的一件事，芸娘忘不了，袁心初自然也忘不了。

在袁心初住进姜上清的马房院几年后，袁心初和姜上清担着夫妻的名声，却没有任何夫妻的举动，这让袁心初想着，常常地想着，觉得不是个味儿。

袁心初觉得姜上清太亏了。他抗战瞎了一只眼睛，断了一条胳膊，到了和平年代，别说他是一位抗日致残的英雄，便是一个随随便便的男人，也该享受一个男人的生活啊！而且他又不是享受不着，多么熨帖温暖的芸娘啊，她善解人意，始终如一地痴情于姜上清……袁心初这么想着，想的时间一长，就觉出了自己的自私自利。

袁心初选了一个初夏时的星期天，她约了芸娘，却并没有告诉她实情，只是拉着她，在凤栖镇上的街市上，割了一条子猪肉，还买了葱、蒜、辣椒、西葫芦等几样菜蔬，回到马房院来，要芸娘给她帮忙，准备一顿平日难见的酒席，一块儿好好吃一顿。

芸娘奇怪袁心初的动议，问，不过年不过节的，这是为啥呀？

袁心初说，别多问，到时候你就知道了。

傍晚时分，芸娘帮着袁心初，把买回来的肉肉菜菜烧出来，端在了院子里的石桌上，又打开一瓶红标西凤酒。袁心初给芸娘说了，让芸娘陪着姜上清，先在石桌旁坐着，她要回房子里去一会儿，出来他们好好吃喝一顿。

回到房子里的袁心初，把她压在箱底里的那件红绸旗袍翻了出来，脱了身上的衣裳，小心地穿起来……房子里有一面不大的圆镜子，袁心初把镜子拿在手上，把穿着红绸旗袍的她，前前后后照了照。她发现压在箱底的红旗袍，穿在她的身上，还是那么合身，她发现自己突然年轻了有十岁！穿上红绸旗袍的袁心初，在镜子里看着自己，唯觉她披散的头发，与合身的旗袍很不和谐。因此，她坐在镜子前，伸手到她的脑后，仔仔细细地把她的头发捋直，光光亮亮地盘了起来。

袁心初脚蹬上她许久没有穿过的一双高跟皮鞋，她确信把自己收拾得很得当了，这才揭开布帘，娉娉婷婷、袅袅娜娜地往小石桌前走来了。

看见袁心初的姜上清吃惊地愣了起来。

还有芸娘，也被袁心初的样子惊呆了。

袁心初走到小石桌前，她端起一杯酒，也要姜上清和芸娘端起酒杯……

芸娘糊涂了，她听话地端起酒杯，恍恍惚惚地开了口。

芸娘说，袁心初啊，你把旗袍穿上了？你穿上旗袍真好看！

袁心初凄然地笑了一下。

芸娘继续说，你送牛少峰上中条山抗日那天穿的就是这身旗袍吧！我不会看错，你穿旗袍美极了，原来就美，现在更美。

袁心初把芸娘的话接过来了，她说，我那时身穿旗袍，是做牛少峰的新娘穿的。

袁心初说，今天我穿旗袍，是又要做新娘了！

芸娘不解地问，做新娘？

姜上清已经有些明白过来，他说不出话来，偏过脸去，不敢看袁心初，而是把他的目光求救似的看向了芸娘。芸娘被姜上清这一看，也明白了过来。明白过来的芸娘，脸颊泛出了一抹红晕，她感觉得到脸上的烫热，她嘴不由心地把姜上清说不出来的一句话，帮他说了出来。

芸娘说，新娘！好啊！给姜上清做新娘！

袁心初重复着芸娘的话说，给姜上清做新娘！

姜上清拒绝了。他说袁心初，你是做了牛少峰的新娘的。牛少峰他会回来的，你要相信他，也要相信你。

姜上清说罢，霍地站起来，转身走出了他的马房院。在凤栖镇的街道上，姜上清像没头蜂一样，转了不知多长时间，这才回到他的马房院来。

姜上清这次回来，让他看到的情景，依然要使他吃惊了。

原来穿在袁心初身上的红绸旗袍，现在穿在了芸娘的身上。

姜上清不知道，袁心初在他走出马房院子后，敞开心扉，认真地和芸娘谈了。袁心初知道，姜上清是不会让袁心初做他的新娘的。那么芸娘呢？姜上清有理由拒绝袁心初，他还有理由拒绝芸娘吗？芸娘全身心地爱着姜上清，但姜上清拒绝她，并不是姜上清不爱芸娘。他俩同在一所小学教学，有共同的事业，且又相互理解、相互支持、相互关心，姜上清像芸娘一样，也是爱着她的。相互爱着，不能坦坦荡荡地成为一家，都是为了保护袁心初。现在的形势变了，而芸娘爱着姜上清的心没变，当然姜上清爱着芸娘的心也不会变，而姜上清与芸娘心照不宣共同保护袁心初的历程，更加加深了他们的感情基础。她俩谈论的结果是，袁心初脱下身上穿着的红绸旗袍，将其穿在了芸娘的身上。

换穿上袁心初红绸旗袍的芸娘，精神面貌真是焕然一新。走回马房院的姜上清，吃惊地看着他眼前的变化，他有话说了。

姜上清说，芸娘是该穿一回红绸旗袍哩！

18

杳无音信的牛少峰有了音信。

赶在 1990 年抗战胜利四十五周年的前夕，省统战部到市统战部再到县统战部，呼啦啦来了好几个人，他们西装革履地来到凤栖镇，在镇上干部的陪同下走进了姜上清的马房院。见到袁心初，以及姜上清和芸娘，他们告诉袁心初、姜上清和芸娘，牛少峰从台湾回来了。回到西安的牛少峰，找到了派遣他去台湾的上级组织领导，恢复了他共产党员的身份。他本来要到凤栖镇来的，但他舟车劳顿好些天，年龄又大了，就安排他留在西安，等待组织替他来接袁心初他们了。

喜讯传来，袁心初魔怔了似的，呆呆地木了好一阵，突然地放声号哭起来。

陪在袁心初身边的芸娘，把袁心初迅速抱起来，她是想劝袁心初，结果话未说出，她跟着袁心初也撕心裂肺地哭了，哭得如袁心初一般，都成泪做的人儿了。

没有怎么收拾，袁心初、姜上清和芸娘，坐上组织安排的一辆商务车，风驰电掣地赶到了西安，见到了久别重逢的牛少峰。袁心初与牛少峰夫妻情深，姜上清与牛少峰战友情切，他们见面了，把芸娘也拉进来，相互拥抱着，很久很久。

丰盛的团聚宴就安排在牛少峰暂住的人民大厦，他们酒一杯杯地喝着，菜一口口地吃着。牛少峰提议，中华民族抗战胜利四十五周年，咱们有必要庆祝一下。

袁心初、姜上清和芸娘都赞同牛少峰的提议。

到了抗日战争胜利纪念日，他们四人，牛少峰和姜上清各自一身军装，而袁心初和芸娘，又都是一身红绸旗袍，相互手挽着手，从西安城的南门走进来，走过了南大街，转过了钟楼，又走上东大街，一直地走着，走过牛少峰、姜上清他们当年走出的东大门，他们那时就是从这里走向中条山抗日战场的……当年走着时，西安城万人空巷，他们高唱着抗日的歌曲。数十年后的今天，他们为了纪念抗日战争的伟大胜利，再次走在了当年走过的西安城，他们唱起了当年唱过的抗日歌曲《大刀向鬼子们的头上砍去》：

大刀向鬼子们的头上砍去！
全国武装的弟兄们！
抗战的一天来到了！
抗战的一天来到了！

他们把西安城轰动了！万众千人听着他们的高声歌唱，纷纷拥向了他们，跟在他们的身后，与他们一起高唱起来：

前面有东北的义勇军，
后面有全国的老百姓，
咱们工农军队勇敢前进，
战胜全部敌人！
把他们消灭，消灭，消灭！

抗战胜利日游走西安城，成了牛少峰和袁心初、姜上清和芸娘他们坚持了多年的一个仪式。此后的 1995 年、2000 年、2005 年，他们都像那次一样，牛少峰、姜上清一身军装，袁心初、芸娘一袭红绸旗袍，在西安城沿着他们抗战走过的街道行走一遍。

1990 年的游行，牛少峰和袁心初，姜上清和芸娘，在人们的簇拥下出了东大门，在那里，牛少峰突然转身，把身穿红绸旗袍的袁心初抱住了，牛少峰给抱在他怀里的袁心初说了。

牛少峰说，当年送我打鬼子，你是我的新娘！

袁心初说，我是你的新娘！

牛少峰说，永远的新娘！

旁边的姜上清和芸娘，幸福地看着他俩，跟着他俩的话也说了。

姜上清说，永远的新郎！

芸娘说，永远的新娘！

吴克敬，陕西扶风人。毕业于西北大学中文系，硕士学位。曾任西安日报社党组成员、副主编，现任中国书画院副院长、陕西省作家协会副主席、西安市作家协会主席、陕西省政协委员。曾获冰心散文奖、柳青文学奖，中篇小说《手铐上的蓝花花》获第五届鲁迅文学奖。《羞涩》《大丑》《拉手手》《马背上的电影》等作品被改编成电影，长篇小说《初婚》被改编成电视连续剧。

童话之石

陈毅达

1

刘晓妮一觉醒来，发现外面的时令已入秋天。打开窗门，凉爽的风扫了进来，不带潮湿。她低头往下看去，街道两旁树木的绿色中已透出了隐约的枯黄，树干变得黑黝黝的，直接露出了枯意，一些树上结的果，已撒落在地面。山区城市，春季多雨，夏季酷热，冬季寒冷，只有秋季，虽然有些肃杀，但是天高气爽，刘晓妮很是喜欢。

床前的小闹钟，时针已指向上午八点多了。往常，刘晓妮每天清晨六点则起，如今女儿考上了北京的知名大学，自己又刚提前退休，刘晓妮早上不用再为女儿张罗早餐。这段时间，她已试着让自己早上迟些起床。

不过，今天能这么迟才醒，刘晓妮觉得主要原因还是昨晚跟老公又吵了一架。

昨晚睡前，老公有点怯生生地告诉刘晓妮说，喂，跟你商量一下，明天是周六，我们高中的同学约好聚会。通知是今晚到铁城县宾馆报到，不过，我算了一下时间，明早坐最早的一班高铁赶去，还是来得及的，所以我明早一早就走，要后天晚上才回来。

刘晓妮一听，有点不高兴，这是要让她一人在家了吗？就没说同意，也没说不同意，发牢骚似的说，什么同学聚会，这做同学的时候谁也没搭理谁，几十年过去了，现在才忙着联系，轰轰烈烈地搞相聚，真想不明白。

老公解释说，都是这样子。过了这么些年，大家见见也没什么。这年头，物质生活好，大家找个理由聚聚，也正常。只是，你能不能让我带点钱去？

老公的钱，全被刘晓妮管着。过去，老公单位还会有点加班费小补贴什么的，老公有没有全额上缴，刘晓妮不知道。但现在，单位的工资、奖金什么的全透明，管住老公的工资卡，就等于握住了老公的钱袋子，刘晓妮打心眼里拥护和感激这样的管理制度。

什么什么？要带钱？聚会是你请客吗？刘晓妮听到要钱，有点克制不住了。女儿上了小学后，考试总是全校的前三名，开家长会时，老师总是说这孩子绝对是个读书料。刘晓妮听在心里，那时就开始寻思着，能不能积攒点钱，到时像那些有权或者有钱的人一样，把女儿送到国外留学去。这么些年来，刘晓妮一直是省吃俭用，把钱抠得紧紧的，尽可能往这个方向努力。

老公说，不是我请客。坐高铁会贵点，但快而且舒服，车费来回要四百块，聚会是凑份子的，每人摊三百块，能不能给我一千块带在身上？有剩的回来我再上缴？

这么多？刘晓妮更不满了，什么狗屁同学聚会，要花一千块？都什么年龄啦，个个都奔五奔六的，还这么浪费搞浪漫？

老公据理力争地说，同学聚会是人之常情，这很正常的！好好的事情，怎么一到你嘴里，就变味了！

刘晓妮热汗一下从后背沁了出来，脸颊潮红，语带讥讽地说，是啦，去把过去的梦再捡起来，捡回来，你们这些男人！

老公听后，浑身有点颤抖起来，你怎么这么不可理喻！要不，你一起去！

我才不掺和你的人之常情！这同学聚会弄出点事的现在还少呀？刘晓妮说，我怎么不可理喻？这一千块钱不能省下来给女儿吗？她学习那么好，要读研究生，如果还读博士呢？万一以后到国外留学呢？你那聚会，本身可去可不去！

老公脸色铁青，大喊起来，这是我的事，与女儿两回事，你不要强词夺理，总拿女儿来说事来压我！

刘晓妮冷笑起来，我怎么强词夺理？女儿不是你女儿？怎么，想比声音大是吗？

俩人你一句我一句的，就这么吵起来。过去女儿在家，俩人都还比较顾忌。现在女儿不在家了，刘晓妮发现与老公吵架频率变高了，吵得还肆无忌惮。

老公后来是瞪着怒眼，愤然地回到自己房间……

外边很安静，刘晓妮从卧室出来，走向卫生间，拿起牙刷，开始刷牙。怎么这么安静？刘晓妮边刷着牙，边走到老公的房前，门是开的，房内无人。走到客厅，客厅里也没见老公人影。

老公真的走了！

是昨晚走的还是早上走的？刘晓妮奇怪的是，老公怎么敢走，怎么有钱走呢？

刘晓妮有点气恼，把牙刷一扔，漱了个口，又走回房来，坐到了床前，把枕头叠高，人躺了下去。刘晓妮跷着脚，双手放在自己的肚子上，眼睛瞪着天花板，头脑里有些空白。隔着全棉的睡袍，她能够感到肚皮有些鼓起，上面有不少生育后留下的皱褶。把手伸向胸脯，乳房明显松弛下垂，摸过去没一点质感。她索性让手再往下伸去，原先下面浓密的毛，跟头发一样，现在也开始有点稀疏了。岁月留下的悲催，女人可以从自己的身体变化和老公对自己的亲密度，判定出来。

自从女儿去上大学后，刘晓妮就经常会莫名地和老公吵架。有天吃完晚饭，刘晓妮不知为何一下子就不想收拾饭桌和洗碗，老公见了，就主动抹桌洗碗。老公做完事后，刘晓妮看到了厨房水池前，地上落下不少的水滴，便拿来拖把，一边拖着一边埋怨说，洗个碗，满地都是水，小事都做不好！

老公有点不高兴地应了句，就掉了几滴水在地上，擦干就是，啰唆干吗！

刘晓妮一下火了，什么什么，你一辈子做事都没做清楚，说你两句还不行？

老公也急起来了，什么一辈子做事做不清楚，你怎么一辈子都是说这么不清楚的话？

刘晓妮一听就爆发了，脸颊热烫，先是背部流汗，然后全身湿透，大汗淋漓，她记不清自己骂了老公什么了，只记得突然无法自控地举起拖把，砸向老公。老公一躲，拖把砸到客厅的木茶几上，刘晓妮的手被震得好痛。

老公整个人傻了。

刘晓妮跑进房间，给女儿打了个电话，向女儿数落老公。

女儿耐心地听完说，老妈，肯定是你错，就几滴水，至于吗？

刘晓妮被女儿一说，有些冷静下来了，但嘴上不肯认错，说，人家说女儿偏心爸爸，真是这样。我说他一下，他不回嘴不就得了！他是个男人，不该让我？

女儿说，老妈，男人也是人，是人都有脾气和情绪，你怎么不让让他呢？现在什么年代了，还男人女人的。可能进更年期了，我上网看过相关介绍，要懂得控制自己。

更年期？刘晓妮真没想过，有点吓一跳。也是，近些时候月经量明显越来越少了，人总感到烦，感到燥，感到浑身说不出地难受！

和女儿通完电话后，刘晓妮那一夜睡得很沉很沉。后来，她发现，只要是跟老公大吵一架之后，她居然都会睡得香。

刘晓妮又有点慌，给女儿打电话。女儿说，因为你憋住的生理和心理的负能量太多了，通过吵架就释放出来了，这个释放过程有如火山爆发，把人体心理垃圾都带出来了，很损耗能量，吵完后身体就处于低能量状态，就会感到累，感到困。这正常，老妈，你别拿跟爸爸吵架来给自己催眠了。

女儿懂得真多！只有女儿的话，刘晓妮会听进去。过去把所有的时间几乎都花在女儿和这个家上，不看电视不看报纸不上网，现在才感到太多东西都不懂了。被女儿提醒后，刘晓妮也比较注意控制自己，昨晚如不是因为老公要钱，刘晓妮自信是不会激动起来的。

秋天的阳光从卧室的飘窗外挤了进来，满屋通亮。这个阳光真好！刘晓妮从床上起身，在房里走了一圈，把橱柜里的被子全都拿到阳台去摊晒，接着，又把床上的被单、床罩什么的全都拆了，塞进洗衣机。

洗衣机开始转动的时候，手机响了。手机放在床头，刘晓妮从阳台快步走进房间，一看屏幕显示，来电号码是老公的。不接，肯定是走时没打个招呼，现在心虚了，假模假样来个电话，说几句不痛不痒的话，想缓和一下关系。哼哼，惯用伎俩，去急吧！

刘晓妮扭头走出了房间，手机声却是停了下来又接着马上响起，不依不饶，连着几遍。刘晓妮停住了脚步，老公这次是回铁城县老家，会不会老家有什么事？刘晓妮重新进了房间，很不甘愿地拿起手机，没好气地说，干吗？

听筒里传来老公有点怪怪的声音，我到了。无意间，我看到了《铁城晚报》，上面有一则寻人启事，找你的！

刘晓妮莫名其妙，说，你神经呀，登报找我？同名同姓的人多着呢！

老公声音变得很认真了，是找刘一妹！李齐霄，你记不记得？

李齐霄，这三个字有如三颗子弹，一下击开了刘晓妮的记忆门锁。刘晓妮全身有如过电了一般，呆住了许久，才挤了两个字，记得。

老公说道，我手上的报夹是一整个星期的《铁城晚报》，天天都有登，连续呢。

刘晓妮不知如何回答，怎么会呢？神经病啊！

老公用一种很中性的语言说，我用手机拍下，发给你！

老公挂掉了电话。刘晓妮头脑里一下浮现出了一位英俊少年，眉清目秀，细高个儿，头发有点自然卷，眼睛很大，笑起来嘴角有些上挑，着一身红色的运动衫，穿着一双白色的球鞋，挎着一把吉他。

登报寻找！不可思议。刘晓妮听到手机短信声响起，急急点开一看。

寻找刘一妹

刘一妹，出生于1971年7月2日，曾就读铁城县沿山中学职高班高一（2）班。看见本启事后，请速联系同学李齐霄，手机13905098611。如有告知刘一妹线索者，定给酬谢。

刘晓妮至少把短信看了十遍以上。从短信的字面上来看，无非是同学找同学，真看不出什么东西来。但是，这么多年了，李齐霄还记得住她，还如此寻找她，刘晓妮想到这里，恍如回到了少女时代，全身发软，一仰身又躺到床上，心如长出了绒毛，眼睛有点酸。

刘晓妮的父母没有文化，出生后去上户口，人家问孩子叫什么名字，父亲随便想了一下，说叫刘一妹。随着年龄渐长，刘晓妮越来越觉得自己名字实在土气，父亲对自己实在太不负责了，就一直想更换名字，特别是考上了市里的商业专科学校后，她去学校报到时，一旁有个城里的男同学当场就笑起来，说这个名字真好玩。刘一妹当时脸就红起来。毕业后，刘晓妮留在市里一家商贸公司工作，落户口时，来到派出所，就提出说要改名字，户籍警看了她半天问，什么理由？刘晓妮不知如何回答，忸怩了许久，才说就想换个好听的。那个户籍警是个老家伙，摇着头说，没理由就不能改，这有规定，再说名字也是父母所赐，轻易乱改也是不孝，你们这些年轻人！刘晓妮又羞又恼地走出来。后来她才听说，要改名字的人太多了，而且，改名字手续也挺麻烦的。

刘晓妮与老公相亲那会儿，第一次见面是在延平的湖春公园。一见面，她不让老公先讲话，而是自己单刀直入，听说你爸在公安局？还是个派出所长？那能帮我改个名字吗？

老公瞪着眼整个人都傻了，奇怪地看着刘晓妮说，改名字，你要改名字？

刘晓妮嘴一撇说，行不行？行不行？语气中明显透出你办不了我就走人了的意思。

老公似乎一见面就挺满意刘晓妮的，赶忙点头说，这简单，简单。

如果不是有这则启事，刘晓妮全然忘记了自己曾经叫刘一妹。刘晓妮心里有点波浪，拿起手机，把号码输入进去，但在最后按拨出时，刘晓妮又犹豫了，都三十多年了，再联系有意义吗？老公知道这事，会怎么想？这次他去参加同学聚会，昨晚自己不还骂他？报应来得这么快，算了，就当不知道！

刘晓妮把手机一甩，扔到了枕头上。此时洗衣机嘟嘟叫起来，设定的洗涤程序结束了，刘晓妮来到阳台把被单、床单从洗衣机里掏出来，一一晒在阳台上。她一下想起，当年与李齐霄第一次说话，也是因为洗被单和床单。

那时，沿山中学职高班是省里职业教育在山区农村的试点校，学生是面向铁城县全县招生的，城里的学生也可以报名就读，实行寄宿制。李齐霄是来自城里的学生，而刘晓妮是当地农村的学生。城里会到这儿读书的学生，都是学习不好的，没有考上县一中高中的，但都是有一定背景的，通过关系进来的。农村学生会进这里，也是没有考上县重点高中的，但是读书都是不错的。城里生虽然不会读书，但不太瞧得起农村生。而农村生到这儿的，都明白来这里的城里生不怎地，也看不上城里生。因此，别看是小小的班级，里面不仅有男生女生之分，还有城乡之别，情况小小复杂。虽然同在一个班里，刘晓妮知道李齐霄，李齐霄也知道刘晓妮，但他们俩在学校和班里从来都没说过一句话。

直到下半学期的一天早上，刘晓妮晚上睡觉时来了例假，醒过来时床单和被子已被弄得一塌糊涂。刘晓妮早早起来，本想到学校的公共洗衣池去洗，但学校的洗衣池只有几个，早上又是寄宿生起床后使用的高峰期，已有男生在那边刷牙洗脸了，刘晓妮怕被男生看见不好意思，因此，就用塑料提桶拎着，再用塑料盆盖住，跑到离校园不远处的溪水里清洗。

照说这个考虑也是挺周全的，不过当刘晓妮把被单床单洗好时，她才发现自己犯了个错误，她忘记了叫个同学一起来，靠她一个人，无法拧干被单和床单，而湿湿的被单和床单放在桶里，如拎着一桶水一样沉。

瘦弱的刘晓妮此时实在想不出更好的办法，就拎着塑料桶走一段歇一下往校园回。就在这个时候，刘晓妮看到了迎面跑来的李齐霄。

李齐霄上穿一件红色的运动装，下着一条镶着白边的红色运动裤，脚踏一双白色运动鞋，迎风跑步，溪边的绿色小树林，路边绿色的灌木丛草，把身材高瘦的李齐霄映衬得格外飒爽英姿。

刘晓妮看呆了。

跑到刘晓妮身边，李齐霄停了下来，看着额头挂着细密汗珠的刘晓妮，惊讶地说，你，怎么到这边来？见塑料桶内盛着带水的被单床单，李齐霄似乎有点明白，说道，你是不是一个人没法拧干？我帮你！

刘晓妮瞬间血往脸上直冲，十分慌乱，神还没回过来，李齐霄已从桶里先拿出床单，把一头递给刘晓妮说，你抓紧就可以了。然后，紧抓住另一头，使劲一拧，水被拧出落下了。

李齐霄说，干吗不在学校里洗或带回家洗？

刘晓妮感到自己来溪边洗被单床单的秘密被李齐霄发现了似的，更不好意思，不知道说什么好。

李齐霄见状又装着明白的样子，唔，我明白了，你们乡下是不是习惯了？其实，溪水没经过处理，洗得并不干净！

你们乡下，刘晓妮听到这句话，不知为何一下心静下来，冷冷地故作高傲地说，我是习惯在溪里洗东西，谢谢你城里的！说完拎着桶就走了。

李齐霄愣住了，但很快明白，在后面大声辩解道，我不是这个意思，真不是这个意思！你误会了！

刘晓妮坚持着头也没回。

还没走到宿舍，刘晓妮就后悔了，人家如此好心帮你，为什么要那样对他呢？等到了宿舍把被单床单晾好，刘晓妮就更是追悔莫及。他是城里的，自己确实是乡下的，他说的是事实。再说，现在的溪水是很脏呀，用来洗被单床单确实不干净，他又没说错，为什么要怪他？为什么要生气？为什么不同他多说几句话呢？

从这天起，刘晓妮头脑中总会不经意地快闪着晨光之下迎风跑步的李齐霄的定格特写，刘晓妮开始十分留意李齐霄，总是用眼睛的余光偷偷地捕捉李齐霄。终于，在一个夜晚，刘晓妮梦见了李齐霄，李齐霄穿着一件高领的套头衫，下着一条大喇叭裤，奋力奔跑在溪水上，但一不小心，跌入到水中，在水里挣扎着。

刘晓妮被吓醒了，睁着的眼睛就闭不上了。天刚蒙蒙亮时，刘晓妮随手拿起语文书，急急往溪边走去。

刘晓妮走到溪边时，天已放亮。果然不出预料，刘晓妮看到了在溪边奔跑的李齐霄。李齐霄仍是一身鲜艳的红色运动装，在朝霞的映射下，充满了青春的活力。刘晓妮故意低头装着背书模样，迎了上去。

俩人在草丛中的小径上面对面相逢了。

李齐霄有点不知所措，在原地上跑着，手脚不知道如何停下来，看着刘晓妮傻笑着说，这么早？

刘晓妮满脸飞红，低头用眼角瞥了一下李齐霄说，你不更早？

这么一说，俩人都大笑起来。笑声惊动了草丛里的几只麻雀，扑扑地冲向蓝天。

在这次相遇中，刘晓妮才知道，李齐霄不仅是城里人，还是省城里的人，他与那些校里的城里生不一样，他爸爸是省里地质勘测院的工程师，去年被派到驻在铁城县里的地质大队任领导。李齐霄从小是跟着父亲生活的，先后住过好些地方。因为流动性太大，李齐霄自小就经常更换学校读书。李齐霄还告诉刘晓妮，他爸认为他不是读书的料，让他准备着，当“特长生”去报考体育学院，所以，他每天必须坚持跑步。来沿山中学职高班读书，主要是过渡一下，下学年就可以通过转学到县一中补习文化课。

难怪他身上有着一些与众不同的东西，连县城都从未去过的刘晓妮，自然一下就被李齐霄深深吸引。

那天，他们在溪边谈了很久，全是李齐霄说，刘晓妮听。

手机又响起，是老公打来的，问说，如何？看到了我发的短信了吧？那人是你原来的同学？职中的吗？我怎么从来没听到你提过呢？

刘晓妮被老公这么一连串地问，有点小恼火说，什么意思，想查我吗？语调有些高起来。但是转念一想，过去的男同学登报满世界地找自己，老公有点反应和警惕，算是正常和应该的，老公已很久不吃醋了，好像不该对老公发火，顿时自感有些气短，语气又平和起来说，这人是我高一的同班同学，但是他高二就转到县一中了，走了，同班时间很短，我和他从此再没联系过，谁知道他发哪路神经，登报找我干吗？

老公用很理解的语气说，哦，这么多年了，不管怎样，还很难得……

老公才说到这里，刘晓妮就在心里骂道，真是鸡给黄鼠狼拜年，想来套老娘。马上就接上话，没好气地说，都几十年没联系了，你少来！

老公辩解地说，不是，这么长时间了，他登报找你，会不会真有什么事？

刘晓妮有点不耐烦，说道，估计也就像你们，无聊，没事干嘛，想搞同学会之类的。我才不赶这趟时髦！

老公似乎听出刘晓妮心里的烦躁，连忙说，好好，反正是你自己的事！但是，我认为同学聚会是正经事！

刘晓妮没心思和老公再说，就把电话给挂了。都过了这么些年，每个人都有自己的生活和家庭了，再联系有意义吗？人都是往前走的，退不到过去，如果能像快递一样选择退回，那么地球只好倒转了。李齐霄怎么想不到这点？难道，真是老公说的有什么事？不然，为何登报？但如果有事，又会是什么事呢？那个时候，大家才几岁，会有什么事？

刘晓妮把手机里的寻人启事又看了几遍，突然有了一个想法。上面不是说"如有告知刘一妹线索者，定给酬谢"吗？那么，可以请女儿帮个忙，让女儿以"知道线索者"的身份打电话给李齐霄，这一来，可以知道李齐霄找自己是不是真有什么事，如果没事，也不必再登什么报了；这二嘛，也可以不要让老公产生什么不必要的想法和误会。

刘晓妮觉得这个想法两头兼顾，很不错，就拨通了女儿的手机。

星期六，女儿得空，正在逛故宫。一听，就不以为然地说，老妈，你同学找你，直接给他个电话，问他有没什么事就得了，还要这么麻烦干吗？你们这辈人，也太好玩啦！女儿似乎有点不太乐意。

刘晓妮被女儿一说，也有点小纠结，解释道，这么多年没见了，我不想同他有什么联系。但他寻人启事这么登下去，影响不好，我怕别人会有误会，你爸到时也会误会。再说，万一确实有什么事呢？

女儿在电话里“哦”了一声说，老妈，你过去叫刘一妹，连我都不知道。接着坏笑一下，老妈，看来这个同学不是一般同学。好吧，为了我老爸不误会，为你那个同学不要再花冤枉钱登报，我马上帮你搞定。

就一会儿，女儿就回电了，老妈，我和他通了电话。我问他找刘一妹有什么重要的事没有。他说没有任何事情，完全是想联系联系而已。我就告诉他说，刘一妹出国了，去了澳大利亚，在墨尔本。他听了就给我说，现在出国很方便，可以把国外电话或地址提供给他，他愿意给我重金酬谢，问我一千元如何。我告诉他说，国外的地址和电话我没有。他说，那谢谢了。就这么简单。

女儿在电话里笑起来，好像做了一件挺开心的事。

刘晓妮听到这，心里涌上一股别样的滋味，不知是伤感呢还是喜悦，淡淡地说，算了，没事就好！

女儿说，OK，我非常赞同。不过，这个人这样来找你，真有点怪怪的。女儿接着又说，老妈，这北京故宫真是太牛了，里面的文物宝贝超级吓人，你什么时候来北京，我陪你来看看，开眼极了！

刘晓妮说，去趟北京要花多少钱，再说那些文物宝贝也看不懂。接着交代女儿在外要注意身体注意安全一通，就挂了手机，有点惆怅地看着阳台外的天。

天很蓝，很空旷，那个时候在溪边，天好像也是这般。

2

中午，刘晓妮把昨晚的剩菜剩饭热一下，随便吃了点，就坐在沙发上打起盹。

李齐霄的身影居然又出现，时而在学校的走廊里，时而在溪边的树林里，一会儿是笑脸，一会儿又是挺立的身姿。

那时，闭塞的山城让学校的男生女生分得很清楚，男女同学的关系十分保守，平常连话都不多说。刘晓妮和李齐霄在班上也从不说话，好在他们都是在学校里寄宿，因此，偷偷地在早晨或黄昏时相见。最初是在溪边，后来在溪水的上游，他们发现了一大片茂密的樟树林，据说那是一片风水林，所以当地村民保护得很好，几十棵超百年以上的大樟树，自如地伸出形状各异的枝丫，冠盖如伞。李齐霄总爱坐在樟树粗壮的根茎上，弹着吉他。

一次，李齐霄给刘晓妮弹奏了一首《致爱丽丝》，刘晓妮被那个优美的旋律迷醉了，她问李齐霄，这是什么，这么好听？

李齐霄说，是吉他古典弹奏的入门曲，根据贝多芬的钢琴曲《致爱丽丝》改编的。

刘晓妮此时对自己的无知，已经不会感到不好意思了，哈哈笑着说，这肯定是那首曲，你再弹一遍。

李齐霄笑了笑，又弹了一遍，微微歪着头，目视着远方，神情非常专注，那双大黑眼不时闪动着，整个人如一个雕塑一般。

刘晓妮再也忘记不了这首曲。

一串接着一串的快节奏音符砸进耳朵，刘晓妮一下从迷糊中惊醒过来。放在沙发边茶几上的手机响起了《小苹果》，这首歌是女儿为刘晓妮专门下载并设定的，只要这个曲子一响起，就是女儿来电。刘晓妮开头并不太接受，建议女儿改用《致爱丽丝》，《小苹果》太闹了。女儿说，什么什么，老妈，你还会知道《致爱丽丝》？女儿用有点奇怪的眼睛看着刘晓妮，又说，不过，老妈，我还是喜欢《小苹果》，我不是你的“小苹果”吗？刘晓妮苦笑一下，叹口气，不坚持了。

刘晓妮按了接听按钮，女儿的声音一下闯进耳朵里，老妈，那个叫李齐霄的人好奇怪，刚刚发来了一个长长的短信，跟写文章一样，我转发给你，你看看，该怎么办？

刘晓妮看到了女儿从手机上转来的短信：

您好！我不知怎么称呼您，但我真诚地请求您的帮助。上午与您通完电话后，我想了许久，感到不管从哪方面分析，您绝对是个知情者。这些年，我一直寻找刘一妹，多次到过铁城县沿山中学、她老家金坑乡等，到处查找，但是只获得她考入了市商业学校的消息。我也找到她就读的延平市商业学校，但那所学校早在上个世纪就撤销了，原校址上矗立的是一个大型楼盘，根本找不到其他的信息。我先后在交通广播和电视台播发过寻找启事，仍一直没有消息，最后只好在《铁城晚报》上不间断地刊登寻人启事，我想总有一天，会有一个认识她的人看到吧。整整快半年了，您是第一个给我致电的人。虽然您说她出国了，但是我不想放弃这个唯一可能多知道点她信息的机会。所以，我查了一下您与我通话所使用的手机所在地，显示地点是北京。为了体现我的诚心，我准备立即赶往北京，明天就会到达，正好是星期天，请您无论如何安排一点时间见我，任何时间都可以，时间和地点都由您来确定，哪怕是几分钟。我郑重承诺，只要您能提供刘一妹下落的线索，我愿酬谢现金一千元。如果您能准确地告诉我刘一妹具体的情况和联系方式，我愿酬谢三千元。这对您来说是举手之劳，对我来说却十分重要，请您以善良之心，体察我良苦之意，前来一见，如产生交通等相关费用，也由我承担。

李齐霄

确实有点像写文章，从什么时候开始，李齐霄的文笔变得这么流畅？

在沿山中学，李齐霄最怕的是写作文，最恨的就是语文老师。语文老师每一个星期，都要布置一篇作文，李齐霄好多次都是求刘晓妮帮他写。

有一次，老师布置写《我的理想》。李齐霄又让刘晓妮帮他写。刘晓妮说，那你的理想是什么呢，总要告诉我吧？

李齐霄想了半天说，我想当个像崔健那样的歌手，自写自弹自唱。不过，我知道不可能，因为我学音乐太迟了，最好的时光错过了。

李齐霄说完有点难过。

刘晓妮安慰李齐霄说，你要求也太高了，我觉得能考上大学就好了，成名成家，那是多难的事！

李齐霄没有吭声，只是用手指怅然地拨着琴弦。

刘晓妮泪水不知为何从眼眶里涌出，流到脸颊上。有多久没流过泪了？反正记忆中的最后一次，是得知女儿获得了全市高考状元，那天刘晓妮在家里趴在床上，号啕大哭，哭得万分尽情舒坦，把老公和女儿都吓了一跳。

不能让他去北京，不能让他去找女儿。刘晓妮用微颤的手指，把李齐霄的手机号码输进手机中，13905098611，刘晓妮自己都惊讶，怎么就会记住了寻人启事上的手机号码？

刘晓妮按下了拨出键，把电话拨了出去。

对方的手机居然响起的是《致爱丽丝》，不过是用钢琴弹奏的。

一个挺陌生的声音出现，你好，请问哪位？

像银针刺进了穴位，刘晓妮全身颤抖起来，一句话也说不出来，只将自己无法抑制的激动的喘息，通过话筒传了过去。

谁？难道……你？是刘一妹？对吗？喂喂，我是齐霄，李齐霄！听筒里传来了热切惊喜的呼声，李齐霄在话筒里几乎是喊起来说，我终于找到你了！

刘晓妮哽咽着，任由泪涌，许久才说，你一直找我，有什么事吗？

李齐霄声音很低沉地说，一妹，时间让你对我陌生了，找你一定要有事吗？只是这么多年了，不知为什么，经常会想到过去，想到过去，就会想知道你现在的情况。听说你到国外去了？

什么？刘晓妮愣了一下，但很快反应过来，对了，女儿说过了。刘晓妮只好含糊地说，现在在哪里不都一样？联系都很方便。

李齐霄应道，也是，如果过去有现在这样地便利，我可能就不会像现在这样，找你找得这么辛苦。李齐霄的话语之间，流露出了一丝明显的酸楚。

刘晓妮心里又涌过一波的感动，想到了李齐霄短信中说的如何如何苦苦寻找自己，一时不知说什么好。

李齐霄低声问，你现在一切都好吗？在国外会适应吗？

这一问，刘晓妮想到了女儿，想到了老公，回到了现实中来，说道，反正人都是过日子，日子能过下去，过得顺，应该就算好！

哈哈！李齐霄的笑声有点干巴巴的，说道，是的，这个年代过日子大家都没问题，这么多年，你还是保持着从农村出来的质朴本色！难得。

从农村出来？又说我是农村人！刘晓妮一下就想起了第一次与李齐霄相遇时的对话，为什么在李齐霄眼里，自己总是农民出身？不过，那时是农村人，有着年少的无知和扭曲的自尊，现在成熟了，有着成熟的世故。刘晓妮在心里不禁莞尔，突然想幽默一下，仍然跟第一次一样，说道，你呢？你现在怎么样？城里人做得还好吗？

李齐霄似乎听出了刘晓妮的意思，反应很快地说道，现在城里远不如农村，农村人有土地，有责任田，有山林，城里人什么也没有。我现在有一些朋友，想着法子去农村，有的变通着找关系，想把户口弄成农村的，变成农民。所以，如今，我这城里人过得太一般般，可能没你好！说到这儿，李齐霄又有点感叹地说，你还是跟过去一样的！

刘晓听出了李齐霄有点难堪，又有些后悔，话题一转问，你现在在哪里高就？

李齐霄深叹一口气说，我没什么高就，一直在省城，自己做自己的事，就如你说的，过日子而已。

李齐霄接着问，你呢？

我很好！我女儿很懂事很争气，考上名牌大学！我今年办了提前退休。刘晓妮已经平静多了，话语正常起来。

这么说，你是今年提前退休陪女儿去国外留学的？李齐霄话里有明显试探的意味。

这……刘晓妮有点语塞，但很快就调整过来，说道，有些事说起来话长，以后有机会再说吧！如果没什么事，以后我们再聊好吗？

一妹，你现在在国内对吗？因为你的手机号码在我手机里显示是延平市的手机！李齐霄突然发问。

刘晓妮措手不及，想了想，承认说，是，我在延平市！

一妹，你要知道，我找到你有多不容易，如果你在延平市，我等下就赶往延平市，好吗？李齐霄似乎生怕刘晓妮挂掉电话，语气又急切又诚恳地说，我真的很想同你见上一面！

刘晓妮不知该怎么回答，停顿了许久才说，都这么多年了，我们彼此走在街上也许都认不出来，各自都好就行了！以后有时间保持联系就好了！

不，不！李齐霄连忙接上话说，一妹，通电话是一回事，见面又是一回事，真不一样。我就想去看看你，看看你！我如此找你，就是想见你一下！

真的没这个必要！刘晓妮拒绝了，保持着过去各自的记忆不更好吗？

那……好吧！李齐霄非常失落又非常无奈地说，我再打电话给你！

再说吧！刘晓妮本想再拒绝，但又有点犹豫，一直拒绝总是不好，也有点于心不忍。

你再考虑一下，我希望见你！李齐霄最后说道。

刘晓妮什么也没说，就挂了电话。

往事如烟，过去就过去了。刘晓妮拿着手机呆坐了一会儿，心想，都这么多年了，自己已不是过去的刘一妹了，都快老太婆一个了，他李齐霄也不会是原来的李齐霄！

刘晓妮给女儿发了个短信说，我那同学你别管了，他也不会去北京烦你了。

一分钟时间没到，女儿的电话就打来了，老妈，你是不是跟那个同学联系了？怎样，没什么事吧！

刘晓妮叹了口气，这么多年了，会有什么事！

女儿有些吞吞吐吐地说，老妈，我想想，觉得这小有问题，哪有这样找同学的，要么电影看多了，要么就是头脑有病……女儿似乎突然意识到这么说有点不妥，口气一转说，不过，现在什么稀奇古怪的事都有，也见怪不怪。我有个同学，前几天还有人找到学校来认她姐姐呢，说是她爸在外面跟人生的，她爸死于车祸，弄得她都要疯了。

刘晓妮心里明白女儿的意思，就说，你放心，他就是个同学而已。

女儿说，他是个男同学，老妈，他有拖泥拖水的老牛劲，你别给拉动了！

刘晓妮笑起来，有些底气不足地应道，你这个小死鬼，老妈都活到几岁啦，你就别瞎操心了。

女儿还是不放心地说，老妈，他突然这么费尽心思地找你，好像不对劲，千万要小心！

这年头，也难怪女儿担心。刘晓妮心想，管他有没有问题，我到此为止了，还能怎样？就说，好了，知道了，老妈要钱没钱，要色没色，都奔五的人了！

女儿说，老妈，情人眼里出西施，你看上去还是很年轻！说到这，鬼鬼地笑了一声，才接着说，再见老妈！帮我问候老爸，一定要给他说我爱他！

刘晓妮听出了女儿话里有话，无非是想提醒自己。人说女大更向着父亲，果不其然。

刘晓妮与女儿通完话后，那个穿着红色运动衣的瘦高少年，挎着一把吉他，又闯进脑海中来。他吊着一只脚坐在樟树的树枝上，抱着吉他，一边弹一边低声地唱："我从山中来，带着兰花草，种在小园中，希望花开早。一日看三回，看得花时过，兰花却依然，苞也无一个。"

那一切如在昨天，记忆是没有时间的现场。

听到这首歌时，刘晓妮是随母亲到乡里去赶集，当时刘晓妮连县城都没去过，路过了乡里的一家电子商店，听到了从三用机里传出的这首歌，是个女声唱的，那也是刘晓妮第一次见到两个喇叭的三用机。刘晓妮站在那里看了一会儿，听了一会儿，一直到母亲喊她了才走。但是，这首歌，刘晓妮印象太深了，回到学校与李齐霄见面时，她就让李齐霄弹唱，李齐霄弹唱时，声音都压得低低的，唱得十分入情。

每个周末回村再回校后，刘晓妮总会看到李齐霄给她带来她知道但从未见过的东西，或是根本不知道的东西。比如巧克力，刘晓妮在书中看到过，那时只有大城市才有，刘晓妮从未吃过。刘晓妮是从李齐霄那里吃到，并且知道，巧克力还有黑色和白色的，有好多种，味道也不尽相同。比如彩色照相机，李齐霄在溪边给刘晓妮拍了许多照片。刘晓妮只在小学毕业和初中毕业时，在乡里的照相馆照过两次单人照，还是黑白的。当李齐霄把厚厚的一摞彩色照片拿给刘晓妮时，刘晓妮看呆了，才知道自己在溪边的岩上，在草丛中，在水中，在蓝天下，在樟树林里，有那么可爱的笑容，有那么漂亮的身影，只不过皮肤有点黑，笑起来神情有点傻。

有一段时间，李齐霄带来了一个小小的收录机，借给了刘晓妮听。刘晓妮戴着耳机，躲在宿舍里，听到了许多好听的歌曲。就是从收录机里，刘晓妮知道了嗓音甜润的邓丽君，听到了费翔的《故乡的云》，齐秦的《外面的世界》。

那年寒假放假前，刘晓妮刚好生日。在清晨见面时，李齐霄说，今天是你的生日，你曾经告诉过我，我当时就决定一定要陪你过生日，你傍晚一定要在老地方等我。

李齐霄上午专门向老师请假，回县城去了。

傍晚时，刘晓妮在樟树林等来了李齐霄。

刘晓妮老远就看到了李齐霄快步走来，穿着一条大喇叭裤，背着一个背包，挎着一把吉他，真像电影里的人。

李齐霄到后，先把吉他放在一边，然后把背包解下，那个背包是帆布做的，有不少的小口袋，李齐霄变魔术似的，从里面一一拿出了东西来：先是一块小的塑料野餐布，铺在一块干地上，接着拿出一个用纸盒装的十厘米的奶油蛋糕，上面站着个心形的小标签，写着生日快乐。再接着，是一小包细小的蜡烛、几个小纸盘和一小把硬塑料刀，最后，拿出了两听铝罐装的百事可乐。

奶油蛋糕，刘晓妮第一次见到。刘晓妮看着眼前的一切，有些看傻了，有点语无伦次地说，你怎么买这么多东西，你这包也真能装！

李齐霄应道，这是我爸去野外探测时用的包，这个是最小的，还有更大更能装的。说完，突然想到什么，独自沿着溪边跑去。

过了一会儿，李齐霄出现了，手上拿着一束野花，双手捧给刘晓妮说，这是给你的。刘晓妮不好意思地接了过来，连谢谢都忘了说。

李齐霄高兴地坐下来说，你的运气真好，县城上个月刚好开了一家蛋糕店，奶油蛋糕，我今年生日都没赶上。我帮你插好蜡烛，你可以许愿！

李齐霄边插上蜡烛边说，你今年十四岁了，就插十四根。

于是，蛋糕被插得满是蜡烛，那蜡烛有粉色、黄色、紫色、白色，很是精致。李齐霄从口袋里掏出一盒火柴来，把蜡烛点燃说，这个蜡烛是无毒的，你别担心滴在蛋糕上。你闭上眼睛许个愿，然后吹灭蜡烛，就能心想事成！

生日许愿很灵吗？刘晓妮闭上了眼，双手合掌，心中默默祝愿，李齐霄和自己都能顺利地考上大学。

吹灭了蜡烛后，刘晓妮有点希望李齐霄能问自己许了什么愿，但李齐霄并没问，他让刘晓妮用塑料刀开始切蛋糕，然后拿起吉他，弹唱起来："祝你生日快乐，祝你生日快乐，祝你生日快乐，祝你生日快乐！"

唱完之后，李齐霄从包里拿出了一个用纸盒装的东西，纸盒看来是李齐霄自己手工做的，很粗糙和歪歪扭扭的。李齐霄递给刘晓妮说，这是送你的生日礼物！

什么？刘晓妮觉得不能再要李齐霄的礼物，就用手挡住说，你已经为我花了这么多钱，我不能再收你的礼物了！

李齐霄笑了起来，嘴角两边上挑，说道，没事。我跟我爸在一起生活，我爸一出去，有时要好几天才回来，就只好给我一些钱买吃的。我平时会积点，所以能够买这些东西。说到这儿，神情变得有点认真起来说，生日礼物是不能拒绝的！

刘晓妮只得接了过来，打开一看，是一块电子表，那时电子表可是个时髦货。刘晓妮也只是知道，从未见过实物。

这是我爸带回来的，据说都是从台湾走私过来的货，也不贵，人家从沿海给他带来的，我家里有好几个，我同我爸说了，一个好同学生日，送给好同学，我爸同意的！李齐霄说，你戴上吧。

刘晓妮把电子表戴上了手腕上，这是她一生中第一次戴表。

花儿，蛋糕，音乐，礼物，一切历历在目，这是刘晓妮永生难忘的生日……

3

手机铃声一响，刘晓妮在迷糊中一下就猜到了可能是李齐霄，连她自己都奇怪为什么会这么猜。刘晓妮拿起手机一看，果然是李齐霄。都这么晚了还来电话？是不是疯了？刘晓妮把手机又放了回去，接还是不接？刘晓妮有点纠结。还是不接吧，都是成年人了，往事只可回忆了。刘晓妮任由手机铃响，睁大眼躺在床上，突然，刘晓妮想起李齐霄在发给女儿短信时曾说过，将马上赶到北京。上午，自己同他通话时，李齐霄也说要来延平市。会不会，李齐霄现在赶到了延平来？这个想法让刘晓妮心中涌上一股巨大的不安。但等她觉得还是接听电话时，手机铃声已停了。

刘晓妮想了想，决定回个电话过去。

正拿起手机想回电时，手机铃声又响起，这下，刘晓妮立即接通。

李齐霄充满期待的声音扑了过来，一妹，我已从省城到了延平市，现在就在舒美达酒店，你能过来一下吗？

李齐霄的语速很快，如子弹扫射，声音充满了激动。

刘晓妮真如中弹一般，整个人呆了。许久，才对着手机说，你到了延平？

李齐霄完全不掩饰地说道，我好不容易找到你，当然急着想见你！再说从省城开车到延平市，高速公路，就两个多小时，所以，我不请自到！

刘晓妮的不安在扩散，李齐霄是否也太无所顾忌了，完全没有考虑她的感受如何和方便与否，好在今晚老公不在家，要不真不知道该怎么解释。

刘晓妮本能地抗拒，把声音变得淡淡地说，都这么晚了，你先住下，明天我有空找时间去看你吧。她想给李齐霄浇一盆冷水。

李齐霄停顿了一下，似乎终于明白了，声音也低了下来，语气有些抱歉地说，本来没什么问题，只是不好意思，我走得太急，忘记了带身份证，没有身份证，酒店不让我办住宿，延平市我不熟，没有其他能帮我的朋友，想了想，只好给你打电话，你能否帮我呢？

原来如此。李齐霄本来就是个粗心的男生，刘晓妮记得当时在班上，有好几次考试，李齐霄总是忘了在试卷上写上自己的名字，被老师在课堂上批评过。刘晓妮不知为何，许多的不安一下烟消云散，觉得自己多虑了，就急急地说道，那好吧，你稍等一会儿，我马上过来！

刘晓妮走进了卫生间，冲洗了一下，披了条浴巾就出来。站在衣柜前，她看到了自己的身体，长期的节俭生活，给她带来了意想不到的好处，那就是体形大体没什么变化，后背仍然消瘦，脖子仍然细长，肩胛骨两旁仍然有着深窝。只是乳房耷拉着垂着，乳头偏大偏黑，小肚子有些向前突起。好在她个子比较高，大腿仍然细长，挺直身体，整个人依旧亭亭玉立。

刘晓妮对自己苦笑了一下，用手绾了一个发髻，扯去了浴巾，对着两腋和脖子喷了点香水，穿上了胸罩和内裤，从衣柜里挑了一件藕色的蚕丝衬衫，套上了一条过膝的包裙，外面披上了一件浅灰色的外披，穿一双中跟的乳白色皮鞋，挎着一个棕色小包，就出门了。

刘晓妮下楼拦住了一部的士，直奔舒美达酒店。

延平市是个山城，没有几家像样的酒店，舒美达酒店是近年来建的最好的酒店，虽然已是午夜时分，依然灯火辉煌。的士直接开到了酒店的大堂门前，刘晓妮下车后进了大堂。大堂通亮，时间太晚，已没有什么人了，总台内有一个服务员在值班。

刘晓妮用眼快速地扫了一下，看到了左侧的休息区的沙发上，一个瘦高的男人，正坐在那里低头看手机。

那男人同时也看到了刘晓妮，急忙起身迎过来。

一件苹果绿的T恤，一条白色西裤，一双棕色的皮鞋，一副钛金眼镜，向后长披的鬈发，手上拎着一个黑色的软提包，这已不是过去的李齐霄，刘晓妮整个不认识了，完全一副儒雅的老板形象，只是向后披着的长发，又透出了点时尚艺术家的气质。

你是……刘一妹？李齐霄冲上前来，伸出右手，先叫起来，脸上挂着笑容，嘴角向两边翘起，眉目中显出了曾经熟悉的痕迹。

这副笑容刘晓妮永远记得，只有李齐霄才有。

齐霄！刘晓妮情不自禁地喊了一声，握住了李齐霄的手。

李齐霄的手，掌大，有些潮湿；刘晓妮的手，细小，有点粗糙。

刘晓妮感到自己的手在微颤，忙抽了出来说，你等很久了吧，我先帮你登记房间。

李齐霄说，不麻烦你，你把身份证给我，我自己办就行了。

刘晓妮从包里掏出了身份证，正要递给李齐霄时，突然觉得不妥。女儿不是告诉李齐霄自己在国外吗？这身份证一给李齐霄，什么不都被戳穿了？当然，这件事迟早要同李齐霄说清楚的，只是一见面就说这事也不合适。想到这儿，刘晓妮又多了个问号，李齐霄是真忘了带身份证，还是想从她的身份证上看到什么？确定什么？但她又很快否定了自己的想法，觉得自己现在也太成熟了。

刘晓妮说，你在一旁等吧，用我的身份证必须是由我本人来办才行的，这是酒店的规定。这点刘晓妮懂，因为公司过去举办年会之类的，刘晓妮经常会被安排帮助接待嘉宾。

李齐霄笑笑说，也是，现在酒店就是规定多。我就不客气了，帮我要个高层的套间吧。

入住手续很快就办好了，刘晓妮还刷卡垫上了一千元押金。刘晓妮将房卡递给李齐霄，又把押金条递上说，这是押金收据。

李齐霄一边接过来一边说，好的，好的，押金我等下给你，一妹，上去坐坐？

刘晓妮迟疑了一下说，算了吧，太晚了，明天我再过来坐吧！

李齐霄点点头说，也行。那么，我用车送你！

刘晓妮又想到了女儿说自己在国外的事，立即推辞说，不用了，你不认识路，等下开回来怎么办？

李齐霄说，回来可以用导航！很方便的！

刘晓妮坚持地说，不用了。你也累了，早点休息。

李齐霄更坚持地说，你觉得我睡得着吗，这多久没见了。再说送你是必须的，都这么晚了，我也不放心。当然，关键是路上我们还能说说话。

刘晓妮发现自己再推辞不太合适，不再说什么了，走出了酒店。

李齐霄跟了出来说，稍等，我去酒店车库开车。

李齐霄很快就把车停在了刘晓妮跟前，是一辆奔驰。刘晓妮从未坐过，但是认得车头前的那个漂亮的车标。看来，李齐霄的日子过得还不赖。刘晓妮伸手拉开了后座的车门，李齐霄摇下车窗说，一妹，邀请你坐前头来，说话方便。

刘晓妮关上了后座车门，坐上了前面的副驾驶位置，说道，那你把我送到紫云宾馆附近。

李齐霄应了一声，设置了导航，发动了车子，车内的音响同时响起，那是李齐霄的声音。

> 我踩着不变的步伐，是为了配合你到来。在慌张迟疑的时候，请跟我来。别说，什么，那是你无法预知的世界，别说，你不用说，你的眼睛已告诉了我……

《请跟我来》，这是李齐霄教刘晓妮唱的第一首歌曲。刘晓妮上小学和初中都没学过音乐，连简谱都看不懂。那时，李齐霄边弹边唱，刘晓妮跟着学。

接着，又是一首《是否》：“是否，这次我已真的离开你；是否，泪水已干不再流；是否，应验了我曾说的那句话，情到深处人孤独……”

再接下来的是《迟到》：“你到我身边，带着微笑，带来了我的烦恼……”

当年学唱和听唱这些歌时，年少的刘晓妮只有些朦胧的情感触动和心灵感动，那个时候主要是喜欢这些歌纯朴、亲切、随意、清新的风格，完全生活化的内容。现在，经过人生的风雨之途，刘晓妮再听起，体验和感受真是大不一样。李齐霄现在唱的也不一样，过去唱时那种刻意的认真，那种着意的模仿，那种稚嫩的青涩感全没了，他情感十分投入，技巧显然比过去圆熟，也许这几首歌也勾起了他很多的感触，因此演唱得很轻松，情感表达也演绎得很好，很有感染力。虽然都是旧歌，然而一听就那么撞击心灵，那么唤醒情绪。

刘晓妮思绪如飞，眼睛先是潮湿，再后来泪水控制不住地落了下来。

李齐霄显然注意到了刘晓妮的情绪波动和变化，见刘晓妮轻微哽咽，就把车靠到了街道一旁停下，一伸手搂住了刘晓妮肩头。此时，《冬季到台北来看雨》的歌声又从音响里传出。

李齐霄头靠近过来，脸颊与刘晓妮脸颊贴着，嘴附在刘晓妮的耳边，梦呓般地随音乐哼唱起来：

冬季到台北来看雨，梦是唯一行李……街道冷清，心事却拥挤，每一个角落都有回忆……

恍如穿越，恍如入梦，刘晓妮看到了当年沿山中学的那条小溪，那片樟树林，浑身颤抖着说，这些歌是你故意安排的，是吗？见见面就好了，为什么要这样？

李齐霄低沉地说，是精心安排，不是故意安排。为了找到你，与你见面，我到省城最好的专业录音棚里做的！李齐霄轻叹了一声，接着说，至于为什么？很简单，我怕同你见面时，你会想不起我；我也怕这么多年了，我会认不出你。如今这个世道，同学算什么呢？更何况我们只同班过一年，而且那时我们还那么地年少！所以，我想，这些歌都是我们相识的见证，都是我们过去的回忆，是可以唤起我们可以共享的美好！至少，可以让我们相见时不会陌生。

相见时不会陌生！刘晓妮听了更加感动，李齐霄怕她忘记这些，其实在记忆深处，她清晰地记着这一切！

李齐霄把头转了过来，嘴唇一下贴到了刘晓妮的嘴唇上。李齐霄的嘴唇湿润，带着一股口香糖的香味。可见，在大堂等待时，李齐霄嚼过口香糖。

刘晓妮想推开李齐霄，但感到手实在无力，根本不听使唤。李齐霄舌尖已伸进了她的嘴中，翻转着，温柔地撩拨着刘晓妮的舌尖，刘晓妮瞬间被一股强大的男性气息淹没了。

有多久没有这样地热吻了？刘晓妮不由自主地陷入了迷醉。

真想不起从什么时候起，刘晓妮和老公再没这么自发和热烈地吻过了。白天上班，晚上回来忙家务，忙完之后，就感到累了，就想到明天还要早起，就想着早点上床休息。当然，最重要的是家里有个孩子，刘晓妮和老公都不好意思当着孩子的面，表达这样的亲密。时光在周而复始一天一月一年流逝，刘晓妮就是这么平平淡淡地过下去了。什么吻，什么拥抱，夫妻之间，只剩历史的记存了。有时夫妻做那事时，老公吻刘晓妮。当老公的嘴找到刘晓妮的嘴时，刘晓妮闻到的是老公嘴里的烟臭，老公多年来都抽烟，那味道如此熏人，刘晓妮找不到吻的感觉。

刘晓妮整个身体埋进了李齐霄的怀中，李齐霄的手开始从刘晓妮的肩上往下滑动，伸进衣服里解开了刘晓妮的胸罩，等刘晓妮反应过来时，李齐霄的手已经牢牢地捏住了刘晓妮的乳房。

不可以！不可以！刘晓妮惊叫起来。但是，李齐霄的嘴已然含住了她的乳头，并热吸着，一股麻热的感觉，迅速冲遍了刘晓妮的全身。

刘晓妮瘫靠在座椅上，任由李齐霄的嘴在她的身上狂吻着，手在她的乳房上搓揉。

车载音响此时正播出《再回首》：“再回首，恍然如梦，再回首，我心依旧……”

刘晓妮如在云端上飘似的。

李齐霄的手开始往下伸，伸进了刘晓妮的内裤里去。刘晓妮突然被惊醒似的，不知哪里来的力量，一把推开了李齐霄说，这不可以！真的不可以！

这一推很有力。李齐霄停了下来，忙说，对不起，一妹，我太冲动了，对不起！

刘晓妮已经开始在整理自己了，扣上了胸罩，整好了衣衫，然后平静地说，太晚了，你送我回去吧。

李齐霄发动了汽车，俩人一时都无语，车内很安静。

很快，车到了紫云宾馆。刘晓妮说，我到了！

李齐霄小心地说，一妹，明天？明天见面好好聊一下如何？到时我来接你，几点你可以？我想和你好好聊聊！

刘晓妮说，好吧，但是，你不能再这么冲动。到时我打你电话。

刘晓妮下了车，站着目送李齐霄开车远去。下半夜了，街头四周寂静。城市的夜是看不到星空的，此时的灯火似乎也安静下来了，发出做梦时的迷离光彩。

刘晓妮进了家门，打开了电灯，把挎包随手往茶几上一扔，一屁股瘫坐在沙发上，有一股说不出的激情之后的疲惫。她感觉身体空荡荡的，心空荡荡的，家空荡荡的。

自从女儿去上大学后，老公有明显变化了，就是开始很爱往外跑，非常热衷同学聚会，同乡聚会，同事聚会，反正只要是可以变成正当理由不着家的活动，他都很喜欢。刘晓妮心里有点明白，家里只剩夫妻俩，这老夫老妻的，爱情已变成亲情和责任，而维系着亲情和责任的孩子长大出门了，就如壁炉里的火灭了，房间的温度开始降低。用爱情重燃？好像是有点难度。再用亲情维系？又有点失去了具体对象。这家里的房间就变成了博物馆，一切都是过去的古陶碎瓦，或是情感活动的遗迹，两个人在里面就成为了建馆的老员工，角色变成了岗位，生活变成了下一代和再下一代，守护着一个巢，一段完整的历史。事实也真是如此，现在只有谈到女儿，刘晓妮和老公才不会吵嘴，前些天两人一起给女儿整理房间，始终都充满平和温馨。

这人也奇怪，为什么有了女儿，就会把所有的情感和关爱甚至生命，全部都给了孩子呢？忘了自我，也忘了老公，老公只是女儿她爸，而不是自己所爱。那么，老公是不是这样呢？虽然没有如她这样关心和照顾女儿，是不是同样把女儿视为了生命和生活的全部呢？因此，等到女儿一走，不知为何，俩人都好像失去了生活的重心，有点不知所措了。

刘晓妮情绪一下低落起来，这种情绪在照顾女儿的这么多年中是很少产生的，难道真是进入了更年期变得多愁善感了？

刘晓妮脱去衣裤，走进了卫生间，打开了淋浴喷头。热水洒落到全身，她的手伸向乳房，搓洗着乳房，一下就想到了李齐霄在车上抚摸她乳房的情景，那个时候，她只有紧张和激动，根本来不及体验，现在想起，不知为何心中隐隐生出一种奇妙的感觉来。

刘晓妮又有点害怕这种感觉，急忙关掉了热水，用浴巾随便擦干身体，走了出来。外面就是洗漱台，镜子倒映出她的身体。刘晓妮又在镜前停住了，女儿在家时，她洗完澡一般是穿着睡衣走出来。女儿走后，她试了几次，故意用浴巾半遮半掩地走出来，在老公面前晃动几下，但是老公视而不见，一点反应也没有。夫妻再也无法回到过去热恋时的状态，虽然大家心里明白这可能是个必然，但是这真是很奇怪的。老公很少去搓揉和亲吻她的乳房。刘晓妮曾经十分喜欢老公用力甚至是有点恶狠狠地搓揉她的乳房，她似乎也告诉过老公，但是，在后来的生活中，老公是忘记了，还是根本就没有了那个浪漫？

刘晓妮心绪很乱，就这么裸着身子上床。躺下之后，她又想到，已经有多少年了，她从来没这么裸着睡过？整夜，刘晓妮都没睡好，断断续续地做梦。梦见那条溪，梦见那片樟树林，梦见穿着红色运动衫的李齐霄。当然，刘晓妮居然也梦见了老公，老公和她坐在沙发上，突然紧抱着她，褪去她的睡衣睡裤，在沙发上和她亲热。

4

老公打来电话时，刘晓妮梦醒了。

天啊，老公有感应？刘晓妮故意带着睡意，柔声地喂了一声。

老公在电话里很小心地说，你刚起？跟你说一下，许久没回来了，这次顺带走走看了一些亲戚，他们一定要我多留一天，聚会一下，盛情难却，单位那边我请假补休。

刘晓妮听后不知为何非常失望，昨夜梦中对老公的一点柔情一下无影无踪，心境跌回到了平时的状态，冷淡地说道，那你就待吧，顺便去金坑看看我父母。

老公连说好好，怕刘晓妮反悔似的，就把电话挂了。

出去就如放风！刘晓妮轻叹了一口气，同时她惊讶地发现自己怎么就会莫名其妙地那么随口地让老公多留一天？是为了能好好地见李齐霄？想到了李齐霄，刘晓妮又想到了昨晚李齐霄的搂抱、亲吻和抚摸，心里油然升起一股隐隐的骚动，这种骚动有点挠心，似激动，似冲动，像渴望，像等待，反正多种滋味混杂，还带着失心般的慌乱，已是多年都没有的。

刘晓妮急急起身洗漱完，打开了衣柜。今天应该穿什么呢？站在衣柜前，刘晓妮才感到这些年太少购买衣服了，衣柜里的衣服全都是比较过气的旧款。既然都是旧款，刘晓妮决定挑一套简单一点的。

刘晓妮选择了一件浅灰色的连身裙，再选了一件浅黄色的便西罩在外面，站在镜子前，刘晓妮自我感觉不错，简单的着装，朴素合体。刘晓妮又松开头发，让头发披肩，天啊，她感到自己此时变得年轻了许多。

刘晓妮看了看时间，已快十点了。怎么，今天李齐霄不着急了，现在还没来电话？刘晓妮坐在沙发上，心里有点急起来。

刘晓妮想给李齐霄挂个电话过去，但想想会不会太主动了？因此，又把手机放下。时间一分一秒地过去了，刘晓妮觉得连家里的小闹钟的嘀嗒声音都走得有点急。终于，刘晓妮忍不住了，把电话挂了出去。

那首《致爱丽丝》没响两声，李齐霄就接电话了。

刘晓妮尽量用很平和的语气说，齐霄，你起床了没有？

李齐霄说，我八点半就开车到了紫云宾馆门口等着，怕你不便就一直在这里等你的电话！

什么？刘晓妮整个有点蒙了，你八点半就过来等了？

刘晓妮立即起身走出家门，边走边说道，你发个短信也好呀！

李齐霄说，我没事，本来就是来看看你，已经很打扰你了，在你这边等着没关系！

刘晓妮不知再说什么好。

刘晓妮住的小区就在紫云宾馆隔壁，出小区大门，转进一条小巷，到了巷口，刘晓妮就看到了李齐霄的那部奔驰。刘晓妮走过去，快到车前，李齐霄从车上下来，帮刘晓妮拉开了车门，刘晓妮坐进了车里。

刘晓妮决定这个时候告诉李齐霄，她实际上就在延平市。

刘晓妮说，齐霄，我其实就住在这附近，并不在国外。

刘晓妮等待着李齐霄吃惊的反应。

李齐霄十分淡然地说，我猜到了。

你猜到了？结果是刘晓妮吃了一惊。

是呀，你是因为不想见我。李齐霄说。

刘晓妮有点不好意思说，那人是我女儿，在北京上大学。你居然猜到啦？

李齐霄这才笑了笑说，你女儿打电话给我时，那手机显示的地址是北京。她声音一听就很年轻，讲话口气比较稚嫩，我不知怎么的，一下就感觉到她可能是你女儿。你让女儿从北京打电话给我，无非是不想见我，但又有点纠结我会一直寻找你。不想见面，又让我不再去寻找你，最好的理由就是移居国外。但是，你不知道现在出国也很方便？

说到这里，李齐霄得意地看了一眼刘晓妮。刘晓妮回了李齐霄一眼说，你真这么猜？有点神！

李齐霄继续说下去，我发了那个短信给你女儿，我知道她如果真是你女儿，就一定会把短信转给你，而你会怕我真去北京找你女儿，就一定会给我电话或见我！后来，你电话打过来时，手机地址显示是延平市，你老家铁城是归延平市管辖，女儿又在北京读大学，基本可以肯定你不可能在国外。

刘晓妮哑然，现在的李齐霄已不是过去的李齐霄了，突然有些陌生了。不过，都不再是中学生了，大家为了生活，加上生命的成长，都让人心智必须成熟。想到这里，刘晓妮又有点释然。

李齐霄用手摁下了车上的音响按钮，车里响起了《趁你还年轻》：“趁你还不需要翻来覆去考虑又考虑，趁你还不知道为什么叹气，趁你还没学会装模作样证明你自己，你想什么什么就是你……”

一听这歌，刘晓妮一下返回到过去，虽然头脑里明确的东西都没有，然而心一下百感交集，眼泪就止不住地流了下来。看来，人的心反应比脑快。这是刘晓妮与李齐霄分别时他们最后共同唱的歌。泪水流出时，刘晓妮的脑海中才慢慢呈现出当时的场景。

高一学期结束时离校那天的上午，刘晓妮和李齐霄在樟树林里相见。想到长长的暑期，刘晓妮心里有些离愁，但是不好意思说出。偏偏李齐霄在这个时候又告诉刘晓妮，他可能不会再回沿山中学了，他父亲已经帮他联系好了假期进入县里的少体校集训，如果顺利，他就留在少体校，这样文化课就可以在县一中上课。

刘晓妮虽然早有心理准备，李齐霄迟早会离开这所学校，迟早他们会分开的，她是个农村里的人，而李齐霄是城里的人，他们之间有着一条无法跨越的鸿沟，只是，现在分别终于来临了，还来得这么快，她心中的难过真说不出来。

刘晓妮一句话都没说，把脸扭到一边，看着远处的河流和田野。那天，阳光灿烂，天地之间亮晃晃的，远处的群山轮廓清晰，静默绵延。

李齐霄默默地拨动吉他琴弦，唱起了《趁你还年轻》。

这首歌李齐霄第一次弹唱时，刘晓妮一下就被吸引住了。为了学会这首歌，刘晓妮让李齐霄唱一句，她记一句，把整个歌词记下来。

李齐霄弹唱完后，刘晓妮马上就说，再弹一遍，我唱。

李齐霄说，一起唱！

俩人齐声唱起：“……也许你不相信，你也许没留意，有多少人羡慕你，羡慕你年轻，这世界属于你，只因为你年轻，你可得要抓得紧，回头不容易……”

唱完之后，李齐霄从口袋里摸出了一块黄色的石头，递给刘晓妮说，这是我在我爸的一个箱子里拿的。我爸去过很多地方，经常会带些石头回来，他集了不少各地漂亮的奇石，都用纸包好，有些还会抹上猪油，然后放在箱子里，好宝贝呢，我拿了一块最小的，送给你做个纪念！

刘晓妮用双手接了过来，放在右掌上一看，石头有一个鸡蛋大小，通体土黄色，光滑细腻，上面刻有几个根本认不出来的字，在阳光的照耀下，折射出的光虽不耀眼，但晶莹温润，越看越美。

这是什么石头？刘晓妮十分喜欢，上面是什么字？

李齐霄摇着头说，不知道，我爸从来不给我看他的石头，那些石头都是他的心肝。我也不明白，不就是些石头？反正他有那么多石头，我看这块最小了，就把它拿来了。你就叫它童话之石吧，留个纪念！

嗯。刘晓妮紧握住那块石头，不让自己的眼泪流出。

李齐霄欲言又止，迟疑了一下，最后还是转身走了。

刘晓妮真希望李齐霄能够拥抱一下自己，看着李齐霄走远了，刘晓妮大声哭了出来。

那是刘晓妮有生以来最伤心的哭泣，泪水如同溪水般止不住地流淌。刘晓妮隐约有种感觉，她也许再也见不到李齐霄了，这个比父母对自己更加关心体贴爱护的男孩，他不会属于自己，不会属于这个乡下。

学校开学后，刘晓妮急急回到学校，等待看到李齐霄的来信。但是，李齐霄没有来信，刘晓妮给李齐霄写了几封信，但她不知往哪里寄。

从此，刘晓妮再也没有李齐霄的音信。

刘晓妮曾经多次来到溪边的樟树林，希望李齐霄如童话般地出现。然而，生活毕竟才是真实的，刘晓妮并没有等到李齐霄……

车到舒美达大酒店时，《趁你还年轻》正好唱完。

刘晓妮从车上下来时，表面仍然沉静——这也是生活的磨炼，轻易不让人看穿自己。

刘晓妮问，怎么，到酒店，去你房间？

你觉得在外面你方便吗？再说，现在城市有合适我们好好聊天的地方吗？李齐霄问。李齐霄今天穿着一件花格子衬衫，一条背带裤，走出来确实比较显眼，惹人注意。

这个理由真很充分。延平市是个小山城，没有咖啡屋和酒吧，与一个这么招摇的男人走在路上，被人看到也不好。刘晓妮没有反对，只是说，也是，我平常很少在外，真不知道这里哪里可去！

刘晓妮在酒店门口下车，然后走到电梯口等着，心中涌上一点说不出的紧张和不安。

李齐霄很快停好车进了酒店，俩人一起上了电梯。

李齐霄住在26层的一个豪华套间，一进门，连房卡都没插进取电盒，李齐霄就转身一把抱住了刘晓妮，同时把门关上。

刘晓妮嘴里低声喊道，不行，说好的，齐霄，你不能说话不算数。

李齐霄没有理会，只是把刘晓妮更紧地搂住。刘晓妮没有推开李齐霄，反而不自觉地把双手搭在李齐霄的肩头上，这一举动明显鼓励了李齐霄，李齐霄嘴唇贴了上来，舌头伸进了刘晓妮的嘴里，顶着刘晓妮的舌尖。

刘晓妮也把李齐霄紧紧抱住。

自从有女儿后，刘晓妮就和老公分开住了。当时，刘晓妮没多想，觉得床太小，一家人挤在一张床上，怕不小心压到女儿或把女儿挤下床。谁知，这一分开睡，就这么延续下来了。刚开始，老公有时晚上憋不住，会轻轻地推开门进房来，用手碰碰她说，到我房间里去。刘晓妮开头总是很快起身，跟着老公到他房里。完事后，她会在老公床上赖着睡一会儿，等醒过来再回到自己房间。但大约在女儿刚上幼儿园后不久，一天晚上，老公又推开门来碰她，她轻身起床到了老公房间，与老公亲热到一半，突然女儿在房里大喊妈妈，大哭起来。刘晓妮听到女儿的喊声哭声，完全是本能地一把推开老公，披着一条毛毯，冲到自己房间。原来，女儿被尿憋醒，一看身边没了妈妈，吓得大哭起来。刘晓妮抱着女儿哄着，女儿一直重复说，妈妈偷跑，妈妈不要偷跑。刘晓妮只好给女儿说，妈妈没偷跑，妈妈口渴去厨房喝水。女儿说不要妈妈睡觉喝水，刘晓妮说好好，以后妈妈再也不喝。那晚上，刘晓妮抱着女儿哄了好久，才把她哄睡着。女儿睡去后，老公意犹未尽地又进房来，此时不知为何，刘晓妮一点也没兴趣，加上又被女儿紧紧抱着，她就对老公说，我困了，你也去睡。老公有点不高兴地走了。从这次后，刘晓妮每次到老公房间里来，心里总放不下女儿，完事后，也不再逗留。女儿开始上学，懂事了，刘晓妮更是提心吊胆，久而久之，经常不在状态。有一次，女儿有点小感冒，老公又来缠她，刘晓妮这边又不好拒绝老公，那边又怕女儿醒来，就给老公说你快点。老公没应她，刘晓妮又说你快点！老公这下生气了，突然停住，从她身上掉了下来，几乎是吼道，你是我老婆，你催我，什么意思？我怎么现在每次感觉，都跟吃快餐似的。刘晓妮当时觉得必须镇住老公，就坐起身来说，你喊什么？你好意思跟女儿争？那个快餐你去吃过？老公欲言又无语，俩人不欢而散。从这次后，老公与她亲热也开始没有什么前奏，更无后续。女儿大了后，刘晓妮有一阵子也想过，应该让女儿独自睡了，她应该和老公睡在一起，不然以后关系真的会冷淡下来，至少亲密度会受到严重影响。但是刘晓妮同女儿商量的话才说到一半，女儿就高声哭闹起来，我不要，我害怕，有怪物！坚决不肯。见女儿如此，刘晓妮也就作罢。刘晓妮从此也感到，老公明显越来越少再进她房里来，一个月都不进来一次是常有的事，刘晓妮当时隐约觉得，长此以往，她与老公的感情可能会愈来愈淡薄，但这仅仅是一闪念的担心，看到女儿，刘晓妮就忘了自己。

在女儿十周岁生日时，正好遇上是个周末。老公带着刘晓妮和女儿到郊区的一个农庄玩。当晚，为省点钱，一家三口就在农庄里一间客房住下。那天晚上，老公一躺下不久，就呼噜声大起，刘晓妮被吵得无法入睡，先后推醒老公三次。那晚，刘晓妮才注意到老公发福了，肚子已隆起，脖子变得粗短了，打起呼噜是声大如雷，而且是毫无节奏，忽高忽低，变化多样，听了刺耳至极。刘晓妮是在瞬间明白，她可能再也无法同老公同睡在一张床上了，这可能是多年分床而居的结果，她真的不习惯了。那晚，刘晓妮听着老公的呼噜声，真是别有一番滋味在心头。

女儿越长越大后，刘晓妮就更不好意思往老公房间里去，老公估计也是怕吵了女儿，更是很少很少进房来。一直到了女儿去外地读书后，有天晚上，老公终于又进了刘晓妮的房间。女儿不在身边了，刘晓妮心完全放松下来了，对老公的来到心中油然而起一种缠绵之情。谁知老公没有二话，直截了当，如唱卡拉 OK，自顾自地，快快了事，然后起身想走。刘晓妮用手拉住老公说，今晚你就在这里睡吧。老公没吭气，几乎是没几秒钟就呼呼大睡而去。刘晓妮感到不够，感到不满意，感到烦躁，继而感到愤怒，越想越生气，一脚踢向老公说，你那呼噜吓死人了，回到你自己的房间去！老公被踢醒，听了刘晓妮的话就起身，用有点恼怒的眼光斜视着刘晓妮，走出房间，用力把门摔上。从此，老公再也没进过刘晓妮的房间里来，俩人就这么僵着了。

刘晓妮后来也有点后悔，有时半夜醒来，一翻身感到身边空荡荡的，会挺想跑到老公房间里去，但又放不下面子，觉得应该是老公来她房间才对，就强忍住。有个晚上，刘晓妮都走出房间来到老公房门前了，然而，她最终没走进去，她心里蹿起一股怒火，妈的，凭什么是我来找你呢？她又生气地回到了自己的床上，一夜无眠。

刘晓妮想着想着，什么时候，外衣被李齐霄脱去，什么时候连衣裙也被李齐霄脱去，刘晓妮都不知道了。刘晓妮感到乳头被李齐霄的嘴轻轻地啃咬，一阵阵无比舒服的麻痒如过电一般刺激着全身。李齐霄把刘晓妮推到了床上，刘晓妮无力做任何反抗，闭上双眼。李齐霄开始扯下刘晓妮的短裤，刘晓妮挣扎了一下，用双手护住下身，嘴里说，不行，不行，这不安全。

李齐霄没有停下来，嘴里说，你放心，酒店里都有备着，就在床头柜上。

刘晓妮这时才看到床头柜上放着个小的硬塑料盒，上面放着好几种做那事的用品，贴了个条子，上面写着有偿使用，就说，你这也是早有预谋。一边说着，一边在李齐霄的搓揉和狂吻下，有意无意地放松了下来。

李齐霄身体扑了上来，舌头在刘晓妮的身体上游走，一种新奇的快感让刘晓妮眩晕，嘴里不由得发出了呻吟之声。李齐霄的手掰开了刘晓妮的手，不知是力量很大，还是刘晓妮已放弃了抗拒，李齐霄顺利地进入了刘晓妮软绵绵的身体里。

刘晓妮迷醉了。

不知过了多久，李齐霄喊了一声，停了下来，趴在刘晓妮的身上一动不动。房间里十分安静，刘晓妮也满意地回归平静。刘晓妮幽幽地在李齐霄的耳边说，你一直记着我，就是想了结今天这个占有的愿望？

李齐霄动也没动，含混地问，什么意思？

刘晓妮说，你这些年到处找我，我想不出你还有什么其他理由。

李齐霄从刘晓妮身上翻身下来说，我找你是一直想到你，见到你后，我就无法控制！

刘晓妮心中掠过一阵感动，侧身把头枕到李齐霄的手臂上，说道，这么多年了，你真的一直无法忘记我们的过去？那个时候，我们都还小，做同学也就不到一年！

李齐霄用手轻抚着刘晓妮的身子说，有时，一秒的事情会一生记忆；而有时，一辈子的事情不想有一秒的留存。现在，你应该懂得。

刘晓妮有点想哭，一个男人记着自己三十多年，这种至情至性，在今天的生活中，真是不容易。相比较，自己呢，早就把他深埋在平凡的生活，把他选择性地封存和遗忘掉了。

你变了，又好像没有变。刘晓妮边说着，边用手紧搂李齐霄。

李齐霄也紧搂着刘晓妮，你记得我们最后分离的时候吗？那天，我就想抱你，想亲你。但是那个时候真没勇气和胆量。

刘晓妮轻笑了，那你现在为什么就有勇气和胆量啦？

李齐霄说，现在我们都是过来人，都成熟了，也知道把握。接听你电话的那一瞬，我就强烈感到，你的心里还保存着我们那时的能量场，这就是记忆依托存在的地方，从这里我们就可以重新衔接上过去。

你真跟过去不一样了！刘晓妮叹了口气，其实，你那天如果抱我和吻我，我都不会拒绝，那个时候，我整个人都想给你，就是怕你离开了就忘记了我！

李齐霄笑起来说，那时，那时哪敢，哪会知道你的心思，我连你的手都不敢碰一下！

刘晓妮笑出声来，那你今天呢？你怎么敢这么大胆！

李齐霄嘿嘿了一下，活到现在，才知道人呀，有太多的后悔，都是在不断的后悔之中度过的，等明白了，其实也错过了。时间是举世名医，而人生不过是一服后悔剂而已。

刘晓妮听呆了，现在的李齐霄怎么成了这么有文化的人，都快成哲学家了！

李齐霄很得意，不好意思，我还没来得及告诉你，这几年我真还出过一本书。

出书？你过去连作文还求我帮你写呢！刘晓妮有点不相信。

我带了一本来给你！李齐霄坐起身，伸手拿过了放在床边沙发上的黑色真皮软包，放在床上，拉开拉链，从里面拿出一本书，递给了刘晓妮。

刘晓妮接了过来，一看，装帧精致，书名叫《宝石与人生》。

李齐霄在包里边掏着边说，我找下笔签字给你。掏了半天，似乎没找到笔，就把整个包翻倒过来，一个黑色的皮夹掉了出来，李齐霄像一时想起，打开了皮夹说，哦，我还欠你一千元酒店押金，现在还你。

李齐霄从皮夹里数钱时，刘晓妮一抬眼，就看到了翻开的皮夹里，在表面的左边小夹层里，夹着一张身份证，透明的硬塑料薄膜很清晰地显示出来，那张身份证上的照片就是李齐霄。

刘晓妮如触电般移开了眼睛，装着翻看书的样子。但是，心里浮上了被骗的感觉，李齐霄不是说忘了带身份证吗？可它明明在钱夹里。

李齐霄没注意到刘晓妮的变化，点好了一千元递给了刘晓妮，刘晓妮接了过来，心里想着，李齐霄为什么要说忘了带身份证？是为了立即见面，故意以此为借口把自己骗到酒店来？

李齐霄找到了包里的笔，签上了“晓妮正之”和大名，把书递给了刘晓妮。

扉页上李齐霄的签名龙飞凤舞，但是“晓妮正之”四个字却写得歪歪扭扭，仍然是李齐霄在学校时的字迹。

刘晓妮的情绪落了下来，她忍住不表露，只说我去冲洗一下，起身进了卫生间。关上卫生间的门，刘晓妮把淋浴喷头开到最大，让水哗哗地流出声响。站在水中，想到了女儿电话中的提醒，刘晓妮懊恼之情油然升起，怎么会如此忘情和放任？怎么能这样！刘晓妮又想到了老公，悔意更加强烈地袭来，心如被铅压着那般沉重，原来背叛也如此容易！

刘晓妮有些不想出去了。

卫生间门没扣上，李齐霄进来了，想搂住刘晓妮一起冲水。

感觉退去了，刘晓妮用手挡住李齐霄的搂抱，淡淡地说，我要出去了。没理会李齐霄就先出了卫生间，擦干身子，迅速穿上了衣服。

李齐霄此时感到刘晓妮态度有些变化，也快速冲洗一下走了出来，穿好衣裤，然后问，你怎么啦？

刘晓妮突然十分难过起来说，我真不知道今天会这样，怎么能这样！

刘晓妮抑制不住，哭了出来。

李齐霄拍着刘晓妮的肩膀说，今天我们穿越到了从前，这是一次爱的穿越！

真有穿越？真能穿越吗？然后呢？你仍然回到你的省城，我仍然在这里。刘晓妮说。

李齐霄说，重温过去，这只有人才能做到，这是人生和人的生命独有的美好！

也是。话可以这么说，但现实呢？人还是有太多的责任和制约了。

刘晓妮深叹了一口气说道，你可能无所谓，但我是一个普通人，是人妻和人母，这点改变得了吗？这点能穿越吗？这还是人的美好吗？

李齐霄有些惊异地看着刘晓妮，哈哈干笑了一声，你怎么也哲学家了起来？

刘晓妮说，是你启发的。

李齐霄说，是吗，这次来，我还想请你一起去一趟樟木林，我们一起再回到过去一下行吗？

再回樟木林？刘晓妮一下想到了老公就在铁城，万一碰上了呢，她面露犹豫。

李齐霄不等刘晓妮回答，伸手搂住刘晓妮，贴着刘晓妮的耳朵说，我们可以把车直接开到沿山中学那边，不会让人看到，旧地重游，也许会感受和领悟更多的。

李齐霄说话时，嘴里呼出的热气直吹刘晓妮的耳根，非常撩人，让刘晓妮感到非常地温暖和舒服。

此时，无法拒绝。刘晓妮迟疑了一下，那今晚能赶回来吗？

刘晓妮想到老公明天要回来。

我算过了，为了找你，我也走过几趟，走高速，可以直接到沿山，大约一个半小时就能到，晚上要赶回来，你会辛苦一点。

好吧。是你开车辛苦，晚上必须赶回。现在就走！刘晓妮说。离开沿山中学之后，她再没回过樟木林，如今李齐霄提起，她真的突然感到想再去看看。

与你同行，我怎么会辛苦，求之不得！李齐霄轻轻地吻了一下刘晓妮。

5

路上，刘晓妮坐在车里不一会儿就沉沉睡去。直到李齐霄的手机铃声响起，刘晓妮被惊醒过来。

睁开眼的刘晓妮看到李齐霄拿起手机看了一下来电号码，然而把手机放下，没有接听。手机响了一会儿就停了，然后铃声又响起。

你接听吧，没关系！刘晓妮想李齐霄不接是不是怕自己坐在身边不便，就说。

我开车时从来不接手机，没关系，等到了前面服务区，我回过去。李齐霄笑了笑说，一个生意上的朋友而已。

也是，开车接电话不安全。刘晓妮说道。

手机又响起，刘晓妮看了李齐霄一下说，这么打下去也很吵，要不你停到边上接一下吧。

好好！李齐霄把车停到了应急通道上的一个临时停车处，车打着双闪，拿起手机，开门下车接听电话了。

刘晓妮坐在车内，十分无聊，就打量起车来。看到了面前有一个工具箱，就用手拉开，想找找里面有没碟片，放点音乐，一来以示自己根本没去听李齐霄的电话，二来增加点氛围。拉开之后，刘晓妮一眼就看到里面放着一份《汽车租赁合同》，甲方是榕城汽车租赁有限公司，乙方签着李齐霄那设计过的龙飞凤舞的签名。

原来这辆车是租来的！

刘晓妮一下有点无意间看到了别人隐私的愧疚感，立即就把工具箱关上。但想了想，又有点好奇，看看，李齐霄在不远处接听电话，手不知在比画什么，情绪有点激动和恼怒，就又打开，把那份合同拿了出来，迅速看了一遍。上面写得很清楚，租用时间是到明天，前后三天时间，地点是到延平市，每天租金是五千元，每公里油耗按十二公升97号汽油每天的牌价计算，汽油、高速公路等过路过桥及停车费等自理，如有违章等相关费用自付，押金两万元。

刘晓妮的心情一下有点沉下来。但想想，李齐霄如今这么爱面子，为找自己可以说是想尽了一切办法，租部好车来见自己，也可以正面来理解，心情又有点好起来。

这些男同学，这些男人！想想，老公去参加同学集会，向自己多要几百块钱，实在不过分！干吗跟他生那么大的气！

李齐霄开门上车了，对着刘晓妮干笑了一下说，不好意思，让你久等。这生意场，真是让人烦透了！

刘晓妮看得出李齐霄的笑是装出来的，理解地说，没关系，做每个行当都有别人不知道的苦衷，大家现在都不容易！

李齐霄发动了汽车，车子继续在高速上快速跑起来。

不一会儿，李齐霄的手机又响起来，李齐霄看了一下电话，似乎想接又有些顾忌，不接又挺为难。最后，看了一眼刘晓妮，接了起来。

虽然科学很发达，但手机设计还是有缺陷，听筒声音很大，刘晓妮坐在副驾驶的位置，通话如就在耳边，想不听都不行。

老公，你回来没有呀，都两天了，怪想你的！一个娇滴滴的声音。只要不是呆子，都知道，这种电话一般都不会是正常夫妻之间的电话。

李齐霄哦哦了几声说，我在谈事情，谈完后打给你。

天天都说谈事情，我看你是跟别的女人在一起吧！哼哼！

电话挂了。刘晓妮脸色一下苍白起来，突然感到，自己怎么就这么愚蠢，与李齐霄分别了这么多年，对他的情况一无所知，怎么就凭着年少时的回忆和感觉，凭着一时冲动，一下就与他进入了一个不应该有的状态呢？！

李齐霄显然发现了刘晓妮的变化，急忙解释说道，这些年，我的生活出了点问题，我离婚好些年了，一直是单身状态，这个是最近谈的女朋友，太小了，不懂事，整天黏着我，怕我在外面有人，如果不接她电话，她就会认为我跟别的女人在一起，回去后会让我解释半天，会跟我吵，跟我闹，现在的女孩大多如此，实在是够呛！所以，不是不尊重你，实在没时间也不好意思向你说说我的生活。

刘晓妮不知怎么回答，心里如堵着一块石头一般。李齐霄说的是真是假，根本无法去分辨，再说自己有权去了解和过问这些吗？事到如此，只能怪自己过于唐突了！

李齐霄接着说，其实我这次来，是想向你说明一件事。

什么事情？刘晓妮问。

就是我们分别后，为什么我没给你去信。虽然你没问，但我想应该告诉你。李齐霄说。

别再说这些了，现在我真不想听！刘晓妮有点烦躁。

但那是我对你唯一的失信，不告诉你，我会永远不安的！李齐霄说。

你不会接下去再告诉我，你这次来找我，是为了了结这个失信吧！刘晓妮说。

不，只是见到你，我感到应该向你说明一下！李齐霄不管刘晓妮听不听，自顾自地说下去，那年回到县城，我的生活发生了重大变故，我爸到闽北一个深山去做野外考察，谁知遇到山洪暴雨，山体滑坡，把他坐的车子推进了路边的河里。我爸就再也没回来了，至今都还没有找到他，连他最后一面我都没见到，他什么话都来不及留给我，就这么突然从我的生活中彻底消失了。我妈来把我接回了省城，有很长一段时间，我整天想着我爸为什么就这么没了。我连读书都没心思，上不了学，后来只好辍学在家里，也没有去考大学，就这么混着过日子。我妈差点还把我送进精神病院呢。刚开始，曾经想给你写信，非常想念你。但是笔拿在手上，不知说什么好。告诉你我爸没了，从我的世界里消失了？告诉你，我很痛苦，我不知道怎么解脱出来？我坚决不信我爸走了，一直想去深山里找他。记得每次在纸上，我就是写五个字：我爸不见了！然后什么也写不下去了。

李齐霄说到这，停了下来。

原来是这样！刘晓妮听进去了，心里又有点柔软起来。

李齐霄见刘晓妮面部有些转暖，有点生硬的身体放松了下来，伸手搂向刘晓妮。

刘晓妮用手坚决拒绝了，你好好开车，不然我就下车。

李齐霄继续说，在家待了几年后，我妈见我长大了，就拿出了单位给我家的抚恤金和她的全部积蓄，让我去开个文印店。开头生意很好，我赚了不少钱，把文印店变成了电脑专卖店，后来电脑生意不好做，我看卡拉OK很流行，就跟几个朋友合开了一家，没想到这次亏大了，我主要负责音乐音响技术方面等，我的合伙人他们负责经营。但没想到为了赚钱，他们让小姐在包厢里搞七搞八，卡拉OK厅被公安查封了，我的那几个合伙人全被抓了，当时向银行的借款，法院判定所有的债务由我来背，因为他们在牢里根本没有偿还能力。我怕也进去，就认了，因此欠了很多的钱。那些年，风风雨雨的，我为了生存拼命，老实说，我很少想到你。但是，这两年，是不是老了，人家说老的表现就是爱回忆往事，是越靠近的事越记不住，越远的事就如在眼前，我经常想起你，所以想方设法找你。

刘晓妮觉得李齐霄说的这些可信，心情又回转过来一些说，你这么登报找我，不怕被人笑话？还好没人知道我过去叫刘一妹，不然，我怎么给人家说！

李齐霄有些恍然大悟，你后来改名啦？难怪我一直找不到你！

刘晓妮幽幽地说，没多少人知道我曾叫刘一妹，你当然找不到！

李齐霄感叹道，难怪，难怪！我就奇怪如今传媒这么发达，怎么如此找你，会没你的音信。我什么情况都想过了，就是没想到你改名了。说到这，李齐霄突然问，一妹，你还记得我曾送你的那块石头吗？

童话之石？刘晓妮脱口而出。

对对，童话之石，你还记得，现在那块石头还保留着吗？李齐霄有些激动，充满期待。

我……刘晓妮正想说出，但突然清醒地想到，与李齐霄必须有个了断，不能让他再心有幻想，而自己也不应该再与他纠缠下去，大家各自都有各自的生活，重拾旧梦毫无意义。此时是个很好的机会，应该让他心死，应该给他些暗示。话锋一转，我离开沿山中学时，把它扔了！

什么！李齐霄显得有些惊愕，失望，差点把刹车给踩了，连说几遍，不会吧，你真的把它扔了？真扔了？

刘晓妮被吓了一大跳说，你好好开车，不就一块石头吗？你走后什么消息都没有，高二毕业离校时，我去了那片樟树林，那天，我想了很多，我也哭了很久，我就把你帮我照的那些相片全撕了，扔进了溪里，我想这辈子，我们再也不可能见面了，想着想着，就把那童话之石也扔到了溪里去了。

你把它扔到那条溪里去？……李齐霄反应十分异常，他又在应急通道上停下了车，然后打开车门，从口袋里摸出一支烟，拿出一个金属的打火机点燃，深吸一口，靠在车身上缓缓吐出，颓然地说，怎么会是这样！如受到很大打击似的。

刘晓妮看到李齐霄点烟时，手都微微发抖，有些弄不明白李齐霄为何瞬间变成这样，不解地问，怎么啦？你当时送给我，并没有告诉我不能扔呀。再说都这么多年过去了，我生活和工作也换了几个地方，怎么可能还留着！

李齐霄又吐出一口浓烟，情绪沮丧地说，我本来以为你一定会留下的！

我为什么会留着？刘晓妮更奇怪了，我们都快是老人家了，你把我想象得太浪漫了吧！

李齐霄猛地吸着烟，眼睛看着前方说，那块童话之石是我爸爸的生前之物。我偷出来给你后，我爸过了一段时间才发现，他在家到处翻找，并非常严厉地问我有没有拿。我看他那样子，当然死说没有。我爸说，那块石头是好不容易找到的，最关键的是他请了省城当时一位很著名的雕刻大师，在上面用大篆刻有“上善若水”四个字，很宝贵，很重要。看我爸爸那焦急难过的样子，我当时很害怕。我爸爸走后，我感到这是我唯一骗我爸爸的一次，实在对不起他，只要一想到我爸爸，我就会想到这块石头，心里充满了不安和愧疚。我本来想如果你还留着，我希望你能还给我，让我既能了结一个心事，又留着一个对爸爸的纪念。

听李齐霄如此一说，刘晓妮又有点后悔，何苦骗他呢。不过，刘晓妮突然闪过一个念头，李齐霄如今已变得有点复杂了，如此寻找自己，会仅仅是为了拾回过去这么单纯的动因吗？他会仅仅就是为他爸爸要回这个石头？！

想到这，又想到刚才路上李齐霄接听那个女人的恶心电话，刘晓妮无法克制心中的不解和不爽，决定再试探一下李齐霄，就说，我不知道这块石头对你还有这层意义，如果这次你是冲着你爸的这块石头来，只能让你失望了。

不，不。李齐霄急忙辩解，我只是顺便问问。说到这，李齐霄再次问，你真的把那童话之石扔了？

扔了，真的扔了！刘晓妮很坚决地说。

李齐霄用手弹去了烟头，一下变得冷冰冰地说，那我们不去樟木林了，去已经没有意义了！下面一个高速口，我们就掉头，回延平吧！

什么？刘晓妮简直不敢相信，你什么意思？去樟木林，你是为了这块石头？

也算是吧，我原先认为，你一定会一直保留住这块石头，也许把它放在你金坑老家的，既然你把它扔了，我替我爸找回的愿望也落空了，那么再去樟木林，不过是徒增悲伤而已，不去也罢！

你！一股燃烧着的怒气蹿上了刘晓妮的心里，李齐霄，你简直是……太过分了。刘晓妮本想骂出不是东西，但是凭什么骂呢，所以临时改口。

李齐霄有点无所谓了，上了车，继续开动汽车。到了下一个出口，李齐霄真的在出口掉头，把车开往延平方向。

泪水从刘晓妮眼中溢出，整个是自取其辱。

李齐霄长叹了一口气说，你也别难过了，我没有时间，我们不是都活得很现实吗？我知道，在我接那个女人电话时，你心里肯定决定了，不会再理我了！

既然知道了，为什么要这样来伤害我？是伤害，你知道吗？刘晓妮质问道。

你真不知道那是块宝石吗？李齐霄冷不丁地说，这次见了你，我知道你根本就是个以家为全部生活的人，以你对社会的接触度和你这个层次的生活见识，你确实不会知道，那块石头是个宝石，你对我也不会说谎，你应该是把它扔了！

泪水突然间没了，刘晓妮惊讶无比地说，什么什么，那块童话之石真是宝石？

李齐霄眼睛都没看刘晓妮，直盯着路的前方说，实话告诉你，当年，我怕我爸打我，所以拒不承认拿了那块石头。我爸也没办法，因为他放石头的几个箱子，从来都是锁住的，他不知道我从一个同学那里学会了用回形针开锁。我爸走了之后，在整理他东西时，那几箱石头还差点被我妈拿去给我爸的单位，是我看了那些石头太漂亮了，想留作纪念，坚决要留下，那几箱石头才被运回了省城，一直放在我省城家里的杂物间里。我欠债之后，为了躲债，东躲西藏。有天，我偶然来到一家大城市的首饰店闲逛，发现店铺里卖的一些石头，居然和我爸箱子里的石头有点相似，我看了那些石头的标价，心里非常激动，立即回来，拿了几块去找人看看，人家告诉我，那几块全是宝贝。我将信将疑，挑了几块又来到那座大城市，直接找到那家店铺，那家私营店的老板，眼都看直了，全都收了，我居然卖了好多钱，一下就还了欠账。从此，我干脆就租了个小门面，开了个奇石馆。有一天，我到一个大师的店里坐，跟他学点鉴别方面的知识，他让我看了他收的一些好石头，其中一块石头，那是他的镇店之宝，是从保险箱里拿出来的，跟我送你的那块几乎一模一样，只是小些，只有鸽蛋那么大。他告诉我，这是块老田黄，现在基本没有了，市值几百万，而且还在升值。我整个人呆了！我告诉他说，我曾经有见过一块差不多的，比他的还大些，上面还有一个雕刻大师的篆刻。他听后不相信，一直问我在哪里见到的。我当然没告诉他，只说是小时候，太久了，记不清了，也不能确定。他说，如果有大师篆刻，一般情况下，绝对是真的。如果是我小时候见到的，那更能确定是真货。因为那时没人炒石头，也没有市场价，只有真正的圈子里的人和行家，才会玩石。而那时也只有名家，才会在那个上面刻字。

简直匪夷所思，刘晓妮如同听天方夜谭。

你别说！刘晓妮至今不知什么宝石，只是上班时女人闲聊，她才知道钻石、红宝石、蓝宝石之类，根本没听过什么老田黄，语气中透出根本不相信，也根本不屑。

李齐霄见刘晓妮不信，继续说，如果我没记错那块石头，如果那块石头真是老田黄，还有大师的篆刻，那太值钱了，现在它的价格至少上千万。

上千万？一块石头？刘晓妮无法想象，一脸不解，你是不是想钱想疯了，然后为了一块石头处心积虑地来找我，希望我还保留住，然后你再骗回去？！

隔行如隔山。你没玩这些你不懂，只有进入了那个境界和层次，你才会明白，我的这些做法完全是可以理解的。李齐霄怅然无比。

刘晓妮终于明白了一切，也看清了李齐霄的嘴脸。现在面前的这个男人，与那个溪边身着红衣的男孩，有天壤之别。

你是从这个时候，因为这块石头，因为想着这上千万块钱，才想到我，才开始寻找我？你找我其实是为了问问我，那块石头是不是还保留着？或希望我保留着？然后……再要回去？

刘晓妮说到这里，心如针刺刀剜似的好痛好痛。

李齐霄这时才有点反应过来说，不，也不全是，不只是为了这块石头！应该说，寻找你，我还是带有感情色彩的！他的辩解很无力。

刘晓妮激动地说，那我现在问你，如果这块石头我还留着，你真好意思要回去？

这个，这个，不是的。李齐霄的话语有点含混，再说，你不是已把它扔了！

我是说，如果我还留着呢？请你回答！刘晓妮失控地叫喊起来。

这块石头，你刚才也知道，它与我爸爸有关，如果你真的留着，我……当然，我……可能会想让你把它给我，毕竟那是我爸爸生前最重要的东西。不过，我不会让你白白还我，我会给你些钱的，至少低价收购。李齐霄此时被刘晓妮的愤怒镇住了。

去你的低价收购！算什么呢？算是赎回？给我钱？多少？刘晓妮眼睛怒睁，直截了当地问。

也可以这么说！只是，希望你不要这么单纯理解，这里面有很复杂的东西！我本想看看，如果你真还留着，我会与你商量，我们好好商量。你不能明白，一个玩石的人，见到一块好石的感觉。李齐霄回答得有些躲闪。

刘晓妮终于忍不住了，大声喊起来，李齐霄，你太恶心了太可恶了！你为什么来找我？你为什么一开始不直截了当！

一妹，你千万别这么误会！我当时想，现在谁不在乎钱，现在人都是认钱不认人，我如果直接给你讲，如果你知道这块石头的价值，你会把它还给我吗？李齐霄也把话摊开说，再说，我对你的想念也是有的，也是真的！你也不要轻易否定！

刘晓妮回答不上来，愤怒归愤怒，但李齐霄的话问到了她从未想过的一个问题，这块童话之石，现在知道了它的价值，她会归还给李齐霄吗？

刘晓妮沉默下来了，过了许久才问，李齐霄，你不该这么对我，如果你记错了呢？如果那只是一块根本不能卖钱的石头呢？你还会来找我吗？

我爸留下的那些石头，不少也不是宝石，但从地质专业的角度来说，都是非常稀罕的，很有价值的。所以，我想，那块石头，我爸生前那么在意，应该不会没价值！李齐霄说，再说，业内的人都懂得，如果有名家在上面留下篆刻，在那个时代，它绝对不是一般的石头。虽然我不知道是哪位名家的篆刻，但是我了解过了，当时我爸不仅是一个地质高级工程师，他同时已经是省里数一数二的金石鉴定专家，只是那时人们对金石鉴定没有概念和不了解而已。我爸会拿出来给名家刻字的石头和名家会给我爸刻字的石头，肯定绝非凡品。

李齐霄，你把我送到延平后，你就离我远远的，我永远都不要再见到你！刘晓妮说。

车下了延平高速收费站后，刘晓妮说，停车！

李齐霄靠边把车停了下来。

刘晓妮推开车门要下车，但李齐霄拉住了刘晓妮，能不能再听我说一下？

刘晓妮回头厉声说，我不想再听了！

李齐霄说，那你看看。边说边从口袋里摸出一份病历，这是我儿子的病历，他得了白血病，他现在住在省城的医院接受治疗，据说目前只有台湾的一家医院治疗这个病是最权威的，只是费用至少要六十万，一年要去几次，总共合起来要一百万，我现在急需要钱给他治病。

刘晓妮愣住了，完全是无意识地接了过来，抬眼就看到病历上写着榕城医院，病人名叫李辰辰。

刘晓妮把病历甩给了李齐霄，冷笑地说，一百万，对普通人是个天文数字，对你，你会差一百万？你不是随便一块宝石就几百万？

李齐霄一脸愁惨地说，一妹，坦白地说，我目前要筹这一百万也不是筹不到，但是，这些年我心太大，在业内收石还有赌石时翻过水，我欠了很多的钱，如今被限高了，我不能乘飞机，不能住高级酒店，不能高消费，最关键的是我不能出境，我要把欠人的钱还了，才能带着儿子去台湾治疗。所以，万般无奈才想到了那块童话之石，才来找你。你能不能看在我儿子病重的分上，再想想，那块童话之石被你扔在哪里？救人一命胜造七级浮屠，你是有善良之心的人！

刘晓妮根本不信李齐霄的话了，一脸不屑地说，你别再骗我了！

李齐霄说，不信你可上网查看，我已被列入全国的失信人员名单！

刘晓妮鄙视地哼了一声，下车就走。正好一辆出租车从高速上下来，刘晓妮拦住它，上了车。

上出租车后，手机一直响，刘晓妮知道是李齐霄挂的，不想接听，索性把手机关了。

进了家门，刘晓妮急急脱去了衣服，跑进了卫生间，把淋浴头开到最大，让水冲洗全身。

刘晓妮先用沐浴露洗了两遍身子，又用香皂再洗了一遍，她要洗去李齐霄留在自己身上的一切痕迹。

披着浴巾，刘晓妮走进了卧室，坐在床边，看着窗外，失魂落魄，独自发呆。

一切都明白了，李齐霄寻找自己，就是为了那块石头！难怪他会那么地挖空心思，那么长时间地想尽一切办法来寻找自己，而她刘晓妮会傻乎乎以为他是对自己念念不忘，是为了找回那段年少的时光。

刘晓妮想到了女儿曾在电话里对自己的提醒，女儿才刚刚二十岁，居然在这方面比自己更敏感和明白，看来自从有了女儿之后，自己把所有的关注和精力全给了孩子，却真的在生活和社会中落伍了。

刘晓妮想和女儿通通电话，就打开了手机，女儿的电话几乎是同时打了过来。

老妈，你怎么了？你从来都没关过机，今天这大白天我刚才打了你几次，你都关机，让我急死了！女儿的话虽然急冲冲的，但让刘晓妮感到真实地贴心。

哦，没什么，刚才没电了。刘晓妮说道，你有事？

老妈，你情绪不对，又和爸爸吵架啦？女儿真是敏感至极。

没有，你爸回老家去了，把我一人丢在家里。刘晓妮应道。

不对，老妈，你绝对有事。你的声音跟过去不太一样。如果不是同老爸吵架，那我猜就是与你那个同学有关？女儿说，我刚才给你挂电话，就是我突然想到，你那同学在给我的短信里说，想来北京找我。那么，你如果同他通了电话，手机会显示你号码的地址，他就可能会采取同样办法去延平市找你。我本想提醒你，但是，我猜是不是他到了延平市，又给你发了短信，你现在很烦很纠结，不知如何是好，所以关机了，对不对？

天呀，真是个鬼灵精！刘晓妮对着电话不知怎么回答。

老妈，你真的不要理他。女儿明白刘晓妮的沉默就是意味着默认，接着说，现在什么人都有，我想了很久，真的找不到他如此找你的理由。他如此寻找你，绝对超出同学的因素。但是，为了找个理由找你，他才搞得好像很怀旧似的。这种人，不是有毛病，就一定是骗子。当然，也有可能有不可告人的目的！所以，我好担心！

生女如此，还有什么可求的？刘晓妮被女儿这么一说，心里痛虽在，但却有些释然。这一释然，就想到了李齐霄说的他被列入失信人员名单的事。就说，你帮老妈做件事，查一下全国失信人员名单上，有没有李齐霄。我不知道怎么查。

这容易！你等会儿。女儿说，他是老赖呀，老妈，难怪！明白了！

不一会儿，女儿电话打了过来，老妈，是的，有他，他欠了人家很多钱，大约有五百多万。刘晓妮呆住。

老妈，你怎么啦？女儿在电话里喊道。

没什么，我知道了。刘晓妮感到心隐隐地痛，说话很无力。

老妈，离他远点！女儿说。

刘晓妮什么都不想说。

老妈，爱你，再见。女儿说完，懂事地挂了电话。

刘晓妮想起了老公，觉得实在对不起老公，心里油然升起一股强烈的内疚感。

刘晓妮挂通了老公的电话。

老公在电话里刚喂一声，刘晓妮就说，你还在铁城吗？

老公说是。

刘晓妮说，我想去，你帮我订一下最快的车次。

老公有点紧张，怎么啦，你不放心我？

干吗，我不能去吗？刘晓妮说，你本来不是还邀我去？

老公忙说，好好，我就订。一会儿后电话就打过来说，刚好抢了一张退票，是一个小时后的，你现在必须就动身，我把订票短信发给你，你凭身份证，按我短信发给你的车次上车，找到车厢按座位坐就可以了。如果有查票，你就把手机里的订票短信给他看。

刘晓妮说，你要在铁城车站等我，要来接我！

老公说，好好。

刘晓妮从柜子里随便拿了几件换洗衣服，匆匆地出门就往高铁车站去了。

路上，手机又响了，是李齐霄。刘晓妮接通电话，不等李齐霄说话，就直接说，你别再打了，我不会再接你电话，更不会见你！你说什么都没用，我也不想听，别再来打扰我！说完就把手机关了。

6

刘晓妮是第一次坐高铁，原先回铁城，她嫌高铁票太贵，都是坐普通列车。

只四十分钟，就到了铁城站，真是方便。当年刘晓妮从延平市回铁城，可是坐了四个小时火车。同样都是在铁轨上跑，生活真是变化很大，只是自己一直没去适应和改变。刘晓妮心生出一种感叹来。一出站门，刘晓妮就看到老公，老公快步迎上来，帮刘晓妮拿下手中的行李说，跟我走，就把刘晓妮带到停车场，拿后用遥控器打开了一辆小车，让刘晓妮坐进去。

老公发动了小车，刘晓妮诧异地问，你怎么有车？

老公说，听说你要来，我侄子很高兴，专门把他的车给我，让我隆重来接你！

刘晓妮说，你侄子还挺有钱的，都买私家车了。

老公说，我那侄子这些年迷上了古玩，开了家古玩店，倒腾些文物、奇石、字画什么的，好像是赚了点钱。我来铁城，车票就是他帮我用支付宝支付的，包括你的车票，也是他用手机订的，用支付宝付的钱！

老公毕竟是老公，他知道刘晓妮肯定会奇怪他什么钱都没带，怎么来铁城的，这明显是借机告知。

刘晓妮坐在后排，没吭声。手机能付钱，她只听女儿说过，自己搞不清。

老公小声地说，好不容易回来，等下见到亲戚，大家都高高兴兴，给我点面子好吗，有什么问题，我们回去再说，如何？

你神经呀，你以为我是来问罪的？刘晓妮心里涌上一股悲哀，自己这些年对老公是不是真的太过分了。

我怕我多待一天，你以为我又有什么目的。

刘晓妮心里真不是滋味。

你这车能不能直接开到沿山去？刘晓妮问。

什么，开到沿山去？老公刹住车，立即就去沿山吗？

可以吗？刘晓妮说。

老公说，我家亲戚都想陪你吃完饭，我们回来吃吗？

刘晓妮说，开去我办点事，不是回老家。老家明天回，这次我想多待几天。

到沿山现在有高速了，二十多分钟就够了，你不回老家，只去下就回来，那来得及！

刘晓妮在镇上的一家杂货店里买了一把锄头，没理会老公的疑惑。刘晓妮让老公把车直接开到沿山中学门口，让老公待在车上。老公不解地看了刘晓妮一眼，什么也没问。

刘晓妮提着锄头，独自一人走向那片樟树林。

樟树林更加茂盛了。农村里的风水林，大家约定俗成，比什么都有约束力，谁都不敢轻易去破坏。一晃几十年了，林子一切都依旧。只是可能是大多数强劳力都外出打工了，林子没人管理，也没多少人进入，里面杂草丛生，原先的林中小道，都被淹没了。

刘晓妮认得方向，慢慢地前行，按照记忆，很容易地找到了当年与李齐霄经常相见的那棵樟树。樟树的树冠更加延展，枝干上长满绿苔和不知名的草本，透出潮湿的黑坳，显得沧桑。因为树下见不到阳光，樟树根部的周边，只长了一片喜阴的丛草。

刘晓妮看了一下，找准了位置，用锄头开始挖掘。不一会儿，一个锈迹斑斑的小铁牙缸被挖了出来。当年，刘晓妮就是用这铁牙缸，每周从家里装满咸菜，带到学校。刘晓妮记得，当时用了很多层的塑料袋扎裹着铁牙缸，然后再埋进土里。塑料袋此时已成碎片，铁牙缸裸在外面，与泥土粘在一起，外漆已全被锈蚀，变成与泥土一般的黑色。刘晓妮有点喘不过气来，汗水顺着脸颊流下。刘晓妮用手轻轻地和着泥巴，把铁牙缸捧出来。铁牙缸的盖子已锈成如快碎了的枯叶，刘晓妮轻触盖子，盖子立即碎了，刘晓妮看到了里面用一张小油布包裹的东西。彩照已黏结成一团与土一般的东西，电子表也锈得不成形了，散开成几个碎块，只有那块童话之石完好地显现在那里，上面沾满了不少肮脏的东西。

刘晓妮用颤抖的手把童话之石拿起，用手搓揉一下，石头现出了透亮的蜡黄色。刘晓妮用嘴哈了哈，然后用衣服轻轻地擦拭一下，石头顿时发出温润的光晕来，那光晕低调却难掩饰高贵，整个色泽浑然一体，澄净如脂。

此时，再外行的人，也看得出，这块石头确实非同寻常。

刘晓妮把石头小心放在衣袋里，然后把挖出的坑填好，把锄头扔到不远的溪里，再把石头拿出紧攥在手中，快速地走出了樟树林。

到了车门边，刘晓妮几近虚脱，浑身颤抖不已。老公感到莫名其妙，连忙从车上下来，搀扶住刘晓妮，把刘晓妮送进了车里。

你怎么啦？老公关切地问。

刘晓妮靠在老公的怀里，多少年了，刘晓妮此时再次感到老公的怀抱很真实，很温暖。

快开车，离开这个地方。刘晓妮低声说道。

晚上吃饭时，刘晓妮一直控制自己，一直到席散为止，表现都很得体。

吃完饭后，刘晓妮对老公说，我想去你那个开古玩店的侄子那里坐坐。

老公诧异极了，你不会是去查证一下我买票的事吧。

你那么紧张干吗？我只想去坐坐。刘晓妮笑起来，同时心里想，今后对老公看来还是多点信任好。

老公在车上用手机给侄子打了电话，车到侄子的古玩店门前，侄子和侄媳都在门口迎着。刘晓妮不自觉地把手伸向老公，紧抓住老公的手和老公一起进了店里。

店里有一个用大树根做成的茶几，侄子边忙着泡茶边说，婶婶难得回来，我给你泡一泡武夷山的慧苑坑肉桂，这可是正岩茶。

刘晓妮坐下说，别泡那么好的，我根本不懂得喝，浪费了！

侄媳从外面进来，手里拿着一串如玻璃般的珠子，递给刘晓妮说，婶，这是一串琥珀，送给你。说完，把琥珀手串戴在了刘晓妮的手上。

刘晓妮不知道琥珀是什么，心不在焉但嘴上还是客气地说，很漂亮，谢谢。然后话题一转就问，我听人家说什么老田黄，你们能告诉我老田黄是什么吗？

侄子给刘晓妮捧上一杯茶说，婶，老黄田可不得了，这是我们福建最宝贵的石头，古人说一两田黄三两金，现在可是黄金易得，田黄难求。

刘晓妮喝了口茶，努力控制自己，不让内心的激动外露出来说，这么珍贵，你给婶说仔细一些。

侄子说，婶，我是小打小闹弄的玩的，但是做这行当这几年，我只在省上的一些大师那儿见过老田黄。据说，老田黄就产在省城的一个叫寿山村的地方，是几亿年前地质变化形成的，因产自寿山而得名。寿山石被尊为石中之王，而田黄被尊为石帝，传说清代康熙皇帝每年元旦祭天时，都要率大臣向一枚大田黄膜拜，取谐意福（建）寿（山）田（丰），清代有十个皇帝喜欢寿山石，都用寿山石做印玺。如今，老田黄基本找不到了，寿山也被政府保护起来，老田黄被现在的藏家视为绝宝，不轻易示人，可以说是天价难求。

刘晓妮装着不信的样子，真有这么回事，它不就是一块石头吗？

侄子笑了起来，婶，现在石头可就这么比人还贵，有钱人还就要这东西，这不是我们普通人能明白的。

刘晓妮也笑起来，不再说这话题。与侄子和侄媳东聊西聊了一会儿，起身告辞了。

老公把车还给了侄子，刘晓妮和老公走着回宾馆。路上，刘晓妮几乎是贴着老公走，老公被刘晓妮弄得云里雾里，开头有点不适应，身体明显僵硬，走了一会儿，才放松下来。

刘晓妮问老公，你在医院工作，能查到省城榕城医院的电话吗？

老公莫名其妙，榕城医院，我知道，那是家外包医院，主要搞整容美容的，你整容呀？

刘晓妮笑出声来，要整容也是你整容，你还要跟我比美呀！

老公嘴里说，这个打下114查个电话号码就行了。边说边挂了出去。

刘晓妮按老公查到的号码打过去，说想查一下有没有一个叫李辰辰的白血病住院患者。

对方回答说，我们医院从未收治过白血病人。

老公在一旁说，这个还打什么电话，怎么白血病会去榕城医院看，那是用牛给马治病，简直无可能。榕城医院是女性专科医院。

刘晓妮说，用牛给马治病，你真有才！

小城的路上灯火少，抬眼看得到天空的星星。刘晓妮怀里揣着那块童话之石，觉得星空很美丽，今后与老公的生活可能会变得很美好。

陈毅达，1964年4月出生，现供职于福建省文联，从事文学创作多年，出版有中篇小说集《发现》等。

前程似锦

陶　纯

去年8月底到9月初，我应邀参加了新世纪影业公司举办的“全国著名编剧走湘西”采风活动，到凤凰、吉首、张家界一带游历一周左右。按照计划，我们一行约二十人，第一站先从北京飞贵州的铜仁，落地后租用当地旅行社大巴，驱车三十多公里，赶往凤凰县城。

这一带属于湘黔交界，天上白云朵朵，地上风景如画，河里清水见底，加之彼时气候宜人，清风拂面，时不时有一枚或一群美女闯入眼中，我们这些所谓的编剧界大咖个个都兴致勃勃，途中无人沉默，大家争着抢着说湘菜，谈湘女，个别混不吝的家伙，甚至连吹带蒙聊起自己的风流韵事。

谈笑间到了凤凰，车子即将驶下高速时，我无意中看到一个路牌，上面标着：清流 45km。

一车人除了我，没人注意到这个东西。

当晚宿凤凰城中心一家条件还不错的小宾馆，按计划我们一行要在凤凰滞留两日。夜里洗洗正要上床，被途中结识“感觉有话说”的著名编剧老齐硬拽到沱江边的大排档，于格外的喧哗中灌下好几瓶啤酒，吃下一堆烧烤。夜已深沉，沱江边上仍是灯火通明，人声嘈杂，老齐不时瞄一眼邻座一个花枝招展的女孩，大嚼着食物，呜里呜噜地说，出来旅游，有时就是为了艳遇，而凤凰是个容易产生艳遇的地方。停了停，他又说，影视剧里，很多情感戏不就是从艳遇开始的吗！

我有点恍惚，眼前又闪现出路上看到的那个蓝色路牌：清流45km。

回到房间，躺在床上，翻来覆去怎么也睡不着，脑子里一会儿是那个路牌，一会儿是她的容颜。记得她说过，她家乡名叫清流，离凤凰很近，那是个美丽而宁静的湘西小镇，她希望我能有机会去那里走走看看……迷迷糊糊睡了一小会儿，却又被一个梦惊醒，便再也睡不着，索性爬起来，出了宾馆门，不问东西南北，随意地行走。

天刚刚放亮，古城就喧哗起来，一辆辆旅游车横冲直撞。这个偏远的小地方名气居然那么大，常年游客如织，不知是不是沾了沈从文、黄永玉的光。

一辆破旧的中巴车缓缓开过来，司机从车窗里伸出脑袋大声招徕顾客，我看到前风挡玻璃下面露出“清流”两个字，就向司机打听。司机说，清流就是清流镇，没错。

吃早餐的时候，我向带队的公司副总韩秋燕女士提出，我想脱一下团，到附近看望一个朋友。韩副总有些为难，说：“陶老师，您可是答应我们，中途不开小差的。”我坚持要走，并且承诺，明天中午之前一定归队。韩副总只得同意。回到房间收拾好东西，顺便向老齐告别，老齐一个劲地冲我挤巴眼睛——我明白他的意思：我有“艳遇”了，这是要去享受了。

我居然脸红了，慌乱地下楼，到路边拦下一辆出租，不问价格一头钻进了车里。

大约十二年前，我突然对写小说失去了兴趣，不想再撑着薄脸皮当一名穷作家，有朋友适时介绍我给一家影视公司写剧本，我兴奋而又惴惴不安地答应了，先写了一个五千字提纲，对方挺满意，遂签了合同，拿了定金，然后南下深圳、广州采访。采访结束，我从广州返京，那时还没通高铁，我坐普通列车。后半夜，我从软卧包厢里爬起来，迷迷瞪瞪到两节车厢连接处吸烟。

到了连接处，突然看到一个女孩的背影——我也算阅人不少，一眼看出是个美女坯子，恍惚的灯影下，轮廓分明，凹凸有致，长发垂落，亭亭玉立——不由得令我浑身一震，顿时清醒。我点上烟，女孩侧过身子看我一眼，我友好而抱歉地冲她点一下头。她冲我微微一笑——这一笑让我想起倾国倾城、国色天香那些老俗词，以前认为那种比喻太过夸张，现在则觉得再恰当不过。旅途寂寞无聊，身旁再无他人，我鼓起勇气向她打招呼，她落落大方地回应我，一点都不忸怩。我问她："你去上大学？"

她略带惊讶地扬起细眉反问我："哎，你怎么知道？"

她的普通话蛮标准，略带一点湖南口音，显得别有韵味。我故作神秘道："我的感觉可是很敏锐呀，现在正是大学生报到时间嘛，你八成是到北京。"

她再次露出惊讶的丰富表情，抬手一撩秀发："哎，你怎么知道我去北京呀？"

见对方很乐意交流，我正求之不得呢，赶紧道："像你这样的美少女，就应该来北京嘛，小地方哪里盛得下你。"

她很开心地微微一笑："谢谢。"

火车继续向前开去，哐当哐当哐当，像给我们伴奏。她告诉我，她是从长沙转车上来的，行李搁在后面的硬座车厢，没有座位，过道人多很拥挤，她就穿过餐厅，跑这边来了。我夸奖说："你蛮聪明的。"然后问她："你家是湖南啥地方？"

她自豪地说："湘西！"

湘西名头很响，过去是兔子不拉屎的贫穷蛮荒之地，而今名声可比什么鲁西、豫西、鄂西、闽西、冀西、川西都大得多，除了山水，也是因为那里还出产大名人。

我点点头："知道，我去过凤凰。"

她咯咯一笑："我家离凤凰很近哟。"

"哦。你到北京哪个学校？"

"中艺！"似乎怕我不懂，又补充道，"中央艺术学院。"

我愣了愣："什么专业？"

"戏剧表演呀！"

我吃惊不小。深山出俊鸟，其实我早看出来了，她是个学表演的材料。我问她是不是艺术世家，她摇头，说父母都是普通职员，与艺术八竿子打不着，她从小就对电影电视剧着迷，经常对着镜子模仿演员背台词，她能背下很多名片里面的大段台词，她住的房间，墙上糊满了她崇拜的国内国外大明星的剧照。由于痴迷表演，她学习成绩一般，考大学肯定没戏，她想到了报考中艺，父母反对，认为她不靠谱不着调，小鸡娃想学大鸟飞上天，那是痴心妄想。上个春节前，她从网上报名，又背着父母跑到北京，踏进了中艺的考场，居然顺利通过“艺考”。后来文化考试也过了关，这不就正式录取了嘛！

她说得很轻巧，我颇有些不相信——以前早有耳闻，中艺、电影学院表演专业竞争很厉害，多少人争一个名额，录取率极低，百里挑一。她一个湘西小地方的穷孩子，没根没底，没门没路，这么顺利地拿到中艺头牌专业的入学通知书，可能吗？

于是我问她：“这之前，学校你一个人也不认识？”

“不认识呀！到现在也不认识哪个。”

“艺考之前，你没有花钱请个老师给辅导一下？”

“没有呀！”

“没人帮忙，就靠自己？”

“是呀！”

我的意思是，演艺界是有潜规则的，招生、拍戏，都少不了，要么拿钱，要么献身，这个地球人都知道。可她什么都没付出，居然就达到了目的——但我此刻相信她的话，因为她看上去那么单纯，没受到任何污染的样子。

她说，招考老师对她的评语是，浑身上下有一种朴素、清新、自然、羞涩的美，而这正是当下的小苗子中所欠缺的。这让我突然对中艺的领导和老师产生了由衷的敬佩之情。紧接着，我郑重其事、严肃认真地告诉她：

“我是编剧，正在创作一部电视连续剧。”

轮到她吃惊了，她猛地张大了嘴巴。我不由得一阵沾沾自喜，心跳加剧。以前在文学圈子里混，想遇到个漂亮点的女作家，都是那么地难，而今刚刚跨入编剧行业，还只能算个准编剧，一不留神就遇到一个如此靓丽的女演员——虽然她现在仅仅算是个准演员。但我相信，她成为小明星，甚至是大明星，那都是有可能的！

我了解到，她是从凤凰坐长途汽车到长沙，又换乘这趟车的，已经十几个小时没休息，看上去很有些疲惫，便提出让她到我的包厢铺位上小眯一会儿。也许因为我是个编剧，而且我们聊得比较投机，使她产生了信任感，她只是略略客套几句，便同意了。我悄悄带她进入包厢，指指我的铺位，然后带上门出来，坐在过道靠窗的小矮凳上，一边胡思乱想，一边消磨时间。

约莫过了三个多小时，天光放亮，包厢门一响，她出来，一脸歉意地冲我笑笑，小声道："我好了，老师，太谢谢了。"

这一刻我终于看清了她的容貌——大眼睛长睫毛，双眼皮薄嘴唇，小嘴巴高鼻梁，五官精致，身材高挑，细腰翘臀，上身穿一件紫色的短衫，下身牛仔裤，脚蹬一双半高跟紫色露趾皮凉鞋，既显得朴素自然，又不显土气。真可谓明眸皓齿，肤白貌美，往俗了说，的确是个尤物；往雅了说，颇有明星相。我感到脸发烫，心扑扑跳，不敢直视她……

她要回到自己车厢去，我恋恋不舍陪她往后面车厢走，想顺便打听一下她的名字和联系方式——如果我不厚着脸皮主动点，人家小姑娘哪好意思主动告知？如果不留下联系方式，我这一晚上的活雷锋，算是白做了。我和老婆关系长期不睦，一年有大半年处于冷战状态，早就不在一张床上睡觉，这也成为我偶尔拈个花惹个草的理由，而且没有负罪感。

"……哎哎，姑娘，还不知道你叫啥呢。"

"啊，我姓苑。北京不是有个南苑机场吗？就是那个苑。"

"苑、苑什么？"

"苑紫衣。叫我小苑吧，老师。"

"好的，小苑，咱们这就算认识了，认识就是缘分，到了北京以后有啥事，别忘了联系我。"

她说声谢谢。我赶紧把名字和电话说出来，要求她记下，并且特意叮嘱："你到百度上搜一下我名字，那上面有我很多资料。"我的意思是，我不是骗子，同时也想借机炫耀一把。她拿出手机存下来，还很懂事地拨打了一下——我要的就是这个结果。

我啰里啰唆道："小苑，你条件不错，前程似锦，希望以后在屏幕上见到你，祝你将来成为大明星，还希望你能有机会成为我剧本中的女一号，咱们合作一把！"

她羞涩地笑笑，一副受宠若惊状："谢谢陶老师。"然后冲我扬一扬白皙的手臂，像一道光影，穿过一节车厢，不见了。

这算作"艳遇"吗？

出城之后，我突然又有点后悔——此行我去干啥？

我向司机打听清流的情况，问他是不是听说过，清流出了一个女演员，姓苑，演过好几个电视剧。他愣了愣说，有点印象，有点印象。我听出来了，他是应付我，言不由衷。有一刻我甚至想掉头回去，又想这次如果半途而废，这辈子恐怕再也没机会踏上清流的土地，便断了返回的念头，硬着头皮前行。

很快到了清流，车子在靠近镇子的路口停下，司机收下钱，掉头而去。我定了定神，放眼望去，镇子建在一个山坳里，一条还算平整的柏油路直通进去，建筑约有一半是两层灰色或者红色的小楼，错落有致，其余的是平房，三面环山，山不太高，略有起伏，往远了看，镇子像是坐在一把巨大的圈椅里，这在风水先生眼里，应该算旺地。在镇子的东面，有一条溪流顺坡而下，汇流到我脚下的路边，然后傍着马路，向着西南方向蜿蜒而去，溪水极为清澈，像是刚从泉眼里冒出来的泉水。河边野花点点，水草青青，蜜蜂、蝴蝶盘旋其间。头顶是湛蓝无比的天空，白云飘荡，不时传来阵阵清脆的鸟鸣……

这里简直是童话般的梦幻之地。

那一刻，我似乎忘记了自己此行的目的。

是的，也许只有这么美丽的地方，才能孕育像她那么清纯的姑娘吧？我想。

吸完两支烟，我提起皮箱，顺着那条柏油路，硬着头皮往镇子里面走去。遇到两个路人，我想打听一下她的家，她父母居住的地方，可是张了张嘴，没有说出口，我担心别人问我：你是她什么人？我还真的不好回答。

没人注意到我这个外地人，这使我感到放松了些。路过一个十字路口，我看到路口的东北角，有一座三层高的旧建筑，门口上方竖着一块绿漆斑驳的大招牌，上写“悦来大酒店”五个大字，我决定先住下再说。进入悦来大酒店的门厅，迎面是一个半人多高的板台，板台后面有个四十多岁模样的妇女，见我进来，热情地站起身迎客。她介绍说，如果想在清流住宿，她这儿条件是最好的，价格也合理，连吃带住，每人每天二百六十元，住是单间，吃是四菜一汤，两荤两素。

登记的时候，她看到我的身份证是北京的，态度更加热情，说：“真是稀客呀，我这儿一年到头，也见不到几个北京客人。”

我笑笑：“以后会越来越多的，你们这儿风景好。”

她快人快语：“是呀是呀，我们这儿没雾霾，听说北京老有雾霾，老人小孩都不敢出门。你是来旅游？”

我犹豫一下，没说是，也没说不是。她又问：“那是来探亲访友？还是来谈生意？”

我真不知该怎么回答她。她也没再追问，顾自唠叨说，这几年政府封山育林，山上的树木不让砍，木材商都不来了，镇上年轻人大都外出打工，剩下的老人没钱消费，她家酒店的生意越来越淡，雇不起服务员，她只好既当老板又当服务员。又说，这儿游客也很少，客人都让凤凰给抢去了，人家那地方出名人嘛。

帮我登过记，我交上三百元押金，她拿上一串钥匙，提上一瓶开水，送我上二楼。我问：“老板娘，怎么称呼您？”她笑笑说：“我姓陈，叫陈芳，镇上人都叫我芳姐。如果你不嫌弃，也叫我芳姐吧。”

我点点头，那句憋在我心头的话终于忍不住——我想问她：知道苑紫衣吗？她是个演员——可是话到嘴边，就变成了：

“芳姐，你们镇上，姓苑的多吗？”

“不多，在后街，只有几户。怎么了，你找姓苑的有事？”

自打火车上的“艳遇”过后，我和她整整三年没有联系。说实在的，我早把她给忘了。按说，我完全可以主动打她电话，请她吃顿饭，或者到三里屯泡个吧，我相信她不会拒绝。她在北京举目无亲，我作为一个编剧老师请她出来，是给她长脸，是高看她。但是我没有。一来我有个毛病——八分钟热度，过了那个村，就不再想那个店；二来整天陷在剧本里不能自拔，深感这个行业和写小说相比，挣钱是不少，但像吃屎一样，挣钱挣得恶心难受。就我这种状态，哪还有心思泡妞呢？所以我忘记她，再正常不过。

某一天，一个陌生电话打进来，我没接，以为是广告推销，或者是诈骗。过一会儿，电话又响。我的经验是，这种连续打进来的电话，一般情况下是认识我的人打来的，于是接起。

一个清脆的女声："老师好！我是紫衣。"

一瞬间我有点发蒙，以为是推销衣服的，愣了一下，直到对方撒娇般补充道："陶老师，我是中艺苑紫衣呀！您忘啦？火车上认识的。"我这才想起是她，竟然有恍若隔世的感觉，她又解释道："那年一到北京就换了号，忘了通知老师，真对不起。"

这等于是说，即便我这之前想联系她，也联系不上，不由得在心里暗骂一句。她很敏感，马上意识到我不高兴，进一步用清脆悦耳的声音解释说，她之所以几年不跟我联系，就是想等到自己有点成绩的时候再找我，而现在是时候了，她已经读完大三，到了大四，学生们可以外出接活拍戏。按教学计划，他们班的学生排练了话剧《日出》，作为毕业作品，这周在学校剧场汇报演出。登台演出的同学可以组织亲友团前去助阵，她在北京没有亲人，父母又不可能大老远跑来，所以她特别想邀请我过去给她捧个场。

"校外我没有邀别人，只请您。"她的声音特别温柔。

她的容貌在我面前渐渐清晰，我心里痒痒的，马上就答应了她。

"您猜猜，我演哪个角色？"

我以前没看过《日出》，只知道女主角是陈白露，就说："希望你演陈白露。"

她咯咯地笑，颤声道："真叫您猜对了，我演女一，我就是陈白露！"

按照约定的时间，我坐地铁赶到了中艺大门口。不少俊男靓女在我面前晃来晃去，一眼就看出是中艺的学生。在北京，也只有中艺和电影学院的学生有这么高的颜值，真羡慕在这儿工作的男人们，他娘的，这些人没白活。

刚抽完一支烟，就见一个穿着戏装的女生跑过来，那样子活脱脱像是二十世纪三十年代十里洋场的交际花，那一刻我竟然有了穿越感，仿佛回到解放前。她跑到我面前，一股香风瞬间席卷了我。她把一张票塞给我，顾不上说别的，只甩下一句“我得赶紧去化妆，散了场您等我”，转身跑远了。

演出七点半正式开始，我抛弃了所有杂念，专心看戏。说实话，我虽然写本子，但我以前很少到剧场看剧，总觉得舞台剧表演太夸张，装腔作势不自然，让人起鸡皮疙瘩。但是这一晚，由于带着感情看戏，效果就是不一样，我完全入了戏，苑紫衣扮演的陈白露逐渐打动了我。她的表演明显稚嫩，有些地方抠得不细，某些片段不像旧时代放浪形骸的交际花，倒像是自甘堕落的小家碧玉，纯洁有余，浪荡不足，气场不够大，放不开，可能与她初次登台有关吧。另外我感觉，也与和她配戏的男演员有关，他们年龄阅历不够，奶油味儿十足，太“娘”，演潘月亭、金八爷之类的大亨、恶霸，明显不对味儿。好在苑紫衣的台词功底还是蛮不错的，估计这与她小时候刻意进行模仿训练有关，她说过，她小时候最喜欢做的事情就是模仿演员背台词。

戏渐渐进入高潮，陈白露厌恶上流社会钩心斗角、尔虞我诈、醉生梦死的糜烂生活，但又无法抵御这种生活对她的腐蚀。她玩世不恭，自甘堕落，她对生活的要求越来越高，表白道：“我出门要坐汽车，应酬要穿些好衣服，我要玩，我要跳舞……”她的旧时恋人方达生劝她跟他走，离开这个乌烟瘴气的十里洋场，她不干：“回去？回到哪儿去？”她直言，她已经回不去，只能待在这里。她非常清楚自己的处境，她只有等待，等待着有一天幸运之神来叩她的门……然而也许有一天她所等待的叩门声突然在深夜响了，她走过去打开门，发现来客是那穿着黑衣服的死神，不作一声地走进来，召唤她，她也许会毫无留恋地和他同去……

戏到最后，包养她的银行家破产，面对巨额债务，陈白露绝望了，选择在日出之前服毒自杀，她喃喃道："太阳出来了，天就要亮了，可是我却看不到了……"

此时，我的眼泪不知不觉下来了。我感觉我就是当代的陈白露，男陈白露，我身边有不少各种各样的陈白露，在生活的大酱缸中不断地消沉，虽然不会自戕肉体，但是灵魂正在慢慢死亡。

演出结束，大幕合上又开启，演员们谢幕。台下的亲友团喧哗骚动，大声喝彩，有人迫不及待跳上台，为自己所"捧"的人献花、拍照，勾肩搭背，一团乱麻。苑紫衣是绝对的主角，这台戏的成功，主要来自她，但由于她没有亲友团助威，没人给她献花。

我是个缺乏情调的男人，压根儿就没想到带一束花来，我老婆死烦我这一点。面对站在台上显得孤单的苑紫衣，我只能站起来冲她招招手，又竖起大拇指比画一阵。手机一响，我看到她给我发来一条短信：陶老师，请您到校门口斜对面的上岛等我。

出了校门，一个卖花的小女孩迎面兜售鲜花，我赶紧掏三十块钱，买了三枝玫瑰花。在上岛等了快一个小时，点的咖啡都凉了，她才款款而来，解释说，卸妆洗澡换衣服，多耽搁了一会儿。她在我对面落座，我把花递给她，她举到鼻端嗅了嗅，微笑着谢了我。

与上次见她相比，她成熟老练多了，也洋气多了，柔和的灯光下，略施粉黛的她，真是又美又仙。我克制住内心的蠢蠢欲动，装模作样摆出一副长者兼老师的姿态，向她表示祝贺，并恭维道："能够担纲一号，说明你很出色呀！中艺人才济济，得有多少人盯着这个角色？三年前我就看好你了，紫衣，你一定会红的，加油！"

她微微摇一下头。我以为她谦虚，没想到她突然道："您不知道，妈的，风头都让古玉菡抢去了。"

我愣了——古玉菡是谁？

她告诉我，古玉菡是她的同班同学，她们还是室友，自打入学之后，二人就是竞争对手，明里暗里，互不相让，谁看谁都不顺眼。本来这次排《日出》，起先内定她演 A 角，古玉菡演 B 角，给她当替补，可是排练时，角色突然置换，古玉菡成了 A，她变成了 B！

“您知道为什么吗？”她放下咖啡杯，脑袋靠近我一点。

我已经猜出个七八分，但不好明说，便道：“她是不是更适合陈白露这个角色？”

她大幅度地摇摇头，左右瞅瞅，从牙缝里冒出一句：“她跟指导老师上床了……”

我苦笑一下：“不瞒你说，我已经想到了。唉，这种事情，到处都有，不算新闻。”

她伸手到我面前的烟盒里抽出一支烟，我赶紧给她点上。她不太老练地吸一口，马上放下了，用手掌扇了两下面前的烟雾，继续道，前面姓古的连演三场，学院、系里领导都看过了，还请了一些影视公司的老板、导演过来，她可是一炮打响，听说今天就有家公司跟她签约，要在一部古装剧里出演女二号。今晚这场演出，是最后一场，不过是为了照顾他们几个 B 角的情绪，没有重要人物到场，现场连个录像的都没安排。

她非常感谢我百忙中过来给她捧场。

我提出我的疑虑：“怎么没见你的同学到场？你同宿舍的女同学，她们怎么不来？”

她叹口气说：“唉，我是小地方来的，她们一开始瞧不起我，后来又妒忌我。女人堆里是非多，真没办法。”

她的情绪似乎不高。我劝她看开点，只要真正有实力，是演戏的好料，以后机会还不有的是，出名是早晚的事，就说那个姓古的女孩，现在跑你前头，谁能保证她后面不掉队。她终于开口笑了，放下杯子，握紧拳头：“老师说得对，我一定会咬牙超过她，超过所有同学，五年后，十年后，三十年后，五十年后，看谁还活在舞台上！”

我冲她伸出手来，她微微一怔，随即伸出柔嫩修长的小手。两只手猛地握到一起。这是我第一次和她有肉体上的接触——如果手也算肉体的话。我听到自己激动地说：“苑紫衣，记住——你前程似锦！”

这是我第二次说类似鼓励她的话。

天下所有的艺人都梦想自己一炮走红。而若想一炮而红，要么遇到一位大导演，譬如巩俐、章子怡当年被张艺谋毒眼相中，一部作品就被捧红，从而红遍天下，当然这需要命中注定的大运气，属于祖坟上冒青烟。还有一种情况，参演的某一部剧，本来不被看好，谁知却像抽风似的，突然爆冷门大火，譬如《武林外传》里面的姚晨、闫妮等人，男演员譬如《士兵突击》里面的王宝强，一下子就被观众记住。

大四那年，苑紫衣参演了两部电视剧，当然都是打酱油的小配角。头一次进剧组，她很兴奋，确实是认真地对待角色，尽力揣摩演好每一场戏，没她的戏，她也坚持到片场，用心观摩别人演戏。到了第二部，还是二三十场戏，有一些场次连句台词都没有，只是露一下面，导演摄像连个特写都不舍得给，她就有些不甘心。演女一的那个人，就不点名了，连个二线演员都够不上，片酬却高得离谱。她认为她演技实在不怎么样，生硬呆板不自然，还经常忘台词，就这样还端架子要大牌，坐豪车住豪华套房，两个助理侍候着，见了紫衣他们这些小演员，连眼皮都懒得抬一下。而紫衣他们这些小配角，跟剧组打杂的人一起吃盒饭，住脏兮兮的三人间。

她打电话向我抱怨说："她凭什么？"

又说："剧组里都在传，她跟制片人有一腿，跟导演也不干不净。"

我劝她，人家熬到这个份上了，你也别眼红，大多数演员都是从跑龙套吃盒饭做起的，你得耐心等机会。她同意我的话，但又说，出名要趁早，她半年进了两个剧组，头一部戏，挣了五千，第二部拿了一万，这样子下去别说出名，连养活自己都不能。她妈妈三天两头打电话，说清流的父老乡亲都等着看她上电视呢，都指望她当大明星，让清流也跟着出名……

末了，她说："可是这么熬下去，只怕把我熬老了，也未必出名。"

我早看出来，她太急功近利。演艺圈的人，都是急功近利。我写东西，也是急功近利。做生意、当官的人，都这德行。当下就这风气，就像跑步，谁也不想落人后头。但是你得面对现实呀！急也没用，先得打好基础，机会来的时候，才能抓住。我耐着性子做她的思想工作，拿话哄她，说："命里有时终须有，命里无时莫强求。而我认为你有明星相，你要相信我的判断，只要坚持下去，一定会脱颖而出的！”

她咯咯笑了。小女孩嘛，还是蛮好哄的。

有一阵子，我们见面比较频繁，一般都是外地来了作家朋友，我请客时，拉她过来陪酒。只要她在京，有请必到，这是她特可爱的地方。她不再叫我老师，改口叫“陶哥”。她的酒量倒是见长，在饭桌上也放得开，给我挣足了面子。作家们拿她跟女作家、文学女青年什么的一比——简直没法比！生活因女人而精彩，美好的生活离不开女人，由于她的配合，我的前同行们对我只有羡慕嫉妒恨的份儿。有一回云南作家潘不灵过来，自然由我安排吃饭，约了几个文友，他点名要小苑作陪。我打了一个电话给她，她正在郊外拍戏，我以为她来不了，结果她还是赶到了，脸上的妆都没卸干净，看上去更怀有一种风尘之艳美，潘不灵眼珠子都快掉下来，几次悄悄冲我竖大拇指，不知是夸她美，还是夸我有本事。席间，潘不灵提出，应该好好培养一下小苑，让她写小说，她如果当作家，分分钟就能把文坛搅翻。有人接话说，全中国头一号美女作家，非小苑莫属！

她笑意盈盈地说：“还是得了吧！我们湘西出了个名作家，出了个名画家，出了个名歌星，就缺一个名演员了。”

那晚大伙喝得嗨，酒多管不住嘴，有人说起演艺界潜规则的话题，对那些“以戏谋色”的人大加痛斥。潘不灵醉醺醺戏谑道：“小苑，你怎么看？”那意思分明想说，你是不是被人潜了？我赶紧制止道：“打住打住！”

她不但不避讳，反而语出惊人：“一个巴掌拍不响，你们别以为被潜的人吃亏，有人盼着被潜呢！”

“你真这么想？”潘不灵不依不饶。

“明人不说暗话，本姑娘真希望让哪个大导演、大制片人潜一下。”

我感到她喝多了。

聊起她当下参演的这部戏，她说她在里面演一个妃子，演皇后娘娘的是个名角，可她怎么看那人都不顺眼，做梦都想取而代之。我也有点过量，胸脯一拍夸下海口：“一定为小苑量身定做写部好戏，就让小苑出演女一号！”有人跟着起哄道：“小苑，还不谢谢陶哥。”

就见她出人意料地站起来，上前一把搂住我脖子，猛地在我脸颊上亲了一口。众人都乐开了怀，潘不灵屁股下的椅子倒了，摔了个仰八叉，把场面推向高潮。

那晚她果然喝多了，散场时，扶着我摇摇晃晃下楼，我帮她叫了一辆出租，塞给司机一百块钱，望着她离开。人都走了，潘不灵晃着我的肩膀让我交代：“老陶，你小子说实话，是不是上过她了？”

我还真不好回答——否定吧，显得我㞞；承认吧，又不是那么回事。只好卷着舌头模棱两可道：“他妈的，老子就不告诉你！赶紧的，回去睡觉！”

我以一个旅游者的身份和心境，在清流的街巷里随便溜达。清流主要由一条主干道和几条背街的偏巷组成，沿着主干道从镇子入口走到山根下的街尾，不过七八百米。她在这个小地方生活了十八年吧？如果她不出去会怎么样呢？像芳姐那样，像街巷上遇到的妇女们那样，在这里终老一生，到底算好，还是不好？

我打算中午的时候，把我的来意原原本本说给芳姐，请她帮忙介绍我见一下小苑的父母，我还想到她家里走走看看，听人们讲讲她小时候的事情。

到了饭点，我回悦来大酒店。芳姐说，饭已备好。不一会儿，她端着一个托盘上来，果真是四菜一汤，说是她男人做的，男人是酒店大厨兼洗碗工，手艺还行。半小时后，她上来收盘子，见我只动了一点点，带着歉意道：“老板，饭菜不合口？”我笑笑说：“菜做得很好，我只是不大饿，早饭吃太饱了。”

她犹豫着收拾碗盘，大概是舍不得倒掉，我也不想浪费，指着几乎没动的两样荤菜说：“这俩给我留着吧，晚上热热我吃。”她立即道：“这哪行啊！让我男人吃，他喜欢吃剩的，从小吃惯了。”

这话让我有点心酸。我终于一咬牙，问道：“芳姐，知道苑紫衣吗？她在北京，是个演员……”

她愣在那里，嘴张了张，表情僵硬，没说话。

“怎么？您不认识？她家就是清流的……难道这附近还有一个清流镇？”我真有点糊涂了。

她摇摇头，叹口气：“我是看着紫衣长大的，多好的孩子呀，可惜啦……”

她告诉我，上午我问她这里有没有姓苑的，又从北京来，她就猜到我十有八九是为紫衣而来。

“她父母……还好吗？”

“她妈妈特要强，她出事后，可能是觉得抬不起头来，两口子上几个月搬走了，听说去长沙了，也有说去广州的，搞不清。家里房子也卖了，卖给一个外地来做生意的，她家那房子，是镇上最好的。”

这实在有点出乎我的意料。我一时不知该怎么办。

“你是她……什么人？”她眼圈红红的，狐疑地盯着我看。

“我嘛，算是她老师……也是朋友。亦师亦友吧。”

我信誓旦旦承诺专为她写一个本子，不过是说说而已，即使我真的拿出本子，即使角色真的适合她，女一号也绝对轮不到她，因为制片方考虑的是收视率，她在影视圈尚没什么名气，没人愿意为她冒险，除非我是大腕级导演，敢于起用新人，或者是甘愿为她砸钱玩的金主。

有一阵子，我们见面少了，我一般不再请她陪酒，因为我无法兑现我的承诺，好在她一次也没有催问过。她很少主动给我打电话，可是一天夜里，我突然接到她电话，她很着急的样子，张口向我借钱，说家里出了点事，急需用钱。我有点蒙。

她居然向我借钱了，这是我从未料到过的。按说资助她一点钱，在我不是什么难事，问题在于，那时我刚刚离婚，钱基本让老婆卷光，我名下只剩一套房子。我想向她解释一下，等过些日子我若拿到稿费，随便她用。我犹豫着怎么开口，她急巴巴道：“陶哥如果有困难就算了。”

“别急嘛！”我安慰道，“家里到底出了什么事？有人生病？”

“不是。我妈妈和人冲突，失手伤了人，挺厉害的。家里不想闹大，想私了，急需一笔钱摆平。”

“需要……多少？”我的汗珠子下来了。

“我手里有一点，还差五万。”

我沉默。脑子里迅速盘算了一下——我银行卡里的钱，也就五万的样子。

“算了……再见……”

我感觉她似乎要哭了，赶紧像个男人一样挺起腰杆说：“看你，沉不住气。你把卡号发我吧，明天我想想办法。”

“谢谢陶哥……等我下部戏拿到钱马上还……”

挂电话没一会儿，卡号发过来了。我捧着手机，后背发凉。躺在床上折腾一宿睡不着，天没亮就爬起来，披上大衣到小区外面的银行ATM机上查了查，我的卡里还有五万零七十元三角六分。抽掉两支烟，我狠狠心打出去五万。这下子反而轻松了。

我曾经问过她，父母干啥的。她说妈妈以前在镇上商店工作，后来自己做点小买卖，爸爸开车跑运输，家里虽没什么钱，但小日子还算可以。

过后我才知道，她妈妈以前是镇上商店生肉柜台的服务员，后来自己在街头摆摊卖猪肉；她爸老苑则开一辆旧金杯面包跑运输，从镇上到县城来回拉客。有一天，一个买肉的男人因猪肉肥瘦问题，与老范——也就是她妈妈发生口角，继而两人动手，老范一气之下，挥刀捅了那男人肚子一刀，虽不致命，但是构成了案件，老范进了派出所。都是乡里乡亲的，经好心人撮合，派出所同意，两家私了，医疗费加上各种赔偿，还要打点公安局的人，需要十多万。万般无奈之下，她张口向我借钱。

把钱借给她之后，我更不敢联系她了，怕她误认为我提醒她还钱。那时似乎还没有微信，我偶尔能收到她一个短信，告知我她又参演了某一部戏，或者是某一部戏要在某个台播出，里面有她，她扮演某某某。我回复说，一定欣赏。

大约半年多后，她跟我要卡号，说要打钱给我。我客气了一番，说，不要了，真不要了，就当赞助你了。这时候我的经济状况已有好转，有没有这五万块都无所谓。她坚决不干，电话里急了，说："陶哥，您真想帮我，至少拿五百万来。"我知道她这是故意激我，乖乖把卡号发给了她。

再次见到她，又是一个秋天。我编的一部戏《雷霆万钧》在大连一个影视基地拍摄，应导演之邀，我到剧组探班。本来我对探班之类的勾当不感兴趣，本子写好交给公司，编剧就不再有发言权，也不想再掺和，爱怎么拍就怎么拍。这次我之所以愿意去，一是因为剧组还欠我一笔尾款，导演提出请我过去帮忙修改几场戏，只要去一趟，他们所拖欠的稿费就可以结清；二是此去还有一个重要原因——小苑在剧组里。

她在我这部抗日剧里，扮演女二号角色——一个出身大户人家的女学生，因为所爱的人参加了抗联，她也偷偷跑出来，几经磨难，逐渐成长为一名英勇顽强的抗日女战士，最后壮烈牺牲。她能得到这个角色，与我力荐有关，我不惜拉下身段，请负责选演员的副导演喝茅台，好话说了一大堆。但是整个运作过程，她并不知道，我一直对她保密。开机之后，我曾收到她一条短信："亲爱的陶哥！今天刚听导演说，您是《雷霆万钧》的编剧，太惊讶！能够扮演您笔下的苏婉贞，真是三生有幸！咱们总算合作了一把，小妹累死累活也要演好，争取借这个戏走红。"

我回复道："辛苦了，我找机会去探班慰问。"

她回复："盼盼盼，盼盼盼。"

我一个人坐飞机到了大连，先到片场，观看了几场室内戏的拍摄。那天没她的戏，她不在现场。我亲眼所见的那几场戏，都是导演临时加上的，我感觉驴唇不对马嘴，很别扭，要命的是，导演还自夸加得好。演男一和女一的演员，名气不小，以前给人感觉演技不错，但是那天在我眼里，他们演戏太过随意，气质不像是二十世纪三十年代的人，而像是现代的城市男女，原本很有内容的、沉甸甸的台词，轻飘飘就从嘴里冒出来。

我的心凉了半截。

正琢磨联系一下她，想晚上请她吃个饭犒劳一下，她电话先打进来了，未说话先娇笑：“好你个陶哥，来了也不说一声，晚上罚酒。”

我解释几句，与她约好了晚上见面的时间地点。我没有和剧组住一块儿，剧组单独安排我住在市区一家四星级宾馆，无形中给我们创造了安全见面的机会。她熟悉这地方，提出就在酒店一楼餐厅见面。

那天她穿一件紫色的连衣裙，紫色的高跟皮鞋，因为剧情需要，剪短了头发，用一根紫色的发带拢在脑后，格外地有味道。她带起一缕香风款款向我走来时，吸引了大堂所有人的目光。

那晚她的情绪极高，我们躲在角落里的一张卡座上，喝光了三瓶红酒，说了很多的话。我没记错的话，这是我们俩第一次单独喝酒，喝得开心，聊得随意。我结合自己此次探班的感受，提醒她，以后有了名气，有资格挑选角色的时候，一定先挑导演，只要是好导演，哪怕戏份轻点，也要上，烂导演只会把好演员用坏，好导演却可以让好演员变得更好，这就好比你在单位摊上个好领导，你想不进步都难。她说：“全中国就那么几个好导演，想摊上一个，跟天上掉馅饼差不多，我能有那样的福分吗？”

我说：“泰戈尔说过，不要着急，最好的总会在不经意的时候出现。”

她说：“陶哥总是鼓励我。”

我说：“也许下一部戏，你就能担纲女一。紫衣你进步蛮大的，在你同班同学里面，你蹿得够猛了。”

她摇头：“还记得古玉菡吗？”

我点点头。古玉菡已经红得发紫，成了一家著名电器品牌的形象代言人，打开电视，不出半小时，就能看到她在搔首弄姿。

“她的身价到了每集三十万。我呢？不怕陶哥笑话，虽说这部戏我演女二，打包价总共才三十万。我辛苦三个月，不顶她三天。我还听同学说，她要上大银幕，导演是……”

她说出了一个如雷贯耳的名字。然后愤愤然，几乎是咬牙切齿地说：“我想不通，她哪点比我强？”

停了停，又说："她不过就是比我骚！"

我无言。端起杯子和她碰杯，示意她冷静，仰脖灌下，这才道："你那些女同学，到最后演出名堂的，不到十分之一，对吧？大多数女孩嫁个大款了事。你呀，不要总和姓古的比，你比比那些不如你的，不就想通了吗？"

她把杯子一蹾："您错了，我就是和最好的比，我就是想当大明星，出大名，挣大钱，为家乡人争光争气！也只有这样，我才能不断进步！"

她的心气确实是太高了，我感到有些担心——一些不切实际的幻想往往会毁灭一个人。但此刻我宁愿相信是由于酒精的作用，她说的是酒话，所以那种担心一闪即逝。

时候不早了，餐厅里已经没有食客，我提议散伙。我们微微摇晃着穿过大堂，走到电梯门口，我没说道别的话，也没有提出请她跟我走，她也没有道别的意思，就这么我们默默无语地钻进电梯，默默无语地一直上到 17 层，默默无语地来到我房间。

等我酒劲缓过来的时候，她已经洗过澡，披着浴衣站在我面前，犹如出水芙蓉。一股子沁人肺腑的香味，彻底把我搞晕。离婚之后，虽然我断断续续有过几任女友，但没有一个能和她比，完全不是一个等级。说实话，自从认识她之后，我是打过她主意的，但也仅仅是意淫而已。可是当机会真正到来的时候，我似乎又缺乏心理准备。

我们到了床上，我吻她。床上事不过就是软与硬的结合。我感觉她的身体渐渐软下去，越来越软；而我的身体渐渐硬起来，越来越硬，仿佛能把地球戳穿。可是刀子太锋利，又容易割伤自己——此时的我，不需要冷静和清醒，偏偏要命的是，我发现房间居然没有放置安全套，这宾馆太 × 蛋了！她似乎看出什么，提醒我她现在安全。而我这时候想到的不是她的安全，而是我的安全——就在不久前，我的一个朋友在佑安医院查出了艾滋，我不合时宜地想到了他的惊恐和痛苦……和女戏子有染，是危险的，因为这些人私生活太乱……

结局可想而知，我熄火了，下面软下来，像根面条。她睁开雪亮的眼睛，不解地瞪着我。我羞愧无力地掩饰道："紫衣我们还是不做这个了吧，以后咱俩做干干净净的朋友，一辈子干干净净……”

这时我脑子里涌出了歌德的一句名言，歌德说：“所有罪恶的念头我都有过，只是我没去做。”

她娇喘着，突然伸嘴咬我一口，我的胸脯上瞬间生出两排牙印，看上去像两条紫红色的小串珠。

那个夜晚，我为自己感到骄傲——痛苦的骄傲，害臊的骄傲。

我是个介于真君子与伪君子之间的二 × 君子。

由于昨夜失眠，我十分困倦，脑子昏沉得厉害，中午睡了一觉。这个午觉睡得质量挺高，醒来时已近四点。迷迷瞪瞪睁开眼，一时竟忘记自己身在何处。

突然想到小苑的父母已不在清流，联想到我此行的使命，急忙坐起来。可是急也没用，除了老板芳姐，我在这里不认识任何人。

如果不想白跑一趟，恐怕也只有请芳姐帮忙了。小苑父母走了，她还有别的直系亲属吗？能不能请芳姐帮我介绍一下？还有，我记得小苑有个很要好的闺蜜，名叫袁梅，印象中她是个小学老师——她是在清流的小学校教书吗？能不能帮我搞到她的联系方式？

我见过袁梅一面。

得有五六年了吧？那时候，小苑已经混出一点名气，成为一颗冉冉升起的小星，前途应该说是比较光明的，但若想成为巨星，可能性几乎没有，除非老天开眼，毕竟巨星就那么几个，是各种因素促成的。想混成一个大众脸熟的二三流演员，只要再熬几年，基本是可以做到的。

我又适时帮了她一个忙——找人在《中国电视》杂志上帮她上了个封面。

收到杂志的那天是她生日，她兴冲冲打电话给我，说这是她收到的最好的生日礼物。然后，她有点神秘兮兮地压低声音道：“陶哥，我也想送件礼物给您，过几天就到。”

“得了吧，不需要。”

“您一定会喜欢的——是我家乡的土特产。”

几天后，土特产果然到了——不过不是一般的土特产，而是一个大活人！

她发微信约我吃饭。美女请吃饭我当然不会拒绝，赶到她指定的一个饭馆，就在四元桥附近，小包间里除了她，还有一个姑娘，一看就是小地方来的，很纯朴的样子。我有点发蒙。她介绍道：“陶哥，她是我在家乡最好的闺蜜，从小一块儿长大。她也姓袁，不是我这个苑，袁世凯的袁——袁梅。”

我与袁梅握手，她的小手滑溜溜的，有点凉。如果单看袁梅，也应该算个小美女，但是与小苑一比，就好比拿野百合与白玉兰比，差别立马放大。我收回思绪，轻松自如地陪两位姑娘吃饭。小苑告诉我，袁梅是家乡的小学老师，教语文，文笔很好，以前上学时写的作文经常受老师表扬，现在还爱写写画画的，去年还有篇散文在《中国教育报》上发表。小苑希望我收下袁梅这个徒弟，教她写剧本。

我满口答应，又提出疑问：“袁梅在湘西老家工作，离那么远，这个徒弟怎么带呀？”

小苑说：“我动员她辞职下海，来北京闯。一辈子待在小地方，能有什么出息呀？不光耽误自己，连后代都耽误。对不对？”

袁梅低头不语。我问她：“袁梅，你下决心了？”

她点点头，又摇摇头，小声道：“紫衣劝我好久了……还没最后下决心……”

“喊你来北京玩，就是想让陶哥帮我一起劝劝你。你可得想好，过这个村没这个店了，这可是你一辈子最好的机会。”

第二天，我和小苑陪袁梅逛十三陵和八达岭长城。我亲自开车去的，小苑还没有买车，一是没摇上号，二是按她的话说，要么不买，要么买就买宝马奔驰，低于一百万不考虑。游览期间，小苑问我对袁梅印象如何。我说实话：“只要不和你站一起，她就是个清秀的、干净的、未遭受污染的清纯姑娘。”

她伸手掐我一把，斥责道：“呸！难道我是个不干净的、受到污染的女人？”

我意识到说错了话，赶紧解释：“哥不是那个意思，哥只是想说，她和你不一个类型，你是现代派，她是个古典派。”

她不再怪我，莞尔一笑：“她就是个土特产嘛……哎，哥喜欢吗？”

我一愣：“你啥意思？”

她只好实话实说——想把袁梅介绍给我。离婚后我一直单身未娶，不是缺少女人，而是缺乏爱情，不特别满意，我是不会再娶的。见我呆愣在那里，她又掐我一下：“你说话呀！”

“我没想那么多。不过，袁梅出来闯闯，倒不是一件坏事，年轻人嘛，就得见见大世面……”我有些软弱无力地说。

第三天，我和小苑带袁梅逛颐和园和圆明园，一路上我都在掂量，感觉如果养一个这样的姑娘，我是没有任何压力的，她也不会有非分之想，只要我对她好一点，对她家人好一点，她自会死心塌地跟着我。年龄上差距大一点，但想到著名的杨教授，现在这都不算啥了。越想越有信心，看她的眼神也变了。小苑察觉到了，狠狠掐我一把，既高兴又不满地剜我一眼，小声道：“男人没一个好东西……看您口水都快掉下来了。”

我摸摸下巴，当然是干干净净的，便嘿嘿一笑。

她直言道，如果真的喜欢袁梅，就把她弄到北京来。我表示会认真考虑。她又说，袁梅家里条件不太好，当初上师范，就是为了能减免学费，她写过承诺书，保证在教师岗位上工作多少多少年，如果半道辞职离开，得补交一笔违约金。我当即满口答应，这个全部由我负责。

晚饭我安排在全聚德吃北京烤鸭。走出餐馆，小苑暗示我，今晚可以带袁梅走。我一阵兴奋，又犹豫不决。毕竟还没为她做任何一件事情，就这样把人家姑娘带走过夜，这么做太过仓促，对小苑也显得不太尊重。犹豫片刻之后，我摆摆手，意思是今晚算了。小苑又转向袁梅道：“梅梅呀，明天我有个明星与观众互动活动，不能陪你了，就让陶哥带你转转好吗？”

袁梅像含羞草一样低下头。小苑拍板说：“就这么定了！我是不管你了，以后就让陶哥管你。”

次日整整一天，我带她逛了天安门广场、故宫、景山公园。上午她情绪蛮高，下午就沉默了许多，感觉她在进行激烈的思想斗争。晚上，我请她吃老北京涮火锅，一边吃一边聊，帮她下辞职的决心，承诺如果她来北京，住处我负责找，工作我也可以介绍，不想工作，在家跟我学写剧本也成。她很少发言，静静地听我讲。同时，我也进行了一番激烈的思想斗争——是带她走，还是送她回住处？她跟小苑住一起，小苑在北四环惠新东桥附近租住了一套大房子。

她温顺得像一头小鹿。我掂量一阵，还是不忍心，劝自己，这次就算了，看样子她以后就是你的人啦，等她正式来北京，她能住哪儿？还不得天天跟你睡一张床，你想咋样就咋样嘛……

我像个正人君子那样，彬彬有礼地把她送到小苑住的地方，看着她上楼。

这是我最后一次望见她的背影。

第二天下午，我收到她一条长长的短信——

陶大哥您好！我已经在回去的火车上了。小梅万分感谢您几天来无微不至的照顾，以及对我未来生活的关心。但小梅觉得，北京太大了，害怕迷了路，更害怕迷失了自我。小梅不适合在这里生活，所以要回去。西方有句谚语：上帝为每只笨鸟都准备了一根矮树枝。闭塞落后的生活，只要我喜欢，有什么不好呢？大哥，您是个好人，小梅盼望您以后来我和紫衣的家乡做客。再见了大哥！袁梅敬上。

端着手机，我呆愣了好半天，心里说不出什么滋味。

我回了一条短信：“一路平安。”

当年春节，收到她一个拜年的短信，以后再无联系。小苑也从未再提起过她，仿佛世上压根儿就没有袁梅这个人。

小苑出事以后，我猛然想起她来，想通过她打听一下小苑家里的情况。拨过几次电话，每次都是空号，显然她换号了。

晚饭照旧是芳姐亲自送上来。我没有食欲，不想吃，只想跟她聊聊。没等我挽留，她倒是不客气地坐下了，主动说起紫衣。原来她想打听紫衣在北京的情况。镇上人都知道老苑家的姑娘在北京出了大名，发了大财，但并不知其中细节，尤其不清楚她为什么出事，怎么出的事。

我当然不能瞎讲，只是说，在北京和她见面很少，只是一般的朋友关系，所以她的具体情况，也不太清楚。我借机抛出盘桓在脑子里的两个问题，她告诉我，苑紫衣的爷爷奶奶早就不在了，她只有一个亲叔，叫苑焕国，开货车跑运输；听说苑家哥俩关系不好，两家不怎么来往。如果想见他，她倒是可以帮忙。袁梅确实是镇上小学校的老师，从小和苑紫衣一块儿长大，以前老有人拿她跟紫衣比，说人跟人没法比，货比货气死人。

"芳姐，麻烦您把袁老师电话帮我搞到好吗？谢谢。"

"我没她电话。不过这个不难，在我这儿做保洁的柴小菊她娃儿，好像就在袁梅那个班。我让小菊帮你找找看。"

一天，正埋头撅屁股写剧本的我接到一条微信，是某影视公司的熟人发来的一个链接。我工作的时候最烦别人打扰，尤其是一些链接之类的东西，基本不看。但是这一次，我点开了。

脑袋嗡的一声。

屏幕上有一组照片，我一眼认出是小苑，放大了看，她严重走光——上衣太薄，隐隐露出了乳头、乳晕，裙底也大开，仔细辨别，竟然露出了少许阴毛……

天哪！她被娱记狗仔队给偷拍了！上了各网站的娱乐版，并且微信刷屏。

我立即给她打电话，痛骂偷拍者无德，责怪她太不注意太粗心，给坏人可乘之机。她也很生气，解释说昨天应邀去参加一个片子的首发仪式，因为没有经验，穿衣打扮随意了些，结果就让人盯上了。我提出赶紧想想办法，请公安部门管网监的人给删一下，如果让她家乡人看到，那还得了！她淡淡地说，算了吧，删是删不尽的，好在家乡偏僻，上网的人少。

她似乎受到刺激，心情不佳。

不过这么一霸屏，倒让更多的人知道了她。

那一阵子，网上关于她的绯闻接二连三，有点应接不暇。有人在天涯、豆瓣等论坛把她和中央某部委的一位大领导苑江怀挂上钩，报料说"苑紫衣父亲是苑江怀""苑江怀动用权力资源，违规让女儿苑紫衣上中艺"等等。竟然还有人报料说"苑紫衣是苑江怀的私生女""老苑当年下乡时与小苑的母亲有一腿，小苑母亲当年是山中一枝花"云云。

小苑的后台是谁，一时成为某些网站的八卦话题。

我上论坛浏览过，鼻子都气歪了，真是胡编乱造，满嘴喷粪！

不久，又有人在网站报料说，小苑是大名鼎鼎的千帆集团老总胡永林的情人，是"千帆小妈"。胡永林创造了千帆财富帝国，长期霸占福布斯华人富豪榜，和小苑勾搭上之后，成为她的幕后金主，在望京一带为她秘密购买了豪宅，还送她奔驰跑车。

小苑确实在望京买了大四居的房子，二百多平方米，不久前她也确实开上了新车，网上报料的那辆奔驰跑车，的确就是她的，我还坐过一回呢。

对于这条报料，我真有点拿不准。多少女人都想傍胡永林，我相信这是客观存在。但是他就那么轻易能傍上吗？我上网查了查，老胡以前很少有这类绯闻，他一直给人不近女色的感觉，他会选一个不断有网上绯闻的小苑做情人吗？他是不是吃错药了？

所以分析来分析去，说她傍上老胡，我认为不太靠谱。

我电她，直接问她关于网上绯闻的事："把你和什么部长胡扯上，你为什么不辟谣？"

她咯咯笑："我为什么要辟谣？把我和美国总统扯上才他妈好呢！"

我有点急："你脑子出问题了！明明是胡编的，你都不出面辟谣，屎盆子扣身上，你就舒服了？"

她笑得更浪："哥你写东西都写傻了。这不正是我想要的吗？还有比这种免费广告更好的吗？"

我突然意识到，网站上那些虚假报料，包括那一次她的严重走光刷屏，会不会都是她有意搞的？会不会她就是幕后推手？

这真是太可怕了！

见我不吭声，她收住笑，严肃认真道："哎哎，哥你可别瞎想啊，我可是受害者呀。我以后会找机会辟谣的。"

"关于你和胡永林那些小道消息，也一定是假的。"

她忍住笑，神秘道："说我傍老胡，不靠谱。不过呢，也不全是不靠谱，还是有点那个那个的……"

"你把我给绕糊涂了。"

她似乎下了决心，脆生生道："哥您是我亲人，小妹不想瞒您，从实招了吧——小妹最近没闲着，确实和老胡——交朋友啦！"

她所说的老胡，不是那个老胡，而是这个老胡——山西临汾的煤老板胡传红。

我第一次见胡传红，是在她望京的大房子里。老胡五十多岁，从面相到穿戴，非常朴实，根本不像亿万富翁，他站我面前，就像个普通小康之家的中年农民。

老胡原本就是临汾下面一个县的农民，二十多年前承包了两个小煤窑，后来又利用贷款扩大规模，没几年就有了上亿身家。他是小苑上一部戏的投资方之一，剧组安排小苑陪他吃饭，二人便熟悉了。

我和老胡相熟之后，一次小苑不在场，他借着酒劲跟我说了实话。说他拼死拼活干了大半辈子，不抽烟不打牌，茅台酒顶多喝二两，吃饭穿衣也不讲究，有碗莜面角角吃就顶一顿，更不爱出国旅游。他只有一个小爱好，就是喜欢跟女娃子玩。以前不舍得花大钱，路边店里摁倒一个就凑合了。眼见老了，留那么多票子有啥用？不能太亏待自己嘛！这几年影视热，热钱纷纷涌进来，有来洗钱的，有来玩票的。老胡属于玩票的。他投资影视，不图赚钱，只要不赔或者少赔点就行，每部戏他也就投个几百万，不超过一千万，即使全赔了，他也不伤筋骨。

他只想借此机会结识女戏子。

“那不一样！”他说，“女演员跟普通女人就是不一样！你不上床不知道！”老胡瞪起小三角眼说，唾沫星子喷到我脸上。

我明白了小苑这套房子，是怎么来的了，还有她的跑车，全他妈来路不正。

过后不久，小苑单独约我。我本不想去，架不住她百般撒娇，乖乖去了她家。

她收起风尘相，瞬间变成一个良家女子，款款道，她看上了一个电视剧本，片名叫《蒲公英》，是浙江一位编剧写的，谍战剧，大女主（意思是女一号在剧中占有绝对地位）。剧本很成熟，她已经付了定金，打算亲自操刀这部戏。她指着茶几上的一沓打印稿，兴奋起来：“我当制片人兼女一号，请一个好导演，重金请一个偶像级男演员与我配戏，再请几个老戏骨搭戏。只要拍出来，我相信超过《暗算》《潜伏》！”

“那就拍呗！剧本有了，你让老胡拿钱就是。”

“我至少需要一个亿。老胡这个小气鬼，终于答应独家赞助。”

我咂出味道来了——她和老胡混，不仅仅是为了房子、车子，而是有更大目标，她说过，她等不及，不想死熬，想早出大名，横空出世。同时我暗暗吃惊——她和老胡都没有独立做剧的经验，搞不好打了水漂，那可是一个亿呀！但我不能泼她冷水，便道：“需要我做什么？”

她告诉我，拍摄档期已基本确定，三个月后开工，只能给我一个月时间，请我帮忙润色一遍剧本，改动不会大，也就是过一遍，把一些小问题解决掉。先给我打五十万，交稿之后再付五十万。

我摇头，说自己不取报酬，就算帮她一个忙吧。她不干，跟我急眼：“又不是我的钱，你不要，我还不想欠你人情呢！”

我只好表示，先翻一下剧本再说报酬的事，如果我不适合改这个本子，别怪我不帮忙。我不感兴趣的东西，硬做是做不来的。她同意。

我用三天时间看了一遍剧本，感觉精彩的地方是有不少，一个女地下工作者，深入虎穴为我党搞情报，九死一生，屡建奇功，但剧本中“雷”的地方也有不少，主要是编造得过头，过于猎奇。考虑了一下，我电她，说了我的想法：“要让我改，改动会比较大，没三个月不成，影响你的档期，不如请编剧本人再修一遍，你只要多付他二十万，他会干的。我可以把详细修改意见提交过去。这样你既省了时间，还省了八十万。”

她很感动，对着话筒“啵”地亲了一下，说：“陶哥，世上的男人，你对我最好。”

对她多好谈不上，我只是不想坑她，同时也不想和她有经济上的瓜葛，朋友之间，一牵涉到钱，到后面往往是不欢而散。

那一阵，小苑把全部精力都投到《蒲公英》的拍摄上。男一号倒是不错，是个大众偶像，娘儿们气较重，阴柔有余，阳刚不足，和剧本里面的角色有点出入。

小苑带我见过一次男一号，因为他是大牌明星，不便直呼其名，这里我叫他 B。B 四十岁左右，属于上一辈的小鲜肉，只是那时还没有这个说法，那时叫奶油小生。为了把 B 拉进来，小苑“三顾茅庐”（我甚至怀疑她被他给潜规则了），给出巨额片酬——整部戏投一个亿，B 一人就拿走四千万，档期只留给两个半月，多一天都不行。

小苑的目的是想借这个戏，让 B 和几个老戏骨“捧”红自己，再苛刻的条件她都能接受。

老胡开始不同意给 B 这么多，说 B 一个人顶一座煤矿，老子辛辛苦苦挖煤，一年的利润才有多少？他这跟抢钱差不多。小苑说，你不给，有人愿意给，想请他的人排着长队呢！因为电视台就认明星，有了明星就能保证收视率，有了收视率就能保证广告源，有了广告源电视台就能赚钱。

老胡在一个会所安排了一场聚会，B 和导演以及其他主创都到场，小苑把我隆重介绍给他们，随口给我安了个“剧本策划”的虚头衔。

酒桌上，人们众口一词，起劲地夸这个戏前景多么看好，一定盖过以前所有的谍战剧，保证大卖。B 手抚心口窝，小眉头一皱，女里女气说："为了这部戏，我快得忧郁症啦。" B 的意思是，他投入角色已经很深。这是他的口头禅，圈里人都知道。在座都是演戏的，逢场作戏是他们的本领，当然这一切都是小苑安排好的，不过是为了宽老胡的心，让他放心砸钱。

席间，我提出一个问题：《蒲公英》不像一般的剧，因为这个戏涉及历史上的某些重大事件，以及几位地下工作战线上的高级领导人，属于重大题材，所以剧本需要送审，怕就怕审查上出问题。小苑急忙冲我使眼色，不让我往深里说。为了配合她，更是为了帮她，我换个表情，轻松自如道："不过嘛，剧本送审，我可以帮忙找找人。找对了人，就不是问题。"

小苑抚摸着老胡肩膀，娇滴滴道："胡总，这事就交给陶老师办，好不好？有陶老师出马，就不是问题！"

老胡喝了二两酒，胆气壮了些，拍着胸脯说："老陶，要多少钱，你尽管开口！"

那段时间，小苑主要精力用来建组，进行拍摄前的一应准备，无比地烦琐，无比地操心，加之她头一回当制片人，缺乏经验，因此更加忙乱。好在她情绪高涨，像打了鸡血一样，经常二十四小时不睡，而且不叫苦不叫累，用她的话说，累并快乐着，为了这部戏，累死也心甘！

她把剧本送审的任务全盘委托给我，请我务必帮她过关。

《蒲公英》开机之后，有好几个月，我没见过小苑。

这部戏在北京和大连两地拍摄，在大连主要拍外景，在北京主要拍室内戏。我一般通过她的微信朋友圈了解拍摄进展情况，还有她的生活状况。为了配得上她作为制片人兼女一号的头衔，她一下子聘了三个助理，租了一辆房车，派头摆得足足的，用她的话说，"不能比古玉菡差"。

中间有两个小插曲，值得一说。一是有一天在北京拍戏，男女主角演一场重头戏，剧组请一群娱记前来探班采风。活动结束，不期然，突然蹿出一个小苑的男粉丝，据说是“十分暗恋”她，非要见小苑，谁也拦不住。小苑在房车里吓得不敢出来。他上前拦她的车，后来干脆躺在车前，声称“被苑紫衣轧死也心甘情愿”。没办法，小苑只好下车。那人一骨碌爬起来，竟然飞身上前一个熊抱，搞得小苑花容失色。

在场的记者抢拍下一组镜头，发到网上，引发微信刷屏，弄得沸沸扬扬。

第二个小插曲是，小苑从大连拍戏回北京，在首都机场，一群粉丝不知从哪儿得到消息，突然冒出来接机，送花、求合影、求签名，令大批旅客侧目。到最后，疯狂的粉丝团追着她尖叫，甚至有人激动得晕倒，有人流泪，还有人高喊：“紫衣我爱死你！”场面几近失控，最后安保人员出动，护送小苑钻进车里，狼狈逃走……

网上少不了又一顿热炒。

一切迹象表明，苑紫衣要大红大紫。

《蒲公英》拍摄接近尾声的时候，问题开始显现。

老胡在临汾的矿业集团，接二连三出了几个较大的事故，连赔带罚，让他肉疼。屋漏偏逢连夜雨，他又卷进一大堆官司，所有账号被法院查封。还牵扯到巨额偷漏税，以及因造成重大环境污染面临巨额罚款，老胡终于吃不住劲了。尤其是全国自上而下整治环境污染，控制燃煤使用，煤价因此而大跌，更是把他推向深渊。

而这时候，《蒲公英》刚刚杀青，即将转入后期制作。前期老胡投了七千多万，后期至少还需要三千万。然而老胡明确告诉小苑，他没钱了。

突然的变故让她有点不知所措。

她心急火燎地找我商量怎么办好，几个月不见，她“沧桑”了，嗓子哑哑的，明显没有上次见她时水灵。我帮她分析说，只有两个办法，一是停下来，啥时候有钱，接着再做；二是另拉赞助，寻找新的合作方。

她找我的目的，就是希望我帮她介绍几个投资人，毕竟我在这个行当里面混的时间长些，资源多一些。

“紫衣，我得问问看，这事不能太急，太急了，反而让人家怀疑你拉他的钱填窟窿，会把人吓跑。”

“要多久？”

“不好说，有可能一个月，也有可能半年。”

“我不想等。”

她走了。

过后我听说，她打算把房子卖掉，筹钱做后期。得此消息后，我赶紧给她打电话，劝她不要做傻事。我说：“你卖了房子，如果片子卖不掉，钱回不来，你在北京连个落脚之地都没有。现在没钱做片子，完全可以等资金，绝对不能卖房子！”

“不卖房，我拿房子做抵押，到银行贷款，总可以吧？”

“也不行！借钱容易还钱难，你以为银行的钱那么好花？”

我甚至对她说，即使片子不往下做，彻底废掉，花的都是老胡的钱，他来钱容易。你呢？好不容易在北京有一套房，你如果再卖掉，这风险就大了，谁知道你过多久才能再有一套房？她一听急了：“怎么能废掉？我靠它出名呢！别说房子，就是豁上老命，我也得做出来！”

最终她还是不听我劝，几天内卖了房子，又添上自己的积蓄，勉强凑够了三千万。

她真是豁出去了。

她在 798 艺术区租了工作室，在那儿做后期。三个月后，她请我去看剪辑完成的片子。看完后我的感受是，这部剧有些粗糙，编、演、导、摄、服装化妆、道具烟火等，都有明显的短板，顶多也就是个中等水平的剧。这是小苑第一次担纲女主角，虽然戏份很重，但是出彩的地方也并不多，平平淡淡，表演上有很多不到位的地方。我认为除了与导演有关，导演没有把她的潜能激发出来之外，也与她本人有关，由于阅历不够，舞台经验欠缺，以她现在的实力，还不太适合扮演这种在刀锋上行走的角色，她显得僵硬呆板，不自然，撑不起这样一部原本应该让观众惊心动魄的大戏。她出演青春偶像剧，戏剧效果可能更好。另外，B 的表演也很一般，看上去他没太上心，稀里糊涂演戏，激情不足，懒散有余，拿那么高的片酬，原本指望借他“捧红”苑紫衣，现在看来选错了人。

总之，即使这部剧挤进一线卫视播出，卖价也不会太高，能够回本就算烧高香。而小苑想凭借此剧“轰动”一下，可能性不大。

她问我感觉怎么样。

我说了实话。她情绪颇有点低落，毕竟她投入太多，正所谓希望越大，失望越大吧。我安慰她，第一部剧不要考虑赚钱，只要能播出，不赔钱，就算成功，你就当赚一个作品，获取做剧的经验，攒一份资历，毕竟，你担任过女一号，下部戏的身价会涨。

她淡淡地笑了。

下一步，就是想办法把片子卖出去，尽量卖个高价，尽量选两家人气旺、影响大的省级卫视，尽量早点播出，这才算万事大吉。当然能够独家卖给湖南卫视播出最好，芒果台那时节正红火，湖南又是小苑的老家，我鼓励她，先攻湖南台。

我问小苑老胡的情况，担心老胡惹上官司或者卷入司法，牵扯到她。她说除了这部戏，她与老胡的矿业集团没有任何瓜葛，不会有事。关于这部戏，他们有私下协议：片子赔了钱，全算老胡的；挣了钱，他一分不要，只要本金。她怪老胡太小气，为什么不早早把全款打给剧组？害得她卖房，现在只能租房住，一夜回到解放前。

我给她打气：“卖了片子，你再买个大别墅，岂不更牛 ×。”

然而，卖片子的节骨眼上，突发一件事情，击碎了苑紫衣的梦想。

经“朝阳群众”举报，警方在某高档小区一举抓获几个聚众吸毒者，著名演员 B 是涉案人之一。这则消息一经网络传播，半日之内，世人皆知。

我是蹲在马桶上看到这个消息的，大吃一惊，顾不上擦屁股，马上给小苑打电话。她也是刚刚从手机上看到，慌了神，电话里居然哭起来，央求我帮她想办法，从公安局找找熟人，能不能把 B“捞”

出来。

我直截了当："休想！过去没有网络，事儿还好捂，现在信息这么发达，天下人都知道了，谁吃了豹子胆敢私放一个吸毒者？"

"陶哥，那怎么办啊？我的片子、片子……"她几乎哀号了。

"没任何办法，只能认倒霉！"

B是剧中的男一号，他又是公众人物，这件事情一出，小苑的片子百分百卖不掉了。《蒲公英》播不出，就是一张普通光盘，半毛钱不值。而此时，我只能安慰她，先观察一阵，过个一两年、两三年再说，人们忘了这件事情的时候，或许还能有电视台愿意收购，你可以便宜一点卖掉。

她继续哭："等那么久，黄花菜都凉了……他妈的B，你个王八蛋！把老娘给坑了……"

我到东四环外的十里堡看望小苑，她在那附近租了一套一室一厅的小房子，在一个很破败的老式小区里，我绕来绕去，好不容易找到她住的那栋楼。她那辆奔驰跑车停在楼下，与周围的环境格格不入。B出事之后，片子卖不掉，她辞掉了所有员工，关闭了工作室，就留下这辆车，算是她最后的脸面。

我老是担心她想不开，几次提出过来看看她。她不让，也许是虚荣心作怪吧，怕我看到她当下的窘境。这一次费了不少口舌，她终于同意我前来"采风"。

这是一栋老旧的六层居民楼，没有电梯，她住四楼。我沿着黑乎乎的楼道往上爬，差点踩到一只猫，吓我一大跳。她听到了我的脚步，早早把门打开一条缝。见了面，我们都没吭声，互相点一下头，我默默随她进入，坐在一只塌陷了的破沙发上。她递给我一瓶矿泉水，我拧开，喝了一大口。

我抽烟，递给她一支，她接了。我们默默地抽烟，一支烟燃完，我们同时"扑哧"一下笑出来。

笑毕，我说："紫衣呀，对你来说，革命处于低潮。但只要坚持下去，前途依然光明。"

她表情极为庄重："我会东山再起的，相信小妹。就当革命晚胜利几年吧！"

说罢，我们又笑。我感觉像在背台词。我继续给她打气，说她有那么多的铁杆粉丝，比如片场扑她的那位，还有机场接机时疯狂的粉丝团，一切都说明，她人气旺，已算是明星级人物，只要耐心等待，必然会有好导演带给她重要角色。

她苦笑，摇一摇小脑袋："哥您别笑话我了，我顶多算个三四流演员。"

关于那些粉丝搞出的闹剧，她向我吐露了实情：那都是她让老胡花钱请粉丝一条龙服务公司策划搞的，全是一些假粉丝。组织一场"追星造势"活动，小场面的，要花一万；大场面的像机场接机那种，兴师动众，起码要付三万。粉丝尖叫、喊老公（老婆）、晕倒、流泪、摔倒等出格动作，都是明码实价。这种事情在圈里已不是秘密。

以前我曾经怀疑过其中有诈，现在终于信了。娱乐圈本身就是个"名利场、是非地"，古今中外都这样，概莫能外。但是，清者自清，浊者自浊，要想走得远，没有一点定力不行，战胜自我，获得独立的人格，才叫明星风范。我希望苑紫衣能够脚踏实地，最终靠自己真正的演技和品质，成为一个令人信服的明星。

栽过一回跟头，你总该清醒了吧？

小苑在十里堡的居所，我只去过一次。后来，因忙于写作，不想被打扰，我一度关闭了手机微信功能，关于她的消息，越来越少。当然，我还会时常惦记她，为她的前途担忧。

我甚至希望她，趁着姿色好，赶紧找个有钱人嫁掉算了，生两个孩子，好好过日子，一辈子衣食无忧，她的女同学女校友里面，不少人走的这条路。不要一天到晚老想着当什么大明星，明星梦对大多数人而言，只是一个肥皂泡，破灭是早晚的事，不如早一点觉醒。在影视圈里陷得太久太深，染一身臭毛病，人老珠黄时，再想嫁个好人家，就难了。

有一回她来电话，我忍不住把这个意思说了。她愣了好久，幽幽地叹口气说："哥，你不要打击我。我从小就有这个梦想，梦想快成了的时候，我怎么会轻易退出呢？梦想在，我的命就在；梦想没了，我还要命干什么呢？"

我吓了一跳！认为她这个想法太过危险，这明显是偏执，是神经病的表现，于是我抬高嗓门说："苑紫衣你什么时候清醒一下呢？我小时候还梦想做曹雪芹鲁迅呢，可能吗？这事想多了，就是大傻子！"

"您的意思，我不是那个料？"

"不是！我希望你稍微冷静一下、清醒一下，做好两手准备，不要撞到南墙才回头。你都二十八了吧？该考虑一下婚姻问题了。老话说得好，女人干得好，不如嫁得好！你看人家那谁，不是嫁了个有钱人，马上就息影了吗？在家养孩子，养宠物，养尊处优，多好！"

"您别讽刺我。哥，咱们最近不联系了，好吗？我要筹划一件事情，挺重要的。哥，您多保重！"

这副腔调就像永别似的，真让人受不了。我想再开几句玩笑，发现她已经挂了电话。

有大半年时间，我们没再联系。我感觉，我们的友谊，可能到头了。我和她毕竟年龄相差十好几岁，缺乏共同语言和文化基础，人生观世界观不同，有代沟，这样的友谊，能保持十年，已经很不错了。

她的微信朋友圈，已经有半年没有更新。关于她的消息，我已经听不到了。

可是这天晚上，我和几个不常见面的编剧同行碰到一块儿喝酒，喝到差不多时，有个专门写电影剧本的年轻编剧（这里我叫他小 D）过来给我敬酒，小 D 说："陶老师，您认识苑紫衣吧？她可是经常提起您。"

我一愣："你和她熟？"

"对。我们在合作一个项目。"

四周很嘈杂，我看这里不是说话的地方，就对小 D 说："兄弟，等一会儿散场，我们两个再在这附近找个地方喝点啤酒，多聊会儿，好不好？"

那一晚，小 D 向我透露说，他写了一个电影剧本，喜剧，搞笑的，被苑紫衣看上了，她打算重金请徐峥、王宝强、黄渤三人中的一位出演男一，她本人亲自出演女一。总投资一点五亿，目前正在前期运作中。

我听得一愣一愣的，以为小D说的是另一个苑紫衣。直到小D拿出手机，给我看他们的合影，我才不得不信，就是这个苑紫衣！

“投一点五亿？”我还是感到惊愕，脑子一时转不过弯。

“至少。如果再请个大牌导演，估计得奔两个亿去。”

“她做制片人吗？”

“对呀！”

“她哪来的钱？”

“她一点没给您透露过？”小D有点不相信的样子。

“我闭关写作，手机不开，微信不上，至少半年没怎么跟外界联系了。”我半真半假地说。

小D借着酒意，向我透露了一点内情：苑紫衣前些日子认识了一位某省的大领导，她拍片的钱，大领导负责筹措，保证靠谱。

小苑再次出现在我面前时，又是另一种形象——她一扫上回见面时的沮丧和灰暗，浑身上下洋溢着抑制不住的喜悦与奔放。可见，她不但爬出坑来，而且活得更滋润了。

是我主动给她打的电话，说好久没见了，挺想念的，大明星能不能赏光见个面？我想讨个签名呢！她咯咯笑，笑声悠然动听，说，早就该给我“汇报一下”了，有啥不能的？

她派来的车按时到达我家楼下。司机很陌生，我上车，车子载着我一路向北，沿京藏高速奔昌平方向。我纳闷，这是去哪里？问司机，司机口风很紧，一路上闭口不言，我问了两遍，他才淡淡地说：“您别急，一会儿就到。”

车子上了六环，七折八拐，到达一个依山傍水的别墅区，直接开进了一栋楼的地下车库，我注意到里面停着一辆红色的宝马跑车，好像是宝马i8，价格应该在二百万左右，前车风挡玻璃下面隐约有一个黄色的毛绒娃娃，那东西以前放在小苑的奔驰跑车里。

司机开了两道安全门，带我走进别墅院子——感觉像是特务前来接头。

秋日阳光下，小苑化了浓妆，站在一个花坛边上迎接我，院子四周似乎都是名贵的花草树木。此刻，她在我眼中的样子，变得陌生了，她像一个贵妇人，又像是二十世纪三十年代上海滩的名伶，有一种说不出的气息笼罩了我。现在我相信小 D 的话了，不是酒话，不是八卦。

小星本来就是被人包的。

我心里发紧，感觉无话可说，没话找话道："换车了？"

她微笑着点点头，轻嗯一声："老感觉以前那辆车晦气，B 坐过一回。换一辆，就把晦气去掉了嘛。"

"换个人，也是同理吧？"

她嗔怪地剜我一眼，又伸手掐我一把："嘴巴不饶人，作家编剧的臭毛病。"

我随她进入别墅。这真是一个豪华的居所，一楼大厅金碧辉煌，旋转楼梯直通三楼，扶手都是镀金的，脚下的地毯踩上去，感觉像踩在云彩上，无比地舒服。

我还是纳闷，一年前她还蜗居在东四环外十里堡的破落小区里，似乎眨眼之间，她成了这样一座豪华别墅的主人，一个天上一个地下，奇迹是怎么发生的？

她引着我步入二楼一间宽敞的书房，墙上挂的，都是她的剧照，扮相靓丽可人，魅力超群。不由得让我想起她说过的，在她湘西的老家，她那一屋子的明星照。她还不是明星，但在我眼里，她与明星无异，只是上帝还没有给她明星的名分。人的成功——我是说成大功，除了努力，更重要的是命运，是命和运，缺一不可。就好比古往今来，天下的绝色女子很多，当上皇后的，又有几人？

她是越陷越深了。

坐下后，我不客气，直截了当地说："你投一亿五，票房至少过五亿，你才能回本，眼下谁敢说，他拍的片子票房一准过五亿？那些十亿、二十亿，甚至三十亿票房的片子，上映之前，其实他们心里都没底！票房大卖，很多时候看运气，每年院线公映的片子，百分之九十是炮灰，百分之五赚钱，百分之五持平就不错。你冒过一次险了，还要再冒一次吗？”

她咯咯一笑：“我不在乎票房，亏了也不是我的。您瞎操心什么？”

“这回谁当冤大头？”

“别那么刻薄好不好？”

“你想对我保密，那我现在就走。”

她一阵浪笑。笑毕，娇喘着说：“那是有人愿意！您别说了好不好？”

我沉默，大口吸烟。

“我马上奔三十，女艺人到这个年纪再不出名，这辈子就没机会了。我不想错过任何机会。”

“谁说的？我认为，好演员是用一辈子来做的，这和做人一样的道理。像斯琴高娃，不靠青春，就靠演技，好莱坞更有斯特里普那样的。”

她哈哈大笑，然后拿话堵我：“好作家有鲁迅那样的，好编剧有曹禺那样的，您能做吗？”

我哑然。

我不由得想起鲁迅先生的话，他老人家说，人生最痛苦的是，梦醒了，却无路可走。

而我觉得，人生最糟糕的是，明明有路可走，却还在耽于做梦。

我决定以后不再来这个地方。

清流小学校在镇子的西北角，和镇政府挨得很近，这地方更靠近青山，满眼是绿。小学校的建筑比较旧，有一座两层高的红砖楼，算是主体建筑了。

下午三点多，我一个人来到小学校。我挎着相机，穿着登山鞋，戴着遮阳帽和墨镜，把自己打扮成旅游者的样子。据芳姐说，镇上人对外地来的游客都很客气，想去哪儿，都没人拦。来到小学校我才发现，跟城里的学校不同，这里没有如临大敌般的保安，门口没有传达室，甚至没有大铁门，四周也没有像样的围墙，可以随便出入。

从各个教室里传出琅琅读书声。我已经了解过，袁老师负责教一至三年级的语文，今天她来给三年级的学生上课，这是她生小孩之前的最后一课。

三年级教室在一楼最东侧，门口上方钉着一块木牌。透过窗玻璃，我隐约看到袁梅正在给学生讲一首唐诗，她隆起的肚子格外显眼。离上次见她，得有四五年了吧？也许还要多，如果在路上相遇，我是认不出她来的。

一辆小汽车悄悄开进校园，停在离三年级教室门口不远的地方，车门打开，下来一个青年男子，个头不高，但很帅气。如果我没猜错的话，他来接袁梅的，这是她老公。我打听过了，袁梅老公在县政府机关工作。

等待下课的时间感觉很漫长。好不容易听到下课铃声，教室门打开，孩子们从各间教室里跑出来，校园里顿时热闹起来。我看到袁梅挺着大肚子出了教室，一群孩子围着她，边走边跟她道别。她一脸的幸福感和满足感。她走到我身边，我摘下墨镜和遮阳帽，望着她，希望她能认出我来。但是她的目光只在我脸上停留一个瞬间，便向她的丈夫走去。

她已经认不出我了。她再一次与我擦肩而过。人生总是处处擦肩而过，我想。我克制住和她打招呼的想法——你还有必要打扰她吗？

网上公布了一批贪官被调查的消息，这在十八大之后成为常态，某省的大领导也在其中。

我一个惊愣！马上联想到小苑的那栋豪华别墅，还有她近期大张旗鼓筹拍的电影。想必她已经知道了，不需要我通知她。但我还是忍不住拨打她的手机，语音提示已停机。

难道——她也给卷进去了？

这天，一个陌生号码打过来，我马上接了。果然是她。她的声音低沉、喑哑、焦急："陶哥，您下来一趟好吗？"

我赶紧下楼，来到小区门口。不远处一辆破旧的面包车拉开一条缝，一个戴墨镜和大口罩的女人冲我招手。我认出是她，跑过去，快速钻进车里。那感觉真像特务接头一样。

路上，我们几乎没有说话，她紧紧抓住我的手，像抓住一根救命稻草。我注意到她衣着朴素，穿一双平底鞋，身上也没有喷香水。车子驶到中关村附近，她吩咐司机把车开进一个大型停车场，之后，司机出去了。她前后左右往外瞅瞅，然后才放心地摘了墨镜、口罩。素颜的她让我想起当年在火车上第一次见到她的样子，那时候她满满的胶原蛋白，现在突然感觉她已是满面沧桑……

她告诉我，一个多月前那个大领导就失联了，她预感到大事不妙，悄悄搬离昌平的别墅，在北五环外一个小区租了套公寓，正筹拍的片子也只能打住，停用了原手机，不和外界任何人联系。她度日如年，担心老家伙咬出自己，同时又心存侥幸，认为老家伙在省里出事，离北京隔着千山万水，不会牵涉到她。可是昨天她突然发现，公司账号被冻结，钱取不出来了。她傻了眼，一夜无眠，嘴上起了水疱，实在找不到人商量，只有找我，因为我是她在北京最亲近的人。她一大早溜出来，害怕被人跟踪，先是坐公交，途中又打了个出租到我家附近的地铁站，再换了这辆黑车拉上我来这儿。

"哥，你得帮我出出主意呀。"她说话带着哭腔，如丧考妣。

我连连叹气，也有些慌张，闷头吸烟，心想，我能帮你出什么主意？摊上事，只有三条路，要么逃，要么藏，要么自首，就看你的选择了。见我不吭声，她说："我想出国，你说能走掉吗？"

我曾经写过一个公安戏，深入采访过，知道司法部门的手段，如果真被盯上，想逃到国外，正常途径是走不掉的，除非是冒险偷渡。可是我总不能建议她偷渡出境吧？

"哥你说话呀！"她脑袋靠在我肩膀上，眼睛通红，默默流泪。

"你从老家伙那里，搞了多少钱？"我想先了解一下情况。

"……那栋别墅是他送我的。"

"钱呢？"

"……他答应拿一个亿给我拍电影，他出事之前，一共打过来三千万。"

"就这么多?"

她吞吞吐吐，欲言又止。

我不高兴了，推开她："你都不跟我说实话，我怎么帮你?"

"……一个亿拍电影，实在不够，我背着老家伙，又收了一个他们省商人五千万，然后我找老家伙说情，给那个商人批了块地，还有一个桥梁工程。"

"老家伙知道你收钱吗?"

"他应该会知道一点，具体数字可能不清楚。"

"那些钱呢?"

"他给的三千万，花出去一千多万，剩下的冻结了。那五千万我没动，转存到我爸妈的三个卡上了，卡在我手里。"

粗通法律的我深感事情重大，久久沉默着。她不停地流泪。

"你后悔吗?"我问她。

她愣了好久，摇摇头说："不后悔。为了出名，为了成为家乡的骄傲，我只能选择走捷径。赶上事，都是我命不好。"

停了停，她又说："我从湘西出来，就没打算回去，名气越大，越是回不去。越是回不去，越是得往前走，不能让家乡人笑话。"

我痛惜地摇头。都这时候了，她还是难以自拔。

我实在帮她想不出什么好办法，咬咬牙劝道："既然跑不掉，不如豁出去……"

"怎么个豁出去?"她急问。

"主动投案自首，争取从轻处理。"

她呆呆地望着我，眼泪又流出来："还没到山穷水尽呢，我怎么能走这条路呀……"

晚上七点多钟，芳姐敲开我的门，我看到她身后站着一位干瘦的男人。芳姐介绍说，这就是苑焕国，主动跑来看我。

我急忙把他让进屋。芳姐找个借口离开了。他问我想知道什么，我让他随便聊。他谈起和哥哥家的关系，认为两家关系不睦，主要怪紫衣的妈妈老范，那女人太要强，心比天高，不论干什么都要争抢，非要压人一头。紫衣特别像她妈，也是太要强，心比天高。

他说，以前，全镇人都为紫衣骄傲，她出事后，镇上人古道热肠，没人瞧不起她爸妈，更没有说闲话的，人们对她出事都讳莫如深，从不乱传。但是老范自感无脸见人，连个招呼都不打，夫妇二人就走掉，至今不和他这个当弟弟的联系。走前偷偷贱卖了房子——既然要卖，为什么不卖给自家人呢？他真是想不通。

最后我提出来，到紫衣小时候住过的老屋去看一眼。我们摸黑走进那个遍布杂物的小院子，他指着最西面的一间说，这就是。他从裤带上解下一串钥匙，打开锁，轻轻一推，门吱呀一声开了，一股发霉的呛味扑面而来。借着我手机的光亮，他摸到了门后面的灯绳，轻轻一拉，咔嗒一声，一盏小小的老式灯泡点着了。屋内陈设简单，一张小桌、一把破椅子、一张小床、一只小柜子，最醒目的是那传说中的三面墙，墙上糊满了中外电影明星的照片，女影星居多，我久久地打量着，从外国的凯瑟琳·赫本、贝蒂·戴维斯、奥黛丽·赫本到中国的阮玲玉、胡蝶、刘晓庆、陈冲、张曼玉、巩俐、章子怡……应有尽有，大小不一，都是从画报上、报纸上、宣传画上、年历上剪下来的，大多数已经发黄变脆，似乎一阵风就能吹跑。

我久久地凝望着三面老墙，这里承载、记录了一个小镇女孩的梦想，它令我震撼，也令我震颤……

苑焕国在我身后咕哝道，上一次孩子回来，特意叮嘱，不要拆这个老屋，将来她出了名，等她老了的时候，就在这个旧居上建一个纪念馆，让游客来参观。他之所以把钥匙随时带身上，就是担心他婆娘趁他不在，把这些明星照给毁了。

我感激地回望他一眼。

我想，苑紫衣生前最大的梦想，就是成为一个明星，像墙上这些明星那样，永远熠熠闪亮。她一定希望有一天，在这面墙上粘上她自己的一幅剧照。

我打开随身带来的皮包，抽出一张照片——这是我手机里仅存的一张她的剧照，那年她在我编剧的《雷霆万钧》中扮演一名清纯的女学生——中午我专门打车跑到四十公里外的小县城洗印的。

我拿出胶水，仔细涂在照片背面，在墙的下端找到一个位置，把她的剧照粘上去。然后，我点上三支烟，放在墙角，又拿出两个苹果，放在地砖上。

青烟袅袅升起……

我来清流，一个最大的愿望就是想到她的坟头上祭奠一下。可是所有人都告诉我，她家祖坟上根本没有她的坟头，谁也搞不清她父母把她的骨灰葬在了何处。

没有坟墓，那就在这里祭奠一下她吧。

离开老屋，在胡同里，我拿出两万块钱塞给苑焕国。我要求他尽量保护好这所老房子，这是紫衣留在世上唯一的遗产，能多保留一天是一天。他答应了我。

今年春节过后，我作为中国编剧代表团成员，到美国访问，参观好莱坞那天的中午，我接到小苑打来的电话。她告诉我，办案人员找到她了，让她不要离京，随时准备接受调查。这在我意料之中。我提醒她，越是这样，越要冷静，不要再做傻事。她像背台词一样，声音低沉，莫名其妙说道："从来只闻新人笑，有谁听到旧人哭？人生是个大舞台，良家妇女请离场……"

"你什么意思？"

她说："我找律师问过，像我这种情况，至少十年……而且还要送回老家监狱服刑。"

"先别想那么多。"

"以前我想呀，想呀，想过多少次，我一定要以一个大明星的身份，衣锦还乡……可是，我却要以罪犯的身份回去了……我的脸，我父母的脸，没地方搁了……"

她抽泣起来。

我无力地劝道："你能不能不想这些？你个大傻帽，怎么不听哥劝……"

她顾自往下说："我已经回不去，只能待在这里。我非常清楚自己的处境，我只有等待，等待着有一天幸运之神来叩我的门……然而也许有一天我所等待的叩门声突然在深夜响了，我走过去打开门，发现那来客，是那穿着黑衣服的死神，不作一声地走进来，召唤我，我也许会毫无留恋地和他同去……"

我想起来了，她在背《日出》的台词。我感到毛骨悚然，后背都湿透了。

她继续道："太阳出来了，天就要亮了，可是我却看不到了……"

我已经记不清她说的最后一句话，是再见，还是永别。

收了电话，我很慌乱，过了好久才清醒过来，赶紧拨打国内的110报警，但我说不清她住所的位置，只知道是北五环外的一个高档小区。我又拨打她的电话，语音提示已关机。

我预感到，我已经救不下她了。

同时我又心存侥幸，认为是办案人员控制了她，所以和她的电话联络才突然中断。

五天后回到北京，我把从各个渠道搜集来的信息整合，得出下面的结论——

她是在昌平别墅服安眠药自尽的，倒卧在一大堆她的剧照里面。她父母从老家赶来认尸，很快就火化，然后带着她的骨灰走了。

她的生命定格在三十岁。

香消玉殒。

我本来打算当晚赶到吉首与采风团会合，但是深更半夜的，不想走了。我太疲惫，往床上一倒就睡着了。

次日吃过早餐，我离开清流。和芳姐道别时，我把她叫到一边，给了她两千块钱，请她转交小菊。我说，她儿子、女儿都上学，让她给孩子们买个好一点的书包吧。

芳姐代她向我鞠一躬，算是重谢了我。

芳姐眼里有了泪。我害怕自己流泪，赶紧离开了悦来大酒店，离开了清流。

坐在车上，我想，到了这个年纪才发现，那些毕生追求的东西，已经不那么重要了。

我没有加入采风团余下的行程，而是从清流奔凤凰，再换乘长途车赶到长沙，乘坐当天最后一班高铁回北京。车票紧张，我只买到一张二等座。车一开，我就迷迷糊糊睡着了。

经过岳阳东站时，我被吵醒，睁开眼，看到一对母女刚上车，坐我对面，女儿非常地清纯美艳，简直不可方物——我以为是幻觉，恍惚回到十二年前，第一次见到苑紫衣的时光……她沿着我今天的行程从清流赶来，车子经过岳阳的时候，我在两节车厢的连接处，与她相遇了。

时光仿佛倒转。

我定定神，望着对面的姑娘。她落落大方，一点都不忸怩，并不躲避我的目光。我冲她笑笑，说："是去大学报到吧？"

"对呀。"她的声音非常地甜美、圆润。

"如果我没猜错，你是去北京上学。"

她眼睛一亮："对呀！"

"如果我没猜错，你是去中艺或者电影学院报到。"

她的眼睛又是一亮，灼灼逼人："呀！您好厉害。我去中艺。"

"如果我没猜错，你学的表演专业。"

她像一只受惊的小白鸽，用惊讶不已的目光望着我，似乎我真是个神人。

我得意地笑了。

当她得知我是个编剧时，拖长声调"哇"了一声，用崇拜的眼神，久久地望着我，随后主动要求加我的微信。

途中的六个小时是愉快的。

她说："老师，我叫夏佳佳——夏天的夏，佳人的佳。"

她问我的名字，我笑而不答，只报了几部我作品的片名。她很聪明，立马到百度上搜。片刻，她调皮而甜美地一笑，露出两排洁白如玉的牙齿。

“老师您大名陶一帆！”

我竖起右手大拇指，冲她晃了晃。

深夜，车到北京，我们在西客站北广场道别，我握住她柔若无骨的小手，深情地说：“夏佳佳，我祝愿你——前程似锦！”

陶纯，本名姚泽春，山东省东阿县人，1964 年生。先后就读于解放军艺术学院文学系、鲁迅文学院首届高研班。著有长篇小说《一座营盘》《浪漫沧桑》等五部，小说集《天佑》《秋莲》《子弹穿过头颅》等多部。曾获全国“五个一工程”奖、中国人民解放军文艺奖，以及《人民文学》《解放军文艺》《中国作家》等刊物优秀作品奖等奖项。现为解放军某部文艺创作室专业作家。

龙头香

杨晓升

1

敬香，也称烧香。烧香中国人都不陌生，可芸芸众生、善男信女中，有几位能说清烧香的来历？

其实，我也说不清。尽管父亲和母亲此次派给我一项异常庄严、非完成不可的任务——帮他们回到湖南老家崀山烧香，可我对烧香仍是知其然不知其所以然。职业习惯促使我首先上网，查阅关于烧香的来龙去脉。作为社科院的一名研究员，数十年的工作使我养成了做什么都要先搞清楚事由、目的、方向和路径的习惯，尽管这一次并非我自愿，而是被我父母“胁迫”。

烧香，顾名思义，指在诸佛、菩萨、祖师像前燃烧各种香。又称“拈香”“捻香”“焚香”“炷香”，真实意义在于“以香达信”，人们通过香火表达对神灵的诚心，所谓“一炷真香通信去，上圣高真降福来”。

烧香的历史由来已久，现存文献《诗经》《尚书》已有记载，则其起源必早于诗书时代即西周。明周嘉胄《香乘》引宋代丁谓《天香传》谓：“香之为用，从上古矣。所以奉神灵，可以达蠲洁。三代禋祀，首惟馨之荐，而沉水熏陆无闻也……”

中国人烧香，通常会烧三根，意谓“天、地、人”三才。古代先贤认为，世间万物由“天、地、人”三才构成。“人”是万物之灵，只有顺应天地，自然流转，才能“神于天，圣于地”。所以，我们的祖先相信万物有灵，最原始的信仰是“天、地、人”，而不是什么道教或者佛法。

现如今，中国人烧香拜佛，大多是求人天福报、现世平安吉祥、发财健康等等，都是出于自私的愿望。其实，我也一样——不，是我父亲和我母亲也一样。

我自小生活在北京。我父亲是副部级官员，母亲是副局级，怎么说呢？反正在世人眼中，父亲怎么也算个高干吧。我自小生活的家庭，当然也算高干家庭了。父亲1951年出生于湖南崀山农村一个普通的农民家庭，那里虽地处深山老林、穷乡僻壤，但人杰地灵，香火旺盛，历史上出过南宋抗金名将杨再兴，清朝大臣刘长佑及其孙子、著名古典文学专家刘永济，历史学家蒋孟引，中科院院士刘敦桢，法学家李双元，实战武术大师蒋兆鸿等名流。我父亲虽不知名，也不显赫，但能从一个农民家庭到北京当官员，大小也算个人物吧。因为自我记事起，父亲与老家就有着千丝万缕的联系，老家各色各样的干部，大至县委书记、县长乃至副市长、市长，小至科局级的局长、科长，只要来北京开会或出差，几乎无一例外要来拜见父亲的。甚至到了后来，还有一些发了财的老板、富豪新贵，以前与父亲压根不认识，但不知怎么拐弯抹角，最终都到北京攀上我父亲这个当大官的老乡。当然，每逢老家来人，谁都不会空手而来，都是大包小包，甚至是大箱小箱，带的都是湖南老家各式各样的土特产，眼花缭乱，形形色色，应有尽有，反正每逢来人都将我家的客厅堆得像个杂货店。最初的时候，母亲都喜笑颜开，对客人送来的东西一一笑纳，可时间长了，东西多了，母亲的笑容渐渐变成了愁容，因为我们家人口不多，战斗力有限，那些土特产慢慢由宝贝变成了负担。以至于后来，父亲的老家每每来人，母亲都要对父亲约法三章，不让老乡带土特产上门了。

别看工作上父亲和母亲相差两个行政级别，可在家里，母亲可是一言九鼎，管着父亲的，再说母亲说的往往确实在理，让父亲无可辩驳。于是，每逢家乡再要来人，父亲便传达母亲“圣旨”，不让人家带土特产上门。可问题是，人家千里迢迢从家乡来，又都有求于父亲，怎么好意思空手登门呢？

这么多年，父亲确实利用职位和权力，帮别人办了不少事。父亲帮人办的事，无非是求医问药，孩子招生入学或找工作之类。大一点的事，是帮助人家找项目找资金，联系相关部委资金扶持或项目投资之类。父亲素来热情好客，待人豪爽，对前来求助的人，无论是老乡、老同事还是老朋友，只要是过去有瓜葛的，或有瓜葛的旧交介绍来的，他几乎是有求必应。父亲这样做虽然也赢得不少称赞，树立起自己的口碑，却也给家里带来了不少麻烦，让我家变成了驻京办或招待所，三天两头就来客人，难得有消停安静的时候。正因如此，母亲时有抱怨。母亲虽然出身名门，但受父亲影响，母亲自打与父亲结婚起便对佛祖和神灵深信不疑，顶礼膜拜，虔诚至极。

父亲和母亲始终认为，父亲之所以能从一个农民家庭走进京城，奋斗到如今，除了他自己的努力，考上京城名校，毕业留在京城工作，以及后来我姥爷的适时扶持，更大的原因是我爷爷和奶奶不断为他烧香拜佛，保佑他平安健康、升官发财。因为父亲的家乡在湖南崀山，那里是全国著名的5A级景区，景区里有更著名的龙头香，崀山龙头香之灵验，让全国无数的善男信女趋之若鹜、不辞劳苦前去烧龙头香。我早就听父亲说过，自打他上学，爷爷每年都冒着危险亲自攀上陡峭的崀山八角寨主峰烧龙头香，为家人祈福，为儿子求前程保平安。幸运的是爷爷屡试不爽，每年的付出都为家人换来平安和幸福，尤其是让儿子从偏僻的崀山瑶寨考上北京名牌大学，毕业后还留在京城的部委工作，且顺风顺水，可谓官运亨通平步青云，这可是我家祖祖辈辈做梦都不敢想的。正因如此，无论是爷爷奶奶还是我父亲母亲，对佛祖和神灵的巨大恩威都笃信不疑，因而也更加虔诚，顶礼膜拜。

父亲是爷爷家的独苗，他没有其他的兄弟姐妹。按说，父亲在京城立足之后，理应将爷爷奶奶接到北京一起生活，共享天伦之乐。可为了方便每年在家乡为家人，尤其是为父亲烧龙头香，爷爷奶奶只是偶尔被我们接到北京小住，更多的时候则是留在家乡，守护佛祖与神灵。可在去年，原本身体硬朗的爷爷却突发心梗去世，孤独年迈的奶奶被我们接到北京，总算与我们一家团聚了。老家已经没有我们的任何亲人，照说烧龙头香的传统在我家该宣告结束了吧，可父亲和母亲不让，奶奶更不让。

奶奶对我说："你爷爷为咱们王家烧了几十年的龙头香，你爸爸好不容易才有了今天的地位，咱们家也好不容易才有今天的好日子。现在你爷爷走了，咱们王家可不能就这么断了烧龙头香。要真断了烧龙头香，难说咱们王家会……"

话未说完，母亲就打断了奶奶，母亲不让奶奶往下说，但母亲郑重其事地接过奶奶的话，对我说："你奶奶说得对，不管怎么说，烧龙头香的事咱们家不能就这么断了，至少今年不能断。眼看国庆和中秋就要放假，我看你就辛苦一趟，回崀山去烧一回龙头香吧。你看你父亲年纪大了，刚从岗位上退下来，身体又不大好，回老家烧龙头香的事也只能指望你了。当然，崀山八角寨的龙头崖那么陡、那么险，不是让你像爷爷那样冒险亲自攀龙头崖去烧龙头香，而是上山之后雇当地山民烧，听说雇一次也就几千元。那地方那么危险，给人家几千元也不算什么，该花就花，就是一次上万元咱们也雇得起，也必须雇人家去烧。不烧可真的不行。你奶奶说得没错，咱们家能有今天，还真的是离不开佛祖保佑！"

我说："那能不能托我爸老家的那些熟人，比如老家那些找过我爸帮忙办事的干部，或者找老家的那些亲戚朋友上山替咱们烧香呢？咱们给他们寄钱。"我将脸转向父亲。

父亲还未回答，奶奶抢先说："那怎么行？烧香拜佛讲的是心诚，心诚则灵。要能找别人替咱们上山，你爷爷都一大把年纪了，那么多年还坚持为咱们家上山烧香？"奶奶说的也是事实，听奶奶说，爷爷身体还硬朗的时候，每年都坚持自己冒着危险亲自爬到陡峭的崀山八角寨龙头崖烧香，后来上了年纪，奶奶、我父亲和母亲说什么也不让了，再三劝告爷爷不要冒险，父亲寄钱让爷爷雇山民烧香。爷爷开始很固执，不肯，后来大概也自觉年岁不饶人、确实力不从心了，尽管他依然是坚持爬到八角寨山顶，但冒险爬到龙头崖烧香的事他不敢做了，代之以花钱雇山民烧龙头香。

这时候父亲咳了一声，郑重地看着我："你奶奶说得对，你爷爷不在了，无论如何你今年还是要辛苦一趟，为咱们家续上香火，烧一把龙头香。"

我说："那明年怎么办，还有后年、大后年呢？以后我是不是每年都得回湖南老家续香火啊？"说实话我有些费解，内心也不大乐意。

这时候母亲走到跟前，抚着我的肩膀，劝说道："王兴，咱们先管今年，明年再说明年的吧。反正你爷爷去世不久，无论如何今年咱们自己得续上香火。咱们家又没其他人可以指望，只能指望你，你就辛苦一趟吧。这都是为了咱们王家，也为你们的小家好。李婷和王子远在美国，他俩更需要佛祖和神灵保佑。你就别犹豫了，下决心去一趟吧！"我凝视母亲，此刻母亲的眼里满是期待，甚至带着祈求。母亲刚才提到的李婷是我的妻子，王子是我的儿子，他们远在美国波士顿，的确时常让我挂心，我当然希望他们在美国平平安安，一切顺利，一切都好。

母亲的话说到这个份上，我已经别无选择，谁让我也是王家的第三代儿子，而且是独苗呢？我也是希望佛祖和神灵保佑我们一家平安无事、远离灾祸的。这么多年，父亲飞黄腾达却平安无事，总算熬到了全身而退，安全着陆，的确应当归功于佛祖和神灵保佑吧？我当然希望父亲退休之后，佛祖和神灵继续保佑我们全家。既然如此，回老家烧龙头香的事，我自然就义不容辞，也责无旁贷。

2

10 月 3 日中午，我乘坐的航班准时到达长沙，然后转乘一个多小时的高铁到了崀山县，幸好父亲事先打了招呼，老家的两位朋友开着一辆奥迪 A6 早早在高铁站等候我。两位朋友一位是陈总，名叫陈新贵，是当地一个民企的老板，此前我没见过，但据说他曾到北京找过我父亲帮忙办事。跟陈总一同来接我的是他的司机小李。

初次见面，陈总满面春风，笑容可掬。他紧紧握着我的手连声说："欢迎欢迎，王老师你可是贵客。贵客到，好事来，难得，难得，要在平时我们要请你都请不来呢。这回我可得好好招待你！"我也握着他的手，打量着他，连声道谢。

这是一位约莫五十出头的中年汉子，国字脸，肉鼻梁，浓眉大眼，身材不高，但长得宽厚壮实，走起路来健步如飞，像开着辆小坦克。

坐上车，陈总依然如沐春风，话语不断。他说："王老师呀，你父亲可是我的恩人，他对我的帮助太大了。很遗憾以前我上北京拜访你父亲时没有见到你，虽然咱俩没见过面，但你同样是我的恩人。这回你来湖南老家，可得充分放松，纵情游玩。你想吃什么我就请你吃什么，天上飞的地下跑的水里游的，只要崀山这地盘上能买到的，你尽可以放开肚皮，尽管吃，反正山珍海味保你吃够。你想玩什么，游山玩水唱歌跳舞吃喝玩乐，你也尽可以提出来，千万别客气！你们长时间生活在北京，北京虽然是首都、国际大都市，但皇城脚下规矩太多，干什么都不方便。我们这儿虽然是小地方，但天高皇帝远，干什么都相对自由。只要有钱，你想干什么都可以。不是有句话嘛，说什么只有……只有什么来着？"

"只有想不到，没有做不到。"前边正埋头开车的司机小李忽然笑着扭过脸，替陈总回答。

陈总高兴起来："对！只有想不到，没有做不到，哈哈！"他开心笑着，一边侧过脸看着我，那眼神既有热情，也不乏狡黠和神秘，多少有些高深莫测。

陈总刚才的这番话让我反感。什么只要有钱，想干什么都可以，难道可以为所欲为杀人放火吗，这牛皮吹得是不是忒大啦？我真想反问他一句，却顾及自己是远道来的客人，与陈总又是初次见面，便忍住了。好在这时候陈总又主动介绍起他的公司，他说他的公司是一个生态农业和生态旅游相结合的企业，享受政策优惠，国家和地方政府都很支持。加上这一带属少数民族地区，国家和地方政府的支持力度就更大。"当初立项的时候，我到北京找你父亲帮忙，他通过关系帮助我争取到了两千万元的扶贫资金专项贷款，要是没那笔资金扶助，我的企业这些年哪能发展这么快呀，所以我说你父亲是我的恩人，一点没错。说起来咱们都是自己人，你好不容易到老家来一趟，千万别见外。”陈总一路上像打开了话匣子，滔滔不绝。

说话间，车已到了酒店。这是四星级的崀山国际大酒店，房间是陈总早就预订的。我掏出身份证，在酒店前台登记完毕，陈总和司机小李双双将我送上电梯送进房间。房间是套间，客厅连着卧室，宽敞明亮。站在房间宽敞明亮的玻璃窗前向外眺望，崀山县城鳞次栉比的建筑和城外远处的山峦尽收眼底。我对入住的房间感到满意，陈总却面带歉意：“王老师，实在抱歉，这是崀山县最好的酒店、最好的房间了。崀山最好的酒店只有四星级，没有五星级，你就将就着住吧。现在是下午五点，你先休息一会儿，六点我来叫你。晚饭我已经安排好了，我找几位弟兄为你接风，今晚咱们可得好好喝酒，喝个够喝个痛快！”

送走陈总，我无意间翻看房间桌上的酒店介绍本，发现我住的这套房间标准价每天一千五百元，内心多少有些忐忑，我禁不住想，要是我自己掏钱，是断不可能住这么豪华这么贵的房间的。

3

晚上六点，我入住的房间准时响起门铃，陈总和小李如期而至。我跟随他俩下楼走出酒店，门口还是那辆黑色的奥迪 A6。

坐上车，我禁不住问陈总：“陈总你怎么不开奔驰、宝马之类的豪车，开奥迪 A6 不是跟官员坐的公车一样了？”

陈总哈哈大笑，说：“我就是想跟官员一样，小时候做梦都想当官，虽然官没当上，但我也想与官员一样平起平坐，所以我平时在本地喜欢坐这辆奥迪 A6。但官员没有的我也有，比如到了外出的时候，我就坐大奔，哈哈，哈哈……”陈总望我一眼，得意地笑着。他这么说，我多少有些反感，但出于礼貌，我附和着笑了笑。

车开了大约不到十分钟，便到了一处挂着“瑶家风味”牌子的酒家。这酒家位置不在城区，而是接近郊外的一个湖边，比较隐蔽。酒家是木质结构，上下两层，四周鲜花簇拥，绿树环抱，外表看上去古朴典雅、清新悦目，颇具民族风情。

陈总预订的雅间在二层，他和小李将我引入雅间的时候，房间里已有男男女女大约十来个人在这里等候。见陈总领着我进来，他们纷纷起立，笑脸相迎。陈总热情地将我介绍给了大家，说这位可是北京来的贵客，青年哲学家，他与他父亲一样既是咱们家乡人，也是咱们家乡的骄傲，他的名字叫王兴，大家叫他王老师吧。话音刚落，十来个人纷纷迎上前来，接二连三地与我握手。我每握一位，陈总便介绍对方的职务或名字。印象中，有职务的县级干部都是副的，并且全都是已经退休的。那几位在职的官员，不过是科局级干部。两位没有职务的，全是年轻女性，一个叫小英，另一个叫小惠，都长得俊秀甜美、清纯可人。陈总介绍说，这两位漂亮小姐，可都是我们公司项目开发部的优秀员工，今晚我特意安排这两位美女来陪你喝酒。我注意到，陈总说这话时，意味深长地注视着我，眼里透着暧昧。

主客分别介绍完毕，陈总请我入座，而且要安排我坐主位，我再三推辞，陈总却执意不肯，他按住我肩膀说："你父亲是我最尊敬的长辈，也是我的恩人，在座的也大都接受过他的帮助和恩惠，你是远道而来的贵客，坐主位理所当然、天经地义，大伙说是不是？"

"是——！"大家异口同声，洪亮的声音震耳欲聋，这声音连同众人的目光纷纷投向了我，聚积成无形却能量巨大的气场，逼迫着我，让我无路可退。事已至此，恭敬不如从命，我只好放弃推辞，听从陈总的安排，在主位上落座。陈总则和一位我已记不清是什么职务的官员或是前官员，一左一右分坐在我的两侧，其他人也纷纷入座。那些有职务或曾有过职务的男人开始争着同我说客套话，无非是说着我父亲的好，说如何受到过父亲的关照和帮助之类。

这时候有人问起我此行的目的，我如实告知。我说我是受父亲委托，明天上崀山八角寨烧龙头香来了。我问在座的各位每年是否也都上山烧龙头香，他们又一次异口同声："烧啊！"陈总刚点燃了一支烟，正吐着烟雾，边吐边补充道："龙头香是咱们家乡人的保护神，它那么灵验，那么神圣，怎么能不烧呢？我每年不止烧一次，而是要烧好多次呢。这些年我的企业能够顺顺利利发展，除了靠地方政府和在座的各位帮忙、捧场，还有重要的一点，就是离不开佛祖保佑。所以烧龙头香就如祭拜自己的祖先、孝敬自己的父母，天经地义。”在座的其他人也都纷纷点头，表示赞同。

说话间，服务员接二连三将各色菜品都端上来了，都热腾腾、香喷喷，多数我都未见过，更叫不出菜品名字。我想让服务员一一介绍，服务员却将目光投向陈总，陈总神秘地笑了笑，摆着手制止她：“你先别介绍，一会儿我会一一介绍。”又煞有其事地对我说：“王老师，咱们看小说，看电视，看电影，如果作者和导演先告诉读者和观众结局，你觉得看着有劲吗？”

我不明就里，随口说：“当然没劲。”

陈总双掌“啪”地一拍，道：“这就对了！小说也好，电影和电视剧也罢，都讲究悬念，吃饭也一样，不然就没意思了。为了让你感受咱们家乡饮食文化的博大精深，今晚啊，咱们吃饭先不要问菜品的名字，更不要刨根问底菜品是什么食材做的。你先吃，吃好了我最后告诉你，吃不好就当没吃，你看行不？”

陈总倒是一脸诚恳，我看不出他葫芦里面到底想卖什么药。心想反正是吃，好吃我就多吃点，不好吃我不吃不就得了，管它到底是什么、叫什么菜。于是，我就随口回答：“行。”

陈总手一挥，说：“好，痛快！”他举杯站了起来，笑着对大家说：“各位，今天可是个好日子，王老师是北京的大学者、大哲学家，也是咱们难得一见的贵客。俗话说，贵客到，好事来，各位都举起杯来，欢迎王老师的光临——干杯！”

陈总话音刚落，吆喝声和丁零咣当的碰杯声便此起彼落。

一杯酒下肚，陈总开始张罗大家吃菜，同时为我一一夹菜。每为我夹一次，就问我香不香。说实话，他为我夹的那几样菜，过去我还真没吃过，味道都很特别，让人吃了一口还想再吃第二口。陈总听我说好吃，很得意，说：“好吃吧？好吃你就多吃。人生在世，吃就是头等大事。每天都要吃好玩好，要不然辛辛苦苦挣那么多钱干什么？”

这时，一位正满嘴流油的不知什么官员，接着陈总的话说：“陈总你说得对。今晚我们这些吃大户的，得好好敬你陈总一杯！”他这一提议，立即得到许多人的响应，有几个人端起酒杯，争先恐后为陈总敬酒。

陈总苦着脸咽下一大口酒，调侃刚才那位提议敬酒的："朱局长你得了吧，你一个堂堂的县里干部还在叫穷，谁信呢？"

朱局长一听，怒目圆睁，像要对陈总发火，忽然意识到我在场，便转而摇着头自嘲、苦笑："哈哈，哈哈。陈总你真会说话，我得谢谢你，你太抬举我了。唉，该怎么给你说好呢？……前几天，我刚刚看到马云还差三亿就赶超李嘉诚成为亚洲首富的消息，心里咯噔一下，赶紧上网查了一下自己的排名。还好，基本没受影响，排名还保持在十四亿名左右，这下我放心了！其实我也是有梦想的人，从小就梦想自己哪天能戴着墨镜开着兰博基尼跑车环游世界。经过近一年的不懈努力，如今我的梦想已经实现了一半，我已经拥有了自己的墨镜，只差跑车了。不好意思，我致富尚未成功，今后还须继续努力。钱不够，还望陈总多多拿些来凑。来，喝酒，喝酒！"

朱局长这番话，让在座的人笑个不停，同时也勾起在座其他人的感慨。

一个说："昨天看到一个段子，挺好玩。说王思聪他爹给了他五个亿，他赚了四十亿，翻了八倍；而我爹给了我两块钱，我买了一副手套，去了工地，搬了一天砖就赚了一百块。翻了五十倍啊！事实证明，其实我能力还是有的，只是启动资金太少了！"

"哄"的一声，大家立马笑翻。

一阵觥筹交错、猛吃海喝之后，众人开始插科打诨。眼看酒早已过了三巡，我想起今晚吃的许多菜品还都不知名字，于是请陈总为我揭开谜底。他举着筷子，指向桌上的菜品，一样接一样地向我介绍："王老师你可瞧好啰，这是清炖穿山甲，这是清蒸中华鲟，这是干炸眼镜蛇，这是红烧野山鸡……"什么——我一听如遭电击，毛骨悚然，脑袋像热气球一样迅速膨胀。陈总说的这些不都是国家禁吃的珍稀动物吗？我火冒三丈，血往上涌，想对陈总发火，但依稀存在的理智强行将我满腔的怒火压了下来，转而用低沉的声音责怪："陈总你……你怎么能这样？你……你怎么不事先跟我说一声？"

尽管如此，陈总还是一眼看出我不高兴了，他笑呵呵伸出一只手搭在我的肩上，安抚道："嘿嘿，王老师，你别紧张，不就是吃点山珍海味嘛。你不是要到崀山八角寨的龙头崖上来祭拜、烧龙头香的吗？佛家说，酒肉穿肠过，佛祖心中留，没什么大不了的。再说吃点山珍，这在咱们老家很普遍啊。你是京城来的贵客，更应该让你尝个新鲜、尝个稀罕嘛。如果你确实不愿意吃，咱们就下不为例。来来来，咱们喝酒、喝酒！"他端起服务员刚刚斟满的酒，递给我一杯，自己又端起一杯，要和我碰杯。我接过杯，理都没理他，张口便将满满的一杯酒一饮而尽。我是带着懊恼和愤懑喝下这杯酒的，我多么希望这杯酒能冲洗内心的内疚啊。可惜事与愿违，这杯酒下肚，我自己已经晕晕乎乎，脑袋疼痛欲裂，很快便不省人事……

不知过了多长时间，我在迷迷糊糊中醒来，发现自己已经赤身裸体躺在宾馆房间柔软的席梦思上，身边一位赤身裸体、香气迷人的女子正伏在我的身上，不断地撩拨着我。我忽然像触电似的，内心深处的欲望霎时像被激发的火山快速升温，我瞬间感觉自己变成一头失控的巨兽……当发生的这一切瞬间由高峰跌入低谷，我又一次昏昏沉沉地坠入梦乡。

当我再次醒来时，已经是第二天早上八点。我身边那位年轻女子见我醒来，小鸟一样伏在我的身上，温柔地笑："王老师醒啦？"我一惊急忙起身，发现是昨晚在一起吃饭喝酒的小惠，我语无伦次："你……你怎么在我这儿？"

"怎么啦，王老师，你不欢迎吗？要是不欢迎，你昨晚干吗像一头公牛一样，那么疯狂，让我都快受不了呢。"

这时，我才彻底惊醒，也才依稀记起昨晚发生的一切。满腔的羞愧从内心涌起，我喃喃地说："小惠，你、你怎么能这样，谁让你陪在我这儿的？"

"还能有谁啊，还不是陈总？"

我抱怨说："陈总让你来，你……你就来呀？"

小惠丢过来一个媚眼，撒着娇说："怎么老说这些！王老师真是不解风情，你真的不喜欢我吗？”

我无言以对，恨不得立刻钻进地缝里……

4

因为昨晚的销魂和早上的惊魂，我被陈总意想不到的“接待”搞得异常尴尬，颇有些六神无主。本打算让她赶快离开，可小惠白我一眼，笑道：“你干吗赶我，想让我下岗啊？陈总还让我今天陪你上龙头崖烧香呢！”

我忽然记起自己此行的使命，虽然这里是自己的老家，可我并非在此长大，人生地不熟的，如果没有人陪伴，我并不认识路，怎么上龙头崖呢？我有些不甘心，随口问道：“那陈总呢？”我抓过手机，想给陈总打电话。小惠却伸手拦我，说：“你甭打啦，陈总交代过了，今天只安排我陪你。他和司机小李今天有事外出，说晚上等咱俩下山再为我们接风。”说完，小惠还调皮地朝我挤了挤眼睛，颇有几分得意，仿佛今天我是她捕获的猎物。

她话说到这份上，我只好作罢。心想当猎物就当猎物吧，反正小惠怎么说也只不过是个女孩，而且确实是招人喜欢的漂亮女孩，她再怎么泼辣、调皮甚至是恶作剧，也不至于将我这么个大男人给吃了吧？

湖南的崀山八角寨，是世界自然遗产、5A景区，又名云台山，一山横跨两省，湖南和广西。在八角寨山顶，放眼望去，面包一样的丹霞峰群山像极了赶海的海狮群，争先恐后，重峦起伏，波澜壮阔，蔚为壮观。

八角寨最陡峭的一角，在云台寺东北侧绝壁，从绝壁延伸出五十余米，峰尖似昂首翘立的龙头。这里常年云雾弥漫，山风怒号，四周险崖壁立，深谷如坠。就在这奇险无比的翘角尽头，古人竟修有一个佛龛小庙。通往龙头的山脊小径仅宽一尺，两边是万丈深渊，烧香者在没有安全保护措施下，必须手足并用，匍匐前进，这就是著名的

"龙头香"。其惊险令人惊悚！

龙头香自打有史以来，因冒险烧香从上面摔下去的人不计其数，其情形目不忍睹。所以，如今真正敢亲自铤而走险、攀上龙头烧香的香客只是凤毛麟角，绝大多数香客来龙头烧香，目睹千仞尖峰、万丈深渊，都会不寒而栗。正因如此，如今的龙头崖上才有了专门替人烧香的专业香客。这些专业香客都是当地山民，人数不多，据说初始有十来个人，后来摔死了两三个，又吓住了两三个。为避免争夺生意，也为了攀崖时的安全，剩下的四五个自发组成了烧香小团体，有生意大家一起接，有钱大家一起挣。也就是说，每逢接下生意，他们几个轮流冒险，轮流攀崖，钱大家平分。虽说他们生意不少，钱也挣得很多，但因为已有前车之鉴，当地的其他山民虽然羡慕，却并不妒忌，因为谁都知道这是在拿命赌博，稍微不慎就将跌下深渊、粉身碎骨。外地的香客更是望而生畏，不寒而栗，根本不敢冒险。久而久之，替人烧香这种高危职业，便成为八角寨山顶云台寺东北侧绝壁上这少数四五个人的专利。

那天早上吃完早餐，我与小惠从酒店出发，陈总派人开车将我和小惠送到崀山脚下，还为我们备好饮料水果和面包干粮，然后由小惠一路陪我向山上攀登。

金秋时节。天高地阔，云淡风轻，碧空如洗，阳光普照。崀山的风景虽然迷人，但山路崎岖、陡峭，久居京城、平日又不怎么锻炼的我没走多久，就已经气喘吁吁。小惠却若无其事，健步如飞，蹦蹦跳跳，像一只刚放飞的小鸟，一路上喜笑颜开、叽叽喳喳地向我介绍着周边的风景，看着她心无旁骛、纯情可爱的样子，我的劳累似乎也减轻了不少。

我禁不住问小惠："你今年多大了？"

小惠翘起樱桃小嘴，扮着鬼脸冲我飞了一眼："嗯，不告诉你！"

我说："为啥不告诉我？"

小惠说："不是说不能随便问女人的年龄吗？哼，你不仅是京城来的，还是大学者呢，怎么不知道规矩？告诉你，那也得有条件，除非——"

“除非什么？”我穷追不舍。

“除非你将我带到北京！”

我一愣，问：“你想去北京——去北京做啥？”

“做你的妻子！”小惠大着胆逼视着我，双眸流光溢彩，透着柔情。

我又一愣，没料到她会说出这样的话，只能“呵呵”讪笑。我说：“别开玩笑，我早已结婚，儿子都在美国留学了。”

小惠反过来将我的军：“那我做你的情人，总可以吧？只要你将我带到北京就行。”她目光灼人，眼里却荡漾着柔情蜜意。我仿佛被她的目光烫着了。

说话间，太阳已经升至头顶，距离我们出发时间已经过去一个小时，我们已经登上八角寨山顶，放眼望去，云台寺东北侧的龙头绝壁已经尽收眼底。这时的我已经上气不接下气，脊背和额角已经渗出汗珠。我不得已脱下外套，招呼小惠在山路旁的一处石凳上坐了下来。小惠见我呼吸急促，像拉风箱的样子，便捂着嘴“咯咯”地笑。

临近云台寺，我看到一位干瘦黝黑、满脸疲惫的中年农妇，那农妇一手拎着蛇皮袋，另一手正拿着一把竹夹，边走边夹着路边的垃圾。出于好奇，我禁不住停下来问：“您好！请问您是这个景区的保洁工？”

女子抬起头，诧异地看了看我，又看了看小惠，不置可否。小惠倒是鬼机灵，未等她开口就抢先安抚她：“阿姨你别怕，人家可是北京来的大学者，人家看你这么辛苦，想关心你呐！”

或许是见小惠是个亲切可人的小女子，更或许听到小惠是用崀山当地的口音同她说话，中年农妇原本紧绷着的脸像春日渐暖的冰川，总算暖和下来，并且礼貌地点了点头。

我趁热打铁：“大姐，您每天都在这一带清理垃圾吗？”

农妇点头说：“是。”

我问：“您家住在哪儿，远吗？”

农妇说：“就在山下。”

我问：“那您每天几点上山、几点下山？”

农妇说：“我每天上两趟山，上午一次，下午一次。”

我惊叫起来："那多累呀！为什么要上两次山，中午带点饭或者带点干粮，不就可以不爬两次山了？爬山多累呀！"

农妇看着我的样子，只皱了皱眉，望了望我，脸上却无动于衷，像满山遍野风吹日晒却纹丝不动的石头。

小惠见状，主动用家乡话与农妇攀谈起来，叽里咕噜的，浓重的湖南口音，语速又快，我几乎像听天书一样不明所以。好在小惠与农妇聊完，转过脸将农妇说的话翻译给我：农妇每天两次登山，是因为中午须下山照顾有病卧床的九十多岁婆婆，她干这工作每月仅一千元工资。其夫数年前因打工工伤，一直残疾在家。他们家里有三个孩子，因家境所迫，大女儿和二女儿初中未毕业被迫辍学，先后到广东打工。最小的是儿子，去年小学还未毕业也已经辍学，跟着乡亲到长沙一建筑工地学砖瓦工……小惠这番话，让我震惊不已。

我禁不住问农妇："你们家过得这么艰难，这么苦，平时烧香拜佛吗？"

农妇望了望我，摇了摇头。

我说："烧香拜佛，祈求神灵，不是能够去厄消灾，保佑家人平安幸福吗？"

农妇还是摇了摇头。我觉得奇怪，也感到纳闷，我说："那你相信龙头香吗？我可是专程从北京赶到这里来烧龙头香的。你近水楼台，龙头香近在咫尺，每天烧上炷龙头香，不就可以一生平安、人旺家兴吗？"

不料农妇这回既不点头，也不摇头，反倒是抓起袖子，一下接一下地抹起了眼泪。我心一紧，像遭遇针扎一样，扭过头看了看小惠，又看了看农妇。小惠也一脸惊诧，她一串碎步走上前，一只手搭在农妇肩上，另一只手从坤包里掏出纸巾递给农妇，关切地问："阿姨你怎么啦，什么事让你这么伤心啊？别哭啦别哭啦，哦，有什么伤心事，慢慢说。"

农妇浑身颤动，哭得更厉害了。我和小惠没再劝她，俩人你看看我，我看看你，然后默默地看着农妇哭泣。农妇哭了一阵，身体才慢慢归于平静，末了对小惠说了一番话，小惠又翻译给我。小惠说：

"她公公以前就是替人家到龙头崖烧龙头香，不小心摔死的！"

小惠这番话像挥出的鞭子，一下接一下抽打在我的身上，我只感觉到内心一阵阵抽痛。我默默看着眼前这位憔悴疲惫一脸苦相的农妇，想起她长年累月每天风吹日晒风雨无阻两次上山下山苦役般的劳作，我几乎不寒而栗，也心有戚戚，禁不住掏出六张百元钞票递到农妇手里。"六"代表顺利，是吉祥数字。我希望这位农妇未来的日子顺顺利利，平平安安赶上好运。农妇接过我递给她的六张百元钞票，先是一愣，瞪大眼睛死死地望着我，继而眨了眨眼，摇了摇头，大概以为是在做梦，不大相信。紧接着又摸了摸手中的六张百元钞票，忽然"扑通"一声跪在我的跟前，母鸡啄食般使劲叩头，连声说着"谢谢谢谢"。只不过，"谢谢"二字从她的喉咙里挤出来，声若游丝，那声音小得像夏夜的蚊叫……

小惠见状，惊诧地睁大了眼，看了看农妇，又看了看我，似乎被惊着了。忽然她冲农妇大声喊叫起来："啊哟哟，这位大姐，你今天算遇上大菩萨了，真是好福气呀！"小惠声如银铃，清脆悦耳。农妇也被这声音惊着了，她猛然抬头、起身，弓着腰不住朝小惠点头作揖，不停说着："谢谢，谢谢，你和这位大哥都是好人、好人呐……"

小惠又冲我竖起大拇指："王老师才是真正的大好人呐，不愧是京城来的大学者，心系苍生，怜悯天下百姓，了不起！"小惠笑脸盈盈，但那笑分明带有几分狡黠、几分调侃。我有些不好意思，故意岔开话题，招呼她继续赶路。

5

八角寨的龙头崖越来越近。

沿着悬崖边弯曲的山路不断前行，转过一个拐角，放眼望去，一幅险峻山景赫然矗立在我的眼前：峡谷对面的悬崖顶上，镶嵌着一座寺庙，寺庙右侧是刀削的绝壁，绝壁向外延伸，宛若猛龙游云、仰天长啸。猛龙之下，云飞雾绕。再往下，是与我们隔崖相望的峡谷深渊，峡谷阴森宽阔，恐有千米之距，令人惊悚！看着眼前的险山峻岭、峡谷深渊，我浑身一激灵，精神不由得为之一震。

小惠指着对面山崖向我介绍：“王老师你瞧，那座寺庙，就叫云台寺，寺右边飞耸的悬崖绝壁，就是龙头崖。你再瞧瞧，龙头崖上有没有一座小庙？”

真的呢，朝着小惠手指的方向。我真的看到龙头崖上的小庙，小庙上还插着随风飘扬的经幡，此刻隐约还能看到在小庙前烧香的香客。真是百闻不如一见，此情此景，瞬间牵动着我的神经，一股虔诚之情油然而生，庆幸此行真是来对了！内心一激动，便招呼着小惠赶快赶路。脚步也意外飞快，以至于落在后面的小惠紧赶慢赶，一边调侃说：“王老师怎么忽然间不累了，是不是刚刚充了电呀？”我顺水推舟，哈哈笑起来：“是啊，我刚刚充了电！”

我俩一路边说笑边欣赏着美景，转眼间就来到龙头崖。

此刻的龙头崖，人来人往，既有香客也有游客。为安全起见，景区管理者在靠近悬崖往里大约一米宽处，用水泥钢筋围上了隔离栏杆。隔着围栏往下看，峡谷深渊如猛虎张开的血盆大口，正静静地觊觎着崖上的游客，我不禁打了个寒战。尽管如此，仍不时有或男或女的香客不听劝阻，翻过围栏朝龙头崖的方向烧香。从他们跪拜的地方再往前一点点，就是通往龙头崖的斜坡，斜坡约莫一米宽，像龙颈向前伸延十来米，那边便是龙头崖。这时候，龙头上的那个小土庙前，有位身着佛衣的香客正在那里烧香、祭拜。小惠告诉我，那香客就是受雇替人烧香的当地山民，而靠近围栏这边烧香祭拜的，则是不肯花钱雇人、宁愿自己烧香的游客。此刻，那位身着佛衣的香客已经祭拜完毕，沿着凹凸不平的龙颈往回爬。尽管龙颈狭窄，没有任何树木藤蔓，更没有任何人工护栏，稍微不慎就将滑下万丈深渊，可那替人烧香的山民，此刻却熟练地从龙头爬上龙颈，他小心翼翼，手脚并用，如蜘蛛侠般匍匐前进。周围霎时鸦雀无声，大家都屏住呼吸，他的一举一动像一根无形的丝线，牵动着围在护栏这边紧紧盯着他的游客。

我正在为这山民捏着把汗的时候，他却像一只机敏的狐狸，已经敏捷地蹿回到围栏这边，人群瞬间爆发雷鸣般的掌声，祝贺他涉险归来。我发现他面无惧色，微笑着不慌不忙地向大家挥手致意，仿佛享受着英雄凯旋的待遇。我仔细打量着这位山民，他约莫四十出头，外貌黝黑干瘦，鼻子偏扁，凹陷的眼眶里，两只眼珠滴溜溜转来转去，活像狡黠机敏的猴子。但这时候的他显然累了，他在围栏前坐下来，一口一口地喘着粗气。刚才还滴溜溜转来转去的眼珠之上，已经耷拉下疲惫的眼皮。

我拨开人丛，从人缝中挤了过去，凑上前问这位山民："这位师傅，我是来烧香的，您还接活吗？"

山民抬了抬眼皮，眯着眼睛望了望我，懒洋洋地摇了摇头。

小惠用湖南话上前问："师傅您怎么啦，怎么不接了？人家可是大老远从北京赶来的大人物，能为他烧香可是您的福分哇！"

小惠清脆响亮的女声，惊着了山民。山民强打精神，斜着眼望了望小惠，又瞟了瞟我。摇着头，懒洋洋地说："我累了，不想去了，想歇一会儿。要不，你们去找别人吧。"

我环视着四周，寻找着替人烧香的其他专业香客。与这位山民一样穿着佛衣的人还有两位，可那两位此刻也同样坐在围栏旁边歇息。小惠替我挤上前去，用湖南话问了一位，未果。又问了另一位，人家仍无动于衷。正在这时，一位身着西装、看似景区管理人员模样的中年汉子走过来，对我和小惠说："你们甭找啦，他们三人从早上八点一直干到现在，怪累的了。瞧瞧都中午十一点半了，按惯例他们该收工了。"

我问："那下午还开工吗，几点开工？"

中年汉子答："两点吧。"

我看了看表，现在是中午十一点半，到下午两点，要整整等待两个半小时。我环视四周，午阳正炽。时节虽已入秋，但此刻灼热的午阳直晒下来，热烘烘的，让人感觉夏天仍未远逝。再看看空旷的崇山峻岭，在午阳的照射下似乎也失去了早先的生机，懒洋洋的，没精打采。这样的状态倘若还得等待两个半小时，未免有些难熬。我有些焦急，遂又问那汉子："你是他们的领导吗？"

汉子瞥我一眼，抱起双臂故意卖起了关子，表情有几分狡黠："也是，也不是。"

见我不解。汉子才解释道：“他们在这里干活，由我统一组织、管理。但他们干不干，接几趟活，我说了不算，他们自己定。毕竟这活太危险，是拿命赌博，一般人干不了，也不愿干。”

我说：“明白。可我是从北京来的，下午还有其他事，明天要赶到长沙乘飞机，来不及等到下午了，你看能否同那几位师傅商量一下，看哪位现在能再接趟活，替我烧龙头香？”

汉子听罢，眯起眼上下打量着我，问：“你出多少钱呀？”

我问：“你想要多少？”

汉子毫不犹豫地说：“至少得给一万。”

他话音刚落，我的心像被扯了一下，有些紧，又有些疼。喉咙像被堵上一团棉花。心想，这不是明目张胆拦路打劫吗？

小惠见状为我打抱不平，她抢白道：“师傅你这也太宰人了吧，上午你们替人烧一趟香，不就是两三千，至多三五千吗？”

汉子乜斜着眼睛，瞟小惠一眼，说：“怎么，嫌贵是吧？嫌贵那你们就等下午吧。不过我丑话说在前，这么多人想烧香，我们只有三个人，忙得过来吗？没准下午花一万元，你们都排不上！”

汉子的话像一声警钟，敲击着我的神经。我环视周围，等待烧香的游客还真是不少，他们手里都拿着事先准备好的香和纸钱，渴望着烧龙头香。联想到自己千里迢迢从北京而来，设若等到下午那几位替人烧香的山民重新开工，且不说还需要两个半小时的漫长等待，届时面对这么多有求于他们烧香的香客，还不知道会出什么幺蛾子呢。这么一想，我内心动摇了，我不想费时间等待一个没有把握的结果。于是，我用胳膊碰了一下小惠，低声对小惠说：“算了，我不想等了，这钱让他们挣吧。”

小惠将我扯到一旁，睁大眼睛问：“怎么，王老师真想给他们一万啊？”

我点了点头：“是啊，我确实不想等了，该赚还得让他们赚，再说这钱也确实不好赚，不仅是辛苦钱，还是搏命钱。”

小惠听罢直吐舌头，将拇指竖到我的眼前：“厉害了，我的王老师，果然是大款风范，不差钱呐！不过……”她抿着嘴，欲言又止，神色忽然晴转阴，乌黑明亮的眸子左右睃巡。

我猜不出她葫芦里到底卖什么药，便问：“别吞吞吐吐的，你想说什么，快说！”

小惠又扯着我朝一旁紧走几步，见左右没人，这才噘起小嘴嘟哝道：“王老师这么大方，可我从昨晚陪着你直到现在，还没有得到你半分酬劳呢！”她这话突如其来，忽然把我噎住了，可同时也提醒我：眼前这漂亮小姐可不像是一般女子，也不是陈总公司项目开发部的什么优秀员工，她应该是职业妓女吧，或者兼而有之？无论如何，她话都挑明了，我只好强颜作笑，一只手抚着她浑圆柔软的肩膀，乐呵呵哄她：“小惠别急，我不是还没离开崀山嘛。走的时候，我一块给你，行吗？”

“好耶——”小惠听罢，调皮地冲我做了个鬼脸，然后像一只快乐的麻雀兴奋起来，拉着我快步走回到围栏前，找到刚才那个景区管理员模样的汉子说，“师傅，你帮我们找一位烧香的师傅吧。”

那汉子看了看小惠，又看了看我，有些不屑地说：“可以，但一万元你们掏吗？”

我说：“一万太贵了，八千吧。”

汉子说：“不行，我说过了，一万就是一万，一分也不能少！”言毕，他叼着烟，将脸转向别处，一副爱理不理的样子。

小惠一跺脚，有些不服气。她快步走向围栏边那位刚才替人烧香的山民：“师傅，你能否辛苦一下，再走一趟，替我们这位从北京远道而来的师傅烧龙头香？”

那位山民眯着眼望了望小惠，又望了望我，摇着头答：“我不是说过了吗，我累了，收工了，下午再说。”

小惠说：“我们给你八千块钱。”

那山民听罢，眼睛一亮，瞬间又暗了下来。朝刚才那位景区管理人员模样的汉子努了努嘴：“你们得问问他。”

小惠却心有不甘，又去问了另两位专门替人烧香的山民，得到的都是同样的结果。

我恍然大悟，也有些扫兴。弄了半天，还是没能逃脱如来佛手心，原来那汉子就是他们的监工、包工头，他们烧香的活，统一由那汉子派遣。

我只好又回到那汉子跟前，说："师傅，那你就帮我安排一位烧香的山民吧，一万就一万。"

那汉子乜斜着眼睛，慢条斯理地吸着烟，好一阵吞云吐雾，这才说："怎么，想好啦？"

我毫不犹豫："想好了，你尽快帮我安排一个，越快越好！"

汉子将烟蒂往地上狠狠一丢，又用脚狠狠地踩了踩，招呼我说："好，跟我来！"

6

汉子帮我们安排出工的，便是那位刚烧完龙头香回来的山民。

那位山民刚站起来，我忽然心生恻隐之情："师傅，你刚才不是说累吗，你到底行不行？"我不希望他因体力不支而去冒险，我这话，其实也是说给他的包工头听的，潜意识里我似乎希望包工头安排另一位山民。

眼前的这位山民并没有直接回答我，而是凑近包工头，用湖南话与对方交流了几句，然后点了点头。末了，包工头扭过脸对我说："他没问题。钱呢？你先交一万块钱。"

我指了指那山民，说："他还没回答我呢。"我希望是山民亲自回答，而非这包工头替他回答。搞研究的职业习惯，提醒我凡事都要严谨。

包工头有些不耐烦，龇着牙摇头晃脑地说："哎呀，放心吧，他已经同意，你交钱吧！"

我望了望山民。山民见状，径直对我说："你先交完钱，交完钱把香和纸钱给我。"他这话说得很爽快，不像刚才话说得懒洋洋的，对我爱理不理。看来钱真是好东西，钱对他来说是兴奋剂。

我忙将刚才在云台寺前购买的香、莲花蜡和纸钱交给他，除此之外还有事先准备好的苹果、香蕉和糕点。

山民接过去，看我将那一万块钱交给派活的汉子，这才放心地将供品熟练地装进他专用的一个布兜，再系到自己的腰上。他的腰很瘦，我发现他整个人都很瘦，个儿也不高，一米七不到的样子。眼睛凹陷，胡子拉碴，头发蓬乱，长年的风吹日晒，使他的肤色近乎酱紫，还满脸皱纹，像极了腌了有些年头的咸萝卜干。此刻的他虽然有些兴奋，脸上却难掩疲倦之色。就像缺油的发动机最后时刻强打精神，那声音听起来有几分挣扎和气短。

我关切地问："师傅，你是不是饿了，要不你先吃点什么东西再走？"

山民摇了摇头。他只是抓起地上一瓶没喝完的矿泉水，咕噜噜喝了个底朝天，用手抹了抹嘴，然后抖擞精神。可他没走几步，脚下就被什么东西绊了一下，打了一个趔趄，整个人摇摇晃晃，像被狂风吹得东倒西歪的小树。我内心一紧，猛喊一声："师傅你千万小心！"再看看那包工头和小惠，此刻他们俩也眉头紧锁，目不转睛地盯着他。

山民站稳脚跟，朝着龙头崖的方向，沿着斜坡一步一探，缓缓走下坡，在乱石与野草杂陈的狭窄龙颈上，他开始弯下腰来，双手着地，匍匐前行。我的心再次悬了起来，再看看小惠、包工头和周围其他人，几乎所有的人都屏住呼吸，目光聚焦到那位山民身上。幸好那山民熟门熟路，没费多长时间便跨越那段险道，成功攀上龙头崖。此刻，他在小庙前停下来，解下腰带，将供品一一取出、摆好，又取出打火机点燃香和蜡烛，然后跪下来，举起手，双掌合十，念念有词，开始求拜。远远看去，蓝色的香烟像灵魂出窍，袅袅上升，飘向天空。此时此刻，一股神圣庄严的情感在我胸间油然而生。像那位替我烧香的山民一样，围栏这边的我也朝着龙头香的方向，跪下来，举起双手，双掌合十，祈求上苍和神灵开恩，为我们王家赐福，时时刻刻保佑我们王家家庭和顺，老少平安。恍惚间，我似乎听到了黄钟大吕，看到了普天之下，蓝天白云，阳光灿烂，鸟语花香，绿草茵茵，流水潺潺，众生普度，众神歌唱……与此同时，我分明也看到了我家人的笑容，像鸽子飞来，正一张张在我的眼前掠过：爷爷、奶奶、父亲、母亲、妻子、儿子。此情此景，我无法抑制内心的激动，眼看着不远处的龙头崖上，那位受雇于我的山民烧完龙头香和纸钱，正起身一步步往回走。说不清为什么，我忽然兴奋起来，像雄狮一样朝苍穹、朝峡谷引颈吼叫。此时此刻，遥远的苍穹，空旷的峡谷，仿佛万马奔腾，山呼海啸，我听到一声又一声雄浑而悠远的回响……

当一切回归平静，我发现人们的目光又投射到那位山民身上。此刻，那山民已经从龙头崖折回，手脚并用，匍匐在龙颈上。龙颈约莫一米见宽，乱石遍布，杂草丛生，两旁呈拱圆形，没有树，没有藤，也没有人工防护栏。此刻，我紧紧地盯着山民，悬到嗓子眼的心怦怦直跳，不断在为他加油、祈祷。尽管理智提醒着我，这山民长年累月往返于龙颈这个生死关口无数遍，早已轻车熟路，不会有事的，但此刻我的神经还是高度紧张，毕竟他受雇于我，有句俗话：不怕一万，就怕万一。还有另一句俗话：是福不是祸，是祸躲不过。正当那山民即将跨越危险、从龙颈起身迈上通往围栏这边的斜坡时，崀山风云突变，一股不知从何而来的旋风骤然刮起，以雷霆万钧之势朝龙头崖袭来，不偏不倚，偏偏扑向那即将涉险过关的山民。刚刚从匍匐中直起身的山民被推了个趔趄，失去平衡，刹那间被这股旋风刮进峡谷。与此同时，一声凄厉的惨叫骤然而起，掠过天空，滑向龙头崖下面的深谷，伴随着呼啸的狂风，在群山峡谷中久久回响。

我被眼前突然发生的这一切和这凄厉的喊叫声，惊得目瞪口呆、魂飞胆丧……

7

我不知道自己是怎么离开龙头崖、离开崀山的。记忆中，随着那声凄厉的、山呼海啸般的惨叫，人群骚动起来。有人惊叫，有人哭喊。趁着混乱，小惠拉起我的一只手，没命地跑，不知道是我裹挟着风，还是风推着我，反正心惊胆战，只管跑，直跑得我气喘吁吁，腰酸腿痛。两条腿像被灌了铅，越来越沉，越来越抬不动，我像一摊烂泥，整个儿瘫倒在路边的一小片草地上。

醒来的时候，我已经躺在酒店的席梦思上。守在一旁的小惠见我醒来，用手拍了拍我的脸，舒了口气嗔怪道：“王老师你真够吓人的，我以为你死了呢……”话没说完，她自己先开心地笑，一副恶作剧的表情。看着懵懵懂懂、依然一头雾水的我，她这才收住笑，一脸严肃地对我说：“你知道你是怎么回到酒店的吗？”

我当然不知道，只能是摇了摇头。小惠哈哈大笑，末了才说：“真没想到你这么胆小，你真让我见识了什么叫胆小如鼠、抱头鼠窜了！不就是摔死了个人嘛，何至于把你吓成这样，昨晚你像一头凶猛的狮子啊，没想到今天却变成了一只胆小的老鼠，你也变得太快啦！”

我抢白道：“摊上这么大的事，都摔死人了，难道你不害怕吗？”

小惠说：“哎呀，你不是都给他们钱了吗？而且给了一万元，不少啦！这事就像做买卖，你情我愿，公平交易。他不小心摔下去是他自己的事，同咱们没半毛钱关系，你怕什么呀！”

话虽这么说，可我还是心有余悸，毕竟摔死了个人。俗话说天大不如命大，虽然那位山民是自己摔死的，但毕竟起因与我相关，是我非要在人家已经休息体力不支的时候花重金引诱人家，雇人家替我烧香，他要不是因为体力不支，大概也不至于摔下悬崖吧？他是靠体力和冒险挣钱的，正年富力强，肯定是家里的顶梁柱。他就这样摔死了，以后他一家的生活可怎么过呀……这么想着，我不禁为死者难过，也为自己难受，内心挺自责。不过看看小惠，她一脸不屑，若无其事，我喃喃问：“那我……我是怎么从山上回到酒店的？”

小惠说：“我看你吓得昏死过去，使劲掐你人中，一边打陈总手机。陈总派人把你背下山，下了山又把你抬上救护车，送到崀山人民医院，医生给你检查了，说你没事，主要是受惊吓和太过疲劳，回去睡一觉应该就好了，我们这才将你送回酒店。”

我有些惊讶，问：“真的是这样？我怎么一点也不知道呀！”

小惠又白我一眼：“哼，你一直睡得像头死猪，当然什么都不知道。可我们为了你，弄得手忙脚乱，焦头烂额，你差点没将我们吓死。陈总说了，你要真是死在我们这里，我们可怎么交代呀？”经过了昨晚的肌肤之亲，小惠跟我说话少了客套，已经变得像情人一样无拘无束，还时不时带着调侃。

我问："那陈总呢，陈总现在在哪儿？"

小惠正想回答，房间却响起门铃声。

真是说曹操，曹操到，进门的正是陈总，他风风火火闯进屋来，身后跟着司机小李。

我急忙起身，为陈总让座。陈总开口问我："王老师怎么样，感觉好些了吧？"说着走到我跟前，一只手搭在我肩膀上，眼睛里满是关切。

我说："谢谢陈总，我好多了。真是对不起，今天我……"

陈总摇头摆手，打断我："王老师你不必客气，更不必内疚和自责。咱们是自家人，一家人不说两家话。至于今天发生的这个意外事件，我已经同各方面协调关系，处理好了，你放心吧。你要是现在感觉好些了，咱们一块去吃晚饭，你看怎么样？"

尽管我感觉浑身乏力，也没有什么食欲，但伸手看表，发现已经是傍晚六点半，正是晚饭时间。客随主便，我对陈总说："我没事了，听你安排。"

见我点头同意，陈总便带着小李、小惠和我，来到酒店一层的一个雅间吃晚饭。刚一落座，陈总就说："今晚就咱们四个人了，人少，安静，再说今天山上摔死人的事已经在崀山闹了一点动静，满城都在议论此事。人多嘴杂，咱们还是先避避风头吧。再说了，王老师今天很累，今晚得早点休息，养精蓄锐，明天好赶航班飞回北京。"陈总的话说得很熨帖，但他话中有话，让我内心刚刚回归平静的湖面再次掀起了波澜，我很想知道他说的今天山上摔死人的事在县城闹了一点动静，到底是什么样的动静。但陈总似乎猜透了我的心思，顾左右而言他，有意岔开了话题。虽然陈总点了满桌的菜肴，荤荤素素花花绿绿，但我只是有选择地吃了点清淡的素菜，喝了点粥，浑浑噩噩胡乱地打发完晚饭的时光。

吃完晚饭，陈总特意让小李和小惠继续留在餐厅等他，说有事要同我单独商量，然后一个人亲自将我送到了酒店房间。我以为陈总是要说说今天山上摔死人在崀山闹出动静的事，以及他与各方面的协调处理情况，没想到他是有事求我，刚在房间的沙发坐下便开门见山：

“王老师，难得你回老家一趟。原本我是打算最近抽时间到北京拜访你父亲的，刚好你来了，我最近又比较忙，有两件事干脆就同你直接说了吧。”

我问：“什么事？你说吧。”

陈总扭了扭身，伸长脖颈，将脸凑近我：“第一件事，我的公司想在崀山上修建两个索道，一个打算修在龙头崖，另一个打算修在骆驼峰，这两条索道若能建成，肯定能吸引更多的游客尤其是中老年游客前来崀山旅游。但这两个项目投资巨大，需要数千万资金。崀山县是国家级贫困县，是国家精准扶贫的重点县，我想请你父亲再帮帮忙，同我们省里和县里的领导打打招呼，帮我申请到扶贫资金专项贷款。”

我说：“扶贫资金专项贷款的审批权目前在哪儿？我父亲都退休了，这事他能否帮上忙，这不好说，我只能回北京后问问他。”

陈总说：“虽然你父亲已退居二线，但他人脉都在，跟我们省和县两级的领导都熟悉，他肯定还能帮上忙。”

我说：“这个我只能回北京问问我父亲。陈总要说的第二件事是什么呢？”

陈总点燃一支香烟，晃灭手中的打火机，深深地吸了一口，又慢慢地吐着烟雾说：“噢——是这样。眼看时间又到了年底，省里的两会召开在即，我想请你父亲也向省里和市里的领导打个招呼，看看能否帮助我当上新一届省人大代表或政协委员。”

我禁不住问：“陈总是企业家，人大代表或政协委员，对你来说有什么实际作用吗？”

陈总又吸了口烟，边吐烟边说：“作用大着呢，我们这些干企业的，要能当上省里的人大代表或政协委员，就好比穿上了漂亮的马甲，既可以享受荣誉带来的政策、税收等方面的优惠，法律上还有一定程度的豁免权，所以谁都想要，争夺激烈。”

我说：“俗话说人走茶凉。我父亲都退休了，他能帮你什么忙呢？陈总你太高估我父亲啦。”

陈总“嗤”地从牙缝中挤出气，一脸不屑：“王老师你真不像你父亲，不但不像，你还不相信你父亲，这太不应该了。你父亲在官场经营了数十年，德高望重，人脉众多，虽然他已经退居二线，但在中国这个人情社会，我相信你父亲就像一棵根深叶茂的大树，一时半会儿恐怕还摇不动，他肯定还有许多人脉和资源可以用。何况中国还有句俗语：瘦死的骆驼比马大嘛！你不相信你父亲的能力，我可相信，而且是百分之百地相信。你就帮我将卡带回给他吧，我得走了，我还有事呢。”话音刚落，他不由分说将装有银行卡的信封扔到我跟前的茶几上，转身便走。我紧追几步抓住他的一只胳膊，心急火燎地说："陈总你可不能这样不能这样……”他却一把甩开了我，甩得我一个趔趄，急匆匆地开门而出，回头还扔下一句：“明天八点半我派司机小李送你去高铁站！”说完，他“咣”的一声将我关在房间里。我追出门去，陈总却已经消失在酒店灯光昏暗的楼道里。

8

房间这时响起了门铃。我内心一惊，感觉像来了警察似的，内心琢磨着到底是谁来了，莫非陈总又回来了？

我警惕地问：“谁呀？”

外面响起清脆的女声：“我——小惠！”听声音倒是有点耳熟。

我又将眼睛凑近门板猫眼，警惕地朝外望了望，果然是小惠，一颗悬着的心总算落了下来。

打开门，小惠一阵风一样扑了进来，还夹带着一股诱人的香水味儿。她一进门便像饿虎扑食似的，紧紧地搂住我，疯狂地吻我，不停撩拨。我且战且退，钳住了她的双手。

我摇着她的双臂问：“小惠你别这样，你怎么又来了，你找我有什么事？”

听我这么说，小惠忽然停止闹腾，抬起头来，睁着迷人的眼睛疑惑地看着我，像刚刚认识我似的。樱桃小嘴终于蹦出话来：“哟——王老师你怎么这么说话，难道咱俩是刚认识吗？你今天怎么像换了个人似的，你昨晚的疯狂劲头哪里去了？”她迷人的眼睛冒着问号，也闪出逼人的寒光。

我不敢直视她，赶紧将目光移开，尴尬笑着。我敢肯定，这时候我的笑一定很难看，尤其是在一个年轻美丽的性感女子面前。我竭力回避着她既迷人又逼人的目光，索性站起身，讪讪地说："小惠，对不起，我现在没情绪，今天的事……"不料我还没说完，小惠却"哈哈哈哈"地笑起来，笑得花枝乱颤、满屋生风，笑得"哎哟哎哟"捂着肚子。她足足笑了有一分钟，才停下来说："王老师你太逗了，怎么说你也算个男人吧？男人就应该顶天立地，经得起大风大浪。真没想到今天山上的事，把你吓成这样，这哪里是男人应有的气概哟……"

小惠的话，让我如坐针毡。我辩解说："小惠，你可别这么说，这压根就与男人不男人扯不上关系。今天都摔死人了，难道这事还不够大吗？"

小惠寸步不让："今天的事，陈总不是给你摆平了吗？你还怕什么？告诉你吧，别看陈总不是个官，但只要在崀山这地盘上，陈总几乎没有办不到的事。他都明确告诉过你，今天的事他都摆平了，王老师你还有什么不放心的呀？"

小惠这么说，让我一直惴惴不安的心稍多了一丝安慰，但一想起摔死的那位山民，我内心还是无法平静。不料小惠接下来说的话，让我内心又起风浪。这时候小惠已经从床沿上站了起来，在屋里来回走动，边走边说："不过话说回来，今天这事要不是陈总给你挡着，为你摆平，恐怕这次你是逃不脱崀山这地盘的。"她说得轻描淡写，却字字像重锤一样敲击着我的内心。我沉默片刻，壮着胆问小惠："小惠，你快说说，今天这事后来情况怎么样，陈总都是怎么摆平的？"

小惠注视着我，眼神意味深长，有些深不可测。她抿着嘴，故意欲言又止，站起身来踱了踱步，这才说："你还记得出事后你没命地跑，我没命追吧？咱俩跑了没多久，我就发现后面有人在追咱们，我见大事不妙，就给陈总打电话求救。当你跑不动又被吓昏的时候，对方气势汹汹追上来了，是两位山民，幸好这时候陈总派出的人也赶来了，真是神兵天降啊，陈总真的太厉害啦！陈总派的人一位是景区工作人员，另一位是景区保安。那时候，那两个山民已经围住了咱俩，说他们那位兄弟是你害死的，讨要说法。景区管理人员毫不客气，说钱都让你们收了，这都是有约在先，你情我愿的事，摔死了那是你们自己倒霉，替人烧龙头香本来就有风险，不然怎么一下子给了你们一万元呀，要没有风险，人家能给你们那么多钱吗？天底下没有这等好事！这番话说得理直气壮，其中一个山民一时没话说了。但另一个仍然涨红着脸，说本来我们已经干了一个上午，又饿又累，需要休息了的，可你们这位先生非得要我们那位兄弟继续干，这不是他的责任吗？景区管理员又理直气壮给撑了回去，他说人家只是许诺酬金加到一万元，你们那位兄弟完全可以不接这活啊，可谁让他接了？这不明摆着是你情我愿的事吗？接下活收了钱，理所当然就得替人家烧香，出了事也是你们自己的事，能怨别人吗？他们接不上话，又说摔死的那位兄弟家里困难，母亲得了肺癌无钱医治，老婆无业，他们家的两个孩子还在读书。可现在这位兄弟却摔死了，他家往后的日子可怎么过呀？！说这话的那人又急又愁，好像说的是他自家发生的事似的，我听了也同情。但那位景区工作人员依然理直气壮，说天下穷人还多着呢，人家又不是开福利院或慈善堂的，没有义务救济，也救济不过来。再后来，陈总派来的其他人赶到了，他们七手八脚把你弄下山，后来的事怎么样我也不知道了。但估计不会有什么事了，陈总不是说了嘛，这事他已经摆平了。陈总的能量，我们公司谁都佩服。今天要没有陈总，你真的会很麻烦了，说不定真的回不了北京，所以王老师你真的得好好感谢陈总。”

小惠这番话，只听得我毛骨悚然，羞愧难当，脊背一阵阵发凉。我舔了舔干燥的嘴唇，咽了口唾液，对小惠说：“小惠，谢谢你，也谢谢陈总。真没想到这次回老家烧龙头香，会惹出这么大的事，真是难为你和陈总了，真的谢谢啊！”

小惠莞尔一笑，意味深长地看着我：“王老师，可别光将谢谢挂在嘴上，你怎么谢陈总，我不管。我只是想问，你到底要怎么谢我啊？”

我愣了一下，问：“这个……我还没想好，要不你说吧，你希望我怎么谢谢你？”

小惠说：“你带我到北京吧，我愿意做你的情人。”

我说：“你别开玩笑了，这个不现实。我是干部子弟，在北京是被纪委和公安部门监控的人，你不怕到北京被抓去坐牢啊？”我故意吓唬她。

小惠似乎是信了，眨巴着眼睛，直吐舌头。样子有几分可爱，还有几分滑稽。我不忍心刺激她，安慰她说：“你说点现实些的吧，你到底想让我怎么感谢你？”

小惠审视着我，噘着嘴说：“你让我说，我说了你能做到吗？”

我答：“你先说吧，只要能做到，我尽力而为。”

“耶——那就太好啦！”话音刚落，小惠扑上前来，一把搂住我，疯狂吻我。

我边挣扎边说：“小惠你别这样，真的别这样。”我边说边用力推她，她忽然像泄气的皮球一样跌坐在床沿上，先是叹着气，接着变戏法似的对我说：“算啦，我也不难为你啦。不过你明天要走了，这两天我陪你的费用，咱们俩得结算一下。”

她如此直截了当，大出我的意料，也令我措手不及。我一时愣了，傻傻地问：“你……不是陈总派来陪我的吗？”

小惠说：“没错，是陈总派我来陪伴你的，可陈总并没有向我支付费用。”

我一时语塞，无言以对。心想这怎么可能？陈总托我父亲办事，怎么可能不解决全部费用？内心虽然这么想，我却不敢说出来，更不敢问，毕竟我与小惠鬼混的事是见不得人的，我怎么开得了口？这么一想，我表面虽然依然尴尬，内心却渐渐释然了，于是咽了口唾液问：“小惠，你要我支付……多少费用？”

小惠伸出手指比画，说：“十万。”

我如五雷轰顶：“什么？十万！你不是开玩笑吧？”

小惠不动声色地说道：“我给你开什么玩笑，十万已经是优惠价了。”她确实不是开玩笑，像变了个人，原本的千娇百媚转瞬间已经跑得无影无踪，成了眼下的冷艳无情。此刻我内心吓得怦怦直跳，耐着性子问：“小惠，你说你不是开玩笑，那你告诉我这十万元是怎么算出来的？”

小惠索性坐到沙发上，交叉着双臂，跷起二郎腿，一脸不屑地审视着我，一字一句地说：“王老师，别看你是京城的大学者，但真是没见过世面啊！好吧，既然你有所不知，那我就明确告诉你。在崀山这方圆数十公里的地盘上，本小姐可是女子中的第一身价，每小时陪伴费一万元。你算算从昨天晚上开始到现在，我陪你多久？不仅陪你睡觉陪你烧香，还在遇到危难时救了你。我这么全身心投入去陪你，才要你十万块钱，这不是优惠是什么，难道你还委屈吗？”

小惠这番话，像一团臭袜子塞进我的嘴里，让我感到既恶心又憋气。我极力镇定自己，捂着胸口喘了喘气，这才强打精神，却还是垂头丧气地说：“小惠……对不起，我从没有经历过这样的事，你这么一说我整个人都感觉不好了，糊里糊涂。就算你说的都在理，那你也得等等，我这就打电话给陈总，问问他到底是不是这么回事。”

我正在手机上寻找陈总的电话号码，小惠却一个箭步冲上前来夺走我的手机，冷笑道：“王老师，你要是敢向陈总打电话说这回事，可别怪我不客气！”我惊恐地发现，她说出这番话的时候，那双原本美丽迷人的眼睛已经露出了瘆人的凶光。

我有些恼怒，虽然我人生地不熟，但这地盘毕竟是我父亲的老家，这里有陈总等一大批我父亲的朋友，她一个小女子还能把我给吃了不成？我强迫自己镇定下来，冷冷地问：“小惠，你想怎么样，你快把手机还我！”

我以为她还会没收我的手机，没想到她却爽快地还给我，说：“王老师，我可丑话说在前！第一，你绝不许打电话向陈总说这事；第二，你现在就得用手机将十万块钱转给我，否则别怪我无情了。”

我说：“小惠你别闹了，我早就看出来，你无非就是想吓唬我弄几个钱花。实话说吧，给你点钱可以，但你狮子大开口要十万元，别想了，门都没有，再说我哪里有那么多钱？！”

小惠听罢一声冷笑，不动声色地向我甩出底牌：“王老师，既然你这么说，我就不跟你绕弯弯了。跟你直说了吧，昨晚咱俩做爱的视频我录下了，十万块钱到底给不给，你自己好好掂量一下吧。”说完，她一屁股坐到了沙发上，交叉双臂跷起了二郎腿，微笑着看着我，之后是一副扬扬自得爱理不理的样子。

我像瞬间被击中七寸的蛇，脑袋一下子耷拉下来，只感觉忽然间天旋地转，整个人昏昏沉沉，半天缓不过神。我知道自己遇到大麻烦了，内心又气又急。大约沉默了一分钟，我才厘清了利弊，逐渐理出了头绪。我苦笑着，缓和口气说：“小惠，你让我刮目相看，我真的没想到你这个小女子如此厉害，真让我长见识了。好吧，算我倒霉，我愿赌服输。你放我一马，少要些钱，因为我确实也没有这么多钱。来日方长，咱们交个朋友，以后有什么用得着我的时候，我再尽可能想办法帮助你，好吗？”

不料小惠“哼”的一声，冷笑道：“王老师，你说得比唱的好听，以后帮忙这种话我听得多了，全是你们男人无法兑现的鬼话！你说你没钱，你父亲是北京部级高干，你自己是北京的大学者，家里连十万元都没有？鬼才相信！我没时间跟你废话了，我只问你最后一句，十万元你到底给不给？”

看她凶神恶煞的样子，我不免心虚，却也极力辩解：“小惠，我……我现在上哪儿给你弄十万元呀——”

小惠抢白道：“我刚才不是说过了嘛，你把手机银行打开，从手机银行给我转账。”她逼视着我。

我仍在犹豫，感觉她这样子简直就是讹诈，内心正翻江倒海，悲愤交加，却不能报警，甚至连给陈总打电话的勇气都没有。想到小惠说的昨晚我与她鬼混的视频，我懊恼不已，无比羞愧，真的是一失足成千古恨呀，此刻我连死的心都有了。

小惠见我依然磨蹭，催促道：“你到底给不给？你要真是不给，也行，只要你不怕后悔，我走啦——”说完起身欲走。

我的神经被猛地扯了一下，瞬间紧张起来，急忙拦住她：“小惠你等等，我真的没那么多钱，不信我打开网银给你看看——”我边说边打开网银，给她看我仅有的那六万多块的存款。小惠睁大眼睛，索性夺过我的手机去检查网银页面，明亮的双眸探照灯一样转向了我：

“你堂堂的大学者，我不信你就只有这点存款？你还有其他网银吧？”她满脸疑惑，显然难以置信。

此刻我已经一脸平静，说：“我只有一个工资账户，不信你再查一下我的手机，看看上面是否有其他网银。”

小惠依然满脸疑惑，除了摇头，还是摇头：“不可能，不可能，我就是不信！”

我唯恐她不信，索性如实汇报：“我的工资收入，每月扣除住房公积金等各种费用，实发不到一万元。我儿子在美国留学，妻子辞职到美国陪读，每年要花掉五六十万，假如没有我父母接济，我根本就供不起他们在美国的花销。我在北京其实是个十足的穷光蛋！”说这番话的时候，我感觉自己一脸苦相，简直是掏心掏肺，将自己的家底全盘托出了。

小惠几乎像听天书一样，听完了捂着嘴，一脸不解：“堂堂的北京大学者，每月就挣这么点钱，简直是不可思议……王老师，你挣这么点钱还干个什么鬼呀，简直让人笑掉大牙，赶紧辞职吧。你的月工资收入还不如我每月挣的一个零头呢！好吧，算我倒霉，碰上你这么个穷光蛋！看在咱俩昨晚亲热的分上，你这点钱我也不全要。俗话说六六顺，你现在给我转六万六，我给你留点零花钱，我还是挺够意思的吧！”

她这么说，我多少有些意外，甚至有几分惊喜，毕竟她也手下留情了。我想尽快搬开压在我心头的大石，于是赶忙点头：“好，我这就转，但你要马上删除那段视频！”

“你先转来，我照办就是了。”

依着小惠的指导，钱很快转完了。我正准备把视频要回，小惠却忽然凑过来，趴在我耳根说：“谢谢你王老师！其实我压根就没有拍摄咱俩的视频，今晚你尽可以放心睡大觉了！”还没等我反应过来，她又一把推开我，猫一样躲开，嬉皮笑脸地冲我摆了摆手，嗲声嗲气地扔下一句“拜拜——”，然后夺门而出。

9

小惠走后，我一夜未眠。如潮的烦恼黑夜一样笼罩着我。以至于第二天司机小李开车到酒店送我，我依然昏昏沉沉，似梦非梦。我不知道自己是如何离开崀山回到北京的，只感觉自己一路上糊里糊涂，似乎一直都在做梦，而且是一直在做噩梦。

这次湖南之行的遭遇让我惊魂未定，返程的路上一直心有余悸。虽然使出浑身解数挣脱了小惠的纠缠，可我清醒地感觉到自己依然无法脱离噩梦。龙头山上那个替我烧香不慎坠崖的山民，陈总委托的事和他强行塞给我的那张卡，还有小惠说的真假难辨的视频……所有这些像一块块大石压在心头。想起此次湖南之行的初衷，我在内心深处一遍遍祈求佛祖神灵，祈求他们快快显灵保佑我和我的家人。我想，假若龙头香真的像自古以来世人传说的那么灵验，佛祖和神灵理应保佑我和我的家人才是。毕竟我不辞劳苦，千里迢迢专程从北京来到崀山，还花了一万元重金雇山民替我攀崖烧龙头香，如此虔诚，没有功劳也有苦劳吧？至于那个不慎坠崖的山民，并非我故意所为，尽管我对他的不幸深感负疚并深深同情，可说到底坠崖也是那山民自己的责任吧……

走出首都机场，我上了一辆出租车。司机是个心气颇高但精明能干的小伙子，典型的北京侃爷，我一上车他便高谈阔论牢骚满腹，他说雍和宫那边这几天真是别提了，全是人，闹得周边几条街都堵死了，简直是没法走。“爷就闹不明白，那么多人为啥就非得上雍和宫烧香，不仅北京人，就连外地五湖四海的人几乎都来了，有的还拖家带口。昨天我到首都机场接客人，一对内蒙古赤峰那边来的男女一上车就说要去雍和宫，爷一听头都大了，爷告诉他们雍和宫那边根本就无法走车，爷只能将你们送到小街桥，完了你们下车往南走，一站地就到了。那男的就不干，非得让爷开车送到雍和宫，不然将投诉爷拒载，爷一听火了，立马将他俩轰下车，什么人呀，一点儿都不讲道理，动不动就拿拒载说事，有本事你投诉去，爷不怕！再说了，那对狗男女一看就不是什么好鸟，俩人偷鸡摸狗还大老远跑到北京雍和宫来烧香，太可笑了！佛祖要是连他们这样的人都保佑，简直是瞎了眼啦！”

原本疲惫不堪、晕晕乎乎的我，忽然间被司机这一番话震了一下。我禁不住问：“师傅，那你相信佛祖、相信神灵吗？”

司机说：“我不信，但也不反对别人信。我觉得不管什么人，平时心地善良，遵纪守法，积德行善比什么都重要。一个人平时要是蛮不讲理为非作歹，却装模作样非要去烧香拜佛，那不是很可笑吗？也太他妈虚伪了吧！佛祖神灵怎能保佑这样的人，要连这种人都保佑，这个世界不都乱套啦？”

这句话对我来说可谓醍醐灌顶，既让我脑洞大开，也让我思索良久。以往，我一直自视清高，很少与底层百姓接触，以为底层百姓没文化，缺教养，其实高手果真在民间，数量庞大的底层原来也是藏龙卧虎的大海啊！

我不禁为自己过往的无知和清高而深深羞愧……

10

我回到北京家的时候，已经是国庆长假 10 月 5 日的下午。

见我进门，父亲母亲和奶奶欢天喜地地迎上前来，嘘寒问暖，他们最关心的当然是我这次烧龙头香的事。他们问我一路是否顺利，陈总接待得怎么样，哪天上山的，当天的天气好不好，几点烧的香，花了多少钱雇人家烧香，等等，事无巨细，我都一一作答，当然不是如实禀告。我所雇山民意外坠崖和我与小惠鬼混并被她敲诈六万多元这些事，我当然没说，也不能说。

在得到我的一一答复之后，母亲的表情像过节一样流光溢彩，奶奶皱巴的脸也笑成了寿菊，父亲则微笑着点了点头，一脸满意。显然，长辈们都为我此次能够完成他们的重托而欣慰。仿佛没有我这次的老家之行，他们就将冒犯了佛祖神灵，并且将会得到惩罚似的。

当家里回归安静的时候，我趁奶奶和母亲不在意，稍稍拉着父亲进他的书房，将离开湖南老家时陈总委托的事全盘托出，并将那张卡交给父亲，同时我还向父亲强调，陈总这次对我招待得很好，他的企业发展得不错，正雄心勃勃想扩大规模，他想继续争取扶贫资金专项贷款的愿望非常迫切，包括他想当省人大代表或省政协委员的事，请父亲尽可能想办法帮助他。

父亲听着我的陈述，一会儿点头，一会儿摇头，末了感叹说："陈总托的这两件事，恐怕都不大好办啊。俗话说人走茶凉，我都退下来了，如今再找人家办事，人家还能买我的账吗？"

他这么说，我有些着急，生怕父亲一上来就拒绝。我赶忙说："爸你说的不是没有道理，可还有另一句俗话叫瘦死的骆驼比马大。不管怎样，你退下来不久，关系还在，人脉也广，这么多年在位的时候为别人办了那么多事，这个社会虽然有过河拆桥的人，可知恩必报的人也还不少。你现在请人家帮忙，人家不看僧面也得看佛面。再说了，陈总是你在湖南老家最亲近也最信任的人之一，此次我回去也是你让他全程接待我的，眼下他有求于你，这个忙要是不帮，恐怕说不过去吧？"我边说边加重语气，想进一步促使父亲下决心帮助陈总。

父亲见我心情比陈总都迫切，更由于父亲与陈总关系特殊，他沉吟片刻，终于点了点头说："王兴，你说得也对。陈总委托的这两件事，容我想想办法吧。"

11

父亲果真信守诺言，国庆之后，他紧锣密鼓地寻找着各种关系，全力为陈总托办的两件事忙碌，事情确实有了不同程度的进展。

某天，父亲又告诉我，陈总作为湖南省省级人大代表候选人向省里推荐的事，崀山县的上级市已经基本敲定。只是最终能否当选，还需要下一级人民代表大会选举确定。

在获得这个消息之后，我第一时间给陈总打电话告知情况，并提醒他必要时那边也得做做工作，陈总听后很兴奋，连连道谢，并说放心，只要能进入候选人行列，选举之前他在老家那边自有办法。既然他这么说，我自然也很高兴，心想有上下两方面的配合，陈总当省级人大代表的事看样子大有希望。

时光像流水一样缓缓流逝。

转眼就到了年底，全国各地正纷纷召开地方两会，举行地方选举。正当我和父亲满怀信心期待陈总的好消息时，风云突变。

那天晚上十一点，我已经上床准备睡觉，手机铃声急促响起，一阵急似一阵。这么晚还打手机，到底是谁啊？我有些纳闷，拿起手机正想按拒接键，发现屏幕显示的是陈新贵即陈总的名字，我迅即按下通话键。

我问："陈总好！这么晚了还来电话，是不是报喜来了？"

陈总说："哎呀，王老师，恰恰相反，我捅娄子了，惹下了大麻烦，恳求你和你父亲尽快想想办法帮帮我！"

我一惊，忙问："到底出了什么事？"

陈总一五一十地告诉我。原来这几天崀山县的上级市召开两会，他利用会议间隙在人大代表驻地四处活动，请客送礼，找关系拉选票，被人举报到市纪委，据说纪委已经成立专案组正在追查。说完事情的来龙去脉，陈总以急促且近乎颤抖的声音恳求我："王老师，恳求你尽快同你父亲说说，让他找找关系，不然我麻烦可就大了！"陈总说这番话的时候的语气，全无我在湖南老家与他见面时的那点神气，印象中他那种趾高气扬无所不能的牛气荡然无存，连我听了都内心发凉。

第二天一早，当我将昨晚陈总电话中说的情况告诉父亲，并请父亲设法帮助陈总时，父亲猛地拉下脸，表情严肃凝重。父亲说："这事非同小可，可不比一般的事情找找关系就能摆平，毕竟这已经触犯纪律甚至已经违法，何况选举是敏感事件，当前又是反腐倡廉的敏感时期，这个陈新贵是怎么搞的，这回真是捅下大娄子了，恐怕真的会有大麻烦！"说完，父亲长长地叹了一口气。

眼看着陈总出事我又无法伸出援手，我又急又悔，终日焦躁不安、寝食不香，就连上班也时常心神不定，浑浑噩噩，惹得同事时常投来异样的目光。

事情果真被父亲不幸言中。仅仅一两个星期，从湖南方面传来消息，崀山县上级市人代会期间有人举报贿选，某民营公司的法人代表陈新贵等人被立案调查。当我从网上看到这则新闻时，心头像被针狠狠地扎了一下，既疼痛又紧张。而当我忧心忡忡将这则消息转告父亲时，父亲像触电般整个儿愣了，嘴巴张得老大，两只浑浊的眼睛睁了好半天，久久说不出话来。父亲的这种表情像瘟疫一样，很快传递给在场的母亲、奶奶，她们也都像触电一样，一个个也都愣了，老半天说不出话来。原本整天喜气盈门的我们家忽然间像遭了瘟疫，瞬间便丧失了生机。

之后的日子，平时开朗健谈的父亲变得沉默寡言，整天心事重重、忧心忡忡，母亲和奶奶见状也都大声不敢说大气不敢出，唯恐惹恼了父亲。而我的心情一点不比父亲好，我担心陈总被调查的事最终会牵涉到我，或许还会牵涉到我父亲和我们全家。所以夜深人静时，我时常想起去湖南崀山烧龙头香的情景，一次次遥望南方的崀山，一次次双手合十祈求崀山的佛祖神灵快快显灵，保佑我和我的家人免遭灾祸，平安无事。然而，是福不是祸，是祸躲不过。事情果真向着我担心的方面不断演进。

大约不到一个月时间，我所在单位的上级纪委约我谈话，同一天，我父亲也被中纪委立案调查。

接踵而至的打击让我精神瞬间全线崩溃，眼前的世界突然电闪雷鸣风雨交加地动山摇，我脊背发凉浑身哆嗦。

此时此刻，我分明感觉到自己家庭的行将毁灭和世界末日的即将降临……

杨晓升，男，1961 年生，广东揭阳市人，编审，中国作家协会会员，中国报告文学学会副会长。著有长篇报告文学《失独，中国家庭之痛》等各类作品近三百万字。出版中短篇小说集《身不由己》《日出日落》《寻找叶丽雅》等。长篇报告文学《只有一个孩子》曾获徐迟报告文学奖，《中国科技忧思录》获新中国六十周年全国优秀中短篇报告文学奖。

多普勒效应

王威廉

1

他不知道什么样的人会住在这样的地方。他有些后悔。虽然现在走还来得及，但他仿佛受雇于那个执念，一定要探寻下去。他放下行李，愣在原地，床铺还算干净，但这种地方一定不会勤洗勤换，只要视觉上没有脏污的感觉，用到朽烂都不出奇。除了两张床，什么也没有，显得空荡和寂寥。这两张不洁的床都属于他，真是滑稽。这里的商品不是“房间”，而是“床”，你要独占一个房间，就得为房间里所有的床买单。幸好这间房只有两张床，而不是三张四张，甚或五张。

“生意好吗？”刚才，他戴着墨镜问。

“越来越差了。”小孙的鱼泡眼愈加鼓胀了，右脸多了一道疤痕。

“以后怎么办？有什么打算吗？”他没有掩饰自己的嗓音，有些忐忑，怕被认出来。

“还能怎么办，靠你们这些老板多来帮衬呀。”小孙笑了起来，慈眉善目的，仿佛在这个位置上守了一辈子了。

他也笑了笑，感到一阵悲哀，不免有些恍惚了，自己真的认识小孙吗？

火车来了，老远就发出吃力的呻吟声，随后，窗台上的茶杯盖震颤起来了，像是寒冬的牙床，可现在，早已是春天了。因此，他感到火车带来的震颤，更像是发春后的战栗。火车的声响达到一个最高峰后，一下子低沉远去。

多普勒效应。

他准确找到了那个尘封的物理学名词。

高三的时候，他曾给小孙补习物理，小孙一下子就理解了多普勒效应，而且运气不赖，高考正巧就有这道题。在考后的聊天中，小孙对他高兴地提到了“开普勒效应”……一字之差，天上人间。从此，他和小孙相别天涯。他去北京读梦想中的大学，而小孙死守原地，那是个没有手机，网络也不发达的年代，两个人便失去了联系。

他大学毕业后，回到了本省的省城，考公务员进入了市政府工作。而就在那一年的8月，在小城政府部门工作的父母也调到了省城。父亲用将军般的口吻对他说：

“好儿子，这是双喜临门呀，咱们在省城会师啦！”

他倒是没有太大的成功感，许多同学都留在首都工作了，再不济，也都去了上海、广州、深圳等大都市，他回到西北内陆的一个省城，算得了什么呢？他没有把这种想法告诉父母，那对他们将会是不小的打击。他们有着西北内陆人的老实本分，觉得能端一个铁饭碗，还是省城的铁饭碗，已经很知足了。他们现在觉得他的人生大事已经完成一半了，剩下的就是结婚生孩子。他在大学期间处过一个女朋友，是湖南株洲的，白白净净的皮肤，身上肉乎乎的，带着自然的喜气。大三暑假的时候他还带她回来旅游了一番，其实是应父母的要求，带回来给他们看看的。父母倒是挺喜欢那个女孩。女孩吃煮鸡蛋的时候，把蛋壳里残留的蛋白也小心翼翼地用手指挑了出来，放进了小嘴里。母亲因此觉得那是个会过日子的好姑娘。父亲尊崇左宗棠、曾国藩和毛泽东，因此也很满意，说湖南人好，能成大事。他想调侃下父亲，能成什么大事？婚姻大事罢了。他终究什么话也没说，觉得父母满意就好，他当时也是满意的。但是，事情很快就起了变化，女朋友考上了研究生，还要在北京继续深造三年，她说这三年她是不考虑结婚的事情的。他一方面表示理解，一方面觉得那话怎么听都像是某种借口，他于是干脆利落地分了手，回了省城。他本以为父母会接受不了，但实际情况是，他们一家人“会师”的喜悦，远远冲淡了那个湖南女孩的身影。父母都是一个腔调，不愁，不愁，就在咱这儿找，好女孩多的是。

他是真不愁，不是对自己有什么优越感，而是对这件事完全不放在心上。自他有过一次失败的初恋之后，他对感情的态度变得有些漠然。曾经的幻影总是在潜意识里持续折磨着他，他在很长一段时间里有些惧怕女人。湖南女孩的出现，让他好不容易从那种负面的情绪里走出来，但随着这段恋情的结束，女孩的身影越来越模糊，变幻成了一团梦中的白雾。但正是那团白雾不再消散，让他变得困惑和迷惘。他记得那一年的冬天格外冷，积雪最深处达一米，城市的交通完全瘫痪了，这也算是新闻吧，《新闻联播》提了一下，然后他收到了湖南女孩发来的慰问短信，还和他开玩笑说，当年不该听他的夏天去，应该冬天去，她已经深深爱上雪天了。他说："北京一样有雪。"她说："不一样，没有你。"他不知道该怎么回复，他使劲分析，她只是一时感慨，还是怀有某种和解的试探？他没有回复，想等一等。就在那天深夜，他躺在床上还在思谋着那句暧昧的话，父亲接了一个电话，大吼了一声：

"天啊，发生矿难了！"

"哪里？爸你说清楚。"他跳下了床，跑到父母卧室门口，他看到父亲的脸都青了。

母亲哭了起来，父亲愣怔在那里，不住地叹气。他长这么大，还没见过这样的场景，也被吓蒙了。待父亲缓过劲来，才声音颤抖着说："就是小城的露天煤矿发生了滑坡坍塌，九个人被埋，其中有一位是我的同事老黄。以前都是我去那里监测的，要不是我调走了，被埋的人就是我。"许久没喝酒的父亲，一个人喝起了闷酒。

他第二天才从同学 QQ 群（他和小孙都在 QQ 群里，但两个人彼此都没有添加，两个人也几乎从不在群里发言）得知，被埋的人里还有小孙的父亲。小孙很小的时候，母亲就改嫁到新疆去了，他是被当矿工的父亲给拉扯大的，这下小孙便成了孤儿。他很想给小孙打个电话，安慰一下，但除了过去那些放不下的复杂情愫之外，还有一种说不清的歉疚。比如他父亲是幸存下来了，但父亲曾经所在的部门，要不要对这起事故负责呢？进一步深想，小孙会不会连他也恨上了呢？各种思绪，有的没的，都在他脑海里翻滚，导致他一夜未眠。他大清早昏沉沉去单位的路上，忽然很想和湖南女孩通个电话，聊聊那句话的含意。

电话通了，两个人太久没说话了，气氛非常客气，后来，她小声对他说：“我和我男朋友在一块儿呢，现在不方便说话，你有事的话我等会儿再打给你？”他说：“不必了，我只是突然想问候下你，希望你一切都好。”典型的电视剧的陈词滥调。她说：“放心，我都好，你也好好的。”他挂了，突然下定了另外一个决心：绝不能给小孙打电话，绝不能打。打了就好像是他做贼心虚似的。因为，你永远也无法确定别人的想法，你极有可能只是一厢情愿，让自己掉进尴尬的夹缝里。

听同学说，小孙在父亲死后，把家变成了旅馆。在那之前小孙是做什么的，同学也都说不清。按理说，小孙没上大学，应该很早就出来工作了，但小孙的过去似乎变成了谜团，那个人也就变成了一个愈加陌生的人。

他没有把同学的父亲也在罹难者里边这件事告诉父亲，他不想增加父亲的心理压力。父亲的高血压犯了，头昏脑涨，躺在床上，脸红通通的，看上去倒是一副喜庆的样子，显得诡异极了。他只得扭过头去，不看父亲。他坐在书房里，用电脑搜索着那个矿难的后续信息。但信息少得可怜，那个天高皇帝远的地方，很快就被世界遗忘了。那座高原小城，因为煤矿的开发而鼎盛，也因为煤矿的无序开发而凋敝。那次惨烈的矿难发生之后，国家便关闭了当地全部的小煤窑，查禁了黑煤窑，怀揣资本与苦力的各色人等一哄而散，只剩下了一家国有企业。小孙在这样的时机开旅馆，能维持得下去吗？他觉得这不是个明智之举……

多少年过去了，小孙居然维持了下来，他觉得不可思议。也许是小城的生存成本很低的原因吧，他只好这样去揣测了。现在，他心中叨念的却是一件微不足道的事：当年小孙能迅速弄懂多普勒效应，原来只是因为住在火车站附近，每天必须接受一次又一次的多普勒效应。这个想法像一只鱼钩，将他的记忆迅速地拽入纵深，仿佛直抵另一个人的少年。那个每天都置身多普勒效应中的少年。那个少年，在他的记忆中只剩下了一个模糊的场景：矮个子的少年小孙戴着老式的黑色瓜皮帽，脖子上挂着那种厚厚的不分指头的大手套（左右手套之间是用一根布条绑在一起的，那根布条挂在脖子上）；少年小孙脸蛋红红的，围着他问各个科目的作业题，他尽力解答着。作为回报，少年小孙在余下的时间里会给他乱讲一通天南海北的趣事，他被逗得哈哈直笑。看来那个时候的小孙还是很会讨好人的。笑话的内容自然不可能记起，但他还记得有一次小孙送了他一个打火机，上面粘着一幅画，是一个穿白裙子的女人，当打着火之后，随着温度的升高，那女人的白裙子居然逐渐消失了，露出了裸体。他惊呆了，小孙站在一边嬉笑着。那时，他还没有看过女人的裸体，便一遍遍点着打火机，直到用尽了里边的燃气。

2

他刚刚一出现，我就认出他来了。这人不是夏阳吗？当然，我的确先怀疑了一下，因为太久没见了，但他跟我一说话，我就确定是他百分百没错了。一个人再怎么乔装打扮，他的音色和他的指纹一样，是不会改变的。夏阳居然连这么简单的道理都不懂，他还是高才生呢，真是为他感到好笑。话说他为什么要这样干呢？他肯定是有目的而来的，看他紧绷的脸部后边隐藏不住的嘲笑，就知道他是认识我的，就知道他是专门为我而来的。为什么偏偏选的是我？我有什么值得他探究的？没错，有一段时间，准确地说，应该是考试前，尤其是高考前，我经常凑到他身边，问他各种题。我也想上大学啊，最普通的大学都行，这点理想觉悟我还是有的。说起来，他是个有耐心的人，会给我一一解答。但我们算朋友吗？我不能确定，他这个人表面随和，但内里的心高气傲是掩饰不住的。我那会儿就知道，我和他以后不会是同一个世界的人，因此，当他如愿考上北京的大学而我名落孙山之后，我就主动不再联系他了。曾听人说他想找我，但我依然不为所动，我不想联系他，我不想再和他有任何的关系。不，我并不讨厌他，我遇到事情的时候还想起过他，我只是不想反衬出自己的卑微。我不喜欢那种感觉。

夏阳的这副打扮真是太滑稽了，像个特务。我看着他的背影差点没笑出声来。鬼鬼祟祟的样子，还以为自己神不知鬼不觉。他应该是来看我的笑话的吧？看看我今天混得有多惨，才能让他更加体会到一个成功人士的幸福。他妈的，他一定不知道，这么多年来，现在是我最幸福的日子。想起高考失败的那年，那才真叫苦。我想补习一年的，毕竟我离分数线不算远，再努力一把，也许就有机会了。但是，我的父亲，那个黑着脸的老矿工不愿意，他说："我知道你小子跟你爹一个德行，不是读书的料，死了那条心吧。"我说："爹，你让我再试一年，就一年，万一我考上了，我以后就能当个干部啥的，让您老过上好日子。"我爹吐了一口痰在地上，这他妈的可是在家里，又不是在矿上，他就那么吐在了家里的水泥地上。他说："小子，你补习一年，再读四年大学，加一起五年，你爹的身体快扛不住了，你来接爹的班吧。"我爹的嗓门很大，震得我头皮发麻，像是不容怀疑的圣旨。我一百个不愿意，但我知道他的身子已经垮了，他吐的痰都是黑的，跟沥青似的。我没再说什么，过了几天就跟他去矿上上班了。

据说阴间有地狱，但我认为地狱也比不过矿洞。那个露天煤矿，经过长期的开采，表面的煤已经挖得差不多了，需要下到深坑里继续挖，巨大的打钻声让你的太阳穴突突直跳，黑色的煤尘让你吸了第一口就感到胸口发闷，胆汁上涌。我浑身发着抖，像个马上就要挨枪子的死刑犯，就差没尿裤裆里。我一点一点往矿洞里挪，里面开始变得湿漉漉的，污泥越来越烂，每走一步，我的胶鞋都要被粘在地面上，我要耗很大的劲儿才能把脚拔出。班长知道我是我爹孙大炮的儿子，对我还算仁慈，他指着一块地儿，让我抱紧了钻头往前使劲。"这就是战场，你是拿着钢枪的战士，一定要把枪拿稳喽！"他大声在我耳边喊道，像是一把钢针捅进了我的耳朵眼儿。我这才总算明白我爹为什么像个奇怪的聋子一样：我和他小声说话他完全听不到，他要把电视的声音开到最大，在叽里哇啦的噪音作为背景的情况下，他反而可以听清我说的每一个字。我知道自己完了，自己的耳朵早晚也要变成那样，要靠着噪音当辅助才能去分辨别人说的话。我开动了电钻，我感到自己随时都有可能被喷出来的这些碎块给埋了。没错，我去那里干活的第一天，我就知道这里早晚要出事。这不需要多么艰难的专业知识，这是秃子头顶的虱子，明摆着的事情，只不过没人在乎罢了。那些政府派来检查的办事员，谁会来到这么深的洞底？都是下到一半随便看看就上去了。而周围的老矿工们，已经习惯了这种恶劣的环境，谁去嚷嚷这个，嚷嚷那个，反而会被别人觉得娇气和多事。这就像是在比赛运气，谁摊上倒霉的事情谁就认命。

可我从没想到摊上倒霉事的是我爹。我第一天从矿上下班，整个人差不多快垮了，我对我爹说："我不去，真的不去了，那不是正常人干的事。"我爹发火了，朝我吼，声音太大，我反而听不清楚，我发现我的耳朵木了，听什么声音都多了嗡嗡的底音，好像忘关矿钻了。我瘫坐在沙发上，我爹坐到我身边，安静了一会儿，说："我还有四年就能提前退休了，就四年，到时咱们都不干了，咱爷俩到时投资做点儿小生意去。这两年咬咬牙，坚持下，多赚点儿本钱。"听我爹这么说，我哭了，似乎我不听他的，生活就要结束了。我爹说："四年后，你才二十二，日他娘的，到时你就和他们大学生一样的岁数。可那个时候他们大学生有啥？啥也没有。可你呢？到时你已经有了钱。有钱了你就去创业。爹看好你，支持你。"这话听得我很舒服。四年后，眼看还剩一个月我爹就退休了，可是他头顶的那截矿洞塌了，他被埋在里面了。等他被扒拉出来的时候，他的鼻孔和嘴巴里塞满了黑煤，五官走了样，看上去像是烧焦的泥人。我敢打赌，如果给他做尸体解剖，他的五脏六腑一定也是黑色的。我没有哭，我忽然想到，我爹应该早就料到了这一天，因为他的肺早就纤维化了，像两条用来洗碗的干丝瓜瓤。他不想死在家里，更不想死在医院里，只有死在矿上，才是死得其所，才能榨干这具身体的最后一点儿价值，我也才能获得一笔像样的抚恤金。

这笔抚恤金加上这几年我和爹的积蓄，大约有二十几万。对煤老板来说，这简直不是钱，但对我来说，是一笔让人心跳的巨款。不过我真的不知道自己接下来可以做点儿什么。我爹让我创业，我脑海里空洞洞的，一无所长，我能创什么业呢？能活下去就不错了。这个时候，我居然想到了夏阳。我已经好多年没想起过这个人了，可这个时候，我想起他来了。他在城里，听说是在政府里担任什么要职，我想找他问问，我应该怎样投资，怎样创业，他平台大，见识多，一定有办法。大不了到时给他分点儿钱。分多少好呢？五千。估计不够，舍不得孩子套不到狼，那就一万吧。我到时拿着一万块钱人民币贿赂他，最好叫他能把我弄到什么部门去，挂个闲职。我挂着闲职，领着一份保底的工资，再去投资。那样的话，就算是投资失败了，我也不怕流落街头当乞丐了。

说干就干，我很快就要到了他的电话号码。我拿起手机，忽然感到嗓子眼儿像着火了一样。我咳嗽了几下，喝了一杯水。这也是我当矿工留下的后遗症，一紧张，咽喉就发痒疼痛。医生说是器质性病变咽喉炎，我说能不能治好，他说没问题，就是需要的时间较长，可以先给我开一些药调养。我一听就算了，肯定是想着花样骗钱的，我的病我自己知道，都是煤尘惹的祸，我现在永远告别了煤矿，一切都会慢慢好起来的。可我拿着手机，像老人那样咳嗽着，就是说不出话，我不知道为什么自己这么紧张。成就成，不成就瞎鸡巴拉倒，有啥好怕的？夏阳这狗日的，上了大学我们就再没联系了，变成咋样的人了？要是翻脸不认人咋办？我越想越犹豫，干脆上街溜达溜达，散散心，想清楚。可没想到，这一上街，阴差阳错地，就走上了另外一条道。

3

这次他回这儿是因为一次公差，事情并不多，开完一天的会基本上就没什么事了。那些考察活动，他申请不参加了，因为他对这儿实在是太熟悉了。同事建议他再走走看看，“这个地方变化很大呢，恐怕早已不是你当年认识的老样子了”。话说得很对，但这样其实更没意义了。如果这儿变得连他都不认识了，那他更没必要去参观。一个和自己丧失了关系的熟悉地方，还不如一个纯粹的陌生之地。他宁愿在心底保持着过去的美好。

同事们去考察了，他甚至都没问他们去哪儿了，他对自己的漠然都有些暗自吃惊。他不怀疑自己的这种冷漠，这是装不出来的，更是骗不了自己的。常年的政府公务工作，似乎耗尽了他的好奇与耐心。他躺倒在床上，打算好好睡上一觉。他很快就睡着了。他并不是一个拥有良好睡眠的人，这种状态属于意外。等他睡醒后，他也为自己的快速睡眠感到惊喜。他看看表，发现他实际上只睡了十分钟，但就深度而言，感觉上至少有一个小时。他又闭上眼睛，还想再睡，但睡意像泄气的轮胎一样迅速瘪了下去，他只好一动不动，享受着那种睡眠的余韵带来的平静。

睡意彻底失去了，意识得到滋养后，开始活跃起来。过分的健康可不是什么好事，他这么想着，不得不睁开了眼睛。在这一瞬间，他忽然觉得自己看到了二十年前的过去。这么说也许不确切，与其说那是一种视觉，不如说那是一种感觉。他并没有看到什么触动记忆的媒介，比如房间里根本不存在过去的老照片——就像有些宾馆喜欢弄的那样。这个宾馆是全新的，据说是这里最好的，因此也和任何城市的标准房毫无二致。

那是一种什么样的感觉呢？他觉得那就像是时间的涡流倒转，在那一瞬间，他被带回到了过去，然后，他看到了过去的时间。是的，视觉上看上去什么都没有变化，但是时间恰恰是看不见的。

他坐起身来，望向灰蒙蒙的窗外，在那些新建高楼的缝隙里（正是那些新建的高楼混乱了他的记忆），残存的低矮平房，脏污的小路，人们那种说话走路的神态，慵懒的花斑土狗，还有更远处的那座形似骆驼的小山，它们开始在他的脑海里自动拼接起来，生成了另外一个世界的画面。虽然模模糊糊，但“过去”呼之欲出。他忽然意识到，时间并非是持续向前的东西，时间分明是静止不动的东西，是外物在时间的涟漪中增多或是减少，只要有一点点事物从涟漪中传递过来，与之相关的时间便可以从中抽取出来。即便是事物消亡了，消亡的也只是事物与时间之间的联系，那有着关联的时间本身依然完好如初，带着对事物的记忆，只是无法再破译。这么说来，时间也有类似的多普勒效应，你迎上去，过去的一整个世界包围了你，你逃开了，过去也遽然而去，仿佛从不存在。

这些想法，让他感到有些烦乱，他走到窗前，打开窗，那种淡淡的烧焦的气息（采煤场的设备更新换代多少茬了，奇怪的是，这种气息还是没什么变化），冲进他的鼻腔，启动他的嗅觉细胞，他甚至战栗了一下。他感到恐慌，过去并不是记忆中残破的样子，过去完好地封存在时间当中。而他，此时孤独一人，过去那个世界正在蠢蠢欲动，准备将他彻底吞噬。

他被这种奇异的感受驱动，走出宾馆，来到户外，发现车站就矗立在这条街道的尽头，这是他来的时候没有留意到的。车站早已重建了，似乎想设计成贝壳的形状，可那些拼接起来的一块块玻璃幕墙，跟龟壳一样，远远望去，车站就像趴着的一只大龟。这就是他害怕故地重游的原因，过去的一切在记忆中都被美化了，而现实的一切，多半会成为荒腔走板的滑稽戏。就像这座车站。记忆中的车站是一幢中规中矩的红砖大楼，楼前的小广场上竖着一座飞天女神的石雕，尽管女神的胸部被无聊的男人们摸得锃亮，无端地有了色情的意味，但现在他却强烈地怀念起了那位女神，觉得那女神的优雅神态不逊于他亲眼见到的美国自由女神像。

就是在这个时候，他想起了荔蜜，他的初恋，他曾被她的那双眼睛深深迷惑，他想不通她的眼睛为什么那么漂亮，那么清澈，还会放射电流，尤其是她微微一笑的时候，那双眼睛便弯成了月牙，让人顿时感到无比地可爱和亲近。他不知道这只是自己的审美，还是符合每个男同学的审美，他和任何人没有交流过，成了一个秘密。他在多年以前乘火车离开这里去北京上学的黄昏，独自一人在候车室里望见的，就是那座飞天女神的石雕。他当时望着望着，恍然间，那石雕分明就是荔蜜，他的泪水朦胧了视线……二十年过去了，他听说荔蜜嫁给了小孙，他的第一个感觉是，荔蜜已经沦落到了这样的地步。也好，她和小孙在一起才是合适的吧。

他沿着街道继续向前走去，离车站越来越近了，车站的陌生感也越来越巨大，他这才意识到他似乎是在寻找着什么。看来，他之前的麻木心境也是出于对这种寻找的逃避。他站了下来，茫然四顾，高原上的天空格外苍茫，和他的心境一样。也许，他想寻找的，便是类似荔蜜的眼睛那样的存在，他只是想再看一眼，一眼便足够。他记得微信群里曾有人说过，小孙开的旅馆在车站附近，这里的旅馆屈指可数，他一定可以找到的。他从来不在那个同学群里说一句话，但他们的话，他都会逐一浏览。某些信息，他会过目不忘。现在看来，那都是为了有一天——比如今天这样的情况而做的准备吧。

进站的火车发出巨大的轰鸣声，等他走到车站前，十几个在这儿下车的人已经拖着行李走了出来。人太少了，豪华的车站显得大而无当。他混迹在这股小小的人流中走了一段，看到了那家小旅馆，没有任何特征，甚至连名字都没有。他能确定那旅馆，完全是因为坐在门口柜台处的小孙，他记得那张脸，尽管那张脸的上方已经完全没有了头发，反射出了一小片油滑的锃亮。衰老的变化尽管令人害怕，但同时，还有那种久违的亲切感。他发现人对于自己过去交往过的人有一种“逆想象”的成分，时间越久，这种想象成分越大，大到似乎什么也没有改变，时间被搁置了。就像他看出那是小孙以后，他从那张脸上看到的分明是中学时代的那个少年。

他想接近那个人。怎么接近？就这么扮作大大方方的样子走上前去，用那种久别重逢的笑容向对方介绍自己吗？他觉得自己似乎无法做到。倒不是他已经丢失了真诚，而是正好相反，他觉得那种方式太过夸张，需要扮演的成分过多，反而失去了真诚，失去了心底真正渴盼的东西。

于是，他想到了伪装。

4

夏阳现在干什么呢？我很有兴趣知道，而且，我也有能力知道。我用左手托起手机，先暂停热播的反腐电视剧，然后从手机界面中找到监控的APP，手指轻轻触碰，我就看到他了。他坐在床沿上，百无聊赖的样子，过了一会儿，他站了起来，望着窗外。像个雕塑一样，一动不动。他一定是怀着什么不可告人的目的而来的，别的房客住下之后，都是打开电视，然后舒舒服服地躺在床上看电视，很多人鞋也不脱就那么躺在床上，让人非常讨厌，但我又不能指责他们，毕竟，我不能说我是亲眼所见的，等他们出门以后，我拉开他们的行李箱，把脚踩进去，我心里就舒坦多了。可夏阳，这个省城里来的干部，总是若有所思的样子，肯定会搞什么幺蛾子的，我得小心为上。

一开始的时候，我哪里会想到我后来会干这样的事情。我拿着手机，想找夏阳，却怎么也开不了口，我出去散心，跑到离家不远的火车站广场上溜达。我特别喜欢在这里听到火车由远及近开进站的声音，那汽笛声越近变得越尖细，我都会想到多普勒效应。我自以为对这个物理学概念的理解是烂熟于心的，但是高考的时候，我照样答错了。我写成了开普勒效应。那是宇宙天体的规律，一字之差，天上人间。从此，每当我听到火车的汽笛声，我都会感到忧伤，为我不济的命运忧伤。这个时候，我觉得自己脆弱得像个早恋失败的中学生，而不是个挖煤的矿工。

那天，我在广场上溜达，不知藏在哪儿的喇叭放着《今天是个好日子》这首歌，我耳朵里钻满了喜气洋洋的女高音，就像是有人硬挠你的胳肢窝让你笑，那种难受劲比待在矿里还别扭。我站在飞天女神的雕塑下面，与面前这座小火车站对望着。我甚至有一种冲动，冲进去坐上车随便去什么地方好了，去他娘的夏阳，老子在哪不能活。我怀疑自己身上有着老娘的那种疯狂基因，就是瞎子一样地逃跑，不管跑去哪里，离开这里就好了。说起我老娘我还是会难过的，但我不准备联系我老娘，告诉她我爹死了，没有必要，在她心里，我爹早就死了。我爹也真是该死，他以前对我娘动手也忒狠了些。我娘不跑，估计也被我爹给打死了。我想帮我娘，我爹给我一巴掌我就倒在沙发上爬不起来了。我想杀了他。可我娘就那样突然跑了，连我也不要了，我只得跟着我爹过日子。所以我恨她，恨她的自私，我希望她也早点死了吧。唉，我要不要找到我老娘，分点钱给她？我不确定。就在这时，我看到有个年轻的女人从站里走了出来，她穿着黄色的连衣裙，拖着一个粉红色的行李箱，看上去像省城的女孩儿。我盯着她看了一会儿，忽然觉得那张脸好像在哪儿见过。我朝她慢慢走了过去，我东张西望，装作不经意的样子。那女的心事重重，走得很慢，我很快就走到了她身边，然后我超过她，回头望了一眼，发现的确有点儿像以前的同学荔蜜。那女的见我看她，忽然站住了，说了句："我们……我们是认识的吧？"听她这么说，我直接问："你是荔蜜？"她点点头，有点儿无助地看着我。我自我介绍了下，她想起来了，哈哈笑着说："你变化好大，我差点儿认不出你来了。"变化能不大吗，他妈的过了四年老鼠打洞的日子，能活着站在这里已经很不错了。可我什么也没说，只是呵呵笑着，问起她的近况。

我以为她在省城工作了，这次只不过回来探亲，但她说不是的，她是去省城参加了一个美容培训班，回来打算自己创业，开个美容院。我对创业太感兴趣了，我就多问了几句。荔蜜看我这么感兴趣，有些意外，有些飘飘然，也开始说起了自己的宏图。她手舞足蹈起来，说别小瞧了小城的女人，无论哪儿的女人，女人的爱美之心都是一样强烈，一样不可抗拒。小城的审美观太老土了，女人们素面朝天，连化妆都不会，她有信心在小城掀起一股时尚的潮流。我当场就快被她说服了，倒不是她的话多有道理，她的话一板一眼的，明显是刚刚从培训班学到的。她能说服我的不是嘴巴，而是眼睛。她的眼睛太漂亮了，我记忆中的荔蜜已经模糊掉了，我不记得她原来有这么漂亮，只记得她是个玩世不恭的小太妹，被社会上的混混搞大了肚子。现在我发现她竟然是这么漂亮，这么漂亮的女人不做美容，还能做什么？我觉得她一定行。我差点就直接说出我正在寻找创业的机会，我咳嗽了下，问她有没有投资的本金，她说她有办法，她会说服家人支持她的。

"你呢？现在做什么呢？"终于轮到荔蜜问我了。我不想说我刚刚做了几年矿工，让她看不起，我便说准备去省城闯闯。她的神情明显愣了下，我说的话超出了她的预期，但她仍然用不在意的口吻说："省城车多人多，烦死了，我有许多机会能留的，我都不想留。你去省城具体做什么呢？"我犹豫了下，还是说了我的计划。我说我打算去找夏阳，让他帮我拿拿主意。

“找他干什么？他混得很好吗？”荔蜜的眉头皱起来了。我这才想起来，传说夏阳追过荔蜜的，可荔蜜把他写的信撕成碎片，丢他脸上了。我当时也没好意思问夏阳这事儿，我当时还想，假如那是真的，那我真替夏阳不值。那个瞎混的小太妹，没有哪个正经人会喜欢那样的货色。

“你不知道吗？！”我故意用夸张的语调喊道，我想看看她的反应，“人家夏阳现在可是市政府的干部，你在省城没见到他吗？”

荔蜜抬手把眼前的几缕刘海向耳后捋去，鼻翼微微翕动了一下，声音有些沙哑地说：“我找他干吗，他跟我们不一样，从一开始就不是一个世界的人。”

我听荔蜜这样说，我就知道夏阳追过她的事儿是铁板钉钉的，我对他们之间的细节没什么兴趣，更何况，我觉得荔蜜的话说得很有道理。我之所以不敢给夏阳打电话，还是因为自己和他是两个世界的人，我去打这个电话，哪怕他并没有帮到我一丝一毫，我也会感到憋闷，感到不自在，感到没面子。哈，虽然我是个没什么面子的小人物，但我对自己拥有的那点点小面子格外珍惜。我的这点小面子就是用来对抗那些成功人士的大面子的。也正因为如此，荔蜜这样说一下子就拉近了我和她的心理距离。她居然说“我们”，也就是把我和她看成是一类人，尽管这是她下意识随便一说，但一定更加真实。我抢过了荔蜜的手提箱，帮她拉着，我咬咬牙，说：

“你说得对，我们和他是两个世界的人。那我们合伙一起干吧。”

“你？”

“我这几年四处打工攒了点钱。”

“你有多少？”

“不多，”我扭头看着她好看的眼睛说，“也就几十万吧。”

荔蜜的眼睛释放出了柔和的光芒，眼角也有了弧线，像一对漂亮的月牙。“太棒了！”她喊道，“没想到我刚回来就拉到投资了！”她笑了，大张着嘴巴笑了，红润的嘴唇肉乎乎的，里边整整齐齐的牙齿像白色的玉石。我在黑暗的矿洞里待了四年，从没见过这么美丽的事物。我的世界里从来都没有女人，我的渴望几乎跟死了一般。现在，欲望被瞬间唤醒，我两腿间的那玩意儿忽然硬得像根铁棍。我是个男人。我是个男人。我快步往前走，走到她的前面，我相信她肯定没有发现这个尴尬的情况。

5

窗外不远处就是铁路，每当火车驶过，他都情不自禁地走到窗前，一动不动地望过去。火车因为刚刚启动，开得并不快，他可以看清每一趟列车上挂的牌子，上边用红色的字体写着是从哪里开到哪里的。后来，竟然有一列运煤的火车驶过，他赶忙打开窗户，盯着看了好久，他觉得也许这正是自己等待的。在他的印象中，似乎客车和货车行进在不同的轨道上，现在看来，这个印象是错误的，它们只是时刻不同，但行驶在同一条铁轨上。

当运煤的火车驶过之后，他忽然感到了茫然。他小小的冒险似乎获得了暂时的满足，他住进了小孙简陋的宾馆里，体验着另一种生活。似乎几十年的光阴，经过自己的这个举动，得到了很大程度上的弥合，他也获得了某种想象中的满足。接下来，他开始越来越强烈地渴望见到那个人了，那个和小孙生活在一起的女人。她应该变成灰头土脸的本地妇女的样子了吧？那双迷人的眼睛也失去了大部分的魅力吧？他回想着刚才在街道上碰见的女人，她是不是也和那些女人的装扮差不多？

就在这时，他忽然听到了楼道似乎有什么动静，他侧耳倾听，发现有人来到了他的门前，他悚然心惊，该不是小孙认出他来了吧？他迅速寻找着一个能为自己行为辩解的理由，但大脑却是一片空白，只能随机应变、胡言乱语了。门缝下边有什么东西塞了进来，然后他听到脚步声快速离开了。那是什么？小孙写给自己的纸条吗？他疑惑地走上前去，发现的确是一张纸条，是对折着的。他拿起，打开，上面是一串电话号码，后面写着：小姐。原来如此。小孙的小旅馆能经营到今天，原来靠的是这个。他完全没有想到。他不是不知道许多旅馆搞的这一套，只是他无法把这种事和小孙，尤其是记忆中的那个少年形象关联到一起。刚才，塞纸条进来的人是小孙，还是跟小孙合作的皮条客呢？小孙的可能性还是更大，皮条客似乎没有必要连这点小事都要亲力亲为。他脑中浮现出小孙蹑手蹑脚来到他门前，蹲下身，塞纸条的样子。如果恰是那个时候他打开门，就能和小孙四目相对，不过他是俯视的，可以看见小孙光滑的秃顶。在那种情况下，小孙仰起脑袋，认出他来，会是怎么样的表现？

他不敢继续想。有种说不清的残酷在其中。他坐在宾馆的床边，有些焦虑，将那纸条捏成了一团。

荔蜜曾把他写给她的情书，揉成了一团，然后微笑着递给他。她的笑容看上去还是那么天真无邪，好像是在说，别再犯这种小错误了，我原谅你了。他的心感到疼痛，但是在荔蜜那美丽笑容的照耀下，他不知道该怎么表达自己的疼痛。他已经被明确拒绝了，却还依然担心自己的表现够不够格，会不会被扣分。最终，他只得对她也微笑了一下，这就是所谓的风度吧。她说，这件事就算过去了。说完她就走开了。她后脑的马尾高高扎起，一甩一甩的，像是涌动的海浪。前一天晚上，她也是以这样的姿态离开他的。当时，他和荔蜜还有好几个同学，听说小城的溜冰场开业了，也来凑热闹。他以为这是他走近荔蜜的一次好机会，想象着他能牵着她的手一起滑旱冰，他激动得手心湿漉漉的。他对她已经蓄谋已久了。在教室里，荔蜜的位置正好在他的前边，他只要一有时机就和她搭话，时间久了，他们自然而然地熟悉了起来。荔蜜的成绩并不好，经常完不成作业，他想帮助她，耐心给她讲解，可她没什么耐心，抓过他的作业本就是一通抄。他对这样的女孩儿本是不该产生感情的，但他难以抑制，甚至她越是表现出这样的特质——和他完全不同的两类人的特质，他越是情难自禁。他认定她的心灵是自由的，乃至狂野的、蔑视世俗的，而不再是老师和家长眼中一个管不住自己的坏女孩儿。就这样，他经历着自己的初恋。她让他第一次体会到为另一个人魂牵梦萦是什么感受。

旱冰场那种地方他只在电视上见过，眼下这个实实在在的地方与想象中的出入很大。拥挤的人群，大多数人面色冷漠，流露出蔑视一切的样子。男人留着长头发，女人留着寸头，肩膀和手臂上的各种图案的文身随处可见。巨大的音响放着震耳欲聋的音乐，那种音乐节奏强烈，呼喊的声音支离破碎，充满了暧昧、挑逗、邪恶，但是能让你感到亢奋和刺激，所谓的“潮流”“时髦”就蕴含在这种玩意儿里面。但“潮流”究竟是什么呢？他直到几十年后也未曾把握到，只觉得那是商业营造出来的一场幻觉罢了，太多人却被那个虚无缥缈的空壳子所笼罩。他当时就对这样的东西感到了抵触，但为了荔蜜，他穿上了散发着别人脚臭的溜冰鞋，像个蹒跚学步的胆小孩子，双手紧紧抓住场子里的围栏。荔蜜的状态比他好不了多少，但她高兴极了，她甚至大笑了几声，他从未见她那么开心过。她那天穿着一件黄色的连衣裙，在彩色射灯释放出的那些令人不安的光斑的昏暗空间中，像是一团璀璨的焰火。他距离焰火的距离只有一米远，他试图挪到她的身边，保护她。就在这时，一个留着精致胡子的家伙出现了，他看上去很强壮，身上的文身比其他人的都大，似乎是那一伙人的头，当他溜的时候，其他人都退后给他腾出位置。诚实地说，他溜得确实棒极了，先是快速地转了几圈，然后又背着身子转了几圈，接下来，更是花样百出，很多人呼喊，吹起了口哨，然后，他溜到了荔蜜的身边，像是很熟悉的老朋友一样，牵起了她的手。荔蜜先是惊讶了一下，然后就欢笑起来，将另一只手也搭在了他的肩上，他带着她，滑动了起来，不时传来荔蜜的尖叫声和大笑声。他望着他们，心中满是酸楚，为自己的笨拙感到气恼。散场的时候，荔蜜的脸蛋红扑扑的，额头上全是汗，他叫她回家，可她说让他们先回去，她和奎哥还有点儿事。没等他说话，她就扭头跟胡子男走了。她后脑的马尾高高扎起，一甩一甩的，像是涌动的海浪。

情书便是他的主动出击。他知道，他的机会不大了，但这已经是他的最后机会了。他想象了各种情况，但就是没想到荔蜜会当着他的面，把那两页情书揉成一团。他想到这里，似乎感到了心脏被揉捏的疼痛。那是记忆中的疼痛，早已遗忘又被唤醒的错觉。

他站起身来，再次来到窗前，此时外面没有火车，只有一片灰褐色的旷野，还有远处朦胧的山峦。他曾经那么痛恨这片旷野，这些荒凉的山峦，他发誓要离开这个地方。他第一次萌生如此强烈的念头，是在那天上午的课间操上。那是溜冰事件过后的三个多月，已经是冬季了，初雪已经下过，很多地方的积雪还未消融。那是耻辱的一天。那几天荔蜜一直请了病假没来，他还感到担心，然而那天他才知道她怀孕了。她的闺蜜在帮她筹集打胎的钱，说荔蜜不敢告诉家里，是住在她那儿。还说，那个男人玩完就不管了，荔蜜可怜得很。学生们也没什么钱，这个五元，那个十元……他掏出身上全部的钱，也才十八元，全部给了出去。他听到有人说，叫荔蜜这种名字，一听就是不正经的，是勾引男人采蜜的。可他知道，这个名字是荔蜜的父亲起的，源自那篇“以小见大”的课文《荔枝蜜》。他还记得荔蜜眉飞色舞地对他说：“我爸爸说，虽然没见过荔枝，但知道那是很好吃的东西，是杨贵妃爱吃的东西，更何况是荔枝的蜜呢？”他感到眼睛模糊了。他赶紧起身，一个人来到操场上，寒风钻进领口，他反而感到受虐的舒服。他望着远处的旷野和山峦，流下了蓄积已久的泪水：耻辱的泪水。他为她感到耻辱，也为自己感到耻辱。他不想知道这种耻辱的内涵，他只想早点逃离这种耻辱。

这时，手机响了起来，他一看，是同事打来的。同事急切地问他去哪儿了，怎么连行李也不见了。他淡定地说：“唉，没办法，还是被当地的朋友给发现了，非要拉走，去他家里住，这是这边的风俗，不住的话会被认为是看不起老朋友了。”同事听了，只是笑着说：“男朋友还是女朋友啊？”他说：“当然是男的，我倒是希望有个女朋友在这儿候着我。”同事嬉笑了起来。他让同事不要管他，有什么事情再联系好了。两个人又贫了几句，便挂断了。

暂时没什么后顾之忧了，他是不是该放手做点儿什么了？做什么呢？他想找到荔蜜，看看她现在的样子，看看她的衰老，看看她的憔悴，看看她那双明眸变得怎样地黯淡。她是不会有孩子的了，那次的打胎，是在一家没有资质的私人小诊所做的，她的子宫受到了永久的伤害，再也不能生育了。她没有再来学校，她的父母终究知道了这件事情。据说她的父母试图让她转学，但她死活也不愿意，还想跟那个狗屁不通的奎哥一起做生意（天知道什么鬼生意）。这样的结果便是，把她当荔枝蜜一样呵护的父亲重重打了她，然后把她像囚犯似的锁在家里。从此，关于她的消息，几乎就绝迹了。他最后一次见她是在街上的偶遇。那天下午放学他一个人慢慢在街上走着，忽然发现荔蜜和她妈妈迎面走了过来。他感到紧张，有些手足无措，甚至想一躲了之。但他看到她已经看到他了，她低下了头，过了一会儿又抬了起来，他看得很清楚，她在对着他微笑。他几乎要哭了，不自觉地停住了脚步。荔蜜望着他微笑着，那笑容很单纯，没有任何鄙夷、刻意或是自卑。她一直走到他身边，略微低下了头，没有再看他，但依然保持着笑意。他什么话也说不出来，她也没有说话的意愿，他们就那样擦肩而过。他记不清那天她穿了什么颜色的衣服，什么样的发型，甚至胖了还是瘦了，他能记清的，只有那个微笑，那个眼神。直到他离开这座小城的时候，那个微笑，那个眼神，还在陪伴着他。

他戴上墨镜，向外走去，他不能在这里浪费时间，也许小孙等会儿去吃饭，荔蜜就会来换班呢？他打算找个可以持续观察的地点。他打开门，刚刚来到楼道，转身回来，打开行李箱，拿出一顶棒球帽戴上，他绝对不能让小孙认出来，绝对不能。他走出旅馆门口的时候，故意装作要打电话的样子，他看到小孙看了他一下，便继续低头看手机了。小孙应该在看电视剧，那手机发出很嘈杂的声音。

尽管快六点了，外边的阳光还很耀眼，高原就是这样，让你顿时明白黑夜不过是浓重的阴影罢了。在这么明亮的地方，找个隐蔽的点还真是比较困难的。他只得装作散步的样子，向车站广场的方向走去。这个陌生而又熟悉的地方，更加卖力索取着他的回忆，过去和今天的对比变得强烈，让他愈加伤感。他竟然能离开自己长大的地方足足二十年也不回来看看，如今想来自己也不免太狠心了。这是自己的根，就算这个根再贫瘠、再丑陋、再麻木，也还是自己的根，这是无法改变的。自己便是从这样的根中开出的花，能好到哪里去呢？可他与这里完全失去了关系，成了这个子宫的陌生人。他应该摒弃心中混乱复杂的情感思绪，去和小孙开诚布公地聊聊天吗？还有荔蜜，事情过去那么久了，还有什么放不下的呢，说说当时为什么要那么残酷地拒绝他，应该是让大家哈哈大笑的有趣往事了吧？可能吗？是什么阻碍了他们？时间？地域？社会身份？还是别的什么东西？

他曾经发誓要逃离这里，他成功了，但他现在却怀念起了那时候的日子。都说怀旧是人之常情，可他感到他对这个地方的怀念与众不同，这里似乎打开了心底一块尘封已久的老世界。那个老世界与他如今置身的那个灯红酒绿的世界有着完全不同的逻辑，但是依然真实存在，像山脉一样有力存在，让他觉出了自己的渺小，以及虚妄，奇怪的是，同时也令他感到心安。一个被他摒弃的地方让他感到心安，没什么比这更荒诞的了。他站在一棵白杨树的后面，盯着小孙的宾馆，时间一分一秒流逝，阳光开始变得有气无力，然而那宾馆没有任何人进出，黑洞洞的门口像个肮脏的嘴巴不肯闭上。

6

不知道夏阳这小子在床上表现怎么样，看他那青年干部志得意满的样子，没准还能像条发情的公狗一样勇猛。权力是最好的春药，我知道这句名言。我看了太多人上床的样子，快要对那事失去兴趣了。但是，我对夏阳还是很有兴趣的，而且，我要有了他的视频，以后找他办事就不用思前想后，而是大模大样了。虽然我也不知道要找他办什么事，但他是当官的，总有事情要找他办的。我从抽屉里掏出一沓纸，轻轻揭起第一张，放在桌面正中央，我拿起笔，郑重其事地在上面写下了电话号码。我脑海里想着的是小青，小青真年轻，奶子跟屁股都跟排球似的，咬一口能出水，夏阳一定过不了她那关。领导干部见多识广，我一定要拿出这儿的头牌。我拿着纸条上楼，走到一半忽然有些犹豫，万一我塞的时候他打开门，那我该怎么办？那肯定是很没面子的时刻。但一定不会的，我从没遇过那种情况，人们对这种事情心知肚明。

我塞进纸条便迅速离开了。我打开手机屏幕，看到他惊慌失措的样子，差点儿笑出声来。看来他高档酒店住惯了，对这种本土方式一无所知。他小心翼翼捡起纸条，那表情像是捡到了什么宝贝，他打开纸条，愣在了那里，过了一会儿他坐在床沿上，把那纸条揉成了一团。他妈的，这个没艳福的夏阳，怎么就那么干脆利落地揉了呢，来这里的单身客从没有这样的，他们都是看了又看，看了又看，仿佛通过反复的观看，女人就会自动到来似的。有些人会手指哆嗦着打电话，有些人会掏出手机犹豫来犹豫去，当然，还有那种傻 ×，他们依然看了又看，直到最后，他们还是看了又看。

夏阳这个狗杂种肯定怀有不可告人的目的，他一定是为了荔蜜来的。我一开始就怀疑这点，但我一直在猜测，不敢确定，现在他竟然这样草率地就揉掉了纸条，我可以百分百确定了。只有心里有了特定的女人，才会这样无视别的女人，这是真理。就像我明明知道荔蜜不会生孩子，还要和她结婚，不也是因为他妈的爱情吗？只是我不好意思说自己的感情是爱情，好像我不配有爱情似的。动物都有爱情，我凭什么不能有？我为什么这么自卑？我为什么这么自卑？因为荔蜜没有把同样的感情回报给我，她只是在利用我，我像个傻子一样给她利用。

荔蜜从省城培训回来之后，我还没来得及打电话给她，她就先打给我了，还没说话，就听见她号啕大哭。我问她怎么回事，她哽咽得说不出话来，我以为出什么大事了，赶紧问她在哪儿。她说她过来找我，我说好，赶紧告诉她我的地址。没一会儿，她来了，她说："我从此是个没家的人了。"原来，她和她家人闹翻了，她说她爸不准她开美容院，说那是婊子才开的。她就和他吵了起来，然后他打了她，这是他第二次打她。我不用问就知道她第一次挨打是为了什么。这个女人真不让人省心。她说能不能暂时住在我这儿，正好可以一起研究下美容院的事情。我说她都跟她家闹翻了，还是算了。她不肯，她说怎么能算了呢，她更要开，还要开出个名堂，证明自己。她说这话的表情，忽然让我觉得自己爱上她是一个无比正确的决定。于是，我让她睡在我爹那屋。突然多个人和我一起待在房子里，我睡不着。我翻来覆去，下边硬得像根铁棍，我犹豫了好多次，要不要过去把她给干了，像她这样已经堕过胎的女人，应该不会拒绝我的。但我终于忍住了，倒不是我良心发现，而是我想起奎亮，有些恶心，有些惧怕，心中的那团火逐渐地熄灭了。我有些懊恼，给自己平白无故地找了个麻烦。早知如此，还不如当初鼓起勇气，给夏阳打出那个电话。

第二天，荔蜜早早起来做了早餐，放在茶几上等我起床。我有些受宠若惊，她说这是奖励我的。我轻描淡写地说：“你说住在这儿的事？不必那么客气，谁还没有落难的时候。”“不是，”她说，“昨晚你是个君子。”我一听，脸红了。她说：“我昨晚是穿着衣服睡的，你要是进来，我就跟你拼了。”我一听这话，庆幸我自己没有轻举妄动。我对荔蜜的好感更多了，我没想到她不是那种随随便便的女人。之前应该是我看错她了。我们吃完早餐，开始认真研究美容院的事情，然后便是选址，购买设备，我们还签了一份合同，我是董事长，她是总经理，我拥有股份的百分之七十，她拥有股份的百分之三十，我每个月还得发给她三千元的薪水，我觉得可以接受。刚刚开业的时候，门可罗雀，我们不得不自己制作传单，去大街上发，晚上的时候，荔蜜的父亲追到我家来，冲着荔蜜喊道：“你不要再给我丢人现眼了！”荔蜜吓得躲进里屋，向我求救。如果让她爹抓回去就会把她锁起来，连个囚犯都不如。我挺身而出，荔蜜她爹根本不把我放在眼里，说：“你是哪根葱，我今天要打断你的腿。”我二话没说，一拳打在了他的脸上。他以为我很好欺负，可我毕竟是在矿上干过的，有一股子蛮力，他被我打惨了，直到荔蜜出来求情我才停手。我猜要不是她阻拦我，我可能就把她爹给打死了。我打到后来已经忘记了自己为什么要打这个人了，我只有一个念头就是要打他打死他。想起来我都感到后怕。从此，荔蜜的父亲和荔蜜脱离了父女关系，并在八年后的一个深夜死于酗酒引起的心肌梗死。无论如何，我和荔蜜的美容院生意算是做成了。那些传单起了作用，有些中学生跑来做美容，我真想赶走这些正在上学的孩子，但我为了钱忍住了。荔蜜很认真地对待她们，给她们护肤，给她们化妆，教她们穿衣打扮，生意一下子好了起来。

有一天几个小混混进来，说是要收保护费，没想到这世上真有靠这个吃饭的人，以前只在香港黑帮片里见过。我对这种人一万个瞧不起。荔蜜问：“你们老大是谁？”他们说：“关你屁事。”就在这时，奎亮进来了，不用荔蜜介绍，我就知道那是奎亮，他留着小胡子，胳膊上全是蓝色的花纹。“奎哥。”荔蜜叫了声，语气平和，仿佛早在意料之中。奎亮也不说话，大大咧咧坐在一张美容椅上。他抽了一根烟，半晌指着我问："那是谁？"荔蜜说："我的老板。""狗屁老板。"奎亮收回了目光，不看我。我捏紧了拳头。"荔蜜，我最近手头有点紧，借我点。""这儿也刚开业，哪有钱！"荔蜜不看他，抬头甩了甩头发。"不借是吗？"奎亮笑了起来，仰头吐了口烟圈。"你要多少？"荔蜜用眼角扫了一眼奎亮。"说得你多有钱似的，一千，有吗？"奎亮一笑，露出里边的黄牙，牙床都是黑黄色的。"没有，只有三百。"荔蜜掏出钱，递了过去。奎亮接过钱，打了个响指（指头是焦黄色的，肯定是个烟鬼），说："乖，改天一起溜冰去。"荔蜜的表情有些复杂，奎亮伸手把她的头发弄乱，带着那两个小混混走了。

我发火了，他们走了我才发火，我很鄙视我自己。因而我的火气更大了，为了刚才的羞辱，也为了现在的自己。我不明白荔蜜为什么要借钱给他，先不说荔蜜有没有钱，我觉得荔蜜就算是把那三百块钱丢给乞丐都不该丢给那个畜生，他对荔蜜做了禽兽的事情，居然还可以如此理直气壮，我也见识到了人性的丑恶。荔蜜为什么要屈服于这样的人？难道她喜欢这样的人吗？我直接问了她。她捂住脸，只是哭，逼得急了，才说了句："我也是鬼迷心窍了。""你还喜欢他吗？""不，不，我不再是过去那个傻乎乎的中学生了，我长大了，知道是非了。"她这样说，我的心又软了。但是，第二天，荔蜜却真的去旱冰场找奎亮了，我偷偷跟踪她，看到奎亮去搂她的腰，她挣扎了一下就屈服了。我对荔蜜彻底绝望了。这是个婊子。我在心里狠狠骂她，我没法制止她，因为我不是她的什么人。我们只是合伙人关系。只要她能给我赚钱，她哪怕去卖 × 我也管不着。

但那天晚上荔蜜主动来找我聊天，说她去找奎亮了，没别的意思，就是想和过去告个别，跟他好好聊聊，让他以后不要再来烦她了。

"我看见他搂你了。"

"我懒得理他，不然他只会更过分。"

"你怎么会和他有过一腿？"说完，我觉得自己的话有些难听。

"唉，你都不知道他溜冰的时候有多帅，我就是因为那个才鬼迷心窍的。"她没有生气，只是这样解释道。

“帅个屁，这个县城最烂的人就是他了。”我借机一吐心底的怨怒。

“是的，烂人。大烂人！人渣！行了吧？！”

听荔蜜这样说，我的心情又好了些。但奎亮阴魂不散，并没有像荔蜜说的那样，从此井水不犯河水，他依旧厚着脸皮隔三岔五变着花样来要钱。有一次我实在忍不住了，抓起一把剪子就往他脸上扎去，荔蜜扑过来抱住我的胳膊，奎亮才逃过一劫。荔蜜事后解释说为了那样的人害自己去坐牢，不值得。我觉得她说的自然在理，但第二天，我还是偷偷买了一把猎枪和一盒子弹，我决心总有一天我要让他死在我手上。就在这个想法产生的一周后，却传来了奎亮被捕的消息。他在溜冰场打架，拿刀把对方捅成重伤了。我心里一阵后怕，我觉得那个伤者原本会是我。后来，法院判了奎亮有期徒刑十年，我大大地松了一口气。我和荔蜜之间终于摆脱了那块臭石头了。旱冰场也被查封了，小城里再也没有给混混们装腔作势自以为是的表演提供方便的地方了。

奎亮入狱的第二年，小城的大妈们终于决定赶时髦了，美容院的生意更上一层楼。我趁机向荔蜜求婚，我说我们好好过日子吧，她几乎不假思索地答应了。而后，她第一次非常认真地看着我的眼睛，说：“可惜我不能给你生个一儿半女的，你能接受吗？”我有些想哭，我说：“我们的爹妈不负责任，才让我们活得这么憋孙，我可不想再干同样的蠢事了。”荔蜜抱着我，哭了。那晚，我在荔蜜的身子上折腾到了天亮，她隐忍着，没有一丝半点的拒绝。我对她说我爱她，愿意为她去死。她说她不要我死，我们好好活着。

漫长的日子开始了。小城里出现了第二家美容院，然后是第三家、第四家……小城的人都是一根筋，觉得什么生意好便一拥而上，完全不管什么市场饱和不饱和的。几年下来，我们的收入刚刚能维持成本。我们为了挣钱甚至把两个房间隔离出来，变成一个小旅馆，我和荔蜜就挤在我爹的那间小卧室里。我爹的痕迹已经随着时间流逝只剩下一点儿蛛丝马迹了。我们挤在小房间里，像一对住在窝棚里的牲口，荔蜜开始愁眉不展，一点儿小事便对我找碴儿发火。我对她也觉得不再新鲜，尤其我看到别人带着可爱的小朋友，我会感到强烈的难过。后来，我在荔蜜面前也不再掩饰这种难过。

7

太阳落山后，黑暗像蚯蚓一样从四周爬过，天边形成不规则的光影，只有头顶正上方能看到太阳的余晖，但很快，那点儿余晖也消失了，就像墨汁洇满了整张白色的宣纸。他靠着树，快要变成树的一部分了。街道两侧的路灯没有亮起，与他生活的省城完全不同，这里的黑暗似乎有种更加坚硬的质地，不像省城的黑暗似乎轻飘飘的，可以轻轻松松就被灯光给赶得远远的。他被这种变硬的黑暗给压迫着，有些慌乱，旅店的门口黑得像一块打开的黑布。小孙怎么不知道开灯呢？就那么黑灯瞎火地坐在原地不动吗？难道是为了省电？世上有这样开旅馆的吗？他有点儿心浮气躁了，骂人的冲动频频涌出。

终于，旅店门前的灯亮了，像是揭开了黑色的门帘，他可以清楚看到内部的情形了。坐在那里的人影似乎变成一个女人了，那浓密的头发在灯光的照耀下像是闪着光泽的煤，如果是小孙，脑袋一定会像瓷器一样闪着亮光。那个女人是荔蜜吗？他的心猛然跃动，像是被缠着脖套的狼狗忘记了锁链而用力跳跃，然后脖颈被拽得生疼，差点儿窒息。他之前幻想的思绪忽然面对着真实的世界，他感到虚弱，仿佛幻想变成了现实，而自己变成了幻想。他蹲了下来，两条腿因为久站而麻木，他焦虑地揉捏着小腿，希望能快速恢复体力，还有智力。他必须有个决断了，要不要联系荔蜜，还是就像对待小孙一样，扮成陌生人好好看上一眼就足够了？

忽然，电话响起，他一看原来是小璐，他的妻子。他在这一瞬间产生了极为复杂的心情，他在这天的冒险行程当中竟然可以完全忘记了自己是个已经结婚的人，他对此深感疑惑。他甚至在此刻开始怀疑自己到底有没有结婚，到底有没有一个刚刚上幼儿园的儿子，如果有的话，为什么他可以忘记他们这么长时间。他接通了电话，妻子小璐问他在干什么，他说没干什么在外边散步呢。小璐说："儿子说想参加乐高班，你觉得呢？"他不知道那是什么东西，小璐解释说那是一种积木玩具，可以跟其他孩子一起搭积木玩。他有些生气，不大理解搭积木还要参加兴趣班。

“多少钱？”他捺着性子问。

“不贵，一堂课八十。”

“这还不贵？”

“你知道一套乐高游戏多少钱吗？四千元！”

“他不可以自己玩普通的积木吗？”

“那不一样，乐高玩具可以从小培养孩子的科学能力。”

他把电话举在半空，小璐的声音变得很细碎，像是电路板故障的杂音。小璐在教育局工作，他们是相亲认识的，当他得知小璐是湖南人的时候，对她的好感一下子多了起来。对曾经的那位湖南女孩的记忆已经稀释得没有什么滋味了，但是她给他形成了一种情感惯性。他对此有着清醒的意识，可他不为这点感到焦虑，反而当作是一种补偿。一种岁月产生的循环往复的补偿。但这种补偿事后看来是得不偿失的，他们在性格上有着极为鲜明的不同，都会因为很小的事情大吵起来，每一次吵架，都让他积累着分手的勇气，但到了他快要下定决心的时候，她怀孕了。他只能继续忍受，能让他忍受的不是她变成了一个笨拙的需要怜悯的孕妇，而是源于他对她腹中孩子的好奇。他想见到自己的孩子，他被想当父亲的情绪所羁绊。一晃，这么多年过去了，这些年来他可曾想到过荔蜜？那是很少很少的，做梦倒是梦见过几次，梦见的都是不开心的瞬间，荔蜜冷冷地看着他，把他的情书揉成了一团，仿佛那其中有一种仇恨。荔蜜恨他吗？如果恨，为什么恨？他们曾经那么要好，那么聊得来，难道那些欢乐都是虚假的吗？他摇摇脑袋，这些问题就变成碎片消失了，潮水一样的生活重新拍打过来，他像一条灵活的鱼，游向了快乐多彩的地方，他觉得很多时候自己是真真切切乐在其中的。

“喂，你在听吗？”

“在听。”他把手机放回耳边，“那你先带儿子去上一节课体验下，其他的等我回去再说吧。”

“如果我觉得不错，就报了啊，现在报一学期有折扣。”

他最讨厌小璐的就是这点，他已经让步了，可她对他的话却置若罔闻，继续自行其是，他觉得自己婚姻不幸福的根源都来源于她的这种性格。他无法进一步爱上她，他觉得她的本质庸俗不堪，缺乏情趣。他唯有把自己的心思全都花在仕途上，他原本并不喜欢那样的东西，但是他尝到了权力的滋味就欲罢不能。最近距离的体验来自小璐的父亲，居然正好在他下属的一家事业单位上班，他年纪轻轻的却成了自己岳父的上级。岳父作为老一代人对权力更是顶礼膜拜，因而对他这个女婿的态度也是赞赏有加，如果他和小璐的争吵闹到了岳父那里，挨训的总是小璐。娇生惯养的小璐很不习惯这样的转变，为此哭过好多次。慢慢地，他们吵起架来他越来越占据上风，看到小璐可怜的样子，他又心软了，他开始学着克制。他不想把自己惯坏了，变成一个蛮横无理的人，变成一个自己讨厌的人。但他还是无法原谅小璐，她把生活完全变成了漫长沉重的煎熬。但是，荔蜜不同，因为荔蜜的性格是模糊不清的，也是不用在意的。荔蜜只是荔蜜，她是一个远方的女人，一个记忆中的女人，一个带给自己深深痛苦的女人，一个漂亮到了抽象的女人，一个可以召唤回过去时光的虚构的女人。他现在就要去寻找这个女人，他现在就要不顾一切地召唤回一个已经逝去的永远不可能回来的过去。他觉得如果自己再不任性一回跟一个稻草人有什么区别。

"你随便吧。"他挂了电话，还不解气，直接关了机，觉得这个世界终于回归了宁静。他终于摆脱掉了那些看不见的重负，只身来到了此时此刻，一个陌生却奇妙的时刻。他觉得自己是活着的，觉得生命的感觉充满了自己的每一个细胞，这样的感觉似乎有些久违了。

他戴上墨镜和帽子，向旅馆走去，他还没有想好以怎样的方式来接触荔蜜。小城入夜之后，街上几乎没什么人影和车辆，像是一座废弃的遗址，他盯着那旅馆传来的昏黄灯光，觉得亲切起来。但他越往前走，越是觉得那光似乎是有弹性的，每走一步都要费好大劲去推开那光的压力，才能挤进那光里边去。等他走到旅馆门口，整个人都气喘吁吁，大汗淋漓了。

他一眼就认出那个女人，正是荔蜜。这么多年过去了，小孙的头发已经脱光了，但是，荔蜜还像个少女似的，保持着少女的体态，尤其是她的肩膀，还是那么瘦弱，令人怜惜。她穿着粉红色的短袖，淡蓝色的牛仔裤，白色的旅游鞋，再普通不过的装扮。就是这种普通，凝滞了时光，似乎什么也不曾改变。她的脸居于光线的中央位置，过于明亮而看不清五官的细节，但她的轮廓真的没有丝毫变化，她没有随着时间而变得臃肿，她仿佛就是过去的那个她，只是时空错位，她出现在了这里。他被震撼了，他完全没有想到会是这样的情况，他以为他要面对的是一个小城的怨妇，他要透过那层衰老的镀层才能看到过去的那个人。他几乎一步也走不动了，他站在旅馆的门口，像是一个一无所有、精疲力竭的乞丐。荔蜜抬起头来，望着他。这时，他看清了她的五官，尤其是她的眼睛。最让他念念不忘的那双眼睛完好无损（他心中念叨的就是这四个字）地望着他，他感到的是锥心的绝望。仿佛这奋斗了二十年的光阴忽然在这双美丽眼睛的注视下失去了重量，变得像是天边飘过的几缕云彩。这其中也包括仕途上的各种春风得意，那些权力的快乐似乎短暂得不值一提，甚至在这双眼睛的注视下变得虚弱无力，犹如一头巨兽被掏空了全部的内脏，四肢只能颤抖着轰然倒地。他没有想到事情会变成这样，他准备好面对各种情况，唯独没有想到的就是眼前这种状况。他感到了慌乱和懊悔。

他摘下墨镜，叫了声："荔蜜。"

荔蜜认真看着他，持续了足足有二十秒，然后略显平静地说："夏阳，你来了。"

"你还好吗？"

"就这样，你都看到了。"

"你几乎没什么变化，还是那么年轻。"

"你很老吗？"荔蜜微微笑了下。笑的时候眼睛成为一对月牙，和记忆中的一模一样。

"不敢说老，但也不敢说年轻了。"他斟酌着说。

"你是住我们这儿？"荔蜜不加掩饰地笑了起来，类似知晓了什么秘密的那种笑。

"哈，是的，住你们这儿，为了找你。"他觉得不需要再找什么借口了，便直率地说道。

“找我做什么？”她说完嘴角微微向下撇了下。尽管荔蜜的样子变化不大，但是她的声音还是有了点儿沧桑，语调也多了从社会摸爬滚打后的调侃。

“还能做什么，聊聊天呗，那么久没见了。”他干脆也用一种轻松的语气去应对。

“听说你在省城混得挺好的。”

“哈，谁说的，就那样，马马虎虎。”他笑了笑，身体往前倾斜了点儿，右手撑在了桌子角上。荔蜜这样说，让他的心情稍微平复了一下，那过去二十年的重量能恢复点儿了。

“小孙呢？去哪儿了？”他警觉地问道。

“他？回家了吧，我们是轮流值班的。对了，你今天不可能没见到他啊！”

“嗯，”他含混地应了一声，说，“没想到你和他结婚了，做梦都想不到啊。”他感慨道，直截了当。

“谁能想到呢，我自己也想不到。”荔蜜看着他，眼睛里流露出了真诚。那双眼睛让他的二十年重新失去了重量。在这一瞬间，他甚至觉得是自己对不起她的，但他转眼就记起来了，当初是荔蜜残酷地拒绝了自己，她现在所承受的这一切和自己毫无关系。他是自作多情地想拯救她吗？这样的意愿来自快被遗忘的初恋，还是别的什么情愫？他无法理清楚。

“想不想散散步，聊聊天？今晚有风，还很爽快。”他觉得他站在她面前，她坐在那张可笑的桌子后边，是没办法进一步聊下去的，他们被自己的姿势和位置给束缚住了，他觉得散步是最舒服的运动，是最自由的方式，可以让他们从那些束缚中解脱出来。他们走累了，还可以找到一间咖啡店——如果小城晚上没有类似的地方那就去烧烤摊都行，喝上两杯啤酒，什么都会变好的。

“夏阳，”荔蜜看着他，“回去吧，这不是你该来的地方。回去吧，现在就回去，不要让大家难堪，不要把这一切弄得可笑起来。你现在上去收拾行李，我可以送你去车站。回去吧，回省城去。”

他没想到她会说出这样的话来，这样的场景和当年揉皱情书的残酷如出一辙，她为什么总是要这样对他，他想大喊大叫，他想把面前这张丑陋的桌子掀翻在地，他想把她拉过来抱在怀里盯着她的眼睛在她的耳边质问她这一切究竟是为什么。然而，他只是站在原地，当年他都可以镇定应对，更何况是二十年后的今天。二十年的岁月钻进了他的身体，渗透到了他的骨骼和灵魂，终于发挥了作用。他觉得自己竟然还微笑了一下，不知道她有没有看到，这个微笑从遥远的记忆里浮起，绽放在此时此刻他的脸上，在一秒钟后归于无限的沉寂，永远也不会再回来了。

“也好，那我先上去。”他点点头，走上楼。当他背对着她的时候，他感到那光的压力又出现了，只是这一次是从背后推他，他都感觉不到自己的腿在使劲就已经登上了二楼。他掏出钥匙，打开房门，赶紧钻了进去，把那光挡在门外，整个人才松弛下来。有什么好收拾的呢？只有一个提包孤零零地躺在那里，像一条被遗弃的黑狗。这时，又一列运煤的火车驶过，窗户产生了共振，开始了诡异的颤抖。鸣叫的汽笛音在变得尖细后降落下去，像是从空中往下跳伞，一直向下降落，一直向下降落，不知道会降落到哪里，不知道要降落到哪里，心里实在揪得难受。地面在哪里？人不能和地面失去联系。

8

你看着夏阳觉得这个人变化很大，他曾经是个腼腆的人而你不喜欢腼腆，他的腼腆已经变成了一种深不可测的城府。你曾经特别想激怒他，想看看他生气发火的样子，但你没能成功。你也不知道为什么你对他会有这样的心理，你对其他任何人都不会有这样的心理，你有些害怕他，你似乎想逃离他，尽管你和他待在一起曾经有说有笑也挺开心，你也知道他有多么喜欢你，但你还是想逃离他。那么多人喜欢你可你对别人可没那样的想法，这也是奇怪的事情。他是个优秀的人，在人群中显得与众不同，他的成功是不用怀疑的，他以后还会有更大的成功，你向往那样的成功吗？也许是的，但你似乎更怕那样的成功，那样的成功让你感到不踏实，仿佛是站在云朵上，一不小心就会掉下来给摔得粉碎。你活在离地面近的地方觉得踏实，只是你在这个世界上太孤独。你当然知道你是个看上去傻乎乎地毁了自己生活的女人，但没有人知道你是被那个畜生给强奸了，你没法去跟任何人说这样的话。说这样的话就是被无数的人再强奸一遍，你只能装作是心甘情愿的样子，别人也就不好说什么了，如果再勉强自己往那畜生身上投射一些幻想出来的情感，那样强奸也就不再是强奸了。其实你的人生无所谓毁不毁，你最讨厌的是你的这张脸，你知道这张脸有多么漂亮，这让你在这小城里太过突出，而你并不是个愿意突出的人，你愿意像尘土那样很低很低地活着。直到今天你重新看到夏阳才想到如果你站在夏阳身边那你的这张脸应该就显得没那么突出了，你之前怎么没想到呢？如果当年接受了夏阳的感情，自己真的可以做他这个太阳身边的尘土吗？你之所以没有答应，难道是因为自己并不真的愿意做尘土，即便做尘土也要做尘土里闪闪发亮的沙金？你有什么资格做沙金？你唯一的亮点不就是你的这张脸吗？可这张脸是来自遗传，从本质上跟现在的你关系并不是很大，尤其是你跟给予这些基因的人已经没有什么关系了。因此你是不看重自己外表的人，尽管你从事美容行业，天天在自己脸上捯饬，让自己的脸变得更加突出了，可你没有丝毫的成就感。是的是的，你显然失败了，那些曾经的开心现在想起来都让人觉得害臊，因此你也很少去想了，你也没有任何希望了，不抱希望也就没什么失望，也许这才是最好的选择。曾以为十年比一生还长，但发现十年就像是十天。奎亮为什么又被释放出来了，为什么不直接枪毙了他呢？如果没有奎亮，你一定会生活得比现在更好。如果没有奎亮，你一定会生活得比现在更好吗？你怎么敢有这样的勇气说话？你未必会比现在生活得更好，因为没有他那样的肮脏和丑恶，你就不会彻底窒息，你就依然还会向往夏阳那样的光明，而那是注定要失败的，是要承受更大的不幸的。如果向往光明而无法得到光明或是被光明丢弃，那就像是从深渊坠落，一直坠落，没有尽头。那比强奸更残忍。不如就直接生活在谷底哪怕变成丑陋的苔藓也是踏实的。人，不能和地面失去联系。什么也无法改变了，你希望你死在这座小城，夏阳不该来这儿，他来这儿太可笑了，他竟然是为你来的，你被他搅扰得心神不宁，你完全想不到他这样做的理由，你几乎没有想起过他，他不属于你这个世界，他应该赶快回去，回到他的世界里去。至于你自己，宁愿就这样死在这座小城里。人还能有什么更高的指望吗？奶奶笃信佛教，每天念经向往西天极乐世界，但你念不进经文，也信仰不了菩萨和上帝，你只能像昆虫那样活着，然后像昆虫那样死去。你只有俯首认命，心甘情愿，有没有来世都无所谓了。

9

我早就料到夏阳这狗东西会有所图谋的，没想到他这么快就行动起来了。他又戴上了棒球帽和墨镜，一副神不知鬼不觉的傻样。他走过我身边的时候，我看了他一眼，他脸后边掩藏的笑意没有了，是一种害怕和慌乱。他太明显了，他不是一个好演员。按道理，他在官场上混得不该这么逊，喜怒不能形于色这个简单的道理他妈的连我都知道。除非，除非这家伙要干的事情太猛了，已经超出了他能忍受的范围。他究竟要干什么呢？这个问题让我焦虑，我盯着手机屏幕，电视剧里的人吵来吵去，我一个字都没听进去。我不断地抬眼望他，他装作散步的样子，走得很慢，但我一眨眼，再看，他还是不见了，不知道去了哪里。我没有勇气去寻他，我怕他只是躲藏在哪儿偷看，那样的话我匆匆忙忙去寻他就会被他立刻识破，那么他肯定会另做打算。我是有点儿害怕他要干的事情，但是我更好奇他会干些什么，二十年了，这样的一个人重新出现，你无法不产生好奇，即便你知道这种好奇很有可能是会要命的。

荔蜜等会儿就要来换班了，然后我去吃饭和休息一两个小时，一般情况下我都不会让她坐在那里抛头露面太久，她的那张脸总是让那些猥琐男的目光扫来扫去没完没了，甚至还有男人以为她也是做那个的，电话打到前台找她去房间，这种尴尬倒是没什么大问题的，我所担心的是万一她哪天真的上去了呢？哈，这种想法是有多么卑鄙无耻我是永远也不会让她知道的。可我没办法，我对她有一种根深蒂固的怀疑，她可以跟奎亮那种烂人鬼混在一起还有什么事情做不出来呢？尽管我现在做的事情也上不了台面，在客人眼里我也许是个不折不扣的皮条客，但我还是有基本的尊严和底线，那就是自己的老婆可不能陷进这个泥塘里边变成一只鸡，那样的话我觉得自己这辈子就彻底毁掉了，这比现在赚不到什么钱要可怕得多，这是我心底的噩梦。

我看到荔蜜从美容院的方向走过来了，自从本地高中部搬去了邻市，那里的顾客越来越少了，来的都是上了年纪不会打扮自己的乡下人，她们跟着挖煤的男人来到这座小城，也想努力变成个城里人。可是她们兜里没几个钱，也知道自己的男人挣的是血汗钱，想从她们身上抠出一点儿钱来可真不容易。有些美容院招了年轻小伙子给大妈做暧昧按摩，有些美容院引进了高级仪器给有钱人做各种调养，我们还是原封不动的样子，用的是荔蜜十几年前从省城学来的那套玩意儿。我们尽管会因为生意的不景气吵架，但我心底并不真的气愤，吵架就类似一种酒鬼的发泄，吵完就好了就舒服了。

奎亮出狱后，剃了个光头，从一个小混混变成了地道的犯罪分子形象。他又来找荔蜜，不过他这次表面上客气了好多，他建议我们把美容院改造成一家休闲会所。

“什么休闲会所？妓院吧？！”

荔蜜大声喊道，我从没见荔蜜那样生气过，她的脸扭曲得吓人，她几乎像个失控的洗衣机那样浑身上下震颤个不停。喊过之后，她对奎亮说的话我一个字都听不清楚，她嗓子里沙哑得跟临死的鸭子似的。奎亮那孙子欺软怕硬，真被荔蜜给镇住了，脸上露出猥琐的笑容，像是在死命掩饰自己是一个草包的事实。我拿定主意我总有一天会一枪崩了这个狗日的东西，像这样的东西，难道还有资格存活在世上吗？从那天开始我见到奎亮一点儿也不怕他了，我之前的确是个懦夫，是荔蜜给了我勇气，所以我打心眼里感谢这个女人。这个女人就算有很多问题，但那都过去了，她身上有我敬重的地方，但我一时半会儿还想不清楚那究竟是什么，那不单单是对奎亮发火这么简单，我觉得她比我对活着本身更有想法，我和她过日子，还是会觉得比和其他任何人待在一起要踏实得多。如果下次奎亮还敢那么在荔蜜面前嚣张，那么我绝不会让荔蜜冲在前面，我一定要做一回男人，我可是在煤矿里玩过命的人，像奎亮这种尿包怎么能和我比呢？他对生活到底有什么了解？我越想越觉得他令人可笑和恶心。

会有送他上路的那一天的，还没到时候，还没到时候……唉，但鬼知道怎么回事，我不仅没有杀他还和他开始了“共事”。所谓鬼迷心窍就是这样的吧。奎亮在荔蜜那里碰了一鼻子灰，没想到他把主意打到我这儿来了。说实话，我和荔蜜那会儿已经入不敷出了，眼看着我们就要走到绝境了，我甚至想我是不是又得回到矿上去挖煤了，但荔蜜对我说：“我们还是应该把旅馆做好，咱们这儿靠近火车站，地段没得说，就是太小了。我和隔壁邻居们聊天，没谁喜欢住在这里，太吵了。咱们不如借点钱，全部买下来吧，实在不行租都行，做成一个醒目的大旅馆，也许才有救。”我想了想觉得这个主意不错，我说：“主意很好，但去哪儿找钱呢？”荔蜜说：“你别管，我来凑。”我便不再多问，几天后，她真凑来了钱。就这样，我们一点点将整栋小楼都租了下来，入住的客人是比以往多了起来，但能住这里的都不是有钱的人，谁能指望靠一张床铺一晚上几十块钱发财呢？我们只是做到了不会被立马饿死，但离攒点儿钱做一点儿自己喜欢做的事情这么简单的目标都还很有距离。奎亮有一天趁着荔蜜不在来找我，我看见他感到巨大的恶心，尤其是那泛着黯淡蓝光的文身，像是市场上出售的猪排，我真想用刀子把那块东西给割下来。

奎亮神神秘秘地说介绍一个小妹给我认识，然后果然有一个年轻丰满的小妹从他身后跳了出来，好像变戏法似的。“友情价，很便宜！放心，这是男人的事情，我会保密的。”他笑眯眯地看着我，努力做出友好的表情。那个小妹穿得极为暴露，白花花的肉像一大片强光照得我几乎失明了。我除了荔蜜从没碰过别的女人，因此我当即被欲望烧昏了脑袋，像发情的公狗那样什么都不管不顾了，我甚至都没看清那个小妹的五官，抱着她沉甸甸的胸部就和她滚到了床上。完事之后，我清醒过来，才感到了后悔。我赶紧掏出钱递给奎亮，希望奎亮可以遵守诺言，替我保密。可他居然不收，还和我称兄道弟，推心置腹，提出了想和我合作的计划，那就是在旅馆里增加一项服务项目。

他说："这就是第三产业，很常见的，你肯定没去外边住过旅馆，现在哪个旅馆没有这项服务呢？"我的确没出门住过旅馆，我曾经差点去找夏阳，如果那次成功的话我肯定就住了旅馆，就能够判断奎亮有没有骗我，可现在我没办法判断，我只能相信他，我觉得这应该算不得什么大事。他掏出手机，用计算器跟我算了一笔账，吓我一跳，这样好的收入要不了几年我就不用和荔蜜像牲口一般挤在一起了，我就能做我想做的事情了。虽然到底是什么样的事情我还没想好，但我朦朦胧胧地感觉到，我应该离开这个鬼地方一段时间，去其他地方走走看看。不用说，在这个计划里，一定少不了荔蜜。

那件事只能放手让奎亮去做，因为那件事做起来毕竟还是脏兮兮的。人有人道，鼠有鼠道，需要老鼠做的事情只有老鼠才能做好。可意想不到的是，奎亮变本加厉，没经我同意就在每个房间安装了针孔摄像头，他说他不是变态而是为了生意，这些视频可以卖到国外的色情网站去赚钱，到时会给我提成。我搞不懂这个，只能由他去了，反正我觉得这事也挺好玩的，不然我的生活也太没意思了。谁没有偷看别人的欲望呢？只要不伤害别人只是那么安安静静地看看我想应该是没什么问题的。这些事我一直不敢告诉荔蜜，寻思着以什么方式让她容易接受，但我还没准备好，就被她发现了。她说："你在鬼鬼祟祟地搞什么呢？"我赶紧一五一十地告诉她，做好了她会暴跳如雷的准备，谁知道她只是冷笑了下，说："真变成婊子窝了。"然后任我再说什么她都一言不发坐在那里，以这种沉默的态度接受了事情的发生。我无法真正理解她，我猜测她之所以能接受的根本原因不仅仅是因为婊子可以赚钱，而是因为她并不爱我，因此我的所作所为她不想去搭理吧。她这样的态度像烧红的煤炭灼伤了我的心，如果她能大喊大叫起来，也许我会立马跪在她的面前，恳求她的原谅。但她如此冷漠，和当初奎亮想改造她的美容店时的反应落差太大，于是，作为报复我和这里的每一个婊子都上过床。不过这种报复并不奏效，因为在此之前我和荔蜜过上一段时间还是会做爱的，但在此之后，她拒绝我碰她，好像她已经知道了我的丑事。我只能继续找那些小婊子满足自己，这样干的后果是反而让我发现自己越来越爱荔蜜，因为我感到我的心越来越难受。

荔蜜正在走过来，我生活中唯一有价值的东西都在她身上，我每次看到她走向我都会感到非常地幸福。她向我走来，而不是向别的什么人走去，这比嘴巴上说出的爱更加直接，我坐在这里像条看门的狗一样百无聊赖，每天的最大希望似乎就是在等待着这一刻的到来：她向我走来。虽然她看我一眼之后就不再看我，不知道她在看着什么、想着什么，但她依然向我走来，像是走在我的心上，我的心被她的脚步一下一下踩着，我觉得特别踏实。如果时间可以像电脑视频那样操作，那我就把这段时间设置成循环播放，然后不吃不喝死在这段时间里边也甘心情愿。

今天荔蜜穿了一件粉红色的短袖，下面是淡蓝色的牛仔裤，白色的旅游鞋，再普通不过的装扮。幸亏不是裙子，她有一件吊带的花裙子，穿上之后我的眼光就像被胶水给粘住了一般，无法从她的身上挪开。她幸好没穿那件。如果穿了那件我一定会找个借口让她离开，我不会让夏阳那个小子见到她的漂亮的，我当然知道“风韵犹存”会让男人重新疯狂起来。今天她这么普普通通的样子在夏阳这个省城的国家干部眼里一定算不得什么，夏阳看到曾经喜欢过的人变老了、变丑了、变得毫无光彩了，也就不再惦记着了，这对大家来说都是一种解脱。

荔蜜站在我面前，看着我，那眼神命令我赶紧离开，要在以往我马上就离开了，我打骨子里希望顺从这个女人。但今天不同，今天夏阳这个龟孙子不知道怀揣了什么鬼主意在周围转悠着呢，我的嘴巴在荔蜜的注视下张开，动了动，说出了无声的话语。我很想告诉荔蜜，夏阳来了，但我不知道这样做的后果，我是个保守的人，我不想自己在里面起到什么作用。也许我什么也不说，当荔蜜突然看到夏阳的时候一定会感到惊讶和害怕，从而会非常讨厌夏阳，要是我说了，反而让她有了心理铺垫，或许还有了别的什么心思。这么一想，我打定了主意，赶紧闭上嘴巴，缓了口气，像往常一样，望着她笑笑，问她今天好不好，晚饭吃的是什么。她用几句话打发我，语气平淡，但也谈不上厌恶。我看她坐在那里，双手托着下巴，一副出神的样子，便悄悄走开了。

我当然没有去吃饭，这可不是吃饭的时候。我绕到了不远处的铁路大厦，我认识那儿的门卫，我跟他打了个招呼，说想上楼顶透透风，抽支烟。“把烟头带下来。”他瞪着眼睛说。像这么认真负责的门卫如今真是太少了。我乘电梯来到楼顶，这楼并不算高，只有九层，但站在这里望着我的小旅馆还是非常清楚的。我看见夏阳从一棵树后面突然出现，我就知道这个该死的家伙一直藏在那里打着坏主意，幸亏我当时没有跟出来，不然早被他发现了。我看到他像一只老龟缓慢朝荔蜜走去，他没有戴帽子也没有戴墨镜，他已经卸下了伪装，准备去和荔蜜见面了，我的猜测真是一点儿也没错。他来到门口，站下来，看上去不是一个人，而是一道不规则的阴影，要消失在这夜晚里边了。我看不见荔蜜，就算能看见，我也看不清她脸上的表情，我还没那么好的视力。我应该准备一架望远镜带上来，可我完全没有时间去准备这个了。过了一会儿，啊，不知道是不是过了一会儿，因为我的心里乱得已经没有时间概念了，也许他们聊了很久，无论如何，夏阳忽然上楼去了，荔蜜一直站在那里，像是在等待着什么。果然，没过多久，夏阳带着行李下来了，荔蜜跟他一起走出了旅馆。他们并排走在一起，夏阳外侧的那只手提着行李箱，他内侧的那只手看不到，但能感觉到他们挨得很近，也许手牵着手。他们向火车站的方向走去，看上去就像是一对去远方旅游的情侣。那正是我心里盘算着想做却还没做成的事。

他们绕过那棵树，走进了火车站广场，走出了我的视线。我的眼前只剩下黑暗和荒凉，我的心里也是一样。我开始后悔刚才竟然给他们创造了见面的机会，但是，如果他们是提前约好的呢？看他们自然顺溜的样子如果说他们已经为此精心准备了很久那是一点儿也不奇怪的。那样的话我还有什么后悔不后悔的。我此前经常会担心奎亮会把荔蜜从我身边抢走，可我发现荔蜜其实并不爱奎亮，她和奎亮有过那档子事完全是她年少无知造成的，有些女孩子纯真无邪可就是会突然间喜欢上一个烂人，以为那样放荡不羁的世界很精彩，最后才发现那个世界充满了可笑的愚蠢，可这个时候时间已经不能倒流了，那种可笑的愚蠢就会跟鬼魂似的待在她们记忆里，让她们开始没完没了地嫌弃自己。我想荔蜜就是这样的。我是多么理解她，可我无能为力，我所能做的都已经为她做了。夏阳还可以为她做更多的事情吧？那是确定无疑的。但我自己该怎么办，荔蜜离开后，我的眼里和心里都是黑暗和荒凉。

我吸了一支烟，想到了我为奎亮的最终结局所准备的那支猎枪，那就像是黑暗中的一个把手，虽然不知道会通向哪儿，但好歹是一个把手，握着它会感到有所心安。我没有把烟头带下去，而是直接从楼顶丢了下去，结果是一样的吧。我转身下楼，向家也就是旅馆走去。我脑袋里满是对荔蜜和夏阳在一起的各种想象，我以为我的脑袋早就跟混凝土一样迟钝无感了，可现在这种丰富多彩的想象让我的脑细胞变得异常活跃，那些戈壁滩样的麻木开始松动起来，我在被这种想象压垮的同时也变得像个真正的人那样深邃起来，仿佛一下子悟到了人活着的最本质的那些道理。我竟然还想起了中学时语文老师在课堂上讲的几句话：当星星在高处闪耀时，蚯蚓却在底层悄然泯灭；可星星的光芒，也曾照耀过一条微不足道的蚯蚓。我不能肯定自己的记忆是否准确，尤其是第二句，充满了失败者的自我慰藉，很可能是我自己的潜意识杜撰的，但管不了那么多了，我百分百确定自己就是一条匍匐在地的蚯蚓。我想钻进地下去。我第一次意识到曾经采矿的黑暗地下原来才是最宁静的。

只要，你不再心存幻想。

10

那就这样走吧，在这刚刚结束的黄昏，在这肆意铺展的夜晚。他站在窗前，看到运煤车呼啸远去，黑色的车身完全融入了夜色之中。他打开窗户，向远处尽力望，想看见远处的山峦，但是除了一团团的黑暗，什么也没看到。过了一会儿，几点移动的灯光出现在黑暗中，那是汽车还是火车他无法分辨，他只是觉得那黑暗仿佛很黏稠因而阻力很大，灯火移动得相当慢，和他此刻的心情一样。就这样走了吗？

空气中怎么充满了黏稠的滞重，让他连一个转身都变得如此困难？他深深呼吸了一口充满着煤灰气息的空气，仿佛把这里残留的记忆通通吸进了身体里打包带走，然后，自己与这里便再无关系。

他提起行李，向外走去，好像把自己硬挤进什么看不见的陌生东西里去。他来到楼下，看到荔蜜站在那里，而不是坐着，她一直站在那里等着他，想到这点他的心觉出了一些温暖。她看到他下楼来了，甚至还冲他微笑了一下，仿佛他们是约好一起去什么地方旅游。这样的想法让他非常乐意离开这个破旧却充满了象征的小旅馆。他们一起来到街上，两个人什么话也没有说，便向火车站广场走去。他不知道该说些什么，也不愿说些什么，努力保持着那种一起去度假的幻觉。他故意和她挨得很近，胳膊都触碰到了一起，但她并没有躲开，任他们的身体紧挨在一起，他想牵住她的手，却一直犹豫着没有行动。

“去省城的车很多的，这里有百分之九十的车都会路过省城。”荔蜜像个导游一样向他说道。

“是的，我知道。”他这样说完有些后悔，他应该让她继续说。

“我曾经在省城上过美容培训班，还想找过你的。”荔蜜不看他，看着候车室的方向。

“我完全不知道，”他抱歉地看着她，“要是知道的话我肯定去找你了。”

“你找我干什么？”荔蜜依然没有看他。他们并排站在候车厅门口的一侧，有了送别的氛围。

“找你……都是老同学，为什么不能去找你？”他有些尴尬。

“我那样伤害过你，你为什么还要找我？”荔蜜回过头来看着他，他看到她的眼睛里似乎蓄满了泪水，亮晶晶的，但周围光线比较昏暗，他不敢确定。

“那都过去了……是的，是有些伤害的，但是，我总会想到你，觉得你那样做也许有别的什么原因吧。”他想找个台阶，让大家都下去。

“没有什么别的原因，我自己都不知道什么原因，也许……也许我觉得你太好了吧。”

他觉得眼泪就要掉下来了，他觉得自己心底隐隐的一种感受终于得到了证实，那就是荔蜜并不讨厌他，甚至还认为他太好了。他有些喜出望外，就像是含冤监禁多年的囚犯终于看到了平反的希望。他一时不知道说什么，只是上前一步，想要轻轻抱住她。

但她推开了他，说："不过，你的好跟我没什么关系。"

他愣了下，沉冤昭雪的希望瞬间面临破灭。他无法甘心，感动与愤怒夹杂在一起终于使得眼泪掉了下来。这让他看上去有些伤心欲绝。

"这么多年过去了，我还想着你呢。"他用力盯着她的眼睛，如果那双漂亮的眼睛里真的有泪水，那么他觉得自己的目光就会像电流一样进入她的心底。

"说真的，我倒是没怎么想起过你，"荔蜜扭头不看他，她看着大厅里边，"我有我的生活，你也都看到了，虽然就这么回事，但毕竟是我的生活，我得度过里边的每一天。"

"那你过得开心吗？我觉得你并不开心。"他听出了她的软弱，就像登山找到了突起的石台，他要踩着它乘虚而入，让她不得不更多地敞开自己。

"让你看到我这样，你应该会高兴的，当初我那样对待你，现在是这样的下场，你这次回来就是寻思报复的吧？我觉得你的目的达到了，看到我可悲地还活在这个鸟不拉屎的小地方，你满意了吗？"荔蜜再次盯着他看，眼睛里的泪光没有了，因为流了出来，脸颊上湿漉漉的一片，她也并不擦拭，似乎对哭泣毫无感觉。

他右手紧攥着提包，全身都绷得紧紧的，像一把直立的弓要把自己弹射出去。他已经判断出荔蜜的这些话只不过是一些自怨自艾，这样的情绪她肯定已经压抑了太多年了，他的到来是为她提供了一个发泄的舞台，每个人都需要这么一个舞台，这个舞台将会成为一种记忆的节点，在未来的岁月中聚集各种各样的细节与想象，从而构成一个人记忆的结构，也就构成了一个人的本质。因此眼下这个时刻对于荔蜜来说太重要了，他看着她无比美丽的眼睛简直要为她悲悯得大声哭泣了。

"对不起，我绝对没有这样的意思，如果你说的可悲生活是贫穷的话，那么我的确不算太可悲，但生活不仅仅是富有和贫穷，还有更多更重要的东西，比如说，比如说我的生活中就缺少了你的这双眼睛，这是任何财富和地位也不能弥补的。”他觉得自己的话太文学了，像是夸张的台词，但这反而是他最真实的想法，是他今天第一次见到荔蜜时便升起盘旋的念头。既然这个时刻会成为最后的告别，那么他为什么不把心底的话说出来呢？他早发现人最在意的并不是日常的吃喝拉撒，人最在意的其实是自己的想象。为了想象的实现，人愿意付出在别人看来完全不值得的甚至荒诞的巨大付出。他不就是这样的吗？他清楚地意识到这一点，并为此感到了一种恐慌。

“我知道，我的这双眼睛是很漂亮，但总有老的一天。”荔蜜一直盯着他的眼睛，不再回避，她的软弱也就不再是软弱，而是一种看破红尘的洞彻。

“二十年了，它都没有变。”

“再过二十年，它一定会变。”

“不会的，”他又加入自己的想象，“当然它会衰老，但它最本质的东西不会变，那就是你看着这个世界的眼神。”

他以为荔蜜会笑话他的酸腐，但她没有，看来女人面对甜言蜜语总是会失去理智。但谁又能指责他说的不对呢？他是真心实意地那样说，就像他已经看到了那双眼睛的衰老，那些鱼尾纹，那些细微的斑点，但他在意的依然只是那双眼睛的美丽，那种美丽肯定不是一种机械的组合，那其中的的确确是有着说不清的生命奥秘，那种奥秘随着年岁的增长其实更加丰富了，似乎在鼓励着他去慢慢接近和探索。

“不说这些了，还有什么意义呢？你回去吧，我去看看车次。”荔蜜转身走进候车厅，里边零零散散坐着不多的人，她跟检票口的工作人员打了声招呼，看来他们是老熟人了。那个工作人员蓄着大胡子，有些凶神恶煞，显然注意到了他，朝他投来了一束含意不明的目光。他尽量表现得平静，让对方的目光如一粒石子掉进湖水中。荔蜜跟大胡子说了几句话，大胡子点点头，又看了他一眼。荔蜜走过来对他说：“十分钟后就有一趟车去省城的，我帮你打好招呼了，你等会儿直接上车，在车上再补票。”

他除了说声谢谢还能说些什么呢，他觉得自己很无力，顺着荔蜜的意志被安排却无法做出丝毫的反抗。他应该反抗吗？怎么反抗呢？告诉她他现在还不能走，同事还在等着他？告诉她他并不是一开始就存心来找她的而是缘于一种怀旧的思绪？告诉她他也不知道事情会弄到这一步该如何收场这是他毫无计划的结果？他们一前一后走到离检票口不远的一排椅子前，并排坐下，大胡子站在不远处，用眼角的余光扫视着他们。荔蜜坐得端端正正的，目视前方，反而格外充满了送别的凝重。他们之间这种古怪的氛围是一定会引起旁人侧目的，他觉得他们更像是一对生活多年终于离异的夫妇。

"都会过去的，"荔蜜把双手放在膝盖上，像是忽然间感到了抱歉，她扭头微笑着望着他，"你想啊，距离我们上次说话，都过去二十年了。"

"二十年发生了多少事情，数都数不清，但现在好像那些事情都没发生似的。"

"我也有这样的感觉。"

"时间像是停在某个地方，并没走，"他也回望她，笑了笑，"下次你来省城，记得找我吧，我请你吃饭。只是吃饭，老同学之间的请客，不用担心。"

"好的。"她点点头。

任何人在这样的环境下都会这样说的，仿佛那是一场牢牢约定的盛宴，而不是一种想象中的客套说辞。

"奎亮呢？在做什么？"他的嘴巴仿佛忽然失去了控制，居然问出了这么一句犯忌的话。也许是因为他看到荔蜜移开的脸上惶然的表情知道未来的那场饭局只是语言的泡影了，他的难受劲又浮了上来让他做出最后的挑衅。他迅疾感到后悔，因为他看到荔蜜听到这句话之后浑身颤抖了一下，就像睡熟的人在大冬天突然被揭开了被子，她的双手更紧地握住了自己的膝盖，仿佛只要保护好那里那么身体其他的地方就不会着凉就不会受伤。

"你问他干什么？他死了。"荔蜜说完这句话，站了起来。

"啊？！"他一愣，瞬间明白这是一句极度愤怒的气话，赶紧站起身来拉住了她的袖子。她抬起胳膊想要挣扎，但他顺势握住了她的手。他紧紧握着她的手，她反而冷静下来了。这时火车进站了，候车厅看上去不多的人聚集在检票口的时候竟然还显得有些拥挤，他顺势拉着她的手排在了队伍里边。大胡子显然注意到了这一幕，但是人群像洪水那样冲断了他目光的栅栏，他不得不频频低头验票。荔蜜想挣扎着甩开他的手，他附在她耳边说："就再送送我吧，不知道什么时候再见了。"荔蜜便由着他往前拖拽，路过大胡子的时候，他用提包挡在外侧隔断大胡子探询的眼神，荔蜜朝大胡子喊了一句："我送送他。"大胡子点点头。他们顺着人流很快就走到了车厢门口，荔蜜说："好了，夏阳，放开我，你回去吧。""你先送我上来，我有东西给你。"荔蜜迟疑地望着他。"很快的！马上！"他几乎吼叫了起来。她被他的气势给震慑了，愣怔了一下，在这瞬间，他用力一拉就把她也拉上了车。他们一起站在车厢的连接处，荔蜜焦急地说："什么东西？你怎么刚才不给，眼看车就要开了啊！""等等！"他把包丢在地上，然后张开双臂像头大棕熊一般将她紧紧抱住了。"放开我！你这个混蛋！"她这是真的发急了，他并不意外，这是搁谁身上都得发疯的事情。他把头埋在荔蜜的肩膀后边，任她如何打骂就是不放手，他听到荔蜜哭了起来，哭得很大声。他有些慌乱，很怕有人上来干涉，告他拐卖人口，但就在这时，他和荔蜜一起感受到了一阵巨大的晃动，然后脚下的地面移动了，并开始了有节奏的震动。他抬起头来，看见车站正在窗外缓慢退去，站台上的灯光像是有人按着开关似的，一下一下把光打进来。大胡子追着车跑了一会儿，然后大张着嘴巴像雕塑一样凝固在站台上。荔蜜的哭泣声已经不知不觉停止了，她泪眼蒙眬地也扭头望向窗外，眼睛里充满了茫然无助的情绪。他感觉到荔蜜的身体松软了下来，几乎完全沉入自己的怀里了，他们看上去完全是一对紧紧拥抱在一起的情侣。很快，他看到了小孙旅馆的那扇窗口，他曾长时间站在那里看火车，而此刻他却站在火车上望着那扇窗户，他知道在夜晚从那扇窗可以清清楚楚地看到车厢内的一切，因此，最残酷的事情发生了，他看到那扇窗户的后边站着一个人影，那个人影一定是小孙无疑。小孙手里端起了一根沉甸甸的条形物体，似乎是一把枪，荔蜜显然也看见了，她的手像动物的爪子样紧紧抓住他的背，嘴巴张得大大的，嗓子眼里却发不出一丝声音。这时，火车拉响了刺耳的汽笛，开始加速，那扇窗户从视野的一侧很快滑到了另一侧，随后他们看见了绚烂的火花，紧接着听见了受潮的鞭炮般沉闷低沉的爆炸声，那声爆炸被火车甩在了身后，回声变得越来越低沉，像是向下渗到了泥土深处。——他的脑海里居然又想到了那个物理学名词：多普勒效应。

“多普勒效应。”他脱口而出。

“你说什么？”荔蜜惊魂未定地望着他。

“刚才……真是特别典型的多普勒效应。”他嗫嚅着说，并不觉得自己说这话有些前言不搭后语的荒唐。

这时火车已经离开了小城，本就不多的灯火遽然远去，窗外沉入了荒凉的黑暗。车内的灯光也无法穿透那无边的黑暗，只能反射回来，这样便形成了镜面效果。他看到黑色的镜中他和荔蜜搂抱在一起，荔蜜有些迷惑地看着他，这样反而让她显得更加楚楚动人。接下来该怎么办，他一点儿想法也没有，他的思维甚至都不敢触碰他闯下的这场大祸。但他此刻认真望着镜中的倒影，忽然觉得心满意足，仿佛这是他蓄谋已久的计划终于成功了。他在那黑色的镜中看到了自己的另一重人生，尽管只是这么惊鸿一瞥，他也觉得巨大的满足。那正是他认为的作为人的本质的那种想象力的满足。他扭过头来，发现荔蜜还是一脸迷惑地望着自己，他不再犹豫，俯身吻到了那半开的嘴唇上。令他没有想到的是，那嘴唇并没有拒绝他，反而热烈地迎接着他的到来。

现在，火车钻进了山洞，像是钻进了时间的某个隐秘的拐角，他们得赶快利用这世上难得的差错做出正确的行动。

王威廉，1982 年生。文学博士，中国作家协会会员。作品散见于《收获》《十月》《作家》《花城》等刊物。出版有长篇小说《获救者》，小说集《内脸》《非法入住》《听盐生长的声音》等。曾获十月文学奖、花城文学奖。现居广州。

摊　牌

留　待

我叫刘思信，今年四十二岁，是博达印务公司的老板。你如果对省城的印刷业稍有了解，肯定听说过我的名字。我一直对朋友们声称自己在鲁西北一个偏僻村庄长大。我经常说起小时候赤身跳进马颊河里捉鱼，从河畔的树林里逮了知了猴去村头小卖部换糖吃。当然，我更喜欢说到对肉的强烈渴望。别人馋肉时都是咽口水，我却是一见到油汪汪的酱肉便不停地打嗝，就像吃撑了一样。朋友们以为，我反复说到乡村是为了用儿时的贫苦衬托如今的成功，其实，我是为了掩盖在唐城的三年生活经历。

我从来不对人说到唐城，首先是因为我在那个小城遭受过屈辱。屈辱就像被烧红的烙铁烙在心上，每当夜深人静时便会从心底凸起来。我在村里上小学时便表现出读书天赋，在一次全县语文竞赛考试中得了第三名。我父亲以为我家祖坟冒了青烟，他将我的奖状贴在堂屋最醒目的位置。上初中时，我按照学区规划只能进入一所乡镇中学。中学紧挨着喧闹的集市，教室窗户上没玻璃，感觉就像蹲在大街上，小贩的叫卖声清楚地回响在耳边。老师常常一边讲课一边侧耳倾听某种商品降价处理的消息。我父亲有次赶集顺便到学校来看我，恰巧看见一个老师抱着一捆大葱从集市回教室。老师把大葱放在讲台旁边，又拿起书本接着讲。那个老师戴着白边眼镜，裤缝非常整齐，不像误人子弟的人。我父亲从那捆大葱上看透了他的虚伪。于是，我父亲求了我母亲的一个表妹，让我插班到唐城实验中学。唐城离我家五十四里路，属于两个县。我怀抱捆成一团的被褥坐在自行车后货架上，听了父亲一路叮嘱。他提醒我住到表姨家之后要有眼色，放了学要帮着表姨多干家务活。我跟那个表姨只是前几年在某个亲戚家见过一面。父亲的反复叮嘱让我产生一种错觉，以为被送到表姨家当童工。如今想来，唐城不过是一座袖珍小城，狭窄的马路上混行着汽车、驴车、自行车。对于当时满脑子只有乡村土黄色的我来说，唐城无异于繁华都市。父亲的叮嘱声淹没在一阵又一阵的喧哗中，我忽然有种背井离乡的凄凉感。

表姨家在县城中心一条狭窄的胡同里。胡同尽头有一栋四层楼房，黄色墙漆被风雨侵蚀得像是布满尿碱。胡同口有一家花圈店，门前的样品让人误以为胡同里正有人办丧事。表姨住在二单元402，一套七十平方米的三居室。这套房子是表姨父单位分的，我在他们后来的一次吵架中，听到表姨父像疯子一样让表姨滚出去。我记得那天下午表姨接待我和父亲时还算热情，她从我父亲手中接过两瓶香油和半袋玉米面放在茶几上，顺手爱抚了一下我的头。她的手非常柔软，带着一丝淡淡的香味。我坐在沙发角落里偷偷看着她和我父亲说话，觉得她与我母亲有许多相似之处。等到我父亲刚一告辞，她的脸立马就变得有点儿冷。身处弱势的人很容易学会察言观色，身处弱势的孩子更为敏感。看到表姨将茶几上的香油拿进厨房时嘴角抽动出一丝不屑，我便急忙躲进向北的小次卧里。刚才，她让父亲将我的被褥放在小次卧的窄床上。

表姨让我住到她家是因为她心里那份难言的苦衷。她丈夫在机械厂跑业务，整天不着家。有人说他在外面包养了一个女人。表姨用了许多侦探手段也没能把那个女人找出来。她脑海中总是浮现着裸体女人和她丈夫抱在一起的色情画面，侦探的劲头愈来愈足。如此一来自然没心思管女儿的学习。小蕾读三年级时在全班考第五，如今沦落到倒数第四。我父亲求表姨帮我转学时，恰巧赶上她刚开完家长会。她听我父亲说话时脸上带着家长会给她制造的尴尬，刚听我父亲说完，便立时有种茅塞顿开之感。她对我的学习成绩早有耳闻，也相信“寒门出贵子”的说法。她痛快地答应并不是想成全我，而是觉得她家将迎来一个不花钱的小保姆。我可以接送小蕾上学放学，晚上还能辅导小蕾做功课。少了女儿的纠缠，她可以腾出更多精力对丈夫进行缜密侦查。关于小蕾我就不多说了。趁我睡着拿毛笔在我脸上画眼镜，在楼下垃圾堆前逮了蚊子放进我的蚊帐里。刚开始我以为她欺负我，后来发现纯粹是顽皮。

当时我躲在小次卧里拿手背不停地擦眼泪，感觉受了屈辱。听到表姨拿着拖把在客厅里拖地，我竟然忘了出去帮一下。直到我在泪眼模糊中看到自己的书包，紧缩的心才稍微松动一些。我盼着快点儿去学校，那里是我的舞台。我自信只要经过一次简单考试，便会引来老师的赞赏和同学们敬佩的目光。我没想到，上学第一天却再次尝到了屈辱的滋味。

我跟着江老师走进初一 3 班的教室。江老师个子很矮，留着小分头，头发上打了很多蜡。他的眼睛很大，眼镜却很小，眼珠稍微一动就像要从眼镜里跳出来。他站在办公室门前跟我表姨说话时，一直紧盯着她白皙的脖子和微露的胸脯。他跟表姨是高中同学，据说当年追求过她。江老师对表姨说，把他交给我你就放心吧。江老师领着我朝教室走时没跟我说一句话，甚至没有看我一眼。我背着沉重的书包尾随在他身后，感觉自己像一条被主人厌恶的小狗。他径直走到讲台上，教室里的交头接耳并没有因为他的到来而减少。他拿着板擦敲了敲黑板，说给同学们介绍一个新同学。说完才发现我站在门口没进来，他皱着眉头冲我招了招手。我往前蹭了两步。我一进门，教室里便陷入一片寂静。寂静里涌动着一丝诡异，我心里有点儿发毛。我孤独地站在门边，就像正在被罚站。我先看到了密密麻麻的人头，随即又看到他们身上鲜亮的衣服。我突然感到了自己的寒酸。临来唐城时，母亲连夜给我缝制了一身青布衣服，还专门给我买了一双球鞋。衣服做得有点儿大。我对着镜子试衣服时，看到领口里裸出的脖子特别长，像是伸着脑袋要去找什么东西。我将领口往上提了提。母亲说，正是长个子的时候，做大一点儿，明年还能接着穿。此时面对着一片探究的目光，我急忙将脖子缩了缩。江老师说，这位新来的同学叫刘思信。话音未落，同学中就有人问，他要给谁留“死信”？教室里爆发出一片哄笑声。江老师轻轻推了一下鼻梁上的眼镜，目光越过全班同学的头顶望着对面墙壁上的黑板，想静等哄笑声自动中止。哄笑声迟迟不停，又有个更高的声音喊道，瞧他的褂子，真够洋气的。有人接茬道，这是上海最新流行款式。我不知在门边站了多久，也不知自己在眨眼之间已经博得了“留死信”和“刘大褂子”的外号，我甚至不知道自己是怎样坐到最后排角落的位子上的。我的耳边一直回响着邪恶的笑声，我的脑子成了黏稠的糨糊，心底只有一个强烈的念头，赶紧离开这里。

我之所以没离开，是因为我很快和张伟强、李双海、王小路交上了朋友。有了他们，我在陌生的小城有了一丝归属感，再也没人当面叫我的外号了。

张伟强的老家也是一个偏僻村庄，连马路都不通。每次下大雨都会使他的老家变成一座孤岛。村里人如果有急事要办，就不得不像鱼一样游出来。他在唐城读书寄居在姑姑家。他姑姑在官道街开了一家包子铺，他每天早晨上学手里都握着两根油条，他一闻到包子味就恶心。他非但没因自己的乡村身份遭受城里孩子的歧视，反而是个被羡慕的人。他满口北京话，一张嘴便带着居高临下的气势。他父母在北京做生意，他在北京读完小学才回来。他主动找我说话是因为一次测验考试。我是全班唯一得满分的人。我的成绩并没有受到同学们的羡慕，反倒招来很多不服。刘大褂子怎么考那么高？有人说，肯定是他在袖子里藏着小抄。那天下了课，我上完厕所便坐在南墙根下的一块石头上，苦思着怎样对父亲说退学的事。张伟强凑到我身边说，思信，你好。我有点儿吃惊。我转学十天以来从未有人跟我说话，好像谁跟我说话便会降低身份。我特意辨别了张伟强对“思信”的发音之后，冲着他笑了一下。张伟强说，你是个有真本事的人。我吓了一跳，以为他在讽刺我。看到他的表情很真诚，我又有点儿不好意思。他在我身边蹲下来，掏出一块口香糖递给我。他说，那天他没笑。我一蒙，随即想到他说的是我刚走进教室的那一刻，我的脸有点儿红。他说，当时他心里很难受，他想起了在北京上学的时候。我后来知道他家对他的学习非常重视。在北京没户口，考大学时还是要回原籍，早回来比晚回来强，山东的中学比北京的中学抓得更紧一些。张伟强也知道只身回老家读书肩负着光宗耀祖的使命，可学习成绩总是上不去。就像他对我说的，脑子使不上劲，所以他对我挺佩服。人和人之间的默契感很微妙。我听到他对“思信”正常发音时便感到一丝温暖。当他坚持要把口香糖送给我时，我已经非常感动。他见我一再推让，便直接将口香糖填进我的嘴里。

李双海和王小路跟我不是一个班，他们和张伟强很早就是朋友。李双海家在国棉厂家属院，父母是早年从省城下乡的知青。王小路的父亲是城关供销社第二门市部的负责人，母亲在土产公司当临时工。他家住在门市部后院的两间小房子里。院子里摞满了菜坛子和水缸。王小路的母亲对我很好，不时留我在她家吃饭，有次下雨还让我住在她家。她对治疗小孩儿感冒有一套独特的方法，不打针，不吃药，只需对小孩儿的后脖颈和双手手掌进行按摩。她曾经给我治过一回。她对我最常说的一句话是，思信，你学习好，一定要多带一带我家小路呀。

如今想来，他们三个人确实让我在陌生的小城里感到了温暖，可也正是与他们的结交注定了我的不幸。

如果不认识他们，我不会跟马奎的死亡扯上关系，更不会在后来的日子里受尽煎熬。

我的语速是不是太快？这是因为三天前的傍晚我突然变成了哑巴，今天上午刚能说话，我很怕自己再次失声，所以有点儿急不可待。

我突然失声时正在车间里给工人们开会。我每周五下午五点半都要开一次会。对于私营企业来说似乎没必要，朋友们笑话我是在满足潜意识中想当官的欲望。我觉得私营企业比国有企业更需要开会。国有企业本来就有个成型的壳，员工进入壳子便能随着约定俗成的规则运转。私营企业里是一群散兵游勇，每个人的脑子里只装满个人收益。我开会就是要提醒员工，不要以为企业死活跟个人没关系。我们相当于在一条船上。当然了，说法有许多种，都是从不同角度说明我与他们同荣共辱。开会的好处一次两次体现不出来，时间一长，我的员工跟其他私企的员工就很不一样了。

我对这次开会非常重视，前几天新招了六个工人，他们是第一次听我讲话，我想让他们尽快融入到企业中来。正是交接班的时间，我站在一箱尚未开封的铜版纸上，员工们像士兵一样整齐地站在车间的过道里。望着他们仰视的目光，我心里闪过一丝激动，不由得又想起自己十七岁那年背着简单的行李来省城打工的样子。房顶的日光灯雪亮，甚至可以看清每一张脸上的毛孔。我对开会颇有经验，讲话时心里要做到目中无人，眼睛又像是在关注所有的人。目光集中在某个人身上，容易使自己分心，其他员工也会感觉受了冷落。我脸上带着习惯的笑意，看了所有人一眼，正想说话时，心里忽然莫名地一颤。那几张陌生面孔掺杂在五十多张熟悉的面孔里，我觉得像是在米饭里看到了沙子。我知道这种感觉很不应该，厌恶感却又如此强烈。我极力克制着心底的不适，想尽快把话讲完。腹稿的突然缩短使我的脑子有点儿乱。我又看了员工们一眼，脑袋像是挨了一棍似的晕乎乎的。我将手伸进裤袋狠狠地掐了一下自己的大腿，钻心的疼痛让我的心神稍微稳定了一些。我清了清嗓子，正要开口说话时，忽然发现自己根本说不出来。我的嘴张了张，用舌头舔了舔嘴唇，感觉嘴巴已经不是自己的。我心里的语言已经集结在嗓子眼，像梗着一堆鱼刺。我稍微扭了一下脖子，像是要呕吐一样喉咙猛一用力，第一句话终于钻了出来。话一出口，自己先吓了一跳。我竟然听不到一点儿声音。我以为自己失了聪，便抬起左手轻轻揪了一下自己的耳朵，我清楚地听到院子里货车驶过的声音。如此诡异的突然失声让我感到一阵恐惧，头上的冷汗像虫子一样顺着脸颊往下爬。为了不让人看出我的狼狈，我脸上始终残留着一丝笑意。我冲着工人们匆匆摆了一下手，从纸箱上跳下来仓皇跑出了车间。

妻子带着儿子开车来厂里接我时，我正躺在办公室的沙发上翻阅一本我厂承印的文学杂志。儿子一进门便从我手中将杂志抢了过去。他说这期杂志上有他语文老师的一篇散文。儿子今年刚上重点中学。他不会像我当年那样因为穿着寒酸被同学起外号，也不必再借住在亲戚家被当成小保姆。正是他的出生让我下决心在这个城市扎下根来，他那毫无意识的嘹亮哭声是我创业的最大动力。妻子坐到我身边，用力拍了一下我的肚皮说，你闹什么鬼？她脸上带着一丝不悦。刚才她打电话问用不用来接我，我接起手机才意识到自己说不出话来，直接挂断又不好，便将手机在办公桌上敲了敲。我望了一眼办公室里迎门摆放的佛像和香炉里缭绕的青烟，庆幸自己的意识还算清醒。我没感到身体有其他不适，便决定不让妻子承受我突然失声的恐慌。我起身从桌上拿起笔，在一张纸上写道，从今天开始，我三天不说话。妻子瞟了我一眼，笑道，今年这病犯得早呀。

我的情绪在每年中秋节前都会陷入低沉，呆头呆脑，连饭也不吃。为了不让人发现我的心结，那几天我把自己关在书房里独自面对佛像。妻子问我想干吗。我说，思过。妻子笑道，看来你做过的亏心事还真不少。现在她早已接受了我每年按时思过的癖好，甚至觉得我这种癖好很有价值。我们厂子每次扩张的决定都是在我思过之后做出的。她不知道我为什么偏偏要在中秋节前思过，她只知道我很爱她，这可以从性生活上感觉出来。我与她是一块儿打工时认识的。当年她是个干瘦的女孩儿，头发有点儿黄。随着年龄渐长，她的身材丰腴了许多，竟然显出了贵妇的姿态。过了这么多年，我愈来愈觉得娶了她就像捡了大宝贝。她对数字极其敏感，脑子像大型计算机，将全厂的账目处理得井井有条。我这辈子都不会告诉她我为什么思过。妻子以为她从小就认识我，永远不会想到我在十六岁那年惹上了命案。我心里一直无法抹去马奎临死之前的惨叫声，农历八月十四是他的死日。

轿车刚驶出印刷厂大门，我就急忙拍了拍妻子的肩膀让她停下来。我忽然意识到了自己失声的原因。我想写纸条，一时又摸不到笔，便拿手机给妻子发了一条短信，让她去把新招的工人名单拿给我。厂里招工的事是由车间主任老肖负责的。妻子扫了一眼短信，重新启动了轿车。她略显气愤地说，说句话能把你累死吗？她用手抻了一下勒在胸部的安全带，又说，新工人的名单都装在我脑子里。

二十六年前的农历八月十四深夜，我们躲在一棵大槐树的阴影里等待马奎出现时，谁也没想弄死他。我和李双海、王小路每人各握着半块砖头，张伟强手里拿着两块。

张伟强说，他女朋友小曼被马奎强奸了。张伟强在初三下半学期开始跟小曼谈恋爱。小曼属于早熟的女孩儿，个头儿高挑，胸部丰满，穿得花枝招展，一双灵动的大眼睛喜欢在男生脸上飞来飞去。她上学三天打鱼两天晒网，老师也懒得管她，都知道她正等着国棉厂招工去那儿上班。张伟强对我说要追求她时，我有点儿替他担心，我早就听说小曼经常跟社会青年混在一起。张伟强说，爱情到来时真是难以控制，心里整天像地震似的。张伟强并不是跟我商量要不要追小曼，而是已经开始了。他说要带着她去北京。他们已经一块儿看过两次电影，还在阴暗的光线中接过吻。张伟强正暗自筹划带她去北京住在哪里时，她却突然提出了分手。张伟强像挨了闷棍一样满眼冒金花，等理智稍微一恢复，才想起问为什么。小曼掉了几滴眼泪，说分手是为了他好。张伟强觉得一点儿也不好，想哭。他一再追问，小曼便小声说，她已是马奎的人了。

马奎比我们大几岁，早已退学混迹社会，经常骑着摩托车在午夜的大街上飞奔，据说颇受黑道头目马汉的赏识。马奎的头发烫成爆炸式，打眼一看跟歌星费翔有点儿相似。马奎自称他奶奶确实有着欧洲血统。他家住果木市街南口，家里开着一个自行车修理铺，门口挂着一只生锈的车圈和几条满是补丁的破车胎。他父亲非常苍老，有哮喘病，常常坐在修车铺门前的矮凳上咳成一团。

张伟强说到马奎强奸小曼时把我吓了一跳。我从没想到如此重大的刑事案件会突然出现在身边。我们说话是在唐城一中的操场边上。我上了高中，已经从表姨家搬到学校宿舍里了。张伟强没考上高中，依然留在初中复读。这几年他的个子长得挺快，站在一群初中生里像羊群里的骆驼。我下了晚自习，看到他正在宿舍门口等我。我的心立时一沉。自从拿到高中录取通知书的那一刻，我便决定跟他们三个人疏远。我跟他们的情况太不一样。张伟强上不上学无所谓，随时可以回北京。他家的生意愈做愈大，据说在昌平新买了一百亩地。李双海早就对上学没兴趣，初中没毕业便到国棉厂上班了。王小路考上了高中，却没上。他学习成绩一般，读下去也对考大学没把握，他家替他制订了一个稳妥的人生方案。他父亲提前办了病退让他接班，如今他已经站在城关供销社第二门市部的柜台后面，跟着两个中年妇女当学徒。门市部的生意很清淡，加上那两个阿姨挺疼爱他，他便整天无聊地捧着本闲书。我与他们疏远不是因为不重友情，而是他们各有前途，我的前途只能靠上学来争取。张伟强召集了三次聚会我都没参加。我不愿看到李双海和王小路那副小小年纪便终身有靠的得意神情，也不愿听张伟强聊小曼。我以为张伟强已经知道我的想法，却没想到他又到学校来找我。夜色中的操场空旷得有点儿瘆人。这一片原来是坟地，据说深夜站在操场边会听到女人的哭声。

张伟强掏出香烟点上，吸一口后便将烟头藏在掌心里，说话时带着咬牙切齿的劲头。

张伟强说，竟敢欺负到我头上，一定不能放过他。

我觉得小曼被强奸的事不应该由我们来说，应该让她去报案。

张伟强气道，报个屁案，她根本不承认被强奸。

我有点儿蒙，脑子转了好几圈才回过神来。我不由得替他感到一丝庆幸。跟小曼吹了是件好事，接下来可以安心读书，复读一年再考不上高中，太丢人。我心里这样想，说话时居然没忍住自己的好奇。

我问，那你怎么认定她被强奸了？

张伟强说，你看马奎家的条件，小曼怎么会看上他？她要不是被强奸，跟我说分手时为什么会哭？

我一时搞不清他的逻辑，心里忽然冒出一丝疑惑，他为什么来找我？看到远处宿舍窗口的灯光突然灭掉，我觉得在操场边待的时间太长了。我正想着中断马奎强奸小曼的话题，张伟强将香烟扔到地上，用脚尖狠狠踩了一下，说出了来找我的目的。

他说，咱们是两肋插刀的朋友，教训马奎时，你一定要帮忙。

我的心一下子提了起来。跟马奎打架，我们根本不是他的对手。我曾见过马奎带着几个长发小伙子在校门口揍一个高三男生。那男生又高又壮，是校篮球队的主力，眨眼间便满脸鲜血躺在马路牙子上。放学后拥出校门的同学还没看清是怎么回事，马奎他们就已经骑着摩托车跑远了。张伟强为了小曼的移情别恋竟想跟马奎较量，我觉得他有点儿疯狂。我不愿让他拿鸡蛋碰石头，更不想让自己掺和进古怪的情仇里。一阵微风吹过来，我不由得打了个寒战。我看着他在夜色中又掏出一根烟，一时不知该说些什么。此时无论说什么都像是对两肋插刀的背弃。

张伟强问，你怎么不说话？

我梗了一下脖子，问，小曼跟马奎吹了之后，你还要她吗？

张伟强冷笑，我怎么会吃别人的残羹剩饭？

我心里一喜，以为找到了让他放弃寻仇的理由。正想说话时，忽然听到他又冷笑了两声。他的笑声里透着洞察一切的高傲。

他说，我知道你想说什么，现在这事跟小曼没关系，是我跟马奎的事，我不能咽下这口气。

我问，你跟王小路和李双海说过吗？

他说，还没有。

我忽然有了一丝解脱感。我相信他们也不敢找马奎较量。

我说，最好跟他俩说一下。

张伟强说，他俩肯定没问题，关键就是你，所以我先找你商量。

我一下子僵住了。我忽然感到四周特别静，就好像突然被抛进一个深邃的洞穴里。张伟强用话语将我所有的退路都堵死了，留给我的只剩一句话。我不想突然失去友情，更不愿让人看出我的懦弱。我深吸了一口气，努力控制住心跳，说出了张伟强此刻最想听的话。

我说，我也没问题。

张伟强接下来在召集人手时还是遇到了问题。问题出在李双海身上。李双海上班之后闲得无聊，新添了拉帮结伙寻衅滋事的爱好。他很高兴张伟强送来一个练手的机会。当听说交手对象是马奎时，李双海急忙摇头。他倒不是怕马奎。国棉厂家属院的孩子与唐城胡同里的孩子素有不睦，打群架的事时有发生。前些年曾有过一次大规模械斗，公安局抓了十几个人才平息下来。不久前李双海还看到马奎被国棉厂二区的一个小伙子揍得跪地求饶。马奎固然是国棉子弟的手下败将，但李双海却从马奎的失败中看到了他的能量。菜市街的马汉出面了。马汉在国棉厂有朋友，一起蹲监狱时认识的。揍过马奎的那个人一见马汉找上门，立时意识到问题严重，急忙答应出钱摆酒，给马奎道歉。

李双海苦着脸说，对付马奎这种小混混儿手到擒来，问题是他身后有马汉，我们不得不谨慎些。

张伟强早就知道马汉，他以出手又快又狠而著称，因为打架已经“三进宫”。在马汉们的世界里，“进去过”不是耻辱，而是像在胸前挂了勋章。张伟强坐在李双海的宿舍里垂头丧气地抽了两根烟，不知接下来该怎么办。如果教训了马奎再被马汉逼着摆酒席，岂不是更窝囊？想到去跟马汉较量，张伟强自己心里先哆嗦了一下。又想到小曼的眼泪，张伟强抬手在脑袋上擂了一拳。李双海不愿看到张伟强捶自己，也不愿承认怕马汉，他如果承认了，相当于丢了全体国棉子弟的脸。他又递给张伟强一根烟，说先别着急，再想想办法。说着看了一下手表，说他马上要上中班，让张伟强先跟小路商量一下。

张伟强觉得跟王小路没什么可商量的。王小路长得有点儿瘦小，搬自行车都费劲，隔三岔五还闹点儿病，不是肚子疼就是脑袋疼，打架的事根本不能指望他。张伟强逃了一天课专门找李双海商量，就是看中他国棉子弟的身份。我们跟马奎打斗时如果吃了亏，李双海身后的弟兄们肯定会出手相助。没想到李双海还没听他充分表达出对马奎的仇恨，就先打了退堂鼓。张伟强出了李双海的宿舍楼在大街上发了一会儿呆，一时无处可去，便骑着自行车去了王小路的门市部。没想到王小路的一句话打开了教训马奎的新思路。

王小路说，明着干不过他，咱们给他来阴的。

王小路说话时眼睛里闪着光，张伟强很意外。他本来只是到王小路这里坐会儿，喝点儿水，熬到放学时间好回家。他进门时王小路正拿着苍蝇拍打苍蝇。王小路打死一只苍蝇便放在柜台角落的一个小茶碗里，茶碗已经快满了。王小路一见张伟强进门，立时握着苍蝇拍迎上来，说他正想去找张伟强呢。张伟强一愣。王小路说话前先朝左右看了看。门市部里很萧条，除了货架根本就没其他人，他只是以此凸显说话内容的神秘性。他凑到张伟强跟前小声说，我昨天看到小曼坐在一个男人的摩托车上。张伟强无精打采地说，我跟她吹了。王小路很纳闷。张伟强带小曼来过门市部一回，借打气筒给小曼的自行车打气。王小路顺手从货架上拿了一只新的给他们用。小曼比王小路高半个头。王小路偷瞟了一下她的胸脯，自己先羞红了脸。小曼大方地问他是否有女朋友，如果没有，她可以把一个姐妹介绍给他。王小路张口结舌不知该说什么，心里立时对小曼有了种亲近感。此时王小路不知道张伟强是被甩，只是对他们的恋情告吹很惋惜，他说他觉得小曼挺好的。这句话再次勾起了张伟强的怒火，他把马奎强奸小曼的事又说了一遍。王小路还没听完便像自己女朋友遭到强奸一样怒目圆睁，他拿着苍蝇拍在一捆麻袋上狠狠抽了一下，大声说道，大丈夫三不让，妻、财、子，绝不能饶了马奎。王小路的表情让张伟强有种突遇知音之感，很是兴奋了一下，可一看到王小路的身板，又闷头叹了口气。王小路说，叫上思信和双海，我就不信咱们四人办不了马奎。

张伟强无奈地说到了我的犹豫和李双海的顾虑。王小路轻轻点着头。他眨着眼睛望着货架上的几把茶壶，出神地想了想，决定来阴的。

张伟强觉得来阴的不好，不解恨。马奎不知道是谁冲他下手，这仇相当于没报。

王小路苦笑，你听说过匿名信吗？

张伟强茫然地看着王小路。他知道匿名信，却不知匿名信跟自己报仇有什么关系。

王小路说，写匿名信的人怕被报复，为什么还要写？

张伟强顿时觉得话题有点儿深刻，凝神盯着王小路的脑门。他记得王小路在学校时智力很一般，没想到坐在门市部柜台里之后脑袋里添了这么多弯弯绕。

王小路说，写匿名信的好处就在于不被报复的情况下一解心头之恨，这跟偷袭马奎是一个道理。

张伟强一听绕了一圈又回到偷袭上，便轻轻摇了摇头。

王小路有点儿着急，你怎么这么死心眼呢？

王小路见跟张伟强总也说不通，当天夜里，他独自找到了李双海。

李双海上班后自诩为“混社会的”，他觉得张伟强在社会上受了气找他求助是理所当然。他知道自己今天的表现让张伟强很失望，他说“谨慎些”很容易让张伟强理解成他在推托，或者直接认定他是个胆小如鼠的人。李双海上班时脑子里老是跳跃着张伟强捶脑袋的画面。李双海当时没什么感觉，过后却觉得像是捶在自己的心上。他想尽快把在张伟强面前表现出的懦弱弥补回来。下班时他约了几个朋友去国棉厂旁边的迎春街夜市喝啤酒，想商量一下如何做到教训马奎之后不让马汉出面。他随着下班的人潮刚一走出厂门，就看到王小路正在马路边的一棵柳树下等着他。

李双海递给王小路一根烟。王小路本来不抽烟，见李双海旁边的几个伙伴都叼着香烟，便接了过来。王小路说偷袭方案时有些激动，就好像自己突然拥有了运筹帷幄的才能。他在马路边等李双海时，心里又对偷袭方案进行了更周密的完善。李双海还没听他说完，就激动地猛一拍王小路的肩膀说，好主意。王小路不像李双海那样兴奋，反倒有些沮丧，说主意再好，可张伟强不同意呀，我来找你，就是让你劝劝他。李双海很纳闷，他怎么会不同意呢？

他们三个人商定方案时我不知道。张伟强一直没来学校找我，我以为他已经把古怪的情仇消化掉了。王小路跑来告诉我张伟强终于接受偷袭的方案时，我的心又提了起来，以为要马上拉我去找马奎打架。王小路说话时眉飞色舞。我呆着脸听了一会儿，终于明白他的兴奋是因为在他的奔走下使他们三个人统一了认识。我后来才知道说服张伟强接受偷袭是多么费劲。张伟强坚持跟马奎明挑，他想让小曼看到马奎被打趴在地的样子，即使为此拘留几天也在所不惜。王小路和李双海不想被拘留，坚持搞偷袭。张伟强觉得他们不想帮他，最终是李双海用另一套思路引领着张伟强从思维死胡同里走了出来。李双海认为偷袭成功后，即使不能把马奎整残，也会搞成重伤，反正再也不可能骑着摩托车带小曼到处转了。

李双海问，你觉得小曼会去照顾马奎吗？

张伟强肯定地说，不会。

李双海说，她如果去照顾马奎，俩人散得更快，我们都见过马奎家修车铺里乱七八糟的，小曼却是个喜欢攀高枝的人。

小曼已经到国棉厂上班了，跟李双海在同一车间，但不是一个班。李双海听说小曼最近开始和车间主任的弟弟眉来眼去，可能是顾忌马奎，俩人的关系还没公开。

李双海感叹，漂亮女人其实和狗屎差不多，都喜欢招苍蝇。

张伟强被绕得有点儿晕。马奎的事还没完，又跳出个车间主任的弟弟。如果哪天小曼再找个厂长的小舅子，或者是支书的侄子，他突然发现她后面遇到的都是他不认识的人，当然也谈不上仇恨。稍微一联想，张伟强心里就空阔了许多，不知不觉中对马奎的仇恨便淡了许多。

李双海见张伟强出神，立时意识到刚才的比喻不恰当。他不知道张伟强内心的变化，只想赶紧用话把刚才的比喻遮盖住，免得张伟强多心。

李双海说，当年武松因为嫂子被夺干掉了西门庆，放心吧伟强，我们也绝对不含糊。

张伟强的双手像洗脸一样在脸上搓了又搓，事情愈来愈复杂，已经超出了他思考的范围。他想快刀斩乱麻，让自己从焦虑中走出来。听李双海说到武松，他一时没回过神来。此时正在王小路的门市部里。下了班，门窗紧闭，屋子里的光线非常昏暗。仨人趴在柜台上，互相看不清对方的脸。张伟强感觉像是在梦里，听到王小路表决心时，他才知道身处何地。

他懒洋洋地说，好吧。

接下来在对偷袭的具体筹划中，张伟强变成了局外人，主角换成了王小路和李双海。他俩把偷袭当成自己的事，却对于实施时间有着严重的分歧。王小路主张趁着夜深人静，马奎一个人在街上走时，冲上去一棍子把他打晕，然后让张伟强猛抽他一顿。这种干法看似可行，实际上纯属异想天开，执行起来难度太大。别说很少看到马奎一个人在街上走，即使他夜深人静在街上走时我们也不知道，这需要我们没日没夜地盯着他。李双海却对偷袭时间的选择非常苛刻。他觉得最好赶在他上夜班之前，夜里十一点半左右。李双海这样想是抱着好汉不吃眼前亏的心思。唐城太小了，走在大街上的人都面熟，打了马奎的闷棍难保不被人看见，如果马奎的兄弟们追上来，他已经及时躲进了车间里。可这理由又不便于说出口，所以，王小路催促行动时，他总是说再等等吧，他最近身体状态不太好。李双海不出手，王小路也不敢贸然行动。王小路坐在门市部里，每当看到马奎骑着摩托车从门口呼啸而过时，心里便会闪过一丝失落。这种局面下，无异于主动放弃了偷袭。张伟强整天闷头去上课，坐在教室里呆着脸出神。王小路在门市部里从失落过渡到了失落透顶。一天下午，马奎和两个人来门市部里买东西，王小路脑子里闪过偷袭方案，觉得特别遥远，不由得苦笑一下。马奎愣怔着眼睛问，你笑什么？王小路心里一颤，抖了抖从马奎手里接过的百元钞票说，听说就要出千元面值的钞票，我在想，到时候找钱多费劲呀。马奎怪怪地看了他一眼，接过零钱转身走了。王小路望着他的背影，非常佩服自己的机智。

农历八月十四晚上，我下了晚自习刚一走出教室，李双海突然从一棵树下闪出来。我吓了一跳。他将我拉进黑影里，诡秘而兴奋地说，马上行动。我后来才知道，李双海从没打算放弃惩治马奎。正是马奎让他先后在张伟强和王小路面前暴露了自己的懦弱，马奎成了他心里的一道坎，跨不过这道坎，他觉得这辈子都在朋友面前抬不起头来。连他自己都没想到，跨越这道坎的时机来得如此突然。马汉被警察逮捕了，因为他前天晚上在县政府招待所门前打断了一个日本人的三根肋骨。日本人是来唐城考察投资环境的。马汉手下的喽啰们陷入一片惊慌，再也不敢成群结队地在街上晃悠。此时马奎正独自一人在迎春街夜市的小吃摊上喝闷酒，待会儿回家时肯定要经过东关大桥。李双海已经通知王小路和张伟强。我们将埋伏在东关大桥西头的一棵大槐树下。

我懵懂地看着黑影中面目模糊的李双海说，我去能干什么？

李双海说，你去了相当于增强百分之二十五的火力。

这时正好有个同学叫我，我说可能是老师找我有事，想甩开李双海一走了之。我还没转身，李双海就一把将我拽住。

他气愤地说，刚开始是你挑着张伟强去和马奎拼命，我们的火都起来了，你又想甩手，什么意思？

我有点儿蒙，随即有种百口莫辩的感觉。我还在发愣，李双海便已经从墙根推过他的自行车。他狠狠地拍了两下车座子，口气里带着命令的味道，走吧，我带着你。

我坐在李双海的自行车上去往埋伏地点的途中，刚开始非常纠结，当听李双海详细讲解了袭击方式后，反倒有点儿庆幸终于可以从一场麻烦里脱身了。砸闷砖比打闷棍强。打闷棍需要贴近马奎，危险性太高，砸闷砖无非是隔着老远把砖头扔出去，证明自己对待朋友的一种态度，砸中与否似乎都不重要。

我问，谁跟你说我挑着张伟强去拼命？

李双海一路上骑得太快，到北湖岸边的上坡路时有点儿气喘吁吁了。他说，那个不重要，重要的是今晚把马奎干趴下。

我把袭击马奎的筹备过程说得如此详细，并不是想推脱我对马奎之死所应负的责任，我只想说明我一直处于被动地位。他们商量时没跟我说，到了砸闷砖那一刻偏偏叫上了我。我一直在后悔，那天晚上我坚持不去，李双海也不会把我怎么样。我之所以坐到他的自行车上，是因为我心里突然燃起一团怒火。他说我挑唆张伟强去找马奎拼命，我要跟张伟强当面对质。我最恨的就是朋友中间有人玩两面三刀。

我一直没获得对质的机会。马奎的死亡超出了我们的预想。农历八月十五夜里，在李双海家，我们坐在沙发上谁也不说话。李双海住在国棉厂家属院四区，他父母回省城探望他爷爷奶奶了。屋里没开灯，月光透过窗玻璃洒进来。我们脸上好像涂满银粉，亮得瘆人，仿佛刚从墓穴中钻出来的鬼魂。邻居家有人在喝酒，他们说话的声音稍微一高，我们便同时哆嗦一下。不知过了多久，李双海打破了凝固的气氛。他说，老这样不行。说着起身去厨房拿来一个蓝花碗，另一只手拎着一把明亮的水果刀。我记得那把水果刀特别长，好像还很沉，坠得李双海歪斜着身子。它反射出的月光不停地跳动，晃得整个屋子像一座正要散碎的冰窟。张伟强、王小路和我吓了一跳，惊恐地看着李双海手里的刀。李双海将刀和碗放在茶几上，从旁边小柜子里拿出一瓶白酒，用牙齿咬开瓶盖，将酒倒进碗里。他倒得太猛，我眼看着一滴酒花像一颗珍珠似的跳起来撞在我的右脸颊上。针刺一般的冰凉使我全身起满了鸡皮疙瘩。李双海再次将刀握在手里，郑重地说，咱们本来就是两肋插刀的朋友，从今往后更亲近了。说着，他将刀尖麻利地探到左手食指上轻轻一挑，随即将左手伸到碗沿上，一串鲜血像被水枪喷出来似的射进酒里。鲜血沉到碗底，像是新投进一枚锈迹斑斑的古币。李双海将左手食指伸进嘴里轻轻吮吸着，右手的刀递到张伟强面前。

我不知自己用刀挑破手指时是什么表情，但我清楚地记住了他们拿刀扎自己时的样子。张伟强将刀接到手里时有点儿哆嗦。见我们都在看他，才紧咬着嘴唇将刀尖伸到指肚上。刀尖停在他左手的指肚上迟迟不动，好像在尽情享受刀尖的凉度。由于想象中过分夸大刀尖入肉的痛感，他的嘴唇愈咬愈紧，嘴唇上渗出了鲜血，刀尖依然在指肚上颤抖。王小路扎自己时特别坚定，就像准备捅别人。由于动手时紧闭着眼睛，刀尖挑偏了，右手的力度也没掌握好，使得刀刃在指肚上横着切了一刀。或许是因为手上的疼痛感跟想象的太不一样，鲜血已经流了出来，王小路却还发愣干坐着。最终是李双海拿起他流血的手指伸进碗里。伤口跟酒精一接触，王小路身子一抽，哭了。整个过程中数李双海最冷静。他动作娴熟，表情镇定，好像曾将类似的把戏玩过好多回。

我记得那碗酒特别黏稠，喝下去时就好像有个沾满肉汤的钢球穿过喉咙直直地砸进胃里。我不记得酒的味道，因为我喝的时候屏着呼吸。我们四个人轮流着喝干了酒，李双海将空碗举起来摔在地上。随着瓷花散落在地，我心里忽然掠过一丝轻松。我只是听说过这种仪式，从来没想过自己会亲身经历。接下来在李双海的提议下，四个人的手紧紧握在一起。然后，我们发了誓。誓词是现成的，从黑帮电影或武侠小说中随便挑两句就行。其实，我们每个人都清楚，在冠冕堂皇的誓词背后，是一句不敢说出口的话。

我从来不敢回想马奎的死亡。我每年中秋节前躲在书房里思过也不是想他，我甚至都不想张伟强、李双海和王小路。我像修行的僧人一样闭目打坐，恰恰是为了忘掉他们。

张伟强的突然出现，使二十六年前的那个夜晚又像梦魇一样罩住了我。

我坐在轿车里回家的路上，听到妻子像老师点名一样清楚地报出六个新工人的名字。当听到“张伟强”这个名字时，我的心脏突然变成了一颗被踩爆的地雷。他什么时候出来的？听说他前些年因金融诈骗进了监狱。

我一进家门便将自己关进书房。天逐渐暗了下来，迎面墙上的佛像看上去有点儿阴森。我有种欲哭无泪的感觉。这么多年我按时跪拜，非但没将我从愧疚和恐惧中解脱出来，反而使我逐渐陷入另一个深渊。

我隐约听到儿子在开电脑，妻子让他先写作业，儿子说老师没布置。妻子以为他撒谎，便打开微信家长群，又是语音又是打字问了一圈，果然没作业。她尴尬中正不知说什么，儿子便得意地唱了两句《双截棍》。妻子说，你把昨天的作业再做一遍。儿子急道，有意思吗？你到底是不是我妈？妻子说，反正你不能玩游戏。儿子说，那我也不写。我平时喜欢听他们母子斗嘴，每当看到妻子被儿子噎得张口结舌，便坐在旁边笑。她一见我笑，就喜欢将火气转嫁到我头上。

此时我却笑不出来，我脑子里塞满了张伟强。他来了不直接找我，却应聘到厂里打工，让我觉着他来者不善。这时，妻子敲门。房门一开，我发现她脸上并没有因怀疑儿子的诚实所造成的尴尬，而是一副若有所思的神情。

她说，我忽然想起一件事，你那个老同学借了咱六万块钱，现在有五年了吧？

我的心一沉。我不愿让她看出我心里的波动，急忙点头。

她说，没你这么办事的，亲兄弟也要明算账，你却连个欠条也不让他写。你现在既然要思过，顺便想一想怎么把钱要回来吧。

李双海来省城找我是在五年前的夏天。当时我正在院子里指挥工人从货车上卸下新买的设备，李双海冲过来一把搂住我。天特别热，我们身上满是汗水。汗水粘在一起，我闻到一股浓烈的馊味。我好不容易从他怀里挣出来，误以为是我的小学语文老师找上了门。他的相貌有些苍老，谢了顶。身上的T恤衫被汗水浸透了，像是披着块大抹布。他见我没表现出他所期待的喜悦，脸色立时一沉。

他挖苦道，真是贵人多忘事呀。

我一看到他紧皱的眉头，眼睛里便突然涌满了泪水。

我记得当年在唐城，正是在他的引领下快速融入了城市生活。我的融入方式说起来有点儿难以启齿，李双海带我观看了一次男女偷情。李双海住的家属院南墙紧邻土产公司的货场。院墙顶部拉着“电网”，但这丝毫没造成李双海们的翻越难度，反而增添了刺激。他明知“电网”只是生了锈的铁丝，每次爬到墙顶却依然会从兜里掏出试电笔在“电网”上触一下。试电笔是他父亲的，他父亲在国棉厂当保全工。李双海应用试电笔时的神情很像电影里执行任务的特工。那是秋末的一个星期天，我做完作业之后感到无聊，表姨带着小蕾回娘家了。王小路跟他父亲去一个乡镇赶庙会了。张伟强每到星期天下午便帮着姑姑卖包子。我在这小城里所能找的人只剩李双海了。当时我已经去过王小路和张伟强姑姑家，我想到李双海曾对我热情地发出邀请，让我去找他玩。当时我经张伟强介绍跟李双海认识不久，还不是太熟。傍晚我在他家门前的胡同里找到他，他正和一个叫小飞的男孩儿站在墙根从墙上抽砖头。小飞有点儿斜视，眼睛瞄着砖墙时脸却对着胡同尽头，看上去像是在替李双海放哨。我没能与小飞成为朋友，是因为两个月后他随父母旅游时从泰山上掉下来摔死了。李双海一看见我走过来立时眉开眼笑，他将手里的砖头一扔，凑到我身边略显神秘地说，你来得正好，咱们一块儿去看戏。

我在李双海的带领下翻墙而过，蹑着脚穿过货场里已经发黄的杂草来到一座大仓库门前。从门缝里看去，仓库里摞满罐头箱子。仓库一角闪着一盏昏黄的小灯泡，一男一女正在提裤子。男的又矮又胖，女的倒是挺苗条。男的系好裤子，踮着脚替女人理了一下散乱的头发。我觉得这对男女没什么可看的，我的眼睛盯在罐头上，我从来没见过这么多罐头。真正刺激的情节马上出现了。小飞的眼睛盯着门缝，脸冲着货场里的一摞菜坛子，突然大喊一声，流氓。我吓了一跳，身子急忙一挺。我以为李双海会叫着我扭头快跑，可他却依然手抚着我的肩膀趴在门上。仓库角落里的灯灭了，眼前一片漆黑，突然一道黑影在漆黑中闪了一下。我感到李双海抚着我肩头的手猛然一紧。小飞的脸转到门缝上，眼睛在货场的一大垛毛竹上匆忙寻找逃跑路径。李双海大声说道，没事，他们不敢出来。李双海这话具有多种功能。一是自我壮胆，二是提醒我和小飞，再就是警告仓库里的人。果然没人出来。我们盯着门缝又看了一会儿，什么也没看见。后来我跟李双海和小飞在一大堆原木中间玩捉迷藏时，看到那个苗条女人脚步匆忙地走了过去，但一直没看到那个男人。天有点儿黑了，货场里亮起了灯。那天晚上李双海留我在他家吃饭。直到这时，我发现他所说的“戏”才算真正落幕。他叮嘱道，到了学校千万别跟人说。我觉得他的口气过于煞有介事，一男一女提裤子有什么好说的。李双海说，那男的是贾秀娟的爸爸，女的是孙文静的妈妈。我先是一惊，随即心里涌上一股隐秘的兴奋。孙文静跟我同桌，满脸高傲，平时都不看我一眼，书桌也被她占了三分之二。我仿佛一下子看透了城里人的许多事情，城市给我造成的压抑感突然消失了。我庄重地对李双海说，放心吧，我对谁也不说。

我请李双海在印刷厂对面的海鲜酒楼吃饭，席间我说到“看戏”的事。李双海停止咀嚼，愣怔着面孔，好像不知道我在说什么。我又提到孙文静的妈妈。李双海苦笑一下，说好像是有这么回事。同时，他脸上现出一丝匪夷所思，你怎么还记得这个？儿时的趣事在他心里早已被现实的艰难挤得没了踪影。国棉厂破产了，他成了下岗职工。他父母前些年退休后回到省城，住在爷爷奶奶留下的老房子里。父母的身体添了病，需要李双海搬来照顾。他不敢来。举家搬迁不是脑袋一热随便一说，省城虽然是他老家，但这么多年下来他像个纯粹的唐城人一样觉得省城特别遥远。他自认为自己不具备在省城生存的能力。现在他不得不来了，倒不是突然之间长了本领，而是老婆跟着菜市街一个卖肉的老板私奔了，唐城成了他的伤心地。李双海不停地讲述下岗后的种种难处，说到老婆私奔，口气里竟然带着一丝愧疚，好像他老婆本来不愿私奔，是在他反复劝说下才不得不走的。我叼着香烟看着他，心想，他当年为了别人的女朋友莫须有的被强奸都会热情地砸闷砖，轮到自己老婆跟人跑了竟然如此平静。李双海说话时低垂着眼睑，一点儿也没耽误吃海鲜。他吃得挺多，透着不吃白不吃的狠劲。我心里忽然有一丝不安，他提出到我厂里打工怎么办？他没技术，再者我也不好意思支使他。所以，当他提出借六万块钱时，我竟然有一丝解脱感。我记得那天从海鲜酒楼出来时，太阳像个大火球似的把空气烧得滚烫。李双海眯起眼睛看着门前一排轿车，感慨道，思信，你算是混出来了。

李双海拿我的六万块钱加盟了一个内衣品牌，在纬五路开了一家内衣店。门店很小，生意很萧条。李双海根本不把生意好坏放在心上，只关心所聘店员的相貌。三天两头换一个，他总以为下一个会更漂亮。那天下午我开车去内衣店找他，一进门便先看到两个半裸的塑料模特。他正跟女店员隐在模特身后聊天。我的身影使小店的光线骤然一暗，李双海的脑袋紧贴着模特屁股探出来。他有些诧异，你怎么来了？他的口气不但不友好，甚至还有点儿冷。我的笑容一下子僵在脸上。李双海从我手里拿钱时曾信誓旦旦地说最晚一年还清，还口头承诺了比银行略高的利息，如今已经过去两年。这期间我怕他多心，一直没找过他，他也没找过我。我们之间的联系只是过年时的短信。

他领着我站在内衣店门外的一棵法桐树下。上午下过一场小雨，大片树叶上积存着细碎的水滴，微风一吹，水滴便落在脖子上。我的印刷设备准备升级，急需一笔钱。我在银行没关系，通过民间借贷利息又太高。我问李双海能否帮我一下。他本来叼着香烟望着我，脸上透着麻木，刚一听我说完，便忽然皱紧了眉头。

他说，思信，我对谁也没说。

我有点儿蒙。

他轻轻一笑，就是你砸死马奎的事。

我浑身的汗毛奓了起来。我愣愣地看着他，脑子飞速运转，想搞清他为什么说这个。

他又说，马奎就死在你砸出的那块砖头上，我看得一清二楚。

我的心神突然稳定下来，因为我看到他嘴角隐约闪过一丝得意。我知道不能随着他的话题走，走下去我很快便会陷于崩溃。

我问，你的意思是不想还我钱？

你怎能这样想？李双海口气里带着一丝嗔怨，我是赖账的人吗？你也看到了，我的生意不太好，实在挤不出来。再说，我也有点儿纳闷，你的厂子那么大，怎么单单缺这六万块钱？

我记得那天离开他时我有些仓皇。我不知道我的手在颤抖，我在车里拿着车钥匙却迟迟不能捅进锁眼里。李双海将半个脑袋从半敞的车窗里探进来，轻轻拍了拍我的肩膀，小声说，咱们是永远的朋友，我答应不说出去，就一定不会说。直到开车走出两站地，我才忽然发现，我与他曾经的友谊是那样虚幻，他早就将我的少年形象从他心底抹除了。时间让我们变成了陌生人。我刚才的表现就像是默认马奎是被我砸死的。李双海变得比普通陌生人更可怕，他以为攥住了我的短处。他从车窗里探进脑袋时，脸上带着一丝莫名的笑。我非常后悔没有一拳打过去，我又非常庆幸没有打他。如果打了他，要钱的事就变成了另一回事。

我后来再没找过李双海。我宁肯不要钱，也不愿听他说到死去的马奎。

我对张伟强说起李双海对我的讹诈是在印刷厂旁边的一条胡同里。天地间涌动着浓重的雾霾，呼吸时鼻孔里充满了质感，能见度还不到三米，人像是行走在梦境里。我早晨八点赶到厂里，我从来没来过这么早。张伟强今天下夜班。他既然不主动找我，我只好找他，摸清他到此的真正目的。自从见识过李双海诡异的赖账方式，我不得不对张伟强保持警惕。我站在车间门口，看着交接班的工人们进进出出，每张面孔都模糊不清，没人跟我打招呼，好像他们都没看见我。我感觉自己仿佛正站在阴间集市的街口。等了好一会儿，张伟强满脸疲惫地走了出来。我叫了他一声。他停住脚步，像是不认识似的仔细打量着我。他的眼神让我心里一惊，以为他被监狱生活折磨得失忆了。

我说，伟强，咱们找个地方坐一坐吧。他说，坐什么呀，我只想赶紧睡觉。他的口气让我一时无法判断他是否失了忆。我问，你来了怎么不直接找我？他说，怕你误会，以为我是找上门吃闲饭的。看来他很清楚自己是谁。他的冷漠固然让我有些吃惊，但他的话却让我有点儿感动。我又提出找个地方聊一聊，他轻轻打了个哈欠，说，那你就请我去喝豆腐脑吧。

印刷厂旁边的胡同里布满早点摊位。我们在一家豆腐脑摊前的马扎上坐下，摊主热情地递给张伟强一根烟。这摊主又矮又胖，头上戴着白色纸帽，腰间围着沾满油污的白围裙。我觉得他有点儿面熟，仔细回想才发现他跟电视剧里的武大郎一模一样。他对张伟强表示感谢，张伟强前些日子给他无偿提供了一份豆腐脑熬卤的秘方。自从用了张伟强提供的秘方，生意果然兴隆了许多。张伟强接过香烟叼在嘴上，心安理得地任由摊主弓腰替他点燃，那神情很像主人面对恭顺的奴仆。张伟强抽了一口烟，见摊主还站在面前，便略显厌烦地一摆手。

张伟强见我正诧异地看着他，便淡淡一笑，说你忘了，我姑妈的包子铺旁边就是一家卖豆腐脑的。我点了点头。我记得当年张伟强带着我在那家喝了许多次豆腐脑，不要钱。那家的孩子到张伟强姑妈家的包子铺也是敞开了随便吃。张伟强说，我无意中记下了他们熬卤的秘方，反正我也没用，不如贡献出来。我的诧异并不是因为熬卤秘方的传送，而是张伟强跟摊主的熟悉程度。

我问，你来多长时间了？

他说，差不多半年吧。

我心里一紧。他应聘到我厂子还不到一星期，却已在厂子周围转悠了半年。这种行径一点儿也不像是找工作的人，更像是潜藏着不可告人的心机。

他说，你可能听说了我这些年的经历，现在，我只想吃一碗干净饭。

我说，让你在车间干活太委屈了。

他说，咱们如果不认识，你肯定不会这么想。我自打进厂的那天便决定不跟你叙交情，希望你也不要跟别人说认识我。其实，我非常感激招我进厂的肖主任，我到许多单位应聘过，他们都不要我。

我说，北京的机会应该更多一些，你怎么跑到小城市来了？

张伟强手托下巴若有所思地看着我，好像搞不懂我为什么关心他对生活地域的选择。

我急忙说，当然了，大城市也有大城市的难，小城市也有小城市的好。

张伟强说，我在北京早就没家了。

他蹲监狱时结识了盗窃犯小陈。小陈的姨奶奶通异术，生男生女、祖坟风水、官运财运，都能帮人指点。她虽然住在沧州一个偏僻的小村庄，家门口却经常停着从北京、天津专程跑来的高档轿车。小陈盗窃专门冲着官员下手，收入好，安全性高。小陈失手是在一个乡长家。乡长因鱼肉乡里而颇负骂名。小陈盯了乡长半个多月，临到下手的前一天傍晚，突然接到姨奶奶打来的电话，让他老实在家待着，紧闭门窗，三天之内千万别出门。再过三天恰巧是小陈的二十八岁生日，他本想拿乡长的财物当成送给自己的生日礼物。小陈不想让半个多月的努力白费，便按时潜入乡长家。夜色比他期待的还要黑，撬门时顺利得异乎寻常。没想到乡长家的大黑狗那么凶猛，差点儿把他撕碎。他本来准备了药，狗吃下之后像死了一样趴在院子里。等到小陈拎着皮包想离开时，大狗忽然清醒过来。小陈蹲监狱时每天临睡之前，像按时祈祷一样痛骂那个卖狗药的。他更后悔没听姨奶奶的话。小陈比张伟强早出来两年，约定好等张伟强一出狱，小陈便带着他去找姨奶奶算一卦。

张伟强苦笑着说，姨奶奶说我后半生注定大富大贵，要我来这里，因为我命中的贵人早就在这儿等着我。其实我对她的话并不怎么相信，我来这里只是因为实在无处可去，没想到莫名其妙地进了你的厂子。

豆腐脑端上来了。张伟强左手端着豆腐脑，右手攥着汤匙，闷头吃起来。我一点儿也吃不下。他的话合情合理，听上去他进了我的厂子不是专门冲着我，而是纯属误打误撞。可是正因为他的话过于滴水不漏，我总觉得是提前编好的一套言辞。张伟强眼睛的余光瞟见了我的疑虑，立马停止了咀嚼。他梗了一下脖子，将嘴里的食物咽下，认真看着我，说话时口气里带着一丝悲壮。

他说，如果我在这儿让你不舒服，我吃完饭立马去找肖主任辞职。

听他这样一说，我反倒因为我的表情让他感到不舒服而有点儿难为情。我坦承道，你来了不找我却到车间干活，确实让我有点儿不安，我并不是容不下你，而是被李双海逼得对谁也不敢相信了。

张伟强面色一凛，他怎么会逼你？

昨天晚上妻子让我跟他要那六万块钱。我怕他再提到马奎，便拿着手机犹豫了许久。妻子是个对数字相当敏感的人，所有账目都很清楚，这本来是长处，此时我却盼着她糊涂一些。我想到李双海内衣店的生意确实非常萧条，我那天去难道被他以为是逼债？他父母早就回了省城，我也没去看望。他是不是怪罪我对朋友太冷漠？他下岗后到省城来谋生，我并没给他提供更大的帮助，反而对那六万块钱耿耿于怀，我应该深知身处弱势的人有多么敏感。换位一思考，我忽然对李双海有了些理解。何况他也说过他不是赖账的人，只是一时挤不出来。心念及此，我决定问候一下他的父母。我刚拿起手机，手机里便突然跳出一条信息，是李双海发来的。我心里顿时涌上一股心有灵犀之感。

李双海：思信，我要结婚了。

我：太好了，恭喜！何时喝喜酒？

李双海：现在有件事想求你帮忙。

我：请说。

李双海：能否借我四十万块钱？我需要先买房子。

我拿着手机愣住了，一时不知该如何回复。

李双海：我现在生意好了，不然不会把结婚买房提上日程，最迟半年，连同上次那六万一块还你。

我：那六万你先不用急，买房的钱我现在真帮不了你。

李双海的短信停了，我以为他作罢了。我看着墙上的佛像正出神，他的短信又来了。

他说，按说结婚本来是好事，可我一点儿也高兴不起来。我最近老做噩梦，梦见马奎被你砸死的画面。我反复安慰自己，明明是别人砸死的，我一点儿责任也没有，没必要不安。可是不行，马奎在我梦里喊个不停，好像只有去公安局说清楚才能让我解脱出来。一想到对你的承诺，我又知道不该去。我真怕哪天说梦话时把你砸死人的事说出来。我老婆对咱们来说算是外人，她没必要替咱们保密。思信，你说该怎么办？

我的脑袋顿时像要炸裂了。

李双海最后说，我知道四十万不是小数目，你准备一下，明天回复我。

这时，摊主来收空碗。他站在我面前纳闷地看着我，因为我的碗还满着。张伟强听我说起与李双海的短信来往时，他腮部的咬肌不停耸动，额头上的青筋胀了起来。我拿不准他是因为气愤还是在监狱里落下了什么病根。我递给他一根烟，他将烟接过去后下意识地捏碎了。他的表情透着激动，说话的口气却很平和。

他说，马奎那种人活着也是孽障，咱们相当于提前替社会根除了祸害。李双海居然拿马奎的事要挟你，很不好。这样吧，你把他的电话给我，我来处理。

我的眼泪差点儿流出来。我虽然不知道张伟强怎么处理，但他的态度却让我感到久违的温暖。当年在我们四个人中间，张伟强相当于一个隐形的头目。我急忙报出李双海的电话。张伟强的眼神好像不太好，输号码时一只手将手机推出好远，另一只手一下一下小心地按着数字键。他用的是几十元就能买到的老年机。他输完之后正要把手机揣起来，忽然顿住了。

他问，王小路没拿马奎的事讹你吧？

我咂了一下嘴，一时不知该怎么说。

按说王小路不能算讹我。他隔三岔五便要求我替他花一笔钱，但那似乎应该算我自愿，尽管大多时候我不自愿。王小路若是感觉到我不情愿，也会将马奎轻描淡写地提一提。王小路要我帮他的方式不像李双海那样张嘴借钱，是通过念苦经。他这么多年来一直跟我保持来往，他肚子里的苦水几乎全倒给了我。单位破产后，他被分流去了唐城机械厂。他上了三天班便离职了，他被分到翻沙车间。别说让他拿着铁锹铲沙土，他进了车间连气都喘不上来。他原来在城关供销社第二门市部里虽然挣钱不多，但却是一副养尊处优的样子。直到单位破产通知下达的前一天下午，他还在梦想着被提拔。

王小路骑着“黑老虎”第一次找到我是在我离开唐城三年后的中秋。“黑老虎”的消声器很差劲，撕心裂肺的怪叫声远远地便给人制造出一种突然失聪的感觉。也正因为叫声太大，在村庄的土路上行驶时反而显出异样的奢华。我一看到他骑着摩托车驶进我家院子，脑袋就立刻像被砖头砸了一下，感觉又被笼罩在三年前农历八月十四的那个夜色里。王小路从摩托车上跳下来时满脸笑容，时间的节点却让我觉得他是别有用心。王小路没有发现我内心的疑虑，他从后货架上拿下盛满鸡鱼肉蛋的纸箱，一句话便将我的疑虑打消了。

他说，知道你在省城打工，我只能赶在你回来过节时见你一面。

那天中午我们喝多了，王小路躺在我家土炕上睡了一觉。他明明是第一次到我家，却像来过许多次。他对我父母的称呼非常亲昵，仿佛自幼便跟他们共同生活。我母亲在厨房做饭时不停地偷瞅院子里的摩托车，我父亲去村里小卖部买罐头回来时也将目光投注在“黑老虎”上。他们没想到我会有这么阔的朋友。吃饭时我的父母都躲了出去，以为我跟王小路有要事相商。我陪着王小路喝酒，眼睛总是不自觉地落在那个纸箱上，搞不懂他为什么给我送来一份厚礼。王小路喝酒的样子非常豪爽，我以为他的酒量很大，可他喝了三两后眼睛便睁不开了。他眼神迷离地望着我说，知道我为什么来吗？我说不知道。他说，兄弟是来求你的。我愣了一下，心里涌动着不安。我清楚自己身上根本就没有可求的地方。我说，只要我能办到，在所不辞。王小路一笑，说你肯定能办到。他还没说让我办什么，眼睛一闭便睡了过去。他临睡之前像说梦话似的嘟哝了一句，这酒肯定是工业酒精勾兑的，劲太大了。

三个小时后，在我家土炕上，在窗户里透进来的血色阳光中，王小路和我进行了一次深谈。话语不多，却透着掏心挖肝的劲头。

他的目光像锥子一样盯在我脸上，思信，我要被提拔了。

刚睡醒的王小路眼珠子特别亮。我虽然比他早醒了一会儿，但意识依然处于半昏聩中。王小路郑重的口气让我稍微清醒了一些。我说，太好了。由于我心里猜测他要我办的事，所以说话的口气好像有点儿言不由衷。我急忙又说，恭喜你。王小路说，组织上正在考察我，所以我专门来求你。我有点儿不解，我跟组织不认识，能帮你做什么？王小路的眼神稍微一虚，说，我求你，千万别把偷袭马奎的事说出去。我有点儿生气，我怎么会说出去？王小路的脸上忽然掠过一丝痛苦，目光急忙越过我的头顶望着我身后的窗棂。他说，我后来才意识到，那次偷袭，只有你损失最大。我一听，眼睛有点儿发涩。偷袭过后，王小路依然坐在门市部柜台后面捧着本闲书。李双海还在国棉厂上班，没事便约着朋友去吃羊肉串喝啤酒。张伟强回北京帮父母做生意了。他们的生活都没被偷袭影响。我的书却读不下去了。我本来想靠读书改变命运，现在只能去给人打工。我拿手在脸上揉搓了一下，生怕王小路看出我内心的波澜。王小路能这样想，让我着实有点儿感动。接下来我发现，他说这话并不是为了让我感动，而是因为另一种担心。他说，目前这种情况下，张伟强和李双海肯定不会说，我就怕你心理不平衡。我沉默了，突然感觉受了侮辱，如果不是正坐在我家土炕上，我可能会拿话还击他。我的眼睛紧盯着炕脚的鞋。王小路的三接头皮鞋沾染了我家院子里的尘土，白色鞋垫上布满细密的针脚，鞋垫中央绽放着鲜艳的红梅花。我的黑色布鞋右脚上有一块油墨，是在印刷厂车间里打工时滴上的，我以为黑色落在黑色里看不出来，现在才发现非常醒目。王小路见我不说话，急忙凑过来拍了拍我的肩膀。我将目光从鞋面移到他脸上，强忍着泪水说，放心吧小路，我不会对人说的，说出去对我也没好处。

王小路被提拔为第二门市部的副经理之后，逢年过节依然会带着礼物来我家。王小路的单位早已处于破产边缘，他却野心勃勃地以为刚踏上仕途。我为了不让他担心，同时作为礼尚往来，我也按时去拜望他父母。我和他心照不宣，竟然像亲戚一样走动了起来。等到他单位破产，他从机械厂离职，在唐城农贸市场开副食批发部赔了钱，我们的角色突然发生了反转。此时我的印刷厂逐渐壮大起来。王小路对我的要求也不算高。他儿子转学需要给老师送礼，请我从省城寄两盒海参；他丈母娘吃的药在唐城买不到，便委托我帮着在省立医院买几盒；他爸爸瘫痪了问我能否帮忙买个轮椅；他的电瓶车坏了要我在省城给他买电瓶……这些对我来说都是小钱。有时我工作太忙一时顾不上，王小路便打电话来。他不是催着我寄东西，而是说起多年前的偷袭。他说，日子过得愈来愈不踏实，这块心病怎么才能除掉呢？

我说着与王小路这么多年来的交往，张伟强一直出神地听。我刚一说完，张伟强就叹了口气。

他说，真没想到，你这些年活得太不容易了。

我说，对王小路我还能应付，可李双海的做法太出乎我的想象了。

张伟强说，王小路用的是“零割肉”，李双海是瞅准机会猛撕一口，其本质都是讹诈，朋友可以不再当，以朋友的名义坑人，太不地道。

当天下午，我正在业务室陪一个专门做教辅书的客户说话，张伟强在门口冲着我招手。我想让他进来，但看到他的表情略显狰狞，便急忙走了过去。

我随着他走进我的办公室。他明明是第一次进我的办公室，却对到处都很熟悉。他径直绕过老板台在我的皮椅上坐下，麻利地跷起二郎腿。我愣愣地站在老板台前，感觉自己突然变成了汇报工作的员工。

他说，处理好了，他俩再也不会麻烦你了。

这本来是个好消息，可我的头皮却有点儿发麻。因为我看到他顺手从桌上拿起一支弹簧笔，用手轻轻地反复按动，他的动作跟我的一模一样。

我问，怎么处理的？

张伟强说，监狱也不是白蹲的，我结识了许多朋友。李双海和王小路在我朋友眼里只是一道小菜。

我的心立时揪成一团，心想难道把他俩干掉了？

张伟强在皮椅上大大咧咧地仰着身子，说，我帮你解决了这么大麻烦，你怎么报答我？

我不知该如何回答。我突然感觉自己掉进了一个更大的陷阱。张伟强见我不言语，便一再追问。他的声音愈来愈大，最后变成狮子般的咆哮。我的身子在他的吼声中一点一点矮下去，逐渐缩成不到三厘米的小矮人。张伟强的皮鞋像一座黑色山脉横亘在我面前。我闻到鞋里散发出的浓烈酸臭，连声咳嗽。我看到他轻轻抬起了脚，鞋底的花纹像漫天重叠的乌云一样朝我压下来。

最终是妻子的敲门声将我从噩梦中拯救出来。我在书房里斜倚着墙壁睡着了。我手中紧握着手机，屏幕上显示着李双海的号码，好像还在斟酌怎样跟他要钱。

妻子在门外柔声说，该睡觉了。

直到此时我才觉得刚才的梦一点儿也不可怕。梦中的张伟强竟然是跟小曼谈恋爱时的样子。

如今的张伟强是个干枯的小老头儿，脸上的皱纹像是用刀镂刻的。我记得他的头发是自来卷，被风一吹透着超脱和飘逸。现在的短发紧贴着头皮乱七八糟地拧在一起，看上去像刚洗完澡的泰迪。他坐在老板台对面的长沙发上，垂着头，双手夹在并拢的两只膝盖中间，好像正准备接受审讯。我忽然觉得他有点儿可怜。因为我还处于失声状态，我用手机短信通知车间主任老肖把张伟强领进来。老肖进门时有点儿不安，以为我会埋怨他不该招这么大岁数的人。老肖解释道，老张说他会开四色机。张伟强本来一只脚踏进了门，一听老肖说话又想抽回去。我急忙冲他招了招手，张伟强立刻诚惶诚恐地走了进来。他好像不认识我了，难道他被监狱生活折磨得失忆了？我心里忽然一震，好像我在梦中也这样想过。

我把老肖打发走之后，拿着纸和笔坐在张伟强身边。他一见我靠近，便急忙往角落里挪了一下身子。我暗自纳闷，难道他这副样子能够惊得我在众人面前突然失声？

我在纸上写道，伟强，你知道我说不出话来，咱们就这样说吧。

张伟强点了点头。他的手从膝盖中间抽出来，想从我手中接笔。他的胳膊还没伸直便停下了，他好像突然意识到自己是可以说话的。

他苦笑一下后说，老板，有事您就问。

我写道，你不认识我？

张伟强脸一红，说道，怎能不认识？我自打进厂便决定不跟你叙交情，但愿你也不要跟别人说认识我。

我觉得这句话似曾相识。

张伟强又说，我现在的样子，让人知道了会给你丢人。

我想问他什么时候出狱的，正想在纸上写，又觉得不该问。我发现了用笔说话的好处，所有的话在写出来之前都可以经过深思熟虑。这时，张伟强说了一句话。他的口气里带着讨好，我却有点儿心惊肉跳，仿佛再次陷入噩梦里。

他说，我知道你突然失声，肯定是得了异病，我有个朋友，他姨奶奶通异术，我可以带你找她去看看。

我用手紧攥住笔杆克制着内心的恐慌。张伟强并没有看我。他除了看我写的字时扭一下头，眼睛总是紧盯着茶几旁边的碎纸篓。他在我的记忆中身材挺拔，好像自从我们分开之后就一直不停地萎缩，如今坐在我身边的他就像个早衰的儿童。我忽然觉得自己沉浸在昨晚的梦境里太可笑。既然他并不像梦中那样可怕，那个过于真切的梦就引起了我的一丝好奇。

我在纸上写道，小陈的姨奶奶是不是说你命中注定的贵人正在这里等着你？

张伟强的目光刚一触到纸上，额头上便立时冒出冷汗。他惊恐地望着我，下意识地连连点头。他的嘴唇不停地颤抖，实在无法控制，就急忙将牙齿紧咬在嘴唇上。

张伟强的神情让我心中陡然一阔。我非常庆幸昨晚做了那个噩梦，那竟然是命运对我的一种提示。它帮助我与张伟强提前进行一次会面，恰恰是为了让我在真实的对话中占据主动。想到命运站在我这边，我再看他时竟然有了点儿居高临下。我发现他的嘴唇慢慢停止了颤抖，眼神中闪过一丝不易觉察的锐利，脸上的皱纹忽然一展，透着一股破釜沉舟的劲头。

他问，你怎么知道的？

他紧盯着我的手，以为我会用笔告诉他。我的手没动，只是认真看他。我感觉正在接近问题的核心。他为什么来？绝不是打工那么简单。我如果直接问，他肯定会像在我梦中回答的那样“只是为了吃一碗干净饭”，可我又不能指责这种说法是谎言。如果想搞清楚他的真正目的，我只能长年累月盯着他。幸好他提前在我梦中说到了小陈的姨奶奶，这个未曾谋面的神婆竟然成了我攻克他内心防线的节点。我心里想象着神婆的长相，脸上一直带着微笑。在张伟强眼中我的笑容可能过于神秘，他的眼睑匆忙垂了下去。

我拿起笔写道，你觉得我不应该知道？

他像终于放下一个重包袱似的轻轻舒了口气，说道，思信，我其实是来帮你的。他见我满脸疑惑，又说，你没感觉到吗？你的厂子已经到了瓶颈期，若想再壮大，难上加难。你的思路仅仅是让鸡不停地生蛋，没想过让生出的蛋变成鸡再生蛋。或许你想过可不知道该怎么做。我来之前准备了一个方案，怕你多心，一时没跟你说。我想从基层做起，了解印刷的所有流程，然后再将方案呈送给你。现在既然你怀疑我别有用心，那就把方案告诉你吧。他顿了一下，看到我确实在听，又接着说，你的厂子要想再跨越一步，最好的出路是走资本市场，上市。

张伟强随即说起上市之后的种种好处和上市之前需要完善的环节。听上去我离亿万富翁只有半步之遥。因为他在我面前画的饼太大，我感到一点儿也不真实。再者，他所说的许多术语我根本听不懂。这么多年来我一直秉持着不懂的事情坚决不插手的原则，我做企业就像农夫种地，挣的都是勤苦钱。张伟强愈说愈兴奋，就好像他的公司要上市。他不时拿起我用来说话的笔，在纸上列出一串长长的数字。他挺直了身子，我发现他比我还高。他身体的伸缩幅度让我有点儿不安，他刚才的诚惶诚恐竟然是伪装的。

张伟强说，我做金融投资虽然失了手，却积累了宝贵的经验。

我拿起笔，想拦住他。面前的纸上写满了数字，我不得不起身到桌上再拿一张。

我写道，我妻子不会同意的。

他依然处于打了鸡血的状态，竟然忘了他要操作的是我的公司。

他说，你老婆必须退出管理层，夫妻店永远不可能真正壮大。

后来要不是我将笔摔在茶几上，不知他还要讲多久。他看到弹簧笔跳起足有一尺高，在桌面上弹了几下又朝着废纸篓滚去，急忙一弓腰将笔接住。扭头看到我的面容，他的身体突然再次萎缩成了早衰的儿童。

我们俩僵了一会儿，都觉得有点儿不好意思。他是因为未经主人同意便信口操纵人家的企业，我则是觉得刚才打断他说话的方式太冲动。他或许真的想帮我上市，借着我壮大的契机分得一杯羹，也不能算恶意。我拿起笔凑到纸上，想写句话缓解我们之间的尴尬。这时，张伟强的一句话又将我的思绪推进了深渊。

他像通报神秘消息一样将身子朝我身边凑了凑，小声说，请放心，我对谁也没说。

我以为他说的是上市的事。可他的神情里却像是隐藏着更大的秘密。

他说，我接受审讯时也没把你砸死马奎的事说出来。

我终于说到了今天上午的聚会。在海鲜酒楼的夏威夷厅，我把张伟强、李双海和王小路召集在一起。让我欣慰的是，在酒宴开始之前我突然能开口说话了。这是自打多年前的农历八月十五深夜在李双海家喝血酒以来的第一次聚会。他们三个人在先后踏上夏威夷厅的红地毯之前不知道这是聚会，都以为是跟我单独见面。我昨天晚上通知他们时还不能说话，是发的短信。王小路接到短信后立马回复了一个微笑的表情。他说正好要到省城看儿子。他儿子今年考进了省师范大学，却没告诉我。他没要我帮着掏学费让我稍有感动。李双海接到短信后好像犹豫了许久，可能是以为我跟他要钱。他回复说实在不好意思，暂时还不了那六万块钱，刚买房，两个月后差不多可以给我。我问他是不是要结婚。他说已经结了，老婆是个著名内衣品牌的代理商。我本来没打算跟他要钱，可他对待欠款的态度却让我心头一暖。我断定那个女代理商是个通情达理的人。张伟强不想出来跟我吃饭，今天上午他在车间的机器前看到我用笔写在纸上的邀请时连连摇头。最终是我让老肖把他送到了夏威夷厅的门口。王小路和李双海见面时都愣住了，那惊愕的表情就像不期而遇的敌手，过了好一会儿他俩才略显笨拙地拥抱了一下。等到张伟强进门时，王小路和李双海同时吓了一跳。我从他们见面时的神情中断定，他们这些年没有联系。这让我对今天聚会所要达到的目的更多了几分把握。我把他们聚在一起并不仅是畅叙友谊，我还要让他们对有关马奎死亡的事当面对质。

我记得那天晚上坐着李双海的自行车赶到大槐树底下时，张伟强和王小路已经等在那儿了。王小路收集了一堆砖头码在树根下。大槐树的直径足有两米，树身原本有个大洞，顺着树洞可以爬到树顶。后来有关部门不知从哪儿考证出这棵槐树是唐朝宰相魏征亲手栽植的，便用水泥将树洞堵死了。大树旁边立了一块醒目的石碑：唐槐。石碑背面记载着魏征种树时的心情。如今大槐树的主枝干枯了，好似一根粗壮的旗杆高高耸立着。三个旁枝却枝叶茂密，像是在东关大桥的西头撑起了一把大伞。夏季的夜晚有许多老年人坐在树下摇着扇子乘凉，此时的树下却透着一丝阴森。

李双海刚将自行车靠在树身上，王小路就立马递过来一块砖头。李双海用手掂了掂，扔掉又换了块小点儿的。王小路准备的砖头很多，有大有小。小的扔得远，可杀伤力差。大个儿的足以让马奎头破血流，可扔的时候难以掌握准头。李双海手握砖头从树身后探头看了一眼空旷的马路，又低头看着王小路备好的一堆砖，赞赏地点了点头。然后，他开始布置火力。张伟强一直坐在旁边抽烟，垂头丧气的样子，好像我们正在干的一切与他无关。李双海很不高兴，冲着他低声叫道，把烟灭了，别暴露目标。张伟强浑身一激灵，似乎刚意识到今晚的偷袭是为了他，所以他在挑选砖头时主动拿了两块，右手拿的是半块砖，左手拿的是一整块。其实他拿砖头的方式很不合理，两手的砖头不可能同时扔出去。如果先扔一块，另一只手里的重量反倒影响这一只手投掷的质量。没机会对他的握砖方式进行纠正了，马奎的摩托车顺着东关大桥冲了过来。

我手里的半块砖上沾着干结的水泥，不知是从哪座废弃建筑物上拆下来的，有点儿硌手。依照李双海的安排，当马奎的摩托车行驶到桥中间时，每个人先将半块砖猛烈地砸过去。如果砸不中，摩托车肯定继续往前冲。离着我们近了，再拿整块的砖砸他。李双海专门叮嘱，扔砖头时一定要从树后面跳出来。若是躲在树后往外扔，没准会砸破自己的脑袋。

马奎喝多了。他在远处朝东关大桥行驶时速度并不快，车灯摇来晃去像鬼子炮楼上的探照灯在马路上乱扫。王小路担心他在没驶上大桥之前摔倒，那相当于突然出了道难题，因为我们拿不准是否冲过去砸他。马奎确实到了生命终结的时刻。他在离着大桥还有五十米时，不知受到了什么启示，一下子将车把稳住了。车把的突然稳定好像出乎他的意料，他变得异常兴奋。他猛一加油门，摩托车发出一阵声嘶力竭的尖叫，尖叫声把李双海吓了一跳。摩托车眨眼间便驶上了东关大桥。李双海大声喊“开炮”，我们几个就从树后跳出来将砖头依次砸了过去。此时的马奎已经驶到大桥中间，迎面飞来的砖头使摩托车的车头突然朝右一扭撞在桥栏上。灯光照亮了墨汁般的河水。马奎一声惨叫，身子飞过桥栏栽进河里。

我在马奎发出惨叫声之后才将砖头扔出去。我一直害怕自己跟马奎扯上关系，李双海分配砖头时我又不好拒绝。我手拿砖头望着远处摩托车的灯光，暗自盼着马奎拐回去。马奎突然稳住车把时，我忽然从张伟强两手握砖的动作上受到了启发。他既然不能把两块砖同时扔出去，那我就等着跟他的第二块一起扔。这样一来，既尽了朋友的义务，又不至于对马奎造成伤害。

马奎没戴头盔，脑袋正好撞在河底一块翘起的石头上。

今天早晨天不亮我便醒了。我把自己关进书房回想马奎的死亡。这么多年来我一直回避那个夜晚。今天我要洗白自己，那个夜晚的一切都是有力的证明材料，所以我的回忆非常细腻。我想到了东关大桥上的灯。桥两边本来有四盏路灯，那天夜里竟然坏了三盏，显得马奎的摩托车车灯格外亮。大槐树上贴着一张治性病的广告。张伟强在拿砖头之前，先将它撕下来擦了擦手心里的冷汗。王小路在挑砖头时很费了一番心思。拿起大的想要小的，拿起小的又觉得大的好。拿拿放放，小心翼翼，好像在摆弄门市部货架上的商品。最终李双海替他做出了选择，递给他一块特点鲜明的砖头，不大不小，一头带着尖。王小路把它拿到手里像握着一把怪异的匕首，倒过来拿，又像抓着一只笨拙的锤头。那天晚上李双海就像伏击小队的队长，这是他提前便给自己安排好的职务。他虽然没说话，却用手势清楚地指挥着每一个人。他对袭击所做的准备太充分，甚至设计好了偷袭不成的逃跑路线。我记得马奎栽进河里之后，张伟强忽然像被厉鬼附了体，拿起两块砖想冲到桥上往河里看一看，顺势再给马奎来两下。李双海把他抱住了。撤退时张伟强很不高兴，埋怨这次干得不痛快。

次日上午，我在课堂上得知了马奎死亡的消息。

警察认定他是醉酒驾驶自己摔死的。

我的书读不下去了。我退学是因为见到了马奎的父亲。在我们发过血誓的第二天傍晚，我鬼使神差地骑着自行车去了马奎家，或许是想验证他是否真死了。其实我更盼着关于他的死亡是个假消息。我没敢进他家的门，我在马路对面望着他家的修车铺。门口挂着的那只生满铁锈的自行车车圈在秋风中摇来晃去，那条打满补丁的车胎裂开了，像是在门上晾着一大片烟叶。马奎属于少亡，不具备办丧事的资格。修车家什依然摆在门前，屋里一片漆黑，大敞的门好像怪兽的嘴巴。我忽然有些恍惚，仿佛面前的这扇门正在引领着我进入一个梦。马奎的父亲走了出来，他弓着腰一步一步挪到门前的马扎上。他没有咳嗽，面色出奇地平静，好像叠在脸上的皱纹也舒展了。他习惯地看着马路上来来往往的自行车，又茫然地看了一眼马路对面的我。我身上突然发冷。他那两只苍老的眼睛就像两个深不见底的黑洞。我想移开目光，但我的眼珠却像被魔力定住了。我痴痴地望着他的眼睛，感觉正在被吸进黑洞里。幸好他及时垂下了头，用手轻轻抚摸着身边的一个小黑盒子，就像抚摸着小孩儿的头。他说，臭小子，以后你就在家好好待着。说完，他脸上绽出一丝笑容。他的笑容像印戳一样盖在我的脑海里。

马奎父亲微笑着抚摸那个装有马奎骨灰的小黑盒子的画面让我恐惧了多年。直到我儿子出世，我才突然明白，一个父亲痛苦绝望到什么程度才能笑得出来。

今天的酒宴上，李双海和王小路喝得非常高兴。王小路不停地夸自己儿子聪明。李双海提出改天叫上他儿子再吃一次饭，庆贺考上大学，王小路急忙摇手，说小孩儿哪能参与大人的饭局。听上去是在客气，我却从他的表情里看到了恐慌。他不愿让我们跟他儿子接触。李双海开始夸他老婆，虽然是二婚，他觉得比一婚还幸福。他跟着老婆去参加招商会，竟然有人以为他老婆是带着父亲出来旅游。王小路说，这么好的媳妇别藏着，让我们也见一见。李双海尴尬地笑道，看机会吧，她实在太忙。他俩委婉地拒绝让亲人跟老朋友见面之后，气氛忽然变得有点儿冷。他俩将目光转向我，我正在想着如何跟他们摊牌。他俩看我时，我感觉脸上像突然溅上几颗火星。张伟强抽着香烟坐在旁边一直没搭腔。他对王小路和李双海夸妻儿很是不屑，又不好表现出来，只好极力压抑心底深处的高傲。我说，伟强，你也说两句。张伟强苦笑，我这身份能说什么？我感到突然被将了一军。我说，你就说一说上市的事。张伟强诧异地望着我，以为我在逗他玩。我说，你昨天说得挺好。王小路和李双海一听眼睛立时有点儿发直。他们知道上市，但没想到我的公司竟然也可以上市。他们知道张伟强混栽了，没想到还有帮我上市的本领。我本来是怕李双海和王小路小看张伟强，让他说点儿金融知识活跃一下气氛。没想到张伟强说了不一会儿，王小路和李双海就开始打听投多少钱可以成为原始股东。我觉得不妙。在张伟强跟服务员要纸和笔准备详细讲解时，我急忙端起酒杯止住了话头。

我说，这么多年好不容易再聚，就说咱们自己吧。

他们互相看了一眼，以为我的提议是要共同挖掘儿时的趣事。喝下一杯酒，李双海说到了当年带我去土产公司仓库里“看戏”的事，王小路说起当年他妈给我按摩治感冒时的场景，张伟强沉默地望着我。他已经意识到我召集聚会并不只是叙一叙友谊那样简单，他忽然恢复了儿时在我们中间当小头目时的神情。那时的他又阳光又单纯，虽然学习成绩总也上不去，但穿着打扮在男生中间却是鹤立鸡群。

张伟强打断了李双海和王小路，转头对我说，思信，有话就直说吧。

我环视了他们一眼，说，你们想过没有，是什么中断了咱们的交往？

他们三个人谁也不说话，三双眼睛像六束激光一样齐刷刷地射在我的脸上。

他们同时一愣，好像已经知道我要触及的话题，各自表情里显出一丝紧张。他们互相觑了一眼，不知该如何回答我，一时也不知怎样将话题避开。他们没想到，我要问的问题比马奎的死亡更深一步。

我问，双海，那天晚上你说我挑唆张伟强跟马奎拼命，到底是谁跟你说的？

话一出口，我突然觉得压抑在内心二十多年的焦虑终于找到了释放的缝隙。我的目光也变得锐利起来。李双海看了一眼张伟强，张伟强看着王小路，王小路却看着我。我以为把挑唆加在我身上，只能是李双海和张伟强其中的一个，没想到王小路搭了腔，他的口气就像当年劝张伟强接受他的偷袭方案一样透着苦口婆心。

王小路说，思信，过了这么多年，你觉得追究这个有必要吗？

李双海说，我觉得咱们很不简单，这么多年谁也没说出去。

张伟强说，马奎是咱们合伙干掉的，谁也没想过推卸责任。

三个人轮番一打岔，我的情绪立时激动起来。他们不但不准备回答我，反倒将问题引向了其他方面。尤其是张伟强说的话让我格外气愤——谁也没想过推卸责任，那他为什么说马奎是我砸死的！

我说，咱们非常有必要理清楚，马奎是挨了哪块砖头栽进河里的。

这对我来说非常重要，比查清我是否挑唆过张伟强拼命更重要。此刻当事者全部在场，我相信通过对那天夜晚砖头投掷顺序的梳理，一定会让他们因将马奎之死强加于我而感到羞愧。我冷静地看着他们，以为他们会急不可待地讲述自己投掷时的心情和砖头飞出之后的运行轨迹，没想到接下来出现了令我毛骨悚然的一幕。

他们三个人谁也不说话，三双眼睛像六束激光一样齐刷刷地射在我的脸上。

警察同志，我来投案不仅是因为他们三个人不约而同地认定我砸死了马奎，更重要的是我今天上午听到了一个消息。正是这个消息让我突然恢复了说话能力。马奎的父亲十天前去世了。十六年来，我每个月都让人给他寄一笔生活费。

留待，本名郭贵宗，1970 年生，山东省高唐县人，现居北京，中国作家协会会员。1989 年开始小说创作，已发表中短篇小说若干，作品曾被多种选刊选载，入选《21 世纪年度小说选》。曾获第七届《中国作家》鄂尔多斯文学奖。

黑蚁传

姚　辉

1

一只蚂蚁的世界常常无足挂齿。

但这里却是我们这一大群黑色蚂蚁延续了无数世代的世界。蚂蚁的骨殖堆积在我们自己的世界中，慢慢变成一种滚烫的黏土，或者露水中的日影、月迹。巨大的蚁巢里，布满了千百种幽暗的路径，你可能属于某种遥远的眺望，也可能只是在方寸间就走完了自己仓促的生涯。或许，你顶着额上一小粒黧黑的光，守在某个路口，你守老了倾斜之路。然后，你将那片光芒卸下，将它搁置在其他光亮难以够着的地方，你嘘一口气，看那缕光芒渐次发灰，然后，缓缓滑落。

你在其他蚂蚁的注视里远去，或者反复重现。

蚂蚁蚂蚁，蚂蚁……

蚂蚁，在不断重复着蚂蚁杂乱的道路。

瓶中的酒在灯影里渐渐矮下去。

“你还是说说弯浪乡近期的事吧。”赵一迪放下酒杯，捋了捋一把染得花乎乎的胡子，冲我道。“说什么弯浪乡。还是说说台子上那个胖女人，你听，她的歌唱得多袅娜。”我说。

我和赵一迪坐在麻河边的一家酒吧里，已经吹下去三瓶多老洋酒了。酒吧叫了个“歪方向盘”的怪名字，很是弄了些古怪的花样在里面。装修挺特别，满墙还真都是些各式各样的方向盘，很随意地悬着，被灯一照，就漏出几多扁圆的浅影来，歪，歪了，再歪。当然还有不少与方向盘有关的画和老照片，或小或大，或新或旧，拼贴出种种诱人的模样。洋酒品类也多。每晚都有几拨唱歌的人轮流驻唱，热着场子。间或，还有几个洋妞从城里赶来，倚窗，看曲曲弯弯的麻河，看麻河上描金错银的云霓，然后把几只空落落的酒杯，摇得彩光四溢。

赵一迪有些醉了。我喜欢听台子上那个胖女人唱歌。你看她，摇着大幅撩人眼目的丰腴，将发髻朝弹吉他的少年偏过去，又偏过去。

她叫麻小素，所属的这个乐队叫“花瓢虫”，这可是歪方向盘酒吧的核心常驻乐队，共四个人。除了她，便是三条俊朗后生。“你看，她唱得脸都花了，要不，你送杯酒上去？”我对赵一迪说。

赵一迪就摇晃晃地，向台上递过去一杯酒。麻小素摆摆手，冲赵一迪笑笑，依旧唱着她悠长的歌。

“……你给说说弯浪乡近来有意思的破事吧。”杯子从赵一迪手中坠下来，他看了看我，含混不清地，又说。

或许你在春光将尽时，看见过一些凌乱而忙碌的蚂蚁。

叶影比春天阔大。一只蚂蚁找到了藏在尘土深处的风向。它知道，飞来绕去的甲虫与另外几只灰黑的蚂蚁共用过一片狭窄的未来。现在，一只蚂蚁奔跑在那株被风晃动的狗尾草上，毛茸茸的草，藏不住，蚂蚁窸窣的步履。

或许，你将看清蚂蚁在狗尾草上咬出的那几道细痕。风赶过来，在细痕上揉了几下。蚂蚁感受到了某种隐秘的疼痛。

麻河反复找寻着麻河老旧的呓语。夜很空，但麻河还远没有到可以熟睡的时刻。麻河把一层薄薄的波澜推到星盏边缘，它让波澜蜷缩，一如那些刚淬过火的即将冷过去的刀刃。

我也有些醉了。赵一迪看着杯中的酒沫，说不上话来。麻小素还在胖胖地唱着。我喜欢这样肉感的咏唱——厚实，暖洋洋的，圆润，糯，汪着糖一般的光晕，显出一种特别的黏性来。“我们也是一部分正在推杯换盏的弯浪乡呢，不是吗？”我说，我有些酸不溜丢地说。

我知道赵一迪的意思。赵一迪出去了好些年，突然在弯浪乡一冒头，就丢掉了不少方位感和主人翁意识。地皮上删去了许多熟悉的地点及老旧名目，东家不长西家不短的，人也早生疏起来。而矗在麻河边的弯浪乡，依旧划过眺望，像一卷被风卷裹着的泛白的纸。

……有些醉了。可谁又该好好说说弯浪乡近期发生的有意思的那些事呢？

“你可能会被狗的目光淹没。”一只瘸腿的老蚂蚁走过来，对我说。我是那只脚上粘了尘灰的蚂蚁，我的脚被枯叶卡住了。瘸腿蚂蚁走得很慢，我们有着同样锃亮的黝黑，像两粒滚动的暮色。瘸腿蚂蚁转过身，看天，再看天，仿佛天空会突然缩起身，变成一条瓦蓝的狗。

瘸腿蚂蚁直起身来，遍体刻满了预言家般华美的色彩。

其他蚂蚁蠕动。蚂蚁——

蚂蚁蚂蚁蚂蚁……

“你可能会被狗和狗毛的饥饿淹没。”瘸腿蚂蚁似乎找到了合适的预言，在离开前，它又说了一句。

2

麻河有麻河自己的弯曲。

大河汤汤，两岸红土浸了全部的血性在波涛里，绞出一绺绺赤色的吟唱——麻河有麻河自己的琐事。

弯浪乡地处麻河大拐弯处，滚滚赤浪在这里弯出一道镰月形的幽光，仿佛在背弃一些什么，又抑或在趋近一些什么。

赵一迪这次回弯浪乡，主要是为了找他表哥张继怀乡长。

张继怀乡长到弯浪乡刚好一年。他到任那天乡里开了干部大会，我也在场。三十五岁的张继怀是麻河县里唯一的硕士乡长，学的虽然是计算机程序设计专业，但做起农村工作来却毫不含糊。在任弯浪乡乡长之前，他已分别在三个乡镇任过副职，干出过不少叫得响的业绩。

我在乡政府办公室工作，跑上跑下的，总能见着张继怀乡长忙碌而充满活力的身影。因为乡党委书记刚落马不久，新领导尚未到位，所以张乡长还主持着全乡的党政工作。张乡长戴副金丝眼镜，年轻，儒雅而帅气，工作在他手里，好像被盘出一朵朵花来，办公室的人就常常说："好个张乡长，肯定会把我们弯浪乡整出些大响动来的。"

那天，快下班了，张乡长给我打了个电话，说："小李，你不是有个同学赵一迪吗？他来乡里办事，我这里忙不开，你去陪他一下。"

于是，我便先在电话里和赵一迪嘻嘻哈哈了一通，然后，找地方整了几杯，然后，又醺醺然地坐在了歪方向盘酒吧里。

一滴雨打在焦渴的土粒上。

已经很久没有下过雨了。蚁巢在地面下，虽窝着几缕潮气，但并不明显。日复一日，一些蚂蚁匆匆奔走，似乎在向外驱赶着某些不着边际的灰暗与空寂。

我从它们身边走开，我需要从天光里衔几丝坚硬的亮斑回来，修补蚁巢左下角那些比米粒小的缺口。

一滴雨，带来其他的雨。

我不想对这突然而至的雨说上什么。雨就是雨，落在蚁巢之上的雨仍旧是雨。但密集的雨点打在了我浅黑的身影上。

沉重的雨。

我尖叫一声，我想在突然卷起的水花中，找我自己迷乱的道路。

我和赵一迪已四年多未碰面了。"你找张乡长办点什么事呢？"刚一见面，我便问。"这个……以后慢慢细说，张乡长是我表哥呢。"赵一迪说。

赵一迪酒量不错。几杯下肚，我已大致知道了他的来意。

酒也不错，弯浪乡自己出产的酒，纯高粱酒，看上去晶亮晶亮的，像一些说话的火焰。我和赵一迪已经整下去了一瓶多，他有些醉了，看着我，说："好好干，你好好干……"

转到歪方向盘酒吧之前，赵一迪接了个电话。"我表哥打来的，他今晚有事，改天再和我谈事情。我们换个地方，再整它几杯……"赵一迪歪斜斜地从酒桌上撑起身来，说。

我们应该多听听老蚂蚁的话。

蚁巢里，有九十八只老蚂蚁。有的老得严重点，有的老得一般，有的，刚开始在右前腿上老出点微黄的颜色。

一只苍老的蚂蚁在说着什么。

第二只苍老蚂蚁在轻轻说着什么。另外的老蚂蚁守在黑泥筑就的通道中，候着，它们又将说出什么？

周末，我和赵一迪去了一趟麻河县城。

其实，在歪方向盘酒吧里，我们曾经说起过弯浪乡最近发生的许许多多事，但这些事都算不上是什么要紧的事。花瓢虫乐队的歌变得越发舒缓了，酒滴在瓶中，在杯中，仿佛打起盹来。我们有些喝不动了。赵一迪举着半杯酒，身子斜别在灯光中，像一茎逐渐斑斓的稻禾。

"我要为我们弯浪乡干……干一件大事，大好事，呃……"赵一迪说。

"我不能告诉你是——什么事，你也不能说。"赵一迪说。

"嘿。我什么都不知道，我说什么啊说？"我说。

在县城里，赵一迪对我说了他要干的事："我要为弯浪乡乡政府修一座假山。当然，也还要再修上点其他什么。"

啧，假山？什么玩意儿？我有些不屑。

赵一迪说："老同学可不能到外边去张嘴乱说。我可只告诉你一个人哦。这座假山，关系到弯浪乡领导和一乡人的命脉呢……"说得挺重大而艰巨的，让我暗暗惊异。

"你算算，最近这五六年来，弯浪乡是不是已连续有四个主要领导落马了，有书记有乡长，你说原因何在？风水啊，主要是乡政府办公楼那里的风水不好。”赵一迪低声道，“前阵子，我一个看风水的熟人把这个事给我表哥张继怀乡长说了，他死活不信。后来，看风水的人找到我表哥家里，告诉了我表叔。我表叔急了，急马三枪给我表哥反复打电话，要他必须抓紧按风水先生的意见做，把风水调好，所以我才专门跑回弯浪乡去找我表哥落实此事。”

雨滴中杂着三种风声。一种微紫，一种露出业已起皱的淡黄，一种绿莹莹的，宛若甲虫眼眶中旋转的火。

雨滴，淋湿蚁巢边缘的天色。

蚂蚁们奔走在自己的道路上——

在其他几只黑色蚂蚁身上，我，看见了另外一丝比较慌乱的雨意。

赵一迪和我在县城里转了两天。

我见到了那个脸上挂着两圈蓝色眼镜片的风水先生。他姓胡，年纪不算大，半眯着眼，对赵一迪说：“你去告诉张领导，我不图他一分钱，我是为他的人生着想，为弯浪乡人民谋福利。你想想看，一班乡领导你不出问题我就出问题，换来换去的，乡里的工作怎么推进？乡里老百姓的梦想如何实现？”“那是……”赵一迪说。“况且，你们那个乡政府，修得，像一座歪扭扭的牢房，四面八方找找，二指高的靠山都没得，谁去那里当起领导来能顺利？唵？唯一的一条通道呢，却像是一把长刀，从头顶直插进胸腔里，恶象啊凶兆啊，再不整治，还要出大凶事呢。”风水先生转过头，对我说。

“那是，是，真是。”我紧了紧面皮，连声道。

蚂蚁在黄昏经历过太多绵长的曲径。

蚂蚁，蚂蚁蚂蚁，蚂蚁……

我夹杂在蚂蚁密密麻麻的队伍中，默然无语地走着。黄昏一如既往，像一片焦煳的叶子垂在风声之侧。我有些疲乏，似乎很难用所有的腿守住一个恒定的方向。偶尔，一只蚂蚁停在路上，蚂蚁队伍前行的窸窣声暂时中断一下，接着又快速地窸窣开来。

我们的队伍举着许多沿途拾掇来的东西：一枚蝶翅，蜻蜓干涩的脸，缀满雨渍的虫壳，稻草的肋骨，几小块被谁踩碎的黑色干板栗，螳螂的后腿，红木棍……我们没有其他旗帜，这些东西，总能够及时成为我们的旗帜——你退远一些看，就会从我们的队伍里看出些许差异来：蝶翅高扬，一小队蚂蚁紧紧跟着，排列齐整，步态有力；稻草旗帜后的蚁群散成风一般的曲线，走得略显飘忽；螳螂断腿周围的蚂蚁，每走一步，似都喜欢把自己的前腿整齐划一地朝天空扬过去，噼啪，扬得煞是耐看；而几小块碎板栗在一大圈儿排成圆形的蚁群中传来传去，这群杂耍高手，让整条道路隆隆作响，让整条道路在风声里，晃来晃去。

3

张继怀乡长召集了一个乡领导班子专题工作会，安排部署乡政府办公楼及街道重要区域的环境整治工作。环境整治工作总共包含六大工程，每项工程都由一个乡领导牵头负责。

张乡长从发展和战略的高度，讲了很长一通话。大家都听明白了，也点了头。随后，会议精神迅速传达到了全乡——大家都听明白了，也点了点头，说："好啊，等着看我们弯浪乡的变化吧。"摆出副很兴奋很幸福的样子。

任务被很快分解下来。任务很多，很细，诸如街道公用设施的完善，公厕的样式、位置，道路拓展规划，水、电、气等管网的铺设，行道树的选择、栽种，文明卫生监督岗的设置，等等。这的确是个浩大而全面的环境系统改造项目，包含六大工程呢，而首要的，就是乡政府办公楼的综合改造治理。

张继怀乡长亲自挂帅，负责此项目具体工作的是副乡长赵理硕，我呢，则成为了乡政府办公楼改造工程的项目联络员。

弯浪乡，从此步入了一段热火朝天的紧张日子。

蚂蚁能够梦见的事物并不是太多。

蚂蚁的饥渴浩渺无边。蚂蚁对梦境也常常充满了饥渴感，就像此刻，我缩在一块朱红的土块中，对山脊上那片袅动的霞光，称羡不已。

那片霞光有些特别，先呈现出一块马骨般蔚蓝的斑痕，然后渐渐扩散开，卷成三五只蜜蜂嗡嗡作响的身姿，再簌然抖动几下，幻化成一只手不断挥动的千种暗影……

我在霞光上找寻我骨肉里深藏的疼痛，找寻被其他蚂蚁打碎过的疼痛，我还找寻梦境曾经凝结的光泽，找寻被梦境扼弯的第五只瘦腿和它上面斑驳的伤痕。

朱红的土块摇了摇，轻轻跌倒在其他默不作声的土块里。

赵一迪和花瓢虫乐队胖胖的女主唱麻小素好上了。

我喜欢听麻小素唱歌，赵一迪却还喜欢她歌声以外的一切。

我们坐在歪方向盘酒吧里，我，赵一迪，还有弯浪乡街上的几个朋友。麻小素在台上，唱着我们熟悉的谣曲，唱得掏心挠肺的。赵一迪现在已很少喝酒了，他既要忙碌弯浪乡的几项综合改造工程，又要忙碌与麻小素有关的情与欲之类的琐事，他的确忙着呢。赵一迪晃了晃手里的杯子，说："这猴三（猴子）尿，干脆戒了算了。""戒不得呢，"我说，"你若戒了这酒，我们以后怎么好找理由坐在这里，为我们伟大的美女主唱干杯捧场呢？"赵一迪扬扬眉，又浅浅地抿了一小口。

赵一迪当然仍旧有再喝醉的时候。

那天，他在外订了一大桌菜送到我家里，然后请张继怀乡长来一起狠狠喝了一顿。

花瓢虫乐队也全数到了我家里。我将门窗全部关了个严严实实，让"花瓢虫"时而悠扬时而激越的歌声只在我的房子里绕，绕。

张乡长喝得挺高兴。胖主唱麻小素给他敬了好几杯酒，说请他多多关照赵一迪。张乡长就笑笑，说："关心他是你的重点工作呢。来来来，我敬你三杯！"

"你可要把工程项目给我盯死点，小李，要严格按照我审定的规划设计方案落实好。”张乡长对我道。

“好的好的好的。”我连喝了三杯表态酒。

我有些怕那只头上有一块太阳斑的老蚂蚁。

它是我们这个蚁群的画梦师。据说它已经活了很久很久的年岁了，是一只不死的蚂蚁。

在我们这个蚁群中，我所知道和认识的不死的蚂蚁至少有二十九只。其中，有会测水滴深浅的蚂蚁，有能吃火焰的蚂蚁，有可以把脑袋拧下来泡在雪水中三天三夜又重新装回去的蚂蚁，有念经的蚂蚁，有总是把我们蚁群的三个祖传秘方记岔的蚂蚁，有将祖祖辈辈所有蚂蚁的名字编成一支歌反复咏唱的蚂蚁，有撕下紫色阳光做成高跷踩着满地乱窜的蚂蚁，有啃吃其他蚂蚁足迹的蚂蚁，有在蚂蚁的脊梁上雕刻胭脂花和虫声的蚂蚁……

画梦师蚂蚁则能完整地画出我们每一只蚂蚁的梦境。它不需要你说什么描述什么，它看着你，说："哎呀你做梦了，别动，等我把你的梦境画在泥壁上。"它用一根金黄色的古老木棍刻画梦境，你看它，三五笔，就把我们一个又一个的梦境画得活灵活现，毫厘不差。

谁也不明白它到底是怎么知道、怎么穿过我们的灵肉，看见我们所做的那些梦的。

——我有些怕它，我怕它胡乱画出超出了我梦境范围的那纯属乌有的一切。

现在，整个蚁巢所有的泥壁上都布满了我们的梦境。梦境叠着梦境，梦境追着梦境，梦境挤着梦境，梦境喊着梦境，梦境套着梦境……这样的泥壁，弯弯曲曲，本身，就好像成了一个繁复、漫长的活脱脱牵扯我们魂魄的梦境。

年深日久，那些被画在泥壁上的梦境却依然清晰。我的确有些怕这个苍老的画梦师，假如有一天我做不出梦了，我该怎么办呢？我听见我的骨头，簌簌作响。

我至少在那些曲里拐弯的泥壁上，找到过我做过的五十八个或短或长的梦。

风水先生老胡在弯浪乡住了已整整一个月。

无数个拂晓之前，总是我和赵一迪陪着老胡，悄没声地拎着个罗盘在乡政府前后转来转去。老胡定方位，择日期，甚至三番五次地背了人在乡政府办公楼院子里烧纸钱，燃香烛，弄得神叨叨的。弯浪乡的系列综合治理改造工程在如火如荼顺利推进着，一会儿这里剪彩，一会儿那里誓师，四下里鞭炮隆隆，好一番大干而正要快上的繁忙景象。

麻烦的是，老胡也喜欢上了花瓢虫乐队胖胖的女主唱麻小素。

老胡和赵一迪差点在歪方向盘酒吧打一架。

又是在我家里，这次是老胡订了一大桌饭菜送来，张继怀乡长、赵一迪、花瓢虫乐队、我，当然还有风水先生老胡，凑在了一起。

酒喝得有些枯涩。赵一迪眼红红的，一会儿看女主唱，一会儿看张乡长，一会儿看我，一会儿，又看看老胡。

这一次，花瓢虫乐队没有表演节目，三条俊朗汉子也围坐在酒桌上，默不作声地喝着，吃着。

“赵兄弟，你们两个命相不合，不是我硬要横插一杠子，我和小素才算是天造地设呢。”老胡对赵一迪说。

“嘁！吹死牛×，鬼都不信！”赵一迪说。

“我说的是实话呢，张领导张乡长。”老胡说。

酒桌上的酒们比较沉闷。

张乡长突然站起，指着麻小素说：“我不听他们俩废话，你是关键人，你说说你的想法，你说说，你说了就算。”

麻小素端起酒杯，看了看大家，看了看张乡长，然后和赵一迪碰了一下，说：“对不起赵哥，我先走了，我明天要请胡先生去我老家帮忙查验一下我祖坟山的风水方位呢。”

4

人的脚步总显得巨大而有力。

蚁巢周围，时常会留下些人的足迹、谈论声之类。我和其他的蚂蚁总试图躲闪什么。还能躲闪什么呢？春天的时候，有人号着山歌自蚁巢外走过。那些人影，像一堵高耸的云，嵌在地面上，风吹不皱，且带着火焰熊熊的分量。入秋了，有人背负重物前行，踩得大地吱嘎直响。偶尔，一些稻谷或高粱从人的身影上跌下来，砸在我们张皇的窥视中，冒起大阵浓烟。

某日，一只破旧的鞋随山洪冲下，卡在蚁巢前的石缝中，激起滔天巨浪，差点就淹没了整个蚂蚁的世界。幸好，一个人赶来，捡走了那只鞋，挽救了我们古老的巢穴。

而我总记得画梦师在画我的第四十三个梦境时说过的话。它说："这个梦，本可以做得更为美满的，但不知道什么原因，变得有些歪斜、模糊了。"我没有接它的茬，我知道，关于这个梦，画梦师漏画了半只水晶般时隐时现的红色鞋子。

——比人的脚略大几公分的红色鞋子。

有些微微破损的鞋子。

赵一迪好像消沉过那么几天。麻小素的歌依旧在歪方向盘酒吧里响着。晨昏反复更替。麻河的水声依旧弯出一道阔大的弧线，像刻在地上的梦想，被一排排的房屋镶着，拥着，激起阵阵波光。

我和赵一迪在麻河边走着。弯浪乡的确改变了不少，数百棵桂花树被移栽在道路边，早散发出大片感人的浓香来。街道也整洁多了，街前街后共设了七八处文明监督岗，过马路的人讲起规矩来，大人小孩也不再乱扔乱丢。

而我比较喜欢那些画满了弯浪乡各式墙壁的宣传画，有国画风格的，也有油画、版画风格的，很主旋律，也很乡土化。这是张继怀乡长策划并找县文联组织全县艺术工作者到弯浪乡现场创作的。张乡长的这个艺术创作规划做得挺特别，他先确定了几大主题，诸如梦想、创新、文化、历史，以及民俗、典故之类等，然后再组织人员多次讨论具体的创作内容、创作方式及分工。张乡长还请来他同学开办的传媒公司人员，就这次艺术创作进行了"智慧化"的定位和设计。整个艺术创作花了差不多三个月时间。这段时间里，县里的新闻媒体进行了大量的宣传报道。县广播电视台还联合几家数字媒体对一些关键部位、关键内容和重要画家的创作进行了直播，取得了非常良好的宣传效果。

我也画了一幅。在麻河拐弯处一户民居的山墙上，我画了幅大写意的竹子。我画的是本地土生土长的方竹，这是其他地方很少能见到的一种竹子，粗一看，好像有些柔弱，但它的枝叶间，却始终漾着一大汪平平常常的狠劲，像那一声声摇动整片乡土的坚毅而悠远的谣曲。

在距蚁巢大约小半个黄昏路程远的地方，有三只刚刚死去的野蜂。

我认识其中的一只。它有金质的羽翅，透明而精巧的布满神秘花纹的羽翅。它的头上闪耀着褐色的光斑，肚腹上也缀着阳光般弯曲的痕迹。它尾部的刺针呈灰黑色，显得长而坚硬。我和它在野地里遇到过许多次，我们以我们独有的方式交谈，嬉乐。从它的谈论中，我了解了整座山峦花朵的种类与分布，知道了它背部黏结的花粉颗粒中种种极为稀有的蓝雾之影，懂得了野蜂记住道路的五种特殊方式。

我守在三只野蜂的尸体旁，听斜风荆棘般摇动。

过了一会儿，大群黑色和红色的蚂蚁聚集拢来，它们吱呀吱呀，商量了一阵，便分作三队，各抬着一只野蜂分别走开。

我真不知道这三只野蜂为何会在交错的道路上死去。

我紧跟在我认识的那只野蜂的尸体之后。我帮着这些杂乱的蚂蚁将僵硬的野蜂抬到一块青石之侧，然后，看它们把野蜂挪进一个空旷而昏暗的洞穴里。

我在青石边，静静站着。

黄昏很宽，费了很大劲，我才找到了回自己巢穴的路。

张继怀乡长在电视里做着小城镇建设的经验交流发言。

张乡长讲得很到位，角度新，立意奇，站位高，也颇见深度。“人家是个硕士领导呢，这口才，这水平，啧……”乡里组织收看节目时，许多人都说。

弯浪乡已经被县里树为全县小城镇改造的样板乡了。的确应该成为样板。许多工程都进入了最后的冲刺、验收阶段，只有乡政府办公楼的环境综合改造还在稳步推进着。

负责乡政府改造工程的副乡长赵理硕和作为联络员的我，一天到晚都在工地现场不停地转。工程推进很顺利，但工程子项目多，工期又紧，张乡长要求极高，所以压力也不小。

“这是项关键工作呢，我们可半点马虎不得。”副乡长赵理硕对我说。

5

画梦师的腿脚有些不太灵便了，走路老是往左边拐。画梦师的黄昏，因此好似也显得总有点倾斜。

我坐在画梦师身旁，看它和它腿脚外邈远的黄昏。

画梦师在打盹。它已经好几天未给蚂蚁们画梦了，腿脚的确酸痛，也沉重，它在蚁巢的角落里蜷缩了几日。眯着眼，它好像已然看不清太多的东西。它说：“我病了，你们还是暂时不要做梦吧。我一时真没精力为你们画梦了呢……”

但有些梦还是必须做的。蚂蚁们做了，画梦师却一一错过了那些梦。

画梦师醒了，它搔搔黄昏的尾椎骨，将一条腿搁在草虫椭圆的硬壳上，对我说：“你看，这些地方，那些地方，也都堆满了我们蚂蚁们轻轻抖颤的梦境……”

歪方向盘酒吧里的人不多。风水先生老胡、我、赵一迪坐在靠窗的卡座里，闲聊。

赵一迪和老胡早已冰释前嫌，麻小素也已与老胡断了那层关系，和其他人重新好上了。

夜色从麻河上徐然而至。麻小素依旧在轻声哼唱那些我们熟悉的歌。

我们在说着乡政府办公楼东面通道的事。

这通道是个难事。按老胡的筹算，原来只有一条路进去又只能掉头按原路返回的乡政府办公楼通道是个大忌，须彻底整治。整治说起来也简单，就是在四面都拓出通道，没有条件拓展通道的，也必须留个大门，这样才能纳气、通畅，得神之庇佑，不碍仕途，并在畅达与流转中积聚起天地独有的灵气。除开原有的自南面进入的通道外，西面的通道已经打开，北面呢，需建假山以配风水，假山外亦设计了通幽的三条曲径。唯独这东面没有办法，为什么呢？东面的围墙外，就是滔滔不息的麻河，其岸陡立，衬着一大片腾跃的涛声，不要说拓通道，就是打开围墙也显得非常不安全呢。

风水先生老胡一筹莫展，我和赵一迪也只能挠挠头，叹上几声气。

然后继续喝酒。

老胡渐渐醉了，走上台去，要唱上一首。唱就唱喽，唱得并不好，声音里像被人下了把沙子。他唱了又唱。

我和赵一迪依旧对着图纸上乡政府办公楼东面的通道嘘气。麻小素走过来，陪着喝了两杯，看着赵一迪手里的图纸，说："老胡不是说有扇大门就可以吗？开扇门不安全，就找人画它一扇。"

"干脆就让小李去画一大扇。"麻小素指指我，又说。

"哎哟，好主意！哎哟哟，就这样干！"赵一迪拍了拍麻小素的肩膀，又拍了拍我的肩膀，说。然后，我们扶起已醉倒在沙发上的老胡，跌跌撞撞进了酒吧外灰扑扑的夜色里。

我偷偷留下了一小片我认识的那只野蜂的右翅。

我把它带回蚁巢，藏在了蚁巢最东头的转弯处。那是一个堆满黑影的角落，平常很少有蚂蚁光顾。这片蜂翅，很小很小，上面旋着几痕浅浅的黄斑，像微风上绾出的几个细小的结。

我始终记得那只野蜂飞翔的样子——地面上，蜂影飘动，或东或西，细看，那蜂影上也布满了纷繁而神秘的花纹。

我看见一片微暗的光，在野蜂的右翅上，慢慢卷曲。

几大桶油漆加上林林总总的油画颜料，三天时间加两大桶汗水，再加上几声吆喝、躯体上酸涩的疼痛、一干人指指点点的评说，大致就可以略等于我在乡政府办公楼东面围墙上画的那道大门了。

大门很大，比真实的门要大上去不少。早上，站在乡政府大楼下，朝着太阳出现的方位望过去，你会看见我画的大门架在灼灼阳光之下，像黎明的某种不可或缺的支架——强劲支架。最好的景致当然只会出现在夕阳西下的时刻，通红的阳光照亮巨大的门楣，像在灰色、扁平的静穆中拓出了一个光芒四溢的出口，你好像可以顺着这些暖洋洋的光束一直走下去，一直走到你愿意抵达的任何地方。

张继怀乡长对我笔下的这道大门充满了感情，他说："艺术会在生活打了死结的地方找到解开死疙瘩的方法。就像以前我写电脑程序时所感受到的一样，你设置的所有防火墙上，都好像挂着无数把无踪无影的钥匙，你找到了它，你就成了它的主人。小李啊，你不仅从这堵弯曲、简陋的死墙上找出了这道大门，你还赋予了它鲜活的生命力！简直画得太好了，这是源于生活的感悟与美，这才是真真正正的艺术！"

张乡长那双颤颤的手在大门上颤颤地拍抚了好几次。

6

你可能会听见十二万三千九百六十五只蚂蚁的哭泣。

或者更多的蚂蚁，蚂蚁蚂蚁，蚂蚁，黑色的蚂蚁。但我不知道它们为什么哭泣。

我在蚁巢外的黄昏中匆匆奔走。我几乎错过了蚂蚁们大声哭泣的时刻。常常，蚂蚁的哭泣就是一种仪式，一种咀嚼时光或者生涯的方式。但这样的哭泣是非常少见的，活了这么多年，我也只遇到过三四次。

我真不知道这一次这规模空前的哭泣是为了什么。

我从蚁巢外的黄昏深处归来，看见了这一正在结束的浩大哭泣场面，我有些吃惊，疑惑。蚂蚁有蚂蚁自己的泪水，蚂蚁有蚂蚁自己的追缅、忧虑，为什么会聚集在这一刻，齐声啼哭？为什么，这整整齐齐的哭声，会风一般卷过蚁巢，惊动不倦翻覆的大地？

我也看见了在哭泣的蚁阵外奔走的其他蚂蚁。许许多多蚂蚁，奔走，它们好像与汹涌的哭泣无关，它们，反复踩响自己黑黢黢的际遇。

蚂蚁，蚂蚁蚂蚁，蚂蚁……

一些年幼的蚂蚁开始伸直腰杆。

而我，正站在哭泣的蚂蚁和那些不哭泣的蚂蚁的侧后面。

蚂蚁蚂蚁……

桂花喊醒了风声。

清晨，桂花簌簌，偶尔落一些在我们的衣襟上，软黄，温润，抵得上以往读过的大量典籍，或者业已蒙尘的种种经卷。

清晨的桂花真正当得起桂花的名分，阳光照上去，闪射满眼参差的光芒。清晨的桂花，叫得出你颤悠悠的名字。

而桂花在正午时分变得凝重。那些花们，一粒粒立在自己的身影上，像一些试图翔舞的雏鸟。

我恰好站在正午的桂花下，我在看县里一个画家画在墙上的一幅渔舟图。

画家比较有名，把这么大幅的渔舟图直接画在粗糙的泥墙上是不是有些浪费了？画家画得很用心。几痕参差的船影浸入波涛。其中，一只船横过就近的水纹，上面立着个渔女，红巾袅袅披拂，染了几缕微细的风。

从画上的河道、景物辨认，画家所画的，正是站在这堵长墙前所能看到的麻河景色——当然是提炼过的麻河景色。几条错落的船，明明暗暗的船，处理得恰到好处，好像增加了许多需凭着宁静的魂灵才能触碰到的簇新而深远的东西。画上的人影，我们仿佛也都曾相识。记得画家画此幅作品时，县电视台和几家网站是进行了直播的。但如果不亲自站在这里，的确真品不出这幅佳构的妙处。回去后，我将我的发现告诉了张继怀乡长、老胡和赵一迪。黄昏时，我又陪着他们，到长墙前，细细地品味了一次这幅令人啧啧不已的渔舟图。

“这墙头上的艺术非常高级！”张乡长对我说，“小李，你去请请这位画家老师，请他到现场来给我们的干部和学生们搞一次实地艺术讲学活动，让更多的人也接受点美的艺术启迪。”我点点头。“这个人，哎呀，他有莫大的才华！”张乡长又说。

黄昏渐深了。

桂花在黄昏时，渐渐慵懒，它们，顺着风势，开始准备着向一些即将出现的星星，聚集……

霜很厚。

霜很厚。蚁巢外的大地长出一层厚厚的绒毛来，在风里，晃。

一只蚂蚁站在蚁巢正中的空隙中，正说着什么。霜很厚。

副乡长赵理硕和办公室主任老涂吵了一架。

吵得很厉害，吵得也很偶然，主要是为乡政府办公楼假山工程相关的事。

假山已经颇见规模了。这座赵一迪找专业公司设计的假山，被命名为“翔”，其状宛如一只抽象变形的硕大鹰翅。当然，鹰翅只是主山，鹰翅前还配有三重低伏的案山和衬托整体景观的众多林木、小丘壑，以及三处凉亭，两个各呈日月形状的相互连通的大水池。

赵理硕想把日池掘在东面，可老涂不干，因为图纸上这个代表着太阳与活力的日池是设计在西面的。张继怀乡长不在，电话也打不通，无法请示，几十个民工正等着开挖塑形呢。赵理硕有些急。我和赵一迪也觉得原来的设计好像是个问题，但又不敢自行决断。

“挖在东边比西边合理，也吉利，这道理哪个不懂？”争执不休了，赵理硕于是恶声恶气道。

“啥合理？一些人倒是巴不得东边同时出两个太阳呢！”老涂也急了，也不含糊。

于是二人就摸瓜牵藤地大吵起来。

“别吵了，干耽搁时间！不如我们先去那里挖上两个大坑，是太阳是月亮让他们再去吵再去定。”领头的民工咕哝几句，就带着其他人离开了。

这个世界总有一些蚂蚁是多余的。

就像某一片人影是多余的，或者，某一部分秋天是多余的。

我在蚁巢中慢慢行走着。这是一座古老而复杂的蚁巢，也是一座庞大的绵延不息的蚁巢。世世代代的蚂蚁们，立命其中，安身其里，又将巢穴不断扩展、延伸，让它像秋末的风一样盖满土层深处的幽寂，让它把地下沉潜了千百年的凝重与幻梦顶出些六边形的窟窿，让它用成千上万的蚁骨，叠就，一座喧嚣无匹的暗黑宫阙。

蚁巢叠蚁巢，蚁巢套蚁巢，蚁巢连蚁巢，层层叠叠的蚁巢，在地下绕着，旋着，像某种传说。

我走在蚁群吱吱作响的种种身影间……

蚁巢外的人影已越来越凌乱了。

你，能不能说说，这个世界的哪些蚂蚁，注定会是比较多余的？

7

风水先生老胡盘下了歪方向盘酒吧。

老胡在弯浪乡待了好几个月，已待出深深的感情来。这份感情也很具体，一开始是乡政府办公大楼及其他相关工程的改造思路、明里暗里的点子及各种隐秘的方位，然后是胖胖的在吧台上唱歌的麻小素，然后是醉了又醉的酒，再然后，就是这处老字号的歪方向盘酒吧了。

老胡看中了这酒吧的风水。“这是个生金之地，你看它，借着麻河的水势，把一大溜烟财气尽揽过来，直往人怀兜里狠揣呢。”和先前的老板签过转让协议后，老胡有些兴奋，扯着赵一迪和我，又在酒吧里整开了老酒。

老胡当然是花了大价钱的。风水先生动了心思要经营，原来的老板就铁了心死劲抬价，直把个老旧的酒吧捧成了个镀金的大稀罕钵钵。老胡虽然舍得出钱，不过出得也还是心疼。

心疼归心疼，老胡还是摆一副特别遂心的样子，陪着我们，把酒一盏盏倒进肚里去。

时间过去好几个月了。工程在一项项收尾、竣工，桂花只剩了些枯旧的叶子挺在风中，赵一迪和老胡在该花钱和不该花钱的地方大把大把花着花花绿绿的钱，麻河的水，缓缓地，也瘦下去了一些。

蚂蚁中，出现了几只一惊一乍的交媾者。

黑色的天光一粒粒坠下，盖着交媾者燃烧的身影。一盏星，突然，将鹅黄的翅膀撑成一道焦灼的闪电。

我看见了自一条条蚂蚁的道路上静静升起的怀想。

哪一部分世界是蚂蚁真正的世界？

那几只蚂蚁身上，仿佛闪烁着关于未来的某种光焰——

蚂蚁蚂蚁，蚂蚁错杂，蚂蚁闪烁……

蚂蚁，蚂蚁蚂蚁——

我的骨头，瑟缩，遍布交媾者骨肉颤动的回音。

弯浪乡开始有了些七七八八的说法。先是有人说副乡长赵理硕私下里向上级举报乡长张继怀索贿受贿，违规插手乡镇改造工程；接着又曝出妇联主任关某与张乡长老婆在街上大打出手、争风吃醋；几天后，又有消息说赵理硕被有关部门立案侦查，说他涉足黑恶势力，并存在严重贪腐行为；再接着，又说是张乡长很快就会任乡党委书记，填上弯浪乡空缺了近两年的书记位子。

但说法就是个说法，弯浪乡，仍在麻河一如既往的涛声里，延续着自己的嘈杂与静谧。

我和副乡长赵理硕依旧忙碌在假山修建工地上。

张乡长还是张乡长，假山呢却催山赶水地越来越像座假山了。

我喜欢这座假山的整体设计，自然，大气，又在平实间见出种种匠心。鹰翅的力量感很撩人眼目，再配上一左一右两个大水池，将雄健的鹰翅之影含蕴于波光间，随了风，漾出无数的秀美与奇绝。

对了，两个大水池，依旧按了原来的设计布局，月池在东，日池在西。对此风水先生老胡有自己的说道，但他轻易不说，至少轻易不随便对其他人说。办公室主任老涂与副乡长赵理硕吵过一架之后，也早绝口不再提什么日池该在东边还是西边的事了。老涂向赵理硕副乡长道过一次歉，说自己口无遮拦，说了些没心肺的话，很是过意不去，幸好那些废话龌龊话已早被风一扫而尽了。真是对不起对不起！

日池浑圆，月池如钩，两汪碧水，静静凝眸望着日渐成形的假山和与假山有关的那一切。

画梦师跌了一跤，弄断了左侧的第二条腿。

幸好不是用于画梦的那两条前腿。

画梦师告诉过我许许多多关于蚁巢和梦想的轶事，诸如蚁巢中出现的第一个梦的形状、色泽、长度，以及第一只蚂蚁是怎样缓缓枯死在自己梦境中的，等等。据画梦师说，蚁巢历史上最强壮的工蚁的梦里常常有火光出现。“它共计做了二万三千七百五十一个各种色彩的梦，其中，只有九个梦里没有火光。画它的梦，我也差不多画出了一大沓厚厚的罕见的火光图谱。”画梦师说。而一只年幼的蚂蚁的梦启示了蚁巢一场巨大灾难的降临——年幼的蚂蚁梦见了被反复扭曲的彩霞——画完这个梦时，正是正午时分，两头刚交媾完的水牛咆哮的尿液，差点就淹没并烫死了整个蚁巢。我看见过画梦师画出的这幅与彩霞有关的梦境：狭窄，狰狞，蒸腾着火势与尖叫。梦境右下角，很醒目地粘着几点小小的绿蝌蚪状的图案。

在各式各样的梦里，画梦师还画出了种种千奇百怪的哭声与笑意。那些哭声，有的像花朵，有的像水的骨头，或者像一个人脚印上的伤痛，像雨点上的黑斑，像蚂蚁自己微翘的尖臀。而笑意呢，则总是简陋、笨重、单一。十年前的老蚂蚁的笑和现在其他蚂蚁的笑没有多少形和质的变化。这些笑意，有的像镜子上的暗光，有的像雕花的镜子上的暗光，有的像雕花的扁圆的镜子上的暗光，或者像雕了三层花的磨砂镜子上的暗光，以及碎裂的雕了叫不出名字的花的其他镜子上的暗光之类，如此而已。

画梦师画着蚁巢里所有的梦境。这只不死的老蚂蚁，这只比老还要老的蚂蚁，这只见证了整个蚁巢及蚁巢外天地变易的蚂蚁，拍着我的腿，将自己跌断的腿搁在泥尘中，一遍遍对我说着梦境的事。

它说着，头上的太阳斑泛着别样的光泽。

“我老了，我已经累了，我常常看不清你们那些梦的形状了，我好像不想再画什么了。”画梦师拍拍我的腿，说，“你要尽量帮我去寻找一处没有一丁点儿梦的新的巢穴……”

8

日池和月池里的山影微微皱着。

歪方向盘酒吧还是什么都没有变，只不过老板换了个姓氏而已。麻小素的歌声逼出了四壁上绚烂的光影。我熟悉那些光影，在种类繁多的方向盘老照片及图案中盘旋的光影，有着我们熟知的某些炽烈和深度。

我和赵一迪坐在酒吧中，天一句地一句说着些什么。酒滴低吟，我们还能说出些什么呢？酒滴，在晃动的光影里，变得迷离。

人很多。麻小素似乎瘦了许多。

风水先生老胡走进来，手里拎着把蛇形木剑。

“我刚去假山背后作了一次法，哎呀，好座假山，有灵有肉，等它建完了，我还得替它添一口真气！”老胡对赵一迪和我说。

“你该叫上我们一起去的。”赵一迪说。

“这是作法呢，顶敬菩萨的事，闲杂人哪能随便掺和！”老胡说。

于是坐下来。于是一起喝酒。

蛇形木剑揣着自己的光，有些冰凉。

麻小素的歌声，洒了薄薄的一层在酒滴上，那么匀，那么净。

一只蚂蚁从蚁巢的第九层上跳下来，摔丢了三条腿，摔碎了肩胛骨，但并没有按计划把自己摔死。

我不知道它跳巢的缘由，也许是天色昏暗，也许是它做过的梦太少，也许是它头脑深处的风湿痛结了层厚厚的痂，也许是它遇见了某种说不出名目的快乐，也许是远处的树叽喳叫了一声……于是乎，它从蚁巢的第九层上叮当一下跳下来，但并没有如愿把自己摔死。

它摔丢了三条腿，摔碎了黑黑的肩胛骨。蚂蚁的疼痛常常就只是疼痛。

但它并没有把自己摔死。

蚂蚁的疼痛，常常可以忽略不计。

“大家要抓紧督促一下乡里所有在建工程项目的进展情况。目前，我们启动的六项工程已经完成了四项，其他两项，要尽快按期完成。特别是乡政府办公楼综合改造工程，要进一步加快进度，严格按审定的规划设计方案，保质保量按期实施好！”张继怀乡长在全乡的工程项目调度会上强调说。

工程的推进其实还是很正常的。画渔舟图的画家又在乡政府办公楼的外墙上创作了不少极具乡土情怀的艺术佳作。“弯浪乡政府领导有担当，有思路，有激情，能够把相当枯燥的乡镇工作艺术化，这一点难能可贵！”在前不久举行的创作现场实地艺术讲学活动上，画家曾这样说。而通过这些新创作的作品，画家也把自己的多种想法融入弯浪乡的小城镇建设工作中，画家因此显得很是高兴。

我和画家、风水先生老胡在歪方向盘酒吧里聚过一次。画家并不知道老胡的身份。画家很健谈，而老胡则似乎有些漠然。我夹在二人之间，也只说了些鸡虫之类的闲事。

“弯浪乡有能人，嘿嘿，你看那座假山，嘿，就修得大有深意。”画家说。

老胡的目光轻轻闪了一下，就又暗了。老胡没有接这话茬。

蚂蚁们的盛夏一片炽烈。

阳光像一把把多边形的小锯子，锯着蚂蚁们黧黑的生涯。那只瘸腿多年的老蚂蚁，好像，正在骄傲地死去。

它弯曲的腿上刻满了勋章——这只掌握着蚁族大部分预言的长者，这块平时始终像个哑巴一样活着的老骨头，渐渐开始坍塌。它正在死去，一些预言，正在赴死的途中；一些预言，大约，已接近了最终的泯灭之境。

一粒粒阳光传成的小球，蹦蹦跳跳。

一粒阳光，打在老蚂蚁焦渴的梦境上。

什么正在死去?

阳光滚动。盛夏是一次提示。预言腾出另外的空隙——瘸腿的老蚂蚁，哦，老预言家，又第九十一次重新活了过来。

一条鱼，经过了麻河的黄昏。

经过了弯浪乡街道印刻在水流深处的那一道道惯常的暗影。

经过了我们平庸、厚实的遐想和惯常的生活。

一条背负着翠鸟抑或蚂蚁梦想的红鱼。它在浪的洗濯中，保留下坚劲的骸骨。

一条脱离了苦痛与幻想的鱼，它开始游动。麻河的波光，将留下，一抹恒久战栗的赤色。

9

我想成为梦想的整理者。刻在泥壁上的那些梦境悠长、繁复、琐碎、离奇、坚实……有的已显斑驳，有的随泥土上的纹理逐渐变异，有的则卷成某种花朵的形状，散发出不可言说的芳香。蚂蚁们在自己杂乱而不断变旧的梦境间穿梭。许多蚂蚁甚至都辨不出哪些是自己做过的梦了——我，想代替其他蚂蚁，成为这成千上万梦境的整理者、分析师。

我向蚁王禀报过我的想法。但蚁王已耳聋多年，它听不见我说的话。就在我的禀报中，蚁王睡过去了三次。画梦师守在旁边。而蚁王在第三次入睡时，又做了个关于灯盏的梦，画梦师正一笔一画地，画着蚁王梦里那些与灯盏关联的染色的小三角形。

有时，蚁王还在蚁王自己的梦境里做梦。画梦师画这样的梦中梦时，总是显得异常焦躁。一开始，它常常会弄乱很多笔触，或者把梦的阴影画得过浅，或者错用了梦境的底色，又或者，在连接蚁王梦境中断之处时，将一丝捆束梦想的风声画得歪了，细了，硬了，弱了……但画梦师仍不懈地修改着，那最后的画幅依旧肯定是完美的，与蚁王真实的梦境严丝合缝——蚁王的梦，也总是能通过画梦师的笔，成为蚂蚁梦的经典。

我真的很想成为一个梦想的整理者。

乡政府开会时，赵理硕副乡长发了个言。

准确说，是赵理硕副乡长对乡政府办公楼改造工程提出了尖锐的批评。

赵理硕副乡长说："我最近听到了一些值得关注的说法，说我们班子里有些人搞环境改造是假，搞封建迷信是真，是在假借乡政府办公楼改造的名义，向神和菩萨乞求庇佑，好让自己能够顺顺利利地升官发财。如果真是这样，我这个项目负责人的工作就是肮脏的，可耻的，卑鄙的！我要查证，如果属实，我要坚决向上级举报！"赵理硕副乡长说得斩钉截铁。

张继怀乡长也说得很严肃，他说："赵副乡长提出的问题是个很大很严肃的问题，值得大家重视、深思。我们搞小城镇工程建设，是件大事、好事。虽然我们之前已经经过了广泛而深入的论证，完全按相应的法律法规和公开程序立项、审批、推进、督促、检查，但只要老百姓有议论、有疑惑、有质询，我们就一定要严肃对待，认真排查，公开回应！为了切实做好相关工作，要立刻成立专门的工作组，对此事迅速展开调查，给老百姓一个满意的答复！"

工作组迅速成立了起来。当然，工作组的工作范围远不仅只是调查有人举报乡政府办公楼改造中存在搞封建迷信的事，还包括了其他几项工程项目，以及乡里近期摸排出的各类热点、难点问题。

工作组组长由张继怀乡长担任，常务副组长是赵理硕副乡长，其他乡领导及相关部门负责人为成员。成员共有十三人，我也属其中之一。

调查的结果和工作进展均很圆满很顺利：根本没有什么封建迷信行为介入乡政府办公楼综合改造工程；其他各大工程项目也没有发现存在任何问题；老百姓反映的其他热点、难点问题，正在进一步积极调查、落实、解决中。

乡政府还将整个调查情况，向全乡百姓作了公布。

赵理硕副乡长敢于直言的工作作风，也获得了大家的交口称赞。

画梦师、瘸腿老蚂蚁、我，以及另外数百只蚂蚁，被一截燃烧的缰绳堵在了弯曲的山道上。

火势汹涌。火势像一大幅斜冲而过的赫赫波澜，燎向几丛杂草。我们被阻在山道上。除了我们，被阻的还有其他一些红色蚂蚁、灰色蚂蚁、黄色蚂蚁，另外，还有几只紫色的蚂蚁。

缰绳很长，火势差点占完了整个黄昏。

有人在燃烧的缰绳边站着，说着，指点着。

喏——三条人影，覆在弯曲的缰绳上。火势汹涌，三条人影，好像溅出了一些十分浓烈的焦煳味道……

“赵副乡长很有些板眼哦，是不？”风水先生老胡说。

我没吭声。我为什么要吭声呢？为了那些调查，我这个工作组成员与办公室另外几个人一起，熬更守夜赶写汇总、上报材料，弄得焦头烂额的。皇帝不急我干着急，我还吭什么声？我还为画在乡政府办公楼东面围墙上的那道大门提交了专题创作说明等相关材料。我已没什么吭声的兴趣了。

赵一迪说：“是啊，幸好我们从没有对人乱说过些什么。这个赵副乡长，真是烧香打菩萨，没得卵子找秤砣吊……”

我们在山道上走了大半天了。假山工程竣工在即，我们跟着老胡，正按照他的古怪要求，漫山遍野地去找什么有灵性的黑色蚂蚁。

暮色渐起，我们走得累了，便将手里的小锄、小铲和覆了塑料布的篾丝背篼搁下，坐在山道上，抽烟，歇气。

老胡将路边一截长长的缰绳点燃。

嗬，这是什么缰绳，浸了油一般猛燃起来，腾起一道弯曲曲的绿色火势。

草虫趋避，风声唧唧，缰绳发出噼噼啪啪的脆响，一些蚂蚁四散开来——“快，快盯住快跟住那群正在离去的黑蚂蚁！”老胡突然尖叫起来。

是的，我和赵一迪也都看见了，几十只黑蚂蚁，正绕过燃烧的缰绳，惶然奔走——

大地有了某种窸窸窣窣的颤响。

10

三条人影紧随在我们身后。好像，我们回巢的路也漫长了许多，许多。

瘸腿老蚂蚁走在最前面，它理当占据着这样一个预言者的位置。紧接着是画梦师，它似乎又有些恍惚了，把路走得歪歪扭扭的。我踩着瘸腿老蚂蚁的身影前行，身后，是几十只略显懵懂的其他黑色蚂蚁。

其实我们没有必要走得太快。夕阳新染了大脸膛，像一个唱戏的病汉，洒一地绯红的汗水。风打着旋子，顺着山道在绕。那就让它去绕，反复地绕。路程是有些远，路程的确有些崎岖。三条人影缓缓向前伸着，伸着，一会儿超过了我们，一会儿又缩在了我们身后。

“你，还有你，会被风散落的影子淹没……”瘸腿老蚂蚁说。

“今夜该没有什么蚂蚁做梦了吧？”画梦师说。

我在瘸腿老蚂蚁的足迹上，踩出了一个细小的缺口——

跟在身后的蚂蚁，将一整条山道挠得沙啦沙啦的，痒。

十几天前，麻河县在弯浪乡举办了一次小城镇改造主题研讨会。全县十四个乡镇、街道办事处及相关部门领导三十余人参加会议，县里主要领导莅临并作重要讲话。会议还邀请了一些省内专家进行专题发言，探讨新常态下城镇建设的理念及创新方向。弯浪乡作为县里的示范乡镇，成为会议研讨的重点。张继怀乡长在会上作了交流发言。专家们评价："张乡长的发言为探索内陆乡镇未来的建设、发展，提供了新的向度及可能。"

参会嘉宾参观了弯浪乡的六大综合改造工程。"这些工程中，值得认真总结的经验非常多。弯浪乡小城镇建设工作亮点纷呈，立意高远，文化含量足，功能设置全，创新力度大，值得在全县广泛推广！"参观途中，分管城镇建设的罗副县长激动地说。

在乡政府办公大楼改造现场，县领导还高度赞扬了在建的假山及相关设施的设计、施工效果。县领导认为，这个看似简单的"造山运动"，体现了弯浪乡人敢塑高峰、勇争一流的创新风貌。

"你不是还对这座假山提出过些疑问吗？老赵，"罗副县长指着赵理硕副乡长道，"你现在看看这座山，哪有半点封建迷信的意思？唵，是不是？这可不可以算是我们弯浪乡自己为自己塑造的一座主心骨山呢？"

"算，算算！"赵理硕副乡长使劲点着头。

"算算算！当然应该算……"其他人也点着头。

陪同参观的张继怀乡长和弯浪乡的其他领导很是欣然。

"可要抓紧时间把这项重要的假山建设工程迅速建完哦。"罗副县长又说。

我已记不清自己是什么时候曾躲在瘸腿老蚂蚁冰凉的身影里，做了那个展翅欲飞的梦。

从画梦师替我画出的梦境看，我有五对颜色混杂的翅膀，我的确在飞，但翅膀显然太多了，所以飞的方向有些潦草、凌乱：每一对翅膀都在寻找自己的风声，都在设定自己的风向，都在扒拉自己的风情，都在调试自己的风力……这对翅膀开了，那对翅膀合；或者这边三对翅膀正在开呢，那边两对翅膀却忘了合；或者这边那边的翅膀都在半开半合，乃至不开不合……我在我的梦境中忽起忽落，落得仓皇，起得也常不着调调，起得也常颠扑不已。

但我喜欢那些扇着小风的哩哩啦啦的翅膀。

——那次，我藏起过一小片野蜂的翅膀。我觉得，我梦中的翅膀和那只死去的野蜂的翅膀，有着比鸟声略大一点的相似之处。

我真想把我那个飞翔的梦，刻在我经常酸痛的左前腿上。

在歪方向盘酒吧里还能再找到点什么呢？

歌声总是飘忽，总是漫不经意地与找寻者执着或须臾即逝的找寻相关联。麻小素生孩子去了，花瓢虫乐队的主唱临时换了人，也是个女的，三十来岁的样子，长得依旧丰腴，宛若刚新换了套演出服的麻小素。

新主唱叫高咏，音乐专业出身，但歌唱得其实挺一般，没有麻小素抓人。

高咏是风水先生老胡的新情人。

就着新主唱不太抓人的歌声，我们又相继醉过几次，我、赵一迪，还有风水先生老胡。

乡政府办公楼的假山快完工了，我们喝酒的次数也越发频繁。赵一迪和老胡都很高兴。当然，我也比较高兴。

"真是大好事啊，千百块石头总算美美地落了地。"赵一迪说。

"造山不易，给某些人造座靠山更是难上加难。我们再抓紧些，尽快结束工程。我还要为假山灌注真气，让它真正活起来呢……"老胡说。

我举高酒杯，缓缓点点头。

假山还真像座不错的假山。假山逶迤，聚拢几多气象，且透出与麻河两岸众多山丘绝大的不同来。简言之，这是座臆想之山，也是座"凝聚着智慧与汗水的山"，是山的某种随想录、自度曲、个性标本、变奏，更是"对山的精魂的浓缩，对山的韵味的提升，对山的性格的彰显"——需要说明的是，我这里引用的，都是张继怀乡长说过的话，这些话被县里各种媒体的记者写在文章里，早已广为流传。

假山的影子很多时候总印在日池与月池中。待太阳或月亮的位置偏转时，假山的影子，也烙了一部分在假山脚下的其他土石之上。

新主唱高咏的歌声，夹在酒的色香间，似乎，荡着些另外的意味。

11

那三条紧跟着我们的人影越来越浅。暮色低垂，远山隐匿了远山暗暗行进的踪迹。

画梦师提起了瘸腿老蚂蚁那个没做完的梦，它笑了笑，说："你倒是把它囫囵地做完啊。那次，害得我，连太阳和蚁后都只能按你的残梦画出一小半，你那个梦，是我画的梦里最古怪最不耐看的一个，不，是小半个。"瘸腿老蚂蚁也浅笑一回，问："我记不得了，那到底是个什么样的梦呢？"画梦师白了它一眼。

画梦师把肩负的一枚草籽，抛在蚁巢外的泥地里。

风声黢黑。

暮色戛然，掩尽熟悉的山势。

"你看你看，这些黑蚂蚁，真是蚂蚁中的精怪啊，好像是故意躲着我们绕来绕去的，绕了这么大半天，才绕回到了自己的巢穴。"风水先生老胡说，手里的手电筒在蚁巢边的杂草丛上，射来射去。

"这个地方叫什么名字？"老胡问。

"叫……"我仔细回想了一下，说，"叫……对了，好像就叫推人坳，说是坡太陡，行路人要一个推一个，才能顺利地从下面爬上来。"

老胡兴冲冲在赵一迪肩膀上拍了一下，又在我肩膀上拍了一下，说："天意啊天意！在推人坳上找到这窝黑蚂蚁，我们的假山真就可以变成一座活的山有灵性的山了。"

"这可是天佑张继怀张乡长哦！"老胡又说。

黑蚂蚁们已从泥缝里钻入了地下，我们赶忙拿出小锄、小铲，急匆匆挖起来。

"这座假山所在的方位非常重要，按张乡长的八字推算，假山上必须要有一窝黑蚂蚁辅佐，张乡长才能顺命理加官爵保平安添富贵。这样的黑蚂蚁，可遇而不可求！哎哟推人坳，好地方好地名，哎呀好一窝黑金子般的蚂蚁。张乡长知道了会高兴得像个活菩萨的！”风水先生老胡又说。

土刨开了，我们被惊得说不出话来——

土层下，简直就藏着一座莽阔的蚂蚁的城池——宏大无匹的城池，非凡的城池，雕金错玉的城池，烁今震古的城池，让人全身瘙痒的城池，嘈杂的城池，古旧的奇谲的藏满沧桑的有神入住的城池……看那蚁巢，规整而壮美，复沓而绵延……这是一座可以被挂满种种勋章的城池。蚁巢的泥壁上，漫着些曲折而又似蕴含着无限深意的纹路，像这个世界和这个世界之外的千种梦境。

“张乡长不是喜欢说什么数据模型吗？这么大而无边的蚁巢，你说它该像个什么样的数据模型呢？”我说。

“快挖！你看那些蚂蚁，跑得多快！”赵一迪说。

我们从蚁巢上，挖下半米见方的一大块，放在覆了塑料布的背篼中，然后用纱罩盖了，哼哼唱唱着，将它背回了乡里。

——什么在剧烈地震荡、塌陷、咆哮？

蚁巢好似斜了，碎了，弯了，癫了，摔了，飞了，发出嗡嗡嗡的巨响。

多少世代的蚁巢，就这样抖了，裂了，跳了，疯了，炸了，飘了……

蚂蚁们的身影歪来倒去。蚂蚁们的叫声尖厉如刃。

蚂蚁，蚂蚁蚂蚁蚂蚁，蚂蚁……

星光碎落在蚁巢内，外——

蚂蚁蚂蚁……

什么还在继续轰鸣、滚动、扭曲、捶击、翻转？

我听见了我和无数蚂蚁骨头深处那些断裂与燃烧的声音。

蚂蚁蚂蚁，蚂蚁。

尘灰四溅。蚁巢踉跄，像一缕被陡然撕开的硬硬的旋转的烟雾。

假山顶上偏右的凹隙中，有一个预留下的宽大的泥石相间的大孔穴。这个孔穴与假山内部成千上万的小洞、小孔、小缝、小隙、小洼相互勾连，构成整座假山庞大而复杂的经络体系——这也是风水先生老胡假山设计构想中的一个重要组成部分。如果说假山是一只巨鹰，这个预留的大孔穴即是鹰的颈窝，是巨鹰咽喉处最为关键的一个要地。

我们将从推人坳挖来的蚁巢安置在这孔穴之中。

我们把缩在巢穴里的黑蚂蚁和在背篼里爬来爬去乱作一团的其他所有黑蚂蚁全放在了这个掌控着整座假山命脉的巨大孔穴里。

风水先生老胡又在旧镰般的弦月下咿呀呜呀作他的什么法了。手电筒的光芒缓缓晃动，像一些方位难测的路径，穿梭于云天之间。我和赵一迪站在假山前，将自己严严实实地裹进假山振翅欲飞的吱呀暗影里。

日池里堆满了一颗星锐利的光芒。

月池也一样，堆满了一颗星锐利的光芒。

镰月清癯。

多少黑色蚂蚁，正不断嘎嘎叩击着硕大而陌生的空隙……

蚂蚁，蚂蚁蚂蚁。

12

我们被换了一个世界，一个空旷而生涩的世界。

是从一段燃烧的缰绳开始，还是从其他什么时刻、什么地方开始？是从三条摇晃的人影开始，还是从那些雷鸣般的炸裂之声以及其他我们来不及辨识的声音开始？……我们的世界被颠了个个儿，我们的世界为什么被颠了个个儿？我百思了，不得其解。

我和其他蚂蚁一起，努力打量并艰难地一点点将自己挪入这个陡峭、弯曲、充斥着生土气味的世界中。

瘸腿老蚂蚁在锋利的锄声中死了。遥远的蚁巢和我们此际的世界再也找不到这个黑色的预言者了。那些悬空的预言如何跌落？那些预言，如何把自己的光影洒在预言最为合适的地段上？被铲离旧巢时，我曾经异常艰难地摸了摸瘸腿老蚂蚁苍老、冰凉的尸体，我，好像被它尸体上猝然肿胀的预言之影硌痛了两只虚弱的前腿。

我，扛不走一丝一毫某种微不足道而又始终不懈萦绕在古老蚁巢中的古老预言。

我扛不走过多的伤痛，以及回望。

弯浪乡政府组织编印了一本旅游宣传画册。画册很精美，大气，文字为中英双语对照。封面上，麻河滔滔漫流，而近景则是那座假山——丽日高天下的假山，衬着翠绿的麻河，流光溢彩，很见俏然之韵。

赵理硕副乡长去挂村扶贫去了，时间是两年，前几天刚走。临走前，我在歪方向盘酒吧为他饯行，陪他喝了一通。桌上就他和我，他不同意我找其他人陪他。我们喝得挺开心，热闹。喝着喝着，赵理硕副乡长说："小李，我们负责的工程还是干得很漂亮的。别人要找法子弄我下去，我就下去，在哪儿都是干，干什么都是干。但我不是为谁在干，我犯不着！是吧小李？"我使劲将他高高举起的酒杯碰了又碰。赵理硕副乡长和我都喝出了满眼的泪水。

酒吧的老主唱麻小素已经生完孩子回来了。她走过来，也陪着喝了一杯。

麻小素指了指旁边的书架，说："赵领导，你看见没？那本旅游宣传画册封面照片上的假山，好像爬着不少的蚂蚁。"

"是吗？"赵理硕副乡长说。我从书架上拿过画册，细一看，还真是，在假山上，那些微微发黑的痕迹，正是一只只灰暗的浅浅的蚂蚁。

"蚂蚁就蚂蚁，哪块土里没有几只蚂蚁？"赵理硕副乡长说。

麻小素走上台，唱起一支熟悉的歌。我们继续喝着我们的酒。

"你啊唱得好啊！花瓢虫，再来两曲！"赵理硕副乡长站起来，甩手将杯子摇了几圈，冲台上高高喊了一嗓子。

我反复找了不少时辰了。我没有找到画梦师。

我问过其他蚂蚁，它们也没有看到画梦师的影子。

我不知道画梦师是在那天猝然而至的挖掘中死了，还是仍活在遥远的旧巢中，继续画着蚂蚁们有些七零八落的梦境。

我环顾着周遭这个歪斜的世界。我们还会做梦吗？我们还会做梦，可已没有一只蚂蚁能画出我们的梦境了。这个宽阔的崭新的粘裹着大量呛人气味的空旷的世界，已注定留不住我们梦想的痕迹。

我追忆着那些画满了蚂蚁们梦境的悠久、漫长的泥壁。我仿佛看见画梦师正倚在泥壁上，打它绵延不休的盹。它，也许会梦见我此刻不断远眺的身影，或者苍茫的脸色。

出了趟差回来，我才知道张继怀乡长也调离了弯浪乡，去县畜牧局任副局长，括弧主持工作。也就是说依旧是正科级，仍然是全县唯一的一个硕士正科级。

“县里在提倡山区畜牧业大数据发展战略，张乡长所学的专业，应该派得上大用场了。”乡政府办公室主任老涂说。

赵一迪在干完所承包的工程后，早缩回县城不见了踪迹。风水先生老胡倒是经常在弯浪乡露面，一方面是来管理管理他的歪方向盘酒吧，另一方面也替人看看风水，夹在山水之间，画符烧纸，做些通魔入神之类的闲杂事。

花瓢虫乐队的乐声照样升起在夜色中。“小李，喝……你还记得那窝令人吃惊的黑蚂蚁吗……喝啊，小李，那些黑蚂蚁，就是假山里游荡的真气。”老胡看着我杯中的酒，说。老胡已半趴在酒桌上了。

麻小素走过来，依然有些袅娜，嚼着半嘴歌声，伸手，在老胡肩背上，拍了又拍。

夜风浩荡，夜风，长满了浓密的须髯。

我站在这座鹰形假山的最高处。山很凉。巍峨的山，好像顶高了某种生涯。谁的生涯？是怎样揪心而无助的抑或让人疑虑的生涯？

星空微斜。我站在山巅。我眺望的远方扇动黑羽。远方在远方翔舞，似乎在揭开一层又一层新的远方。我眺望的远方，漫无边际。

其他的蚂蚁正在做梦。它们将梦见什么？大风在留不住梦境的空旷翻来卷去。画梦师还将在怎样的梦境中游走？它是怎么艰难地凝望我们艰难的梦境的？它还活着吗？隔着这么远的距离，它是否有办法，画出我在假山的孔穴里做出的第一个迷迷糊糊的梦？

我站在假山之巅。假山的巍峨并不虚假。我费了好大的劲才爬到了这么险峻的高处。风很大，须髯飘曳的风，说出我无法说出的遗忘，质询，以及千种凝重的苦乐……

我站在高处，山势穿越嶙峋的骨肉。风很高。我看见无际的天穹中，滑动着无数闪闪烁烁的黑色斑点，那是藏不住自己光亮的蚂蚁吗？

哦，蚂蚁蚂蚁蚂蚁蚂蚁蚂蚁蚂蚁……

黑蚂蚁黑蚂蚁黑蚂蚁黑蚂蚁黑蚂蚁黑蚂蚁……

蚂蚁，黑蚂蚁……

姚辉，男，1965 年生于贵州省仁怀市，中国作家协会会员，贵州省作家协会副主席，出版诗集《苍茫的诺言》《我与哪个时代靠得更近》(中英对照)、散文诗集《对时间有所警觉》《在高原上》、小说集《走过无边的雨》等十余种，部分作品被译成多国文字。

来访者

蔡　东

1

我记得江恺第一次坐在我对面时脸上的表情。我熟悉这样的表情，练过瑜伽了，修过佛打过坐了，老庄和张德芬都看过一遍了，还是不行。

江恺坐在对面，阳光透过玻璃和一层薄薄的纱帘，落在他脸上。发型挺时髦的，头两侧只有短短的发楂，头顶的头发留长却没有塌下来，也没有一撮撮粘在一起，看样子是手指蘸点发泥往上抓的，抓得很蓬松，略微凌乱地立起来，说不出地恰到好处。再看衣着，条纹针织镶边的棒球服，天蓝牛仔裤，浅褐色哑光皮质的德比鞋。一打眼就能估摸出来，他受过教育，有份体面的工作，审美也合格，看上去是个活得不错的人。

他让我觉得很不安。初次来访的防御、不信任、试试看、半信半疑，他统统没有，越是这样我心里越沉重。他看起来正常，实际上已经不知道怎样往下活了，只是还没到完全绝望的程度。完全绝望的人不会尝试改变，他坐在我对面表示他对人生仍怀着渴望，或许把我当成了最后的希望。我呢，只是选择这份职业的一个普通人，既不睿智，也不神奇。

这几年每接洽一个新来访者，想到反反复复、缠绵难愈的过程，心就累了，我提不起兴致来了解和琢磨一个全新的对象。每个人都是一座博物馆，也是一座垃圾山。而来访者不是来展览生命中的功业并邀请我鉴赏的，他们会在职业化的导引下，在一个个失去戒备的松弛时刻，任由心底的一条条浊流暗河泄洪般地冲出来，而我在一片狼藉中仔细辨查，捡拾起有用的材料，耐心地抽丝剥茧。这是跟人相关的工作，跟人相关的工作只能耐住性子，一层一层，一步一步，还未必总是向前，时不时绕一圈就回到了原地。

前几次咨询我说得很少，鼓励江恺多说、放开说。江恺需要说话，需要尽可能地倾倒，他就是对着树洞说上几个小时也是有效果的。跟我一起听他说话的，是一盆菖蒲、两株琴叶榕和几只毛绒玩偶，龙猫、哆啦A梦、小兔本杰明。

房间里光线柔和座椅舒适，江恺说话的时候频繁做手势频繁喝水，基本不和我对视。工作出了问题，婚姻濒于破裂，母子关系也不睦。江恺的故事并不特别，但他说话时脸上闪过的那种年轻人才会有的迷茫神色，让我心里很不是滋味。我想帮帮他。他说起自己的出生年份，是再熟悉不过的四个数字，我儿子也是那一年出生的。

接下来的几次，回溯童年，梳理记忆，细细翻看密密麻麻的褶层。久远的场景和事件苏醒过来，初时，江恺像个局外人一样在描述，说着说着开始可怜自己了，开始动怒了，攥紧拳头，脸涨得通红，音调升高，身体却瑟缩起来。我没有介入，放任他在痛苦中待一会儿，再待一会儿，差不多了才让他自由联想，继而邀请他一起分析。我也会在恰当的时刻揭示出表象背后隐藏的心理机制，让他有豁然开朗的惊喜感。相对于其他咨询来说，我基本算不上使用技巧，也尽量避免让对话进入到既定的程式中，更没有为了获取信任而卖弄经验和学识。回想跟江恺面对面的十几个小时，是新异的体验，不像在工作，也没有什么目标的预期，平实，随性，自然而然。

直到一个锋利的声音抓破了这个下午。我的手机号不留给来访者，江恺打固话找到咨询助理，他的请求是被转述过来的，隔了一个人，迂回了一下，我还是能想象出电话里的声音，惊恐无助，尖尖的高音，刀刮玻璃，麦克风骤然啸叫。这声音灌进耳道，牙根一下子就酸了。

他想见你。来不及提前预约，问能不能临时安排一次。

在咨询室坐定，我还在后悔，后悔不该开这个口子的。房间里的一切都经过精心设置，生命力强的绿植，灰蓝的地毯，暖光落地灯，原木圆桌，米色布艺沙发椅，红茶，糖果，蜜饯，这些不经意间抚慰着来访者的小设计，此刻也在安抚着我。刚坐进转椅，耳边咚咚地响起江恺快步走来的脚步声，过了一会儿，声音消失了。

真安静。透过窗户打开的一道窄缝儿往下望，地面上人和车的移动似乎变得慢吞吞的，草坪树木的颜色亦是黯淡的，像个远古的场景，不仅是距离的迢遥，还有时间上的渺远感，远到迷迷蒙蒙，影影绰绰，睁大眼睛也看不真切。耳朵里也听不见什么声响，像身处真空，也像来到一个空荡荡的梦境。嘈杂的市声往高处走着走着就走不动了，扑腾着往下掉。

敲门声响了两下。他的手举着还是放下了？我定定神，说“请进”。

江恺还算镇定，也许赶来的路上已经尽可能调节了。

我笑了笑，表示他丝毫没有打扰我，我把转椅朝他挪一挪，身体往前探，鼓励他开口讲。

他说，我打了主任。

虽然有所准备，听了他的话我还是一愣怔。最近这两个月，每个周末都跟他会面，他的成长、求学、婚姻及工作情况已了解个大概。我知道他表面上的温顺是很不稳定的，他的人际交往存在很大问题，他不是一个容易相处的人，但这种不好相处更多的是指向世俗层面上的不圆滑和情绪化，也不至于打上司呀。

我首先担心咨询中有什么误导，曾建议他体会心底的真实情感，不管这情感是正面的还是负面的都不要抗拒，也许这就释放出了他的攻击性。我紧张起来，让他详细说一说。

不公平，他说，已经不是第一次了。

大抵是单位里推诿扯皮的那类事，不新鲜。听他讲完，我长舒一口气，问他，是什么程度的，嗯，肢体接触？

推主任一下，用了很大力气，他往后退几步，坐地上了，我又蹲下去用手臂锁住他的脖子。他比划着。

我既不摇头也不叹气，不动声色地看着他的擒拿动作。

同事赶过来把我拉开，主任跟喘不过气来一样瘫坐着，他胖。没等他被人扶起来，我转身跑了。

我点点头，然后就是联系咨询助理，来到我这里。来的过程并不顺畅，他说路上手一直抖，握不紧方向盘，勉强开了一段，把车停在路边，打的士过来的。

突发事件劈面砸来，我也需要消化，在我这儿事件最后定格为一个画面，这个看起来很强硬的男孩匆匆逃走，留给人们一个张皇失措的背影。

这会儿，劝解、指导、提出后续处理办法都是不合适的，也别用术语去分析，他需要先松懈下来，不再发抖，不再害怕。

剥开一颗椰蓉软糖，递给他，他捏住糖，还在愣神，细雪一样的椰蓉缓缓飘下来，悄无声息地铺落在地毯上。

我指着茶叶罐问他想喝什么茶，紫罐里是大吉岭，栗色铁罐里是伯爵银针，锡兰红茶放在木盒子里。他说喝什么都行，这才想起把软糖放进嘴里，含住了。

我坚持让他选，说，江恺，你来做主。他指了指栗色的罐子。

水开了，冒着热气的水流注入玻璃壶，混合着蓝色矢车菊、橙色金盏花的银针茶渐渐展开蜷紧的叶片，柠檬油的香味往外挥发，香气在空气里悠悠荡荡，沉下去又浮起来。

江恺双手环住茶杯，啜一小口。我也不说话，看向窗外。天色暗下来了，这屋里的沉默再纯粹不过了，是没有方向的沉默，也不含着责备，更没有蕴蓄涌动着下一波的焦躁。我们安静地坐着，时间平滑地淌过去，好像从来就没有遭逢过火烧眉毛，也没有一蓬蓬荆棘阻断了去路。

他始终不问“怎么办”，他累了，大概就想挨着一个可以亲近和信赖的人，陪他坐一会儿吧。

茶冲了几泡，香味一淡，房间里显得更清静了。时候已不早，下面还有预约的咨询，至少要留出半小时空当让我独自待着，攒攒精神，准备进入到下一位来访者的世界里。

谢谢您，我先走吧。他把剩余的茶水喝完，站起来往门口走，临出门了转过身来冲我笑笑，小心地掩上门。他脸上时常露出小学生的神气来，不是孩子的而是小学生的，我能辨别出两者间的微妙区别。嚼软糖的时候他也是小口小口的，手捂着嘴，低垂着眼睑，像个怕光的小动物。

完成当天的咨询已是夜里十点多。对面的高楼，一大截子消失在黑沉沉的夜雾里，只剩下点点灯光若隐若现，江恺的脸庞也渐渐模糊起来。下午他来访，没说多少话，主要为平定情绪，刻意不细说，我却隐隐觉出来，之前的那些回，他看似迫切的倾吐也是经过精心选择的。咨询有一段时间了，也许我们还是在表皮儿浮着，渗不下去。想想也正常，人心底某些犄角旮旯自己都不愿去，自己都不愿看得太清楚，更别说让旁人进去看了。这从来都不是一件轻巧的事情。

2

南方的冬天走走停停的，冷了几次也冷不下来，约略有个意思罢了。树叶陆续地掉，不似北方迅疾严厉，一下子全掉光裸出枝枝杈杈，枝丫上总还笼着一层绿意，只是绿得薄了，不像夏天那样累累的。

临近年末，期末考试的缘故，青少年来访者多了，婚姻咨询也多起来，好像婚姻也要经历年终大考一样。最近这个月江恺没有出现，看看下星期的预约表，依然没有他的名字。

周六下午的咨询排得满，我过了饭点儿才下楼。拐进茶餐厅，靠窗坐下，捧着餐单看半天，还是点了云吞面，饮料呢，鸳鸯、热鲜奶、阿华田、好立克、柑橘蜜、红豆冰、可乐煲姜，一行行看下来，最后我在杏仁霜后面打了个钩。

茶匙一下下搅动杏仁霜，白色的小漩涡旋转着，甩出来清冽微苦的杏仁味。附近写字楼加班的人三三两两地进出，大都挂着胸牌，坐定话不多，埋头填饱肚子。餐厅里很静，用餐区跟切配间只用玻璃隔着，玻璃后面一根银色横杆，悬着一排挂钩，钩着油鸡、烧肉、卤鹅、青蒜，射灯打下来，青蒜碧绿如洗，烧肉的皮色是枣红枣红的。

抬头看见一个颀长的背影，等他转头，转过头来却不是。这些天，看到高个子男孩就忍不住想起江恺来。

出电梯，沿着走廊往办公室走，我远远看见一个人在门口来回踱着步。走近了，发现是个面生的年轻女人，冲着我点头。目光越过她，望向前台，值班的姑娘不在。拉开包的拉链，摸到里面的强光手电筒和高分贝报警器，心里踏实了些。

我不往前走，女人也不动，互相对视几秒。她说，您是庄玉茹老师吧，我见过您的照片。

我紧攥住手电筒，心想随时备着的东西竟然真要用上了。

庄老师，我是江恺的妻子，我叫于小雪。

手还是没从包里拿出来。走廊的灯光偏暗，于小雪走近几步，我才看清她的脸。看清了，攥着手电筒的手指不由松开了。当时形容不出来，后来回忆起跟于小雪唯一的这次见面，回忆起她的脸，一个词才浮现出来，弧度。生硬、苦愁、凌厉的脸上是见不到优美弧度的。于小雪呢，眉毛从中间开始弯，眉尾恰当地收住，不至于耷拉下去，双眼皮儿不深不浅，两道秀气纤巧的虹，嘴角向上翘，横躺着的月牙儿，从耳垂到下巴颏儿也是一条流畅的弧线。很喜相的一张脸，无论笑不笑，笑意是满的，要溢出来的样子。成年人的面相泄露的信息太多了，无关乎天生的五官美丑，面相里往往隐匿着一个人的心理和生活状态。

走廊另外一头的保安朝这边走来，我取出钥匙打开门，犹豫地看着于小雪，她迎着说，能占用您一点时间吗？我拿不定主意，身体却侧过来让一下，她赶快走几步跟在我后面进了屋。

她坐进江恺常坐的沙发椅，环视房间，视线最后落在书架上。我以为都是专业书籍呢，原来不是，她喃喃念出声，《通俗天文学：和大师一起与宇宙对话》《中国首饰史话》《李白传》《夜航船》，这是，呀，还有这么多绘本和漫画。

不清楚她的来意，我礼貌地笑笑作为回应。

家里现在有很多心理学书籍，《释梦》《荣格文集》《行为主义》《自卑与超越》《论人的成长》，都是江恺买的，我有时也翻一翻。

心里忐忑，等着她切入正题。我这个职业在来访者家属那里名声并不好，有的目之以传销、灵修、邪恶催眠一路，有的不以为然觉得不过是伪科学、读心魔术，有的时刻提防着，怕咨询久了依赖上，跟亲人反而疏远了，最习见的是把我们看成江湖骗子糊弄人，新时代骗术，闲聊天儿居然按分钟收费，还那么贵，简直是敲诈。

庄老师，你会保密吧？她问。我以为她要跟我聊聊江恺，没想到说的是她自己。

声音圆润好听，珠子一般滴溜溜地滚动着过来。

就是一刹那，我看他一眼，偏巧他也看我，那一霎可真长啊，什么都没发生，什么都发生过了。之后又见过几次，都是一帮人一起的，听见他跟人打听我，我装作不知道，其实心里挺高兴。今天，他跟我，两个人，在咖啡馆待了一下午，把不多的几种饮料试了个遍，好意思又不好意思地坐着，都不说告别的话。直到咖啡馆灯亮了，我心里乱，告辞出来，在公园里晃了晃，实在没头绪，才来这里碰运气，看看您在不在。

她又详细说起两人怎么在草木染工作坊共事，我边听边细细地捋。于小雪是纺织面料设计师，这个我早听江恺提起过，也由此想通了他为何穿着打扮颇为讲究，从他表现出来的对自己的认同度这方面来说，本不该这么讲究的，想来都是于小雪对他的积极影响。

因职业之便，我对男女间的事了解甚多，深知那全不由人的疯魔劲儿，就像一把火，除非烧完燃尽，不然过不去。我担心江恺，一时默然，对着眼前的于小雪，却更多的是理解。我知道婚姻有多难，知道跟江恺在一起生活有多累，也猜到于小雪对"草木染男士"的好感，恐怕是因为在痛苦中浸泡太久，想露出头来透口气，未必是动真情。

何况，她为什么来找我呢，肯定不是为了说这些。

她接着说，庄老师，你是专业人士，你帮帮江恺吧，我想不到别的办法了，信心也快磨没了，早租了房子说搬出去，又舍不下小家，你不知道我有多看重这个小家，一想到跟他过不下去了，光是想想就忍不住掉眼泪。

这代人是爱过才结婚的。我暗自庆幸。

她说，最近这几年不知道怎么熬过来的，遇见烦心事他情绪低落，一低落就好些日子，毫无理由地他也会突然不满意，好像他本身需要痛苦，好像心绪恶劣倒变成享受一样。外面阳光那么好，扭头看见他，他头顶上压着一大团乌云，我一哆嗦，全身冷透了。他有时待在房间里会忽然大叫一声，接着传来猛砸键盘的声音，好像自己跟自己说起话来，跟念咒一样。渐渐地，各据一室我也安不下心来，飘飘摇摇地等着，干等着他大叫一声，叫完了反而安心了，好像跌进看不见底的洞，掉着掉着总算着地的感觉。

她的声音绷紧了，眼眶里滚着泪珠，眼尾的睫毛湿湿的。

一次次重复，就跟进了闭路循环一样，看不到头。前一阵子他跟单位又闹起来了，这个，他跟您说了吧？

那天下午临时加了咨询。我仔细咂摸这个“又”字，心里明白了几分。

她趁我不注意擦擦眼睛，说庄老师千万别对他有成见，他是一点儿坏心眼儿也没有的人，他多单纯啊，上大学那会儿他脸上就写着三个字：好男孩。

她谈及大二那年去找高中老同学玩，认识了江恺。她随口提到的大学名字让我心里一震，江恺只跟我聊过他的专业，从没跟我提起过他毕业于全国数一数二的学校，我有些吃惊。

提到大学时代她高兴起来，跟我讲他们相处的一些画面，讲得很细致，不愿意漏掉往事一丝一毫的好，脸上始终是小女孩的欢喜劲儿，眉眼更弯了。

我忽然觉得大有希望，很明显她比江恺健全，她是可以从经历中获取养料并被平淡生活秘密滋养着的一类人，这对江恺来说太重要了。

好男孩，怎么就变成这样了呢？末了，她说，说完垂下头盯着地面。

她相信别人，她主动来找我，刚才还说起，江恺提出来看心理咨询，她没有质疑没有冷嘲热讽，帮着在网站上选咨询师，浏览简介和照片，说选这位吧，慈眉善目，看着很亲切。

我的年纪，大概跟他们的母亲差不多。

怎么会对他有成见呢，他是我的来访者，我会帮助他发现一些问题，帮助他的过程也是在帮助自己。每个来访者的心都像冻了几十米的冰层，不能急，慢慢来吧，小雪。我轻声喊出她的名字，她抬起头看着我。

我接着说，心理咨询可以从幼年入手从过往经历入手，家庭，父母，成长历程，沿着这个方向去找线索，这是流行的手法，这种手法因为很少触及现实、相对安全而被广泛采用。但不要忘了一句话，我是一切存在过、一切业已完成的事物的总和。人是什么？人是所有经历的总和而不仅仅是童年的经历，你呢，你曾经是，现在也仍然是江恺的经历。

她的声音抖得很厉害。我看到他在受苦却帮不了他，也没能让他感到快乐。夜里他经常做噩梦，喉咙里发出特别惊恐的叫声，双手在黑暗中乱抓，我想让他醒过来，又怕中断一个梦不好。白天的时候偷偷看着他，既想耐下心来安慰他，又想扭过身去躲得远远的。

我明白她的处境，她正渐渐丧失跟丈夫共同生活的兴趣。江恺的烦躁、怨恨、不高兴像病菌一样四处滋长，高频率的爆发让她身处家中而难获安宁，在爆发和等待爆发中熬时辰，家庭的气场，家庭的氛围，吃人不吐骨头。

我把叹息压下去，对她说，我知道你厌倦了，再坚持一下，别放弃。你是江恺的生活伴侣，也是一个良好的客体，跟你相处的美好体验会改变他内在的心理机能，这样他就有希望重新建立起跟环境、跟他人的健康的客体关系。

最后我告诉她，我最喜欢的心理学家是阿尔弗雷德·阿德勒。他认为儿童在五岁左右形成了生活风格，也就是构建起了人生原型，但阿德勒不看重过去，他还说过一句话，生命总会设法延续下去。

她眼睛亮晶晶的，用力点点头，生命总会设法延续下去，相信你，庄老师，我也不会轻易放弃的。

送走于小雪，我先推开窗户让风吹进来，又关掉吸顶灯只留一盏低瓦数的台灯，最后把自己放妥在躺椅里。眯了一会儿，坐起来准备回家，抓起手机放进挎包，手指又触到了包里的防身用具。几年前一次咨询的时候，坐在我对面的人总盯着花瓶看，透明玻璃花瓶，注水到瓶身的一半，一束鹅黄色的小苍兰亭亭地站在清水里。咨询完了，我手捂胸口调息了半天，心跳才渐渐慢下来。从此，房间里没有了玻璃花瓶也没有了瓷瓶和陶瓶，植物栽种在塑料花盆里，干花们，鼠尾草、地中海蓟、满天星、珊瑚红豆、莲蓬，住进了各种形状的藤编、竹编或柳编的花器里。

来访者是个十几岁的初中生，也许他只是喜欢那束花。

3

每年三月份，我会离开深圳去别的地方住一阵子。各地的景区风光迥异，扰攘是一样的，我受完罪就离开了，景区还在没黑没白地受罪。有一年夜宿河畔的古镇，深夜躺在床上，窗外的人声像涨潮一样漫上来，渐渐盖过了水声。月洞门雕花木床挨着窗户，窗户下面是窄窄的河，打开窗户，红灯笼映着粼粼的流水，对面临水的街上站着人，拱桥上也挤满了人。古镇像个揉着眼睛缺觉的孩子，哪天能睡个囫囵觉就好了。也去过传说中适宜隐居的偏僻地方，发现隐士真多，已经热闹起来，难见荒烟蔓草，跟外头的气息差不多。后来就悄悄回老家住，市郊的宾馆，水库边上的度假屋，临行前或跟亲友见个面，更多的时候直接拉起行李走。坐上出租车，在座位上转头往后看，熟悉又陌生的小城越退越远，渐渐模糊了，是山水画虚虚蒙蒙的远景轮廓，像一场似有还无的残梦，遥遥挂在卷轴的一角。

很少跟亲友谈起我的职业，有人问起来，能含糊过去就含糊过去。这份工作神秘而高危，枯燥又刺激，似乎藏纳了数不清的秘密，但更多的时候我了解的不是个体独特的痛苦，而是公共性质的痛苦，洞悉的也非个体隐秘，不过是对世俗价值的反复体认，对永恒的贪嗔痴慢疑的来回温习，我的房间里噼啪闪烁着心灵幽深处迸裂的暗蓝色火花，同时也堆积了世事人心最表面的一层泡沫，浑浊而固执，强风吹过来都一动不动。

钻研过几本心理学方面的书，还是揣摩不透上级的心意，有时候用过劲儿，有时候又不够主动，经历几任领导，这方面没少下功夫，好像一直没找对感觉，领导对我也不太重视。

做销售三年了，业绩一直不理想，好几次差点被淘汰，量上不去，不被淘汰自己干着也没意思，没有愿景啊。每年固定培训也学了些招式，说穿了卖东西就是讲故事，讲故事的技巧我已经掌握了，但心理不够强大不够坚定，对人家脸上的表情会特别在意，抹不开脸面去磨客户，也不知道用什么办法能轻松混成哥们儿，很苦恼，想请你在这方面帮我提升一下。

我有个高中同学，是我在深圳唯一的朋友。本来我们经济条件差不多，都是一套房一辆家庭型轿车，后来他跳槽去了一家金融公司，每年年底奖金下来了都发笔横财，换了豪华车，现在又准备换房改善生活品质。我呢，后悔大学时没学个好专业，现在还领着死工资。每次跟他见面，回来我都特别，怎么说，就是那个词，焦虑，但他毕竟是我在深圳唯一的朋友，人都需要友谊，其他社会上认识的不敢交心呀。我短期和长期都看不到赚大钱的希望，心里急，睡不着觉，可能快抑郁了。

这些本该跪在菩萨跟前默默念叨的话，说给我听了，菩萨不用回应，我得回应，厌恶和倦怠会一起袭来。来访者们境遇各异，有一点是相同的：每个人都气鼓鼓地觉得自己的人生很失败。我经常会有捂紧耳朵的冲动。他们的脸孔年轻而老气，更是令我不忍细看。好在这类人士所受的是滚滚红尘的浅表伤害，没有真正的问题要解决，会很快脱落。再加上自助心理学这么流行，分支细，锁定精准，营销心理学、交际心理学、恋爱心理学，通俗易懂，实用性强，实在不需要专门花钱面询。

四月初回到咨询中心，桌上放着这一星期的安排表，江恺的名字又出现了，预约的是一个工作日的晚上，我仔细看了几遍，确定是江恺。

晚上，我提前到咨询室，开窗换气，再把窗子关上。掸干净茶几，调好灯光，倚在沙发上等。江恺提前了几分钟到，说上个月就想预约，助理说你休假去了。

我请他坐下，聊了几句闲话。江恺主动提起单位的事，我问他最后怎么处理的，他说，写检查，会上公开道歉，之后饭堂里见面也互相打个招呼。才不过几个月，他说起来像是很遥远的事情了，也许那天他的慌乱和绝望，不仅仅出于对上司的畏惧、对前途的担忧，我感觉他可能不在乎这些，让他害怕的，可能是另外的东西。

反正我又搞砸了。他扶着额头，准备从头说说。

4

毕业那年参加了研究所的应聘考试，几百人竞争的职位，我笔试面试都是第一。入职头一年工作很认真，跟同事关系也融洽，大家对我评价不错。接下来也不知怎么回事，就跟兜不住一样，跟同事吵跟领导也对着干，人缘越来越差，一去单位就觉得空气紧张，待在那里也是讪讪的，只好去找别的出路，看看选调什么的，选调也是通过考试，我擅长这个，试了几次就考上调走了。

在新单位工作上手很快，一切都很顺利。谁知道过了一段时间，就跟鬼上身一样，又把挺好的局面破坏掉了，我很容易跟人结仇，事事都想反抗，不是成心的也没什么坏心思，不知道为什么，形容不出来的感觉。

中间还有，不详细说了。现在这个单位是去年夏天刚换的，刚到单位的时候特别高兴，我渴望加入到陌生的群体中，我就是个新人了，是另外一个人了，没人知道我的底细，可以重新再来一遍！谁知道那天跟中了邪一样还是搞砸了，就好像有另外一个人在暗中指挥我，在秘密规定着我生活的走向，不管我怎么做，都是往那一步里迈。

听着江恺的叙说，我眼前不断出现一幅画面，画面里藏着深深的悲哀，叫人看一眼就不由得心情黯然。一个年轻人清晨醒来时是怀着希望的，洗脸刷牙，穿上干净的衣服，默默给自己鼓劲儿开始新的一天，尝试着友善对待周围的一切，然而在某种神秘力量的驱使下，希望和美好总是迅速溃散，无论他多么努力都走不出这个轮回。

这些年一直不太顺。江恺总结道。

我问，你主动挑起冲突的人有什么共性吗？

他想了一会儿说，仔细想想，都是品性很不错的人，但会在某一个瞬间让我感觉受到了约束。

约束？还有没有更多的词语可以描述？

压迫，剥夺。服从别人让我感觉很难受，像一座山压过来，把我压成薄薄的纸片，也像一大把管子插在我身上，生命一滴滴被吸走了。他很肯定地说。

越来越清晰了，我准备开始梳理。看起来，他是个自由的成年人了，不管家庭和父母以前如何，他早已挣脱而出，然而，过去并未走远，像个诱惑，向他招手，一扇扇门次第洞开，长长的通道显露出来，熟悉的口令响起，他毫不迟疑，扭头往回走，召唤他的到底是什么？

觉察和认知是最重要的，只要能认知到是什么在操纵他，就可以用相应的方法来治疗。

回想起来，不过是些微不足道的事情，但让我有受束缚的感觉，为了摆脱这种感觉我总是尽快原形毕露，尽快让人知道我不好惹不能沾，是个怪人是块滚刀肉，别给我分派任务，别给我交代事情，别打扰我，离我越远越好。扭曲的是，我又多么希望跟每个人的关系都是正常的。没救了，你理解那种感觉吗？好不容易焕然一新，然后稀里糊涂又是老路，意识到自己又回来的一刹那，一下子就灰心了，一点儿心劲儿也没有了。日子太长，我想把阳寿分给小雪，分给你，分给医院里得了绝症的那些人。他郁郁地说。

我忽然改主意了。

我儿子跟你同一年出生。我说。

也在深圳吗？他肯定比我好得多，我的意思是比我快乐得多。

不在深圳。

那就在国外了。

他死于脐带绕颈，抱出来的时候已经凉了硬了，除了在我肚子里活动、呼吸、生长，一秒钟也没在世上活过。

我们面对面坐着，一切都静止了下来，恍若漫漫长夏，热气凝滞不动，世界也被粘在了原地。

又过了几年我跟丈夫也分开了。

接着呢？再婚了吧？

我不再往下继续，岔开话题说，我之前在老家是做财会工作的。

都过去了，都过去了。江恺安慰着我，好像我是他的来访者。我看着江恺的脸，一时恍惚起来。最近这几年，长成青年人的儿子频频造访我的梦境，他有浓黑的眼眸和上扬的眉毛，个子高高的，喜欢穿天蓝色牛仔裤。白天走在街上，碰见男孩子从我身边经过，我会停下脚步转身看着他们，直到他们的背影消失在拐角的地方或汇进人流看不真切了，我才继续往前走。

江恺的眼睛忽然一亮，说，庄老师，你看圣斗士吗？我最喜欢的圣斗士是凤凰座一辉，工作后挣了钱，收藏了很多一辉的模型，有一座是他穿着金色的神圣衣，身后垂下长长的凤凰翎羽。一辉总是死去死去再复活，而且凤凰座的神圣衣也是有生命的，毁坏了可以自愈。

他讲述起凤凰座的几场著名战事，战斗的激扬，涅槃的灿烂，太阳仿佛伴随着精彩的故事冉冉升起，带着隆隆的巨响声升起，迸射出道道金光，辉映着他年轻的脸。他说自己不该被生下来，抱怨活着真没意思，但是他又多想好好享受生命，好好享受来人间的这一趟啊。阳光，星空，连绵的青山，雨后的草地，诗一般的公式，友情，体育运动，书，电影，花朵，热乎乎的家常菜，各种各样的好东西。

我告诉他，别灰心，千万别灰心，这不是什么绝症，也没有严重到要从心理领域转到精神卫生领域，已有的理论足够帮你认知了。

到底是为什么？他问。

我尽量不给他定性，假我，俄狄浦斯情结，人格障碍，部分社会功能的缺失，这些标签于他无益。人是多么复杂和差异化的存在，不是几个概念几种分类就能说清的，我尝试着用他能听懂的语言，跟他一起分析和逐步发现。

你感觉有个神秘人在指挥你，你是被迫进入到情境中的？

非我本心所愿，我想在平和友善的环境中工作啊。

仔细回想一下，事情失控之前你一般处在何种状态中？

不知道，就是感觉难以忍受，局面、氛围都不对。

轻松的气氛，良好的人际关系，为什么难以忍受？

他皱起眉头，是呀，为什么？

也许，这些会令你感到不适，因为不适你才想改变。

改变舒适的环境？他瞪大眼睛。

你不断创造条件，让自己置身于对抗性的境地中。

我创造的？但处在这类境地中并不愉快，很压抑。

并不愉快，可是你熟悉，你熟悉这种恐惧：敌人在身边，让你不得安宁。你盼望回去，让自己沉入到业已熟悉的恐惧中。

业已熟悉的恐惧？

是的，与其等待不可知的恐惧，不如先期沉入到熟悉的恐惧中，这样就有一种虚幻的掌控感。如果说有个神秘人的话，这个神秘人，就是你的恐惧。

他说，那业已熟悉的恐惧是什么？敌人又是谁？

一种症状的背后必然勾连着一大段过往，熟睡的个人生活史，需要慢慢叫醒它。我说。

他那么聪慧，我觉得他已经意识到了什么，他回避着我的眼睛，说，这一层要慢慢体会。

我点点头，不用急，今天也差不多了，回去好好休息吧。

5

江恺离开后，我在诊疗室躺了一会儿才回家。回到家，走进卧室，打开衣柜门，感应灯随即亮了，敛藏的光在小小的空间里伸展开来，大衣、毛衣、衬衫，挤挤挨挨拥过来。我从抽屉里拿出一块洋布，蓝底白花，颜色旧旧的。不是用旧的，是不曾流走的时间一层层蒙在上面，让它变得晦暗也变得沉重。

那是我唯一的一次昏厥。原来苏醒不是一瞬间的事，而是一节节、一格格的。先是有耳朵了，听见喊我的名字，声音像从很远的地方传过来，传到耳边已经衰弱，回声荡悠悠地响起，在空旷处经久不散，丝丝缕缕地飘着，声音的细丝被一根根抽长，渐渐断了，风一吹，没了。接着，我感觉到身体的存在，不是实心的，是玻璃球，能看见里面树枝一样的脉管，悬浮流动着的血液。再往后，有触觉了，指甲盖划过的地方凉凉的，是铁架子床，最后，有什么东西重重扑在身体上，我猛地坐起来。

孩子的脸是青紫色的，双目紧闭，他还没来得及看我一眼，看人间一眼，眼睛就合上了。人们在床前箍成一个半圆，纷纷劝说着，要把他抱走，我扯过被子盖上他，只露出拳头那么大的头，说让我抱着他吧，就一个晚上也行。熄灯后我靠着一个枕头，在黑暗中注视他。相邻床位的人背过身去，叹息声比披散下来的头发还长。我摸索着下床，绕过弯曲的楼梯，走到有路灯的地方端详他的脸，我想记住他的模样。那做母亲的一夜很短很短，一丛丛黑黝黝的冬青树很快从晨曦中显现出来，顶着初生般的湿漉漉的绿。夜里多个疯狂的想法，比如说把他做成木乃伊，把他浸泡在某种溶液里，把他冷冻起来等待医学的飞跃，像晨雾一样升起又消散了。最后我手里攥住的是一块裹他的棉布，我凑过去闻，大口吸气，好像这样他的气息就能在我的身体里往复循环了。后来过了很久很久，我已经可以叙述和谈论这件事情时，别人听了觉得可怖，对我来说却是一辈子最温柔的夜晚，我跟我的孩子在一块儿，胸膛贴着胸膛，静静地等着天明。

江恺提到过他的母亲，洛阳人，恢复高考后考入邻省的院校，毕业后回老家分配进科协工作，然后结婚生子，日出日落，清晨暮晚，在办公室和自己的小家之间来回往返，像生活在小城市的无数女人一样，大半辈子的经历都很简单。

6

今天的咨询，我试着问询江恺一些问题。谈及过往的经历，谈及母亲，一鳞半爪的，他仍未提供太多细节，费力想一会儿，摇摇头，好像实在没有什么重大的事情可说。他解释着，就那样，每个人都是那么过来的，没什么特别的。

他对母亲的感情尤其复杂，也许有足够的材料可供解析，却不愿别人触碰。虽然他支支吾吾的，我也大体上能估测出他的成长环境，画出一个大致的轮廓，并可以预见到那些并不“特别”的日常背后隐藏了些什么。

他说，上次咨询完回到家，关于“熟悉的恐惧”，思来想去有点明白了。

最重要的是自己的觉察，觉察到就够了。我不想勉强他全部说出来。

那晚把想到的都写出来了，写完一看，线条很清晰。

我并未表示赞同，说，人精神上的迷惑和混乱，成因往往很复杂，我们可能只是找到一部分原因，甚至找到一个因也没有那么重要，主要是在找的过程中确认了自己想要改变和新生的信念。

他附和着，当然，拎出来线条只是第一步，难的是怎样不走回老路。

我建议道，有些情况下一旦发觉自己正往熟悉的情境里滑行，意识马上接管过来，强行中止，多试几次，一次奏效有了正面的体验，以后就容易应对了。

我记下了，等着试试这个方法。对了，庄老师，我再请教一个问题，像我这种情况，焦虑变成常态了，每天总感觉很累，工作不忙的时候也又困又乏，有什么办法改善一下吗？

我了解他的情况，对他来说焦虑不是那个谁都能随意说出的流行词，而是实实在在的折磨。手头没有事，身体坐下来了，周围也没有别人，却还是感觉闹哄哄的，为什么？因为思维太可怕了，它不停止你就没法得到真正的休息，为了片刻的宁静，人们想过多少办法呀。

该怎么描述呢，这样说吧，我每一秒都活在下一秒，脑子里一个念头挤开另一个念头，成千上万不停翻涌，太累了。还有一些时候会突然全身发抖，心脏猛烈地跳，好像要跳出喉咙离开身体，跟快要死了一样。他补充道。

焦虑是表象，是次生情绪，关键要认识到引发焦虑的源头。另外，焦虑漫上来的时候，你会看到什么画面或听见什么声音吗？我问。

有声音，是秒针咔嗒咔嗒的声音，这声音一响好像就永远不会停。我完全静不下来，坐也不是，站也不是。

我点点头，说，感觉自己精力好脑子清楚的时候，分析一下为什么会听到这个声音。至于方法上，瑜伽的冥想，道家佛家的打坐，都会有帮助，心理学上的正念练习也成为很受重视的治疗方法，有个常用的小办法，数呼吸，有的心理学家认为数呼吸和焦虑不可能同时发生。你找找这方面的书，按步骤来练习练习。

可以练习是吧？

试一试，正念练习不是包治百病的特效药，每个生命都是独特的，人和人太不一样了，调节的办法因人而异，慢慢摸索吧。我犹豫着，要不，我分享一下个人体验？

他坐直了身子。

我说，旅行的时候，有些美景来得出其不意，它撞进生命的那个瞬间，我活着却忘了自己活着，既融合又出离，既迟钝又不可思议地敏锐，出神和忘我之后是大自在，是真休息，感觉特别满足，感觉还有太多未知的好处等着我去发现和喜爱，继续生活的兴致就很高昂。

他说，太神秘了。

我有些沮丧，嘴里却鼓励着，江恺，有一天你也会体验到的。

心理学上对人的这种状态有很多研究，我刻意不援引理论，更不想启用多巴胺、皮质醇等名词，从神经机制的角度来说明背后可能的原理，那些美妙的瞬间，不能求取也无须解释。风，阳光，景物，乐曲，一段文字，生活中的一个偶然，都有可能把我们带到那个安静的地方，从那里走出来的人，身上会焕发着异样的光彩。

既不玄妙也不灵异，只是需要一些机缘。

7

接下来的一次咨询还是一小时。

这次刚上来他就有点不在状态，眼神游移，说话总重复。我不逼问他什么，只是暗中放缓了节奏。后面他寻着个空当说，过两天要回趟老家，请假手续已经办好了。

家里有事吗？我问。

有事。外婆心衰住院，住院的时候没通知我，现在好转些，出院搬到我姨家了，我妈才告诉我。

那就回去看看吧。

怪怪的。最近这些年回家都是因为有人生病，前年我爸喝酒摔伤了胯骨，还有一次是奶奶感冒转成肺炎，在医院里住了些日子，我陪床陪了几天。我跟我妈很久没打电话了，她一打电话，我接通之前就在想，是不是又有人住院了。

很少打电话？

不知道该聊什么，更怵头回家，很怕见到他们，很怕当面跟他们说话。

我说，洛阳是个让人神往的地方，我还没去过呢。说完了，我察觉到自己竟然期待地看着他，心里的想法就此清晰起来。

他说，并不是想象中的样子，大概地下还属于古代吧，地上满街连锁，就连仿古也跟别处无异，工艺是差不多的。

龙门石窟该去看看。我说。他看看我，似乎想接句话，张张嘴又合上了。

为了避免在停车场再碰见来访者，我一般会迟些下去。发动好车子，要开出停车位的时候，远远地，两道车灯打过来，接着一辆宝石红色的车子驶近，车窗降下一半，江恺露出头来，要不，我给你当个导游，庄老师？

我打开车门，走下来说，谢谢你，江恺。

开出停车场，很快驶上一条沿着海湾修建的快速路，道路两边的灯被一盏盏抛在后面，仪表盘上的数字跳动着，我发现自己越开越快。脚离开一点儿油门，车速慢下来，心里依然很乱。洛阳之行我将以何种身份出现呢？心理咨询师不是神仙不是救星也不是导师或朋友，我无法预见多重关系会为治疗带来什么，这让我觉得危机四伏。也不是头一回了，接访江恺的过程中一次又一次破例，也许在职业生涯的末期，我不想再自欺再使用最省劲儿的办法，一个熟极而流的套路化和市场化的诊疗程序，这样只是可以较快地显现效果，并确保咨询师在惯性中舒适滑行。变换一种方式，来访者可能会有更大改善，很多心理学家的治疗不是完全靠一个模子，而是尊重随机和偶然，也并不避讳跟亲友的接触交流。那种治疗方法古典从容，跟谋生无关，跟今天通行的职业规范也是抵牾的，却是倾尽了努力让一个生命最大程度地自如地活下去。心理学学派众多，任何一个天才的心理学家都有能力开创几种分析诊疗的方法，杰出的心理医生则会为每位病人制定独特的治疗方案。为了让来到世间的生命少一点成长的伤痛，让父母们养育孩子时少一点蒙昧，温尼科特耗费毕生精力研究上万名婴儿，细致观察母婴之间的相互作用。科胡特、克莱因、贝克、马斯洛、霍妮，他们终日面对着遗忘、防卫、不诚实的对象，在不可知论的压力下试着了解人类解脱人类，想着想着，我心里有了支撑，力量慢慢回来了。

8

几天后，我跟江恺在高铁站会面。上了车，我们第一次并排而坐。江恺低头看看车票，说想起来了，刚结婚时我跟小雪也是坐这趟车回老家的。

我记得于小雪说租了房子准备搬出去，不知道现在怎么样了。忽然想到另一个女人，一个中年将尽的来访者，在即将步入暮年的时候她坐在我对面，总结自己的婚姻：二十多岁时离开原来的家庭组建了另外一个家庭，以为新生活要开始了，那时不知道这是人世间最难的事情之一，一晃几十年，经历了成千上万次争吵，到头来，说到底，是被一个非亲非故的人平白折磨了这么多年。

于小雪会不会也这样走入暮年，想到这里，我看了江恺一眼，他正望着车窗外面。

起先高速列车在多山的地方行进，穿过一个个高大的山洞，接着地势平缓了，只剩几座线条圆润的小山娇憨地站立着，溪流缓慢婉转地流向远处。时值仲春，水田和菜畦笼着轻烟般的绿，水墨的风韵，不像盛夏时绿得那样实，那样有筋骨。

中午吃完盒饭，江恺闭上眼睛休息，我也歪在座位上打盹儿，半睡半醒间，我听见耳边的呼吸声急促起来，转过头去，正好迎上他睁大的眼睛。

怎么了，哪里不舒服？我问他。

他把手掌覆在额头上，半天才调匀呼吸。他凑近我，低声说，越往北走越害怕，之前看过的恐怖片都浮现出来了。一闭眼就看到《断头谷》里的场景，到处是浓雾，树林里跑出来一匹马，闪电划过，一下子看清骑马的人没有头，无头人全身铠甲，手里拿着长柄利斧，他在追杀我，我跑到一棵树下，看见一颗颗头颅从树根下滚出来，脖颈处的断茬还滴着血，血珠慢慢渗进泥土，地也变红了。电闪雷鸣的，暴雨落下来，雨水混合着血，汪起一个个血红色的水洼。

太真切了，跑得喘不上气来。他摇着头又摸摸袖子，那么大的雨，衣服居然没有湿。

我本想问个究竟，看到他虚脱的样子，加上此时又在疾驰的密闭列车里，只得按捺下来，起身帮他接了一杯热水。他疲惫地望着窗外，河流，田野，远处的民居，不停地往后掠。我知道他不在这里，不在这节车厢里，他又奋不顾身地沉浸到某个特定的情境里，置身于他竭力想忘记的一段过往中。我想起他在一次咨询中问过的问题：怎样才能获得他人的爱？我没有正面回答，只是告诉他，从你生下来到现在这一刻，肯定有很多人爱过你或正在爱着你。其实我想说的是，真正的爱无法获得或赢取，我还有一个猜测，他话里的“他人”也许可以换成另外的词：母亲。

快进洛阳站了，他站起来取行李，行李箱很重，我帮他接了一下。取下行李，他呼出一口气，好像终于下定决心，说，我没告诉他们，我爸妈，没告诉他们今天回来。之前拿不定主意，没想好这次回来见不见面，刚才经历了一次追杀，我决定了，看完外婆就走。

一时不知道该怎么接话，他提议在龙门石窟附近找家酒店住下，我说都听你安排，问他什么时候去探望，回答说明天上午。

到了酒店，天色尚早，他说，庄老师累不累，安顿好可以去石窟转转，走几步路就到了。我点点头，说去转转吧。其实他刚经历了梦境中的一次猎杀，肯定比我疲惫多了，他只是撑着一口气想早些带我游览。

9

站在石窟门口望过去，成千上万的石刻佛像沿着伊河东岸逶迤而来。

光滑的崖面往里掏，掏出来凹形的佛龛，凿锤对着大块的岩石，凿下不是佛像的部分，佛，就出现了。巨大的佛像跟山体似断还连只能仰望，低处的岩石上，数不清的小造像依着山势密密排列着，小佛像只有几厘米那么高，却依然让人觉得壮丽。

江恺一路介绍着，哪一尊是精品，什么年代，有何特色。他说记不清来过多少回了，又走了几十步路，他指指前面，快到了，龙门最大的一尊佛。

我们来到卢舍那大佛面前。此处游人最多，导游被扩音装备放大的声音此起彼伏，几个历史人物的名字不断被提及。我没有细听传说，仰头看去，看到大佛融进了山石中，她是菩萨，她也仍然是半座山。我被她的神情迷住了，忘记了她是石头，奇异的感觉涌上来，好像我无论移动到哪个位置，她的目光都像暖煦的风一样吹拂过来。还记得有一年去西安散心，见到秦陵深埋在地下的永生军团，一个个高大的陶俑，斜斜地扎着发髻，没有眼珠和瞳仁，永远无法与之对视，看着看着一股凉意顺着脊背爬上了后脑勺，大夏天的，我打了个大大的冷战。

不是为了旅行而来，此时游兴却真上来了，问江恺能不能再去白马寺，他看看表，说赶过去试一试吧。

来到白马寺，寺门关着，已经闭门谢客。我们沿着赭红色的围墙走了走，暮色渐渐围上来。灯光疏疏落落地亮起，不远处是一家小酒馆。

郊野之地，路上车辆很少，行人也零零星星，天黑下来，是荒村一般的寥落清寂。进到小酒馆里，我们商量着点菜，芹菜炝花生米，小酥肉，焦炸丸子，蒸槐花，主食要了半打锅贴。菜单翻过来看到有糯米酒，我问他，喝点酒吗？他笑笑，度数不高可以。

很快，店家温了一壶酒上来，酒壶旁是一个小瓷碟，放着干桂花。我先把酒倒在杯子里，再撒上厚厚一层桂花。乳白色叠着金黄色，米酒的酒香托着桂花的甜香，在不大的屋子里漫溢着。

热酒入口顺滑，跟酥肉、丸子和闲聊也相宜，我们又要了一壶。北方初春的夜晚还有些清寒，喝了几杯酒身体才暖和起来。我拈着酒杯，想起大佛的面容，嘴角浮现出笑意。

笑什么呢？江恺问。

我说，江恺，你去过很多次石窟了，给我说说，你在大佛脸上看到了什么？

很庄重，庄重里还有点亲切。他说。

嗯，庄重，亲切，还有吗？想想她的衣服。

衣服，衣服是袈裟，石头的袈裟。江恺有些出神。

对，石头袈裟，是石头吗？

不是。他仰头喝下一杯酒，手拿着酒杯在桌子上画圈，说，是石头也不是石头。

我回忆着雕像的每一个细节，心里不住地赞叹，大佛的通肩袈裟像随手捋起水的波纹，披在身上，衣纹悬垂着，一道道绵软自然的弧线，看不到任何峻急紧张的转折。

石头凝固下来的是什么？说说你的感觉。我继续跟他探讨。

他说，垂感。

会不会还有一个词可以替代？我说。

他捏住眉心，让我想想。

石头凝固下来的，是松弛。他说。

对，那是石佛最好的状态，也是人最好的状态。玻璃门上起了一层雾气，隔开了小酒馆和外面茫茫的夜。我看见，他耸着的双肩渐渐沉下去，脖子出来了，变长了。

他低下头，盯着自己的脚，惊讶地张大嘴，说你看，脚在使劲儿，我的脚居然在使劲儿，明明喝着酒说着话呀，使劲儿干吗呢？我循着他的视线见到桌下的一只脚，只有前脚掌着地，隔着鞋子仿佛也能看到：他的足弓绷紧，脚趾在用力抠地。

脚慢慢放平了。

原来我是这样存在着的，像剑拔出来，弓拉得满满的。江恺不敢相信。

过了一会儿，他说，下雨了。我用手抹抹玻璃上的雾气，向外看去，只看到一小框黑夜。

他吸吸鼻子，下了，我闻见雨味了。

杯中米酒，安安静静地待着，慢慢地，上面澄出一层透明的青汁。半晌，雨点才稀稀疏疏地落下来，闷声打在地上，似乎数得清，渐渐地，雨点小了也密了，像簌簌落下无数粟米般的小花蕾。

刚才好像去了一个地方，从没去过的地方，那里太寂静了。他的神情恍恍惚惚的。我不去打搅他，等待他彻底回过神来。又过了一会儿，他说，不知道该怎么描述那种心安的感觉，很陌生，也很美妙。

我点点头。好长一段时间了，故去的儿子没有再出现在梦境里，他好像走了，真的走远了。

咱们接着聊吧，庄老师。

又加上一份牛肉汤，就着热腾腾的汤，我继续跟他闲聊。文章、书法、琴曲都能看到背后的人，至少看到人某个时期的状态，他是焦灼的还是安详的，生硬的还是柔软的，甚至于能感觉到他的气，他呼吸的长短和轻重。比如说有的文字整篇读下来，能感觉到作者气短气促，因为文章也在呼哧呼哧大喘气，还有的文字一惊一乍，吸引，当然吸引，就像字里行间伸出一只手，强拉着你走。再说说女人的美，有的女孩子认为优雅是凹出来的、拧出来的，是对抗出来的，其实自然放松的时候才可能谈得上好看，骨架舒展，脊柱曲度正常，挺胸抬头不但不累，反而是最舒适的。

人的体态以及面庞的纹路走向里，几乎储存刻印着过往所有的情绪和心理习惯，那些恐惧和焦灼并没有倏忽而逝，而是以另一种方式日久天长地凝结了下来。

走出小酒馆时，我才意识到刚刚是一次艺术治疗，没有感觉到它的开始也没有感觉到它的进行，概念和知识隐去，点、节奏、设计、目标皆不明晰，即兴而偶然。

我也很久没这么松弛了。

躺在酒店的白色大床上，江恺的话还在耳边回荡。细雨潇潇，一灯如豆，木桌木椅，酒菜温热，门外传来鸟儿振翅飞过的声响，过后天地俱寂，更是悠然神远。他环顾四周，说，我这些年，就是这样的时刻太少了，太少了。

10

酒店的餐厅供应自助早餐，我端着盘子一圈走下来，盘子里有了白煮蛋、香肠、青菜和切成小块的油条。放好盘子，想起粥还没盛，去盛了一碗小米粥，顺手接一杯豆浆，往回走的时候，江恺进来了，他看见我，示意我先找位置坐下。

上午他计划看望外婆，我是跟着去还是自己游览洛阳，昨天没有商议，也是怕他拒绝，我故意没有提及。他取餐坐下，我想着既然吃早饭遇见，正好也就一起去了。

为了表弟上学近，我姨没往楼上搬，住的还是平房小院。老人家心里恋着住平房，出院才同意过去的。我家住在高楼层，外婆才不肯来呢。江恺一路说着，很快出租车在一个胡同前停下来。

胡同很深，往里走了几十米，江恺仔细看看大门，辨认一下，说是这里。

开门的是一个有点年纪的女人，短发，体胖，毛衣在身上箍出来一个圈一个圈的。她袖子挽着，手上沾满白沫，好像正在洗东西。江恺愣一下，叫声阿姨，女人看看他，摇头表示不认识，江恺说，王莉是我小姨。女人“哦”了一声，把门完全打开来，说都上班去了，就我跟老太太在家，我姓徐。

徐阿姨，我从外地赶回来看看我外婆，江恺边说便往里走，我跟在他身后。

院子方方正正，中间垦出一块松软的菜地，蔓着菜苗，搭着黄瓜架和扁豆架，一大一小两只狸猫在院子一角的香椿树下躺着。女人把我们引到东头的房间，转身离开了。江恺快步走进去，我跟着迈步，随即又缩回腿来，就站在门口往里看。

老人坐在床沿儿上。毕竟是八十岁的老人了，认出外孙，话跟不上，吃力地咳出几个音节。江恺跟她说话，她也听不清。我试着根据她的脸想象江恺妈妈的模样，然而这张脸已没有清晰的轮廓，眉毛掉光只剩下浅浅的白印子，眼皮垂下来几乎覆盖住眼珠。透过眼皮没遮住的不规则的两条缝儿，她定定地看着江恺。

江恺坐在她身边，说歇着吧，外婆，咱不说话了。阳光铺在床上，老人眯上了眼睛。江恺轻轻站起来，从背包里往外拿东西，一一放在桌子上，奶粉，蛋白粉，钙片，蜂胶，花旗参，一套保暖内衣。还有一只智能手表，这种手表可以测血压、呼救，我在商场见过。他拿着手表回到床沿儿，戴在外婆手腕上，她还是没有醒，他就握着她的手，不言不语地看着她。老人猛地醒过来，两人又开始说话，翻来覆去那几句，她听不清，他也听不清。

老人指指屋角，一个简易马桶放在那里。她站起来，江恺赶紧扶着，她挪一步，江恺挪一步。她并不胖，坐下去时身子却显得很沉，重重地砸在马桶圈上。她解完小手，继续坐着，好像解小手就用光了力气，只能在马桶上坐着攒劲儿。好大一会儿她表示可以站起来了，江恺两手放在她的腋下，几乎是把她叉起来的，她喘息片刻，抓着江恺的胳膊往回走，更慢了，一顿一挫地挪着。我看看手机，在这房间里一来一回居然耗去二十多分钟。

日光一点点移动着，月季花的影子印在窗玻璃上，老人的头缓缓垂到胸前。

他蹑手蹑脚地走出来，我们一起来到院子中央。江恺不住地摇头，说前年还不是这样的，能打牌能上街买菜，老人老起来太快了。

徐阿姨在偏房里忙活，见到我们就推开偏房的小窗户，探着身子说，中午陪你婆吃饭吧？我多收拾几个菜。

不了。他高声说，又转头低声向我耳语，一会儿我姨我姨夫该下班了，咱先走吧。

女人说着怎么不吃饭呀，追出来送。看她掩上门，我们才往外走。

在胡同里走了一小段，江恺忽然停下来，往后退了几步。胡同口迎面走来两个人，一前一后，都推着电动车。江恺转身看看大门，已经关上，又往胡同另一头看，堵死的，他双手抓着背包的肩带，一下子紧张起来。我把手轻轻搭在他的背上，怎么了，江恺？

我看着他，很明显他想飞走却少生了一对翅膀，他出了一身大汗。

那两个人走近了，走在前面的是个女人，嘴里叫着江恺的名字。

你们怎么来了？江恺沉着脸。

你姨叫我们过来一起吃饭。女人看到江恺的脸色，有些畏惧的样子，说，她不知道，不，顿了顿，你不是还没买上票吗？你姨不知道，我们不知道你回来。

我倒是听明白了，也猜到他们是谁了。料想是保姆通知主家有客来，主家再往下张罗，就把他俩张罗上了。江恺好像受到很大挫伤，说，谁要吃饭，走了。

女人嘴里说这孩子，不停地拿眼觑看江恺，畏畏缩缩的。他厌烦地别过头去，闭上眼睛又睁开，忽然迈开步子从两辆电动车之间走过去。

江恺。

女人的声音怯怯的，尾音儿细弱可能只有她自己听得见。

江恺停住步子，肩膀一耸一耸地大口呼吸，忽地回过头来，我们都吓了一跳。他脸涨得通红，嘴唇哆嗦着，我不知道他要说什么，我只能等着。

他咬着牙说，爸，你这辈子真亏了。

音量不大，一字一顿，硬，刺耳，没头没脑，却又直奔靶心。我没想到是这句话，接着才注意到推另外一辆电动车的男人，男人穿着三粒扣羊毛背心和深色西裤，普通的长相，头发黑白掺杂，北方中年男人差不多就是这个样子的。

这话是不能单独出现的，前头必然有很多很多句，这句话开裂的地方，不尽之意汩汩往外冒。

江恺嘴里说着你别逼我了，跌跌撞撞地走出胡同，我看着他的背影，又看看他泥塑般呆立的父母，辛酸一波波淹上来，怎么也压不下去。胡同夹道里，不知谁家的一棵玉兰树，长长的枝条伸出院墙在半空中一颤一颤的，顶上的花开了，花瓣像莹润的白玉片子，底下花苞鼓鼓的也快绽开了。

你是？不知过了多久，她问起来。

江恺的同事，办公室挨着，我姓庄，碰巧来洛阳出差。我撒了个谎。刚才我注意到，江恺看见她时倒退几步，她也一样在认清楚江恺时，往后退了两步，踌躇一下才继续往前走。

她点点头，尴尬地笑笑，说，真是怕了他了。话头随即一转，来家里坐坐吗？

这次来洛阳是想借机见见江恺的父母，甚至以为我能一力促成双方的和解，昨天江恺说不回家时我还有点失望，没想到今天在这种情况下见面，一时劲头儿也不大了。

挣扎片刻，我说方便的话就去家里，随便聊聊。

11

两人一路引着我来到小区，小区的建筑物很疏朗，花园开阔，种着些合欢、夹竹桃、石榴、垂丝海棠，地上除了草坪还有大片的毛杜鹃和矮牵牛，水系景观也愉人眼目，防腐木的平台，曲水游廊连起几座小巧的六角凉亭，岸边随意散落着几块景观石，流水潺潺，红红白白的锦鲤在硬币大小的绿萍间游弋。江恺妈妈还未从打击中恢复过来，放好了电动车，上楼的时候走错楼道，丈夫喊她也没听见，自己觉出来才慌忙往后退。

她邀请我倒不是随口客套，是巴不得跟熟悉儿子的人聊聊天，掌握些情况，求个安心。

我坐在沙发上，左右看看，好像哪里有点不对劲儿。我装作很感兴趣的样子，说参观一下装修吧，江妈站起来，说哪里装修了，能住人就行。先来到江恺的房间，她说搬过家，这里的布置还跟江恺小时候差不多。一个老式的写字台挨着窗户，写字台桌面和两侧粘满贴画，我凑近了看，贴画不是年深日久磨出来的那种斑驳，看上去像被人大力撕过，彩色图案和白色粘胶一条一条交错着，隐约还能看出一点变形金刚和足球小将的图案。单人床上的被褥卷着，露出下面的床板，床旁边是书橱，透过书橱玻璃能看到一排排题典。我拉开玻璃仔细看，除了题典还码放着一厚本一厚本的模拟试题，都是土黄色的书脊。衣柜贴墙放着，也许柜门后面就存放着江恺的各种小物件？珍藏着童年记忆、散发出私人气息的小物件。趁江妈背对着我往外走，我打开一扇柜门往里看，见柜子一角放着塑料绳捆扎在一起的书，匆匆一瞥，最上面一本《圣斗士星矢》的封面是一片一片的，被透明胶布粘起来，还是可以看出碎裂的样子。

跟着江妈往外走，忍不住回头再看一眼，窗帘半掩着，屋里有些暗。

接下来我说参观房子的格局就行，只在房间门口张望张望。陈设都差不多，东西很少，一点儿杂物也看不见，每个房间都有钟表，卧室里最多似乎有三个。

再回到客厅，江爸不见了，想是趁机逃脱躲进了房间。江妈坐下来，叹口气说，别人家的儿女越长越成熟，江恺快三十的人，越来越孩子气。这孩子变了，不敢认了。

孩子气也不是什么坏事。我说。

他在单位怎么样？

挺优秀的。我有意使用这个词。

江妈脸上有喜色，说，从小就是小大人，坚强，懂事，学习好，从不弄鬼掉猴的。我年轻时气性大爱着急，有一回趴在床上生闷气，他呜呜哭着给我端来搪瓷杯，妈你吃点方便面吧，我接过杯子，一摸杯子壁是凉的，原来他用凉水泡的面，我一下就笑了。

我笑不出来，仿佛看到了那时的江恺，一个安慰母亲的小男孩，一个照顾大人情绪的小男孩。

知道邻居们怎么夸他吗？到现在我还记着，说这是个英雄孩子。

小英雄江恺。我环顾客厅，想找到一幅江恺儿时的照片，白墙上什么都没有挂，电视柜上只有一个关着的机顶盒，指示灯没有亮。

江恺小时候可不像现在这么木讷，聪明机灵着呢，那时候说起神童来，江恺也算一个。

我露出一丝苦笑。多年的咨询经历让我有机会看清背后的底细，很多所谓的聪明小孩，不过是因为成长环境恶劣、时刻准备着应变而不得不警醒聪明，一个孩子哪里需要这么多聪明，孩子要是像个孩子，该有多好。

她继续说，一直到他考上学，没操过心也没感觉到什么叛逆期，平平顺顺过来了，那些年过得真快。她喜欢回忆，说起来就停不住，她想使劲儿拉着我，在那段日子里多转悠一会儿，那段日子里，江恺身兼金童、尖子生、小天使数职。

阳台上的衣架被风吹得砰砰乱晃，我心里隐隐的感觉变得更加清晰。我说，这么大个阳台，前面又没遮挡光照充足，怎么不养点花呀？

她愣一下，嘴里含混地说小区有花，很快扭回正轨，说，江恺呀，那些年真是争气。

后来呢？

后来，后来不知怎么回事就大变样了，我对他的希望不像以前那样容易实现了。

你对他能有什么希望，就是母亲对儿子的希望吧？我说。

我希望也没用，他这些年不太顺。小学、初中、高中都挺顺的，接下来在大学、在社会上反而磕磕绊绊的，他说自己没什么朋友，也看不到什么希望，一个年轻人怎么能说这样的丧气话呢。他的眼神也变了，小时候眼睛里晃着两个小太阳，一看就是个热诚孩子，现在冷冰冰的，让人见了就想躲开。

她忽然想到什么，说，跟真事一样，前一阵子给我写信，打印出来寄给我，说一打电话就吵架，说不透。有什么好说的，他就是不孝顺，他就是烦我，我喘气儿都有错。

信上怎么说?

神神道道的，看心理咨询什么的，我打听了，什么咨询，是哄着他说小时候的事，全赖在父母身上。他这么大个人，对自己就没有责任吗?简直走火入魔了，就会埋怨我，说我没有灵魂，活得不真实，好像我是那种很坏的女人，冤呀，没处说呀，到现在我都不知道哪些地方做错了，想破脑袋都不知道。我这辈子什么也没做就培养了一个孩子，孩子竟然说我猎杀他，你看这用词，我不过稍微严厉些，管得紧一些，当妈的不都这样，也没见人家的孩子活不成。

她看着我，寻求支持，你说是不是?孩子来了，说来就来，谁天生会做母亲的?

我小心地看她一眼，她周身似乎没有多少热乎气儿，看上去又扁扁的，没有长宽高，像个小黑点在茫茫的水面上晃荡漂浮。我听懂了江恺的那句话，并非指向男男女女那方面的，他另有所指，她根本没听懂地臊红了脸。刚才一进门我就感觉冷感觉不舒服，对这样一个家庭来说，屋里少了点什么，这个少，并不牵连着钱的困窘。屋里干干净净却没有一盆花草，哪怕一盆仙人掌或一盆枯死的花，也无装饰品，或好看一些的生活用具，色彩也单调，望上去一片灰扑扑的。跟朴素无关，是荒芜的气息，草草的，不知道在往前赶着什么。因为莫名的惶急，一切刚好够用就行，准确得吓人，闲置在这里是不被忍受的，热情、快乐，也嫌多余。

在这个叫作家的地方，发生过很多无人在意的小事，它们伏脉千里地决定着成年江恺的一举一动。注意到我在打量四周，她说，我从年轻就喜欢素净。

她是能说会道的女人，颇善敷衍，也会做戏，眼角眉梢藏不住的却是冷淡，对此刻活着的冷淡。她坐在我旁边，但感觉上她并不在这里。她的积极和机警不过是浮泛的一层壳，里头空空的。她的动作表情里藏着作为一个生命体的深深的懒怠和疲倦，岑寂的绝望如穹顶般低低地笼罩着。我仿佛能看见她独坐在漫长的光阴里，像在默默忍受某种酷刑。

我向她推荐通俗一点的心理学书籍，她笑笑说，咱这把年纪别上这个当了。我说，也可以翻翻《金刚经》。她说，小区里现在入教的不少。

我再次问起信的内容，她不愿多提，说好几次想回封信，又觉得不过是换一种方式吵嘴，没有新鲜的话要说，还是算了。

她失神地望着窗外，说，那些年，不用问不用多说话，我只要看他一眼，就一眼，他就知道哪些该做，哪些不该做。我也不怎么动手打他，不用动手，我只要不高兴，不理他，他自己就慌得跟没魂儿一样。

一只小飞虫从窗户飞进来，很快不见了踪影，过了一会儿，屋子里面光线暗的地方，出现一个绿莹莹的光点，晃动着，忽地，绿色光点一闪而过，消失在了明亮的地方。

我坐在她身边，虽然她并不认为自己需要陪伴，我还是想陪她坐一会儿，就像陪着那些深渊里挣扎渴望得救的来访者一样，他们总是坐在我对面，有的不会哭也不会笑，有的天黑下来就如大难临头，好不容易熬过去一晚第二天还必须一切如常地上班，有的一闲下来就觉得心慌，不停地干事，不停地制造高潮，目标达成之后却一片虚空，更加难受。

她背着光坐在椅子上，双手从两腿间垂下去。半天，她抬起一张凄苦黯淡的脸，叹口气说，变了，世道变了，让我赶上了。

会好起来的，日子总会好起来的。我宽慰着她。这会儿我不想跟她争辩，更不想指点或责备她，想着这辈子大概只能见这一面，我就想把身上的暖意尽可能分给她，把信心也传递给她。我是真有信心，她儿子多善良呀，咨询的时候也有意无意地替她打了那么多掩护。

她霍地站起来，吓了我一跳。她死死盯着墙上的表，惊叫着怎么一晃就十二点多了。她很慢很慢地重新坐下去，低声说，又该做饭吃饭了，这日子过着，真是麻烦呀。

锦鲤游得很快，摆动的尾巴像一抹抹大红颜料在水里化开了。跟江妈道完别，我在水池边坐下来。水清且浅，阳光透下去，池子里晃晃荡荡的满是光。池中央有一棵睡莲，从茎中伸出来的长长的根，在水中一条条清楚分明，两朵莲花挺出水面，一朵年轻，一朵不太年轻了，一朵是蓝色的，一朵是紫色的，几只小乌龟趴在睡莲叶子上，一动不动地晒太阳。鱼在水里游弋，乌龟在叶子上晒太阳，天空和云彩也映在池中。我仰起脸来透过树枝的缝隙望着天空，北方的天空总显得更高远一些，我这才长呼出一口气。

出现在街头巷尾的江妈是一个看不出任何异常的妈妈，就是这个正常让我憋闷得透不过气来。一个多么常见的家庭，粗粗一看还是个好家庭，夫妻俩都有安稳体面的工作，几十年没病没灾过下来了，孩子学习好有出息，在大城市安顿住了，这看似完满的一切却让我感到深深的惋惜。江妈上面，我看到一条粗大的脉络从遥远的地方延续下来，江妈只是其中的一环，江妈背后，深厚久远的传统巍然而立，押着她，押着许许多多的生命。

她送我时说了最后一句话，江恺迟早要后悔的，后悔对我大吼大叫，等我死了他会扑在棺材上大哭，后悔我活着的时候对我不够好。

12

洛阳春天的牡丹不可辜负，看到真牡丹便觉得这些年受了国画的骗。阳光下的欧碧如薄薄的绿玻璃一轮轮叠着，一串由轻到重的铃声，清新鲜灵得让人忘了它其实也是富丽的，自然年年都开，见到的一刹那却恍惚觉得这是它的第一次开放。

在牡丹园里接到江恺的电话，他说又没控制住，真抱歉。我告诉他，不用控制，不用道歉。他当日就离开了，这会儿通话已是两天后。我说起信件，他才知道那天我去了他家，他问你们聊什么了，我不知该从哪里谈起，直到挂了电话，他也没再提起信件的事情。

回到酒店，看到前台站着一个人在跟接待员说着什么，是江恺的父亲。我以为他来找我的，正想上前，见接待员从存放柜里拿出几样东西放在台面上，一样一样都很熟悉，探望外婆时带的礼物，江恺给父母也备了一份，不同的是，父母这边还多送了几本书。接待员把东西一股脑儿放在酒店的袋子里，递给江恺父亲，我退几步躲到旁边的旅游纪念品商店里，看着他拎着袋子匆匆离开了。

回程的高铁上接到江恺的短信，问我什么时候回去，想预约下一次咨询，我又谈起信件并给了他邮箱，他回复，庄老师，我需要时间想想。

到家已是深夜，一进门发现窗边的虎尾兰跟走的时候不一样了，整体好像长高了些，新的叶片从土里钻出来，叶子微微卷成一个小筒，还没有完全舒张开。接着我朝沙发看过去，毛绒动物们坐在宽大松软的沙发背上，白色鬃毛的马驹，大眼睛的小狮子，火红的狐狸，套着毛背心的绵羊，两只手牵着手的柴犬，猴子呢，它向一边歪倒了，我走过去，把歪倒的猴子扶坐起来，把它的黑色呢帽也正了正。我在客厅里陪着所有物件坐了一会儿才转到卧室里，临睡前看看邮箱，一堆未读邮件，却没有我等的那一封。

休息过来也没去单位，隔壁的刘先生知道我回来了，拉着我爬山、打壁球、逛茶叶展会。他开着一家中药店，有些年份了，进货的时候自己忙一阵子，平时有人看店，他只是偶尔去转转。我们先是当邻居不知不觉又成了玩伴，经常一起爬山也一起认识植物。刚知道我的职业时，他露出惊愕和担忧的表情，下一次见面他对我说，以后我们要多游泳。我说你今天怎么没头没脑的，他说，你天天泡在别人的苦水里，全是些避之不及的人和事，多大的折磨。我这才领会到他的意思，收下了这份关心并告诉他，我有督导师和自我体验师，他们是我的守护神。我想起咨询中心网站上对我的几行介绍，姓名，资历，受训背景以及咨询范围：压力和情绪调节，神经症，自我探索和个人成长，急性心理创伤。我差点儿忍不住告诉刘先生，挂在网站上面的名字并不是我的真名。

江恺预约的是周日晚上。我早早来到咨询室，把洛阳买的牡丹绢花插在藤筐里。花朵绣球般大，颜色是渐变的粉，只有一瓣显得各色，近于深红，像湿了的胭脂，红色冷不丁一大步跳到粉白，倒是一点儿也不呆。摁下音响开关，一阵雁鸣声响起，远远地从云霄里传过来的鸣叫声，在长空中一梯一梯地往下走。CD里是七首古琴曲，看来上回听到《平沙落雁》了。音乐声中顺手打开电脑，一看邮箱，江恺的邮件躺在里头，两天前就发过来了。

愣怔一会儿，才点进去看。

妈，有一次给你打电话，没说几句气氛就变得冷而怪，你好像收藏了很多冷话和怪话，跃跃欲试地就等着找个机会说给我听。挂了电话我顺手拿起手边能拿到的东西，猛砸书桌一通，也是那天晚上我发现，桌子靠墙的一边儿光滑平整，靠我的一边儿全是大大小小的疤痕，一个小坑一个大坑的。

我坐在桌边回想这些年。大学的前几年浑浑噩噩，本以为考上大学就可以“做自己”，可问题是我根本不知道自己是个啥，最后一年躲不过了，拼命学习补亏空，我知道我会考试，也通过考试找到了工作。工作后每天做着差不多的事情，往前一看，前头没有选拔性考试等着我，也没有传奇功业等着我去建立，一切都很平淡，我就提不起劲儿来了。零零碎碎的工作压迫着我，我情绪变得很差，就摆出一副很不好说话的样子，别人都怕跟我打交道。我盼着生病，这样就不用来上班了，过了不久，早晨醒来一下床，趴在了地板上，我真生病了，发高烧连续烧了几天，病好后我就换了工作。

新工作的最初我拼命表现，希望身边的人喜欢我欣赏我，表现了一阵又烦了。

空气里遍布铁钳，箍得我喘不上气来，很轻松的工作也会让我暴怒，稍有波折我就会很担心，我顶撞所有跟我商量事情的人，说别逼我了，别逼我了，他们都尽量少跟我打交道。我发脾气的样子很像你，就像你在替我生活。

接着，又到一个新单位。几个月后熟悉无比的感觉回来了，我既渴望被肯定，又讨厌别人指挥我命令我，很怕跟别人接触，好像任何小小的接触对我的生活都是一种打扰。我像一根绳子，被两个想法拔来拔去。我不知道该怎么办，感觉又要跟别人争吵，感觉又将大祸临头，我在本子上写道："江恺，记住，当心头升起一股烦躁时，不要再用习惯的方式去发泄和对抗。"合上本子再翻开，妈你知道我看见什么了吗？我看见几段长得差不多的话，分布在本子的不同页码上，原来这些话，早就一遍遍写过了。我没法逃避了，各种困境一股脑儿围过来，我游魂一样在屋里走，小雪看着我，她的眼神让我的心沉下去了，单位的人也是这么看我的。

你是谁？你怎么会变成这样呢？他们的眼神透露出这样的疑问。

我怎么会变成这样呢？那晚之后我开始看心理咨询，咨询师让我认知到，原来黑夜如此漫长，走了二十多年仍在原地转圈，原来成年后自以为自主生成的众多行为，都不过是对过去的沿袭和模仿。我总是回到我们家的老房子，爸在家里待不住，屋里就我们两个人。我坐在书桌前，紧张地用指甲划过桌面。你的目光落在我后背，像一块大石头。你好像浑身有用不完的劲儿，牙咬得紧紧的，双目灼灼地盯着我，表情无比坚毅。目标就在前头，我压抑着所有的愿望往前奔（我多想跟着几个小流氓在溜冰场边学跳太空步啊），让自己时刻处在极不自然的亢奋中，激荡的日子几年一个跃进，一个突破接着一个突破，我只有完成了才能得到你的爱，我只有成为一个完美的好孩子才能得到你的爱，我也随时准备迎接你的尖叫和哭泣，因为即使这样，你还是觉得慢，觉得不够好，你督促我尽快忘记怎么一步步地走，路，跳着过就行了。大部分时候你不说话只是沉默着，我也沉默着，沉默过后我躺在床上却感觉像刚刚经历了一场恶战。有时候我情愿你狠揍我一顿，也不要冷冷地不理我。否定，否定，否定，成块成块地投掷过来。忽冷忽热，冷和热都是过度的、激烈的、戏剧化的，极致的冷和极致的热。空气紧张得绷直了，我也绷直了，并就此逐渐失去了健全地活着所必须具备的弹性。

我终于离开你了。

我从未离开你。

有些东西，深藏在我的体内，用我觉察不到的方式决定我的命运。幽灵跟我寸步不离，牵引着我一次次回到熟悉的情境，我以为妈妈还在背后，鞭策着我干大事，一件接一件。再看看自己，长大了强壮了，能不依靠妈妈就活下去了，于是我把往日的怒火喷向现在。此时此刻压迫者并不存在，我这半生都在跟想象中的压迫者做斗争，这个百变的压迫者易容乔装，化身为工作制度和生活秩序，化身为某领导，化身为一个弱关系的朋友，也时常化身为某位萍水相逢的服务业人士。我跟他们斗争过后，那种熟悉的压抑感也回来了，我又不舒服了，我需要让自己不舒服。

还要多久才能穿过黑夜？我不知道但我一直没停住脚步。在电话里跟你谈过多次，你只有一种反应：不屑一顾。我说婴儿时期的母婴关系有可能决定一个人的终生命运，你说瞎编乱造，婴儿能懂什么记得什么，我说家庭生活中细如针尖的伤害代代相传且无人称之为伤害，也没有人愿意深究情绪剧烈波动的母亲对敏感的孩子来说意味着什么，你说家家难免的勺子碰锅沿怎么就成了伤害，我说想跳出旧有的模式换一种方式生活，你理解为“娶了媳妇，有了自己的家”，你至今认为我们关系恶化是因为于小雪的挑唆。事实上，于小雪让我知道活着不是一件不幸的事情，她鼓励我，鼓励我打扮打扮自己，用心挑件衣服，找好一点的理发师设计发型，以前总觉得我不配、我不行，现在我已经可以享受这个部分了。从认识小雪她就整天笑嘻嘻的，我喜欢她的笑，她的笑跟太阳光一样宝贵，有一阵子她不笑了，我知道为什么，当我感觉一切都没有希望时，我用沉默惩罚自己，也惩罚她。

妈，你也可以多笑笑，印象中你总是不高兴的，听到好消息也只是勉强笑一下，笑容很快消失，好像从来没见过你咧开嘴大笑。梦见你的时候，你孤身站在沙漠中，五官是往下走的，像受到格外强大的地心引力，简直是要往下流了。

你可能不理解我写下的这些话，没关系，不是为了让你承认些什么，更不是为了埋怨、懊悔和仇恨。这么多年来，你跟我一样疲惫，你跟我一样经受着说不出来的隐秘折磨，我们被困在一个共同的炼狱里。我经常在你脸上看到嫌弃的表情，我以为你是嫌弃我，后来才发现，你更多的是在嫌弃活着的自己。也许，我们可以一起尝试着认识层层包裹下真实的自己，一起尝试着分析为何我们浪费宝贵的生命一遍遍重演着相同的剧情，我盼望，不管在什么境况下咱俩都始终怀有努力生活和寻找快乐的意愿。

在大人们认为我什么都不懂的年纪里，我也清楚地知道，跟妈妈在一起很难受。但我多么想亲近你，你是我在这世上唯一能亲近的人。现在，我仍然想亲近你，闻闻你身上的气味，即使我五六十岁头发都白了，我还是想让你搂着我，白头发的你搂着白头发的我，我老了，但我还是有妈的人。多少次了，恨意突然涌上来，我再也不想服从和满足你，再也不想为了你迷茫中慌乱抓住的精神支柱而奋斗，这一切多么虚假，我像清除病毒一样大力删掉你，过不了多久又偷偷加上，也屏蔽过你，又忍不住想看看你的动态，再把你放出来，算不清楚，不知道重复过多少回了。一想到你流泪我心里就难受，爸说你大白天一个人躺在床上，脸对着房顶，不出声地流眼泪，我当时就像孩子一样哇哇大哭起来，我想马上回到老家，为你擦眼泪，帮你做一碗甜酒煮鸡蛋。想到有一天你会死，会被烧成灰埋在地下，我的心就像被剜出一个大洞，我妈呢？世界上再也没有我妈了，大洞越变越大，直到整个人都空了。我也不见了。人只要还有妈，就有底气有胆子，就有恃无恐随时变成小孩子，没有妈，大概就会感受到彻彻底底的孤独吧。

母子关系会影响孩子的所有关系，会影响我看待世界的心态和目光，会影响我的生活信念。但最重要的永远都是现在，我知道任何关系都无法强行修复，我能做的是先对自己负责，学会敬畏日常，让生活成为能量的不竭源泉，再把从心底生出的活力和爱分享给别人，并在不久的将来分享给我的孩子。

看来是时候了，我为我的来访者感到高兴。

13

江恺走进来，右手捧着一束鲜花，左手拎着袋子，里头是两杯果汁。他问，庄老师，你喝火龙果汁还是苹果汁？

见到他手里的花我心里就明白了，看来想到一块儿去了。屋里没有花瓶，我说谢谢你的花，先放着，一会儿我带回家。选什么果汁呢？他问。我选了一杯火龙果汁。

最近在忙什么？

他说，平时上班，周末打游戏散步晒太阳，学着做几道新菜，还报了一个舞蹈班学跳太空舞。

能跳跳吗？

他打着响指轻轻摇晃身体好像在找感觉，然后嘴里说着月球漫步，开始滑步，手顺势抬起来搭住虚拟的帽檐儿并往下压了压，一副怡然自得的样子。

我为他鼓掌。

他微笑着坐下来，说，现在你知道了吧，庄老师，不是什么极端的成长环境，没有发生过特别可怕的事情，家里没有杀人犯也不是虐待和赤贫，只不过是家庭中一些习以为常的甚至被当作美谈的做法，还有一些无形却细密的罗网，再加上我个人的脆弱。

我说不是你的问题，往上追溯源头时我们会为事件本身的细小和随意感到惊讶，但孩子就是这样被细细碎碎地塑造成今天的模样。

接下来，他慢悠悠地谈起自己，后来过了很久我依然记得他平和的语气和坦然的眼神。

我是个特别守时的人。有一次在外面玩忘记回家吃饭，不记得我妈是怎么管教的了，只记得我从六岁起就养成守时的习惯，只要妈让五点前回家，我肯定会在四点五十七到五点之间出现在她面前。我至今保持着这个习惯，跟人约好时间，哪怕穿越大半个城市，无论坐地铁还是开车，我都能提前三分钟到达，这是我妈给我的“天赋”。回想小时候在外面玩，玩得什么都不记得了，只记得我隔几分钟就会问附近戴表的人现在是几点。

我是个缩手缩脚的人，好像周围的一切都很危险，我什么都不敢动。有一年暑假在奶奶家住了几天，发现茶几、柜子可以随便碰触，所有的抽屉都可以拉开，我不敢相信，隔了几天才确信这是真的。我尽情地把抽屉拉到最开，仔细摆弄里面的每件物品再关上，像探索完奇幻新世界一样满足。我想喊就喊、想跑就跑、想躺就躺，还有一群表弟表妹跟我一起疯。而在我家，抽屉是不许拉开的，茶几上的杯子是不许乱动的，沙发和床也不能随便躺。有一回放学的路上，下水道里跑出来一只老鼠，我看见老鼠忽然觉得很亲切，我跟它的神情是一模一样的。

我很小的时候就学会了察言观色和讲笑话。妈妈总是一脸不高兴，大部分时候我不知道原因，我想让她多笑一笑，我要成为家里那个活跃气氛的人，我要经常有好消息报告给她。她一沉着脸，我就羞愧我就恨自己。后来我累了，也习惯了家里的气氛，照镜子的时候，我的阴沉跟周围的阴沉是融在一起的。

有一段日子我特别矛盾，小学语文课上第一次学“敌人”这个词，老师解释完含义，我第一个想到的人是妈妈。接着就开始谴责自己，谴责自己是个道德品质败坏的孩子，妈妈给我生命，把我养活大，督促我上进，怎么能有这种想法呢？这念头一冒出来，我就扇自己耳光。

我从来不觉得自己能活长，好像随时会被抛到野外，一个人死去。后来我发现，乖、学习好、当模范、被叔叔阿姨夸似乎能够保住我的命，再后来保命又如何呢？睁开眼睛的一刻，不知道自己存在的理由是什么，不知道属于自己的生趣在哪里，不知道接下来漫长的一天该怎么熬。我每天都比前一天多死一点。

现在呢？我问他。

我敢进厨房了敢摸炉灶了，我会提前腌上牛肉，腌一天一夜，第二天大火煮开再文火慢慢地煨，我愿意等着，为几口就能吃完的一道菜等着，等候的过程让我很心安。对了，庄老师，见过我妈了吧？她还有希望吗？我是说，她还有快乐起来的希望吗？

想起江妈来，我有些恍惚，这世上真有一个她吗？我看不清她的面目。她存在吗？真正喜欢些什么吗？她未经选择地笃信了一些价值，并错认为那就是苦心找寻到的意义，跟从那些价值已耗尽她的精力，还能为自己喜欢点什么呢？无论喜欢上什么都意味着源源不绝的付出，那需要蓬勃旺盛的真正的生命力。

我说见到了，现在心里还记挂着她，她始终在苦海里漂荡，日子太难过了，她受不了一天一天地过，想抢在时间前头做点什么，却把现在也弄没了。

他点点头，如果有个快进键，我妈会一键按下去让这一辈子赶紧过完，我也一样，中考的时候特别希望睡一觉半年过去了，已经在高中了，高二时我又盼着睡一觉，一睁眼知道自己上了哪个大学，知道一个结果就行了。

江恺，你不是任何人的翻版，你一定要有信心。人活一世都爱询问意义，我觉得活着的意义是接受自己的缺陷但从不放弃自我完善，对咨询师来说终身成长更是职业需要。你妈妈的精神发育可能停顿在了某个时刻，再也没有觉察、更新和蜕变，奴役她的东西却不断强化，越来越膨胀，强大到吞噬了一个活泼泼的生命。

我有信心，痛苦了这么多年才明白，我要去生活，一天一天地过日子，越平淡的日子越值得认真过。人这辈子也没有一个万能的确定性的保证：我做到了什么一切就都好了，反而我什么也做不到，什么也不是，我依然存在，依然会有人爱我珍视我。

那么，我看着他，希望他来说。

咨询可以暂时告一段落了。他说。

读完江恺的信我就长舒一口气，我为我的来访者感到高兴：他不再需要我了。卡伦·霍妮说解决心理问题好比翻大山，理想的情况是分析师只充当向导，指出最佳路线，现在江恺已经可以独自翻山了，不管这之后他还要经受多少次大同小异的反复的折磨，不管那个声音还会不会响起，调遣他，愚弄他，毕竟他敏锐地觉知到了生之困扰并决意袒露和改变，他怀有强烈的认识自己的愿望，他的生命会越来越清明通透。再说，还有一个爱他的生活伴侣呢，想起这对年轻人来我心里就暖暖的，眼神也变得温柔起来，眼前经常会出现一个画面，他们像童话中的两个孩子，一起穿过有巫婆和猛兽但也有很多美丽风景的大森林。

庄老师，能说说你最成功的一次治疗吗？

不能用成功来形容，说说最难忘的来访者吧。

大概五六年前她跟母亲一起来的，不，母亲扶着她来的。南方的暖冬穿毛衣足够了，她缩在大棉袄里勉强露出头来，脸上一点活人的生气和神采都没有。她母亲告诉我，女婿心梗说没就没了，结婚才三年，蜜一样的，没过够。她不吃不喝，有点力气就拿头撞墙，别人建议把她送进康宁医院，她母亲不同意，说先来看咨询，不行再送院。

你是怎么做的？

我什么也不能做，常规方法在突发和剧烈的精神刺激面前显得很拙劣，也很虚伪，她哭，我陪着她哭，能疏导一点算一点。私下跟她母亲说，打安定让她睡觉。

接着，她一个人来，我还是由着她一遍遍倾诉，在纸上一遍遍写出来。亲人，好朋友，该说的都说了，别人毕竟有自己的生活，生死也挡不住太阳每天出来，我能做什么呢？就是听她重复地说，陪她哭一场再哭一场，鼓励她向前看、往下过，一秒一秒地往下过。

有一个时期她很认真地跟我谈起丈夫的去向，有时候说他封闭培训了，有时候说他去上海出差了，下周回家，还给她买了裙子、化妆品和几盒蟹壳黄。我认真听着，说真好真好，顺势跟她讨论美丽的衣服、好吃的东西、这个季节的树和花，她说她想起来了，出门时看见小区里的扶桑开了满树的花。我太高兴了，你知道这对她来说有多难吗？

后来，我在不引导宗教信仰的前提下跟她一起念大悲咒，你不用觉得奇怪，佛教和心理学殊途同归，都是安慰人、解脱人的，遇到过不去的大坎儿的时候宗教的作用更容易体现出来。

前后咨询了半年时间，她不再出现了。

为什么难忘？

没想到还会再遇见她。前不久我跟几个朋友打羽毛球，打完拐进体育馆旁边的超市里买水，一进超市我就看见她推着一辆购物车，车子里放得满满的，豆腐，饼干，巧克力，酱菜，卷纸，儿童拼图。她的耳环很显眼，明亮的金色大圈，真洋气，我远远看着她，江恺你知道那一刻我的心情吗？

我被她感动了。

是你救了她。

我摇摇头，救她的是流逝的时间，是男欢女爱一日三餐，是贪生和恋世的好品质。日复一日的生活是最有魔力的。

沉一会儿，江恺说，我妈可怜就可怜在这里，我们这些人，该怎么形容呢？被架空了，靠激素和补药勉强撑着，红着眼睛很用力却什么也看不到什么也感受不到。下一次见到我妈，我不想再逃跑，我想坐下来跟她说说心里话，如果可以选，我希望小时候调皮不听话，上一般的学校，考普通的大学，一辈子没有巅峰，茶茶饭饭过实心的生活，知道什么是真实的，健全到能爱身边的很多东西，我会跟她讲，这是我的理想，等到闭眼的一刻我会把这当成一辈子最大的成就。

我继续跟他分享那些闪耀着光彩的案例，讲述人的荣光与胜利，赞叹人的灵性和潜能，而另外的部分我自己知道就行了，我不会让江恺知晓这个部分。比如说，两年时间里我跟一个来访者聊了上百个小时，共同经历了一些决定性的时刻，不断地坚定信心，最后一次咨询时他问我，其实一切都没有改变，对吗？比如说，一个十七岁、一百九十斤的少女，坐飞机到处追星，回到家就躲进房间拉紧窗帘，吃饭只吃炸鸡外卖，被父母送过来后，门刚关上她就拿出写好的遗书，一页一页念给我听。比如说，在目前的环境里，咨询中心要生存我要执业，就必须采用某种类似美容场所的令我感到羞耻的营销办法，预充值、买十个小时送一个小时等等。

我们没有按照规定的时间结束，古琴曲从《渔樵问答》到《忆故人》转了几个来回，雁鸣声又响起时，江恺讲起从洛阳回来后的奇遇，讲得很细致，脸上始终带着笑容，我被他感染了，一幅幅场景如在眼前。几个月以后，我依然记得这些场景，仿佛我也身处其间就站在旁边静静地看着。很多很多的亮光涌向我，有的是天上来的，有的是相爱的人身上散发的，还有一种光，是属于苇草般柔弱又强韧的生灵的。

14

于小雪带江恺来到她租的房子里。

一个单间，面积很小，因为阳台朝南才下决心租的。她说。

江恺站在阳台上，满眼都是植物，番红花，蓼蓝，栀子，槐米，菊花，蒲公英，接着香气环绕过来，红花跑在最前面，紧跟着栀子香，菊花香细长细长的，在外圈轻轻一拢。最后他才看到大片的颜色，日光下朗朗的，绯红，靛蓝，青黛，杏黄……草木在布料里继续生长，形态、味道、颜色甚至魂魄都还在，风刮过来，摇摇曳曳的一片田野。

于小雪说，我有个提议，咱们俩谁想单独待一待就来这里。墙角放了一把椅子一张小圆桌，可以坐下来泡杯茶，等到茶凉温可以入口时，人也就安宁了。

江恺点点头，抬起手来摩挲布料，什么时候染的？

多亏你。她钩过一片布披在他肩上。太浓烈的情绪会在空气里凝成一个个小水珠，把屋子里的人都打湿了。我湿淋淋地躲到这里来，立志远离你，发誓不再猜测你黑着脸的原因，谁知道染染布料再做做饭就没那么生气了，想着还是回家好。小时候一刮风下雨，我妈就借机张罗着做好吃的，包饺子烙合子炖排骨，兴头那么足也不怕费工夫，我看着外面大风大雨的，再瞅瞅屋里忙活的她，不知为何反而心里特别踏实。

他想起那些细蛛网般回忆粘牢他的恶劣心绪，想起他一手为自己创造的绝境，深深叹了口气，转头看看肩上的布，白而轻，感觉像是披了一小片皎然的月光。

我准备结束咨询。

为什么？

咨询师始终没给我明确诊断，她知道标签一个人很容易，诊断是容易的咨询是一时的，那个层面能解决的已经解决，剩下的要交给生活。

交给咱们俩。

很难很难，改善一丁点儿都很难，还时不时会回到老地方，或者这样说吧，有些病不会痊愈，可能要一直跟着我。

别怕，有什么好怕的，要说起病来谁又没有病？不管怎样我们先吃顿好的，刚才看见路口的菜摊上摆着嫩绿嫩绿的茴香苗，我们下去买一把？

两人一起动手，和面，洗茴香苗，切肉，调馅儿，擀皮儿。饺子包好，于小雪下锅煮，江恺从橱柜里拿出小白碟子，倒上醋，又见到架子上有一瓶小磨香油，便取过来在醋上点了几滴。

吃完饺子，两人把海绵垫子放在地上，在这间可爱的小屋里并肩而坐，偶尔相视一笑时，在对方脸上看到了快乐，这快乐是孩童式的、似乎怀着些小秘密的，唯有他俩可以意会和共享，这快乐还暗含着些小风波过去后的庆幸和知足。

玻璃窗下日光闪烁，花影缓缓地在地砖上走，仿佛时间缓缓地流动。

最后一缕斜射进来的光线也消逝了，准备回家时，于小雪神神秘秘地说，等会儿等会儿，你先闭上眼睛，我说可以啦你再睁开。

于小雪拉着他的手走几步，说可以啦。江恺睁开眼睛，眼前异样地光亮。哪里来的光？过一会儿他仰起头，这才看到玄关顶上装满各种各样的灯。

进门时，他并没有注意到狭窄幽暗的玄关上方有什么。星星灯挨着月亮灯，猴子灯旁边是橙黄色的南瓜灯，银色圆盘坠下几列高低错落的玻璃球灯，是一场流星雨，布艺灯的灯罩上印着几竿竹子，灯光投下竹影，最大的一盏灯上头聚拢着烛焰状的灯头，下面垂着蓝色八角珠串起的长流苏。

小时候最喜欢去灯饰店，一通电，首饰匣子打开了，光照在身上是有声音的，无数珠子一齐往下落。这几个月每接到一张订单就奖励自己买一盏灯。这里是我的好去处，也是你的，慢慢地，你心里那间老房子就塌了，不见了。

那是小时候生活的地方，是个家，还是别让它塌掉，我变了它也会跟着变，我变好了它也会跟着变好。

我一边想象着这些画面，一边在公园里闲逛。

几个票友在湖边唱曲儿，正唱到《牡丹亭》的皂罗袍，慢悠悠的清唱，青烟袅袅而上，风后面拖曳着细细的柳丝，溪水潺湲流过光洁的石头。我凝神听一会儿眼睛就湿润了，五十多岁了，活了这么久，还能喜欢《牡丹亭》，这让我觉得幸福极了。

晴朗的好天气，天空蓝得澄净透明，荔枝林鸟声不绝，水边的蕨类植物丛中传出虫叫的声音。老人们在树荫里活动身体，年轻的情侣、穿校服的学生在草坪上或坐或躺，父母们铺开橡胶垫，扶着孩子学步。我看着他们，但愿这平静安乐在生活里源源不绝地出现，但愿父母永远不要让孩子置身于孤注一掷的境地里，哪里需要什么孤注一掷，但愿孩子永远不会听到这样一句话，你再不努力就晚了。他们保持住了柔韧，明白身处生存的丛林必然损耗一部分生命，而另一部分依然可以自在地舒展，在最高的层面上接受万物本空，具体的生活中却眷恋人间烟火并深知这就是最珍贵的养分，他们携带着先天和后天、身与心的缺陷，经历和体会这一世，日出日落，悲喜掺杂。

草地的尽头有一棵老樟树，树下长椅上坐着一位头发花白的老太太，我走近时看清楚了她的脸。一张普通的衰老的脸，此刻毫无表情，却依然让我感到惊心和震撼。不知多少磨难灾祸的锻打，以及无常的作弄，柔软的血肉仿佛具有了铁一般的质地，连纹路也像刻上去的，看着这张脸，就看到拼着命才活到这个年纪的漫漫的来路，也看到了生的壮阔。她歪着头闭起眼睛，像是睡着了，阳光从树叶的缝隙间漏下来，受难的面庞定格的最后一个表情，是安详。

风把笛子的声音送过来，小狗沿着台阶蹦蹦跳跳。卖菠萝的一对夫妻在一棵洋红风铃木下出摊儿，丈夫削皮切块，妻子收钱，把串好的菠萝递出去，不时有风铃花辞别枝条落在她肩头，还有的花调皮，在她身上蹭一下才蹁跹飘落。路边的亭子售卖小饰品，网格货架上挂满五颜六色的头绳，一道道发箍，顶上停着薄纱蝴蝶、蜻蜓、瓢虫，儿童戒指的指托上面图案丰富，冰雪公主、表情各异的猫和小熊，不过是塑料质地，却让人感到沉实丰裕的欢乐。一个小女孩拿起镶珠小皇冠插进头发里，又把银色发卡别在两边，照照镜子，满意极了。水钻，树脂，玻璃珠子，射灯照着，琳琳琅琅，漫天的星斗光彩流溢，梦幻王国在等着她，她脸上不断露出惊喜之色。游乐区里，几个男孩吃完橘子开始撕手里的橘皮，嗞嗞，嗞嗞，扬起细细的轻尘般的雾，浓冽的橘子香弥漫在周围的空气里，人们经过时染上了一身的橘子味儿。

公园旁边，靠近居民区的地方，停着平价蔬菜售卖车。灯笼椒砌成一座小塔，白花芥蓝上面有蜜蜂嗡嗡地飞，玉米们头戴着缨穗横七竖八躺着，小黄姜，鲜百合，生栗子，蒜头，绿豆，花生，一小堆一小堆，这样摆着就感觉喜气洋洋的，一种年代久远的可靠的殷实气息，叫人觉得善，叫人觉得安心。蹲下去，拣青菜，挑土豆，站起来，钩子上取下一溜儿猪前腿肉，我知道，这些才是我跟世界真切、深刻而强韧的联结。

今天早饭吃的黑芝麻杏仁糊和炸馒头片，我把馒头片在打散的鸡蛋液里过一遍，用大火和热油把表皮炸酥，出锅沥完油，咬开焦黄的边儿，内瓤儿雪白松软，发面细小的孔洞里冒出热气来，这样回想着，喉头突然涌上来一股熟悉的味道，是咸味儿，盐的味道，是搅打蛋液前放下去的一小撮盐，这古老的味道让我鼻子一酸，眼睛里潮乎乎的。

明天吃什么，小米南瓜粥配鸡蛋葱花饼吧，想着明天的早餐我幸福极了。风吹着后背，好像我往后一倒，它就会伸手抱住我。

这世界真好，生而为人真好。

蔡东，女，1980 年生，小说家，山东人，现居深圳，执教于深圳职业技术学院。出版《我想要的一天》等三部小说集，曾获得十月文学奖、郁达夫小说奖等奖项。

短篇小说

表弟宁赛叶

莫　言

三哥，你不要自鸣得意，更不要沾沾自喜，你不要妄自尊大，也不要以为咱东北乡里只有你有文学才能，我的表弟秋生——笔名宁赛叶——外号怪物——借着几分酒力，怒冲冲地对我说。我知道你瞧不起金希普，你这是犯了文人相轻的臭毛病！我认为金希普的才华远远超过你，他之所以没你名气大，是他没赶上好时候，他如果逢上八十年代那文学的黄金时代，哪里轮得上你猖狂！不说金希普，就说我，三哥，你说良心话，我的才华，在你之下吗？——表弟将酒杯往桌上一蹾，严肃地说。

你的才华，确实不在我之下，我说，金希普更是天才，俄国有个普希金，中国有个金希普嘛！

你这是西北风刮蒺藜，连风（讽）带刺！三哥，我没醉，我听得出好话坏话！金希普是我的兄弟，他骗谁也不会骗我，那两万元钱，算什么？他迟早会还的。那个什么狗屁电视台的狗屁副台长，我根本没看在眼里，更没放在心上。我们，我们生不逢时啊！忆往昔峥嵘岁月，恰同学少年，书生意气，指点江山，粪土你们这些达官贵人！我们哥俩，当年创办女神诗社时，心比天高，气势如虹，恨不得将小小地球，玩弄于股掌之间，那是什么样的胸襟抱负！可是，这个年代，容不下黄钟大吕，只能让狐狸社鼠得意横行。三哥，你放下你的臭架子，拍着胸脯想一想，你说，当年我让你看的我的小说《黑白驴》是不是一篇杰作？

我的《红高粱》发表那年，我的表弟，不，宁赛叶和金希普合办了一份小报，在上边刊登了即将连载《黑白驴》的广告。我清楚地记着他们的广告词：本报即将连载著名作家莫言的表弟宁赛叶的小说《黑白驴》！这是一部超越了《红高粱》一千多米的旷世杰作！每份五元，欢迎订阅！我记得当时我还在家里休假，姑父来找我，说秋生和他的文友让你去一下。我去了，在姑姑家的那三间空屋里，我第一次见到了金希普，还有几个我忘了名字的诗人。当时他们都是中学的学生。屋子里乌烟瘴气，遍地烟头。桌子上杯盘狼藉，桌子下一堆空酒瓶子。我一进门，宁赛叶就说：莫言同志，你有什么了不起？我连忙说我没什么了不起，但我没得罪你们啊！他说：你写出了《红高粱》，骄傲了吧，目中无人了吧，尾巴翘到天上去了吧？但是，我们根本瞧不起你，我们要超过你，我们要让你黯然失色。他递给我一张铅印的小报，我从小报上读到了前面已写出的广告。我不高兴地说：我抗议，你们没经我同意为什么把我的名字印在你们报上？！他说：把你名字印在我们报上，是我们瞧得起你！我们没跟你要广告费，已经让你占了便宜……

我那篇《黑白驴》的原稿，你是看过的，你说良心话，是不是一篇杰作？那头驴，不白不黑，亦白亦黑；不阴不阳，亦阴亦阳。在白驴面前，它是黑驴；在黑驴面前，它是白驴。在公驴面前，它是母驴；在母驴面前，它是公驴。你说，在世界文学史上，出现过这样的驴的形象吗？你以为我写的真是一头驴吗？不，我写的是人。在我们的前后左右，每时每刻，都有一些像黑白驴一样的阴阳人，他们察言观色，他们趋炎附势，他们唯利是图，他们见利忘义，他们没有良心，却挥舞着良心的大棒打人，他们没有道德，却始终占据着道德高地，他们在驴和人之间频繁转换，驴脸上挤着人的微笑，人身上长着驴的皮毛。生活在这样的世界上，你说，我们怎么能服气？

他点燃一支烟，倒上一杯酒，一仰脖干了，又倒上一杯酒，一仰脖干了！姑父嘴哆嗦着，试图去夺他的酒杯，他猛地格开姑父的手，双眼通红，凶相毕露，说："从生理上论，你是我的父亲；但从心理上论，你是我的仇敌。"——你听听，你听听，姑父可怜巴巴地对我说。你听听这些话还是人说的吗？——这些话当然是人说的，如果我不是人，那岂不是侮辱你？是的，你们教育我，要感谢父母的养育之恩，但你们值得我感谢吗？你们把我弄到这个黑暗的世界上，让我痛苦而悲愤……

我说，老弟，别装疯卖傻了。我也喝醉过，但醉了皮肉，醉不了心。这家庭，没有亏待你。你从小到大，娇生惯养，我放牛的年龄里，你在小学里捣乱破坏，砸玻璃揭瓦，我在水利工地上汗流浃背的年龄里，你在中学里抽烟喝酒写歪诗。你已经三十多岁，游手好闲，不务正业，想入非非，眼高手低，大事干不了，小事又不做。古言道三十而立，村里像你这般大的人，早就当家过日子了，可你还要父母养着你，不但要养着你，还要养着你的老婆孩子，你还有什么脸面在这里怨天尤人，你还有什么理由在这里借酒装疯？

我不服气！他捶打着胸膛，高声喊叫着，为什么，为什么那些笨蛋可以飞黄腾达？为什么那些骗子可以锦衣玉食？为什么才华平平者却可以扬名立万？为什么我满腹才华却要老死在这破败的村庄？你现在是名人，听说最近还当上了什么副主席？但骗子最怕老乡亲，草包最怕亲兄弟。别人夸你是天才，在我心目中你是驴屎！你那些破小说，全部加起来也抵不上我那《黑白驴》的一行字。你浪得虚名，你欺世盗名。世无英雄遂使竖子成名，可悲吗？不可悲，真正可悲的是遍地英雄却使竖子成名！

我站起来，想走。但他堵住门，说：你不是欢迎别人对你提出批评吗？为什么我只批评了你几句就要躲开？你可以反批评啊，你可以与我辩论啊！你经常要别人有点雅量，为什么自己没有一点雅量呢？是的，我是一个无业游民，或者可以说是一个二流子，你听听一个二流子对你的批评不是更显出你的雅量吗？你是成名作家，我是文学青年——连文学青年也不是——我是一个文学疯子，许多人以为，有你这样一个表哥，我会跟着占便宜，想当初，我也对你心存幻想，以为你能提携我，帮我发表作品，但你武大郎开店，你生怕我超过你，你不但不帮我，反而压制我，打击我，讽刺我，挖苦我，贬低我，嘲笑我，你不敢面对真理，不敢承认我的才华，不敢面对我的《黑白驴》。

我的《黑白驴》，在你那儿压了很久，你说是找《×× 文学》《××月刊》还有什么驴屁文学的编辑看过，当初我还以为是真的，但后来我明白你骗我，我的《黑白驴》，你没给别人看，你不敢给别人看，你明白那是杰作，你明白，一旦我的《黑白驴》面世，你们这一茬作家，通通都要退下舞台！你嫉妒我的才华，但你不敢承认你的嫉妒，你是个小肚鸡肠的小人，你生怕别人超过你，我之所以落到今天这步田地，你是要负责任的！

——我喝了一杯酒，我已经好久没喝酒了！我怒冲冲地说：宁赛叶先生，做人要有良心，说话要有根据！你的《黑白驴》，我确实看过，对，我承认，我确实没把你的这头驴，寄给任何刊物，因为我觉得，这头驴是头非常一般的驴，它没有个性，充其量是一条杂种驴——

——杂种出好汉！他说，真正的好作品，都是杂种！你自己也承认，你是受了西方文学影响又继承中国文学的传统然后又从民间文学里汲取了营养，你的文学，也是杂种！

——好好好，算我说错了，但是，我把《黑白驴》还给你之后，你完全可以自己往外投寄啊！邮局是国家开的，只要你付足邮费，他们敢不给你邮寄吗？中国这么多文学刊物，你可以投稿啊，即便有不识货的，但总会有识货的，是金子总会发光的。

——我知道你会这样说，但问题是，这么多刊物，全都被你们的同伙把持着，他们当中，多数有眼无珠，即便有几个识货的，但他们能发表一个无名小辈的作品吗？我没钱去给他们送礼，我更不是文二代文三代——所以，我恨你，你本来是有能力帮我发表的，也只有你可以提携我，但你嫉妒我，你生怕我露出头角压住你的名声。

——你可以把你的大作贴到网上啊！

——网络就是净土吗？网络也早就被那些网霸们分疆裂土，一个个的团伙，一个个的圈子，吹捧的是他们自己的一伙，真实的社会一团漆黑，虚拟的网络暗无天日，我对这一切都看透了。我真想变成一头天驴，把日吞了，把月吞了，把地球吞了，把一切吞了。

——你成不了天驴，充其量是条黑白驴，连黑白驴都成不了，你是条疯驴！六亲不认的疯驴！你有什么资格攻击我？就因为你的母亲是我的姑姑？就因为这么一点血缘关系？二十多年前，你就可以像召唤一个小伙计一样，把我叫到你们那一伙小文痞的酒桌前羞辱我？你们既然要用我的名声为你们的垃圾小报造势，又为何当面把我的作品和我的人格贬得一钱不值？你高考落榜之后，不是让我为你找工作吗？

——你帮我找了个什么工作？你让我去酒厂里刷酒瓶子，我站在水池边，像一架机器，重复着同样的动作，面对着一堆玻璃瓶子，我一刻不停地刷啊，刷啊，我把一个个肮脏的瓶子刷得一清二白，但我的心里越来越脏，我怨，我恨，我悲，我愤，我恨不得变成一把火，熊熊燃烧，把这肮脏的世界，烧成一片废墟……

——是的，我说，你感到刷酒瓶子委屈了你，是高射炮打蚊子——大材小用了。但接下来我把你介绍到供销社，让你去站柜台卖货，这事儿比较体面吧？你知道，我当年的最大理想是当一个供销社售货员，风吹不到，雨淋不着，可是你干一两天，就让账面亏空了一百元！你当然不会承认是你贪污了一百元，供销社里我的那些朋友，也没有明说是你贪污，但他们心里是怎么想的你知道吗？我批评了你几句，你一脚将人家的门踢破，然后不辞而别。你连自己的铺盖都不要了，那可是姑姑为你新絮的里表三新的被褥，他们在家里盖什么？一条千疮百孔的破毯子！人家供销社让你去拿被褥，你说什么？你说“让他们盖着我的被褥去死吧”！人家将你的被褥扔到大街上，狗在上边撒尿，鸡在上边拉屎，周围的人在旁边议论，你让我替你蒙受了耻辱啊！

——他们根本不是人，是一群奸商！他们往酒里掺水，往化肥里掺盐，他们大秤进小秤出，他们制假贩假，坑蒙拐骗，我怎么可能跟这样一群败类共事？那一百元钱，是他们制造的一桩冤案。他们看出我跟他们不是一路人，他们怕我坏他们的事，所以用那样卑鄙的手段挤走了我。你不是一直标榜良心吗？你不是一直用你的文学揭露黑暗吗？为什么还站在他们的立场上批评我？文人无行，你就是一个活生生的样板！

——就算供销社那些人陷害了你，但我后来把你介绍到锻压设备厂，知道你是有文化的人，让你在政工科写材料，守电话，这一次你是给了我面子，干了一年，可这一年里你干了什么？你谈了两场恋爱，第一次跟油漆工小宋，把人家肚子弄大了然后把人家踹了，第二次跟保管员小于，把人家搞得哭哭啼啼寻死觅活。锻压设备厂厂长、我的朋友老姚，如果不是看着我的面子，早把你送到派出所里去了。老姚对我说：你那个表弟，是个大才，咱这小小乡镇企业，水太浅了，养不住这条真龙，是不是让他另谋高就？我的脸像挨了一串耳光，火辣辣的。你确是天才，但我觉得你最大的才华是骗女孩子，你是这一行当的高手啊，你相貌平平，自己没钱，家境贫穷，但能让那么多女孩子为你献身，不但献身，还献钱，那一年你衣着光鲜，出手阔绰，花的都是小宋和小于的钱吧？

——你没权对我的私生活说三道四！你们文艺圈里，有一个干净的吗？但我要说，老姚是个混蛋，他的锻压设备厂，生产的基本都是废品，为了把这些废品卖出去，他贿赂采购人员，手段卑劣，无所不用其极……

——好了，天下没有一个好人，只有你一个好人。后来，你想参军，姑父找到我，我只好厚着脸皮帮你找人，你如愿以偿当了兵。原本希望你能在部队好好锻炼，好好学习，争取考上军校，提成军官，也算一条光明大道。可你到了部队又干了些什么？你大概又去勾引地方的女青年了吧？

——是她们勾引了我！他眼睛通红，仿佛要与我拼命，是她们设局陷害了我！

——行了，老弟，复员回乡之后你又干了些什么？你跟金希普到济南办报，鬼知道是家什么样的野鸡报，你半夜三更打电话，让我给你们写“名人寄语”，我当然不写。我也幸亏没写，我看过贵报，报上登载着“大力丸”广告，家传秘方，包治百病，金希普自封社长兼总编，封你为副总编兼首席记者。你不是还拿着记者证回家炫耀吗？连姑父姑姑都被你蒙住了，以为你走上了正路。你拿着假记者证在家乡坑蒙拐骗，兔子还不吃窝边草呢，你可好，专门在本县地盘上打转转，你跑到陶阳镇去讹诈人家，被人家当场扣下，大概皮肉吃了点苦吧？挨揍之后你又把我供出来了，说是我表弟，县委宣传部张副部长打电话问我，我只好承认，确有此人，人家看在我的面子上放了你一马，否则完全可以以诈骗罪把你送进去！

——诬蔑，这完全不是事实！他们为了建那座高度污染的化工厂，强占农民的良田，农民联名写血书上访，都被他们扣下。官办的报纸不敢揭露真相，我们民办的报纸为民申冤，又受到他们诬蔑！暗无天日啊！他用手揪着自己的头发哀号着。

——你当时是怎么说的？你说只要你们赞助十万元，我们就把消息压住。否则就立即见报！就算他们建化工厂不对，但你利用这种方法诈钱，又能比他们好到哪里？

——诬蔑！完全是诬蔑！

——就算他们是诬蔑，接下来你又干了些什么？你要干实业，生产什么高科技电子灭蚊器。让我投资，我明知你这种人靠不住，但还是希望你能浪子回头，于是借了三万元给你。那可是八十年代初期的三万元。你在县城租房子，买了一辆二手面包车，放鞭炮开张，接下来，天天请客，吃饭，甚至充大款给小学捐钱买电脑，不到两个月，钱造光了，关门大吉。

——你那点臭钱，我迟早会还的！生不逢时，时运不济！苍天啊，大地啊。

——办企业失败之后，你在济南跟着你哥们流浪，可能你那哥们也容不下你了，你只好回家来继续啃爹娘。你抽烟，喝酒，都要姑父供给，为了你，姑父退休之后又给人看大门，姑姑七十多岁了，还每天去冷库扛活。清早出发，晚上回，中午啃口窝窝头。你看看他们二老，面如黄土啊，你还有一点人味吗？

——我有了钱，会加倍报答他们的！

——不错，从前年开始，你良心发现，放下天才架子，抛弃幻想，开始到钢窗厂打工，每月可挣两千元。干活期间，又谈恋爱，这次不错，跟人家结了婚。不久又生了孩子。看到你的变化，我们发自内心地高兴，合伙为你装修了房子，你媳妇也去打工，姑父姑姑在家看着孩子，加上姑父的退休金，每月可收入五千元，电视换了，冰箱买了，太阳能热水器装上了，可以说基本上小康了。但好景不长，金希普又来了。金希普一来，你就疯了。我对你已经仁至义尽，从今往后，我不会再说你半个不字，你也不要再来找我。

——中国人民有志气，他说，我宁愿讨饭，也不会进你的家门。

——太好了，我说，太好了！

——先生，请不要隔着门缝看人，更不要得意忘形。文学是人民的文学，谁也不能垄断。我几十年颠沛流离，走南闯北，住过五星级宾馆，也在街上露宿过；吃过海参鲍鱼，也曾从垃圾堆里找食吃。我睡过青春少女，也曾嫖过路边野鸡……我办过企业也打过工，我打过别人也挨过别人打，我看透了这个世界，我对人有了深刻的理解，现在，到了我拿起笔来写作的时候了！先生们，你们的时代结束了！轮到我上场了！

——他将酒瓶摔到地上，伸出右手食指，指着姑父，痛苦地质问道：你，凭什么偷拆我的信件？你以为你是我的父亲就有权力偷拆我的信件吗？——他号叫着，眼睛里流出浑浊的泪水，然后，身体突然前倾，伏在桌子上，又号了几声，便呼呼地睡着了。

莫言，原名管谟业。山东高密人。中国作协副主席。著有《莫言文集》(12 卷)。中篇小说《红高粱》获全国中篇小说奖。2011 年 8 月，长篇小说《蛙》获第八届茅盾文学奖。2012 年 10 月，获诺贝尔文学奖。

在科尔沁草原

艾 伟

下榻的蒙古包徒具形式，内容完全是一家五星级酒店，整个套间室内装修得十分江南。赵子曰指了指另一个房间，对陆祝艳说，你住那儿，自己则进了另一个大房间。开门进去时，他注意到房间的窗子很大，整个草原像风景画一样被装进这窗框里。在一望无际的大草原深处，要找到这么个地方，多亏了王安全。

赵子曰是通过朋友介绍认识王安全的。半年前，赵子曰被人报复，被砍断一只手指，朋友把王安全介绍给他。朋友说，他都搞得定。当然，不是指黑道那儿，而是医院。王安全是第一医院管后勤的，所有的医生都和他有交情。那次因为王安全打理，赵子曰的手指勉强接了起来，虽称不上缝接得十全十美，但在那地方戴上个戒指，倒也看不太出来。赵子曰爱美，容不得自己身上的外露部分有碍观瞻。那次王安全事儿办得滴水不漏，不该问的绝不出口。

陆祝艳敲门的时候，赵子曰躺在大床上。正是夏天，赵子曰没脱衬衣，只是松了领带。刚才他差点睡着了。他没吭声，陆祝艳怯生生打开门，问要不要帮忙。她已把紧身T恤换了，穿上一件吊带衫，下面是一条夏裤，看上去有些俏皮。她头发湿漉漉的，刚刚洗过澡了。赵子曰拍了拍床，坐这儿。陆祝艳听话地坐下，双手不停地玩着手机。赵子曰一直看着陆祝艳，陆祝艳的侧面线条非常好看，是标准的南方美女。

赵子曰问，和谁聊天呢？陆祝艳说，王老板。谁？赵子曰马上反应过来了，语带讥讽地说，哦，王安全，王老板。

赵子曰看到陆祝艳脸上微微露出笑意，一定是王安全把她逗笑了，他想，王安全真是个人物。赵子曰问，和王老板聊什么呢？陆祝艳脸红了一下，对着赵子曰甜美地笑了笑。

可以看吗？赵子曰问。

陆祝艳犹豫了一下，把手机递给赵子曰。苹果手机镶着一些奇怪的水晶球体，好像一些虫子叮在上面。赵子曰从小害怕昆虫，总觉得那些小东西脏。他小心拿着手机，尽量不去碰那些水晶。

赵子曰看了一眼聊天记录，说，王老板好玩儿。

王安全这会儿正在莫道林的茶室，一边和莫道林聊天，一边给陆祝艳发信息。莫道林是王安全多年的朋友，三年前，几个朋友一块儿到这儿玩，莫道林买下了这块地，说想过田园牧歌生活。当时谁也不信，莫道林却是认真的，很快建起了这个蒙古包，一个人生活在这人迹罕至的地方。也许是本性难移，难耐寂寞，莫道林不时邀请各方高朋贵友。如今在南方的朋友圈里，这个地方成了一个私人会所。

你这里风景是好，唯一的缺点就是离城太远，要是生个病，都找不到医院。王安全说。莫道林不以为然，你就惦记这事儿，难道没你们医生，就不过日子了？告诉你，喝奶茶就行，奶茶治百病。王安全呵呵一笑，不辩驳。他看了看窗外，辽阔的草原上，几朵白云一动不动，好像是从地里冒出的几个气泡。

你那朋友心情不好？莫道林突然问。

王安全目光灼灼，看了看莫道林，然后冷冷地说，他家不久前进了小偷，他家的姨娘，就是保姆，被杀了。我听人说，是错杀。

进来一个短信，王安全看了一眼，又说，懂吗？有人盯牢赵老板了，最近他身边老是出怪事。

莫道林严肃地点了点头，好像已经完全明白了赵老板的处境。

丽敏从门外进来，穿着一件墨绿色的长裙。她瘦高，喜欢穿宽松衣服，显出别样风情来。她问，他们呢？她指的是赵子曰和陆祝艳。莫道林笑笑，好比新婚，还不抓紧时间。

丽敏见王安全在发信息，一把夺过手机，聊什么呢？王安全想抢回，已来不及。不过王安全也无所谓，爱看不看。一会儿，丽敏把手机还给王安全，说，上面都是你在说话。你这个时候还发这种信息，你不会是喜欢陆祝艳吧？王安全说，随你怎么说。丽敏说，我完全理解，我要是男人，也会喜欢上陆祝艳，莫老板，你说是不是？

莫道林这会儿正在往公道杯里倒茶，说，那妞儿？不错。

你瞧，才到这蒙古包多久，就这么多男人惦记了。丽敏拍了张照片，然后传给了陆祝艳。

她迅速打上一行字，然后发送出去：我们在这儿，一会儿就吃饭。

不久，陆祝艳来了。丽敏拥抱了一下陆祝艳，说，很香，一点臭男人的气味都没有。

莫道林起身也想抱，陆祝艳躲闪掉了。丽敏笑道，臭男人，别想占便宜啊，赵总知道了不高兴。莫道林说，赵总会吗？他这种见多识广的人还会为一个女人不高兴？

陆祝艳显然不爱听这种玩笑，坐到王安全边上，脸有点儿拉长。王安全在她的头上轻拍了一下，说，他们逗你玩呢。陆祝艳低头发了一个短信。王安全的手机嘀地响了一下。丽敏说，你们两个坐这么近，还发短信？王安全说，胡说，赵总发来的。丽敏说，谁信。王安全拿手机给丽敏看。丽敏说，不看不看，谁关心你们的事。

吃饭的时间到了，赵子曰一直没出现。丽敏说，王老板，你短信他啊。王安全说，短了，没回。丽敏说，他不是刚给你发过吗？他短信上讲什么了？王安全说，刚才给你看不看，现在倒问起来了。丽敏说，谁知道是不是赵总发的。

丽敏站起来，对陆祝艳说，我们去叫一下赵总。陆祝艳有点不情愿。王安全说，去吧，听你丽姐的。丽敏白了王安全一眼。

见她们走远，莫道林说，丽敏对你还是一往情深啊。王安全说，早断了，女人嘛，同她上过床以为一辈子欠了她似的。莫道林说，老王，有件事我挺佩服你的，连丽敏这么无情的人对你都一往情深，你有什么法道，说来听听。王安全说，我一凡胎，有什么法道？你在这草原上修行，见到的都是高人、喇嘛什么的，你应该有法道才对。莫道林还是看着丽敏的背影，说，丽敏虽然四十多了，可风情还是不错的。王安全知道去年带丽敏来这儿玩，莫道林追过她。很疯狂，丽敏这样说。又问他，你朋友追你女朋友，你什么感觉？王安全懒得回答，但丽敏一定要他说出来。他应付道，有人追你，说明我眼光好。丽敏说，你不生莫道林的气？王安全说，我为什么要生气？丽敏说，我和他上床你也不生气？王安全没再回话。丽敏独自笑了，好像自己说出了什么有杀伤力的话。

王安全指了指远处的灯光，说，那个喇嘛庙，造在荒无人烟的地方，信徒倒是不少。莫道林说，活佛在嘛，这边的人都信活佛。

丽敏和陆祝艳来到赵子曰所住的房间，丽敏好奇地张望套房。丽敏指了指门口的小间，问，你住这儿？陆祝艳没回答。天色已经昏暗，这儿比南方黑得早。陆祝艳开灯，差点惊叫起来，床上没人。她一路过来，头脑里都是赵总微胖的躯体。

丽敏问，赵总去哪儿了？陆祝艳摇摇头。丽敏自语，天都黑了，他到哪里去了？

两人往回走。

王安全和莫道林见两人回来，却不见赵总，问怎么回事。王安全打赵总电话，无人接听。王安全一时急了，想起赵家最近出现的凶事，怕有什么不测，起身往蒙古包外跑。蒙古包外三辆奔驰G级越野，方方正正的造型，特别拉风。赵子曰、王安全、丽敏、陆祝艳是飞过来的，这三辆越野车早他们几天，由专职司机横穿整个中国提前开到了这里。大草原，没一辆好的越野车寸步难行。

王安全向车内探了探。司机白天没事一直在驾驶室待命。赵老板有点心血来潮，万一找不到人会骂娘。司机们都怕他。司机从车窗里指了指远处，发现赵子曰正挺着个肚子对着傍晚的草原撒尿。

一会儿，赵子曰走了过来，说，正撒尿呢，打电话来，差点憋回去。王安全松了口气，然后跟着赵子曰往蒙古包走。这时候，其他三位也跟了出来。丽敏说，在这儿啊。赵总，你可把王老板急坏了，跑得比狗还快。莫道林占便宜似的笑了，说，丽敏，你骂人不带脏字。王安全装作没听见。

一桌子的菜已摆好，以羊肉为主。赵子曰摸了一把肚子，说，还真是饿了。赵子曰挑了一只羊腿，咬了一口，油水往嘴外淌，含混地说，好吃。莫道林说，赵总这吃法像蒙古人了。赵子曰说，是吗，我这身板，你叫个蒙古人来，我和他比试一下摔跤，如何？莫道林说，我安排了，明天我们去看那达慕大会，会有一位蒙古勇士和你比。

陆祝艳突然端起酒杯，向赵子曰敬酒，说，感谢赵总带我来玩。莫道林让陆祝艳坐下，说你感谢什么啊，你这么漂亮，应该是赵总感谢你。丽敏说，莫道林真是怜香惜玉。赵子曰说，老王，我刚才看见你说过的喇嘛庙了，我晚上想见活佛。王安全吓了一跳，活佛不是想见就见的，这么晚了，不能打扰啊。他抬头看看莫道林，莫道林犹豫了一下，拿起手机，给活佛打了个电话。

吃完饭，一行人开着车向寺院去。赵子曰说，去寺院是临时起意，本不该喝了酒去的，好在喝得不多。莫道林说，藏传佛教没那么讲究，不像汉地，都是清规戒律，可要说神奇，还是藏传佛教。丽敏问，怎么个神奇法？莫道林说，至少去一次能睡个好觉。丽敏说，那是你坏事干太多。莫道林说，寺院快到了，你积点口德。过了一会儿，莫道林说，寺院后的壁洞里，有一位闭关了五十三年的高僧。丽敏惊呼，苦修了五十三年？没见过阳光？那是真神仙了。王安全回头看了看丽敏，丽敏是故意一惊一乍，她早知道有这么一位苦修高僧。四周非常安静，丽敏听到自己的声音确实有些滑稽，不再出声。众人沉默，气氛忽然有点庄重。

活佛倒是没有一点架子，拿着一支手电筒，早早在寺院外迎候。活佛背后的五个小喇嘛，有一个在玩手机，手机的亮光照映出他古铜色的脸。莫道林恭恭敬敬，双手合十，鞠了躬，说，打扰本乐仁波切了，这位是赵子曰赵总，久闻仁波切大名，下午刚到，迫不及待想见活佛，有扰，有扰。活佛没像莫道林这般文人雅士模样，反倒是作为乡野，用手电照了照赵子曰的脸，说，做大生意的。赵子曰本来被手电照得有些不悦，听了这话，谦虚起来，说，不敢不敢。

活佛把四个人请到自己的起居室。起居室有一股浓重的檀香味，活佛让四人席地坐下，喝起普洱茶。活佛非常健谈，从佛理谈到风水，谈到国运，还谈到天安门。“从空中看，故宫和广场就像一佛头，瑞兆。”活佛一口京片子，语出惊人。他的声音透着黑夜湿润的气息，让人仿佛看见草叶上的露珠。

聊了一个多小时，陆祝艳在王安全耳边说了一句什么话。王安全皱了一下眉头，带着陆祝艳从活佛起居室出来。王安全说，你干吗喝那么多水？陆祝艳说，我又插不上话，无聊死了，除了喝水还能干吗？

出了寺院，首先看到三辆黑色奔驰车。王安全指了指草原说，快，随便解决一下。陆祝艳说，这怎么行。王安全说，荒郊野地大草原，撒泡尿还那么费劲。他也不避陆祝艳，掏出家伙，在草地上撒了一泡。

王安全犟不过陆祝艳，只好要了一辆车，让司机把他们送回酒店。

到了房间，陆祝艳几乎是跑向厕所。她出来时，已相当轻松。她看到王安全在发短信。陆祝艳不以为然，表忠心呢？王安全说，我们快回去吧，这样溜出来不礼貌。陆祝艳说，我不回，好无聊。王安全说，就你事多。这时，陆祝艳的手机收到一条信息，是丽敏发来的：我们回来了。陆祝艳给王安全看，王安全起身，出了酒店。

好一会儿，一辆车从远处的草原开了过来，在酒店门口停下。车上跳下莫道林和丽敏。还没等王安全开口，莫道林说，赵老板见闭关的高僧去了。丽敏说，我也很想去看看神仙长什么样子。莫道林说，就你不懂事。丽敏问，陆祝艳呢？王安全说，在房间。丽敏说，谁的房间。王安全不吭声，没再理丽敏。

一早醒来，王安全发现手机里有八条信息，七条是丽敏发来的，一条是陆祝艳发来的，都问他在干吗。王安全皱了一下眉头，就去吃早饭。丽敏见到他，脸拉得长长的，问，你那公主呢？王安全说，莫道林呢？丽敏目光闪烁了一下，说，我哪知道。这时候，莫道林进来，说，赵老板要把一辆奔驰车送给寺院，不但送车子，还送人。王安全说，送人，不会是送陆祝艳吧？丽敏说，呵，就惦记人家。王安全一语双关，难道送你，送谁也舍不得送你啊。莫道林瞥了王安全一眼，说，你们想哪里去了，那地方可是喇嘛庙，不收尼姑。赵老板是送车送司机。司机不干了啊，要待在这大草原里，都哭出来了。王安全说，一个大小伙子，这么没用，还哭。莫道林说，司机说给寺院开车，相当于出家当了和尚。老王，你同赵老板讲一下，车留下，人不能留。

王安全吃过早饭，去了一趟寺院。进门便见到赵老板。赵老板一脸祥和，好像心里开出了莲花。还没等王安全开口，赵子曰就说，不虚此行。王安全说，得道了？赵子曰说，见到高人了，五十三年只吃这个东西。赵子曰从口袋里拿出一块又硬又黑的面团，捧给王安全看，好像捧着圣物。又收起来，说，我要在这里闭关七天，就吃这个，你们玩你们的去。王安全不敢相信，你闭关七天？赵子曰说，对，从今天开始。

回酒店的路上，王安全神色严峻。原本是来放松的，赵老板却变成了苦行僧。这事完全在王安全意料之外。这些年来，王安全经常替高朋贵友安排这类活动，出这种状况极其少见。王安全在坐车回酒店的路上，给陆祝艳发了条信息：赵老板要在寺院住七天。陆祝艳迅速回了条信息：嗯。王安全不知道这个“嗯”是什么意思。

主角在闭关，陪同的顿时感到失去了动力。但既然出来了，也不能总待在酒店里。第二天，一行人按既定行程去看那达慕大会。莫道林本来安排了一位蒙古摔跤手和赵子曰对阵，为了让赵子曰开心，蒙古人会故意输掉，现在赵子曰在闭关，这个节目只能取消了。莫道林说，钱都付了，要不，王安全你玩一下？王安全没吭声，一副心事重重的样子。莫道林说，放松些嘛，不过是闭关一下，又没死人。

丽敏带着一个炮筒似的相机，她人高挑，手臂又长又细，拿着这个大家伙，好像随时会砸到别人的脑袋。丽敏不走秀后，做起摄影，这也是她提出跟着莫道林一起来的理由。草原好风光，搞摄影的最爱。王安全本来安排陆祝艳的同学一起来的，但丽敏要来，他也无法拒绝。王安全一般不拒绝女人的。

还是射箭好玩儿。莫道林一直在摆 POSE，让丽敏拍。丽敏的镜头却一直对着王安全。王安全和陆祝艳正在说话，表情有点儿急。王安全说，你事儿怎么这么多？陆祝艳不响。丽敏问，怎么了？和公主吵架？王安全觉得丽敏无聊。后来丽敏才知陆祝艳把手机落在汽车上了。汽车停在那达慕大会的外边，有五公里路。汽车不能开进来，得走路回去取。王安全向远处望了望，说，手机有那么重要吗？不看手机会死？陆祝艳说，你不陪我算了，我自己回去取。说完扭头就走，王安全心里软了一下，最终还是咬了咬牙，止住了自己的脚步。丽敏说，王安全，你放心吗？王安全白了丽敏一眼。丽敏又对莫道林说，莫道林，这么好的做绅士的机会，你不抓住？莫道林很想去，回头又看了看丽敏，打消了念头。丽敏一脸讥讽，说，怎么了？莫道林说，没怎么。一会儿，莫道林又说，我确实有些担心，这儿就我们几个是汉人。

陆祝艳一走，王安全反倒来劲了，一连射了十支箭，箭箭中靶。莫道林鼓掌，丽敏却说，王安全心里发狠呢，我太了解他了。丽敏又对莫道林说，道林，你还是追上去照顾一下陆妹妹，好让王安全安心。你不是也挺心疼她的吗？再说了，万一陆妹妹让人欺负了，我们怎么向赵老板交代呀。莫道林犹豫了一下，才应声而去。

只留下王安全和丽敏两人，他们再无心射箭。这那达慕大会他俩去年都玩过一遍。想起去年，丽敏觉得非常开心。王安全虽然花心，但对女人是真的好，一副宝玉哥哥的心肠。那一次，丽敏充分感受到王安全疼起人来润物细无声的好处，加上当时莫道林起劲地追她，让她虚荣和身心都感到无比满足，幸福指数抵达巅峰。

两个人走在大草原，看那达慕大会各种活动，赛马、摔跤、骑术，当然还有舞蹈。丽敏见王安全深沉的模样，说，还在想赵老板？王安全不吭声。丽敏说，你怎么会带赵老板来的？王安全说，朋友介绍的。丽敏说，我以前认识赵老板。王安全吃了一惊。丽敏说，十多年前了，那时他经常到我们模特队来玩。王安全的目光骤然聚拢，落在丽敏脸上。丽敏说，干吗这样看我，怪吓人的。丽敏又说，我和他没关系啊。王安全说，无所谓的。丽敏生气了，说，什么叫无所谓。王安全不再回答。

这时，王安全的电话响了，是莫道林打来的。莫道林说没有找到陆祝艳，陆祝艳根本没回到汽车里。

王安全和丽敏急忙往车队那儿赶。远远看到莫道林像一只猴子一样东蹿西蹿，在向他俩瞭望，招手。到了车队，已是午后，刚才在那达慕大会里吃了一点烤羊肉，肚子倒是不饿。莫道林说，司机没见到陆祝艳来过，车上也没有手机。

王安全掏出手机，拨陆祝艳的电话，一直无人接听。王安全骂起娘来，又拨，还是没接。莫道林说，不会被人劫持了吧。要是出事，就麻烦了。我们是不是要报警？丽敏反对，报什么警啊，别报。王安全一直在拨电话。莫道林问，你在报警吗？没打通？要不要我报，我警察那儿有熟人。王安全制止了莫道林，又拨电话，但对方就是不接。他把手机狠狠地砸到地上。幸好是草原，手机没有碎，只是玻璃有点开裂。

然后他们看到一个人影出现在远处，在同他们预料的方向完全相反的方向。是丽敏先发现的，拍了拍王安全的背，指了指远方。他们辨认出是陆祝艳。三个人松了一口气。

陆祝艳终于走近了，一直笑眯眯地看着王安全。她说，我本来想自己走回酒店的，路太远了，我又回来了。你打了我十个电话啊，我没发现。

王安全想发作，不过他忍住了。

赵子曰并没有闭关七天，而是三天。三天后他出来告诉众人，活佛说我悟性好，三天抵过七天。他说这话时笑得很天真，是真心相信活佛所说了。王安全松了口气，他还真的担心赵子曰突发奇想，也闭关个五十三年——他要是能活到一百多岁的话。他听莫道林说起过，有一个歌星每年都要到高僧那壁洞里闭关一个月。有一年，一个月过去都不肯出来，把经纪人吓坏了，硬是雇了人把歌星从壁洞里拉出来，才离开草原。这之后倒是再没见来过。

晚上，大伙儿高兴，开了一桌酒，给赵子曰接风洗尘。莫道林说，接风是对的，洗尘是错了，尘早洗了，闭关这三天，所有俗世烦恼都洗尽了。赵子曰说，你们知道我在想什么吗，这三天？我在想我这只手指，要没有王安全，这只手指就不在我手上了。莫道林说，哎呀，赵总还是个俗人啊，三天只想一只手指。赵子曰不以为然，这可不简单，要是我少一根手指，我会变吗？不会，我还是我。那么少了十根手指呢？我也还是我，那么这样一点点减少，肉身就不在了，我还是我。丽敏说，越说越玄了，听不懂。莫道林说，闭关了三天，变成哲学家了。

大伙儿喝酒。赵子曰不知不觉喝高了。王安全想，禁欲的后果就是放纵。三天闭关也许需要七天的放纵来偿还。赵子曰开始说故事。他伸出中指，问众人，你们知道我这手指是怎么断的吗？你们有没有见过铡刀？我手指被铡刀一分为二，我看到断掉的那一截像一条泥鳅一样跳个不停。不痛，痛要过好久才传遍全身。丽敏皱了一下眉头，说，别说了，太恶心了。赵子曰脸上露出孩子式的笑容，多亏了老王，我这手指没事儿。赵子曰想拔掉戒指，但拔不出来。他说，妈的，嵌在肉里了。

那只中指还是竖在众人面前，好像他想 FUCK 眼前每一个人。这三天我一直对着这只手指，我在想，究竟谁对我的手指感兴趣呢？丽敏不耐烦了，说把手指收起来好不好？她也伸出中指在赵子曰面前晃了晃。赵子曰笑了，听话地收起了手指，说，我这辈子只听美女的话。

继续喝酒，赵子曰敬了每个人。敬陆祝艳时，赵子曰说，会唱什么？还没等陆祝艳回答，他又说到自己身上了。他说，人生在世，一个字，命。我就信这个。谁也比不过命。命里有的，有人会送你。命里没有的，求也没用。老王，你觉得呢？

王安全没接话，沉默不语。丽敏也有点喝多了，她今晚一直在和赵子曰抬杠。她说，我就不信命，小时候一个瞎子替我算过命，说我活不过三十，现在我都四十二了。过了三十，我就觉得我的命是捡来的，想干啥就干啥。哪有命，命是我自己闹腾出来的。

你不信？可是我的手指就是我的命，赵子曰说。他今夜似乎打定主意要喋喋不休说自个儿的手指了。赵子曰醉酒后的样子王安全从来没见过，他不知道会闹到什么程度，他得控制场面才对。当然手指问题一定不是小问题，一向风风光光的赵老板，忽然有一天被人蒙上眼，劫持到一间黑屋子，手指让铡刀切掉了，哪里会是小问题？家里的保姆也被人杀了，哪里会是小问题？所以来大草原散散心。可还是喝高了，大人物受惊后，比小人物还可笑。

还好，赵子曰没继续这个话题，他突然搂住了陆祝艳。赵子曰说，我他妈就是爱处女，冲喜。赵子曰在陆祝艳的头发上亲了一口。丽敏不以为然，说，她是吗？赵子曰说，不是吗？王安全觉得丽敏有些过分，这样说陆祝艳。陆祝艳表现多好，整个晚上没多说一句话，多懂事的女孩子。王安全在桌子底下踢了丽敏一脚。丽敏说，你干吗，流氓。莫道林紧张地把头探到桌下，他看到赵老板的手摸在陆祝艳的大腿上。

王安全觉得今晚应到此为止了，再闹下去不知会弄出什么幺蛾子来。他断然说，不早了，散了吧，明天还要赶飞机呢。

王安全把赵子曰和陆祝艳送进房间。陆祝艳向他投来哀怨的一瞥。王安全退出去，在关门前，往房间里看了一眼，他看到赵子曰抱起陆祝艳，把她狠狠地砸在床上。

王安全迅速关上门，靠在门外，深深地吸了一口气。

回到自己的房间，看到莫道林在。王安全吓了一跳，说，你在我房间干吗，你是怎么进来的？莫道林说，这是我的酒店。王安全想了想，回过神来，问，找我有事？一向能说会道的莫道林这会儿讷讷的，竟有点儿腼腆。王安全想，莫道林不会也他妈喝醉了吧。莫道林似乎猜透王安全在想什么，说，我没醉。王安全"噢"了一声，说，怎样？莫道林说，丽敏不走了，她终于答应嫁给我。王安全看到莫道林脸上有一种少年式的憧憬，说，看来是真爱。莫道林说，是的，我第一次见到她魂就被勾走了。王安全若有所思，点点头。莫道林似乎有些不安，说，我们是兄弟，本不该这样。王安全摆摆手，说，有什么该不该的，真爱就该。

半夜，王安全被酒店的电话吵醒，他很生气，挂断了。但对方似乎不死心，又一次打过来。王安全睡眼蒙眬，十分懊恼地接起电话，传来丽敏的声音。丽敏说，我过来。王安全不吭声，又一次挂了电话。

第二天，三个人坐上奔驰去机场。

莫道林和丽敏来送他们。赵子曰似乎很高兴，说，真是不虚此行，结出了善果。赵老板闭关三天后，喜欢上了佛教用语。赵子曰看了看王安全，说，老王，你怎么了，这么严肃。陆祝艳说，他吃味儿。赵子曰似乎吃惊陆祝艳说出这话，拍了拍她的头。陆祝艳的长发柔顺，身体微微有些紧张。

三个小时后，飞机到了南方。王安全开车送陆祝艳回艺校，一路上两人都不说话。陆祝艳把头靠在王安全的肩上，王安全没反应，就移开了。到了学校门口，车停下。王安全说，说好的二十万给了？陆祝艳点点头。王安全说，那就好。陆祝艳没下车。王安全说，怎么了？陆祝艳说，想住酒店。

王安全开车去附近一家酒店，开了房间，两个住下。陆祝艳进卫生间洗澡。出来时，亭亭玉立，一身雪白，真是难得的好货。王安全躺在床上一动不动。陆祝艳主动吻了过来，显得相当动情。王安全心里一动，把她压在身下。

完事后，床单上沾了梅花血。王安全一脸疑惑，陆祝艳在哧哧地笑。王安全问，他没动你？陆祝艳使劲点头，脸上挂着类似幸福的表情。王安全出神地想了想，似乎想说什么还是闭了嘴。陆祝艳说，你那朋友是不是有病？王安全笑了，怎么可能，他曾要过两个，他就好这口。陆祝艳说，恐怕像我一样，装装样子，打肿脸充胖子。王安全说，怎么的？没办你，你还伤心了？陆祝艳说，怎么会！我挺高兴的，我为你流了两次血，相当于给了你两次处女。王安全看着天花板，想起上次介绍给赵总的两位“处女”。人的性格真是千差万别，她们开始还装，后来简直乱来了，当着众人的面讲赵总床上的癖好。

她们现在在哪里呢？她们还在读书吗？或者考上某个剧团唱戏？又或者在某个剧组跑龙套？当然她们日后成为明星也不是奇怪的事。

天色暗了下来，王安全发现陆祝艳躺在自己的怀里睡着了，好像躺在某个安全的港湾。

艾伟，1966 年生。著有长篇小说《风和日丽》《爱人同志》《爱人有罪》《越野赛跑》《盛夏》《南方》，小说集《乡村电影》《水上的声音》《小姐们》《战俘》《整个宇宙在和我说话》等多种，另有《艾伟作品集》五卷。现居杭州。

砂糖橘

周瑄璞

女顾客弯腰低头，左手拿着一个塑料袋，右手在一堆砂糖橘里扒拉，挑选。冰凉黏手的砂糖橘在她手下翻滚着，都有点雀跃的劲头，希望自己能被挑上。记得前些年，春节过后，所有橘类水果都失去水分，开始变糠，吃起来像棉花套子，而现在这些小小砂糖橘，通体晶莹明亮，矫情地顶着绿叶子，带着细枝子，有几个还在细枝上连着，提起来一嘟噜，好像它们才从树上摘下来的。莫不是海南岛的新品种，冬天也能结果？如果是去年秋天离开橘树，一直到现在，好几个月了，能在冷库里保鲜如此模样，真是难得。

头顶有很大的吵闹声，许多人在参与，方言，激烈而快速，完全听不懂，一直持续。女顾客抬头四下望望，自言自语地问，哪里吵架，电视吗？却见水果店里，并没有电视机，只有卖水果的女老板立于两筐放在凳子上的砂糖橘后面，拿着手机，专心地看视频。刚过完春节，城管们还没有投入战斗，世界的弦还没有绷紧，人们的心情也比较松弛，小店里的商品纷纷乱乱地摆在门外。这个水果店，近几天主打砂糖橘，跟相距几米外那家店门口的红心柚子对垒，颇有点“别看我个头小，其实本领高”的自信。音量未免也太高了，声音大到侵略，吵得人心烦，甚至有打闹哭喊砸东西的声音，关键是听不懂，不知在吵什么。砂糖橘在手中冰凉凉的，可能是冷库里刚运过来。女顾客注意看上面有没有小眼。听说为了让砂糖橘变甜，商家或者果农用针注射糖水，网上揭露这样的事情太多。总有一些热心人，不停地告诉你食品黑幕，一件一件又一件，光标题就吓人一跳，看了内容，吓不死你也恶心死你。只有想不到，没有做不到，真是丧尽天良。刚看到消息时，小心脏着实要惊讶、愤怒几天，发誓再也不吃，比如她就有好长时间没有买过这种小橘子。过一段时间，好了伤疤忘了疼，她又想，好像也不可能，谁有那么多时间和工夫，一个一个地给这么小的橘子打针？可是她留心观察过，好多砂糖橘上确实有小眼，它们往往从小眼那里先烂掉。

这也吃不成，那也不能吃，总不能把嘴扎住。头顶上的吵闹声在继续。她还没有挑完，不满地看了女老板一眼，北方女人，身材高大，挺胸撅肚，穿了一件新衣服，刚过完年，吃好了睡美了休整够了，将要大干一场的气魄，站在那里很是豪迈，两筐密封的砂糖橘撕开了塑料袋，并排摆放在店门外，立着一个小纸牌："砂糖橘，4.5 元一斤"。红笔写的，热情洋溢，伸胳膊伸腿，好像在说，挑啊挑啊随便挑，咱个个都是好样的。眼前几个低头弯腰挑拣的顾客，像是给女主人鞠躬，感谢她给咱带来的甜蜜生活。而她一副成就感，音量放到了最大，在看视频。挑砂糖橘的女人直起弯累了的腰身，脸抬了起来，女老板顺势将大号手机屏伸到她面前。女顾客看到一个混战画面，凳子倒在地上，一条光腿伸出来，大腿往上包着床单或者是花布。叫人逮住了。女老板神秘而喜滋滋地说，脸上充满着无限欢爱与兴奋，很想与人分享这件事。女顾客突然明白，这是一个捉奸场面，刚才那个裹了床单或者花布的，是女主角的腿。她被打倒在水泥地板上，一圈人在围殴她，辱骂她。一场人民群众广泛参与的正义之战如火如荼，一场有计划有分工的严密行动，以破门而入、捉奸拿双为胜利。小街此刻是下午三四点，一天之中最为丰润静美的时间段，路面被打扫得干干净净，行人悠闲地走过，带着从春节的大被窝里钻出来的慵懒与宽容。每个人都有所获，提在手里，慢慢行走。水果店男老板进货去了，半天还不见回来，左右商户都在忙着，她实在找不到一个人可以讨论一下这件趣事，便将手机长时间放在女顾客的眼前。我们都是过来人，有些事一点就通。兴奋和神秘让她不宜多说，只用眼神传达出默契和期待，她想等女顾客看完后，从头给她播放一遍，必要的话，再讲解一下，视频来自哪里，事件出自何处，谁谁谁转发的，我认识捉奸队伍里的哪一个人。如果路过此地的任何一个成年女人有兴趣，她将挨个向她们赠送这段视频，买不买她的水果都没关系，做生意以和为贵。

女顾客先是微微吃惊，然后有点害羞的样子，转开了视线，看了看自己塑料袋里的砂糖橘，挑得差不多了，放到秤上称了，付完钱匆匆离开。走在回家的路上，脑子里还是刚才那个画面，耳边回响着叫骂声，粗蛮的，生硬的，狂怒的。她在内心翻滚着，似乎不太认识这个世界。一些人竟然可以这样对待另一些人，人与人之间还可以用这样的方式解决问题。微信原来有这么多意想不到的功能，这样那样的群播放各式各样控诉揭露起哄拆台的视频，以将别人打倒撕毁搞臭为目的，身手敏捷，抢先占领道德高地，端着正义的机关枪，突突突一通扫射，来一片尸横遍野最好，来一场血流成河更妙，和平年代，人们都隐隐地盼着出点什么与己无关的乱子，好让我们惺惺相惜地去惊讶愤怒祈祷问候，最后互相安慰，人生多艰让我们好好活着吧。

回到家中，女顾客将砂糖橘拿出几个，放在客厅餐桌上，其余的连袋子搁到阳台上。屋里温度高，水果容易干枯。她坐下来，拿了一个想吃，眼前闪现那条水泥地上的光腿，快速晃动，拼命挣扎。她放下砂糖橘，太凉，冰牙根，放一晚上再吃。事件男主角哪儿去了？他有没有去奋力保护女主角？三分钟前还恩爱无限，你是我的小呀小苹果怎么爱你都不嫌多，你是我的小呀小心肝怎么对你都不嫌过。突然之间，随着一群人的闯入，小苹果变成扫帚星，小心肝成了小贱人，毁了一个男人的一切。他是不是被他妻子为首的一拨人控制起来了，只得任由一群男女殴打一个光着身子的女人？这群热血沸腾的正义之师里，还有一个人保持冷静专职录像，这是提前策划好的。是的，一切都有安排，有组织有纪律，谁跟踪谁打探谁偷听谁挥手谁开门都有精密的布局，那二人在温柔乡里欢爱无尽之时，这一群亲友团雄赳赳奔赴而来，屋内缠绵火热，门外摩拳擦掌，如电影里密集的分镜头，突然切入会合，爱情天空换了人间。那个女子，现在怎么样了？有没有受伤？那些人是真的往死里打，还是只想羞辱她？如果真打的话，她一个人，怎么经受得了那么多愤怒的拳头和巴掌？这是什么时候的视频？几个月前，还是刚刚发生？那女子是个年轻姑娘吗？正上学，还是工作？他们还会把这视频进一步公开吗？会给那女子带来更大麻烦吗？外遇和原配，头回过招彼此陌生还是已经游击战好多年了，见面虽少却时时想着对方念着对方多年如一日每天几遍地诅咒对方？

手上有一种黏乎乎的感觉，她去厨房洗手。

或者这些砂糖橘，真是打了针的，为什么连表皮上都有糖分，粘得满手都是。不但打了针，或许还上了蜡，要不然颜色怎么那么鲜亮好看。

那时，她靠在床的这头，他靠在另一头，刚才还在看手机，说话，这会儿睡着了，手机放在一边。她下载一个软件，网速极慢，几乎不动，她想是不是家里网络出问题了，拿过来他的手机试试看。画开解锁图形，微信跳出一个亲吻的表情包。她不由得点开对话框，上面还有一句话：刚回到家，放心。上面的上面，更多的对话，全是亲昵的口吻，分明就是一对恋人。

一块板砖迎面飞来，啪一下击中脑门，她头嗡的一声，瞬间理解了“给你一个沉重打击”是怎么回事。她看向床那头的他，仍然靠着，睡得很香。她心嗵嗵直跳，继而感到天花板上缓缓降下一块水泥板，压向她的胸口。呼吸不畅，她捂住左胸，张大嘴喘气，害怕心跳声吵醒了他。夏日的午后非常安静，夫妻二人，一人驻守床的一头，一个睡着，一个醒着，醒的看着睡的。她手心出汗，快要拿不住手机了。删去“刚回到家，放心”这一句，将他手机原样放好。下床走出来，回到自己房间，躺到床上，细细地出汗。两个房门都开着，此时自己的房间有丝丝凉气进入。凉热已经不重要了。刚才，到那个房间去，就是为着只开一个空调，躺着说些闲话。

一个看起来从无二心的男人，多年来对妻子对家庭专心致志，差不多言听计从，他也会有自己的世界，有自己的感情需求。生活在这个中午又给女人上了一课。首先是一个人，再是你的丈夫，他偶尔脱掉丈夫这件外衣，裸露出男人的实质与核心。她静静躺着，想那个叫

"月夜"的女人，在哪里，刚才说"刚回到家"，并不是两人去约会了，因为上午他没有出门，那就是她自己外出办事，一直在微信上通报行踪，也或者她是外地的，从这个城市回到自己城市，他们昨天、前天见过面？

她想知道新的进展，每过几天，找个借口，拿来他手机，快速打开微信，查到"月夜"，看两个人的对话。无非是相互说一些自己的日常，在公司，开会了，买菜去，接孩子，听了什么歌，吃了什么饭之类的。她偷偷观察他，也并无什么变化，该上班上班，该回家回家，生活与从前没有两样。反正丈夫是自己的，再怎么说，产权在我的名下。可是，有什么劲呢？有本事来真格的。她有些嘲讽地想。再一想，你怎么知道人家没有来真格的呢？或许早就来过了，并且一直来着。那么，是怎么来的，在哪里，成本大吗？再一想，家里的钱，都是他保管着，工资呀，外快呀，理财呀，股票呀，她从来不知道究竟有多少钱。倒是他，每过一段时间，神秘地问，知道咱们现在多少了吗？然后不说话，等待调动起她的好奇心，她其实并不好奇，总量在那里放着，增长也就是几万元，断不会突然冒出来一宗几百万，可他必得等到她说出不知道三个字，然后再伸出指头比画，好像门外有人偷听一样，还要详细地说，哪里十几万哪里几十万，哪一项下个月值多少，如此这般，总共，这个数。她怀疑他如此故弄玄虚地罗列只是为了享受一下拥有的感觉。这么细心爱财的男人，想必不会大把大把给别的女人花钱吧？谁知道呢。曾有人警告过她，你们家那口子，看似老实，这种人不出事便罢，一出就是大事。她一笑，能出多大事呢，把天翻过来不成？

或许她也怀着一丝好奇，看看到底会闹出多大的动静。

他为什么不删掉这些对话，不怕她看见？她多年来从不检查他的手机，从不干涉他的私生活，导致舍不得删，自己要一遍遍重温？也或许已经删过，留下的这些是不重要的不痛不痒的，就算你看见了，也没有什么把柄，无非是一些暧昧的语言，并无实质性内容。

她去参加一个培训班，要他开车送，说好早上七点四十从家里出发。她早上七点醒来，见他房间已经没人，家里也没有人。她洗漱完毕，吃完简单早餐，七点半了，打他电话，他说出去加油了，正在往回走，让她下楼等着。

她来到楼下，等了一会儿，七点四十二了，还不见他到来。打电话，他说，马上到。又等待几分钟，觉得不对劲，加油站离家里并不远，就算是早高峰小堵车，十来分钟也该到了。向他来的方向望去，并没有多么堵，车辆停停走走，正常行驶。眼看快七点五十了，再不出发，就有可能迟到。不由生气，再打他电话，还是马上马上。她问，到底走哪儿了。他挂了电话。直到七点五十二，才急急赶来，停在她面前。她拉开门坐进去，开始了盘问：

“知道没油了，为什么昨晚不加好，不是平常最爱晚上去加油吗？”

“忘了忘了，早上起来突然想起。”

“为啥非得早上加？提示灯亮了还能开几十公里呢，送我去也就几公里，不能回来再加吗？”

“没想那么多，觉得没油了就去加。”

“来回加个油撑死半小时，我七点起来你已经不见了。”

“哎呀路上又办了点事，取个材料。”

“办什么事？一大早找谁取材料？材料在哪儿？”

“行了别啰唆了，把你送到就行。”他脸突然红了。

她替他后悔，应该说送材料。于是转移话题：“给你说过了，我从不迟到，不能按时送你早点说，我打滴滴去。”

“行了行了。”这是他每回理屈词穷时的四字箴言，半威胁半哀求的口气。

她气还没消，想再整出点语言批判他，气鼓鼓扭头瞪视，见他头梳得光光的，脸洗得净净的，衬衫领子洁白。她脑子突然一闪：“我屁股下这个座位，可能刚有一个人离开。”两人之间哗地降下安静的帷幕，隔帘相互探听。阳光照进车内，夫妻二人貌似平静地并排而坐，共同看向前方。她吸吸鼻子，闻了闻车内，并无什么不属于自家的味道；看看座位、车身，也没找到不是她的头发之类的东西。但是她感到有一种异样的气氛，感到他所有的精神状态都是刚和另一个人道了再见的样子，愉悦，舒展，好脾气，这个男人正沉浸在一种叫作幸福的感受之中。她缓和下来，最该生气的时候却不再生气，她问自己这是怎么了。妻子的角色让她安静豁达，人生难得有些小欢乐，且让他乐一时吧。迟到一点无妨的，我是听课的，偷偷从后门溜进去，迟到的人肯定不止我一个。她在帘子这边自我开脱，想拿过他的手机看看，一定有新的对话，但毕竟刚刚类似于吵过架，公然去拿他的手机，找不到合适理由。余光看他，真是心情挺好的样子，受了责怪也并不恼火。路上一直无话，直到下车时候，她夸张地狠狠说声再见，表示她只是生气他不守时，关门离去。

她惦记着这事，一直想看看他微信中对话的进展。那个早上，他肯定是先去接送了别人。但他把手机看得挺紧，一直不离身，上厕所都带着。晚上各人睡各人房间，他比她睡得晚，比她起得早，总之她不能得手。两人多年不在一个房间睡觉，她嫌他睡得晚，总开着灯看书看手机，影响她休息。国外夫妻都是分房间睡觉，这样各自独立，互不干扰。偶尔需要一起时，再凑到一块儿，完事后，其中一个走开。

她也曾问自己，为什么宽容他甚至纵容着期待发生什么？或许已经发生了。其实她是有一个类似于恶毒的想法：看你能玩出什么花样，难道还会有女人看得上你。这样一个平庸的、在她眼里几乎再没有什么价值和吸引力的男人，在另一个女人那里难道还有着别样的魅力，丈夫都是别人的好？他对别的女人，会怎样表现，懂得浪漫，会给她买花，买礼物？他给自己已经再也没有买过礼物了。前些年孩子小的时候，她也曾在情人节时问过，怎么不给我买束花，他说，还不如买笼包子呢。可是，包子也没有买过。现在孩子都上高中了，双方更是从不赠送礼物，有时候连对方的生日都忘掉，或者假装忘掉，到中午或晚上时再轻描淡写说一句，哎哟，今天生日呢，快乐哈，就算完事。可是现在，“月夜”面前，难道一个新的男人诞生了，懂情调，会浪漫，热情，耐心，文艺腔？有时候看着电视或吃着饭，她就想，身边这个人，他已经不是自己丈夫了，是一个跟别的女人恋爱着的男人，这个男人正在用一种方式悄悄地成长着自己。她也用别样的眼光来看他了，仿佛自己变成了那个叫“月夜”的女人，于是吵架少了，彼此小心翼翼，变得客气起来。孩子住校，迎接高考，二人世界，安静而平和，各干各的事。

认识以来，结婚以来，看起来他是全心全意地爱着她，让着她，依恋着她。发生矛盾与分歧，永远是他让步，永远是他先来说话。这样的家庭环境，影响得儿子也爱着她，让着她，依恋着她。儿子上幼儿园的时候，有一次一家人在外面吃饭，吃完后，她说还有事要去办，你俩回家吧。他说哎呀能不能不去，儿子说哎呀妈妈别去嘛。她站在路边，看着这一大一小长得像极了的男人，将二人挨个训了一顿，我有事情知道吗？有什么事为什么非得告诉你，说名字你认识吗，你们能不能不要这么黏糊？两人都不再说话，看着她转身离去，父与子牵着手相依为命的样子往家里走了。跟儿子发生矛盾，也得儿子先来找她说话。她饭照做，家务照干，伺候照样，就是不理人，就是不说话。那两个人，忐忑不安，早已忘了矛盾的缘由，总之是自己错了，来找她说话。找一次不行，说一句不行，她以瞪视回之，以白眼待之，以后背对之，必得要他们跟在身后，再多说几句，再肢体与反肢体几下，才彻底缓和。而那两个人，将与她和好、家中恢复融洽当成头等大事，恨不得做一个“耶”的手势。她在这个家里的女王地位，从未改变，那么，让你的臣子背着你干点什么，也是可以的吧。人心隔肚皮，夫妻之间免不了有所隐藏，自己不是也藏了很多吗？让他藏去吧，有本事藏得好藏得妙，别露馅。

中午吃饭看电视，法制节目里披露，一个诈骗团伙，假装成女人，跟男人在微信里谈恋爱，继而骗钱，有人上当，损失几十万。真是想不通，没有见过面的人，没有实质性进展，怎么就会几万几万地给对方转钱呢？她突然想，那个“月夜”，会不会是个骗子，压根儿就是个男人。那么，两人到底见没见过面？他躺在沙发上，睡着了，手机就在身边，敢不敢拿过来看看，好好研究一下？心嗵嗵跳，她到底没敢伸手。

或许已经上过当了，已经给对方打过几回钱了。人的成长，生活的教训，是要交学费的，那么交多少合适呢？三万，五万，在她感情承受之内，在这个家庭的经济能力之内，最多不能超过十万，悬崖勒马，回头是岸，损失几万元钱，买个教训。多了可不行，多了就成了事故，失了体统，也许会成为下一个午间法制节目里的受害者。可是，坏人总是比好人办法多，骗子的措施多得很，像他这样中产阶级的中年男人，表面看规矩本分，胆小怕事，但背不住凡心偶炽，痴心萌动，被人牵着鼻子走，又爱面子，失了财也不敢吭声，欲罢不能，一步步滑向深渊。想到这里，她竟然同情起他来，或许，钱已经转到骗子那里了，这会儿，牙齿打掉正自己想办法咽下去呢。她起身拿着他脱下来的T恤，盖到他光着的胃上："小心着凉。"他不满地哼了两声，嫌打扰了他的午后小睡，但并没有将T恤扯掉扔开。有时候你给他盖个东西，他嫌烦，甩手扔一边去。

隔了几天，中午，他一进门就放下手机，脱下衬衫，套了个T恤，拿了车钥匙到地下车库去把车挪好。前一天外出回来，没车位了，车停在一道墙边上。她正在厨房做饭，听到门响了两次，不解，探头出来，见他的手机放在进门的小台子上。啊，难得的机会，她关掉炒菜的火，打开他的微信，找到和"月夜"的对话。"月夜妹妹，你为什么不再回复我？一夜又一夜，我辗转无眠，忍不住对你的思念，你还好吗？你生我的气了吗？我对你的感情，全部是真的，你难道……"好几百字的表白，她心儿狂跳，一时不能安心阅读，将这段话发给自己，再滑动着看前面，都是他说得多，每次长长一段，"月夜"回复得少，像是应付一般，更多是一些表情图。过了两分钟，她删掉发送记录，原样放回他的手机，进厨房关了门打着火继续炒菜。抽油烟机轰轰响着，好像也在生那个"月夜"的气，为什么不回复，凭什么不回复，你以为你是谁，我们哪一点配不上你？他最后的话语是六天前的。那么这些个夜晚，他一个人躺在凉席上，把自己变作一条深情的长虫，蜕掉那层叫作丈夫的外衣，露出人性的弱点，变回一个纯粹的男人，为一段不知所终的感情，翻来覆去不能入眠，或许还掉落几滴眼泪。世界上一切都不重要了，躺在另一个房间的妻子，高三住校的儿子，都退到了次要位置，只有一个叫"月夜"的女人，无限放大放大，成为他的主宰，让他无奈地蠕动、翻滚、缠绕、打结，成为一个死扣，新鲜的皮粘在凉席上，湿淋淋地蜇疼。痴痴地等待微信。而“月夜”保持沉默，是她看清了这个男人并没有什么好，不值得她再交往，还是她压根儿就是个骗子？再就真的是个男人，从这里得不到钱，不理他，瞄向了下一个目标？如果是后者，那么他在为一个并不存在的女人焦虑，陷入一场虚妄情感灾难，上演一出新时代的《白蛇传》，在这样夏天的夜晚，痛苦无人营救，自己一点点舔着伤口。

等再听到开门声，她将饭端上桌，两人坐下来吃饭。他与往日并无二致，痛苦也不敢呈现出来。这个坐在身边的男人，不再是谁的丈夫，他退回到男人的躯壳里，独享着内心的煎熬。说来说去，人最爱的，还是自己。爱与欢乐，都只是为了自己享受，那么痛苦与失落也只能自己承担。

她的收拾、洗涮变得轻手轻脚，好像不忍心打扰他的那个世界。

问题倒是推给了她，引起她强烈的好奇：那个“月夜”，到底是否真有其人，两人有没有见过面，有没有实质接触？

时至深秋，驾车出游，高速路上，车行飞快。她拿过他的手机说，一个链接打不开，转到你手机上看看。快速打开他的微信，查找到“月夜”，还是停留在两个月前他那段长长的类似于祈求的表白。他仍然不愿删去，是作为纪念和回忆，供自己暗夜里一遍遍阅读？

她差不多已经忘记了“月夜”。伴随着砂糖橘赠送而来的这个视频让她又想起这件事。已经过去快半年了，难道他还留着那些对话？她又找了个借口，拿过他的手机，查找“月夜”，没有此人了。会不会他给换了名字？画面往上滑动，提审去年八九月份的对话，再也没有那些内容。在某一个深夜，他盖着柔软的被子，最后一次，将几百条信息又仔细看了一遍。长虫蜕掉的皮早已尘封，新长出的皮肉也不再柔嫩怕疼。这个男人决定删掉对话。微信提醒他，“删除后，将清空该聊天的相关记录”，他是否有过犹豫，或许停顿了两秒钟，确认自己对过往种种有了醒悟与汗颜，点了红色的“删除”二字。也不知道有没有将她从好友名单里删除，或许不用删，反正不再对话了，就让她永远沉入海底。也或者，是对方先删除了他。

砂糖橘放在阳台，每天拿进房间几个，放得不冰了再吃。吃之前，她注意看上面有没有针眼。有的有，有的没有。或许这不是针眼，而是细竹子或铁丝扎的吧，水果在储藏运输批发搬运过程中，免不了受伤。打针好像不可能，因为剥开每一个，它们一瓣一瓣又一瓣，以完美的造型抱在一处，被细白的绒线包裹着，浑然一体。每一瓣都是同样的甜，体积小小，放在掌心，你想细细品尝，就一瓣一瓣地吃，你想一口吃下，它们就全部在你嘴里了，需要你嚼的幅度大力一些，饱胀被一口咬破，它们争先恐后地奉献甜蜜。那些细绒，你一点点摘掉也好，橘瓣更显玲珑。不摘也行，吃到嘴里软软的，据说帮助消化。有什么样的注射法，能打一针让它们每一瓣都受糖均匀呢?

有时候她剥开一个，分一半给他，他很享受地放进嘴里。

再过几天，砂糖橘有些蔫了，体积收缩了一些，皮变得紧薄而干硬，与里面橘瓣包得很紧，不再那么好剥，不小心就把可爱的橘瓣抠烂。

午间法制节目里，一个青年男子的好友假扮一个女子，加了他的微信，诱他产生感情后，找各种借口不停地要钱，而生活中的好友，及时出面，开导青年男子，让他相信对方，要经得起爱情的考验，鼓动他一次次给那不知在哪里的女子转钱。

她拿了最后两个砂糖橘放在他面前说：“赶快吃了，再不吃，明天就该坏了。”

“你给我剥好。”

“想得美。”

他只好拿起来，自己剥。

周瑄璞，女，1970年1月出生。现居西安。著有长篇小说《多湾》《日近长安远》等五部。在《人民文学》《十月》《作家》等期刊发表中短篇小说约一百万字，多篇小说被转载、收入各类年度选本及年度小说排行榜。

风　筝

张鲁镭

美美在给瘦老头擦身，旁边放着一个冒热气的白色水盆。美美擦得很仔细，一块湿毛巾从面部顺势往下移，在下巴腋窝之处还要拐个弯多转一圈。瘦老头实在太瘦了，浑身加起来没几斤肉，就这么干巴巴薄如一张纸片。倒让美美操作起来蛮轻松，她一双胖手上边下边前边后边在瘦老头身上游走，轻飘飘翻书似的就把瘦老头整个给擦一遍。一面擦着美美开始想入非非，要是把瘦老头腰上系根绳从窗口放出去，他会不会像风筝那样在天上飘？在天空鸟瞰西洋景是一件美妙的事！不过自己手里那根绳可是关键，不然瘦老头啪叽一个狗啃泥……这么想着美美就笑了。

瘦老头已经枯朽，肩膀以下的零件基本成了摆设，但脑袋上的五官还能正常运转。他嘴巴口吐莲花，眼睛能辨别是非，耳朵也灵通，连美美在心里的笑声都没错过。什么喜事？有人发红包了？正想着把你做成风筝从窗口放出去！你在天上飘来飘去多自在！那可不错，到时候我飞着周游世界去。干脆一会儿就给我拴上绳。美美转身，瘦老头不干，说后背痒再给多来几下。美美拿毛巾就势在他后背上划拉，瘦老头于是闭上眼睛咧着嘴——整个一他娘的闷骚！

此刻对面床的胖老头刚好睁一只眼闭一只眼，睁着那只就把这一切瞧在眼里。他几乎每天都能目睹这样的场景，起先他用抵触的姿态双目紧闭，后来总会不自觉睁开一只。美美去换水，现在轮到擦胖老头了。

胖老头实在太胖了。几百斤的肉几乎化成液体四处滚动，美美力不从心，洁面后其他部位横竖几下草草完活。胖老头后背也痒，不是骚情是真痒。美美曾努力想着不分薄厚一视同仁，可面对这么一堆庞然大肉她实在搞不定。胖老头不生气，美美热情大方，是松鹤养老中心的好员工，都怪自己这身肥肉碍事。胖老头望向对床，这老家伙瘦得连狼看见都想哭。可美美见他就乐，不光因为体积小操作便捷，关键瘦老头特能逗，嘚啵嘚啵露出一口焦黄的假牙，美美就笑了！还现出俩酒窝。

美美是个憨憨的姑娘，长相敦实但挺喜庆，手上的肉比脸上还多，小胖手在瘦老头身上一划拉，就算通上电了。美美身上带着一股闪亮的热气，她一进来荒凉的房间就有了暖色。美美到现在还没对象，马上奔三了，怪愁人的！有时候她挑人家，有时候人家挑她，反正相那么多亲都没结果。

美美来了，瘦老头眼睛亮了，粉面桃花气色这么好找到心上人了？哪有，就涂点腮红。谁娶了美美都好福气！不是我那两个小子已经成家，非让你成我家儿媳妇……要是我再小几岁你再老几岁……胖老头用鼻子哼一声，熊样，皮包骨头快咽气的主儿想法还不少。

其实胖老头挺羡慕瘦老头。两人虽都卧床，但瘦老头明显不一样，他见缝插针讲笑话拍马屁，还央求美美给他加餐——就是在后背多划拉几下。瘦老头比胖老头先来几日，和美美的感情也比胖老头厚几日。她也和瘦老头开玩笑，老二夫妻不是总吵架吗？什么时候离了我嫁给老二！彩礼钱你可不能抠门。美美说着自己先笑弯了腰，胖老头也跟着呵呵，他多么希望和美美加深感情，彼此相处如瘦老头一样。

胖瘦老头同居一室，两床间距不足半米，却也相处得坑坑洼洼，还因为看电视吵过架！瘦老头愿意看足球，国际国内一并兼收；胖老头喜欢好味道大擂台，他当了一辈子厨子，当然愿意看和专业相关的节目。美美站在中间犯难，有些东西就是没办法平均，蛋糕能从中间来一刀，电视不行啊！怎么办？想想也只能在时间上找齐！每人一小时一小时轮流看，遥控器握在美美手里。电视有体育频道却没办美食台，这让胖老头很不开心，节目没档期他也不会瞎掉属于自己那一小时，于是就看抗日神剧，音量很大，屋子里厮杀呐喊炮火连天。瘦老头怒视着墙上的挂钟骂，哪是日本鬼子，简直一帮日本傻子，这智商还他娘的八年抗战，八天就给打回姥姥家了。美美呼哧带喘跑进来，时间刚好踩在点儿上。

美美的工作加量不加价，鞋底磨薄了衬衫湿透了，整个楼道都回荡着她的喘息和奔跑声！美美就想到职工保护权益上面的章程，她决定去找主任，额外的工作需要额外的回报。主任讲，一楼俩老头下象棋，不知为啥翻了脸，其中一个飞起炮来把另一个头上砸出个紫包，又去医院又做 CT。胖瘦老头也就嘴上热闹，比起他们不知要省多少心。主任搓着两只手，这样，告诉俩儿子分别买平板来。

儿子们到场后都很客气，彼此还礼节性地握握手，比他们脸红脖子粗的倔爹乖好多！胖瘦老头坚决不同意，其一，平板屏幕小看着太憋屈；其二，两个人用上平板，电视省着干什么？他们来这里可是交了一笔不小的费用。论起费用，胖瘦老头站成一队。如果是养老中心给解决平板他们倒没意见，让儿子破费坚决不行。美美气，土埋半截的人还计较这些！错，瘦老头纠正，不是半截，是土埋五分之四截，就剩个脑袋瓜了。不过人活着总该有气节，有存在感，不然留着最后这口气干什么？

瘦老头家那个老二从澳大利亚公干回来，刚巧赶上这么一出。他说澳洲那边养老制度极其完善，老人一切吃喝拉撒都由政府和义工处理，从来不麻烦儿女。这一点胖老头儿子也认同，他目前居住的上海正在大肆兴建养老机构。老人为社会服务了一辈子，临了社会理应为他们负责。两人又谈到各自城市的房价，胖老头儿子很自豪，说上海亭子间都比澳洲那边洋房贵！他们还就当前的经济展开一系列分析。后来竟说到高速收费口小姑娘们的微笑服务，那种笑甜美笃定就像烙在脸上，以后会不会落下面部肌肉坏死的毛病？

美美看看表，太阳落山了，该吃晚饭了！两个儿子很明事理，他们一起请主任吃了饭，又分别送礼物给美美。美美一手托着澳大利亚绵羊油，一手托着上海大白兔奶糖，分量差不多。

电视坏了，不出人只会哗哗啦啦飘雪花，后勤说是电路的毛病，电工说是电视机老化，屋里一片消停。胖瘦老头史无前例地和谐，一枚果子放在那儿两人公鸡斗架样争个没完，有一天果子忽然烂掉臭掉，谁都得不到它，大家反而心平气和了。

松鹤养老中心分布的格局颇有趣，一层是胳膊腿和脑瓜都能正常运转的，二层是腿脚好用但脑瓜缺根筋的，三层属于两浑水半傻不彪的，最顶层就是胖瘦老头这样。也数顶层的费用高，光护理费就好几千！养老中心环境优雅设施齐全服务到位，娱乐活动一波又一波，歌咏比赛、下棋比赛、智力竞赛、成语接龙……还定期为老人洗澡理发检查身体。据说有不少人在排队等床位，抬出去一个进来一个，再抬出去一个再进来一个。

所有的娱乐活动，胖瘦老头均忽略不计，检查身体对他们也没啥意义，他们的身体已经这副德行。如果把生命比作一本书，他们的故事基本完结，没几篇可翻了。也不常理发，俩人头发长得比铁树开花都慢！要是人的衰老也这么缓慢该多好。但俩老头都热衷洗澡。上年纪的人皮肤干燥，一翻身就哗哗掉皮屑。瘦老头洗澡容易，来一个男工和美美一起把他架到卫生间冲淋浴就好。

胖老头就没那么轻松，甚至非常艰难。瘦老头出主意，说从卫生间接个长水管出来，在床上铺好塑料布，对着胖老头一顿冲，这馊主意不能采纳。胖老头洗澡一事拖了又拖，最后主任派来四名壮汉男工，他们齐心协力喊着号子把胖老头从床上抬起来。可惜门的宽窄不够，几个人在美美指挥下不断调整角度，胖老头闭着眼睛被人挪来挪去，他很享受这个复杂过程，笑眯眯一副死猪不怕开水烫的模样，好个折腾。瘦老头听见卫生间里噼啪作响，那隆重程度不亚于宰猪。把胖老头从卫生间弄出来也颇费周折，四名男工挥汗而去。胖老头告诉一旁的美美，他下周还洗！

没有电视，瘦胖老头躺在床上很孤单很寂寞，虽然老了瘫了不能动了，可他们大脑清醒心思活络，他们还有快乐的权利！眼下美美就是俩人唯一的乐。美美一进门，瘦老头插科打诨，胖老头听风赏景。当然胖老头对洗澡也很期待，不过这要等中心统一调度。美美说楼下九十岁的爷爷和八十岁的奶奶恋爱了，俩人悄悄跑出去买烤地瓜吃，还在楼前的水池里捞鱼，捞完放，放完捞，把好几条锦鲤都给折腾死了。瘦老头认为这事不能干涉，爱情就该到处流传！胖老头说锦鲤炖汤好喝，出锅前需多加胡椒粉。

美美说她又相亲了，在银行大堂见的，大堂里有空调有免费咖啡和沙发椅。两人没话找话说，对面窗口里点钞机正啪啪啪清点钞票，男的说我要有这么多钱就好了……其间美美又换了条热毛巾。瘦老头龇着牙滔滔不绝，要么不嫁，要么找个好样的！

遥想当年他在保卫科就调教出不少棒小伙，人都是他亲自从各车间选的，他训练他们出操跑步飞标枪撇手榴弹，整个一军事化管理。厂里遇到任何危险都能第一时间冲上去。胖老头问，你？干吗的？本人，保卫科科长！你是保卫科科长？当然，有什么问题吗？

一次仓库失火，瘦老头率领全体保卫科奔赴现场，他一桶水浇身上冲进火海，把那个吓晕的仓库保管员背出来。女工感激涕零，说就算做牛做马也要报答他的救命之恩。他当场表示心意领了，可家里空间有限实在没地方安置牛马。厂里的表达比女工更实际，开表彰会戴大红花还颁发奖金两百元。星期天他请保卫科在湖边吃自助餐，烧鸡香肠啤酒摆满地。大家正喝得热闹，咕咚一声有孩子掉湖里了，还是他奋勇跳下去把人捞上来的。一个在湖边玩水的小姑娘，八九岁的模样，他把孩子倒背在肩上足足跑了半个多小时，那孩子才从嘴里喷出一口水，他又被市里评上见义勇为奖。他总能撞上奋不顾身舍己为人的好事！当然这也是整个保卫科的荣耀，有几个小伙子还为此找到心爱的姑娘，人家说，知道大名鼎鼎的保卫科，危难时刻救人救火，个个好样的！

本来是说美美，说着说着瘦老头就往自己身上薅，像作英模报告！说到关键时刻竟忘记自己是个瘫子都想一屁股坐起来！胖老头白他一眼，好汉不提当年勇，提那些旧账干什么？胖老头问，和银行那人可有戏？能有什么戏？美美摇头，约个会都在银行蹭咖啡！将来的日子怎么过？瘦老头问她择偶标准，也没什么高要求，人本分对我好，点灯做伴，闭灯说话，牵手出门，执手入梦，一辈子到永远，像童话！这一刻美美眼仁儿晶莹，似有液体渗出。瘦老头打个喷嚏，美美递过纸巾，不过我妈说哪怕是二手房也不能背贷款！我妈说背债的日子不好过！

胖老头觉得男人踏实顾家才重要。他那几个徒弟后厨里勤勤恳恳炒菜，下班回家洗衣服看孩子拖地板，有时候做了好菜还偷偷拿塑料袋往家顺……一次他拿萝卜皮做了道糖醋萝卜花，那萝卜皮被他打理得娇艳欲滴清脆可口，大家都说一个扔的玩意儿被捯饬成这样，简直化腐朽为神奇！满满一盆糖醋萝卜花被徒弟们私分掉……

大米发霉长绿毛，经理让扔掉，他悄悄把大米洗净泡在缸里发酵做成醪糟酒，又是一次废物利用的成功，连经理都过来讨酒喝。醪糟为酒店赚了不少钱，年底他当上劳模还破格涨一级工资。他们那儿谁不知道酒店后厨有个胖师傅好手艺！瘦老头不屑，难道让美美找个厨子？有什么不好，跟着厨子一辈子嘴不亏。两个老头鸡嘴鸭舌，他们哪是关心美美，分明在讲各自的光荣史！

美美再来话题依旧，不过这次给提升了格调，是关于爱情。瘦老头说爱情这东西可遇不可求，一旦遇见就不能错过，必要时上手抢都没关系。他那终身大事就是在公交车上搞定的，当时她站在他对面，粗粗的辫子上缠着对儿红铃铛，红铃铛晃晃悠悠响了一路，他那颗心也小鹿撞钟蹦了一路！他跟着人家一直坐到终点双龙台，又尾随着走到清泥湾，当时的清泥湾还没开发，周边空空落落少人烟。她在路边仅有的那座小楼前停下。让这么一个娇弱女子独自出入清泥湾岂不太危险？做人就该有担当，他觉得自己有义务保护她，老天让我遇见你，就是派我来保护你！当然这话后来被他写在情书上。他的身影时常出没在清泥湾，姑娘倒直接，我有男朋友了。这话怎么说的！可他偏偏一副拗脾气，不见棺材不掉泪，不到黄河不死心。

他的攻势不落俗套别出心裁，歌词是用彩笔抄的，情诗是用毛笔写的，还花费心思做了个大风筝，一只锦鸡飘着长长的尾巴。那个时候清泥湾天空灿烂天宇深邃真适合放风筝，他一个人拉着风筝线在旷野里跑，当时的天气真给力，他风筝放得也真争气，一次都没栽到树上。她躲在窗帘后面偷窥，好多天后才参与进来，他们一个牵一个引配合默契。当锦鸡在天空中与彩云并行时，她笑了。她说那个人是家里给介绍的，见过几次，对方殷勤厚道都有围巾和皮手套相送。现在风筝打败了围巾皮手套，他建议把东西还回去。可是，可是已经戴过，那围巾还在车上剐了条口子。他慷慨地拿出钱包，算算得多少？后来呢？美美问。后来成了孩子他妈了。要记住机不可失时不再来啊！美美把头扭向胖老头，你呢？

胖老头望着天花板不说话，他腮帮子的肉流到枕头上，美美拎起来给他耳根子擦一擦，你没有好玩儿的故事吗？大街上看好就去追去抢，和强盗有什么分别？都该判个抢劫罪。胖老头手抓床单嗓子眼儿轰鸣像一头愤怒的猪，美美问这是干什么。胖老头喘了一会儿平静下来，说他看见不正之风就有气，自己还是看重日久生情，知根知底彼此熟悉，伸手去夹人家锅里的菜缺德。

他老婆是酒店服务员，人勤快话也不多，没事就到后厨帮忙择菜，两人搭伴脸对脸择，有天一捆韭菜整整择了一下午，他师父说这顿饺子怕是要等到猴年吃。后来还是师父捅破窗户纸让俩人大大方方好起来。

美美觉得俩老头记忆力真好，自己晃晃悠悠三个饱一个倒哪天都没落下，认真总结却是混沌一片的糨糊，都比不上老头们。胖瘦老头讲述着彼此的恋爱史，偶尔还会歇一会儿，或许说累了，或许是回想到当初某个温柔的画面。或许感叹时间过得太快，怎么一下子就老到这般光景，他们那些个当初，既像昨天又像上辈子。美美打着哈欠给俩人倒杯水，这样的故事对于美美太遥远，甚至比唐宋元明清还远，唐宋元明清可以装进电视剧里，老头们的絮叨更像一股孱弱的耳边风！

美美想，人老了不再往前走而是往后退，蹒跚地追忆自己那些个从前，想把值得提一提所谓的露脸事都重温一遍。你们对婚姻一直都忠诚吗？后来有没有去外面偷嘴？瘦老头苦笑，还没来得及偷她就走了。后来找的都不行，一个让我儿子把她儿子也弄到澳大利亚，一个总惦记我兜里那俩钱。心里都藏着自己的小九九，根本不和你踏实过。我就去足疗店，宁可把钱给小姐也不便宜她们。

胖老头说他和那个勤快女人整整过了一辈子，退休后俩人还开了家风味馆，赚到钱就去旅游。他们像燕子那样半年南方半年北方，直到老伴去世才来养老中心……

次日他们继续围绕美美车轱辘话，美美只是话题的一个中心轴，一个引子一个楔子，转来转去最终会落到一个基本点上。今天的基本点是关于子女。瘦老头两个儿子均技术移民澳大利亚，当初老婆身体不好，哪有工夫去管他们，天生念书的材料，重点中学重点大学，那哥俩一路绿灯，从来也没进过补习班！倒是给家里省下不少钱。胖老头也不示弱，他一双儿女都在东方明珠上海。他们在那里读大学找工作，还都风风光光买上房子。

说来说去就聊到隔辈人，那是他们的孙子孙女。孩子们还都是成长中的苗苗，彼此分不出个尺长寸短。不过这些苗苗将来一准能长成粗壮的好树，俩老头目光迷离仿佛看到祖坟上冉冉冒起的青烟。提起孙儿他们轻声慢语，是那种深入骨髓的疼爱，不知道孩子们是否偶尔会想起住在养老中心的爷爷，他们的爷爷老得不能动了，连吃饭穿衣这样的事都要麻烦别人。但他们会把孙儿安置到心尖上，每每想起都心头一热！

之前美美加了儿子们的微信，也分别视频过几回。但大多时间不凑巧，这里面有时差问题也有繁忙问题，父子轻易接不上火。他们都很孝顺，不然当爹的怎么会来这样规格的养老中心？孝心归孝心，但对于时间，他们真没办法！这一点当爹的最清楚，如果儿子把时间花费到自己身上，那当下的衣食住行一系列问题势必大打折扣！有些事情永远无法完美，一根甘蔗哪会两头都甜？下午的阳光红彤彤铺到床上，俩老头闭上眼睛睡了……

美美是连人带盆摔倒的。前几天中心搞智力竞赛，九十岁那老头一口气得了两个大西瓜，他准备一个等儿子来拿，一个送隔壁奶奶。结果敲门时西瓜从手里滚出去摔个稀巴烂，美美刚好经过踩上去……伤筋动骨一百天，不过你们放心，所有医疗费用都由中心来承担。主任边说边把身边的阿强推上前，近期你们的日常由他来料理，阿强可是养老中心的骨干，相信你们也会喜欢他。瘦老头问，智力竞赛什么题？翻倍数学，九加十九，九加二十九，九加三十九……就这？我能得四个大西瓜。

美美什么时候来？这个说不准，三个月五个月谁知道？胖老头说，美美工作认真态度和蔼。我俩，我俩还是喜欢美美。地上有脏东西，阿强进卫生间取了拖把擦，主任指着他，看看我们阿强埋头苦干一句废话都没有。瘦老头说我怎么看他一锥子扎不出个屁来！您老猜得对，别说一锥子，一百锥子也扎不出来！打小就没开过口。哑巴？您也猜对了胖大爷。阿强在认真擦抹犄角旮旯的灰，还不知道主任正根据他的特征展开智力竞猜。

阿强不说话但脑子活泛，他拿块毛巾对着胖老头思量，这么一摊子肉后背怎么对付呢？凭他的力气肯定翻不过去！阿强转转眼珠找来一块木板塞床上，然后运用杠杆原理一屁股骑上去，生生把胖老头给撬起来，哦，擦背问题解决了。因为哈腰幅度太大，阿强又进行了新一轮的技术改良，他将拖把头换上毛巾，骑在木板上拖胖老头。对面瘦老头都看傻了。

胖老头示意阿强帮他挠挠背，这么久不翻身痒死了，不行，还是不行，胖老头晃着大脑袋。阿强又找来马莲根刷子，这个好！舒服，太舒服了！瘦老头示意阿强也帮他刷刷，哎哟，这个一般人真享受不了！阿强手脚麻利，又是拖把又是马莲根刷子，噌噌噌很快把俩老头秃噜一遍，然后抖抖毛巾闪了。

屋子里出奇地安静，空气中飘散着一股酸腐的浊气，那是一股通向鬼门关的味道，阴森可怖一派寒凉。这样的房间和儿童房间截然不同，儿童房即便小家伙蒙头大睡，里面也充斥着热乎乎的朝气。墙上的挂钟嘀嘀嗒嗒往前跑，跑一圈少一圈。没有美美的日子，胖瘦老头空空落落，恨不能一头撞死，可撞死也需要力气，他们无能为力。

他们多么想念美美，都开始为美美担心了，果真给摔瘸了跛了这丫头找对象更困难了。瘦老头认为都是胖给耽误的，自古窈窕淑女君子好逑！这话胖老头不爱听，胖姑娘有什么不好？有力气能干活还能生儿子！果真摔坏了，那抱西瓜老头也脱不得干系。说来说去又觉得是替古人担忧，年纪轻轻摔个跟头哪儿至于！

太阳一跳一跳从窗口钻进来，把两个晦暗的老头镀上明晃晃一层金，有两只麻雀站在窗台上叽叽喳喳聊个没完，淘气的风儿吹进来掀窗帘，瘦老头示意阿强把床摇起来。

外面好热闹，瘦老头向对面床描述着外面的世界。窗外是个不大的广场，广场中央镶着两个花坛，花儿红黄白蓝开得林林总总纷纷扬扬。南面并排矗立着几个小店，分别是发廊、快餐店和中药房。小店前面是一条斜马路，上面画着清晰的斑马线，对面有眨着眼睛的红绿灯。马路上有来往的行人和机动车，广场北面是一个人工湖，上面游着鸭子还有鹅，人工湖旁边是一片小树林……

天，瘦老头喊，从这里望下去，广场就是一朵璀璨的大花。你看那花坛是花心，斜马路是花茎，小树林是花叶，人工湖和那些小店是花瓣。一个女孩从发廊走出来，手里托着个风筝，风筝大得竖起来都有女孩高，女孩托着它在广场上跑。这孩子有点笨，风筝不是这么放的！瘦老头跟着着急，你得一手拿线轮，一手提风筝，等有风来乘势把它撇出去。女孩怎么弄都不行，瘦老头唠唠叨叨，也难怪，这么大个风筝有个帮手才好！

看看从发廊里又出来个小伙子，小伙子有经验，他让女孩拿线轮，自己托着风筝跑出去好几十米，两人配合得不错，风筝总算飞上天。原来是一只扇着翅膀的鹰，瘦老头松口气。胖老头在对面鼓着腮帮瞪着眼珠呼噜呼噜喘，瘦老头吓得要按电铃，怎么了？可别一口气上不来挂掉。你才挂掉！嗬，能骂人就没事。瘦老头盯着窗外说，有人进发廊了，小伙子赶紧跑回去，女孩也草草收了线，俩人应该是经营发廊的，现在来活了。

瘦老头介绍，广场上还有个女人卖小孩玩具，横七竖八地摆在一块塑料布上，女人拿起一个小瓶子对着天空吹泡泡，有几个小孩围过来用手抓。旁边还有个卖山楂糕的，那男人扛着个扫把模样的杆子，杆子上插满山楂糕。胖老头说他也会做山楂糕，先把去了核的山楂在盐水里泡二十分钟，然后把山楂和冰糖放进锅里煮，待山楂变软将其搅碎，然后继续搅拌熬至黏稠，最后倒入抹了油的器皿里，在冰箱里冷藏一天即可食用。你之前卖过山楂糕？卖什么？做着玩，给老婆孩子吃。

湖边有个白胡子老头打太极，一招一式还挺带劲。瘦老头感慨，他应该不比我们小！自己曾经也练过几天太极，如果坚持下来也不至于现在这模样。胖老头觉得命这东西自己做不了主，老天叫你怎样就怎样！你看看那个卖山楂糕的来生意没？哎哟，他好像和卖玩具的女人打起来了……

每天瘦老头都让阿强把床摇起来，然后看着窗外向胖老头现场直播，那女孩和小伙子只要没生意就跑出来放风筝，两个人的关系也在发生微妙的变化。最初小伙子很含蓄，一双手只对着风筝使劲，渐渐那双手就有了递进式的变化，开始一只手探索样地扶到女孩肩上，后来两只手都搭上去，一副保护弱小的姿态，再后来那手就进到女孩臂弯里，现在已经手拉手啦。瘦老头乐，小伙子有出息！

胖老头又鼓着腮帮子呼噜呼噜喘，老了老了净添毛病，他一面喘一面蠕动自己那身肥肉，呼哧从身下挤出个屁，瘦老头急忙转头避开。胖老头笑了，畅通后他面带愉悦，不知那个快餐店经营些什么？一个快餐店，无非包子饺子稀粥面条，瘦老头嘟囔着。店无论大小都要有自家特色，他之前开的风味馆就有好几道拿手菜。他曾计划着开分店……

那风筝一头栽到树上，瘦老头怪俩人只顾聊天。小伙子回发廊取来竹竿往下挑，三挑两挑也不行。他发现有人在推发廊门，就把竹竿交给女孩跑回去。女孩仰着脖子挑几下，在旁边买了一根山楂糕，她边吃边拿竹竿敲树干。卖山楂糕的要过竹竿帮她挑，一下一下地白费力气，卖玩具的女人走过来说了句什么。女孩转身跑进发廊。

女孩取来一个扫帚接到竹竿上，有人围观，卖山楂糕的拿竹竿蹦着挑，扫帚掉下来差一点砸到他头。那个练太极的白胡子老头要过竹竿脚踩树干噌噌往上蹿，轻轻一掀风筝落地。掌声响起来，老头拿着竹竿当场来个白鹤亮翅的造型，女孩捡起风筝同老头自拍合影。这时候小伙子从发廊出来看见外面万事大吉，就揽着女孩往回走，女孩嘴里说着什么。肯定是说，那白胡子老头真厉害。

胖老头说，广场上怎么跟演电影似的？那卖山楂糕的和卖玩具的和解了？和解了，看那女人正帮忙把山楂糕插成一支大火炬。快餐店客流量如何，吃饭的人多吗？不多，但饭口总有人进去。胖老头讲，干餐馆一是味道二是卫生。干净舒服的环境很重要，他那个风味馆全部的浅色座椅浅色杯盘，当时他们的招牌菜是牛蛙小炒，红红的辣椒油，绿绿的青蒜苗，白嫩嫩的牛蛙腿，放在亮晶晶的盘子里，光看着就流口水。有个男人进门别的菜不要直接两份牛蛙小炒，嘴都吃肿了。

普普通通一扇窗，居然像从天而降的天神，带着配乐身披霞光，哈利路亚——哈利路亚，还撞什么墙？俩老头风景都看不够呢！风筝大半天没出现，瘦老头急，女孩病了还是发廊里活太多？胖老头问，那个白胡子老头还练太极吗？当然练，刚刚一个老太太赶鸭子似的把两个小男孩领到湖边，一个男孩拿石头往湖里扔，另一个拿石头往老头身上扔。老头怒斥轰赶，小孩子逃跑中摔倒大哭，老头抱着孩子和老太太走进中药房，白胡子老头应该是那里的坐堂大夫。胖老头说难怪他身体那么棒。

晚霞落到湖里，水面上红一半黑一半，几只鸭子在红与黑之间游荡，马路上行人和车辆你来我往，所有的行程都有他们的目的地。有人偷鸽子，瘦老头叫，戴鸭舌帽那个，你看他一边装模作样喂，一边迅速扭了脖子塞兜里。抓住他抓住他，可除了对床的胖老头谁能听见？胖老头说这家伙准是回去熬鸽子汤了，鸽子汤补肝壮肾活血化瘀……不过要说口感还是牛尾汤好，牛尾要在清水里泡半天，加上葱姜在锅里煮至奶白色，怎么也得煮两个多小时，然后放入山药和胡萝卜小火煮，牛尾汤也曾是他们风味馆里的招牌。瘦老头讲他那位做牛尾汤最拿手，刚结婚那阵几乎天天喝，好像少了这口觉都睡不踏实。

根据瘦老头要求，阿强和另一个护理员端来两份牛尾汤，瘦老头说，都赶上我那口子的手艺了，你也趁热喝！他催对床。护理员刚把碗端过去，胖老头便开始泄洪，哇啦哇啦各种污秽从嘴里喷薄而出，床上顿时一片汪洋。瘦老头皱着眉头骂，好好一顿牛尾汤全让老东西给恶心了……

看，女孩又出来放风筝了，她今天穿了一件淡粉色连衣裙，裙摆上还挂着不少穗子，她拉着线绳在广场上跑，裙摆就在风里飘呀飘！对面飘来一股臭气，该死的胖老头！真他妈煞风景！老东西这一阵嚷着吃豆，牙床硌破他就天天喝豆粉，噗噗的，让瘦老头挨了不少熏。

瘦老头说快餐店门前支起一口黑锅，这是要在外面炒菜？快餐店肯定是炸油条，生意冷清增添新项目，胖老头判断。炸油条也讲技巧……一说吃你就来劲，瘦老头没好气！

斑马线那儿有人老老实实等着，有人则不要命似的往前冲，一个送外卖的小子骑电动车差一点就和对面的出租来个顶头碰，司机下车朝着背影追了几步返回去……胖老头说出租车净挣黑心钱，他和老伴在海南曾被宰了一百多。

该吃晚饭了，广场上很安静，那白胡子老头挑着扁担在湖里打了两桶水，然后用瓢往花坛里泼，瘦老头说这家伙能活到两百岁，胖老头说他是怕花渴。这么说着胖瘦老头就觉得嗓子紧紧的，便按电铃要水喝……

阿强来关窗子，下雨了，他指指天又指指外面。瘦老头脑袋放在窗台上誓死捍卫，连续下了几天雨瘦老头都不让关。他病了，感冒发烧还咳嗽！医生给打了针吃了药，他仍旧坚持让把床摇上去。胖老头问，下雨天外面有啥看头？瘦老头不语。有人进快餐店吗？胖老头说，我那风味馆，别说下雨，下刀子都挡不住人。瘦老头始终不讲话，连眼神都懒得拐弯。胖老头开始后悔自己晚来几日，不然外面的广场现在属于他……

夜里胖老头让对面排山倒海的咳嗽惊醒，他一只手伸向电铃，听见瘦老头断断续续说，风筝，那风筝挂树上了。瘦老头胸口一团恶气往上冲，呼噜呼噜……来势凶猛……呼噜呼噜……他在黑暗中瞪大眼睛……

天晴了，太阳出来了，瘦老头被抬出去了。胖老头要求换到靠窗的位置上。窗外是一堵残墙，灰暗且破败，墙角那儿一棵老槐树上挂着个破风筝，拖着一条肮脏的尾巴。胖老头还看见远处有个梳大辫子的姑娘，一手托着风筝，一手托着围巾，那围巾下面有条口子，他感觉哪儿像刀割一样往外滴着血……

张鲁镭，女，中国作家协会会员，辽宁作协理事，大连作家协会主席团成员。鲁迅文学院第二十届高研班学员。大连戏剧创作室二级作家，辽宁文学院签约作家。曾在《人民文学》《北京文学》《青年文学》等杂志发表作品。小说集《小日子》入选 2008 年“21 世纪文学之星”丛书，另出版小说集《美丽鞋匠铺》《清凉歌》。多篇作品被《小说选刊》《中华文学选刊》《作品与争鸣》等刊转载。

仙　症

郑　执

1

倒数第二次见到王战团，他正在指挥一只刺猬过马路。时间应该是2000年的夏天，也可能是2001年。地点我敢咬定，就在二经街、三经街和八纬路组成的人字街的街心。刺猬通体裹着灰白色短毛，幼小的四肢被一段新铺的柏油路边缘粘住。王战团居高临下站在它面前，不踢也不赶，只用两腿封堵住柏油路段，右臂挥舞起协勤的小黄旗，左臂在半空中打出前进手势，口衔一枚钢哨，朝反方向拼命地吹。刺猬的身高瞄不见他的手势，却似在片晌间读懂了那声哨语，猛地调转它尖细的头，一口气从街心奔向街的东侧，跃上路牙，没入矮栎丛中。王战团跟拥堵的街心被它甩在烈日下。

我从出租车上下来时，哨声已被鸣笛淹没，王战团的腮帮子却仍鼓着。两个老妇人前后脚扑上前，几乎同时扯住了王战团的后脖领子，抢哨子跟旗的是女协勤，抢人那个，是我大姑。有人报了警，大姑在民警赶来前，把她的丈夫押回了家。

王战团是我大姑父。

目睹这一幕那年，我刚上初一，或者已经上初二。跟妻子Jade订婚当晚，我于席间向她一家人讲起这件事，Jade帮我同声传译成法语，坐在她对面的法国母亲Eva几次露出的讶异表情都迟于她丈夫。Jade的父亲就是中国人，跟我还是老乡，二十多岁在老家离了婚，带着两岁的 Jade 来到法国打工留学，不久后便结识了 Eva 再婚。Jade 再没见过她的生母。中文是父亲逼她学的，怕她忘本。那夜的晚餐在尼斯海边一家法餐厅，微风怡人。我和 Jade 相识，发生在我第一次到尼斯做背包客时偶然钻进的一家酒吧里。当时她跟两个女友已经醉得没了人样儿，我见她是中国人样貌，主动上前搭讪，想不到她操起家乡口音的中文跟我攀谈时，惊觉彼此竟出生在同一座城市，甚至在同一间妇幼医院。我说，这是命，我从小信这个。Jade 说，等下跟我回去，我自己住。三个月后，我们闪婚。

订婚那夜我喝醉了，Jade 挽着我回到酒店。我一头栽进床之际，她突然说，你讲的我不信。我问为什么，Jade 说，我不信城市里可以见到刺猬。我说，那是因为你两岁就离开老家，老家的一切对你都是陌生跟滑稽的，说起来都订婚了你还没见过我父母，我签证到期那天，跟我一起回去吧。Jade 继续说，每年夏天她一家人都会去法国南部的乡下度假，刺猬在法国的乡下都没见过，中国北方的城市里凭什么有，况且还是大街上？我急了，就是有，不光有，我还吃过一只。Jade 要疯了，你说什么？你吃过刺猬？你一喝醉就口吃，我听不清。你说那种浑身带刺的小动物？我说，对，我吃过，跟王战团一起，我大姑父。刺猬的肉像鸡肉。

2

我降生在一个阴盛阳衰的家族里，我爸是老儿子，上面三个姐姐。上辈人里，外姓人王战团最大，1947 年生人，而我是孩子辈里最小的，比王战团整整小了四十岁。记忆里第一次能指认出王战团是大姑父，大姑父就是王战团，是我三岁，刚上幼儿园的那年。一天放学，我爸妈在各自厂里加班加点赶制一台巨型花车的零部件，一个轮胎厂，一个轴承厂。而我奶忙着在家跟邻居几个老太太推牌九，抽旱烟，更不愿倒空儿接我，于是指派了王战团来，当天他本来是去给我奶送刀鱼的。

我迎面叫了一声大姑父，他点点头。王战团高得吓人，牵我手时猫下半截腰，嗓音略低沉地说，别叫大姑父，叫大名，或者战团，我们连长都这么叫我。我说，我爸不能让，直呼长辈姓名不礼貌。王战团说，礼貌是给俗人讲的，跟我免了。他又追了一句，王战团就是王战团，我娶了你大姑，不妨碍我还是我，我不是谁的大姑父。我问，你不上班啊？我爸妈都上班呢，我妈说我奶奶打麻将也等于上班。王战团笑笑，没牵我的那只手点燃一根烟，吸着说，我当兵，放探亲假呢。我说，啊，你当什么兵？王战团说，潜艇兵，海军。你舌头怎么不利索？

一路上，王战团不停给我讲着他开潜艇时遇见过的奇特深海生物，有好几种大鱼，我都没记住，只记得一个名字带鱼但不是鱼的，×× 大章鱼，多大呢？比潜水艇还大。王战团说，那次，水下三千八百多米，那只大章鱼展开八只触手，牢牢吸附住他的潜水艇，艇整个立了起来，跟冰棍儿似的，舱内的一切都被掀翻了，兵一个摞一个地滚进前舱，你说可不可怕？我说，不信。王战团说，有本小说叫《海底两万里》，跟里面讲的一模一样，以前我也不信，书我回家找找，下次带给你。法国人写的，叫凡尔赛。我说，你咋不开炮呢？王战团一包烟抽光了，说，潜艇装备的是核武器，开炮，太平洋里的鱼都得死，人也活不成。我说，不信。

当天回到我奶家的平房，天已经黑了。旱烟的土臭味飘荡整屋，我饱着肚子想吐。一看钟八点多，我放学时间是四点半。我妈已经下班回来，见我跟王战团进门，上前一把将我夺过，说，大姐夫，三个多点儿，你带我儿子上北京了？王战团还笑，说，就青年大街到八纬路兜了五圈儿，咱俩一人吃了碗抻面。我妈说，啥毛病啊，不怕把孩子整丢？王战团说，哪能呢，手拽得可紧了。我奶正在数钱，看精神面貌没少赢，对王战团说，赶紧回家吃饭去，我不伺候。王战团背手在客厅里晃悠一圈儿，溜出门前回头说，妈，刚才说了，我吃了碗抻面，刀鱼别忘冻冰箱。他前脚走，后脚我妈嚷嚷我奶，妈，你派一个疯子接我儿子，想要我命？我奶说，不疯了，好人儿一个，大夫说的。

后来我才得知，我妈叫王战团疯子，就是字面意义上的，精神病。王战团是个精神病人。他当过兵不假，海军，那都是他三十岁前的事儿了，病就是在部队里发的，组织只好安排他退伍，转业进了第一飞机制造厂当电焊工，在厂里又发一次病，领导不好开除，又怕瘆着同事，就放了他长假养病，一养就是十五年，工资照发，老厂长都死了也没断。发病十五年后，我大姑才第一次领王战团正经看了一次大夫，大夫说，可治可不治，不过家人得多照顾情绪，轻重这病都去不了根儿。

大年初二是家族每年固定的聚餐日，因为三十当晚三个姑姑都要跟婆家过，只有我跟爸妈陪我奶。在我的记忆中，初二饭桌上，连孩子说话都得多留意，少惹王战团，越少说话越安全。我爸订饭店，专找包房能唱歌的，因为王战团爱唱歌，攥着麦克不放，出去上厕所也揣兜里，生怕被人抢了，其实哪有人敢跟他抢。唱起歌时的王战团高兴，对大家都安全。王战团天生好嗓，主攻中低音，最拿手的是模仿杨洪基跟蒋大为。除了唱歌，他还爱喝酒，爱写诗，象棋下得尤其好。他写的诗我看过，看不懂，都跟海有关。喝酒更能耐，没另两个姑父加我爸劝，根本不下桌。每年喝到最后，我爸都会以同一句压轴儿，还叫啥主食不？饺子？一家老小摇头，唯独王战团接茬儿，饺子来一盘也可以，三鲜的。说完自己握杯底敲下桌沿儿，意思跟自己碰过了，也不劝别人。我爸假装叫服务员再拿菜单来的空当，大姑就趁机扣住王战团杯口说，就你缺眼力见儿，别喝了。一瞬间，王战团的眼神突然大变，扭脸盯着大姑，眼底会涌出暗黄色，嗓音很低地说，没到位呢，差一口。每当这一幕出现，一家老小都会老老实实地作陪，等他把最后一口酒给喇完。

反而是在大年夜，我奶跟我爸妈说起最多的就是王战团。我奶说，秀玲为啥就不能跟他离婚？法律不让？我妈说，法是法，情是情，毕竟还有俩孩子，说离就离啊。王战团第一次在部队里发病的故事，每年三十我都听一遍。他十九岁当兵，躲掉了下乡，但没躲掉运动。运动闹到中间那两年，部队里分成两派，王战团不想站队，得罪谁都不是。最后把自己憋屈病了。

3

我大姑去旅顺港接王战团的时候，挺着六个月的大肚子。王战团当兵的第四年跟我大姑经媒人介绍结婚，婚后仍旧每半年回家一次。当他再次见到大姑的第一句话就问，秀玲啊，我说梦话吗？大姑不语，挽起王战团的胳膊，按着脖领子并排给指导员鞠躬。指导员说，真不赖组织。大姑说，明白，赖只赖他自个儿心眼儿小。指导员说，回家也不能放弃自我检讨，信念还是要有。大姑说，明白。指导员说，安胎第一。大姑说，谢谢领导。

两个人的大儿子，我大哥王海洋三岁时，王战团在一飞厂险些当选小组长。他的病被厂长隐瞒了。

王战团与小组长失之交臂的那天，正在焊战斗机翼，忘记戴面罩上阵，火星崩进眼睛，从梯子上翻落，醒过来时就不认人了，嘴里又开始叨咕，不应该啊，不应该啊。再看人的时候眼神就不对了，好像有谁牵着线吊他的两个眼珠子，目光不会拐弯儿了。我大姑去厂里接他的时候又是大着肚子，怀的是我二姐。

我问过大姑，当初为什么没早带王战团去看大夫。大姑说，看了就是真有病，不看就不一定有病，是个道理。道理都懂，其实大姑只是嘴上不愿承认，她不是没请过人给王战团看病，一个女的，铁岭人，跟她岁数差不多，外人都叫赵老师。直到多年后赵老师给我看事儿时，我才听说了马仙的名号，家里开堂口，身上有东西，能走阴过阳。

在我出生前的十五年里，王战团的病情时好时坏，差不多三四年反复一回。大部分时间里，他每天在家附近闲逛，用我大姑上班前按日配给的零花钱买两瓶啤酒喝，最多再够买一包鱼皮豆。中午回家热剩饭吃，晚饭再等我大姑下班。王海洋没上幼儿园以前，白天都扔给我奶。王战团的父母过世早，没的指望了。我奶的言传身教导致王海洋自幼懂看牌九，长大后玩麻将也是十赌九赢。后来他早早被送去幼儿园，王海鸥又出生，白天还得我奶带着，偶尔有二姑三姑替手。我奶最不亲孩子，所以总是骂王战团，骂他的病。夏天，王战团花样能多一些，有时会窝进哪片阴凉下看书，状态好的时候，甚至能跟邻居下几盘棋。王战团也算有个绝活儿，就是一边看书一边跟人下棋。那场面我见过一次，在我奶家回迁的新楼楼下，他双手捧一本《资治通鉴》，天热把拖鞋甩了，右脚丫子搁棋盘上，用脚大拇指头推棋子儿，隔两分钟乜斜一眼棋，继续看书。书翻完，连赢七盘，气得邻居老头儿把棋盘掀了，破口大骂，全你妈臭脚丫子味儿。王战团不生气，穿好拖鞋，自言自语说，应该吗？不应该。

赵老师第一次来给王战团看事儿，是我二姐满月后。日子没出正月，大姑在我奶家平房里简单张罗了一桌，都是家里人，菜是三个姑姑合伙炒的，我爸那年十六，打打下手。王战团当天特别兴奋，女儿被他捧在怀里摇了一下午，到了晚上第二顿，二姑三姑都走了，王战团说想吃饺子。我奶说，不伺候。大姑说，想吃啥馅儿。王战团说，猪肉大葱。大姑说，猪肉有，咱妈从来不囤葱。我爸说，我去跟邻居要两根儿。王战团抢先起身，说，我去，我去。

大姑站着和面时，小腿肚子一直攥筋。王海洋说，妈，房顶有响儿，是野猫不？大姑放下擀面杖说，我得看看，两根葱要了半个点儿，现种都长成了。刚拉开门，我奶的一个牌搭子老太太正站在门外嚷，赶紧出来看吧，你家王战团上房揭瓦了。一家老小跑出门口，回首一瞧，自家屋顶在寒冬的月光下映出一晕翡翠色，那是整片排列有序的葱瓦，一层覆一层。王战团站在棱顶中央，两臂平展开来，左右各套着腰粗的葱捆。葱尾由绿渐黄的叶尖纷纷向地面耷拉着，似极了丰盛错落的羽毛。那是一双葱翅。王战团双腿一高一低的站姿仿若要起飞，两眼放光，冲屋檐下喊，妈，葱够不？我奶回喊，你给我下来！王战团又喊，秀玲，女儿的名字我想好了，叫海鸥，王海鸥。大姑回喊，行，海鸥就海鸥了，你给我下来！王战团造型稳如泰山。十几户门口大葱被掠光的邻居们都已聚集到我奶家门口，有人附声道，海洋他爹，海鸥她爹啊，你快下来，瓦脆，别跌了。我爸这边已经开始架梯子，要上去迎他。王战团突然说，都别眨眼，我飞一个。只见他踏在前那条腿先发力，后腿跟上，脚下腾起瓦片间的积灰与碧绿的葱屑，瞬间移身至房檐边缘，胸腹一收力，人拔根跃起，在距离地面三米来高的空中，猛力扑扇几下葱翅，卷起一阵泥草味的青风，迷了平地上所有人的眼。当众人再度睁开眼时，发现王战团并非一条直线落在他们面前，而是一条弧线降在了他们身后。我爸挂在梯子上，抬头来回地找寻刚刚那道不可能存在的弧线，嘟囔说，不应该啊。

这场复发太突然，没人刺激他，王战团是被章丘大葱刺激的。我奶再次跟大姑提出，将王战团送去精神病院，大姑不用想就拒绝了。我三姑说，大姐，我给你找个人，我插队时候认识的，绝对好使。大姑问，多钱？三姑说，当人面千万别提钱，犯忌。大姑说，知道了，先备两百，不够再跟妈借，你说这人哪个单位的？三姑说，没单位，周围看事儿。

赵老师被我三姑从铁岭接来那天，直接到的我奶家。我奶怀里抱着海鸥。我爸身为独子，掌事儿，得在。再就是我三个姑姑，以及王战团本人，他不知道当天要迎接谁。赵老师一走进屋，一句招呼都没打，直奔王战团跟前，自己拉了把凳子脸贴脸地坐下，盯着他看了半天，还是不说话。三姑在背后对大姑悄声说，神不，不用问就知道看谁。那边王战团也不惊慌，脸又贴近一步，反而先开口说，你两只眼睛不一般大。赵老师说，没病。大姑说，太好了。赵老师又说，但有东西。我奶问，谁有东西？赵老师说，他身上跟着东西。三姑问，啥东西？赵老师说，冤亲债主。二姑问，谁啊？赵老师不再答了，继续盯着王战团，你杀过人吧？我爸坐不住了，扯啥犊子呢，我大姐夫当兵的，又不是土匪。赵老师说，别人闭嘴，我问他呢，杀没杀过人？王战团说，杀过猪，鸡也杀过，出海时候天天杀鱼。赵老师说，老实点儿。王战团说，你左眼比右眼大。赵老师，你别说了，让你身上那个出来说。王战团突然不说话了，一个字再没有。我爸不耐烦了，到底有病没病？赵老师突然收紧双拳，指关节顶住太阳穴紧揉，不对，磁场不对，脑瓜子疼。三姑说，影响赵老师发挥了。大姑问，那咋整？赵老师说，那东西今天没跟来，在你家呢。大姑说，那去我家啊？赵老师忍痛点头，又指着我爸说，男的不能在，你别跟着。王战团这时突然又开口了，说，海洋在家呢，也是男的。赵老师起身，说，小孩儿不算。

大姑家住得离我奶家最近，隔三条街。一男四女溜溜达达，王战团走在最前面引路。到了大姑家，王海洋正在堆积木，被二姑拉到套间的里屋，关上门。赵老师一屁股坐进外屋的沙发，王战团主动坐到身边，说，欢迎。赵老师瞄着墙的东北角，说，就在那儿呢。三姑问，哪儿呢？谁啊？赵老师说，你当然看不见，这屋就我跟他能见着。赵老师对身边的王战团说，女的，二十来岁，挺苗条的，没错吧？王战团又开始不说话了。赵老师对我大姑说，好好问问你老头儿吧，他手上有人命，现在人家赖上他不走了，你俩进屋研究，研究明白再出来跟我说，我就坐这等着，先跟债主唠唠。

大姑领王战团进了屋，关紧了门。二姑跟三姑在外面，大气不敢喘，站在那儿看赵老师对墙角说话，声调忽高忽低。你走不走？知道我是谁不？两条道给你选，不走，我有招儿治你，想走就说条件，我让他家尽量满足。二姑三姑冷汗一身身地出。也不知过了多久，里屋的门开了，大姑自己走了出来。赵老师问，唠明白没？大姑说，唠明白了。赵老师说，有人命吧？大姑说，不是他杀的，间接的。赵老师，对上了吧？大姑说，都对上了。三姑对二姑说，还是厉害。赵老师说，讲吧，咋回事儿？大姑坐到赵老师身边，喝了口茶水，说，他跟我结婚以前处过一个对象，知识分子家庭，俩人订下婚约，他就当兵去了。1967 年，女方她爸被斗死了，她妈翻墙沿着铁路逃跑，夜黑没看清火车，人给轧成两截了。赵老师说，债主还不止一个，我说脑瓜子这疼呢。大姑继续说，那女的后来投靠了农村亲戚，再跟战团就联系不上了，过了四五年，不知道托谁又找到战团，直接去军港堵的，当时我俩已经结婚了，那女的又回农村，嫁了个杀猪的，天天打她，没半年跳井自杀了。大姑又喝了一口茶水，二姑跟三姑解汗缺水，轮着递茶缸子。赵老师问，哪年的事儿？大姑说，他发病前半年。赵老师说，这就对了，你老头儿没撒谎？大姑说，他不会撒谎。赵老师说，一家三口凑齐了，不好办啊，主要还是那女的。大姑说，还是能办吧？赵老师说，那女的姓名、八字，有吗？大姑说，能问，他肯定记着。赵老师说，照片有吗？大姑点头，起身进屋，门敞着，王战团正坐在床边，给王海洋读书，《海底两万里》，大姑把书从他手中抽起，来回翻甩，一张二寸黑白照跌落地上，大姑捡起照片，走出来递给赵老师看。赵老师说，就是她。三姑问，能办了吗？赵老师说，冤有头债有主，主家找对就能办。大姑嘘一口气，转头看里屋，王战团从地上捡起那本《海底两万里》，吹了吹灰，继续给王海洋读，声情并茂，两只大手翻在面前，十指蜷缩，应该是在扮演章鱼。

4

赵老师第二次到大姑家，带来两块牌位，一高一矮。矮的那块，刻的是那位女债主的名字，姓陈。高的那块，名头很长：龙首山二柳洞白家三爷。赵老师指挥大姑重新布置过整面东墙，翘头案贴墙垫高，中间放香炉，后面立牌位，左右对称。赵老师说，每日早中晚敬香，一牌一炷，必须他自己来，别人不能替。牌位立好后，赵老师做了一场法事，套间里外撒尽五斤香灰，房子的西南角钻了一个细长的洞，拇指粗，直接通到楼体外。一切共花费三百块，其中一百是我奶出的。那两块牌位我亲眼见过，香的味道也很好闻，没牌子，寺庙外的香烛堂买不着，只能赵老师定期从铁岭寄，十五一盒。那天傍晚，赵老师赶车回铁岭前，对大姑说，有咱家白三爷压她一头，你就把心揣肚里吧。记住，那个洞千万别堵了，没事多掏掏，三爷来去都打那儿过。全程王战团都很配合，垫桌子，撒香灰，钻墙眼儿，都是亲自上手。赵老师临走前，王战团紧握住她的手说，你姓赵，你家咋姓白呢？你是捡的？赵老师把手从王战团的手里抽出，对大姑说，要等全好得有耐心，七七四十九天。

我出生到王战团死的后十五年里，我只亲眼见他发过两次病，加上我不在的前十五年，前后三十年的病史中，王战团没伤过人也没伤过己，绝对算得上是精神病里的先进个人。尽管如此，各家大人还是不肯让自己的孩子跟王战团多接触，唯独我偶然成例外。1998 年夏天，我爸妈双双下岗。我爸撺掇另一个下岗的发小儿合伙开家小饭馆，租门脸，跑装修，办营业执照，每天不着家。我妈求着在市委工作的二姑父帮忙找活儿干，四处登门送礼，于是我整个暑假就被扔在我奶家，王战团平日没事儿最爱往我奶家跑，离得近。有时他就坐厅里看几个老太太推牌九，那时他被大姑逼着戒烟，忍不了烟味时就拎本书下楼，脚丫子上阵赢老头儿棋。我奶当他隐形人，老头儿视他眼中钉。我跟王战团就是在那个夏天紧密地来往着。有一天，我奶去别人家打牌，他进门就递给我本书，《海底两万里》。王战团说，你小时候，我好像答应过。我摩挲着封面纸张，薄如蝉翼。王战团说，写书的叫凡尔纳，不是凡尔赛，我嘴瓢了，凡尔赛是法国皇宫。我问，啥时候还？王战团说，不用还，送你。我说，电视天线坏了，《水浒传》重播看不成了。王战团说，能修。我说，你修一个。王战团说，我先教你下棋。我说，我会。王战团随即从屁兜里掏出一副迷你吸磁象棋，记事本大，折叠棋盘，码好棋子，摊掌说，你先走。我说，让仨子儿。王战团说，不行。我说，那不下了。王战团说，最多两个。我闷头思索到底是摘掉他一马一车，还是两个车，再抬头时，王战团正站在电视机前，掰下机顶的 V 字天线，嘴叼着坏的那根天线头使劲往外咬。我说，这能好？王战团说，就是被灰卡住了，抻顺溜儿就行了。他嘴里叼着天线坐回我对面，一边下棋一边咬，用好的那根天线推棋子。王战团说，去年没咋见到你？我说，我上北京了。王战团说，上北京干啥？我说，治病。王战团说，捋你那舌头？我说，不下了。王战团再次起身把天线装回电视机顶，按下开关，电视画面历经几秒钟的雪花后，恢复正常。王战团说，修好了。我说，也演完了。王战团说，你看见那根天线没有，越往上越窄，你发现没？我说，咋了？王战团说，一辈子就是顺杆儿往上爬，爬到顶那天，你就是尖儿了。我问他，你爬到哪儿了？王战团说，我卡在节骨眼儿了，全是灰。我不耐烦。王战团说，你得一直往上爬，这一家子，就咱俩最有话说，你没觉出来吗？虽然你说话费劲。

1998 年的夏天结束，我爸跟发小儿的饭馆开张，意外地红火。我妈也有了新的工作，在妇联的后勤办公室做临时工看仓库，虽然没五险一金，仍比在厂里挣得多。小家日子似乎舒服起来，我更没理由把夏天里跟王战团交往过密的事告诉他们。同年秋天，我第一次亲眼见证王战团发病。时间是在中秋节后，刺激来自女儿王海鸥和她男朋友。那个男的叫李广源，是王海鸥在药房的同事，抓中药的，比她大八岁，离过婚，没孩子，但王海鸥还是大姑娘，之前从没谈过恋爱。李广源十八九岁起就混舞场，白西裤，尖头儿黑皮鞋，慢三快四，搂腰掐臀行云流水，不少大姑娘都被他跳家里去了。王海鸥生得白，高，小脸盘，大眼睛，基本都随了王战团。她天生性子闷，别说跳舞，街都不逛，下班就回家，最大的爱好是听广播。我大姑后来要找李广源拼命时怎么都想不到，他的突破口竟然是王战团。起先李广源约过好几次王海鸥跳舞，王海鸥最后拒绝得都腻了，直说，我爸是精神病，都说这病遗传。李广源说，能治。王海鸥问，你说我？李广源说，我说你爸，我给你爸抓几服药，吃半年就好，以前我太奶跟你爸得的一样毛病，那叫癔症，吃了我几服药，多少年都没犯。王海鸥说，我爸在家烧香，拜大仙，仙家不让吃药。李广源说，那是迷信，咱都是受过教育的，药归我管，不用你掏钱。

王海鸥真把李广源开的药偷偷给王战团喝。李广源在药房先熬好，凉凉装袋，王海鸥再拿回家，温好了倒暖壶里，骗我大姑说是保健茶，哄王战团喝了半年。半年里，王海鸥跟李广源好了，李广源真的为她戒了舞，改打太极拳。一天，王海鸥隔着柜台对李广源说，我怀孕了。李广源说，等着，我给你抓服药，补气安胎的，无副作用。王海鸥说，跟我回家见父母吧。李广源说，好，下班我先回家一趟，裤线得熨一下，你爸喝药有反应吗？王海鸥说，一直没犯。李广源说，那就好。

李广源一进家门，我大姑就认出他来，一见俩人手拉手，二话没有，转头进厨房握着菜刀出来，吓得李广源拉起王海鸥掉头跑了。大姑气得瘫在沙发上喘粗气，菜刀还握着。王战团仍在上香，跟白三爷汇报日常，嘴里念着，我的思想问题已经深刻反省过，现在觉悟很高，随时可以登船。大姑说，你跟这拜指导员呢？可闭嘴吧。当晚王海洋也在家，他当了公交车司机，谈过一个三年的女朋友，分手后一直耍单，住家里。王海洋问，妈，那男的谁啊？大姑说，一个老流氓，你妹废了。王海洋说，他家住哪儿，我撞死个 × 养的。大姑说，你也闭嘴吧，你妹都搭进去了，你不能再搭进去，明天我去药房找他唠唠。

第二天一大早，大姑鼓着气出了家门，包里装着菜刀，可不到中午人就回来了，气也瘪了。王战团问，你咋了？大姑说，是你女儿咋了，怀人家孩子了，晚了。王战团问，怀谁的孩子了？大姑说，昨晚来家里那男的，海鸥药房的同事，叫李广源。王战团说，我去看看。大姑说，老实待着吧你，腿都烂了。那段时间，王战团右腿根儿莫名生出一块恶疮，抹药吃药都不管用，越来越大，严重到影响走路，多少天没下过楼了。但王战团坚持说，我去，我去。大姑没理他。

第三天傍晚，快下班时，药店迎来了一瘸一拧的王战团。王海鸥不在，李广源主动打招呼，叔来了。王战团说，叫我大名，我叫王战团，海鸥呢？李广源说，请假了，在我家躺着呢，不敢回家。王战团说，我喝的茶你给的？李广源说，是，感觉咋样儿？王战团说，挺苦。李广源说，良药苦口。王战团说，你怕我不？李广源说，为啥要怕？王战团说，他们都怕我。李广源说，我不怕。王战团说，海鸥真怀孕了？李广源说，快四个月了。王战团说，你觉得应该吗？李广源说，应该先见家长，是我不对。王战团说，将来能对海鸥好吗？李广源说，能。王战团说，答应好的事做不到，是会出人命的，这方面我犯过错误。李广源说，我不会。王战团说，打算啥时候结婚？李广源说，父母得同意，我爹妈不管。王战团说，下礼拜，一起吃个饭。李广源说，我安排。王战团转身要走，瘸腿才被李广源看见。李广源说，叔，你腿咋的了？王战团说，大腿根儿生疮，咋都治不好，我怀疑还是思想有问题。李广源说，我看过一个方子，刺猬皮肉，专治恶疮，赶明儿我给你弄。

回家一路上，王战团瘸得很得意。来到家楼下，又赢了邻居三盘棋才上楼。大姑问，你上哪儿去了？王战团说，去找李广源唠唠。大姑说，你还真去啦？唠啥了？王战团说，唠明白了。大姑说，咋唠的？王战团说，下个月办婚礼。大姑猛地起身，再次手握菜刀从厨房出来，王战团，我他妈杀了你！

那场聚餐，李广源没订饭店，安排在了青年公园，他喜欢洋把式，领大家野餐。大姑用了一个礼拜终于想通，王海鸥肚里的孩子是底牌，底牌亮给人家了，还玩个屁，对家随便和。但她坚决不出席那场野餐，于是叫我爸妈代她出席，主要是替她看着王战团。我跟着去了，王海洋也在。王海鸥是跟李广源一起来的，两个人已经正式住在一起。青年公园里，李广源选了山前一块光秃的坡顶，铺开一张两米见方的蓝格子布，摆上鸡架、鸡爪、猪蹄、肘花、洗好的黄瓜跟小水萝卜，蒜泥跟鸡蛋酱分装在两个小塑料袋里，还有四个他自己炒的菜，都盛在一般大的不锈钢饭盒里，铺排得有条不紊，一看就是利整人。李广源先给我起了瓶汽水，说，喝汽水。我爸说，广源是个周到人。李广源说，听说今天老叔家带孩子来，汽水得备，海鸥也不能喝酒。李广源又问我妈，婶儿喝酒还是汽水？我妈说，汽水就行，我自己来。李广源给王战团、我爸、王海洋，还有自己起了四瓶雪花，领头碰杯说，谢谢你们成全我跟海鸥，从今往后咱就是一家人了，我先干为敬。李广源果真干了一瓶，自己又起一瓶，说，今天起我就改口了，爸，你坐下。王战团从始至终一直站着，因为腿根儿的恶疮又毒了，疼得没法盘腿。王战团说，站得高看得远。李广源又单独敬王海洋，说，哥。王海洋说，你他妈比我还大呢。李广源说，辈分不能乱。王海洋还是不给面子，李广源又自己干了一瓶。王海鸥终于说了句话，你慢点儿。

饭吃得无声无响。只有我妈主动跟李广源交流过几句，珍珠粉冲水喝到底能不能美白。我被遗忘在一边，时间不知道过了多久，王战团忽然从背后牵起我的手，低声说，逛逛去。我起身被他领着朝不远处的后山走，中间回了一次头，好像没有人发觉我俩已经消失。我突然想起三岁那年，王战团接我放学，牵我的手他还得猫腰。如今他的腰杆笔挺，但腿又瘸了。没走几步，两人已经置身一片松林中。几只麻雀的影子从我两腿之间穿过。王战团突然叫了一声，别动。他飞速脱下夹克外套，提住两个袖口抻成兜状，曲腿挪步，我还没看懂，他已如猫般跃扑向前，半跪到地上，死死按住手中夹克，下面有一个排球大的东西在动，他两手一收兜紧，走回来，敞开一个小口在我面前，说，你看。我平生第一次见到活的刺猬。他说，你摸一下。我伸手进去，掌心撩过它的刺尖，没有想象中扎。我问王战团，带回家能养活吗？王战团说，去多捡点儿树枝子。我问，它吃树枝？王战团说，它不吃，我吃。我照办。捧着枯枝回来时，王战团竟然在生火，地上被刨出一个坑，里面已经铺过一层枯叶，一簇小火苗悠悠荡荡地升起，越燃越大。当时他已经戒了烟，我实在想不到他用什么方法生的火。王战团说，放地上，一点点加。我掸了掸胸前泥土，问，刺猬呢？王战团指了指自己脚下的一个篮球大的泥团，说，里面呢。我以为他在开玩笑，刺猬在里面？你生火干啥？王战团说，烤熟吃。我受到惊吓，蹲坐在地上，说，你为啥要吃它？王战团说，它能治我的腿，下个月你二姐婚礼，我瘸腿给她丢人。我害怕了，但我无力阻止王战团，瞪眼看着土坑里那团火越燃越旺，泥团被王战团小心地压在燃着的枯叶上，持续在四周加枯枝做柴。太阳快要落山时，那伙麻雀又飞回来，落在头顶的松树枝上，聚众围观。王战团终于停止添柴，静待火星燃尽，用一根分杈的粗枝将外层已经焦黑的泥团顶出坑外，站起身，朝下猛跺一脚，泥壳碎如蛋皮，一股奇香追随着热气升涌而出，萦绕住一团粉白色的肉球，没有刺，没有四肢，更辨不出五官，它只是一团肉。王战团又蹲下，吹了吹，等热气散尽，撕下一块，递到我嘴边。我毫无挣扎，像丢了魂儿般，张开一半嘴，任由那块肉滑进我的齿间，嚼了一下，两下，第三下时，刚刚那股奇香从我的舌根一路蔓延至喉咙、胸肺、腹肠，最终暖暖地降在脐下三寸，返回来一个激灵，从大腿根儿抖到脑顶。王战团说，你没病，尝一口就行。他于是撕下一整块，放进嘴里嚼起来，再一块，又一块，很快，那团肉球只剩骨头。月光下，分明就是一副鸡骨架。

松林外，喊我跟王战团名字的几人声音越来越近。王战团两只手在后屁股兜蹭了蹭，牵起我的手。走向松林外的步伐，两个人都迈得很急。那一刻，我的魂儿仿佛才被拽回到自己体内，我抬头望着王战团棱角清晰的下巴，明白他是发病了。但他的腿应该真的好了。

5

王战团的恶疮不药而愈，王海鸥的婚礼却没如期举行，是王海鸥自己坚持不想办的。怀孕七个月，她跟李广源领了结婚证，我大姑才第一次放李广源进自己家门。孩子出生是女孩，就是我的大侄女。李广源给女儿取名李沐阳，寓意健康阳光。可惜新婚并没能给王战团冲喜，他的病情反而出现严重反复。沐阳出生后，王海鸥生了一场大病，奶水就此断了，我大姑干脆结束了半下岗状态，提前退休回家帮带孩子，好让王海鸥安心养病。她再没有多余的精力看着王战团了，由着王战团乱跑，香也不上了。后来邻居向我大姑举报，说王战团最近不下棋了，总往七楼房顶跑，探出一半身子向下望，下棋的人仰脖一看，楼顶有个脑袋盯着自己，瘆人极了，以为他要跳楼，一头杵死在棋盘上。大姑没招儿，再三有人劝她把王战团送进医院里住一段，起码有人看着，打针吃药。大姑反问，啥医院？你们说精神病院？做梦吧。我不要脸，海洋跟海鸥还要脸呢，他死也得死我眼皮子底下。

那么多年，大姑到底是筋疲力尽了，最终决定二请赵老师。她先给赵老师打手机，没等说话，那边先开口说，你电话一响我脑瓜子就疼，磁场有大问题，你老头儿是不是又犯病了？大姑说，你真神啊赵老师，这次犯病挺重，我怕出人命。赵老师说，我现在北京给人看事儿呢，过不去，就电话说吧。大姑说，这回他老琢磨跳楼。赵老师打断了说，别讲症状，讲事儿。大姑不懂，啥事儿？赵老师说，他肯定又干损事儿了，你心里没数吗？大姑说，哦，哦，我想想，对了，半年前，他抓了一只刺猬，烤着吃了。电话那头许久不响。大姑说，喂？信号不好？听筒突然传出一声尖吼，你等着死全家吧！大姑也急了，说，你不是修行人吗？咋这么说话！那头吼得更大声，你知道保你家这么多年的是谁吗！你知道我是谁吗！老白家都是我爹，你老头儿把我爹吃了！

大姑被骂呆了，里外转了一圈儿，打个电话的工夫，王战团又偷跑了。她也懒得再追了，回沙发摇外孙女睡觉。晚上，李广源来了，说海鸥想孩子了，今晚抱回去一宿。大姑说，广源，你知道白三爷是谁吗？你学中医的，我想你懂得多。李广源说，我第一次进咱家门就看见那俩牌位了，高的那个是白仙家。大姑说，白仙家到底是谁啊？李广源说，狐黄白柳灰，五大仙门，中间的白家，就是刺猬。大姑说，哦，刺猬是赵老师她爹。李广源说，谁爹？大姑摇摇头。李广源说，妈，以前我不是这个家的人，不好张口，现在我想说一句。大姑点点头。李广源说，我爸还是应该去医院。大姑说，我再想想。李广源说，牌位也撤了吧，不是正道儿。大姑说，要不也得撤了，你爸把人家爹给吃了。李广源说，啥？大姑说，广源啊，我明白了，你不是坏人。

那一回，大姑还是下不了狠心把王战团送给外人关起来，她选择自己将他软禁，大链子锁屋里干不出来，于是选择偷偷喂王战团吃安眠药，半把药片捣成粉末兑进白开水里，早晚各喂一杯。王战团乖乖喝了，成天成宿地睡，一天最多就醒俩小时，醒了脑仁也僵着，最多指挥自己撒两泡尿，吃一顿饭，然后继续栽回床上。如此一年多，王战团都没有再乱跑了，大年初二的家庭聚会也不出席。我奶都忍不住问大姑，王战团好久没来看我打麻将了，没出啥事儿吧？大姑说，老实了，挺好的。两岁的李沐阳已经会叫人了，爸爸，妈妈，姥姥，嘴可溜了，就是姥爷俩字练得少。每周日，李广源跟王海鸥带孩子回娘家一趟，李沐阳偶尔会突然冒出一句，姥爷呢？大姑说，姥爷累了，睡觉呢。李沐阳说，姥爷永远在睡觉。李广源说，妈，爸总这么睡不是个事儿啊，要不我给抓服药？大姑想了想，说，广源，有没有能让人睡觉的中药，副作用还小的？李广源说，都这样儿了，还睡？

安眠药的秘密，大姑本没打算告诉任何人，却在无意间被我得知。自从上回王战团牵着我消失在松林中，我爸妈明令禁止我再跟他来往，否则腿打折。然而我受到一股熟悉的力量驱使，在某个周六，独自来找王战团。

门虚掩着，我轻轻推开，王战团平躺在床上，没盖被，身子笔直且长，一双大脚与床根平齐。我走近了，一半身子贴着床边坐下。王战团的眼皮频繁地微微抖着，双唇有节奏地翕合，起先声音细弱，像是在说梦话，但又听不清。我悄声说，大姑父。大姑父说，来了？我一惊，本以为他睡熟了。我恢复到正常音量，说，来找你下棋。王战团也恢复到正常音量，说，一车十子寒，死子勿急吃。我听不懂，什么？王战团又重复了一遍，死子勿急吃。我听懂了，他念的是象棋心诀。我说，大姑父，棋我永远下不过你。王战团说，顺杆儿爬，一直爬到顶，就是人尖儿了。我说，别卡住了。王战团说，死子勿急吃。之后他的唇咬死了，一道缝儿也没再漏。我才醒悟，他确实是在睡觉，说的一直都是梦话。

6

婚后已经两周，到底去哪里度蜜月这件事，Jade 跟我始终没能达成共识。不办婚礼是我们共同做的决定，蜜月就更显弥足珍贵。那时她已随我回过老家，也见过了我的父母，还有我奶，我大姑，以及我二姑三姑和他们的儿孙，同堂四代人都把 Jade 当外国人看，可他们的样貌其实并无出入。我大姑已是全白头发，一直攥着 Jade 的双手不放，直接摘下自己右腕上戴了许多年的佛珠，顺势套在 Jade 手上，嘴里不停念着，好孩子，阿弥陀佛，阿弥陀佛。那次回来以后，Jade 变得对我家里的故事异常感兴趣，佛珠也一直没摘。她终于相信我没有撒谎，相信我真的吃过刺猬。我说，不然去斯里兰卡，听说是世外桃源，而且消费不贵，毕竟咱们预算有限。Jade 说，你大姑父，王战团，梦里说的那句心诀，到底是什么意思？我说，哪句？ Jade 说，死子勿急吃。我想了想该怎么组织语言，说，大概就是，有的子虽然还没死，但已经死了，不，是早晚会死，只要搁那不管就好了，不影响大局。Jade 说，你觉得王战团是在说他自己吗？我说，他只是在说梦话。Jade 说，有些人活着，但他已经死了；有些人死了，但他还活着。中学课本里的一首诗，我正在恶补呢。我说，你的中文进步神速，吓到我了。Jade 吻了我一口，说，就斯里兰卡吧。那里四面环海。

2003 年的秋天，我大哥王海洋死了。王海洋死于一场车祸，那本是平常的一天清晨，他驾驶一辆 237 路公交车，空车离开始发站，正常行驶到青年街路口时，被一辆载满砂石的重型卡车拦腰撞翻，人被砂石埋住，当场就没了。此前王海洋已经交到新女朋友，公交车售票员，大他三岁，两人已见过父母，但男方家只有我大姑出席，因为那时王战团终于被大姑送进医院，精神科病房。关于这件事，有两套说法。我爸称，我大姑那年摔伤了腰，照顾自己都困难，只能痛下决心。但据我妈讲，我大姑后来在外面有了相好的，实在没法再把王战团留在跟前。他俩说的，我都不信。

王海洋葬礼，王战团被两个白大褂直接从医院病房送到火化间门口，告别厅的仪式都没出席，是我大姑特意安排的。一家人哭得再无泪水盈余，王海鸥跟那个女售票员已经抽搐到双双无法站立，李广源一人扶起两个，王战团才到场。大姑说，战团，我是怕你受刺激，不敢叫你来，但我想了又想，不能不让你来，你要理解，阿弥陀佛。王战团点头，面无悲喜，目不转睛地盯着停尸台上被白布从头到脚覆盖住的儿子说，我再看一眼海洋。大姑说，别看了，模样都不在了。王战团坚持说，我看看，看看。他伸手要去揭盖面的白布时，身穿白大褂的殓导师上前挡住了他的手，叫了一声，大哥。王战团说，大夫，我没事儿。殓导师说，魂已西去，相留心中，放手吧。我不是大夫。终于，王战团在一众亲友的注目下，缓缓收起了手。殓导师独自推着白布下的王海洋，径直走向火化间的入口，那道门很窄，差一点把王海洋卡住。殓导师的白大褂跟王海洋身上的白布化作一体，一声高呼从那抹纯白中传回，西方极乐九万九！通天大路莫回头！

当王海洋化作一缕灰烟遁入云里时，王战团一直站在火葬场外仰头追看，没有人敢上前跟他说话。我不顾爸妈阻拦，独自走上前，对王战团说，大姑父，该走了，去烧纸。王战团的表情仍旧读不出，只默默跟在我身后。我放慢脚步，等他上来，牵起他的手，并排走在最后，我的身高马上要追上他。走在前面的人群一半是我的亲人，另一半是我不认识的王海洋单位的领导同事，他们不时回头看我俩，神情都很怯懦。但我没有跟他们对望过一眼。王战团说，得捡根棍儿，越长越好。我说，等下到了地方，肯定有别人留下的。王战团说，不要别人的，就要新的。我说，好，我办。

祭悼场人满为患，非家属站在场外不再跟进。一家人排队守住一个刚刚腾出来的烧纸位，半圆形的墙洞内，上一位逝者的冥钱还没有收完，火苗将熄。我大姑第一个上前，将自家带来的烧纸投进去，炉火续燃，我大姑哀号一声，儿啊，你走好！一家人的哭声再度响起，接下来是王海鸥跟李广源，然后是二姑一家，三姑一家，跟着我爸妈。我奶按规矩不能给隔辈人发丧，怕被带走没来。他们陆续向炉中添纸，说着差不多的悼语。王战团排在最后一个，快轮到他时，我正从外面回来，手中握着一根新折下的松树枝，笔直细长。王战团沉默地从我手上接过树枝，轮到他上前，一口气把剩下两摞烧纸全部丢了进去，刚刚烧得很旺的火一下子被闷住，他再用树枝伸进去捅，上下不停挑弄，火重新旺了回来，一发不可收拾。我站在王战团的身边，看着他专注地烧纸，火舌从墙洞口蹿出，两张脸被烤得滚烫，恍惚间，我闻到一股似曾相识的香气。我听见王战团在身旁说，海洋啊，你到顶了，你成仙了。

没人敢催促王战团，一家人安静地等待他亲眼见证了最后一丝火苗熄灭。守候在外的单位同事早已不耐烦。王海洋单位出了四辆公交车，返程时，差几位坐满。大姑坐在我身边，我靠在窗边。我问，大姑父呢？大姑说，他也该回去了。我顺着大姑的目光朝窗外看，不远处停着一辆白色面包车，王战团的背影正猫腰进车。车外，李广源给两个白大褂塞钱，看不清是多少。两名白大褂最后也上了车。车门拉上前的一瞬间，我忽然很想大声地喊一声王战团，或者大姑父。但我始终没能成功发出声音。王战团的身体被紧挨他的一个白大褂遮住，他的头扭向另一边的车窗外，没有让我看到他的表情。那是我最后一次见到王战团，我大姑父。

Jade曾问起，王战团是怎么死的？我说，他死在医院病房里，就在葬礼后的第二个月，突发心梗。早上护士给他盛粥的工夫，一扭头，脑袋已经杵在了窗台上，像在打瞌睡。Jade说，法国老人都很羡慕这种死法，毫无痛苦。我说，全世界人都一样。Jade问我，结婚以前你为什么没跟我说，你得过抑郁症的事？我说，怕你嫌弃。Jade说，其实你不用怕，但我很高兴你现在愿意告诉我。我说，我很抱歉。Jade 说，别这么说，不是你的错，其实抑郁症也不是真的，对吗？我说，不知道。Jade 问，你现在还恨你父母吗？我说，不存在恨。Jade 说，我也不恨我父母，他们离婚是明智的。我的生母没必要因为生了我，就做一辈子母亲。片刻沉默。Jade 突然说，不然我们不去斯里兰卡了，把钱省下来，回老家去买房交首付。我笑说，你越来越像个中国人了。Jade 说，嫁鸡随鸡，嫁狗随狗。我说，上次你带我去凡尔赛宫，我盯着墙上展出的一幅油画哭了。Jade 说，我记得，当时问你，你不说。我说，那幅画里有一片海，海上有一艘船，我想起了王战团。他其实从来都没当过潜艇兵，就在普通的战舰上，桅杆上打旗语的那个人。Jade 问，你怎么知道的？我说，他在自己的诗里写过，后来我跟大姑也确认过。Jade 问，诗里怎么写的？我说，王战团在诗里写道，船在他脚下前行，月光也被踩在脚下，他指挥着一整片太平洋。潜艇在前行时，是不可能见到月光的。

我想我可以确认，王战团指挥刺猬过马路那年，就是 2001 年，我十四岁，按年纪该念初二，却仍被卡在小学六年级。那天我本来是被爸妈逼着，去我大姑家见赵老师，求她帮我看事儿的。我天生患有严重的口吃，直到十岁那年，我因在学校里被同学嘲笑，愈发自闭，躲在家中不肯再上学，爸妈没办法，轮流请长假，开始带我到北京寻医问药，1997 年大半年里，我都在北京跟家之间奔波，在石景山的一间小诊所里，舌根被人用通电的钳子烫煳过，喝过用蝼蛄皮熬水的偏方，口腔含满碎石子读拼音表，一碗一碗地吐黑血。直到后来我已坦然接受自己一生要面临的耻辱时，我爸妈却已经折磨我成瘾，或者他们是乐于折磨自己。一年后，我回到学校，口吃丝毫没好转，反倒降了一级。原本成绩不错的我，因为厌学一落千丈，再度被迫留级一年。当我最初的同班同学已经是初二的中学生，我仍旧是个小学生。十四岁生日当天，我半只脚踏出我家六楼的窗台，以死相逼，才终于让我爸妈放弃对我的二度治疗。当我从窗台上下来的一刻，我决心再也不跟任何人讲话。我做了整整三个月的哑巴，任我爸妈及所有人如何诱逼，都没能再从我口中撬出一个字。我妈先是以泪洗面，哭烦之后带我去看心理医生，我当然更不可能对医生开口，他们便初步诊断我为抑郁症，但不说话根本没办法治疗。最终，还是在我三姑的引导下，我爸妈终于确信我得的是邪病，决心三请赵老师出马。赵老师要求，我父母不能在场，地点在我大姑家也是她选的，因为房子西南角那个洞还在，白三爷一样能来去自由。我妈把我送上出租车，跟司机说了两遍地址，付了车费，含泪目送我前往。车就快驶到我大姑家时，竟被王战团跟一只刺猬堵在了街心。

那一天，我大侄女李沐阳感冒，我大姑因为着急带外孙女去医院，早上忘记给王战团喂安眠药，才有了后来那一幕。王战团被我大姑押回家的路上，一直很欢腾，我下了出租车追上去。王战团笑着跟我打招呼，来了？我不语。王战团又说，舌头还没捋直？变哑巴了？我瞪着他，咬死了牙。

三人回到大姑家。一进门，香气缭绕，白家三爷的牌位重新被立上翘头案。赵老师我还是头一回见，她身披一件土黄色道袍，手持一柄短木剑。王战团仍旧很兴奋，主动说，哎呀，老朋友！赵老师剑指王战团，你与我白家血海深仇！别让我看见你！她又剑指我大姑，还有你！王战团笑了起来，说，今天我刚救了你家一口，我们能不能扯平了？赵老师大喊，孽畜！滚！王战团被我大姑强行拽进了里屋，跟自己一起反锁在门内。赵老师又剑指我，过来！给三爷跪下！又是那股力量，推着我，按着我，走过去，跪下，头顶是龙首山二柳洞白家三爷的牌位，咬紧牙关之际，后脑被猛敲了一记，只听赵老师站在我身后高呼，说话！我仍咬牙。木剑又是一击，说话！我继续咬牙。再一击更狠，我的后脑似被火燎，三爷在上！还不认罪！我始终不松口，此时里屋门内竟然传出王战团的呼声，我听到他隔门在喊，你爬啊！爬！爬过去就是人尖儿！我抬起头，赵老师已经站到我的面前。爬啊！一直往上爬！王战团的呼声更响了，伴随着抓心的挠门声。就在赵老师手中木剑即将击向我面门的瞬间，我的舌尖似乎被自己咬破，口腔里泛起久违的血腥，开口大喊，我有罪！赵老师也喊，什么罪！说！我喊，忤逆父母！赵老师喊，再说！还有！刹那间，我泪如雨下。赵老师喊，还不认罪！你大姑都招了！我喊，我认罪！我吃过刺猬！赵老师喊，你再说一遍！我重新喊，我吃过白家仙肉！赵老师喊，孽畜！念你年幼无知，三爷济世为怀，饶你死罪！

木剑竖劈在我脑顶正中，灵魂仿佛被一分为二。我感觉不出丝毫疼痛。赵老师再度高喊，吐出来！剑压低了我的头，晕漾在我嘴里的一口鲜血借势而出，滴滴答答地掉落在暗红色的地板上，顷刻间遁匿不见。一袋香灰从我的头顶飞撒而下，我整个人被笼罩在尘雾中，如释重负。我再也听不见屋内王战团的呼声了。许多年后，当我站在凡尔赛皇宫里，和斯里兰卡的一片无名海滩上，两阵相似的风吹过，我清楚，从此我再不会被万事万物卡住。

郑执，男，1987 年生于沈阳。代表作有《生吞》《我只在乎你》等。短篇小说《仙症》获 2018 年首届“匿名作家计划”大赛首奖。

发　生

蒋一谈

雨落下来，开始是凌乱的，后来变得有节奏了。他站在胡同口，默默看着几个工人站在烟囱顶端挥动铁锤，碎砖卷起的烟尘在雨雾里四散飘落。这根大烟囱是在他三十五岁那年竖起来的，如今三十四年过去了，街道和周围的建筑物变了又变，胡同也在变，那些临街的平房变成了一间间小商铺，而胡同里面那些老旧的房屋，等待着随时被拆除的命运。

去年春天的一个傍晚，他也是站在这个位置，两个二十岁左右的女生走过来，停下脚步，专注地望着烟囱。一个女孩说："顾城十二岁的时候写过一首《烟囱》的诗歌，你还记得吗？"另一个女孩说："记不全了。"问话的女孩轻声念道："烟囱犹如平地耸立起来的巨人/望着布满灯火的大地/不断地吸着烟卷/思索着一件谁也不知道的事情……"女孩眯起眼睛，若有所思地点点头。

几个老街坊走过来，一边说话，一边感叹。

"拆了烟囱，咱们这条胡同也快拆了吧……"

"还真舍不得。"

"住楼房也挺好的。"

"我不稀罕楼房，我愿意住在这儿。"

"听说，前面那个寺庙也会被拆掉。"

"不可能吧？"

"那座寺庙上百年了，我奶奶小时候就在里面烧香。"

“唉……”

“拆就拆吧，我们也拦不住。”

他在一旁听着，没有加入对话，心里有些伤怀。

雨更大了。他往房檐里面挪了挪身子。一个戴黄帽子的工人边抽烟边跟路人打趣：“这年头，啥事都有啊。刚才有个姑娘，想买从烟囱上拆下来的砖头，买七十二块，有零有整，我们工头要了她五百块钱。”工人龇着牙，伸出五根手指头，“这姑娘没还价。买这些旧砖头干啥啊！”

雨打湿了路面，现在正在慢慢溅湿他的鞋面，他只是看着，没有把脚缩回去。春天的雨是温润的。他伸出手，触碰着雨丝。他这样想，如果时间在这个季节停下来也是挺好的，时间停下来了，一切也都停下来了，大家也都安生了。

他叹了口气，眼神有些恍惚。三年前，妻子去世之后，他看待世界的眼神发生了明显的变化。他突然发觉自己老了，虚弱了，思维的能力被生生掠去了一大半。家里有三面镜子，一面在墙上挂了二十多年，一面放在桌上，一面摆在女儿的房间。他收起了桌上的镜子，放进了衣橱；那面固定在墙上的镜子，拆下来可能会裂掉，所以他尽可能视而不见——他不想在镜子里看见自己乱蓬蓬的头发和日渐衰败的脸。前年秋天，女儿出嫁后，家里只剩下了他一个人。女儿希望他把那间空房租出去，拿租金报名参加夕阳红旅行社，去外面散散心。女儿暗示过他，要是他还想找一个老伴，她会不太乐意，但也不会阻拦。他没有把空房租出去，也没有找老伴的心思，他只是想，女儿的房间在，屋里的摆设在，他什么时候想女儿了，可以打开房门进去坐一坐、看一看，这样会好受些。

昨天晚上，他一个人看电视剧，一个躺在病床上的垂死男人对女儿说：“人这一生，十年是一张，花一张少一张，我还没花完七张，老天爷就把我的账号给封了……”男人的话像一块大石头，堵住了他的胸口。他关了电视，坐在院子里，坐了很长时间，觉得自己就像一根孤独的干木头。人这一生，既无常又没意思。他抬起头，看着夜空的月亮，好像看见妻子临死前痛苦的脸。他现在唯一遗憾的是：三年前，看着妻子躺在病床上活活受罪，他毫无办法，只能偷偷抹眼泪，像个废物。

这一夜，他躺在床上，昏昏沉沉的。半梦半醒的滋味已是常态，他吃了两粒安眠药，总算睡到了天亮。他望着灰蒙蒙的窗外，不知道接下来的这一整天该怎么过。吃饭、睡觉、看书、看电视、出去散步，无非就是这些。女儿出嫁前，他为女儿做饭洗衣，等女儿下班推门回家，叫他一声爸爸，心里有实在感。现在女儿出嫁了，他感觉自己的脚和手悬空了，生活的重心消失了，他不再有心情推开厨房门，做饭、吃饭的时间不再规律，他也不愿意主动去街坊邻居家串门聊天——都认识几十年了，还能聊什么呢？

简单洗漱后，他走出家门，走进胡同口的小吃店，买了一根油条、一份咸菜，喝了一碗豆腐脑。他抬起头，烟囱在一夜之间完全消失了。现在，他的视线已经没有烟囱阻挡，可以望得更远，可是又有什么意义呢？

天空彻底放晴了。他把被褥抱到院子里，挂在绳子上晾晒，做完这几个动作，后背竟出了汗。他在椅子上坐下，拿出一根烟，一个女孩的身影出现在眼前。女孩推着一辆自行车，摇摇晃晃的，车筐里有不少东西。她停稳自行车，走到邻居家门口，开始敲门。她轻声敲了两下，等待了几秒钟，又敲了两下，不经意回头看见了他，淡淡一笑。

“姑娘，这家人不常在城里住，现在可能在郊外。”他说。

“哦……”她后退半步，看着他，问道：“叔叔，那你家是四十七号，对吗？”她的声音很好听。他点点头。女孩从车筐里拿起一个用报纸缠裹的东西，慢慢走过来。他站起身，看着女孩，觉得女孩的年龄比自己的女儿小一些。

“叔叔，这是给你的。”女孩把手里的东西递过来。

“什么？”他有点意外。

女孩打开报纸，他看见一块红色的砖和一张烟囱的照片。砖面上写着一行字：豆瓣胡同四十七号。他接过红砖和照片，心里不是很明白。

“叔叔，你在这儿住了多少年？”

“四十多年了。”

“这块砖……是从大烟囱身上拆下来的。”

“哦……”他还是有点迷惑。

“我想送给你。”女孩说。

“为什么？”

“我想……把烟囱的记忆留在你家里。”

他眨眨眼，忽然明白了。“好，好！”

“谢谢。”

他笑着摆摆手。“不用谢。”

“得谢谢你，因为你帮我完成了一次艺术活动。”

“艺术活动？”

女孩点点头。“在这条胡同里，住着七十二户人家，我买了七十二块砖，一家一家送过去，我已经送了四十七块砖，四十七幅照片了。”

七十二户人家。他在胡同里住了这么久，今天还是第一次知道这个确切数字。不过，他也知道，这几年，很多老街坊把房子租了出去，胡同里住了不少外地人。“姑娘，坐，坐，喝杯茶。”他搬来椅子，让女孩坐下。他在一旁倒水的时候，女孩说：“两个月前，我看新闻，知道豆瓣胡同前面的烟囱要拆除了，我就在胡同里租了一间小房子，准备这个艺术活动。”

“就你一个人吗？”

“嗯。”

“这些砖很沉的。”

“没事，为了艺术，我不怕累。”

艺术。这个字眼扎进他的脑仁。在他的意识深处，只有绘画、音乐、电影、雕塑和文学作品，才是艺术。他把水杯放在小桌上，再次端详手里的这块砖。“艺术……我不是太明白……”他有些不好意思，

“你这是什么艺术活动？”

“从生活中来到生活中去的艺术。”

“从生活中来……到生活中去……”他小声念着这句话，想起当年的上山下乡运动，从农村中来……到农村中去……他笑了笑，点上一根烟。

“叔叔，艺术是无处不在的，就像生活一样……艺术也和生活一样，也都会消失，成为回忆。”

女孩的话让他想了又想，还是没有完全理解。

“你在这儿租了房？”

“特小的房间，写字、放砖用的。砖放在外面，我怕淋湿了。我住在十五号院。”

十五号院离他这里不远。他点点头。

“叔叔，你拿着砖和照片，我想拍张照，好吗？”

“好，好。”他发现女孩的胳膊肘有好几条划痕，还沾了不少红色粉末。

女孩拍完照片，站起身。“我得走了……对了，叔叔，我想把你邻居家的这块砖放你这里，等他回来的时候，麻烦你送一下，好吗？”

“没问题。”

“谢谢叔叔。”

女孩把那块砖拿过来放在桌上，脸上挂着笑，女孩脸上的汗珠似乎也在笑。他看着女孩推着自行车往外走，感觉到心情舒朗。他突然想起什么，对女孩大声说道：“姑娘，如果其他家没人，你就把砖头放我这里吧，我帮你送。”女孩停下脚步，回头看着他，抿紧嘴唇，用力点了点头。

他摩挲着砖头和照片，内心五味杂陈。整整三十四年过去了。他住在这条胡同，在这里结了婚，有了女儿，女儿长大了，妻子去世了，这根烟囱见证了他从一个小伙子慢慢步入了老年光景。男人老了，心里的那股劲儿也消退了，他只是没想到，这股劲儿会消失得那么快，好像对他一点也不留恋，好像在他身体里生活了几十年，腻味了，想尽快逃离他。

他把红砖和照片放在书架上，琢磨着女孩的话：艺术和生活一样，无处不在……艺术也和生活一样，都会消失，成为回忆……他眯着眼，思来想去。

傍晚时分，女儿回到了家，给他带来了平常爱吃的带鱼。他非常高兴，在狭小的厨房里为女儿炒菜做饭。女儿看见书架上的红砖和照片，扭头说道："爸，你也有这砖头啊。"

"一个姑娘送来的。搞艺术的。"

"她没骗你钱吧？"

"骗我钱？"他脸上带着笑，小声念叨了一句。

"我刚才听见他们在说砖头的事儿。"

"说什么？"

"说那个女孩怪兮兮的，还有人把砖头和照片扔出来了。"

他放下手里的刀，提高声音说道："说这话的肯定是外地人，他们不懂，别听他们乱说，我觉得女孩挺好的，人家在做艺术。"

"艺术？"女儿笑出了声，"咱们这条胡同还有艺术？"

他不再说什么。锅里的油翻滚着，等着他把带鱼放进去。女儿一边翻看手机，一边说："爸，我今天不在家吃晚饭了，老板刚发来短信，让我去陪客户。我走了。"他看着翻滚的油，眉头微微皱了一下。听见女儿的脚步声越来越远了，他叹了口气，伸手关了煤气，找出保鲜袋，把带鱼装进去，然后走进屋把保鲜袋放进了冰箱。

他洗手，不停地洗手，好像洗手是他今晚最重要的事。他顺手洗了一把脸，也不擦，让水珠顺着皱纹往下淌。天色渐渐暗下来，他听见了谁家的欢声笑语，心里更显空落。他打开电视，调了几个频道，又把电视关上了。屋里非常安静。他和妻子的合影照摆在衣橱上面，妻子笑吟吟地望着他，似乎在跟他说话："我在那边挺好的，你放心吧。"此刻，只有抽烟能平复心情，他抓起烟盒，烟盒空了，他继续找烟，烟盒还是空的。他忽然气急败坏起来，一脚踢翻了小板凳，愣愣地站在那儿。或许过了两三分钟，他慢慢弯下腰，扶正小板凳，走出门买烟。大街上都是来来往往的陌生人。

夜色彻底笼罩了整条胡同。他没有目的地往前走，或许过了两三个十字路口，他随着人流右拐，穿过斑马线，接着往左拐去。不知不觉，他走到了护城河边，那里人头攒动，看不清人脸。他顺着栏杆走下去，在一个僻静地停下脚步。河面倒映着对岸楼顶上的霓虹灯，灯光组合出的图形随波荡漾，一会儿模糊，一会儿清晰。他看着河面，眼神开始发虚，那些光影似乎在向他发出暗示和诱惑，老伴走了，女儿大了，也没什么牵挂了，跳下来吧，跳下来吧……他闭上眼睛，脚底下轻飘飘的，有一股力量正在生成，想托举他跨过栏杆，耳边的蚊子好像也在为他欢呼，他感受到了轻盈，同时感受到了深深的哀伤……三四个相互追逐的孩子撞醒了他，他抓紧栏杆，身体半蹲下来，额头上汗涔涔的。他不敢在岸边继续停留，急急忙忙走到路边，拦住了一辆三轮车。

他没有感受到死亡的解脱，也没有感受到继续活下去的理由。城市的光影在眼前晃悠，这些绚烂和迷人的气息跟他毫无关系。三轮车夫一路蹬踏，嘴里哼着小曲，他忽然很羡慕眼前这个靠卖力气赚钱的年轻男人，他有家人要养活，这是他继续生活下去的最大理由。事实上，在过去的年月里，他吃过很多苦，也没有赚过很多钱，日子一天接着一天，却是实实在在的。他闭上眼睛，想大醉一场。

他在胡同口下了车，多付了一倍的车费，三轮车夫很诧异，他摆了摆手。街上灯光明亮，胡同里显得灰暗，众多的飞蛾扑向墙上的灯泡。他忽然想去看看那个女孩，她住在十五号院，就在前面菜市场左边的小胡同里。他加快步伐往前走。十五号院是一个大杂院，大门敞开着，一条小狗蹲在那儿，朝他摇尾巴。他顺着亮灯的窗户往里走，一个女人正好推门出来，差一点发出尖叫。“你……你找谁……”她的声音在发抖。

“我住在前面……来找一个朋友……”

女人似乎认出了他，在暗影里点了点头，随后拉上了门。

他继续往里走，看见一小扇亮灯的窗户。他轻手轻脚走过去，看见女孩正在砖上写字，他的心脏竟怦怦跳动起来。女孩忽然伸了个懒腰，他急忙屏住呼吸，后退了半步。他再次慢慢靠前，移动视线，发现桌上的方便面、半瓶矿泉水和一包打开的饼干。他不知道接下来该做什么，有一刻，他想出去给女孩买点吃的，可是又觉得太唐突；他也不敢敲门，生怕惊扰了女孩。他犹豫了好久，最后决定转身离开。

他是带着笑离开的。胡同里没有了人影，也没有更多的光照，一块砖头绊了他一下，他没有像往日那样骂骂咧咧的，而是弯下身拾起半截砖头。借着胡同里的光，他看见写在砖头上的四个字：豆瓣胡同。门牌号不见了。他知道，这是一块被人扔掉的砖。他往家走，邻居家的灯光还是没亮，他在门前侧耳听了一会儿，没有听见其他声音。回到家，他在屋子里站了好一会儿，脑子里一直闪现着女孩的身影。他洗漱完毕，在床上躺下，女孩的影子还在眼前晃悠。隐隐的春雷从天际传来，好像又要下雨了。他闭着眼，嘴角带着笑意，等他慢慢睡着的时候，已是子夜时分。

雨在前半夜飘落下来，静悄悄的。第二天早晨，雨停歇了。他忽然在半梦半醒之间听见了女孩的声音："叔叔……你在家吗？"他马上清醒了，急忙坐起身，回应道："在！在！"他下床穿衣，揉了揉脸，用力整理头发，打开了房门，没看见女孩的身影。他走出屋门，四周静悄悄的，房檐上的雨滴落在手臂上，让他意识到刚才是在做梦。他落寞地走回屋，在床沿上坐下，再也没有了睡意。他在想，女孩把砖都送出去了吗？

他洗漱完毕，急急忙忙前往十五号院。女孩不在房间，五六块红砖摆放在窗台下。昨晚撞见他的那个女人，正在水池边洗涮拖把，她直起身，说道："昨晚你就来过吧？女孩走了，今天一大早走的。"

"哦。"他回头看着女人。

"你认识这个女孩吗？"

他欲言又止，往门外走去。女人的声音跟在他的身后："女孩真不容易，一个人把这些砖往各家送，还有人不领情，把砖扔出来。"他停下脚步，回转身。

"不要就不要呗，扔什么呀。"女人接着说。

“是！是！”

“窗台下的砖是女孩捡回来的。”

“她还会回来吗？”

“可能不回来了吧，屋里的东西都收拾干净了。”

“我……我想要那几块砖。”

女人愣了片刻，笑起来，低头继续涮拖把。他紧走几步，蹲下身，使出全身的力气抱起湿漉漉的红砖，一步一步往外走。路边停着一辆三轮车，他把双手放在车座上歇息，调整着呼吸。这些年，他还是第一次干这种体力活。回到家之后，他把砖小心翼翼放在桌上，一屁股坐下来，大口喘着气，双手和双臂沾满了粉屑，在不停地发颤。他抓起茶杯，一饮而尽。眼前的红砖是实实在在的，他一路辛苦抱回家，可是为什么要这样做呢？他想给自己一个解释，可是又实在想不明白。他兀自笑了，笑了很长时间。

红砖上的门牌号已经模糊不清。他努力辨认，隐约看见六十七号，这是老孙家的门牌号。其他的门牌号无论如何辨认不出了。他找出一张报纸，把红砖包好，走出屋门，走向老孙的家。他控制不住自己的情绪，觉得这是他今天必须要做的事——非如此不可。老孙拉开门，脱口而出：“你这老哥们儿，见你一面真他妈不容易！”他指了指老孙，把手里的砖放在桌上。

“这是啥？”

“你扔出去的东西，我帮你捡回来了。”

“我扔出去的东西？”

“真想不起来了？”他解开报纸，红砖露了出来。他接着说：“烟囱在胡同对面立了三十多年，现在拆了，一个女孩买来砖，送给咱们留个念想。”

“我想起来了！”老孙一拍脑门，“那天我恰巧不在家，是我的新租户扔出去的，他不懂，还以为女孩有精神病，砖里有毒呢！”

他摇了摇头，看着老孙，说道：“老孙啊，我们应该感谢那个女孩，人家不图什么，就是想把我们过去的回忆留存下来，这是她的好意，这砖……也是艺术。”

“艺——术？”老孙拖长了音调。

“是艺术。”

老孙哈哈大笑起来。“我不懂，这砖头能有啥艺术。”

“我越琢磨，越觉得这是艺术。”他说，手指摩挲着红砖。

老孙瞪大眼睛，竖起大拇指，说道：“你这老哥们儿，真行！”

他轻叹一声，说道：“在这条胡同里住了几十年，不瞒你说，我还是第一次思考艺术的事……”他摇了摇头，语调渐渐变弱了，“还真是第一次思考艺术的事……”他摸了摸红砖，站起身。

“这块砖，我收着了，你放心吧！”

“收好，收好！”

“这么快就走啊，抽根烟再走吧。”

他摆了摆手，默默走了出去。

接下来的日子里，他的心情是平和的。摆放在书架上的红砖，被他擦得干干净净，上面的纹理和缝隙清晰可见。他欣赏着这几块红砖，嗅闻着砖土的气息，思绪会飘出去很远。但他还不知道女孩的名字，这是他心里的遗憾。这一天，女儿回到家，看见书架上又多添了几块砖，脸色马上变了，想把砖扔出去，他拦住了，两人为此争执了几句，女儿气呼呼离开了家，他喝了一晚上的闷酒。

他不知道自己是何时上床睡觉的。时间到了后半夜，他突然醒了，浑身不自在，肌肉酸胀难受。屋里的灯亮着，屋门半开着，酒瓶和酒杯滚落在地上。他闭上眼睛，知道自己受凉感冒了。感冒药在抽屉里，伸手就能够着，他没有去拿。他觉得恶心，肠胃不停地翻腾，头垂在床沿上干呕了好几次。此刻的夜晚是最寂静的，就像一大桶凉水，将他内心的孤寂和伤感冲刷了出来，冲得满屋都是，把他的眼眶也冲湿了。他想接着睡，就这样昏沉沉睡过去，再也不要醒来。

当他迷迷糊糊醒来的时候，已是下午时分。屋里的灯灭了。他挣扎着直起身，慢慢下床，穿上衣服，看见一个女孩站在门外。

“你是……”他走到门口。

女孩转身，笑着说：“叔叔，你醒了。”

他认出了女孩，却又不敢相信自己的眼睛。他扶着门框，浑身虚弱无力。女孩急忙扶住他，问道："叔叔，你病了？"

"昨晚受了点凉……"

"吃药了吗？"

他摇摇头，在椅子上坐下，拉开旁边的抽屉，取出感冒药。女孩倒了一杯水，他接过茶杯，没有看女孩，或者说，他在努力回避女孩的眼神。他吃了药，喝完杯中水，长长地喘了一口气。

"我是来给你送照片的。"女孩拿出照片，举到他面前。照片上的他，一手举着红砖，一手举着照片，笑吟吟的，他的身后是那堵垂挂着青草的老墙。女孩的身影和语气让他的精神好了许多。

"姑娘，你……你叫什么名字？"

"夏天。"

"夏天？"他以为自己没有听清。

"夏天，叫我小夏，或者小天，都行。"

"好……好……"他觉得叫她夏天更好听。

夏天突然发现了书架上的几块红砖，她抑制着呼吸，没有马上起身走过去。

"夏天，谢谢你……"他由衷地说。

"为什么？"

"你……你让这条胡同有了艺术……"

夏天低下头笑了。

"这条胡同，说不定什么时候就不见了……"他的语气弱下来。

"我听说过几天，前面那座寺庙也要拆掉了。"

"唉……"

夏天抬起眼帘望着他："叔叔，你喜欢这样的艺术吗？"

他点了点头，笑了。"喜欢，可是不太懂。"

夏天也笑了。

"我有一个女儿，比你大一些。"

"我今年二十五岁。"

"我女儿二十九岁，我要孩子晚。"

“哦。”

“我女儿去年结的婚，你还没结婚吧？”

“嗯。”

“你有男朋友吗？”

“他在荷兰。”

“河南？”

“他是荷兰人。”

他点了点头。“他做什么工作？”

“艺术，他是艺术家。”

“你做什么工作？”

“我没有固定工作，我现在做的就是我的工作。”

“我不是太明白。”

“我的理想就是做一名艺术家。”

“这工作能挣钱吗？”

夏天笑了笑，说：“这是一份需要花钱的工作，我做工赚钱，然后养自己的艺术。我和男朋友有共同的理想。”

他陷入了沉思。

“大学毕业后，我可以找到稳定的工作，可是我喜欢自由，喜欢想象，喜欢发现趣味和美妙的东西。我很感谢我的男朋友，如果没有遇见他，我不会选择这样的生活方式。”

他看着夏天，等待她继续说下去。

“你想看看我男朋友的艺术作品吗？”

“好！好！”

夏天从背包里拿出电脑，放在桌上，然后找到文件夹，打开一幅幅图片，给他慢慢展示。第一个作品：风车。他看见欧洲美丽的景致，鲜花，白云，羊群，树林，还有一排排风车，矗立在田野里，显得威风凛凛；风车转轮上面吊挂着一面面四方形的大镜子，风车转动，大镜子也在转动，不停地闪闪发光，白云倒映在镜子里，远处的羊群、汽车和行人，倒映在镜子里……他看入迷了，但在这一刻，他只是感觉到神奇，并不明白为什么要在风车转轮上装上硕大的镜子。

万一镜子碎了，该怎么办呢？

夏天看出了他的疑惑，对他说，在艺术家眼里，这个世界永远是多维的，我们看得见美丽的大自然，但我们眼里的大自然永远是平面的，是局部的，或者说，我们眼里的美丽，包括忧伤，都是局部的，因为人类的认知能力是有限度的；而风车上的镜子，能帮助我们看见不曾看见的，帮助我们发现不曾发现的。当然，镜子是脆弱的，易碎的，而镜子里的这个世界，不也是扭曲、脆弱、易碎的吗？听完夏天的解读，他好像明白了许多。

第二个作品：水床。看见这个标题，他这样说道："我知道水床，我在家具城看见过。"

夏天笑了笑，打开文件夹，点开作品视频：洁净的欧洲城市，晴朗的天空，绿莹莹的树林，男男女女在愉快地行走。镜头转向街道边的一个池塘，十几个工人拖来一块巨大的绿草皮，慢慢覆盖在池塘上面，他们蹲下身，用工具固定好草皮，然后闪到一旁。一个过路的男生首先被吸引过来，他前后左右看了看，试着踏上草皮，草皮一下子塌陷下去，随后又弹起来，他吓了一跳，后来觉得草皮是安全的，便索性躺下来，开始在上面打滚，草皮随着他的动作上下起伏，像翻腾的绿波浪。更多的行人走过来，在草皮上面走，草皮陷下去、弹起来，陷下去、弹起来，他们也都集体笑起来。

看着这一幕，他有一种既愉快又眩晕的感觉，他也想在草坪上走，也想躺下去，闭上眼睛，让阳光照在脸上，那些在眼皮上闪烁跳跃的光线，像水面静谧的波光。他闭上眼睛，内心里充满了感动。当他睁开眼睛的时候，工人们正在拉走草皮，那片池塘重新恢复了原样，四周静悄悄的，一个人也没有了，仿佛什么事也没有发生。

"我……"他迟疑了片刻，接着说，"我好像明白了你说的话……从生活中来，到生活中去……"他拿出一根烟，看了看夏天，又想把烟放回去。

"你抽吧，我不介意。"

他点上烟，眉头渐渐舒朗。"真是艺术家啊！只有艺术家才能想出来啊！"他连连感叹，神情很兴奋，"我也想做这样的事，可是我老了，不行了……”他自嘲地笑了笑。

“你真想做吗？”

他点点头，随后摆了摆手。“我哪行，我可没那脑子。”

“你可以试一试。”

他连连摇头，神情竟有些羞涩了。

“艺术也是生活实践，这种实践能让人更热爱生活。”

他看着夏天，眨了眨眼睛。

“想一想你最熟悉的生活环境，那里一定有你的艺术灵感。”

“我最熟悉这条胡同。”他肯定地说。

“那就从这条胡同想起吧。”夏天笑着说。

他静默了一会儿，忽然转过眼神，对夏天说：“怎么想都行吗？”夏天看着他，说：“按道理讲是这样的。这条胡同是生活区域，你可以多想能够简单操作，并且能够快速完成的事，不需要动用过多的道具，不需要改变现在的环境，却能让人感受到出其不意的新意和另一种胡同味道……”事实上，在讲述这段话时，夏天想到的是自己的父亲，她想帮助眼前这个男人，完成一次艺术实践活动。她的脑筋在急速转动，脸上渐渐浮现出笑意。

“你笑什么？”

“嗯……我刚才也在想艺术创意呢。”她有些小得意。

“说说看？”

“我想先听你的。”

“我……我能行吗？”

“不试怎么能知道自己行不行呢？”夏天调皮地笑了。

夏天留下电话号码，收拾好背包，准备告辞。他想请夏天吃晚饭，夏天说，等下次见面的时候再吃吧。两个人约定，三天之后见面，各自拿出胡同艺术实践方案。他把夏天送出胡同口，看着她慢慢走远，消失在人群里，忍不住在心里说：“谢谢……谢谢……”他回转身，望着这条狭长寂静的胡同，脑海里闪回着下午观看过的艺术活动图片和视频，已经开始迫不及待地寻找灵感了。

豆瓣胡同。他看见钉在墙壁上的这四个字，突然有了第一个闪念：去超市买几十袋豆瓣酱，然后站在胡同口，分发给那些穿过胡同但不在这条胡同里生活的人，让他们牢牢记住，在这个偌大的城市，还有一条小小的豆瓣胡同。这个想法怎么样呢？他站在那儿，仰起脖颈，嘴巴半张，死死地盯着胡同标牌，整个人看上去像一个傻子。他越想越觉得这个想法既实在又巧妙。他兴冲冲走进小饭馆，点了一小瓶二锅头，一盘羊头肉，美美地吃起来。

这一夜，他睡得很踏实。第二天一早，当他走进超市，看见一袋豆瓣酱标价十二元时，心里又有了不踏实。买五十袋豆瓣酱，需要花费六百元，而他一个月的退休金只有一千八百元。他思前想后，决定给夏天打个电话。夏天告诉他，这个想法很棒，他听了非常兴奋。不过，他随后在夏天的语气里听出了迟疑："将豆瓣胡同和豆瓣酱联系在一起，是艺术实践常用的方法，但是……这个艺术活动需要两个最基本的条件。"

"什么条件？"他有些紧张。

"既然是实物派送，派送数量最关键，如果派送的数量太少，参与的人数也会很少。"

他沉默不语，不知道该如何表达了。

"叔叔？"

"……"

"你在听吗？"

"我在听……一袋豆瓣酱十二块钱，买多了我买不起。"他的语调可怜巴巴的。

"如果花费太多，可以先不做这个艺术实践，一定会有其他想法的。"

"可是……可是我很喜欢这个想法。"

"喜欢和实践，是两码事，"夏天笑起来，"我已经有构思了。叔叔，加油！"

挂了电话，他在豆瓣酱摊位前站了好久。一位服务员走过来，问他需要帮忙吗？他问服务员，有没有小袋包装的豆瓣酱，炒一个菜用一小袋那种，包装越小越好。服务员笑着摇了摇头。他转身离去，嘴里一直念叨着。

天色暗下来，但时间尚早，他决定在胡同里转一转。蔬菜摊和水果摊前已经没有人了，小吃店里倒是挺热闹，两个小伙子光着膀子拼酒，嘴里吐出的尽是糙话。两条小狗相互追逐着，跑在后面的不小心撞上自行车，撞得挺厉害，躺在那儿半天没起来，跑在前面的小狗折返回来，在同伴身上嗅来嗅去，喉咙里发出嘤嘤的声音。如果胡同里的灯泡再多些，光线再亮些，小狗不会撞伤的，他这样想。

胡同里越来越暗了。前面几十米处有一家咖啡屋，透出红色绿色紫色混合的光线。他慢慢走过门前，看见一对情侣坐在里面接吻，忍不住笑了。若在以往，这一幕会让他难为情，让他心生感慨，觉得自己老了，与这个时代和城市格格不入了，被生活淘汰了。可是现在，他的思绪有了微妙的变化，看着眼前这对接吻的年轻人，他眼里的光柔和了，同时心里涌动着祝福，并发出了一声愉快的叹息。正当他准备转身返回的时候，咖啡馆门前悬挂的彩色灯泡吸引了他的目光。他突然有了新的想法，他想买一些彩色灯泡，挂在这条胡同里，每隔二十米挂一个，买十个灯泡就行，花不了多少钱，路人既可以得到光亮，夜晚的胡同也会显得有活力。他很兴奋，暗暗佩服自己的艺术想象力。

出了胡同，马路边有不少生活用品店和五金商铺。他花了一百块钱买了十个彩色灯泡，心满意足地往家走。一路上，他都在默记墙上哪个灯泡是坏的，哪个位置应该装上一个新的灯泡。他决定先把这个想法放在心里，等见到了夏天再告诉她。回到家，他一边洗澡，一边唱歌，唱到一半的时候，他才意识到自己已经有好几年没有唱过歌了。

为了等待这一天，他清扫了房间，理了发，剃了胡须，换上了干净的衬衫，去茶叶店买来了上等的花茶。他清洗好茶具，在桌上摆好两个青花瓷茶杯和一个茶壶。下午的阳光照在桌上，顺便把他的影子投射在地面上。愉快的影子。他的心里充满了期待。他点上一根烟，飘在半空的缕缕烟雾和光影混合在一起，在墙壁上变幻出缥缈无常的图形。现在的世界是静谧安详的，这或许是一个新的起点。

夏天来了，他先是看见了她的影子，急忙站起身，有点语无伦次了："夏……夏天……你来了！"夏天背着包，手里抱着一个纸箱子。她把纸箱子放在一旁，用手背擦汗，说："叔叔，天越来越热了。"

"快喝茶，"他说，然后急忙改口，拉开了冰箱门，"我给你拿矿泉水。"

夏天一口气喝了大半瓶矿泉水。他看着夏天，突然有点心疼。夏天坐下来，咯咯地笑了，说："叔叔，你做事情真投入啊！"

他不好意思地笑了笑，看着地上的纸箱子，说："这里面……"

"是我的道具。"夏天晃了晃脑袋。

"道具？"

"嗯。"

"我也买了道具。"他大声说。

"拿出来看看。"

他从抽屉里掏出一个纸袋，从里面取出彩色灯泡，一个一个放在桌上，动作非常小心。夏天一下子就明白了。"我……我想在胡同里挂上这些彩色灯泡……我觉得这些年，这条胡同的气氛太沉闷、太压抑了，我想改变一下。"他神情激动地说。

夏天抿紧嘴唇，点了点头。"你想挂多少彩色灯泡？"

"先挂十只，以后灯泡坏了，我再买。"

"嗯……"夏天在思考。

"你觉得怎么样？"他皱着眉，追问道。

"你想做一名胡同电工吗？"

"什么意思？"他非常迷惑。

"叔叔，你的想法很好，可是想法太具体了，或者说太有规律可循了。"

"我不懂。"他喘了一口气。

"你实施了这个艺术活动，后续会发生什么，大家都会知道的。"

"……"

“这种艺术实践，需要打破规律，出其不意，快速实施，然后快速消失。”

这一刻，他越来越不明白了。“你的意思是说……我把灯泡挂上去之后，就是完成了艺术实践，即使后来灯泡坏了，我也不用去换新的，是这样吗？”

“差不多。”夏天郑重地点点头。

“可是……我还想着给胡同照明呢，胡同里光线太暗，路人不方便。”

“叔叔，这是另外一个话题。”

“我还以为，这个想法很好呢。”他点上一根烟，狠抽了一大口。

“叔叔，你会给灯泡接线吗？”

“我们家电线改道，都是我去做的。”

“好！”夏天一边说，一边打开纸箱子，从里面掏出一卷细细的电线，一个白色的瓶子。

“这是什么？”

“发光电线和感应液体。叔叔，我们可以合作完成胡同灯光装置。”夏天掏出笔，一边在纸上画图形，一边对他讲解，“这是胡同，我之前发现，到了晚上，胡同里会很暗，尤其是这一段胡同，差不多是中央位置的，五十米长，没有一个灯泡照明。我看过了，这个位置恰好有一个灯座，我们在那里接上发光电线，把电线拉下来，穿过地面，再把电线粘在另一面墙上，然后再把你买的彩色灯泡挂在胡同的两面墙壁上。做完这些，我们只完成了一半，我们要在发光电线周围的地面上喷洒感应液体，路人的脚踏在上面，电线和灯泡会闪闪发光，脚步离开感应液体之后，发光电线和灯泡会马上熄灭。”

他啧啧称奇，同时问道：“经过的人……会不会被吓着？”

夏天笑了。“不会害怕，只会惊奇。”

“那……那以后呢？”

“感应液体的有效期为六个小时。”

“你是说，到了后半夜，这个艺术实践就不存在了，就消失了，对吗？”

夏天点点头，笑了。他也跟着笑了。

他们决定今晚就做这个灯光装置。在等待黄昏降临的时间里，他们聊了很多很多。夏天告诉他，她想在那座即将消失的寺庙里做一次艺术活动，她的想法得到了一家艺术基金会的支持，基金会负责人承诺，如果这次活动成功，会和她签署一份长期合约。他为夏天感到高兴，同时忍不住问道："你做这个艺术活动，我能帮上忙吗？"他很想感谢夏天。

夏天想了想，说："寺庙差不多荒废了，你扮演一个和尚吧。"

"和尚？"他哭笑不得。

"扮演和尚要剃光头发的，算了，我再找人吧。"

他没有继续接话。夏天说："做完这个活动，我去荷兰见我男朋友……"她边叹气边把纸箱子里的道具拿出来，"我们分别三个月了……"

他不知道说什么好了。

"叔叔，这些道具是留给你的，希望能给你带来快乐。"

"这是什么？"

"纸月亮。"

"纸月亮……"他摩挲着折叠起来的纸片。

夏天撑开纸片，纸片变成了一个圆圆的球体，上面还有一个开口，里面有一个灯座。她把一盏白色的小灯泡拧在灯座上，说："这个灯泡可以连续充电，放在上面，按下开关，可以自动发光三个小时。"

"真好看！"

"雾霾天太多了，月亮都是灰蒙蒙的。我做了一个纸月亮，一个艺术月亮。"

"艺术月亮……好……好……"不知怎的，此刻的他很感动。

"十五号院前面有一条窄巷子，宽度正好和纸月亮的尺寸相符，你用一根绳子，把纸月亮吊悬在巷子中间，路过的人只有把纸月亮抬起来，或者移开，才能侧身通行，也就是说，谁想穿过这条窄巷子，就得抚摸纸月亮，转动纸月亮，和纸月亮来一个亲密接触。”夏天双手环抱纸月亮，噘了噘嘴唇。

他沉浸其中，想象着夜晚的那一幕，纸月亮悬挂在半空中，发出明亮静谧的月光，他的周身顿时寂静无比。他听见了自己的心跳。

“纸月亮……会不会被人偷走？”他忽然有点担心。

“有可能，艺术实践存在多种可能。”

“那就太可惜了。”他的眉头皱起来。

“消失也是一种美……”夏天意味深长地说。

“可是……可是……”

“叔叔，你可以想象纸月亮飞走了。”

他想了想，释然地笑了。

黄昏降临，他们在胡同口的小饭馆里吃了一顿简单的晚餐。他突然觉得，他一定要为夏天做点什么，或者说，他想先为夏天扮演一次和尚，然后再考虑灯光装置的事。他对夏天说：“我刚才看见一位老朋友，好久没见面了，我去跟他打个招呼，你慢慢吃啊。”他走出小饭馆，一路小跑，跑进了街边的理发店。他急乎乎招呼理发师，赶快理发，剃个光头，越快越好！

活到六十九，他从未剃过光头。秃瓢，秃瓢。他嘿嘿笑着，摸着光脑袋，脸上洋溢着满足感。当他走进小饭馆的时候，夏天正在低头打电话。他悄悄坐下来，看着夏天。夏天挂了电话，猛然间看见这一幕，嘴巴迅速张开，眼睛瞪得大大的。笑意在她的嘴角绽开，随后开始微微颤抖，她垂下眼帘，不想让他看见眼里的泪花。她深呼吸，深呼吸，深呼吸，把眼泪压了回去。

“叔叔……谢谢你……”

“快吃，快吃。”他把话岔开，嗓子眼里有一团棉絮。

两个人默默吃饭。过了一会儿，夏天告诉他，在寺庙里举办的艺术活动取名“青苹果”。他想，是这个季节吃的青苹果吗？

“叔叔，你喜欢吃青苹果吗？”

“喜欢吃。”

“我也喜欢。”

“为什么取这个名字呢？”

“我们去寺庙烧香，希望生活平平安安啊。”

他一下子就明白了。苹果。平安。

“我要买一百零八个青苹果。”

“佛珠好像也是一百零八个吧。”

“叔叔，你好厉害。”

他不好意思地笑了。他在想，他在这两三年笑的次数，也没有这几天多。

“我们两个人，把青苹果摆放在寺庙的院子里，按照佛珠的样子摆出来，一个半圆形，或许再绕一个弯，两个弯……每一个走进寺庙烧香的人，可以拿走一个青苹果……可以自己吃，也可以送给其他人……”夏天的眼神望向半空中的某一处，神情相当安然，“拿走一个，少一个，拿走一个，少一个……青苹果被一个一个拿走了，这个艺术活动也完成了……”他手举筷子，完全听入迷了。

“叔叔？”

“……”

“叔叔？”

他醒过神，脱口而出：“我要去做衣服！”

夏天笑了：“我已经找到裁缝店，明天去做，两天就能做好。”

“太好了！”他激动地拍了一下桌子。

如果本愿是纯粹的，现实发生的一幕幕就是真实自然的。身穿僧服的他，心绪平和，轻轻擦拭着青苹果，夏天接过来，一一摆好。寺庙的屋和墙，已经斑驳不堪，缕缕烟雾从主殿前的大香炉里飘出来。在这个过程中，基金会的工作人员走进来，在墙上放置了一台微型摄像机，然后朝夏天挥挥手，离开了寺庙。又过了一会儿，一个老太太走进来，手里举着一把香，径直走到香炉面前，默默点香，默默上香，默默祈祷。老太太转过身，看见眼前的和尚，问道：“您是新来的法师吗？”他站起身，笑了笑。“唉……听说这庙要拆了，”老太太说，走到寺庙门口，接着说道，“这庙里好多年没法师了……”

他们两个人相互对视，沉默不语。十几分钟之后，青苹果摆出了佛珠的模样，夏天拍了拍手，边笑边说：“叔叔，现在摆好了，我们两个人等待吧。”

“好！”

他们坐下来，静静等待着。

最先走进寺庙的是一条黄色的小狗，好像是流浪狗，对周围的环境充满了警觉。它站在那儿，望着两个陌生人，一动不动。夏天朝它招手，小狗渐渐放松，绕着圈子走过来，走到青苹果面前，开始用爪子触碰。

“小狗狗，想吃就吃吧。”夏天小声说。

小狗抬头看她一眼，随后快速咬住一个，撒开腿跑出了寺庙。夏天抿紧嘴唇，看了他一眼，他点了点头，抑制着笑意。他在想，在寺庙里做活动，应该神情庄重。

随后进来的是一对年轻的恋人。他们举香敬拜，然后深情拥抱，在耳边喃喃低语。他们几乎同时看见了地上的苹果。“苹果！”女孩非常激动，眼泪差一点流出来，“这个寺庙太好了！平平安安，事事平安，太好了！”

“这些苹果，是卖的，还是送的？”男孩问夏天。

“送给有缘人。”夏天说。

这对恋人拿走了四个苹果，两个放进了背包，然后一人拿着一个边吃边往外走。他们在门口消失几秒钟之后，男孩跑了回来，在寺庙门口朝他们挥手，大声说：“谢谢！谢谢！祝你们事事平安！”

五六个小孩跑进来了，其中一个是老街坊的孙子，男孩一眼认出了他，嘎嘎笑起来：“爷爷成和尚了，爷爷成和尚了……”

他也笑起来。“你爷爷呢？”

“爷爷成和尚了，爷爷成和尚了……”男孩喊叫着跑出了寺庙。

男孩的爷爷走进来，不敢相信自己的眼睛，一步一步往前走，身体是僵硬的，语气里含着紧张：“老哥，你……你这是怎么啦……出家啦……别想不开啊……”

他笑了笑，迎了上去。“我在参加一个艺术活动。”

“艺术活动？”老街坊满脸狐疑。

“我在扮演一个和尚。”

“真的假的？”

“真的。我没有出家。”

老街坊掏出两根烟，递给他一支，他看了看夏天，把接过来的香烟揣进了衣兜。

这群男孩坐在那儿，每个人都在吃苹果。一个男孩在寺庙门口大喊：“快来吃苹果啊！快来吃苹果啊！”喊到嗓子冒烟。很多人拥进来，他跟进来的老街坊解释，一个一个地解释，真像一个做错了事情的和尚。

青苹果，越来越少，越来越少，最后只在地面上留下淡淡的印痕。看着这一幕，夏天笑了，眼眶湿润了。

他们两个人，一路无语往前走。

走近熟悉的小饭馆，夏天说：“叔叔，我想请你吃顿饭。”

“不用，叔叔请你。”

“不，这次我请客。”

“好吧……”

小饭馆里的服务员，看见他进来，哧哧笑个不停。

一个说：“伯伯，你以后不能吃羊头肉了。”

一个说：“伯伯，你也不能喝酒了。”

他其实很想喝点酒，可是身上的僧服让他了却了念想。明晚再喝吧，他在心里说。

“葱、姜、蒜、韭菜、洋葱……书上说，和尚也不能吃这些有味的蔬菜。”厨师探出脑袋补充道。

他故意沉下脸，说：“有完没完？”

大家再次笑起来。片刻之后，夏天小声说道：“叔叔，我刚才收到短信，基金会的负责人说我很有想法，决定和我签约了。”

“好！好！”他由衷地高兴。

“你今天累吗？”

“不累，一点不累。”

“你想今晚做那个灯光装置艺术吗？”

“好啊！”

他们快速吃完盘中餐，此时的天色刚刚接近黄昏。他们抬着木梯，手拿工具，来到胡同中央。几乎家家户户都在做饭吃饭，四周无人。他们用最快的速度布置电线，挂上彩色灯泡。一两个路人走过来，好奇地看他们一眼，跨过电线，继续走自己的路。夜色渐渐弥漫，从光影里走过来的行人，走进这段胡同，好像消失在了黑洞里。他们俩把感应液体喷洒在电线周围，悄悄躲在远处，夏天手拿照相机，屏住呼吸，他紧贴墙根站着，感受到从未有过的紧张感。

一个女人走过来，他们看着她一步一步消失在黑暗里。二十几秒过后，彩色的灯泡突然在胡同里闪耀起来，女人发出一声尖叫，灯光灭了，接着又开始闪烁，女人再次叫出了声，不再是先前的尖叫，而是好几声惊叹。夏天连续拍照，抑制着笑声，他捂住嘴巴，可是笑声还是透过指缝传了出来。女人一会儿踏上感应液体，一会儿又跳出来，身影像在玩游戏，彩色灯泡一明一灭，绚烂的光影在胡同里回旋。

“真好啊！”他在心里说，“真好啊！”

女人大声笑起来。彩色光影消失了。周围安静下来。

“叔叔，你想试一下吗？”

“好！”

“你去吧，我给你拍照。”

“好！”

他走过去，越接近目标，他的步伐越小了。他闭上眼睛，一小步一小步走过去，好像在黑暗的时间隧洞里穿行，但他一点都不担心。五颜六色的光影亮了，在眼皮上面跳跃，他感受着，从内心深处感受着，时间仿佛虚无了，他的身体异常轻盈。夏天走过来，站在他的对面。他睁开眼睛，夏天咯咯笑起来。

他们穿过胡同，默默往前走。身后突然传来一个男人的叫声：

“我操！”这个男人被突然而至的光影迷惑了，他来回走了几次，最后悠闲地坐下来，掏出一根烟，慢慢点燃。他和夏天，看见一团一团彩色的烟雾在胡同里升腾起来。

夏天的手机响了。她接通电话，用英语和对方交谈，语气里满是渴望。他一句也听不懂，但他知道，电话的另一端是夏天的异国男友。挂了电话，夏天的神情既兴奋又黯然，好像变了一个人。“我……我想马上见到他……”她喃喃自语。

夏天告诉他，这次去荷兰，三个月之后才能回来。他走在胡同的阴影里，心有不舍；但在分别的时候，他努力笑出了声。

“夏天，我很佩服你。”

“叔叔，我回来后来看你。”

“好……好……”他想说更多，可是已经无法表达。

夏天消失在夜晚的城市里，他顺着夏天消失的方向走过去，走了好久，似乎想追回什么。他的这身和尚装扮，引得路人纷纷驻足观望，仿佛在欣赏一位精神迷乱的出家人。

“和尚也会有心事……”

“和尚也是人。”

“修行不易……”

深夜时分，他回到了胡同口，豆瓣胡同的标牌在城市的夜色里依旧醒目。他在小商铺里买了一瓶二锅头，内心感慨不已：自己只是一个退休工人，想不到会和艺术扯上关系，真是不可思议，不可思议！他连连摇头，同时也在庆幸。

又有一个人踏上了感应液体。灯泡闪耀着，色彩回旋着。他脸上带着笑，手里拿着酒瓶，慢慢走过去。他仰起头，看着墙上的彩色灯泡朝他眨眼睛——这是我亲手买来的彩色灯泡，是我亲手挂上去的，他心满意足。眼前的胡同世界是灿烂的世界，他不出声地笑起来。

他走进前面的黑暗里，慢慢坐在地上，手举酒瓶，啜饮了一小口，让脑袋抵住墙壁，闭上了眼睛。现在是春天，女孩叫夏天，而夏天越来越近了。他笑了笑。又有人走过来了，好像是两个女人，一边走路一边聊天，他听见了，脚步声越来越近了，他等待着这一刻。两个女人踏出了光亮，大声尖叫着，后来开始啧啧称赞。他再次闭着眼睛笑了。一个女人发现了他，走过来，蹲下身，轻声问道："大叔，你坐在这儿，没事吧？"

他摇了摇头，轻声说道："我没事，谢谢你……"

两个女人走了，他渐渐坠入自己的梦。他看见一个女人穿过黑夜走过来，纸月亮挡住了路，女人踌躇片刻，先是抚摸纸月亮，然后抬起纸月亮；在她侧身而过的一瞬间，纸月亮照亮了女人的脸，他看得非常清楚，那是他妻子的脸……

蒋一谈，1969 年生于河南商丘，1991 年毕业于北京师范大学中文系。著有短篇小说集、诗集多部。曾获首届林斤澜优秀短篇小说作家奖、百花文学奖短篇小说奖、《上海文学》短篇小说奖、"南方阅读盛典"最受读者关注作家奖等。

费丽尔

董夏青青

有些人想说什么，就能说出他想说的。但他自己的痛苦和诉求说不出来。钱不够还要找好大夫、给孩子用好药，就等于在没路的地方走，没手还要抓东西。从穆哈吉尔家新上漆的窗户望出去，山峦在雾气蒙蒙的天光中冒烟。震耳欲聋的山风箍住这片低矮的土房子，将碎石头碾裂成砂。

他在靠炕沿一侧的墙边坐着，点开手机备忘录里的“借款”项。他想了两天列出来的三个名字，都有充足的理由向他们开口。先说龙虾。2013 年上边境架品字形的铁丝网，六十四公里的路段包给他们连队四十个人。那三个月，吃住都在紧挨着铁丝网的帐篷。分区司令拉了一车西瓜去看他们，说我把兵带成乞丐了啊。架网的地方在坡脊上，四十五度的斜坡车开不上去。一个二百四十多斤的水泥柱支架得俩人从车上搬下来，抬着走二百多米上山。铁丝网成捆拉过来，一大捆两吨，剪开按小捆推下车，再戴上帆布手套推着往山里走。

小捆的铁丝网直径有一米二，要是没扶住，滚到坡底还不一定能收住，跑下去再推上来更费劲，所以开大车的师傅会嘱咐一声，要是快滚下去了就拿他带过来的铁杆子往里插，插住就滚不动了。但是龙虾刚二条，做事有点虎。那天走在前头的家伙脚底一滑没扶住，眼看那捆铁丝要往下滚，龙虾冲上去就用肩膀顶。他在旁边看见了，一把拽开龙虾，另一只手本能地挡了一把擦着胸口过去的铁丝网。就那一下，左手掌心的肉全翻出来。龙虾跳起来去帐篷里找三角巾。人都围过来，刚有人用橡皮筋扎住他的胳膊，他就晕过去了。

送铁丝网的司机抄平日巡逻走的小路回连队，那边连队接到电话，军医赶紧准备针线。过了一个多小时，他被抬进医务室。针刚穿进肉里，就没了知觉。排长拿热毛巾敷在他冰凉的额头上。借着麻药的劲，军医给他把零零碎碎的烂肉剪掉了，缝了十八针。

龙虾说，到死也不会忘记这个恩情。

再说海比尔。海比尔是团里的驾驶员，跟他同年兵。去年海比尔开着陕汽 2190 大牵引车去连队送物资，他正好参加炊事比武拿了二等奖回团，爬上副驾驶座就跟着上山了。从团里出发一路都是晴天，一进沟里就开始起雾。从进沟到连队一共四百八十六道弯，二百九十个大弯。在夹着雪籽的雨雾里走了四十八公里，车子在拐一道弯时突然侧滑，左前胎滑出路面悬在那里。山岩下的冰层很硬，周围略薄一些的地方则是雪和泥混在一起。海比尔伸头看了一眼，坡度往下有七八十度。海比尔把挡一把挂上六驱，俩人脑袋都扎到挡风玻璃上去了，左前轮也只是打滑空转，根本倒不上去。

海比尔问他，能给这车弄上去吗？他摆手，示意俩人先下车，他小跑绕到主驾驶这一侧，海比尔搬来两块大石头给他垫脚，推着他往驾驶室里爬。他刚关上主驾驶座车门，就看海比尔小跑冲下土坡。他摇下窗玻璃叫海比尔，哎你不上来吗？海比尔挥臂喊道，我在这指挥你。他骂了一句摇上玻璃，寻思干脆把右前轮也放下去，先调正车头。他把左前轮一点一点放下去，再把右前轮蹭下去。等车头都下去了，六驱一挂，强加力加上，轮胎的抓地力一下恢复，才慢慢倒上来。他有荨麻疹，不敢热，衣服一穿厚了出点汗，身上就像针扎。无论刮风下雪，他的体能作训服里头都是短袖短裤。开这把车还是叫他冒了点虚汗。后背和腋下刺挠难忍。

海比尔的爸爸在喀什老城里开牙医诊所，他的大老婆给小孩补虫牙，小老婆帮老人镶金牙。有红本的大老婆是家里指派的，和海比尔的爸爸生了海比尔。小老婆是他早年去土耳其学牙医带回来的，和海比尔的爸爸生了两个女孩。

他是海比尔的兄弟，还帮海比尔避免了一场车辆事故，开个口也没什么。

那个准备靠“一带一路”发点小财的浙江老哥，是第三个人选。去年十月，他和团里的军需助理上玉其塔什接老兵下山，在离连队二百六十多公里的地方，一辆红色皮卡正翻过达坂往下飙。他一看有点毛，就在路边宽敞点的地方停下车等它通过。但那辆车在下达坂的最后一道弯时突然溜冰侧翻，滚下河坝，车轮四脚朝天插进河里。

助理掏出手机给克鲁提乡派出所打电话，他就往翻车的地方跑。从路上下河坝约摸八十来米，他滑了四五跤才蹚进河里。眼看水往驾驶室里灌，他从水里摸出块石头就往挡风玻璃上砸，砸开了看见驾驶员在往外挣扎，但是右腿被卡住了。他冲往下跑的助理喊，叫他回车里找撬胎杠。助理找杠子的这会儿工夫，他趴近驾驶员跟他说话。不要张着嘴往里喝水，坚持一会儿，肯定能把你救出来。助理跑下水时，身后跟来两个老乡，四个人用快一个小时才把这人从车里拖出来。

大概是在河坝水里泡时间长了，加上脑门和右腿又在流血，刚抬到马路上这个人就陷入昏迷。助理把棉袄脱下给这人盖住，他又把大衣脱下给助理披上。等了十来分钟，派出所的车过来把这人抬上车拉走，送地方医院了。俩月过后，这位老哥拖来连队两盆一帆风顺的盆景。还是他自己开的车。老哥说那天他赶天黑之前上泉华那边拜神，保佑他在附近新建的矿泉水厂诸事顺利。不指望水厂挣钱，主要靠它争取政府政策倾斜。老哥打算去吉尔吉斯斯坦做电动车贸易。好比平度产葡萄，浙江就是出老板。他想跟老哥说说孩子的情况。

而第四个借钱的人选，是他刚才胡乱想的。舒莱姆，舒莱姆。他嘟囔了两声舒莱姆的名字。眼神落在铺着红色花纹毛毡的桌子上，瞥见一只蛾子停在一块奶疙瘩上。他坐起来，松开拳头，屋外头的声音和油烟这才缓慢地涌进屋子。舒莱姆和他婆子在外屋烧火炖肉。隔着屋门口的帘子，他能看见舒莱姆在灶前弓下腰看火，他婆子拿着锅铲上下使劲。

人人都说舒莱姆是迈阿丹最有钱的克族人。连队一个老班长说，那年来了个武警部队的政委进山散心，团长安排他住在连队，吃饭在舒莱姆家。舒莱姆收了连队给的伙食费，当政委提出想吃烤羊排，舒莱姆却把他带到了穆哈吉尔家。舒莱姆对穆哈吉尔讲，这是位大人物，如果招待得好，儿子以后上大学就可以找他念个好学校。穆哈吉尔说我的孩子才九岁，离上大学还早得很。舒莱姆就骂他没有见识，说了一番交际的道理。穆哈吉尔的老婆在旁听见他们说话，乐呵呵地宰了羊娃子。政委那几天吃得很高兴，把这笔快乐账记在了舒莱姆头上，承诺以后有事找他。政委回去之后，舒莱姆给他写信。信中讲最近山里气候如何无常，他和家人又是如何生病缺药。另一边舒莱姆找到连队，和连长说为了招待政委，他和家人是如何拿出最好的粮食酒和羊羔。政委寄了一大纸箱药给舒莱姆，连队搬了几袋米面到舒莱姆家。往后那一个月，舒莱姆把讨来的药和粮食卖给邻里老乡，挣到的钱买了两头牦牛。他们说舒莱姆挑的牦牛不是一般聪明，连队用望远镜看到它们会自己逛到山里泡野温泉。

但问题是谁规定了，有钱就得把钱借给别人？

肉汤上桌，穆哈吉尔和龙虾也端着面盆进屋了。他俩刚才在北面的柴房里拉面、炒盖菜。

老穆，今天吃的又是你家羊吧？他问。

穆哈吉尔笑吟吟地盘腿坐下，看了一眼舒莱姆。

你告诉郭班长，谁拿来的羊。舒莱姆说着也坐下来。他不着急动肉，先捏了玻璃碗里的几粒巴旦木掰开吃。

反正这一顿不是我的羊。穆哈吉尔笑开了，放下手里的核桃皮擦了把嘴。

那是。他说。估计是舒莱姆的羊，不然特意等你媳妇回娘家，少了一张嘴他才拿过来。

几个人都笑了。

寿星，想好了许个咋样的生日愿望？舒莱姆问他。

丫头的病早点好吧。他说。最近就在准备钱做手术。

你们连队没募捐吗？舒莱姆问。

他不让搞。龙虾替他答了。

赶在一块儿了。他说。

他伸出手在近前的碗里瞎摸，抓起块糖剥开往嘴里放。

连队一个义务兵。他哑着嗓子说。他妈妈出车祸了，上上个月连队刚发动给他捐款，团里也组织，微信里边也号召捐钱。我这个事连长主动提了两回，但实在是不好。刚捐完一个又来一个，兄弟们咋想我……

一个是娃娃，一个是老人呀。舒莱姆说。

是啊。他说。

那咋办？舒莱姆问。

也不是没钱。他说。去年刚装修了县上的房子，我爸妈现在住着。要是把房子卖了，能有个二十来万，看病也够了。

那卖不卖？舒莱姆问。

不想卖。他说。爸妈刚接过来。

他们说话的工夫，穆哈吉尔拿小刀剔了些肉放进他们脸前的盘子。面也分好了。几个人悄无声息地吃起来。

哎。他拿筷子点了点龙虾的盘子。

龙虾停下嘴抬头看他。

生孩子之前一定要做详细检查。他说。我和我媳妇不是八字不合，是基因不合，当时没查明白。

嗯。龙虾说。生孩子是大事。

我对我的小孩有三点期望。龙虾说。第一，孩子必须像我，不能像隔壁的。第二，机灵一点，哪怕提着开水浇花也证明有他自己的想法。第三，一定要有一点讨人喜欢的地方，不能看着就不让人高兴。

你媳妇在哪儿呢？穆哈吉尔笑起来。

我等着娶克州首富的丫头。龙虾冲舒莱姆弹了声响舌。

啥时候下山？舒莱姆放下筷子问他。

医院约上手术了就下。他说。

你应该给你的小孩做一个事。舒莱姆望着他说。找一块狼髀石，小狼崽子的。

我有一颗狼牙。他说。

我知道，我给你的。舒莱姆说。但是男孩戴狼牙，女孩只能戴狼髀石。

你有吗？他问。

我可以帮你找人要一块，但是戴过的就不太灵了。舒莱姆说。你小孩的病有点厉害，你应该自己去打一头小狼，弄它的髀骨给你孩子戴上。

你试过吗？骨头能治病？龙虾问。

我的话你只管听，没有根据的话我不会说。舒莱姆回答。

肉和面都吃完了。他靠在墙上，两只大手摩挲身边靠垫上的纹饰。

有年连队到靶场考核，上去几个人都打得很差，连长觉得怪事，就叫连队枪法最好的战士去打，还是有两发弹偏靶了。舒莱姆一直在旁边看，过会儿把排长叫过去，让他带人去放靶子的旁边那条沟里前后看看。排长带了两个战士跑过去，看到离靶场一二百米的地方有一个男人和一个女人在动。排长叫战士先回去，他过去把人撵走了。以后连队再出来打靶都先清沟。还有一次，连队抽水泵上一根螺丝钉松了，怎么都拧不紧。舒莱姆拿起子试了几下，就叫他抓只小公鸡过来。舒莱姆用小刀割开公鸡的喉咙，放出来的血滴在螺丝钉上。过会儿他再拿过起子，几下就拧紧了。舒莱姆送他狼牙的时候说过，苏约克这一带是古战场，放牧转场的时候，经过山中几道沟里都能看到被狗刨出来的白骨。

小娃娃不是老人，不应该有病。舒莱姆说。

是啊。他说。不应该。

现在正是小狼下生的时候。舒莱姆说。

不行。龙虾说。过去就会留下衣服气味。去年老巴掏狼窝，狼就从一大堆羊里头找，把老巴家的羊全咬死了。

下雪的时候去，脚印和气味一场雪就盖住了。舒莱姆说。我给老巴教了，他不听。

那我去掏，一只卖给你多少钱？龙虾说。

你是不是要我去掏小狼崽，少一只狼吃你们家的羊？他笑着反问舒莱姆。

是不是，舒莱姆。他说。没好处的话你不会说。

你的脚是谁治好的。舒莱姆说。那年你巡逻踩到冰窝子，脚拔出来了鞋子没出来，一瘸一拐走了两公里，被连长留在我家。我去宰了一只最漂亮的羊羔，放出来羊血让你把脚伸进去泡，不然冻烂的地方以后你年年要犯。

是你治好的。他说。可是你这几年的胶鞋、防寒靴穿的谁的你咋不说？

你也相信这个狼牙跟狼髀石吗？龙虾扭过头问穆哈吉尔。

这些都是我的爸爸、爸爸的爸爸说过的话。穆哈吉尔瞪着亮闪闪的眼睛说。

就算是真的。他说。狼那个东西不能结仇，这个事不行。

早几年玉其塔什那个事就差点没过去。他说。

舒莱姆闷了口茶。穆哈吉尔也点点头。

那年他在玉其塔什刚套一期，连长原先是组干股里的一个干事，也刚上任。连长到连队不久，和当地老乡来往热络。指导员是个埋头干不爱说话的人，有老士官旁敲侧击地说连长在工作里夹带私货，指导员也只是听，不发表看法。有天下午，连长从老乡家抱回来一只死了的小狼崽。连长把小狼扔在马厩旁边的铁笼子里，嘱咐他晚上过来把这个小狼的狼牙和髀骨取出来。

那天夜里，全连组织在二楼学习，突然听到哨兵冲进楼里的喊声。

是狼来了。

他跑到窗前，一眼看见那匹灰褐色的母狼。它站立在楼前空地，向楼上亮灯处发出一声缓慢而起伏的啸声。那是一种不现实的声音。叫声中包含的讯息绝不仅仅是对幼崽的呼唤。指导员把哨兵揪过来，问怎么发现有狼的。哨兵说刚才听到马厩里有马受惊的声音，走过去时看见围墙上有一道黑影，一双蓝色的眼睛在盯着他。

那时住在老营房，一楼没有大门。指导员让他们分散到二楼各个宿舍锁上门，自己和连长带着两个枪法好的去了枪械室。他回屋锁上门，把小桌子也顶到门上之后快跑到窗台边，趴在玻璃上往下看。连队里悄无声息，围墙后边的军犬和十几条土狗此刻毫无响动。就在整个玉其塔什沉寂下来之时，吉尔吉斯斯坦在会晤时送给连队的一条当地犬从楼后面冲上了空地。那条吉尔吉斯的狗嘴又短又方、身形高大，但是近两年得了血栓，总是脑袋摇晃，走路、吃东西、睡觉，脑袋都摇得停不下来，他们以前叫它狮子，后来就叫它摇摆。

狮子冲向那匹狼时，那匹狼正失明一般地站在原地，只在狮子扑上来的一刻，它才弯背跃起。它想一口咬住狮子的喉管，被狮子坚硬的爪子挡住，但狮子仍然受到这匹狼的猛烈撞击摔到地上。几乎同时，狼全身的肌肉瞬间鼓胀，在下颚前伸的一瞬间，像飞溅的铁屑弹向狮子。狮子发出刺耳的尖叫，而这匹狼的四肢就像刀子一样利索。几分钟后，狮子石块般的脑袋砸在地上，已经停止晃动。那匹狼注视着狮子，前肢和前胸沾着血，尾巴像铁棒向下斜插。紧接着放慢了速度却毫不迟疑地再度跃起，就在它爪子要穿透狮子肋骨的一刹那，狮子猛地翻身，用两只前爪划开那匹狼的肚腹同时，它的脖颈被狼牙穿透。

狮子躺在灯光下。那匹狼绕过狮子，迈着迟缓的步子向楼里走来。他看见它的脚掌踏着血，肚子下垂。在它进楼后不久，整栋楼里的人都听见撞击造成的闷响。起初是一声，接着两声，随后撞击伴随玻璃碎裂的响声愈发密集，像他某次巡逻，听见山顶的雪裹挟巨石翻滚。

撞击声停止十几分钟后，有人带枪开门出去看。一楼门前墙上的军容镜碎裂在地，残留的镜片和墙壁上沾满血渍。那匹狼倒毙在镜前。它认定镜中还有一头狼想要它的命。第二天清晨，指导员带着他和另外三个班长开车往边境铁丝网的方向走。到了铁丝网附近，他们拿着镐头跳下车，挖了两个大坑。

雪被大风吹得失去了黏性，沙土似的迸发撒落，发出簌簌声响。山谷里，扎堆的十几间土房子像草棵里褐色的冰块等着消融。空中，熟悉归家之路的受了潮的燕子，从远处返回陡峭的斜坡。

当看到土屋里渗透出的光亮，他收回目光。和龙虾一起继续挥动镐头和铁铲。狮子是他埋的，他在那堆土块上拿些石头垒了一座三角形小塔。而旁边埋两只狼的地方，仅存凹陷的坑洞。狼的尸体就像它们的粪便难以寻见，不管埋在哪儿，狼群都会找到，刨出来带走。

龙虾挖到了狮子的骨骸。

他探下身，拿起一块细长的石头在泥土里拨弄。

狗的髀骨能有用吗？龙虾扔了镐头问他。

这是狮子。他说。

连队里有些土狗会因为人的靠近而凑上前吠叫，用嘴去蹭拿着半块馒头一个鸡蛋的人，狮子从不这么做。它只在哨楼旁吃值班员送过去的餐食。他看它有时啃咬野草，细得几乎尝不出味道的草茎。有年八一节，连队和牧民摔跤比赛，眼看他被一个老乡摔倒，狮子从后面匍匐过来，偷袭了这个老乡。听说几天后那个老乡在连队门外的路边放了一块有毒的肉等狮子来吃，但它没有近前。

狮子比那头狼晚好几个小时断气，晚上他们把它抬进一楼避风的地方，它舔了舔端到脸前的火腿。它还想找回点力气，好活着回味刚才那一幕。

下山那天，山脉之间的巨型峭岩已被雪封裹。路上的积雪随风翻飞，将窄小的河流填得快跟河岸一样平。影影绰绰的即将隐没的太阳，像一颗果冻落入炉灰。

他骑着一匹老乡家的马，抄近路翻过达坂。那座山被风化了，土松，平时上一步滑下来半步。现在盖上雪，反而好走不少。雪碴子飘落下来，微微发亮地在空中颤动。他盯着那些闪光银屑。要是山顶的一角雪塌下来，就会像运沙船上卸沙子似的泻下来把他活埋。那他只能连带着马倒下，在雪窟窿里又挖又刨，扒出一条堑壕。如果他还有意识的话。他前倾趴在马上，紧抓着马鞍，不时勒紧缰绳避开某处塌陷发灰的积雪。

出山坳刚拐上往艾尔热曼乡走的路，他就听见在白茫茫寂静里，有一种轻微的、奇异的声响。一开始他以为是马蹄踩破了冰，继而又在心里产生了恐惧的念头，会不会是一头狼跟在后面？他在阴沉沉的天光下扭过头去看了一眼，发现不远处有一个灰点，正在雪堆上弹跳。那个灰点的体积，让他胆子稍大了些。等那个小东西一蹦一跳地近前了。他心里颤动了一下。那是连队养的一只叫费丽尔的小哈巴狗。

他爬下马，从雪堆里抱起费丽尔。费丽尔扁平内陷的脸上和全身结满冰霜，只有一双小黑眼睛闪耀出亲昵和信任的目光。它从连队跟出来这么长时间护送他，竟然走到伊阿梁村时他才发现。费丽尔在马鞍上缩成一团，耳朵在一阵阵袭来的风中哆嗦着。刚才几个小时的雪路让它精疲力尽，出汗的毛发结冰后封存了体内的热气，以它目前的体力，融化结冰的身体已经不可能。

走到舒莱姆家时，费丽尔的眼睛已睁不开了。

去年费丽尔怀着孕跟他们进山巡逻。帮老乡搭马草棚时，一个士官扛了根木头，突然一个转身把他打晕了。醒来时，费丽尔趴在一旁舔他的鼻子和脸颊。一下山，费丽尔一口气生了十一只小崽，他掏出一床自己的褥子给小崽子们垫窝，被龙虾他们称作英雄父亲。

英雄父亲。那时他还不知道丫头的病要动手术。

他把费丽尔抱到舒莱姆家的炉子旁边放下。舒莱姆的妻子过去蹲下碰了碰费丽尔的鼻头。

他没有太多时间停留。他让这个胖乎乎的妇人转告舒莱姆，抽时间把费丽尔就近埋掉，但埋它的地方要做上记号，不要忘了。

离开舒莱姆家时，雪落得更密了。他想到等龙虾这一批复员的战士下山时，乡里的推雪车就该开上来了。他下山之前，龙虾他们已经在收拾行囊。平日里跟龙虾关系好的几个大头兵，那几天老缠着龙虾叽歪。

走。龙虾说。哥带你们干大事去。

干啥去？有人问。

去小店买辣条。龙虾说。昨天去了趟小店感觉啥都想买，要是钱再多点哥能给它包下来。

过会儿龙虾他们回来，兜里揣得鼓鼓囊囊跑去地下室了。他过去的时候，他们正在传一瓶饮料，一人一口。手里拿着老婆饼、鸡爪子。

班长，你回去干吗？有人问龙虾。

回去捡蚊子屎卖。龙虾说。

他摸出一包烟散给他们。

当新兵太馋烟了。龙虾说。烟被没收以后，老低头看地上有没有长一点的烟头，妈的，头快插到腚沟子了。

屁吧。他说。你没少捡。

捡个毛。龙虾伸长脖子喊。你抽完了烟都往缸子里头泼水、吐痰，日吧歘得很。

龙虾跳起来模仿他带兵时说话的语气。想抽烟？走……来！带你俩去厕所开个包间抽。

他想到这里笑了起来。

一辆车从他身旁慢速驶过，车后头放着两只羊，几根交叠的细腿从后厢盖下头硬邦邦地撅出来。车灯像飘忽的蜃气远去，他的马还在迟缓而有力地迈动前蹄。

坐在手术室门前的下午，他的妻子和娘家人三五结伴，站在楼道拐角低声交谈。他卖掉了县上那套房子，把父母送回乡下的老屋。父母把攒着应急看病的钱取出来给了他。

医院的气味叫他想起三十岁生日那天，一瘸一拐去十二医院皮肤科看病。大夫说他脚上长了一个鸡眼，让他去隔壁诊室用激光烧掉。那时他第一次见到妻子，戴口罩的妻子。他们在一股肉煳味中交谈。当第三次去找妻子烧鸡眼时，他还记得她揭掉纱布，看见他伤口时的神情。她向科室请了假，陪他去总医院看诊。大夫对她说，你老公这不是鸡眼，是掌跖疣和烧伤，要冷冻治疗。

在准备孩子入院手续那天，连队来电话，说龙虾在几个赌博的地方分别欠了债。龙虾以为复员费足够还账，还能剩下一点回去对付家里，但对方记账的方式和龙虾想的不同，债越滚越多，龙虾把复员费全还上还差对方三万块钱。龙虾在艾尔热曼乡招待所里喝了几口农药，跑去卫生所吐了一夜。他二姐从老家赶来，清了账，把他接走了。

之前龙虾向他发誓，再赌球就不得好死。微信签名也从“晴天崴脚雨天跛行”改成了“再赌球就剁手剁脚”，怎么还是出事了？他不知道文书来电话有没有怪罪他的意思，连队主官是不是认为他失职了。仅仅作为朋友来说，他也感到难过和自责。通电话之前，他还反感龙虾频繁提钱和娶老婆。直到龙虾喝药才明白过来，这两件事对龙虾来说，就像这场手术对他和妻子而言一样。他怪自己只想孩子的事，忽略了对龙虾动向的观察。难道龙虾没有三天两头地和他说，自己想尽快多弄些钱回家讨个老婆?

龙虾常常对他抱怨，他们县在1990到1998年那会儿，老有人家生了女孩不是卖掉就是扔到公厕茅房的粪池子里。结果现在村里县里的男人娶不到媳妇，媒人一进家门就先问，你家房子分期还是咋买的?嫁过来一起还房贷还是男方父母帮着还?在当地，两套房是父母必须给孩子备的，好比义务兵必须当两年一样。

龙虾的叔叔从越南买了一个老婆回来，劝龙虾复员了也买一个。龙虾说跑了怎么办，叔叔说，中介公司可以退钱或者再送一个过来。龙虾说，那感情不和呢?叔叔说，一年之内免费换一次。龙虾在微信里试探和他谈恋爱的女孩，愿不愿意结婚，女孩回复他：是舞不好跳吗?游戏不好玩吗?酒不好喝吗?他劝龙虾和这个女孩分开，龙虾苦恼地摇头。告诉他，自己已经给这个女孩花了很多钱，羽绒服、手机、钻戒……和赌博一样，投入越多，越期待再投上一点就能回本。

他回忆起龙虾刚下连不久的某天，山口里刮大风。连队楼前空地上的工梯、篮球架都刮跑了。连队门口有一棵矮小的松树，是他们巡逻路上捡回来栽上的，也被风刮跑了。龙虾一个人跑出去撵了三公里，才把树拖回来。

你撵回来栽上也活不了。他说。

就算今天栽了明天就死，还是想撵回来。龙虾说。指导员不说了，谁在苏约克种活一棵树，就给立个三等功，立了功我好讨老婆。

龙虾从山下带了营养液上山，在他的指点下给那棵松树缠上输液器，按天为它打点滴。龙虾在松树旁又挖了个树坑，等哪天巡逻再碰到一棵树带回来栽上。过了些天，树坑里面存了点雨水。那天他和龙虾从山里的训练场回来，俩人脱了鞋袜，把脚往坑里一伸。当时他认为，龙虾想做的事，就一定能做成，他也一样。

舒莱姆讲过一个克族人都知道的笑话。说以前老鹰很怕猫头鹰，就讨好地问猫头鹰，猫头鹰大哥，您这么魁梧的身材是怎么练的？猫头鹰说，我不是壮，是毛多。老鹰不信，从天上俯冲下来抓了一把猫头鹰，发现确实毛茸茸的。以后老鹰再见到猫头鹰，就直接把它吃掉了。

他站起身，看手术室前的人来回走动时想，要是他也给猫头鹰一块狮子的髀骨，会不会结局不同。

他预备上山的那天是小年，团里的送菜保障车也在那天下午上山，送元宵节前的最后一次补给物资给连队。

他帮司机给车胎安上防滑链，跟车上了山。他估摸连队接菜的人这时也出发了，只有这时出发才能赶在夜里十点左右回去。快过年了，也讲个十全十美。乡里开的路只到离连队七八公里的地方，大车把菜卸在老乡转场走了没人住的房子里就要下山。他从车上往下搬罐头箱时，连队的人也牵着马到了。在其中一匹马背上，他看见了费丽尔。

有人告诉他，他把费丽尔放在舒莱姆家的火炉边走了以后，舒莱姆的婆子就去外面做酸奶子。等回屋时，发现费丽尔不见了。舒莱姆第二天给连队打电话，说费丽尔可能被什么东西进来叼走了，连长这才告诉他费丽尔已经回到连队。

他过去摸了摸费丽尔，感觉它比那天他从雪里抱起来时看着要大，也要沉一些。

几个年轻的兵嚷着这一趟过来给走饿了，从尼龙袋里摸出一个西红柿就啃。西红柿纹丝不动，皮上留下两个白印。他们不死心，又拆开奶箱子要喝包牛奶，拿出来一看已冻成了冰。老班长们笑起来，说这个事早就上过新闻。边防连队的牛奶不是喝的，是撕开塑料袋当冰棍舔的，蒙牛看到报道还派人送来十几箱子酸奶慰问连队。有个兵撕开一包牛奶嚼着吃起来，其他几个人也一人一包拿着用牙咬。他有点渴，但不敢吃。上山之前刚找海比尔的爸爸给他清了后牙槽上的肿包。几个月的火气好赖随着一口血水吐出来。

他们先挑容易被冻裂的菜，像鸡蛋、咸菜罐头之类的往背囊里装。装满了就用背包绳捆起来绑在马背上。连队的十三匹马都牵出来了，要给它们装二十几个背囊。每回马都不想驮，来回打转。他的那匹马兜了两圈，不肯让他放物资，他扛起背囊往马背上放了两回都不行。他放下背囊，上前去抱住马脑袋想稳住它，结果一使手劲把马放翻了。马倒在雪里甩着蹄子发出嘶鸣，他趔趄上前，就着旁人搭了把手把马拽起来。马刚站稳，他就把背囊压上马背。正在用铁丝扎紧时，这匹马打了个响鼻，往站在前面的一匹马屁股上喷了一股热气，惊得前面的马一下尥起蹶子，猛地来个后踢把它又踹倒在雪里。背囊从马背上滑下来。他有点担心给舒莱姆和穆哈吉尔带的两套气压拔罐器摔坏了。

苏约克这个地方，冬天上午一丝风都没有，到了下午就狂风暴雪。连队的推雪车在前面推，铲斗车在后面铲，刚整完的路十分钟后扭头一看路又刮没了。从老乡房子出发时，他还骑在马上，走了近四公里，马累得一下跪倒在雪里。他的脚刚离开马镫，就半条腿进了雪里。雪把他的裤裆卡住了，脚底下没根使不上劲。但这回和舒莱姆笑话他的那次巡逻不同。现在他知道不能着急扒拉，要是把四周的雪摁紧了，又没有人给架出来，那脚一拔，鞋子就又进去了。整个胳膊伸进去还够不着，得半个人钻进雪里去掏鞋子。这会儿他弯下腰，把上身放在旁边一块夯实点的雪堆上，重心前倾，游泳似的慢慢把腿拉了出来。

最后不到一公里的地方，大伙都下了马。卸掉了一个人的重量，又看到连队的灯光，十几匹马都跑了起来。马蹄扬起雪尘，像独木舟闯入一排摇曳的巨浪。

他们进连队时，连长迎上来拍拍他，问他家里的情况。

好着呢。他告诉连长。

他还想给连长说，他找了开矿泉水厂的浙江老哥。老哥在阿图什市里联系了一家物流公司让龙虾先送着件，等水厂建起来，叫龙虾上山负责取水管道的维护。

这时一个人在前头大声叫起来。这个小伙子把两箱鸡蛋用背包绳捆好放在马背上，走了一路箱子湿了，底座的垫子掉了他也不知道。刚才发现鸡蛋都漏光了，剩两个空箱子。

几个人跟着连长跑进楼里，过会儿拿着笤帚、扫把又冲进了雪夜。他跟在费丽尔后面，第一个捡到鸡蛋。那个鸡蛋摔破了，蛋清和雪冻在一起，拿在手里像个馒头。世界真大。他掂住鸡蛋时想。还有苏约克这么个地方。无论走到哪里，总还有更多地方可去，所以一直走是没多大的意思的。

第二天一早，舒莱姆和穆哈吉尔骑马来连队，交给炊事班长两个大口袋，一个装取暖烧的木炭，另一个装米面和青菜。

他摘了围裙，脱下橡胶袖套从后厨走进前厅，跟舒莱姆和穆哈吉尔打招呼。

昨晚上駄菜的时候想起来个事。他说着冲舒莱姆走过去。

啥事？舒莱姆问。

上回你骑小电驴摔了。他说。胳膊上那么深这么长的一道口子，是谁给你缝上的？

你咋样缝的？舒莱姆说。你在一块猪皮上练了三次就来给我治。

你咋知道我拿猪皮练的？他问。

舒莱姆笑起来，走上前揽过他的肩膀。

我什么都知道。舒莱姆说。昨晚上你想我呢，我们也想你。

舒莱姆和穆哈吉尔昨夜进山寻马时发现一处狼窝，里面有三只新下生的小狼崽。穆哈吉尔想掏一只带走，舒莱姆不同意。离开时，俩人合力推过来一块石头把洞口堵上了。

给你留的。舒莱姆对他说。

你不知道。他说。有比那个东西更厉害的。

董夏青青，女，1987 年生于北京，山东安丘人，在湖南长沙长大。毕业于解放军艺术学院文学系，中央戏剧学院戏文系硕士。供职于新疆军区。小说、散文曾在《人民文学》《收获》《十月》《当代》《解放军文艺》《小说界》《解放军报》《南方周末》等报刊发表。曾获 2018 年度“紫金·人民文学之星”短篇小说奖。

呼吸机

黄跃华

1

正月初五，我去医院找王卫东。王卫东是我当年插队时房东的儿子。我去时他正坐在重症病房门口，等待探视他的妻子。看见我了，赶紧爬起身，打着招呼。初五是财神日，外面鞭炮响个不停，好不容易等到鞭炮声停下来，才听清他嘟哝道，过了年，秀芳又长一岁了。

王卫东说这话时嘴角上勉强挤出一丝笑。他个子不高，又瘦又黑，头发乱蓬蓬的，一件蓝色羽绒服穿在身上，空空荡荡像套在衣架上，皱巴巴的裤子上被香烟烫了几个小洞。

我没有去问江秀芳的病情。她的病情不用问。江秀芳从上海的大医院转回来时就住进了这个重症病房，靠呼吸机维持呼吸。我问过医生，他们说，离开了呼吸机，江秀芳一分钟都不能活下去。

下午三点是探视时间。王卫东在这一个小时里要帮她翻身、揉捏、擦洗。三点还差十分，王卫东就爬起身，门一开便第一个挤进去了。我坐在他坐过的椅子上，那上面还带着他的体温，长长地叹了口气。

王卫东的父亲王元庆是个木匠，只生了王卫东一个儿子。当年我插队时他才十多岁，眼睛大，脑袋大。异常灵巧，上树掏鸟蛋，下河捉螃蟹，最擅长的是拿黄鳝。黄鳝滑，一般人要用专门削成齿状的木夹子夹，但他只需三个指头就能锁住，一个晚上多的时候能拿十多斤黄鳝。我在王元庆家住了十二年，一直到回城。

王卫东子承父业，初中毕业后学徒，十九岁出师。二十五岁结婚，我去贺喜。媳妇江秀芳是江湾人，小王卫东两岁，一张娃娃脸整天挂着笑。小两口婚后小日子过得红红火火，楼房也砌起来了，儿子也出去读了大专，回县城找到了工作。后来，江秀芳老是犯癫痫病，犯着犯着有时跌倒在地不省人事。一次晕倒在织布车间里，口吐白沫，吓得老板赶紧要她结账走人。王卫东带她去上海大医院检查，当即决定住院手术。但手术后江秀芳便没再醒来，也没有了自主呼吸，一直住在重症病房。王卫东在医院闹了一年，找过政府，打过官司，还爬到屋顶要跳楼，最终医院免了所有费用，赔了九十一万。王卫东这才把江秀芳带回来，住进了县医院。

2

晚上留王卫东吃饭，他也没客气。相识几十年，我们间的走动比亲戚还频繁，就在腊月里，他还给我们送来了糯米、花生、鸡蛋，还有一只四斤多重的老母鸡。

半个小时不到，王卫东拎着两盒麻糕两包红枣来了。我责怪他不该乱花钱。他头也不抬地说，过年哪能空手来呢。

我去忙菜，他在客厅里看电视。妻子问，秀芳怎么样？王卫东只顾看电视。电视里正放着《欢乐家庭》节目，主持人、嘉宾和观众都玩得开开心心，热热闹闹。妻子让他吃元宝，在我们这里，过年时花生和瓜子就变成了元宝。他抓起一把元宝，似乎想起我妻子刚才的问话，低声说，过了年又长一岁了。

几杯酒下肚，他那干枣似的脸上开始微红起来，一道道皱纹相互挤着，像厚厚的橘子皮。我问他，底下的路怎么走？他放下酒杯，望着我。显然，他明白我问的意思。

王卫东不再喝酒，只是不停地扳着手指头。他的手指又瘦又长，指骨却很粗，竹节似的。

掐灭手里的烟，他终于闷着头说，九十一万，已经花了二十六万，花完了再说。

妻子又给他斟了一杯酒，着急地说，一天几千块，也撑不了几个月。

我把了解的情况一一告诉他，并帮他分析，专家们的意见是，江秀芳已没有醒过来的可能，她能活着，完全在于呼吸机。一拿，人就走了。某种意义上说，江秀芳现在住在医院里已没有任何意义。

王卫东不再说话，只是拿筷子搛着花生米。他搛得很慢，搛一颗，看一眼，然后再送进嘴里，慢慢嚼。其实，这话王卫东也不是第一次听说，在上海，专家们多次委婉地表明过。

妻子退休前在药房工作，说话历来直来直去。她告诉王卫东，江秀芳连植物人都不是，有的植物人十年八年还能醒过来，但江秀芳已经不可能了，她已经没有了自主呼吸。年前妻子去看过江秀芳，一百二十多斤的人已瘦成六十多斤，只剩下一个骨架子。

王卫东放下筷子，拿手抓着头。乱蓬蓬的头发被抓得东倒西歪，像秋天河边的茅草。抓着抓着，他突然用力往下揪，枯树皮似的手上青筋凸起，嘴角直咧，露出一侧牙床，还有两颗发黑的门牙。我真担心他把那两颗门牙咬碎。

手松了，几绺白发飘下来，落在面前的菜碗里。终于，他抬起头，一仰脖子，喝完酒，粗着声说，那钱是她的。

我们都听懂了，他说的那钱是指医院的赔偿款。我们面面相觑，不再吭声。

沉默了一支烟工夫，匆匆扒完一碗饭，要走了，王卫东终于叹了口气说，再说，她还没走，终究是活人。

送走王卫东，望着他骑着电动车消失在黑夜里，我和妻子心情平静不下来。王卫东粗沉的鼻息仍在屋里回荡，拽下的白发仍在眼前飘飞。妻子问我，难道卫东真的不清楚这样下去只能是竹篮子打水，人财两空？对这事他父亲王元庆怎么看？卫东好多事都听他的。

谈到王元庆，我的眼前又浮现出那个驼背的、可亲可敬的老木匠。离开王家垛三十多年，但我的心仍留在那儿，不但年年都要回去几趟，就连夜里做梦都常常梦到当时的情景。我忘不了，当年我个子不高，身子单薄，干农活总是掉在人家后面。农忙季节最怕割麦割稻，每每这时，王元庆总是天不亮便帮我磨好几把刀，上工前先帮我割上一节田，这样才能保证我不落在别人后面。一次我患肠炎，只能吃稀的，王元庆三顿给我煮挂面，炖鸡蛋。要知道那时挂面和鸡蛋在农村都是稀罕物，过生日才能吃上挂面。特别是鸡蛋，农民都指望拿它到小店里换日用品。别的知青一个月也难吃上一顿肉，我却一个月能吃上七八顿。王元庆是手艺人，哪家砌屋上梁，哪家嫁女打嫁妆，总要带上我，说是学徒，实则带着我跟在后面吃肉改善生活。

夜已深了，我们睡意全无，心乱如麻，越想越不安，越想越替王卫东着急。祸反正已经惹下了，花再多的钱也无济于事。当断不断反受其乱，要知道他现在可算是穷困至极，父亲王元庆有病要看，儿子王小亮成天吵着要买房，他自己又天天要来医院，干不了活，挣不了钱。全家只出不进，阴天驮稻草，越驮越重，最终肯定会被压垮。

我对妻子说，长痛不如短痛，这个事我们一定要帮他一下。妻子理解我的意思，点了点头，至于帮什么，我和妻子都心知肚明，但谁也没有说破。妻子随即又担忧地说，这事太复杂，牵涉到的人多，王卫东、王元庆、王小亮，还有王卫东的两个内弟，他们的意见甚至比王卫东还重要，不好拢在一起。我说先不拢，分头做工作，只能各个击破。我自信地对妻子说，这些人我都能说上话。

3

次日一早，吃了一碗鱼汤面，我便乘上通往王家垛的公交车。妻子年前被人撞断了腿，不然也要一起去。从城里到王家垛二十公里，经过三个乡十二个站点，我闭着眼也能摸到。

王元庆的家是那么的熟悉，楼房是六年前砌的，三层，没有装修，只刷了白。屋里只有一个条柜，一张方桌，空空荡荡，客厅里一台电视机还显得有点现代气息。

王元庆七十多岁了，背驼腰歪，两颗门牙也掉了。唯一没变的是他那两道剑眉，又黑又长，又叫寿眉。我去时他正在院子里做小木椅，只见那双粗大的手上爬满了青筋，一层又一层的皱褶，露出大小不一的褐斑。他对我说，老了做不动其他活儿，做些小木椅赶集卖，贴补贴补家用。

王元庆右手撑地，使了几次劲才爬起身，一瘸一拐进了厨房，煮蛋茶。农村来亲戚了要煮蛋茶，煮几只要看尊贵程度。王元庆的妻子去世多年，两年前他右侧股骨头坏死，医院让动手术，他一听说要两万多，死活不肯，说七十大几的人了，还挨一刀干什么？我知道他是舍不得花钱，主动提出钱我出，但他怎么也不松口。

王元庆端着蛋茶来了，九只鸡蛋，满满一大碗。王元庆坐在桌边看着我吃，很享受地在一边抽着烟。王元庆是个厚道人，年轻时手艺好人品好，从不跟谁斗气争理，工钱多少主家说了算，谁家有事喊一声，不管多忙都去帮一手。我印象中最深刻的一件事，有一年他家卖了一头猪，一百二十块钱藏在碗橱顶上，留着王卫东相亲用的。但第二天发现钱没了。民兵营长带人查了一整天，原来被邻居的一个亲戚偷走了。农村人最恨小偷，这种人最缺德。小偷被抓来了，绑到树上，男女老少抢着拿皮带抽，小偷被抽得哭爹喊娘。王元庆看不下去了，主动上前为小偷松了绑。众人不解，他劝众人，他家穷，年纪小，不到万不得已也不会做这事。

我和王元庆谈到了王卫东，谈到了江秀芳。王元庆默默地抽烟，一句话也不说。他拿眼朝院子外望。我这才注意到，王元庆两只眼袋耷拉着，比眼睛大，像脸上的一道坝，长长的剑眉则像坝上的树。他的眼光混浊得很，深秋的雾一般。几支烟吸完了，他才回过头，像是对我又像是自言自语地说，打摆子咋惹这种祸？造孽呀，造孽呀！

我把江秀芳的情况分析给王元庆听，劝道，祸已经惹了，再去埋怨也没什么用，人倒霉喝水都能呛死。但像这样拖下去总归不是办法，江秀芳肯定救不活，钱花了，王卫东也垮了，最后只能落个人财两空。

王元庆问，那你的意思是？

我没有回答他的话，而是说道，不是我的意思，是医院的看法，医生的看法。

王元庆的身子突然哆嗦了一下，倏地往前倾，眼看就要磕下地，我赶紧伸手扶住。待他回过神，我又劝道，要相信科学，人不能单凭感情用事。

王元庆拿眼定定地望着我，像望着一个陌生人。嘴张成一个黑洞，深不见底。半天才含糊不清地吐出几个字，人命关天呀，毕竟人还没走。

我有点着急了，跟他解释什么是呼吸机，再三强调这呼吸机一拿掉人就立即没了。我边说边做着拿掉呼吸机的动作。王元庆呆呆地望着我的手，不再说话，只是拿手搔着头。他的头发几乎掉光了，剩下几根也枯草一般耷拉着。很快，蓝棉袄上便落满了一层头屑，白花花的虱子一般。

门前传来一阵摩托车响。不一会儿，王卫东的儿子小亮回来了。刺眼的是，过年理了个公鸡头，尖尖的扎眼。他看见我了，叫了声大大便进里屋玩手机。我纳闷，平时蛮听话的小亮怎么理了个这个头？王元庆告诉说，他这是在怄气，怄他爸的气。小亮谈了女朋友，闹着要在城里买房。王卫东凑了十万块首付，余下的三十万拿不出。小亮便开始没有好脸色。

他们家过去的底子还不错，但接二连三有事，结婚、建房、生病。王卫东又是个义道人，不少人欠他的钱，又拉不下脸来要。江秀芳两个弟弟一个差他五万，一个差他四个月的装潢钱，要了几回，现在都生分了。

听到我回到村里，不少熟悉的人都来玩。我想正好走动一下，看有没有人能帮忙做做王卫东和王元庆的工作。我找到了老村长，找到了辈分最高的四爹，找到了王卫东从小玩大的伙伴。但他们除了同情叹息之外，没有谁肯搭话。看得出，他们谁也不愿意涉及这个敏感的话题。

失望之际，远远地看见有个穿白羽绒服的女人过来了，尖着嗓子喊，大干部走亲戚来了。女人的嘴唇抹得猩红，远远望过去像嘴里叼着火。当地人喊大干部是一种戏侃，来自一个妇女跟村治保主任通奸，吹嘘睡了个大干部。我认得来人叫“狐狸眼”，三年前跟男人离了婚，专门帮放高利贷的人吸储。王元庆告诉我，自从王卫东从上海打了官司回来后，她经常深更半夜往王卫东家跑，动员他把赔偿款存到她那儿，利息八厘。

我不接“狐狸眼”的茬，跟王元庆辞行回城。王元庆拄着拐杖执意送我，我心疼他那一瘸一拐的腿，把他按到长凳上。他拉着我的手，四处张望了一下才低了声说，我都是黄土埋到脖子的人了，管不了那么多，这事总得人家娘家人说了才行。

王元庆说的话我懂，在农村，女人的娘家人不能得罪。受夫家欺了，娘家兄弟要出面出气，大的事情须娘家人点头，就连死了最后入棺，还需娘家人执钉。否则新账旧账一起算，打得头破血流鬼哭狼嚎都时有所闻。

4

江秀芳的父母早去世了，娘家就两个弟弟。一个叫江铜林，养鱼。一个叫江铁林，开出租车。他们都找我帮过忙。江铜林的儿子爱打架，三天两头被派出所抓去，每次都是我帮忙找人放出来。江铁林开车常宰人，每次也是我出面大事化小小事化了。我自信能做得通两兄弟的工作，决定立即去找他们。

我打电话要王卫东一起去，他在电话里支支吾吾的，看得出很矛盾。我说你老这么拖下去哪行？凡事总要有个底。这种事娘家人不点头有什么用？况且这两个小舅子都不是省油的灯，难缠得很。

王卫东架不住我的劝，同意带我去。我坐公交车到王家垛，再坐王卫东的电动车去江湾。路不远，四五公里，过去都是泥泞小道，且还要摆渡两次。现在则全是水泥路，平坦好走。刚下了一场雨，空气清新多了，路两边的麦苗一股劲儿往上拔节，碧绿碧绿的，一眼望不到边，像海洋。

去江湾的这条路我走过多趟，当年王卫东第一次去相亲，就是我作陪的。那时候的王卫东还是个腼腆的细木匠，话语不多，遇人爱红脸，憨憨地笑。江秀芳呢，更是纯朴得像那首歌里唱的小芳，梳着长长的辫子，红扑扑的脸上一笑起来两个酒窝。

王卫东一路上不怎么说话，看得出他心里有点紧张。他特意买了四斤猪肉、两条鳊鱼，还有两箱牛奶。我故意跟他扯话，但他常常回得驴唇不对马嘴，甚至把两兄弟谁大谁小都忘了。

江湾很快到了，江铜林喂过鱼，正坐在鱼塘边抽烟晒太阳。他承包了三十多亩鱼塘，养鱼养螃蟹。见到我来了，老远地就扯着嗓子嚷，怪不得一早就听见喜鹊叫，晓得就有贵人来。

扯了一会儿闲，我问铁林呢，能不能打个电话请他回来一趟，弟兄们几年不见了，中午一起喝一杯。

江铜林带我们回家。还没进门，江铁林开着出租车回来了，远远地按着喇叭。兄弟俩一个胖一个瘦，一个膘气肉，一个外号“阴八怪”。江铁林拉开车门抓住我的手直晃，听说你来，一趟去兴化的生意也不做了，谈好了三百六呢。我在心里盘算了一下，去兴化一个来回九十公里，你小子真狠，别人不超过三百，你三百六，本性难移。

中午喝酒，我年龄最大，开场白自然我说。我说咱们兄弟们，能处成这样非常不容易。有些事大家还都要担当些。

王卫东先敬酒，打招呼，自己惹了天大的祸，对不起秀芳，对不起两个舅舅。农村人爱以小孩口吻称呼大人，以示尊重。王卫东说的意思大家都懂。当初他带江秀芳去上海看病，要动手术，虽也跟江家兄弟说过，但哪想到会出问题呢?

我赶紧接话，怕场面失控收不住。我说天有不测风云，人有旦夕祸福，人倒霉时吃饭都能噎死。我举了王家垛王三的例子，虎背熊腰的一个人，一顿能吃两碗肉，一人能扳倒一头牛，却偏偏淹死在牛脚塘里。牛脚塘多大呀，牛蹄子踩出来的，盛不过一碗水。他喝醉酒，面朝下趴在那儿呢，呛死了。

王卫东一仰头喝完杯中酒，脸立即涨红起来，他的脸瘦得只剩下巴掌大，一红，像刚出炉的烧饼。江铜林重重地把酒杯蹾到桌上，喘着粗气说，害癫痫的人多了去了，烧什么心血开什么刀!

江铜林这一咋呼，气氛顿时紧张起来。谁也不再吭声，只剩下粗重的呼吸在屋内乱窜。一只苍蝇嗡嗡地在众人头上飞个不停，怎么赶也赶不走。江铜林脾气比较冲，动不动就跟人发火，这我知道。来的路上王卫东就告诉我，江铜林几年前借了他五万块，小亮买房差钱，年前来问江铜林要过几回，江铜林直拍桌子吼，我还没死，怕赖账？！

江铁林不吭声，只顾喝酒吃肉，好像这事与他无关似的。江铁林为人阴，他儿子前年结婚时，王卫东带人帮他装修房子，前后四个月，工钱到现在都没结。王小亮也来要过，江铁林不像江铜林那般横，答应马上给，但至今没下文。

我赶紧爬起身，分别敬了江铜林和江铁林一杯酒，想缓和一下气氛。我甚至开起了他们儿媳的玩笑。儿孙满堂的人爱听这样的玩笑。气氛终于好转了，我趁机给他俩分析了江秀芳的病情。弟兄俩闷着头抽烟，显然，对江秀芳的病情他们都心知肚明。气氛又一下子沉默下来。江铁林干脆脱下鞋子抠脚丫，抠得直咧嘴，看得出他脚气重得很。

江铜林老婆端上红烧鳊鱼。她长马脸、三角眼、薄嘴唇，插话道，秀芳不还在病房吗？有的人昏过去三年五年都能活过来，电视上前天还放过一个十多年的植物人都活过来了。

我向她解释，那叫植物人，植物人有自主呼吸，但秀芳没有，只能靠呼吸机维持，一拿掉，心跳就没了。

江铜林爬起身，晃着圆乎乎的大脑袋，瓮声瓮气地说，那就不拿掉，不拿掉人不就活着？

江铜林老婆帮腔，不就是舍不得钱吗？钱是个好东西，但它是身外之物，生不带来死不带走。江铜林老婆话中有话。显然，她还在对王卫东要那五万块耿耿于怀。

王卫东只顾闷着头喝酒，喝完一杯又自己斟满。我怕他喝多，不肯让他再喝。江铜林老婆对王卫东说，听说“狐狸眼”常常深更半夜上你家找你？她怕我不认识“狐狸眼”，专门给我解释，想必李主任也听说过那个骚货吧，四乡八邻的人都晓得她没裤腰带。

王卫东火烫了一般站起来，连连摆着手，这怎么可能？她吸储，想让我把钱存她那儿。

江铜林老婆不怀好意地咧开嘴，冷笑道，吸储？她怕是想吸人吧！苍蝇还会叮无缝的蛋？

江铜林老婆“啪”的一声拍死了那只苍蝇，还用苍蝇拍挑下地。我见话越说越远，赶紧刹车，说喝酒喝酒。但怎么还喝得下去呢？话不投机半句多，来之前我还对做通江家两弟兄工作信心满满。但现实告诉我，今天这种场合已无法再进行沟通。

失望之余我只得一个人抽烟，埋下头看桌下的狗起劲地嚼骨头。那是个小花狗，第一次来时还冲着我吼，但第二次就认识了，听见我的声音远远地就摇尾巴。

王卫东觉出了我的失望，端起酒杯跟我打招呼。我不想再喝了。他便又扭过脸对两兄弟解释，两个舅舅，李主任说的是医生的意见。虽然他不是医生，但说的是实话。

不料这一来却惹怒了弟兄俩，江铜林猛地一拍桌子，骂道，混账，医生这么说的？医生这么说为什么不拔掉呼吸机？

江铁林也终于穿上鞋子，撑着身子乜着王卫东，哪个医生说的？你叫他当面来和我说，下午我没事，在家等着。

王卫东耷下头，霜打了的茄子似的，有气无力地趴在桌上。酒已喝不下去了，草草收场。记不清怎么回来的，路上谁也没有吭声，垂头丧气像打了败仗。车到村口时王卫东突然摔了一跤，两个人一齐滚下渠道，成了两个泥猴子。

我上了公交车，王卫东还站在那儿抽烟。等我回头望时，王小亮正在跟王卫东争吵着什么。两个人互不相让，吵着吵着便拿手戳着对方，特别是王小亮，更像一只亢奋的斗鸡不停地上蹿下跳。

5

垂头丧气回来，整整一夜未眠，脑子里不停地切换着这两天遇到的情景。王卫东乱蓬蓬的白发，江秀芳瘦得只剩下骨架的身子，王元庆成天疼得咧着的嘴，还有王小亮那公鸡似的头。我挡住江铜林他们别进来，但他们的吼声仍回响在耳边，挥之不去。

妻子急得叹了半夜气。难怪呀，整个医院，像江秀芳这样离不开呼吸机的只有三个人，一个是离休干部，有国家养着，不管多少费用都不用自己掏，连护理人员的工资公家都包了，多活一天，家人还可多拿他一天的工资。另一个是大老板的母亲，大老板年轻时不学好，愧对母亲，母亲多活一天他少一份内疚。大老板刷卡连账单都不看。但王卫东耗得起吗？剩下的六十几万能用多长时间，用光了又怎么办？

我埋怨，这呼吸机是个现代化的东西，但应了那句老话，任何事物都是正反两面。妻子气得直跺脚，连说了几声窝囊，她恨铁不成钢，责怪王卫东优柔寡断，烂泥扶不上墙。我劝她，还不至于无路可走，江家兄弟不都说了，医生怎么说的？何不把他们带到医院来，让他们直接问医生。

我相信这是最后一招，说不定也是最有效的一招。帮人帮到底，我决定再去一趟江湾，把他们弟兄俩直接带到医院去。

医生那边已不需要再沟通。年前就找过他们多次，包括主任、院长。我借了辆车子，把江铜林接到了医院，江铁林和王卫东在院门口会合。

医院里人满为患，处处排着长队，连厕所前都挤满了人。江铜林感慨，现在生意最好的恐怕就要数医院了，这医院一天赚多少钱呀！他好奇地望着大厅里挂着的一条横幅，深入开展药品回扣自查自纠工作，停下来问我，是不是又要抓人了？没等我回答，便愤愤地吐着唾沫发牢骚，医生穿白大褂，可心一个比一个黑，几角钱的药卖几十块上百块，几千的支架收几万，涨了十多倍，不抓还行？

江铜林愤怒得满脸通红，两眼冒火。江铁林望着他，觉得好笑，阴阳怪气地反问，你能把全国的医生都抓起来？谁给你看病？

人来人往，吵吵嚷嚷，但看得出医院从上到下都笼罩着一种紧张气氛。几个熟识的医生看见我们只点点头，匆匆而去。

上到十三楼，重症病房。医生办公室门口拥了一堆人。想拨开人群进去找医生，但拨不开。医生办公室里乱糟糟的，一会儿后又突然传来激烈的争吵声，一阵紧似一阵。一问，才知道一个病人家属怀疑多收了费，双方争执不下。病人家属人高马大，脖子上文着青龙，二话不说一掌扇飞了医生的眼镜。医生见势不好赶紧拾起眼镜夺门而逃，但走廊上全是人，哪里跑得了。最终还是被大汉抓住，按在地上一顿拳打脚踢，医生痛苦得满地翻滚痛叫。

打人者被警察带走了，但紧张的气氛久久没有散去。我们好不容易才找到值班医生和主任，显然，他们还没从刚才紧张和愤怒的情绪中调整过来，个个警惕地拿眼望着我们。尽管我们都是熟人，但他们连我伸过去的手都不肯握一下。

值班医生和主任小心地回答着我们的问题。他们的答复严谨，滴水不漏。值班医生说，该病人将来能自主呼吸的可能十分渺茫。江铜林对这个回答不满意，直接问，你说救得活还是救不活？

值班医生喝了一口茶，不耐烦地翻着桌上的病历。我知道那病历他不知翻了多少次，现在纯属做做样子。值班医生把病历翻了五六遍，又把刚才的话重复了一遍，并特意加上一句，我们的态度已十分明确，据我们所知，上海大医院也是这样回你们的。说完拿眼睛的余光扫着王卫东，谦和地说，这是我们医生的意见，当然，医生会充分尊重家属意见的。

王卫东不知听懂了没有，只是机械地连连点头。

江铜林抓起桌上的笔，递给值班医生，这样吧，医院出个证明，说这人没用了，我们就不看了。

值班医生抬起头，透过铜钱厚的镜片望着江铜林，像望着一个外星人。他的嘴张得大大的，能塞下一个鸡蛋。值班医生撑起身，摊开双手摇着头，笑话，我做了一辈子医生，哪开过这个证明？

值班医生逃也似的走了，手机也忘了带，嘟嘟地在桌上响个不停。江铜林追出门，冲着消失在拐弯口的两个白大褂吐了口唾沫。江铁林冲桌上的手机呸道，穿的白大褂，放的白屁！

6

回到家蒙头就睡，我感觉头涨得笆斗大，不住地往外裂，脑浆在里面荡来荡去。床成了一块烙铁，我爬起来，几次跑到外面透气。妻子还在客厅看着电视，里面放的一档民生新闻，开发商欠薪，农民工爬到楼顶跳楼。又是跳楼！我没好气地对妻子说，深更半夜的看这东西闹心不闹心？

妻子知道我还在为王卫东窝火，“啪”的一声关了电视，埋怨道，庸人自扰，绕来绕去有什么用？要是我去，早解决了。

我问怎么解决？

妻子掯上门，丢下一句冷冰冰的话，不都是为了钱吗？

我蒙了，木桩似的戳在那儿。突然，我的头像被木棒猛击了一下，妻子的意思是……我惊出了一身冷汗，浑身战栗。

夜里做了一个噩梦，梦见江秀芳的九十一万用完了，医院不许她再待下去。王卫东只得东借西借，但一分钱也没借上。只得卖房子，房子也卖不出。苦苦哀求医院，医院也死活不松口。王卫东急得爬到医院楼顶，二话没说便往下跳，我急得伸手去拉，没拉住，拼命大喊，卫东，卫东！

次日一早，天刚亮，手机便响了，王卫东打来的，他瓮声瓮气地说已到了我家门口。

拉开门一看，王卫东真来了。他依然蓬着一头乱发，敞着羽绒服，不停地喘着粗气。我把他让进屋，他一屁股坐在沙发上，气愤地说，都是你，你做的好事。

我丈二和尚摸不着头脑，不停地拿手揉眼睛。他脱掉羽绒服，露出瘦削的双肩，红着脸，竹筒倒豆子似的向我开起连珠炮，全村都传开了，说我请你出面，不让医院救秀芳，省下赔偿款独吞，还说我和那个“狐狸眼”早好上了……

我只觉得眼前一黑，满屋都在冒金花。耳朵里已经听不清王卫东在说什么。脑子里糊成一片，更要命的是，胸口在往外鼓气，刺刺的。鼓得肺部成了一个大气球，整个人都要爆炸了。

这时候，我突然想起江秀芳使用的呼吸机，我想，此时的我是否也需要呼吸机呢？

黄跃华，生于二十世纪六十年代，在江苏泰州市姜堰区委宣传部工作，先后在《中国作家》《雨花》《山花》《青海湖》等刊物发表小说、散文一百多万字。著有中短篇小说集《诱变》，有作品获《小说选刊》双年奖最佳读者印象奖、江苏省“五个一工程”奖等。

我不是尹丽川

庞　羽

十三岁时我问
活着为什么你。看你上大学
我上了大学，妈妈
你活着为什么又。你的双眼还睁着
我们很久没有说过话。一个女人
怎么会是另一个女人
的妈妈。带着相似的身体
我该做你没做的事吗，妈妈
你曾那么美丽，直到生下了我
自从我认识你，你不再水性杨花
为了另一个女人
你这样做值得吗
你成了个空虚的老太太
一把废弃的扇。什么能证明
是你生出了我，妈妈。
当我在回家的路上瞥见
一个老年妇女提着菜篮的背影
妈妈，还有谁比你更陌生

这就是我姐姐尹丽川的诗。我叫尹绯绯。

鲜血喷溅出来。我的开心消消豆到了十二级。她哀叫了一声，我抬头望了望。血是红色的。我又低下头，进入十三级。她从厨房里出来，哆哆嗦嗦地拿纸巾。天气有点热，我打开电风扇。她问我，云南白药放在哪里了。我冲着电风扇说，我不知道。电风扇把我说的话变得颤颤巍巍。她捂着手翻箱倒柜，我突然意识到，我和这个切肉切到手的妇女，相识二十四年了。

她叫林中燕，外婆起的名。这二十四年里，她不慌不忙地活着，我拼命地把自己塞进裙子里。小学、中学、大学，而后，我往容城档案局一躺，摸瞎过生活。她倒好，脖子紧俏，身体颀长，睫毛长而卷，眼睛深而亮，砧板前敲敲打打，盆栽里摆摆弄弄，柴米油盐，稳稳当当。

童话书上说，天鹅能生出丑小鸭。说得不错。我黑皮小眼，八岁成了胖墩，十岁戴上眼镜。她给我买白裙子红裙子。裙子在我腰间勒出了印子，我扶着眼镜看黑板时，总能听见衣服窸窸窣窣的撕裂声。我一直在等待。等我瘦了，要把这些裙子撕成条、撕成丝，变成她脖子上的红白丝带。

是夜，她睡熟了，我起身，站在镜子前，扯扯身上的肉，摸摸肉上的皮。尤其是摸到自己的胳膊，那些红色的丁丁点点，又漫出了一大块。林中燕说那是鸡皮疙瘩，隐性遗传。我和她顶嘴，都怪你，都怪你选择了罗家，都怪你生下我。对于这件事，我不原谅。从小，她说春雨润如油，我却说清明雨纷纷；她说小荷尖尖角，我却说映日别样红。在这样的一张一弛中，我慢慢蹿高了，同时，我手臂上的疙瘩越来越多，在我的胳膊上蔓延，像是林中燕的眼波似的，流转逶迤。

林中燕的眼波，不是白吃的。年轻时，她往人群里飞一眼，男的耐不住，女的急得跳。至于她为什么嫁给我爸罗勇，这得问我外婆。我瞅瞅罗勇，心想，真亏得当年罗家的小洋房，把林中燕骗了去。林中燕成了罗家的媳妇，洗衣做饭生孩子，轻松干净，好像我是她的碎玉珠子，缀在发间，不要了可以摘下来。

除了这些，她尽张罗自己的人生去了。东边水疗室，西边小书店，她活得安稳恬静。在我小时候，她还经常看1987版的《红楼梦》，唱几句阆苑仙葩、美玉无瑕什么的，我把电视调到《西游记》，在沙发上蹿来蹦去：猴哥，猴哥，你真了不得！她笑笑，说诸葛亮草船借箭、空城对琴，都没我这般神气。我再瞅瞅罗勇，脑瓜瓢上褐色板寸，指尖的烟屁股婷婷袅袅，二锅头熏红了他的脸，卤猪蹄催肥了他的身体，偶尔啐口痰，圆溜溜，暗黄加暗赭，像极了案板上剩下的一钱猪肝。可听别人讲，罗勇年轻时，可像白衣飘飘的赵云了。我难以想象，脑海里全是曹操割须弃袍、关羽败走麦城的样子。

在容城，磨刀匠走街串巷，三天磨一把刀；菜贩子路口闲聊，也不吆喝；春来天暖，老人在公园里打太极，树叶也绿得慢了一些。每天早晨，我坐在2路车上，车辆的引擎声、间隙的说话声，合着耳机里淡淡的音乐，我感觉到有什么东西无关感情，无关风月，无关这个无限宽阔的宇宙，它存在于我的内里，蓬勃生长，优雅老去。公交车行驶，我坐在那儿，希望命运无澜，天高海阔，林中燕坐在沙滩上，解开她飘飞的丝带。

林中燕比我迟会儿。她站在车道里，一手拎着包，一手扶着铁栏。2路车晃一下，她晃一下，等车平了，她依然脖子紧俏，身体颀长，睫毛长而卷，眼睛深而亮。为此我常常难过，为我身体里沉睡的美好基因难过。它们卧在我的心脏里，脾肺里，阅览我每天的悲欢喜乐，却怎么也不肯出面。

林中燕似乎知道这点，切葱丝碾肉末，让我在一旁看着。锅里闹闹腾腾，林中燕手悬着铲子，翻拨葱丝，铲开糖盐，几滴汗水滑下她的脸颊。我想起了黛玉葬花。花死了，黛玉也死了，谁都会死。林中燕擦着额头的汗，我感觉她要融化了，像冰一样融化，滴下来、滴下来，顺着瓷砖蔓延，蹿升到我的血液里。一个女人怎么会是另一个女人的妈妈呢？

林中燕决定带我去上海的那天，非洲瘟疫开始了。这是一种新型病毒，让人瘫软无力，眼睛发花，安详睡去。科学家取名“尼奥”，猜测瘟疫来自一种动物肉类，像《黑客帝国》一样隐形危险。

罗勇坐在电视机前，一字一句地把新闻报给林中燕。林中燕像是没听见，继续碾肉末。电视机忽闪忽闪的，罗勇耷着脖子，拇指食指半抡着，像握着小口杯，等待英雄煮酒。罗勇爱酒，爱到骨子里。高考结束那天，他拿出高脚杯，给我斟了满满一杯。没等我反应过来，他就把他那杯一口干了。那一晚，我喝了几口，他把几瓶都灌下去了。等对饮结束，他却一边擦着眼泪，一边擦着鼻涕，一边拉着我的手说，三国里，赵云智勇双全、志向远大，本可夺天下，本可夺天下啊！我问他，不是曹操，不是刘备，怎么会是赵云呢？罗勇不说话了，脸涨成猪肝色：你不懂，天下本是君子的，全都被小人夺走了。我陷在沙发里玩游戏。

突然，罗勇把虚拟的酒杯一摔，刷地直起脖子：我说，别烧肉了好吗！窗外天空白了半晌，又阴下来。菜刀笃笃笃地响着，林中燕还在碾肉末。罗勇似乎泄了气，继续耷着脖子看电视。刺啦啦一声响，游戏通关了。整个小洋房，都回响着游戏庆祝声。林中燕不慌不忙，我也挪开了余光，继续游戏。

从那以后，罗勇不吃红烧肘子卤猪蹄了。到了傍晚，他摆好一碟油炸花生米，一碗岳记花甲，抿几口小酒，唱几段小曲，乐和自在。林中燕还是喜欢下厨，碾些肉末，放点葱丝毛豆炒炒。我和她对坐，拣着豆子吃。吃完，她把肉末挑出来，整齐地码在小碗里。

接下来的几天，都会有肉末茄子、肉末四季豆。同样的，她把肉末挑出来，整齐地码在小碗里。熟肉末日益减少，林中燕又开始碾生肉末。周而复始，她不疲倦。我吃厌了，躲在家里叫外卖。林中燕一个人坐那，把豆子葱丝吞下去。阳台上的绿植郁郁葱葱。仿佛就像诗中所说，十三岁时我问，活着为什么你。看你上大学。我上了大学。妈妈，你活着为什么又。你的双眼还睁着，我们很久没有说过话。

在我出生之前，我的外婆寅芽死在了上海。寅芽从小生活在上海。对于上海，我是无感的。我听林中燕说，母系的藤老爷住在上海火车站附近，外婆寄住了一段时间。火车经过时，外婆喜欢在那儿跳绳。火车空了，藤老爷带外婆去火车站纳凉。外婆喜欢把腿伸出站台，往铁轨上够。列车员来了，她撒腿就跑，鬓发飞飞的。

林中燕告诉我外婆的这些事，我觉得奇怪。一个素未谋面、已经死去的老亲戚，居然也小过、闹腾过，在她的人生里炸出数朵金花。听林中燕的口气，藤老爷家里不大，马桶连着煤气罐，凳子连着晾衣架，而且还比不上容城那些拆掉的危房。外婆在这儿度过了她的童年时代、青涩时光，我感到一丝战栗。原来我和那个粉红雕花、砖红瓦片的小洋房，不过是久别重逢。

林中燕拖着一口行李箱，背影袅娜。我拎着包跟在后面。林中燕的裙底飘着线头，手上的切口还没痊愈。候车厅空旷，回荡着行李箱的滚轮声。等了一会儿，我们登上这辆开往上海、前轮驱动、底盘稳当的三层长途车。林中燕打票打得早，我们坐在了前排，司机在我们脚底下。踩在别人头上，我想笑，扭头看林中燕。林中燕表情淡淡的，问我带给藤老爷的养生品放好了没。我说放好了，又问她，容城的馓子黄烧饼藤老爷爱吃吗，会不会粘了牙。林中燕笑笑，扭过头看车窗外。窗外是阴天，万物覆着一层冰灰色的光芒。林中燕的锁骨更深了，侧脸勾画得像木刻。一瞬间，我以为她是那个补雀裘、撕扇子的晴雯。我闭上眼，尖尖的脖颈，尖尖的眼眉。罗勇摸过哪些地方？他吻过林中燕的脖子吗？

藤老爷坐在上世纪七十年代小筒楼的小幺间里。门开着，四周都是霉，墙壁上沁着各色的污渍。马桶边有一口锅，锅里有几个茶叶蛋，浮浮沉沉，不知煮了多少回。藤老爷披着旧夹克，微眯双眼，鼾声浑浊粗厚。林中燕不着急，坐在床沿等他。床和椅子挨得很近，不够伸腿。我不愿坐着，站在那儿看网文《人妻陌途》。女主人公正在喝酒，蓝色夏威夷、绿色蚱蜢、白色俄罗斯、黑夜之吻，弄得我心痒痒的。藤老爷一声呼噜，把自己吓醒了：你们哪位？

寒暄片刻，出去买菜的姨娘回来了。她招呼我们吃茶叶蛋，我摆手。林中燕却吃了一个，眼眶还泛着泪。藤老爷口齿不清地说，寅芽懂事呢，穿裙子坐摆渡从来弄不湿。寅芽是我外婆的名字。

一声咳嗽。林中燕拍着他的身子，让他顺顺气。藤老爷半张着嘴，残牙交错间，只能磨出几个字。姨娘跑过来，正正他身上的旧夹克，帮他梳头。藤老爷抖了一下，闭上眼沉进椅子里。林中燕起身，把养生品塞给姨娘，带着我走了。

时值正午，我不知下面的时间如何打发。林中燕昂着头，拖着行李箱走在前面。认识她二十四年，我依旧不了解她的底细。她拨弄碎发时想什么？她弯腰捶腿时想什么？我看见的她是真的她吗？我理解的她是真的她吗？她喜欢小性子的林黛玉，还是心比天高的晴雯？在容城，我完全可以撒手，把林中燕精心准备的东西全扔在地上，但在人生地不熟的上海，我只能跟着她，生怕串了门跑了调。我不看她的背影，仰头对视太阳。

我随着林中燕到了地铁站。两边贩卖着报纸、矿泉水、小玩意儿。林中燕在地铁口呆望了许久，我想问她做什么，想想算了。在罗勇身边，她好茶好水好脸色，现在她要把这身皮蜕下来了。地铁刮起一阵风，吹动她的衣襟。我的母亲林中燕，光洁如新，纯白无邪，涉江采芙蓉，鱼戏莲叶东。你曾那么地美丽，直到生下了我。自从我认识你，你不再水性杨花……

林中燕带我去了建华路。房子错落有致，道旁的树木森郁。有几家早茶店、馄饨摊、咖啡馆缩在楼房各角，形成隐秘的、幽深的、不露锋芒的热闹。我感到渴了，殚竭气力，杵在马路中央看着林中燕。

林中燕回了一眼：快点。

瞬间我想起，二十四年来，林中燕在前，我在后，我冲她发火、嗷叫，她眨巴着眼睛看我，等我气消了，淡淡说一句，快点。每次如此，我的气都撒在了棉花上。此刻的她，分花拂柳，行色从容，步态好似水面漫上沙滩，又淡淡回落。我是她身后的浪潮，莽撞、慌乱、叫嚣，被她温柔地化作微澜。我无奈，加快脚步，嘴里发出一声雁鸣。我有一种感觉，林中燕要去南方了，她要在那个春暖花开的地方，梳理羽毛，独自终老。

建华路 323 号是栋小别墅。林中燕停下来，看着 323 号。太阳隐去了，云翳慢慢爬上她的脸，像一块冰糯飘彩的玉。我歇歇气，大声问她怎么了，到底要带我去什么地方，赶了这么多路都不让我喝口水。她似乎没听见，握住我的手，走吧，我们进去。我感觉，让我打砸抢都无法解气。世界静悄悄，除了林中燕敲在雕花铁门上的回音，笃笃笃，可以下锅了。

开门的是位老人。见到我们，他并不奇怪。林中燕把馓子黄烧饼塞给老人，老人看了一下，沉默半刻，领我们进屋，落座，沏茶。

我们仨相对无言，老人垂着头，林中燕垂着头，我盯着面前的茶水看，那里有看得见的茶叶、茶脉、茶梗，也有看不见的茶素、鞣酸、儿茶酸、芳香物质。我想起了大观园，六安茶、女儿茶、枫露茶、老君眉，老君眉产量极少，状似太上老君的眉毛。第四十一回中，妙玉同黛玉、宝玉和宝钗三人喝体己茶，宝钗的茶具叫“爮斝”。黛玉用的叫“杏犀乔”，寓意心有灵犀。宝玉用的则是妙玉自己的杯子，绿玉斗。林中燕讲给我听，我还她一双青白眼，这时想想还蛮有意思。老人抬眉看我，这是寅芽的外孙女吧？林中燕点头。老人抓起馓子吃，眼眶里有浊泪。馓子脆响，茶杯上的白雾淡下去。

林中燕回过神来，露出釉色洁白的牙：快叫俞正爷。我吭了一声。俞正爷放下馓子，靠在沙发靠背上，眉宇轻快许多：叫我阿正好了。我噎了一声，右手食指摩挲着左手大拇指。林中燕轻声说：俞正爷，照片在你那儿吗？

照片上的寅芽，眼睛透亮，嘴唇饱满，黑亮的头发散在耳朵两边，如云鬟雾鬓。在这张照片上，我原谅了林中燕的美。

照片来自俞正爷的一本笔记本，蓝色绣花布面，泛着旧黄，纸页发脆了，还有虫洞。林中燕拿起照片，眼眶泛起红云。我看着林中燕，她的眼睛里有星球，有陨石，有不明物质，还有一种东西，看不见，却庞然巨大地存在着。人们叫它黑洞。在它里面，一切都被扭曲，被传送，直到穿越重重时光，去到各个时空。

我不管她，让她茕茕地站着。

半晌，林中燕放下了照片。

俞正爷开始说话了。他说寅芽年轻时可漂亮了，她走在上海街上，几个外国人跑过来，偏要领养她，带到国外去。那时正值乱世，可寅芽的妈妈舍不得。乱世里几场战役一打，寅芽的父亲没了。说是失踪，也说是战死。听到消息，寅芽冲出屋子，冲进人群，抱着国军的大腿喊，还我爸爸。国军用枪托敲她，她不放手。俞正爷经过，拉下了寅芽。后来战胜了，解放了，俞正爷攒钱给寅芽买帽子，买裙子，寅芽给俞正爷做了好几年布鞋。寅芽在上海待了童年、少女时代，被她妈妈、我的曾外祖母喊回老家，说是去结婚。

我不认识我的外婆寅芽，也不太清楚外公这个人。他们死了好久了，就像上世纪的老八音盒，唱不动了，就锁起来吧。想到林中燕和他们待的时间，比和我在一起都长，我感觉怪怪的。林中燕捂住嘴。她是要哭吗？还是仅仅一个喷嚏？不一会儿，她撒开了手，表情依然淡淡的，睫毛长而卷，眼睛深而亮。那一刻我难过地想，她生的人不该是我。

离开俞家时，俞正爷倚在雕花铁门旁，手里摩挲着一枚老怀表。怀表是和笔记本一起拿来的，上面都有包浆了。我走出了铁门，望着他们。俞正爷微微颔首，手里的怀表发出了清晰的嘀嗒声，似乎在计算他剩下的日子。林中燕也缓缓地走出雕花铁门，俞正爷伸出手，想说话。林中燕嘴角蜻蜓点水：不用了。照片你收着吧。我只是想看看她。

家里还是那样。罗勇躺在沙发上，鼾声震天。

林中燕轻手轻脚放下行李，把沙发边堆积的衣物拿去洗。

我越过罗勇的腿和胳膊，沉在沙发里，打开手机里的开心消消豆。罗勇被吵醒了，踢了我一脚。我打开电视机，把声量调到40。罗勇睡眼惺忪地坐起来，板寸都蓬松了。他举起拳头要打我，电视机阻止了他。

专家说，“尼奥”已经开始蔓延，欧洲多人感染，亚洲也出现首例。目前来说，此病传播方式多样，且无药可解，只能少去人群密集的地方，自求多福。

罗勇似乎吓酥了，瘫在沙发上嘣嘣脆脆。林中燕打开洗衣机，我的消消豆升入第二关。罗勇火气从板寸上蹿起来：听到没！去什么上海！

见过寅芽后，林中燕全身都松弛下来。她的睫毛短了一截，眼睛边生出了藤蔓，颀长的身子变得摇摇欲坠。我问她今天几号，她说二十，初五,二十三。没有一个是对的。我不难为她了，怕声音一大，她就碎了。等她闲下来，我往她身上凑，讲办公室主任、档案局局长的八卦。她微觑两眼，唇齿打滑，像婴儿一样睡去了。在家，罗勇用筷子敲着碗边，怎么了？没饭吃？林中燕在厨房里缓慢地切着肉丝。罗勇又说，不能吃肉不能吃肉。她也不管，一撮小葱一皿肉丝，罗勇不吃，她吃。出门，罗勇和她各走各的。不出所料，罗勇投奔他哥们了，喝小酒唱卡拉 OK，顺便按摩按摩自己的老骨头，讲讲三国里的天下观，讲讲赵云就是被娘儿俩害的。那些中年男人也会岔话，讨论天下分合什么的，再吹吹牛，要不是那会儿选错路，这会儿美国总统还得喊他爹呢。这种聚会罗勇带我去过一次，然后我找个借口溜回家了。林中燕手里挎着购物袋，买点葱买点生活必需品，然后在街道上茫然地转着。好几次我招呼她，她恍然大悟，不好意思地笑笑，跟我回家。她也放弃了开辟鸿蒙、金玉良缘，每天追问我《人妻陌途》更新了多少。我问她《红楼梦》哪去了。她说，一堆废纸，埋了可惜，不如卖了。

“尼奥”登陆亚洲的第八天，台风也登陆了。天空变成大海，风云变幻，潮起潮涌。我坐在家里，心想怎样度过这个潮湿的周末。林中燕储备了两天的菜，罗勇囤积了一星期的酒水。罗勇酒杯磕碰碗沿，叮叮当当，等酒劲上来了，咣当一声扔掉酒杯，空坐在那儿。电视机放着“尼奥”的最新消息，电脑却在唱着，滚滚长江东逝水，浪花淘尽英雄，是非成败转头空……

罗勇一边听一边哼，等林中燕经过他身边，他没头没脑地说，你都快五十岁了，还买新裙子穿？

林中燕不答话，整理整理裙边的老褶子。她穿这裙子三年了，夏至穿，大暑穿，入秋了，洗好熨平叠放在柜子里，等着有心人发现。

罗勇歪着头舒展睡意，林中燕拍拍裙摆，收拾桌上的碗筷。我看着她，线头不见了，侧影似有抄检大观园、晴雯倒掀宝箱、痛骂王善保家的样子。是的，她居然把一条裙子，穿得那么决然。

周日晚上，外面的雨小了些。林中燕挎着购物袋，出发了。我问林中燕买什么，她咿咿呀呀了半天，说外面空气好，出去透透气。我说雨会下大的，她说不怕，有伞。她弯下腰，在脚腕磨蹭，好容易把高跟凉鞋穿好，轻手轻脚地离开了小洋房。雨淅淅沥沥的。

电话打过来时，我的消消豆到第五关了。此时的窗外下着瓢泼大雨。窗户洗了又洗，我的脸反光在上面，扭曲的、变形的，还分成了好几个。这么瞧，还挺像林中燕的。

我坐在这个粉红雕花、砖红瓦片的小洋房里，听着林中燕在手机那头无力地对我呼唤：囡囡啊，妈妈走不动了。我拎着一把大伞冲进雨中。雨水飞溅，天昏地暗。林中燕站在雨中，购物袋落在地上，雨伞斜在一边。我搭着林中燕的胳膊，一步步地搀扶她。我说，咱们回家看《红楼梦》，1987 版的。林中燕却瘫软下来，囡囡，妈妈不想看了。我问她想看什么，《人妻陌途》没到大结局呢。她笑了，胳膊微微振动：书里都是假的。只有囡囡是真的。雨水顺着她的脖子流到我的手上，冰凉而惊颤。

林中燕再也不能穿高跟鞋了。医生说，脚上肌肉受寒、萎缩，要养养，脚底还要贴膏药。他还说，年龄到了，很多人都患上了这毛病。林中燕把膏药往脚后跟一贴，却瞬时矮了几分。她眼角的藤蔓，已经长到嘴边了。那个脖子紧俏、身体颀长、睫毛长而卷、眼睛深而亮的林中燕，变得小了、枯了。我突然想起那个叫作寅芽的女人，想必她也这样步履蹒跚过。林中燕唤我的名字。我扭头不应。我无法面对林中燕的衰老。

和林中燕的衰老一起到来的，还有我的转变。倏忽间，我身上的裙子变松了，修身了，不再发出窸窸窣窣的撕裂声。林中燕不好去商场，问我淘宝网怎么购物。后来她买了两个衣架、三条裙子，都是给我的。裙子有碎花的，有宽松的，我穿起来，林中燕说像年轻时的她。

大雨不停，倒灌着容城。电视里，上海有了“尼奥”感染首例。罗勇见林中燕的眼色都不对了。他不吃林中燕做的菜，不碰林中燕喝过的水杯，待在家里就咋呼，出门了夜不归家。林中燕不管他，继续碾生肉末，烧熟肉末，坐在饭桌前，静静地吃掉一碗白米、半碗菜。我陪着她吃。渐渐地，她开始教我做其他菜了，红烧茄子、番茄炒蛋等。她说姑娘家要会点厨艺，一来安生，二来防身。

我烧的菜有的过咸，有的偏甜，她还是静静地吃掉了。只是有一次，我烧了葱丝毛豆肉末，林中燕吃掉毛豆，挑出肉丝，突然哭起来。她说是寅芽的味道。寅芽在的时候，日子艰难，一顿肉末都要烧好几道菜。几滴泪下来，她克制住情绪，又去洗碗洗衣服。我有些难受，想帮忙，她让我去给绿植浇水。植物在晚风中轻轻拂动，像极了少女林中燕的裙摆。

碗筷归档完毕，罗勇破天荒地早回家了。他把衣服扔给林中燕，讨好地说，他哥们做生意的，儿子想找媳妇。林中燕明白他的意思，我也明白他的意思。

罗勇见我们不说话，又补充，有车有房，有车有房。我垂着头不说话。林中燕“哇”的一声哭出来，把罗勇的衣服扔在地上，还用脚踹：我的女儿不是衣服，我的女儿不是衣服！

罗勇当着我的面，对林中燕动手了。暴雨疏风，斜光月影。等他安歇了，我抱住地上的林中燕。林中燕在我怀中颤抖。我随着她一起颤抖。外面的雨没有停。

大雨降临的第六个晚上，容城被淹了。整个城市都漂浮在水中，人们挽着裤腿，手拉着手出行。林中燕的绿植开始下垂腐败了，我一遍遍问自己是不是浇多了水。林中燕不管，忙好早饭，坐在阳台前看天。她说她看见了寅芽。我感觉她要再一次融化了，像冰一样融化，而这次不会再结冻了，她要随着这场洪水流走了，去到那无限宽阔的宇宙，随我蓬勃生长，优雅老去。

我收拾好包裹，出门上班。旦说城市部分水位已经过膝，但政府仍号召我们上班，坚持在第一线。上班也没有什么可做的，坐在那儿当个摆件。我拎着包出门，林中燕却一瘸一拐地追出来了。她说要去单位取个东西。我说这么大的雨，去了干什么。我看见她恳求的眼睛，还有依旧淡淡的表情。洋房里，罗勇举着酒瓶，电视机忽明忽暗，那高达44的分贝里，讲的全都是对“尼奥”的恐惧。我带着林中燕缓缓走到公交站台。

2路车来了，我和林中燕并排坐着。车辆的引擎声、间隙的说话声，合着耳机里淡淡的音乐，我感觉到有什么东西在我的内里，一脉传承，生生不息。林中燕静静坐着，她脸上的藤蔓也停止了生长。我用余光瞧着她，洪水迅速退去，白云飞上蓝天，我那美丽年轻的林中燕，她坐在沙滩上，微笑着，昂扬着，解开她飘飞的丝带。

林中燕到站了。公交车停在路边，这条道路水很深，昏黄浑浊，车驶过，惊起水浪一片。车门徐徐打开，林中燕挪动着双脚，一点一点、艰难地走出去。她提着裙边，慢慢摸索着，积水吃掉了她的小腿肚子。车子正在启动，轰隆隆的。车门要关上了，林中燕回过头，朝我微笑。她要说什么？“快点”？我听不清。在洪水中，林中燕更小了。我想起了俞正爷，想起了寅芽，想起了罗勇，想起了晴雯，想起了林黛玉，他们都在我的脑海转啊转，晃啊晃。突然，我的泪夺眶而出，我冲到已经关闭的公交车门，把车门拍得震天响。林中燕似乎没听见，离我越来越远，越来越小。我瘫软下来，拼命地拍着车门，拼命地大喊，林中燕，你走后，我该找谁去怀念你？我要找谁去要照片？

林中燕回来了。衣服角、发尖都湿漉漉的。我走过去，替她拿包。

我对她说，妈妈，有我在，罗勇不会再打你了。

林中燕不说话，手里的伞滴着水。

我又对她说，我会去上海要寅芽的照片的。

林中燕瞪大了眼睛。

我耐不住了，说，我给你读一首我姐姐尹丽川的诗：

十三岁时我问
活着为什么你。看你上大学
我上了大学，妈妈
你活着为什么又。你的双眼还睁着
我们很久没有说过话。一个女人
怎么会是另一个女人
的妈妈。带着相似的身体
我该做你没做的事吗，妈妈
你曾那么地美丽，直到生下了我
自从我认识你，你不再水性杨花
为了另一个女人
你这样做值得吗
你成了个空虚的老太太
一把废弃的扇。什么能证明
是你生出了我，妈妈。
当我在回家的路上瞥见
一个老年妇女提着菜篮的背影
妈妈，还有谁比你更陌生

林中燕把滴水的包放在地上，露出两束胡萝卜须：你爸不叫罗勇，你外婆没去过上海。还有，你从来没有什么姐姐。

庞羽，女，1993年3月生，毕业于南京大学戏剧影视文学系。曾在《人民文学》《天涯》等刊物发表小说。作品被《小说选刊》《小说月报》等选刊多次转载。曾获第四届“紫金·人民文学之星”短篇小说奖、第二届华语大学生微电影节剧本奖等奖项。

密　林

赵　依

1

所谓万家灯火，就是天黑下来时谢然在小区楼下向上望去的所见。偌大城市，你还无法轻松看它起高楼宴宾客就已然坍塌在了谢然苍茫了二十多年的短暂年华里，每一处万家灯火都是一座密林，隐匿的幸福不多见，往里逃的落魄者他倒是其中之一，尤其是，跟何欢好了又不好了却还在耗着。

当何欢从厕所里慌慌张张出来的时候，谢然刚好打开家门重返。何欢没有发作，谢然既不觉察何欢的惊慌也自觉没有必要在吵架前先解释什么。不做任何解释，谢然这种装王八蛋的风细柳斜斜，不可能产生自动跳过的效用，何欢不发作是因为她聪明，日复一日被伤害是因为她傻。

五分钟前，何欢还在沙发上抱着一只狸猫抱枕问谢然晚上想吃什么，她好叫外卖。谢然痛恨这只狸猫。何欢爱吃日料，四季都爱。起初，谢然追何欢的时候没少用日料勾搭，好上之后自然要一起去日本。何欢出生在十一月，那时候，京都名古屋那条线，秋色正浓，但是何欢非买下这只狸猫夹带了一路。两个人第一次吵架，何欢抱着这只狸猫不撒手，哭一阵睡一阵但身姿倔强，这女人僵硬的背向而对是对谢然坚决的抵抗。两个人一旦开始吵架，吵的次数不用多，男人便会爆发他的忍无可忍，谢然粗暴地夺了何欢的狸猫，姑娘手里怀里现在连心里都顷刻没了依靠，眼泪落不到狸猫头顶，只好哑了不再哭下去，何欢大概就是从那时候不再爱谢然。

难道只是因为一只狸猫吗？

“爱”这个字其实很重，恐怕一开始就是感动自己麻醉彼此而并未实际发生。最早，谢然虽然还算积极，撩得热烈套路也多，何欢觉得起码算上心，也就开始回应，可不知在哪一个节点出了问题，不知不觉变成了何欢更主动积极。

买狸猫的时候，谢然问这抱枕有啥好买的，何欢身为一个成都人，本来就长在人均拥有熊猫最多的地方，熊猫比狸猫可爱多了。

何欢说自己也没有买过熊猫抱枕，更没有领养和拥有过一只半只。

谢然还是觉得，不用，被人均就行，就好比住房面积或身高体重，被人均一下就能获得莫名的安慰，甚至还能意淫出一些可怕的优越感。

何欢立刻觉得烟雨暗千家，回去应该号召统计一下小区情侣的幸福指数或是人均遭受的身心打击率。她何欢距离平均数有多远？还是已然成了高标，直奔着不幸而去。

2

每次喊外卖，都有分歧，要么是内容分歧，要么是态度分歧。谢然总喜欢提议吃一些奇怪的面食，或者就想点些清淡无味的汤汤水水，何欢觉得实在没什么可吃性。因此即便何欢仪式感十足地问过谢然，她通常还是会按照自己的口味再重新点别的来给她和谢然吃，征求谢然意见只是为了否定他对食物的知觉和品位。

而四分钟之前，谢然显然情绪化地对何欢说了随便，吃什么都行，反正还不是，你定。这样一来，事情的性质就变了，从就事论事讨论吃什么的简单日常生活话题上升到了是否还算久处不厌的复杂情感及谢然本身带有摔摆性质的态度问题，而但凡是态度问题，都是对人不对事，其实还是情感问题。

何欢点了豌豆肥肠、烧烤脑花、麻辣兔头几个无论从食材角度还是麻辣程度谢然都无法接受的菜。数秒间指尖激昂，何欢的指甲几乎要戳进手机屏幕和外卖软件里，她恨不得立即从屏幕里舀一勺撒满辣椒面胡椒粉的滚烫爆香辣油拌饭喂给谢然。但她选择去上厕所，至少在此之内，可以独处。

很多影视桥段把厕所强化成了不可为外人道、偷着联系人或者嗑药的多事空间，何欢觉得这样不好，属于教人怎么干坏事。但何欢去上厕所前还是会想着给谢然打声招呼，也不知道是出于礼貌还是想让自己和谢然各自安心，厕所那道门隔绝了家里唯二两个社交圈的不重叠部分，厕所里的何欢和外面的谢然都在划拉手机，也不一定是在干什么可疑的不能被对方知晓的事情，但是打好招呼也就表明，即便脆弱的关系里存在秘密，他们也认可如厕时彼此给予对方的少许空间。倘若，有朝一日真用得上这空间了，冲马桶和洗手的水声就是关闭的信号，出了厕所这道门，大家用心维护隐瞒好，谁都别太过分，日子也就还能过下去，何欢和谢然尚且对彼此关系葆有努力经营的诚意。

何欢对谢然说要去尿的时候，谢然都会嘲笑她把“尿”说成了“料”，把排泄物说成了下饭佐料，起初何欢也会觉得不太好意思，小脸还会悄然红那么一小下，觉得谢然有点恶趣味，是她喜欢的那种男人的无伤大雅的“坏”，于是何欢小眼一斜说谢然你讨厌。等到谢然这样来上几次以后，何欢开始觉得这个玩笑索然无味而且低级，四川人说普通话，n 和 l 不分不是很正常吗，总这样指出来是不了解国情还是不了解情趣，重复感让何欢诧异起谢然精神的贫瘠。

谢然呢，也心存对何欢长期积累下来的不满，比如，关于何欢有些严重又有些强势的洁癖。若这洁癖光是让何欢对她自己严要求，或者哪怕捎带地对谢然的生活习惯也进行限制，倒也是忍忍就过的小确丧，谢然甚至还会心疼何欢因洁癖遭受的折磨。

何欢有一双永远尚待消毒的手。像看见撕开速溶咖啡那一瞬间扬出来的一缕香精，何欢能看见所有习焉不察的细菌。

冬天，平均每日数十次一冷一热地反复浸泡加重何欢双手的冻疮，从指间一直延展至手腕远端的乌紫，看得谢然胆战心惊，加上洗手液香皂消毒水的化学杀，何欢纤细的双手会呈现程度不一的溃烂，先是出现几处发干的白色纹路，这是化学品的残留，这些纹路绕着指甲盖或虎口的褶皱走，日复一日抓得周围皮肤发紧，牵扯起冻疮一同皲裂，间或冒出溃烂的血水。这样的何欢，依然会给谢然手洗一些贴身的衣服，谢然觉得每日都穿着何欢的喋血之作，并不很幸福但又不好昧了良心地倒打一耙，算是对彼此的苦心尚在。

一次谢然在家穿着白衬衫突然爆发鼻血，本能地躺平捂着确保衣服本色不被沾染，他向何欢求救，急需纸巾。何欢呢，说她得先去洗个手，手不干净，扯纸巾就会弄上细菌，细菌又会想方设法从纸巾跑进谢然鼻腔里那根破裂的毛细血管，然后谢然会得大病，甲肝乙肝艾滋都有可能。

何欢对一切传染病都有着一知半解且自成体系的知识框架，正因为一知半解，所以格外草木皆兵，又由于自成体系，便显得尤为故步自封。她刷微博看到扎艾滋针报复社会的热搜新闻，充满警惕地问谢然在跟她好之前有没有什么不安全的可疑交往史，谢然勃然大怒。

何欢只道，过眼的红颜风吹云散，你无私的体贴莫换我危难。

还有一次，谢然得了胃病，需要喝中药调理，何欢自告奋勇给他煎药，说中医堂熬的药铁定没家里来得干净卫生。只是，若遵医嘱，这碗药应该晚饭后半小时喝下，何欢却饭后洗碗花了一个小时——她怕餐具洗洁精有残留；收拾厨房又花了一个小时——她摸过厨房里食物专用垃圾桶仍坚决要洗了手再摸灶台上的残汤剩饭，这种烦琐的准入标准大大增加了时间成本。何欢还要求自己把盛药的碗反复洗过烫过，还坚决要把药盛出来凉到合适的温度才给谢然喝——喝烫了对食道和胃黏膜不好，《养生堂》都这么说。彼时，电视里已经在放夜间新闻快递。空腹的谢然满饮此碗，胃气立刻不疏，翻江倒海地绞痛，随之坐卧难安，最后以去医院挂急诊科收场。

上街的时候，何欢惧怕人群，走路偏偏倒倒又躲躲闪闪，甚至晃晃悠悠间或停驻，谢然有时跟她只能像那些过了大半辈子没什么感情的夫妻那样一前一后走着，前面那个叼了根烟的不耐烦，满眼嫌弃；后面那个蹑手蹑脚着也不爽快，扫兴不语。这画面着实有点尴尬，却怎的又挥去还复来。谢然觉得何欢这样不是过度社恐就是怕沾上人群里根本很正常的细菌，总之多少显示出了点病态。

每当这些情形复现，谢然都觉得自己跟何欢过不下去了，何欢说这种洁癖是出于她对谢然由衷的关心和对“我们”这个命运共同体的使命担当，她不允许万一。谢然则断定这实际上是何欢在喂养一种唯心臆想和精神病变，他侧目盯着何欢放在沙发上的狸猫，仿佛这狸猫就是一只不会反抗的何欢，他可以明目张胆地发了狠地仇视她，给她白眼给她斜视给她冷峻鄙夷的目光，狸猫只能照单全收，现在看来，这狸猫根本也算不上是讨人厌的了。

久病床前无孝子，久病床前更无爱人，谢然肯定自己没病，那便是何欢中毒太深。

3

这个周末基本无事可干，何欢和谢然都没有睡懒觉的习惯。

何欢比谢然早几分钟起床，抢占了洗漱的先机，谢然在床上静候，内心极度渴望刷牙喝水，一宿累积的口干舌燥。然而一等就是半个多小时，谢然不能承受更多，径直走去洗脸池，偌大的洗脸池，谢然只想借用一个小角落，刷个牙。

这个举动显然把洗手中的何欢惊呆了，她僵硬地举着湿漉漉的双手立在一旁，内心走过千山万水。谢然心里当然明白，何欢是觉得自己突然大幅走动带来了风里的灰尘，何欢的手，要等着重洗一遍，或者是很多遍。这不是心理扭曲是什么？

下午，谢然不小心把自己很喜欢的一个马克杯打翻在地，好在实木地板够软，也得感谢物理学保佑，杯子没碎，谢然心情尚可。何欢说，得煮煮，杯子才能消毒，不能就这么随便洗洗继续用的。

于是，谢然心爱的马克杯被高温煮出了一条缝，这有点像他和何欢，但又有那么点不一样，他和何欢之间的裂缝是温水煮青蛙式地兀自绽放，现在可能快要开到荼蘼。

似乎理所当然地，谢然扬言要扔了何欢的狸猫，以彼之道还施彼身，这毛绒玩意儿里面该有多少螨虫和真菌，洁癖如你，早该扔了！

何欢让谢然收起他的高级黑，那不过是一只人畜无害的可爱狸猫。

这天的傍晚时分，也就是四分钟之前，谢然终于在点外卖这件事上顶撞了马克杯杀手何欢。

何欢多少是有点委屈的，她知道自己的洁癖影响到了谢然，但她实在是好意，而且，她查过了，过度洁癖才是病，还往往是有情感创伤的人比较严重，自己之所以有创伤，难道跟谢然没有半点关联？

何欢决定闭紧自己的尊口，她要对谢然发起除武装侵略以外的一切敌对措施，简称冷战。她打算不打招呼地径直去厕所，她此刻更加不想听到那个令彼此都气馁的冷笑话，相信谢然现在也没有心情重复这个明显枯燥的普通话发音梗。

何欢要哒哒踏进厕所，气势如虹，她哐一下关门，势如破竹。随之而来是啪地把坐便器使劲甩下来，然后麻利儿脱掉裤子砰地坐下，并且，大悲大泻，效果上最好是能达到楼下或者隔壁都能听见的那种盛气凌人。

4

何欢担心自己在从客厅冲进厕所的十米征途上是过于激动了，她兴许把自己气出了高血压，不然，她现在坐在马桶上，怎么会一阵一阵地晕眩？虽说女人三十不比小姑娘家家，但体质也不该至于如此，千防万防莫不是还是得了什么病，何欢有点紧张。

在何欢近十年的记忆里，最近一次感受到这种类似的晕眩，还是她刚上大一的时候。何欢在此之前从来没有过住校生活，她也从未想象过跟同龄人，尤其是跟同龄女生一起生活会是什么样。后来她领悟到，宿舍是一个四个人可以分出六拨来的可怕社会，她属于社会的“小弟”，只能跟着表面上大家都好的套路走，但是她戏不好，总是瞎说实话。

刚入学还处于整理宿舍的阶段，何欢因为洁癖，收拾的速度尤其慢，不过那会儿她的洁癖还没那么严重，只到了把每本书封皮的灰尘都要重新掸掸才肯放上书架的程度。何欢把掸好的书先放在一摞，有舍友路过，顺手就拿起来翻，特别自来熟。何欢觉得这个人没礼貌，没礼貌等于没家教，但她不会说出来，因为说别人没家教的人往往自己也没家教。

那是一本画册，黑白照片配文，主题是汶川大地震纪实。何欢把它带到北京没有什么特别的原因，只是觉得应该，仿佛与什么重要的存在必须同在。这位舍友经过简单的翻看之后开始发言，从四个多月前灾难发生时她们北京土著的心痛谈起，谈到捐款捐物时的倾囊而出，又谈到对何欢等四川籍生源的关心慰问。何欢默不作声，最后以这位舍友对何欢抱以近乎可怜的同情和随手把画册放置在铺满杂物的桌面结束。

何欢感谢同胞对灾难的感同身受，感谢他们为延续生命和重建希望付出的一切，但她拒绝被想当然地可怜，一个人经历浩劫重新站立，并不是希望大家都来可怜她，更不意味着谁都有资格可怜她，不懂分寸的区别对待实际是对一个人全部尊严和努力的否定，她明明坚强若无事，她的家庭也幸好无事。

何欢当然怀疑自己内心是否反应过度，所以她保持着长久的沉默。就跟她后来中意的狸猫抱枕一样，面对谢然的人鬼天地，做绝对的沉默者。城市如密林，生活自有奥秘，来者去者，怨者爱者，生死白头都不需要谁来多做阐释。

也许，这种反应过度就是地震带来的创伤，也许自己真的需要一些额外的关心，何欢搞不明白自己是否患有什么可被确定的后遗症，尽管她拒绝参加学校特意开设的川籍生源心理疏导课程，尽管她还是一言不发地把画册从桌子上拿起来慎重地掸了又掸。她也就是在那段时间从各种心理学书籍和网页上学到了有关洁癖的各种野知识，总归在大的方面上属于对创伤产生的一种应激反应。

然而猝不及防的是，何欢的上铺，一个手脚麻利的哈尔滨姑娘，不知道是跟异地男友煲电话粥到半夜还没睡，还是睡之前喝多了哈啤走肾太猛，凌晨两点三刻，起夜去厕所，又终于在上完厕所回到房间爬上床的时候，把下铺的何欢惊醒。姑娘爬上床的动静，摇摇晃晃，时急时缓，既轻又重，跟 2008 年 5 月 12 日的那个高三下午，更具体一点是两点多政治课讲评三诊模拟考试卷子时的感觉一模一样。何欢猛地坐起来，拉开床帏，紧张地往周围一片熟睡的漆黑里仔细打量，她犹豫该不该把大家叫醒，她快要把那句“快跑”喊出来了。

好在，上铺的小台灯突然亮起，姑娘问何欢怎么还没睡，何欢赶紧答这就准备睡了。

凄凄切切，何欢在心里默默感谢这姑娘，不然叫醒大家以后自己又该如何收场。

何欢好像更懂自己一些了，也好像更懂这个世界一些，好在自己在这个世界里还有一张高校里的下铺可以失眠，好在自己没有害大家白白失眠一场。

5

高三的那个下午，何欢恐怕是一辈子也忘不掉。她也从没打算忘记。

起先，她以为是十字路口哪个工地又在打地基，震动一阵一阵的，跟坐游乐园的垂直升降机感觉差不多，但是今天好像格外猛，怎么水杯都在课桌上跟着动。何欢在四川姑娘里个子算得上高挑，坐在教室的最后一排，右边邻座的姑娘跟她要好，她俩地理都学得不错，成绩属于文科班的种子选手。挤眉弄眼对看时，抱怨隔壁工地的缺德，不料顷刻间身体又连着桌椅感到了左右横向的摇晃。

右座的姑娘起身去开教室的后门，何欢也站起来向老师举手示意，做了一个“地震”的口型，然后跟着出了教室。何欢不敢相信书本上的知识和高考考点就这么被用上了，两名尖子文科生出于对地震纵波横波关系的熟练掌握，迅速做出了这是一场突如其来的大地震的判断。她至今记得老师眼里尽管有迟疑、惊恐和不知所措，还是示意何欢她们快跑。

何欢一出教室，就看见年级主任和校长正朝她们这边跑，老远就用手势把何欢往楼梯方向指，何欢坚定了快跑的立场。从五楼下到二楼，瓷砖、墙皮、风扇，已经在大规模脱落，较低楼层的初中生也都倾巢而出，他们年轻有速度，何欢险些被踩踏在求生的本能里。当出口的日光照见，何欢不自觉地在心里祈求默念，这栋二十世纪七十年代修建的并不抗震的教学老楼，求它多撑一会儿，不要在生存触手可及的时刻轰然倒塌，请务必撑到最后。同时，何欢也不由自主地放起电影，不知道是心里、眼里还是脑海里，涌现起小时候外婆为了让自己早饭吃得下没什么味道但又有营养的水煮蛋，剥一大把南瓜子让自己就着咸香味儿吃蛋白的情景；她想起那个老式板楼的阳台和在阳台上望见的风景，早起才能捕捉的微风，刚刚好的暖阳，还有外婆身上似有似无的雪花膏的味道。何欢还不想死，她才十八岁半，她还有爱她的人要她去爱。

跑跑停停，何欢是懂“爱”的，生死存亡，也要音书相祭。

等何欢跑到操场，操场上的体育老师说刚才教学楼的摆幅大概有二十几度角那么多，多到震后重建的时候教学楼也跟着被推倒重盖了。何欢由衷敬畏这栋伟大的建筑，尽管里面桌椅倒了一地，黑板墙面裂到露出里面的钢筋，窗户玻璃大块大块地卸下，但它坚持到了最后——没有人真的受伤，甚至有小情侣的一方逆流而上，返回教室把生日当天收到的重要水杯抢救出来，他说出这辈子誓死要与这杯子共存亡的誓言，一对杯子等于一辈子，那会儿正流行，何欢感谢这栋楼为这些少时的美好留足了余裕，他们至少可以回忆一辈子。

何欢直到见到来学校接她的父母才哭起来，并不号啕，反而是劫后余生的庄重，蕴涵丰富的眼泪只能以温吞的深沉缓缓浸湿眼眶，她与有着同样神情的父母于沉吟间对视，还听还静。

据父亲说，地震的时候，母亲疯狂地向着虚空发问，问何欢在哪里，何欢以后怎么办。

在那个特殊的五月下旬，何欢跟父母露宿街头，经历整个城市抢水抢饼干抢方便面的恐慌，通过收音机的播报确认那些令人惊恐的谣言，同时又收悉一切关于大小余震的预测。何欢没想过自己的生命里会出现那样一个下午，一周后的同样时间，她能感到一种万箭穿心的心照不宣，一股巨大的聚力在雄起，所有人都提前把车停在一个方便的位置，等待按响喇叭鸣笛哀悼的庄重时刻，何欢在这三分钟合上祷文，未来的十多天，她复习、高考然后等待录取和奥运会开幕，她知道生命脆弱但是又比想象中的远要坚忍不拔，她和父母到八月的时候人均瘦了十斤，但这不妨碍他们过得幸福如常。

6

什么是幸福？

何欢第一次跟谢然表白的时候，谢然说：我想我们所要的并不一样，再进一步，我们肯定不会幸福的。也许我们已经开始不幸福了。

而在这之前，谢然其实已经对何欢说了好几次“喜欢”她。

何欢觉得谢然不懂幸福，也不懂“我们”，他也根本不了解、不想了解何欢。他们之所以能在一起，大概是何欢允许谢然拥有并坚持他自己关于“幸福”“我们”以及“了解”的定义和相互关系。

如今也是一样。

何欢此时的晕眩引发了她对自己健康的担忧，经历过地震，她格外珍惜生命和一切有未来的日子，她甚至想透过尿液的色泽检查一下自己上火到底有多严重。

但是生活就是这么讽刺，微信朋友圈里忽现铺天盖地的发布，是不是地震了，哪儿地震了，北京怎么震感这么强烈。何欢赶紧摁下冲厕所的按钮，检测健康的样本随之进了下水道。

信息时代果然迅雷不及掩耳，各种新闻软件推送弹屏，廊坊地震了，4.3 级。何欢长舒一口气，刚才差点儿又想拉上谢然逃命了。她赶紧打开厕所门出来，想问问谢然刚才有没有感觉到地震。

谢然显然，面露窘迫，他刚在楼下欣赏完万家灯火，确认了密林里物理性的岁月静好，刚用钥匙打开防盗门重返家中。

谢然，一个身高一米八五的大男人，2018 年 2 月 12 日，情人节前两天，大年三十前三天，晚饭前夕，丢下快要跟他结婚的何欢，一个人，跑楼下躲地震去了。

7

余震十年，何欢练就一种心照不宣。关于刚才，她和谢然之间没有对话发生，并且也不会有任何对话将要发生。她不知道谢然回来以后有没有看向过她，倘若真有那么一眼半眼，又会是以一种什么样的神情，这种神情当中会不会留存些许的愧疚和羞耻。

何欢洗她的手，有点心不在焉。谢然坐在那里，继续看他的电视，冬运会，奋勇拼搏，为国争光。呵！简直比他的冷笑话好笑太多。

何欢下意识地又洗了一遍手，香皂里的柠檬香凝结出一股子治愈的念想，以前在家的时候，母亲就爱用这个味道。烟尘四起时，何欢就靠嗅觉按图索骥出短暂的静谧和片刻的停靠。那个高三的暑假，谁都没有休息，何欢去了成都最好的医院做志愿者，不断有重伤者从汶川、映秀、北川、什邡送出来，何欢第一次知道，“血肉模糊”这个词，不单写身临其境的视觉体验，言有尽而意无穷里还有腐肉散发出来的并不齐整的浓烈恶臭，有伤者不曾断绝的悲泣和呻吟，听上去是比断臂截肢还要痛的痛，何欢觉得这些痛还来自他们失散失联、深埋地底、或已被确认死亡的亲人。

一个月前刚刚复课时，何欢班里突然要转来一名男生，是从北川中学出来的，老师叮嘱大家他的父母已经不在了，确切地说是在他的面前被落下的预制板拦腰截断。男生来了，自我介绍极简短，他没有教材，没有文具，没有换洗的衣服，当然，他还没有家和根。高考前仅剩的半个多月里，所有人都小心翼翼，不是不想安慰，但又怎么可能安慰。

何欢干脆去做了志愿者。

血肉模糊间，还有医生的焦躁，何欢虽然只是推推病床和轮椅、搬搬物资和补给、做做简单的快速引导，医生还是再三强调要随时用专用洗手液洗手，戴好手套和口罩，每天测几次体温，手上千万不能有伤口，更不要随便触碰伤病患，回家要洗澡和换洗全身衣物，换下来的衣服最好用开水煮过。何欢不小心在推一名伤员时把血沾到了手上，联想到美剧里常演的生化危机和炭疽，一时间洗了好几十遍手还嫌不够。

这段时间的医院，比平日里的气味还要强劲和复杂，每隔几小时就要大面积喷洒消毒水，何欢整个人被喷得七零八落，加上还有专人加持的点对点除菌，何欢对所有喷雾逐渐敏感。有时是解放军来医院补给医药卫生用品，有时是医院专车走抗震救灾快速通道给送进去，何欢想到震后废墟上可能的种种，忍不住湿了眼眶又打了干呕。

8

外卖送来了，有点延迟，可能是彼时震感强烈耽误了餐馆备餐。何欢没有吃，她没什么心情，谢然吃得也不多，因为他几乎吃不惯。

何欢在手机软件上给外卖小哥按了赞，感谢他危难相援，她难过得几乎要给他打赏小费。

从那天以后，何欢面对谢然感到了由内而外的枯槁，她没打算持续冷战但她就是无话可讲，春节期间她也不跟着谢然走亲访友，拜年的短信和晒幸福的朋友圈一律不发，做爱也做不起来，她就是没了兴致，而且是明明白白地呈现她的索然无味，死鱼一样，一动不动，干瘪地瞪着一双大眼。

事实上，谢然后来也间接解释过那天的情况，他说他好巧不巧正去楼下扔垃圾，并且还不忘反将何欢一军，说她竟然那样想他，把他想得那么懦弱胆小不堪，这样还谈何信任，谈何了解，早知道就该顺手把那狸猫给扔掉，以慰真心错付！

何欢不蠢，她不是那种不能见微知著的类型，她当然知道谢然那天的举动说明了什么，不管是有意还是无意——实际上根本不可能无意，谢然的落荒而逃摆明了一种在人之为人层面上的不合格，先不说男人不男人和爱不爱了，何欢压根儿不可能靠得住他，便不能再对他放心安心或是去全心全意地相信。

何欢跟谢然不是君臣，何欢还没背弃谢然，当然不是出于对谢然抱有什么心之所向的愚忠情结。何欢只是还没想明白，她一开始也没打算要依靠一个男人去生活，既然不打算依靠，那么一个男人值不值得一个女人去依靠这件事，是否还应该保留在现代择偶的必要考虑因素里？

如果不是谢然，她何欢再遇到一个别的谁，就不会被丢下了吗？谁不都是说着多么多么喜欢和多么多么爱才在一起的吗？把对方视作自己的生命去爱，这样美好的承诺，如果不是父母说出来的，还是不要去相信了。

这几天，何欢常常想起高三的那个下午，那么多人冲她挥手，让她赶快跑，有多快跑多快，跑到安全的地方去，跑进明媚的夏天里，而不是让她跑到废柴身边当个圣母，跑进生活的怪圈自拔不能。

9

大年初五，北京大大小小的馆子已经营业，何欢在又一个失眠的凌晨，一个人打车去簋街，总归得吃点香喝点辣，大过节的，得五福临门，尤其得先饱口福。

这是又一个恶性循环，失眠导致头昏脑涨，继而引发了全身的难受，而浑身难受又接连导致好几晚的彻夜难眠和胡思乱想。

谢然问何欢这个时间了为什么不点外卖，何欢都懒得搭理。

何欢此刻羡慕锅里的串串共享一种不孤独的食物美学，它们一锅亲，彼此紧挨着彼此，前仆后继一同赴死，最后共同幻化成一坨、一摊或者一泡她何欢造的屎，反正是生生死死都在一起。

何欢突发奇想，要是这个时候她折回家，会看到什么呢？所以她吃完给谢然去了条微信信息，说她打车回家了。然后她又去了一家金拱门，买了杯麦旋风，把上面那层带着奥利奥饼干渣的冰激凌吃了，才打开手机软件叫车。

何欢忍不住要悲观起来，深更半夜又逢佳节的，自己会不会遇到一个想不开的网约车司机。如果真这么倒霉，该是谁的责任？是怪自己在危险的时候单独出门，还是怪这个有严重社会危害性的司机，或者得怪网约车的运营平台，再就是怪北京的交通打起出租车来总是那么费劲，总不能怪自己是个柔弱女子做不到反杀司机吧？

何欢还是倾向于怪谢然，或者该怪他所谓的那袋让他当时不得不立刻下楼扔掉的垃圾，这袋垃圾改变一切，甚至让一切彻头彻尾地成了垃圾。

当然，何欢认定这袋垃圾并不存在。

何欢觉得，如果自己真这么倒霉，那可真是太倒霉了。她经历两次地震都幸存着，竟然临了反倒有可能间接因为谢然这么个人死掉。她不允许这种不幸发生。

10

所以何欢到底还是跟谢然分手了。因为那顿独自一人的深夜撸串，何欢没有证人，她被谢然怀疑出轨，然后双方自然而然地消磨殆尽。真是典型的倒打一耙。

分手的场面不太令人难堪，但也不过分平静，这种恰到好处的杀伤力反而让人不作他想。

何欢像讨厌当年舍友那些不合时宜的同情一样回避周遭的痛心疾首。她想不明白怎么会有那么多不知进退的人。

他们是过得有多好，好到可以像导师一样指点他人的生活。

听说过盲人摸象吗，各自凭借自以为知道的全部去判断，实在大可不必。

她何欢不是容器，你塞我什么，我就照单全收。何欢早就认定不存在完美的生活，人与人的关系甚至是一种共克时艰。大家都不容易，就更无须以己度人地去替别人计划需求，且去过好自己吧。

这其实是何欢的乐观，她想得开一切事，活着本身就足够好。

此刻，何欢去中关村借书，刚下车，就开始掉雨点，她赶紧跑进大楼。等她借完书出来，雨又停了，何欢发现自己刚才关于雨下大了回不去的担忧是多么地不必要。

实在是，多思无益。

而偌大的北京，又有多少人知道今天中关村的这片没有形状的云下面落了一场仅仅几分钟的小雨呢？哪怕是与陌生人，能共有一场雨，是否也已然算得上生活给予的互道珍重。

小时候，何欢跟母亲走在街上，远处突然就传来单音的电子音乐声，何欢知道要么是洒水车要么是给路边法国梧桐喷药的车就要来了。很快，高压水枪喷洒出大面积的水雾，越逼越近，等何欢闻到了药味已经无处躲藏，不可避免地被喷了一身，她知道回家又得被喊洗澡洗衣服了，突然要多费很多事，她不开心。现在的何欢，想起小时候的这些不开心当然特别开心，这不光是因为她大了成熟了也开始衰老，她还不再易以己悲——她时时由衷地感到幸运，这个世界始终有她的共时者，能一起拥有那些时刻，密林里总有所陪伴，难道不美好吗？

比如何欢借的是《复活》，初读时她高三，最近又想读：

> 尽管好几十万人聚居在一小块地方，竭力把土地糟蹋得面目全非，尽管他们肆意把石头砸进地里，不让花草树木生长，尽管他们除尽刚出土的小草，把煤炭和石油烧得烟雾腾腾，尽管他们滥伐树木，驱逐鸟兽，在城市里，春天毕竟还是春天。

比如何欢最近喜欢一款香水，叫 Lost Cherry，每次穿香补香，随着前调弥漫开来的裹挟气质，何欢都要比较，Lost 和 Cherry，哪个更重要呢？

比如三月的北京玉兰花开，先开花后长叶，是贪图一时繁盛终归没落呢，还是对温度需求太低反致兰因絮果。无欲则刚也不是光无欲就能实现。

比如何欢听到的诗与歌：在你流淌的万万年里，遥远的你和你总在一起。

再比如她偶然看到的那句话：我愿做一只沉默的狸猫，悄悄地偷了幸福向密林里逃。

赵依，女，1989 年生于四川成都。中国人民大学国学院文学硕士，中国作家协会会员。曾获第四届“华语青年作家奖”短篇小说提名奖，《北京文学》优秀新人新作奖。

坏脾气的新邻居

渡　澜

当我还是个孩子的时候，有一家人搬了过来，成为了我的新邻居。

在那个给孩子治病时只能靠膳食搭配和氧气的小地方，这可是个大事件。更何况他们的厢式货车里还有一张漂亮的布艺转角沙发和一个深橄榄绿色的玻璃门储物柜。

“气死我了！你们这群懒虫！”

“你们的脚上连着锁链吗？走得慢吞吞的！”

女主人拎着装得满满的购物袋，鞋底摩擦地面沙沙作响，她气得头发都竖了起来，凶残地拽着儿子的头发向前走。小儿子踉踉跄跄，被母爱折磨得要死，偶尔会被女主人拉扯着扑通一声双膝跪在地上。哪怕跪下了，呼哧呼哧喘着气，他也要抓住时机狠狠咬上母亲的脚后跟一口。他也学着母亲骂人，且骂声和谐又单纯，听起来就像文明大炮在连续轰炸。他的樱桃小嘴像灿烂的瀑布般喷出尚未褪去稚气的辱骂话语，向母亲表达着自己不朽的恨意。男主人戴着褐色软帽，露出自己被汗水打湿的内衣，一脸怫郁地跟着自己的妻儿。他脸颊上的肉和肚子上的肉就像是一种庄重的暗示，你远远望过去，视线被胶粘在那些肉团上，反而看不懂它们的暗示，莫名其妙地被这位肥胖的男士蒙上了遮眼布。他目不转睛地盯着妻儿，想将他们用力镌刻在记忆深处。

“我就该把你丢进沟里！你除了骂人什么都不会！”

“闭上你的嘴！肥猪——你就像一团鲸鱼的脂肪！”

“你说什么！”

显然他们刚刚在厢式货车上经历了一场激烈的战斗。此刻他们走出货车压抑且闭塞的环境，走在无可比拟的动人的蓝天白云下，却并没有休战。他们开始扭动红红的脖子，在口中搅拌口水，渴望喊出更流利的骂句。是的，他们继续生气，毕竟大多数人都错认为这活儿完全是零风险的。

我就住在他们对面。我和母亲撑着被太阳照得耀眼的红色瓷砖窗台，低头瞧着自己的新邻居。

“来了一群坏脾气的人。”

她笑着，和一群好奇的黑白相间的小蝴蝶挤在窗前。她柔软的黑发上戴着闪亮的、锋利如尖刀般的发饰。我的母亲温柔又开朗，非常有耐心，擅长安抚孩子。每当我感到恐惧不安，只要她亲吻抚摸我，我就会止住泪水，露出笑容。对她的依赖深植在我的基因里。她就是我童年的万能药。

“看他们气冲冲的脸，有什么烦心事儿呢？”

“我要去帮忙吗，妈妈？”

“不用了，好孩子，你会给人家添麻烦的。他们雇了很多帮手。一会儿，你带着礼物去打声招呼。把今天的葡萄装进篮子里，小心不要摔倒了。”

我的母亲分外特别地注视着自己的新邻居，不过很快她的注意力就被美好的天气给勾走了。她夸张地仰着头，对着那朵乌龟一样趴着不动的云啧啧赞叹，称它艳惊四座，像贝尼尼洁白的大理石枝丫。她很快就开始享受美妙的周末时光。用粉碎的、甜蜜的小奶块泡茶喝，踩着蘑菇堆成的黄色地毯，动作缓慢如蛞蝓，和葡萄以及提子讨论着葡萄和提子的区别，在一团亮白的太阳下绕着院子转圈圈；把社交这件苦差事推给了自己可怜的孩子。

我不得不作为代表，提着一大篮子与秋季擦肩而过的葡萄去拜访我们的新邻居。

我走近时，苍蝇围着屋外的厢式货车嘤嘤飞舞。当搬家工将大块大块的软奶酪捧出来时，它们大大方方地坐了上去，奶酪立刻看起来像是配了插图。纸箱里折好的毛毯们眼睁睁看着苍蝇们大捞一笔。一大堆有着地中海色皮肤的塑料椅悄悄活着，随着四方时钟的嘀嗒，不停地嘎吱作响。所有的灯具都被泡沫包裹着，尴尬地坐在那里鼓励彼此，它们渴望在晚上搬家。新邻居崭新的庭院里回荡着去死的赐福，保持着速度，由桃色栅栏向四面八方滑行。他们竟然还在生气！我越发觉得沮丧，我宁愿去和母亲讨论葡萄和提子的区别，也不要和气冲冲的陌生人见面。我真真切切地想要逃走。篮子里的葡萄也显出一丝无奈，频频踩着刹车，显然它们也在汁水充盈的心里掂量着此次远游的利弊。情况越发恶劣了，我唉声叹气，屁股向后拉着我的脚后跟，可我最后还是靠着自己阳刚的心脏走了进去。

男主人如里程碑般被立在院子正中央，默默统治着自己的怒火。他全身雪白，体态臃肿，像一粒富含油脂的树种。他已经摘下了自己的软帽，内衣因为大汗变成了他自己的颜色。我仰起头看他，那是我第一次见到如此愤怒的人，他富余的怒气简直要从脸上淌下来了。他怀抱着自己的愤怒，就像抱着一件神圣的纪念品。他的脸涨红，加上那白皙的皮肤，看起来像红菇。男主人瞪大凸出的圆眼睛像两个栓塞，只要将它们拔出来，他的愤怒定会喷涌而出。他肿胀颤抖的厚嘴唇像一条搁浅的鲸鱼，快要爆炸。这位叔叔在快要被气疯了这方面展现出难得的大师风范。

“嗨！您好，叔叔。”

“呼呼，我快要喘不上气了——你是什么？你是鸭嘴兽吗？你从哪儿冒出来的？”他被我吓了一跳，哪怕与我谈话，他也不愿暂时停歇他那蓬勃发展的愤怒事业。

“我是您的邻居，我们就住在对面的那间小房子里。这是我母亲给您的礼物。”我将篮子递了过去。

“别管我，我要气死了！放下葡萄就走吧！”

不骗你们，他喘气的频率和力道，可以令他家的布艺转角沙发和深橄榄绿色的玻璃门储物柜同时翻过栅栏，绕着这地方翱翔两个月。我的葡萄，现在成了他的葡萄，大多都自杀了。它们痛苦的汁水四处飞溅，令我的衣服上布满了紫色斑点。寥寥几个葡萄还在那里渐渐变冷，处于虚弱的运动状态，心中向往着遥远的乌珠穆公墓。我难受极了，被他莫名其妙的情绪发泄搞得沮丧，只想回家。

“可是您为什么这么生气？”

好奇心害死猫。如果时间重来一次，我才不会问，我定会拔腿就跑，然后一切都会归于沉寂。

他伸出手指向下点了点。我低着头，只看到他橘黄色的塑料拖鞋和奶白的脚背。孩子们盯着大人的脚背或是拖鞋总是家常便饭，大人们一看见你毛茸茸的头顶、薄薄的一片儿脑壳、小羽毛一样的耳朵，都会心生怜爱，长话短说，乐得省去了训斥孩子的气力。

“您是不喜欢橘黄色吗？这挺帅气，我……”

“哦，我的老天爷！现在的孩子傻得令人心痛！你们在摇篮里犯傻，出了摇篮后也在犯傻！尿布！打嗝！成绩单！”

他的脏话吓得我猛抬头，他比积水的马路还吓人。我设法像个勇敢的孩子那样若无其事地站在他面前，但失败了，因为我把脖子缩了回来，眉毛也拧成了一个“八”。

“不，不是因为颜色吗？”

“石头！蠢货！你看到石头了吗？”

我低头仔细瞧，没发现。无奈之下我只得蹲下来，眯着眼用力看他的脚。我的眼睛，它们姐妹俩简直用了我第一次站立时双腿用的那股蛮力，才艰难地发现了他脚背上有一颗种子——斑叶兰灰尘一样的小种子！我简直想跟我亲爱的奶奶唠叨了。是的，我迫不及待。一个人竟然被一颗小种子气疯了！这就是用一整条鲨鱼给芥末刮沫，给你失掉弹性的粉色头绳儿办健身房年卡，逼迫它练瑜伽。何必呢！这人大惊小怪！

“这是种子呀，我亲爱的叔叔，哪里是什么石头？”

“我的脚背被压垮了！我疼得厉害！我生气！只有我的脚被石头压着了！这世上这么多人，你也知道——这世上那么多人啊，偏偏砸到我的脚，还被粘在了那里！”

“这不是石头啊，叔叔，它轻着呢！一亿个它也就一两重，您脚背上就一个。您抖一抖脚它就掉下来了！”

“浑球！就因为它，我还要抖脚？我有那么多事情要做，现在竟然因为它——一颗种子，就要抖动我的脚？我真是要被气死了，我今天因为它吃不下饭了！我今晚无法睡觉的，我一肚子火！我只要躺在床上想起我今天抖了脚，我就会气得从床上跳起来！”

他大声咒骂，肚子因为这些骂声波涛汹涌，脚却执拗地一动不动。他说到做到，这几乎是种结构性的生气经验。

为了让新邻居开心一点，也为了结束这场闹剧，我维持着蹲姿，向前靠近，轻轻吹了一口气，将那可怜的斑叶兰小种子吹了下去。男主人突然尖叫着后退，一屁股坐在了地上。

他的小题大做着实令人惊诧而惶恐。我不解地盯着他。他的脸更红了，嘴里蹦出一麻袋朴直的咒骂和秽语。且他骂人的速度也在不断加快，几乎癫痫发作。哪怕他不慎重复了词句，也能娴熟地周转，让人怀疑他是捧着脏话百科全书在那里朗读。他的怒火快要组建成焚化厂，方圆几百公里约莫都能看得见火光。他颤巍巍地指着我，换气频繁，泪光闪闪，惊涛骇浪的愤怒令他陷入老人的虚弱处境。柔软细挑的黄绿嫩草在他臀下簌簌作声，把纤维化作警句，用拍击的动作斥责他无耻的喧嚷。怒火滔天的男主人当然不会因此止息。

“多么恶毒的孩子呀！哦，我的咽炎要犯了！我难受极了——你要弄死我！我现在要喘一口气，我要喘好几口气！然后我站起来，我要收拾你！你个坏蛋，你就是个魔鬼！”

我一头雾水，不知自己到底是哪里惹恼了他，搞得现在他的怒气像烟一样散开了。

“可是……您为什么这么生气？我只是想帮您呀。”

“帮我？真可笑！你现在去帮我定做棺材吧！真是气死我了！你比我那蠢儿子还气人！你竟然吹我的脚！”

“我想把种子吹下去！是您说它压疼您了！”

“够了，你个坏心眼的小母驴。这世上的女孩儿没个好东西！看看你那张俏皮的脸，简直就是一种谎话，骗得所有人将嘴唇贴上去，然后你就随心所欲地骗钱，最后骗得所有人把命都赔进去。你们就是大骗子！”

“我不懂您在说什么！我是好心的，我只是想让您开心点。”

“你就是想冻残我的脚，让我截肢！让我一辈子坐在轮椅上，撒个尿都要一大群人帮忙！”

我张大了嘴巴，挠了挠自己的头皮。我晕头转向，仿佛初次见到忙忙碌碌的蜻蜓们。

“什么？冻残您的脚？”

“你那一口气，吹到我心窝里来了。我的血管都冻伤了！你那个恶毒的小狗嘴里冒出的寒气，差点冻伤我的脚部肌肉！幸好我躲得及时，要不然就被你的坏心眼弄死了。”

“哈？这……这是误会啊，我亲爱的叔叔。我哪里吹了那么冷的气？您实在是太夸张了！快起来吧，您别坐在地上了。”我站起来，向他走过去，想把他扶起来。

“哦哦——长生天！快看看你自己，刚刚还蹲在地上，恭恭敬敬的小模样，一只猫儿一样。现在我一摔倒，你就急不可耐地站起来，叉腰俯视我。”

“我没……”

“你想狡辩？你从上到下打量我！你俯视我！你不尊重我。我告诉你，我像你这么大的时候，就有你父亲的气力了！你算什么东西，竟敢俯视我？”

“我想把您扶起来呀。”

他像是听到了什么惊世骇俗的话语，愣了那么一瞬，似乎是在思考该如何更完美地表达自己的愤怒。这不难理解，毕竟他是位有怒气执照的成年人，他的生气方式是专业的。在如何发怒这方面他定受过持久、周严的教育，所以不容错误。

“扶……扶我起来？”他倒吸了一口气，下巴层层叠加，睫毛扇动的速度比蜂鸟的翅膀都快。这太吓人了，他已经气得想用自己的睫毛把我扇走了。

“为什么要如此羞辱我？扶我起来？孩子，我完全可以自己站起来，你为什么要羞辱我？你要活生生气死我才满足吗？”

我终于无法忍受，这漫长的咒骂和误解令我不耐烦，我不再向他靠近，扭头就走。

“看看你，小东西——你就走了？你走得多快呀！因为被我戳破谎言和阴谋了？你的脸一定红得像猴屁股！”

“您说什么呢？您真该照照镜子！您才是脸红得像猴屁股的那个人！”我忍无可忍，彻底被激怒，回头大喊。

他不出声了，连气都不喘了。坐在原地，呆愣地看着我。我的那句“您才是脸红得像猴屁股的那个人！”像一把利剑插进他的心脏。

“你……你你，羞辱我，看不起我。你……你要气死我……”

他脸上的肉拧在一起，五官都模糊了。他突然仰头，张着嘴哈气，仿佛胸膛上压着千斤重负似的。他满头的汗珠子，脖子开始变红，转而变紫，嘴唇也煞白了起来。他抽搐着躺倒在地上，愤怒在他痛苦扭动的身体里流窜，这可怕的情景的降临，令我心跳如雷。我才刚刚认识他，现在他这副样子，就像有人将他造出来又立刻将他拆开了。他已经进入了垂死状态，努力逢迎着死亡，且承受着巨大的痛苦。

我必须把女主人叫来，让她给医生打电话，这是最快的方法了。她一定在家！我立刻跑过去敲新邻居家的门，希望女主人快快出来。

我听到她下楼的脚步声。我的双耳嗡嗡鸣叫，心脏用一种不同寻常的速度跳动着。我在原地蹦跳着，拍打自己的胸膛，焦急地向四周环顾。

我没等多久，女主人来了！门被霍然打开，她就站在我面前。

谢天谢地！

“阿姨，不好了！叔叔他……”我将自己健康的喉咙彻底奉献，撕心裂肺地冲她喊。

“你要是这样敲门——砰砰！这样大声，我就活不到下个春天了！”她竟然也同样冲我大喊着。这怒吼简直就是从她胸腔里喷出来的火，带着她祖传的家族威力。她这一吼，令世界都安静了。生物全部吓得魂飞魄散，惶惶不安，就连靠着墙站立的铁铲也全身颤抖，和墙壁纠结黏成一团。它很少会与墙壁紧贴，上一次的亲密合作发生在它严重缺铁的那年。

“不，阿姨！您的丈夫……”

“你为什么那样敲门！你看看这扇铁门，全是你拳头的印子！”她抬手握拳猛烈地砸向铁门。门龇牙咧嘴，疼得要夺门而出。

“您的丈夫他……”

“暂且不谈我的丈夫，你的行为令我很生气！”

“他要死了！阿姨，您出去看看吧。我的天，您快叫个医生来吧！”我大喊，用力划动自己的手臂。

“你为什么这么大声！我要气死了！我开门不是为了受气的！你对一个年长的女性大声喊是要遭天谴的！”

“阿姨，您的丈夫躺在院子里！他无法呼吸了，老天保佑，您快，您快……”

“你必须为你的大声喊叫道歉……还有敲门这件事！”她和她的丈夫简直一模一样，也许只能通过肠道长度或是胡须长度来将他们区分。就在我感叹他们神奇的夫妻相时，我的耳边突然响起了陌生的声音。

“嘿！我们的事儿还没完呢。你必须去学校！你一次都没去过，真是好厚的脸皮！”

“你快给我下来，我的脖子要断了！”

来开门的竟然不是她一个人。我焦头烂额，没有注意到她的孩子就在她身上；有着忧郁的黄色头发、锐利的眼神和丰厚的鼻尖的男孩，此时像围脖一样紧紧缠绕在他母亲的脖子上，就连皮肤上的齿棱都紧紧贴合。他还没有阵脚大乱，小小年纪就展现出惊人的发火天赋，和自己的母亲不相上下。他在女主人的耳边用嘴唇吐出他的撒手锏，在学校新学到的脏话，且双眼喷火，张大的嘴巴似乎要将自己的母亲一口吞下。这真是惊人的勇气，只可惜他在不当的地方发挥所长了。

“你必须去！”

“我要把你扯下来了！你个小畜生！”

“哦不……”我痛苦地呻吟。这两位竟然也在打架，我来得不是时候。女主人被他的新时代脏话骂得周身战战兢兢，用镶着钻石的指甲——强劲有力的鹰爪——抠挖儿子头皮上的旧疤痕，留下纵横交错的血条，想把密集在他小脑袋里的新式思想弄出来。孩子捶她的肩膀，怒火烧红了他的脸蛋，他被母亲拉扯得像狂风中的旗帜。如果没有人关注，脾气通常就发不起来不是吗？人命关天，我意识到自己必须从她眼前消失，这是熄灭她怒火的唯一办法。我应该跑到大街上去找人帮忙，而不是找这位怒气冲天的夫人——发脾气在她的闲暇时间中占有显著的位置——更何况她现在正和自己的儿子打得火热。

就在我想离开时，她肉滚滚的大白手握住我的手臂将我提了起来，猝不及防地将我制伏。我顿时便慌了神儿，发出尖叫，感到她手掌肌肉的亢奋痉挛。我的视线被动地从她的肚子一直平移到她的眼睛，如同坐了一次透明的观光梯。我被提到了她面前。她低头瞪我，圆下巴仿佛粘在胸部上似的。她用力吸气，鼻孔张开。我惊恐地向上看，她有着金色虹膜的眼珠渐渐向外挺出，眼神里透露出失调的本性。她那如猪鬃一般粗的睫毛快要变成马的蹄，向我撞来。她的舌头垂悬，舌面上结晶沉淀，狠毒的话语从上面滚滚而来：“你敲烂了我的院子，现在却想走？”

在被她抓住之前我天真地认为我是独立于一切怒火之外的，现在我才意识到，我被卷进她的愤怒旋涡了！这是最锥心的惩罚，面对她愤怒的话语和愤怒的手掌，我只想大喊一句——何其可怕！

她弯下腰低下头，像是要咬下我的一块肉。可悲的是，她的儿子，没有掌握好自己，从母亲的脖子上摔了下来。

砰！好大的动静！

“老东西！我摔下来了！”他躺在地上，心脏或是阴茎背动脉在他凹进去的左腋窝里怦怦跳动。他蹬着双脚，在地上横着转圈圈，扑腾出一股接着一股的灰尘，简直像龙卷风。他这个样子，谁能忽略他呢？他非常气愤，凶残地大喊着，怒吼声里饱含着千军万马的精神和元气。在这坚强且热闹的家庭里，他已淬炼得更强了！我无法与这规模庞大的愤怒抗争，他们的怒气就是个天文数字。

女主人令人不解，她竟然没有松开我的胳膊，且毫无迟疑地将自己的儿子也一把从地上提了起来，终止了他的闹腾。我们两个被她抬到相同的高度。女主人左看看右看看，似乎在思考应该先收拾谁，谁更罪大恶极。

可是你可怜的丈夫还躺在院子里啊，我在心里大喊。你们气坏了心肝肺到底为了什么，实践身体艺术吗?

男孩的脸紧紧贴着我的脸。他蹬着腿，挺自己的肚子，甩动他的脸蛋。可怜的我，颧骨上那一小块皮肤差点被磨出破洞，小细腿也将被他踢断。孩子发出愤怒的号叫，声音的火舌向外翻腾，穷追不舍，波及了我。我只感到牙齿都要被这超声波打下来了，长生天保佑我坚固而平凡的牙齿。“我的牙龈和我的牙齿将在两分钟后曲终人散。”我默默想着，徒劳地用舌头抵着牙齿。他喷射出的口水要淹没我的眼珠。我可以感到他的心脏跳得飞快，他的胃也开始奇异地膨大，有什么东西要爆开了。他飞快翻动的嘴唇带出阴沉的热气。我感到紧贴着他的半边身体和被女主人握住的手臂要被腐蚀掉了。快饶了我吧。我可是一个热心的、带着葡萄来拜访的邻居家的孩子。你们干点别的不好吗？出去晒晒太阳总是好的。

最后她选择了自己的儿子，显然日久生情。

“你跟你那倒霉父亲简直一模一样！”

她终于想起自己的丈夫了！

“阿姨，叔叔快要……”我抓住时机，急忙说。

女主人脸上的五官被她那铺天盖地的暴脾气炸飞了，彼此不再相连，反倒是上蹿下跳。眼睛差点被气到天灵盖上，舌头要冲撞鼻孔，两个耳朵无法秩序井然，它们恼怒之下换了位置！我抬头仰望时，见到她的尊容，恍惚间感受到了自己快乐童年的终结。

啊，这张怒容足以留给我一生的浓烈追思。

“闭嘴！我待会儿再收拾你！你不会敲门，还大喊大叫！”她把头扭向自己儿子的方向。

“我一看到你，就想起他那恶心的脸——一块巨大的白色斑点。臭小子，你就是来索要赎金的，你就是一片儿烂西瓜，被车轮溅得四处飞散的烂泥。真叫人恶心！莫名其妙地就考了个四十分，一年开八十次家长会的浑球，我不会去的！我告诉你，我不会去的！”

“老家伙！你真该去死！我早晚有一天要干死你们两个，然后我跑到山里去！我要去山里！”

“你去吧！你现在就去，我祝福你被山蚊子吸干！”

“一想到我曾经喝过你的奶，我就要呕吐！”

“我就该活活饿死你！然后饿死你的老爹！”

他们旗鼓相当，各有千秋。我无法插嘴，苦闷地等待他们结束这场亲子互动。我的胳膊生命力顽强，不甘于辜负生命的和谐，竟没有被她的大手捏烂；骨头还是骨头，肉也依旧是肉，没有被搅在一起。冬天过去了，最起码要脱掉厚重的衣服。人们把房子建在任何一个地方，却唯独不会建在自己身上。可是这沉甸甸的怒气却为何总是被人们随身携带呢？坏脾气的人们勇于创新，力求超越历代前人，突破某个伤肝损肾的框架。我被他们的怒气震慑，蜷缩身体，渴望战局回稳。

这场对骂持续了将近五个钟头，直到院子里传来男主人响雷一样的大喊声：“我死了三个钟头啦！再不把我埋了！我就臭了！”

哦！什么？他已经死了——他都死了三个钟头了！人工呼吸，心脏复苏……现在干什么都来不及了。我就不该跑来敲门，我应该去大街上找别人帮忙。可是谁能想到他们一家子都是坏脾气？罪恶感驱使我开始拼命挣扎。女主人的一只手臂有些脱力，我竟然挣脱出来了。我一屁股摔在地上，立刻扭身站了起来。女主人瞪圆了眼睛，震惊地盯着我，嘴巴却稳妥地冲着自己的儿子，机关枪一样突突喷射出咒骂。这场景略带抽象，我不禁感叹不已，果然人被气坏了就只能勉勉强强像是个人了。我觉得这很差劲，她要将怒火时刻延展到宇宙坍缩为奇点，延展到永恒。女主人弯下腰想再次抓住我，好在我连滚带爬冲出了房子。

当我来到院子里时，发现男主人瘫在地上，双眼惊骇圆睁，脸色发紫。他原本保持着因为喊叫而大张的嘴巴，一看到我，就焦急地合上了。他用力过猛，以至于颧骨高高耸立——他死去了，却试图强调自己曾经是一个帅气十足的高颧骨小伙子（如今的颧骨是纯粹的复古）。现在该怎么办？如果此时有一头河马在我身旁打哈欠，我会毫不迟疑地把头塞进去。

“你怎么就死了！你不干活了吗？”女主人拎着儿子冲了出来。那不幸的孩子像风中的塑料袋一样孤苦无助，随着她的动作飘荡。

女主人终于把注意力放在了死去的丈夫身上，她依旧很愤怒，她愤怒的话语组合成了一种高声宣讲：“你！死鬼！你要是死了，我就得拼了老命照顾这个臭小鬼了。你去地狱偷懒了，我却不得不一直干活干到死。”

她的丈夫则沉默着，这沉默哪里是什么“冷静的忍让”，他只不过是死了，如果他还活着，可以喊得更大声。

断了气儿的丈夫在女主人眼里就是暴露狂。她面露厌恶，吐出可怕的辱骂和自私的咕哝。

“看看你这副鬼样子，你丢尽了我的脸！你像条狗一样横躺在自家院子里，你让邻居怎么想？你就这么死了，想得真美。沙发还没有搬过来，你必须把它搬来！你别以为死掉了就完事了！真是要气死我了，你个懒鬼，什么都不干，每天都等我把饭嚼烂了吐进你的嘴里！”

男主人依旧沉默不语，泛蓝的眼袋又肿又大。他的眼睛里藏着的毫无疑问是一团深远的愤怒之火。这神奇的火焰在他死后依旧存留，除了可以增加他的身高或是帮他在羊腹内放入小茴香末以外，几乎什么都能干。

他的儿子继续火上浇油：“明天的家长会你必须去。这次你别想推给父亲了，因为他死了！”

“臭小子，你可真吵！”

女主人气急败坏，她大吼一声，一把将孩子甩了出去。男孩的身姿构成完美的抛物线，飞达目的地，在父亲肥大的肚子上弹了两下。男孩气得张牙舞爪，头发直指天际，开始拼了命磨牙，做好了进行一场艰巨的攻防战的准备。

男主人万万没想到自己死后也要遭受如此恐怖的痛击——人肉炸弹，还是自己的儿子！他已经死了，死后的世界是野蛮的。但身为死人的他，却是被这野蛮的世界偏爱的。他会看到一些新的风景，会毫不费力地获得大自然无穷的安慰。只有在死去后，他才有机会做一次母亲，哺育那些比他小很多的动物，成为它们青春动人的躯体的一部分。被大自然抚摩，被数量庞大的生物照顾着；他无所畏惧，他随意泛滥，他正处于人生的最佳状态，没有人会批评他。所以他下定决心——我哪怕死了，也不能认输，尤其不能向自己的妻子认输。于是他义无反顾地咬断了自己的舌头，发出咔的一声，像冬天的小树枝断裂的咔的那一声。他死去的皮肤上骤然涌出大量的皱纹，使他的脸看上去像挪威地图。然后他，一个死了三个钟头的人，收拢他的嘴唇，那条断掉的红红的舌头在牙齿间探头探脑，被它的主人“呸”的一声，吐在了女主人脸上。

哦！他把舌头骄傲地吐在了自己妻子的脸上。这个世界简直充满谜题。

我的尖叫声和男孩的几乎同时响起。

舌头在女主人的脸上因为唾液和血液的缘故稍作停顿，然后顺着她的脸颊缓缓滑了下去，粘在了衣领上。她的左半边脸上全是唾液和血沫，湿漉漉的形状看起来像是一条粗尾蝌蚪。我不敢细看，躲在院子里的装着葡萄的篮子后面，生怕她一气之下将我生吞。衣领上的舌头闪动着一缕亮亮的藕荷色。它依稀记得自己死前是个伟大的发声器官，于是轻轻上下摇摆，我竟然能断断续续地听见它用一种像是骗人的声音说着“扎兰屯市再无沙果”。

女主人一把扯下舌头，用脚狠狠踩踏。来自丈夫的羞辱令她体内的肝火几乎爆发。她先是后仰，拍打着胸脯，不停地摇头。又挺立着，挥动胳膊捶打空气。

“你竟然敢羞辱我！你竟然敢——是谁给你的胆子？”

她的脸上流露出了异样的激动神情。她双目赤红，也“咔”的一声用力咬断了自己的舌头！她咬得太用力了，血像雾一样从她嘴里弥漫出来，在她宽敞的脸蛋上敷上一层薄薄的红。她看起来像是在捍卫自己的疆界，神情严肃得近乎荒唐。她的嘴唇也开始收拢，像花儿在夜晚合拢花瓣，嘴巴里发出卷羊毛毯的声音。然后她“呸”的一下，竟然也将舌头吐在了丈夫的脸上！

夫妻俩惊人的步调一致。

苦命的舌头们。当它们与自己的主人连接在一起的时候，无疑是被爱灌溉的。主人们甚至不舍得咬上它们一口。它们同那洁白的牙齿、牲口似的顺从的牙龈和那如谷地平原般连绵起伏的上颚一起享受天伦之乐。如今它们被毫不留情地利用，被人抛之脑后，悲惨地成为遥远的过去。

男主人冷漠地盯着上空。那截断舌像上岸的鱼一样，噼里啪啦在他的脸蛋上跳动。他肥大的脑袋被妻子的舌头抽打得摇摇晃晃，蹭了一脸泥水。他可能不太相信自己被妻子的舌头抽了巴掌，他觉得这屈辱的一切都是他吃得太饱时做的梦。女主人目睹了丈夫的狼狈，这才放心了。愤怒之战里也许她从未输过。她站在原地淌着血摇晃，被风吹得歪向一边，却在相当长的时间里维持着自己与地面的垂直状态。"真是岁月不饶人呀！"她是否正在这样想呢？女主人对自己的表现还算满意。她指了指自己的嘴巴，指了指目瞪口呆地坐在爸爸肚子上的男孩，又伸出了两根手指。意思是，我如果有两条舌头，一定会往你脸上也吐一条的。然后她摔倒在地上。这是一项伟大的牺牲，她为自己的奉献深感骄傲。这是最辉煌的时刻，她在死前的短短一瞬露出了微笑。

此时一群小麻雀从连片的屋顶那边轻快地飞来，扑扑腾腾，停在了他们铁锈色的房子的窗台上。那些不够强壮的榉树好像久病初愈一般挺起了肩膀。如水晶般清澈的昆虫和穿着蕾丝裙的鸟儿也全部换上了一双憧憬未来的眼睛，它们已经无所畏惧了。院子里传出迎接胜利的甜蜜笑声。这家人还没在新家住上一天，就把附近的生物吓坏了。奇妙的是，正处于喜悦中的竟然不单是这些生物，同样喜悦的还有他们的孩子。那个男孩看到父母全部死了，竟然乐开了花。他立刻从父亲的肚子上跳了起来。

"这就像下了一场雨，清新凉爽！"

他也是足够可怜的，头上布满抓痕，胳膊上血淋淋的，裤子上也满是泥土。现在他满脸笑容，转着圈拍手。他向前一跳，越过父母的尸体，就像越过了一个深不见底的沟壑。"真不敢相信！这群总是惹我生气的人竟然死了。现在我自由了。什么家长会！我要走了！去山里！”他抱着自己的脑袋，眼眶红红的，充满了对安静世界的渴望。他对着房子背面的群山喃喃自语，它们如铁器般耀眼，盾牌似的阻隔了地平线。眼前的男孩——诞生在魔鬼家庭里的孩子，此时此刻，对自己父母的尸体视而不见，望着远处的峰峦，稚嫩的脸庞散发出炽热的光芒。对山的爱源源不断奔腾在他的脉搏里，他的肉体和灵魂仿佛焕然一新。他义无反顾，迈着轻松的步伐走向他的目的地。也许他将要改写家族历史，健健康康地活到六十岁。

“你要走了吗？”

“是的，我要走了！”他说，头都没有回。

“那你的家人怎么办？总要把他们埋葬。”

“就让他们烂掉吧！”

“可是……”

“我要走了！”

他还是走掉了。我深感无奈，只好跑到街上求助他人。大家都是热心人，了解情况后，他们决定去买两副棺材，将他们安葬。大人们又是量身高又是搬抬，折腾了好久。我坏脾气的新邻居哪怕死了也在向世人展示着自己非凡的、满口术语的怒气。当有人把他们塞进棺材里时，他们冰冷的肌肤被自己体内的邪火烫出了水疱。这些鼓鼓囊囊的水疱立在他们死人的皮肤上，看起来就像雪面上摆着的几块与活物看起来毫无二致的蜜蜡石。因肝火而生的水疱应是世界上独一无二的，应该用“您”来称呼它。它犹如一头初出茅庐的黄狮子，展现了人类的进步。死去的肉体无能为力，只好以自虐的方式继续自己的丰功伟业。

他们生前有没有惬意地吸入空气呢？死后又是否能稍稍休息一下呢？

一群人忙了半天，大多数时间都用在了给不断地从尸体的各个地方冒出来的水疱涂抹粉底。热心的大人们快被这沉重的荒诞压成化石，他们显得疲惫不堪。我站在人群外向里看着，偶尔回头眺望远处的山峦，寻找离家出走的男孩。或许远离了人类，他的脾气就发不起来了。终日面对树木、如皮革般坚硬的起居室、黄蜂的政治恐吓、死心塌地的山间蚂蚱，以及那些可以绊倒人的硬硬的蛇，他的心情定是极好的。他甚至不用担心会饿死，草地里满是还带着火药味的热乎乎的弹壳，捡起一颗嚼一嚼，可以半天不用吃饭。再不济，也可以吃山上的日本弓背蚁们的肮脏的院子和黑制服。哪怕他挨了棕熊的打也没关系，唯一的医院就在山下，他骨碌骨碌从山上滚下来就可以。因为医院屋顶上有天窗，天窗下就是病床，还有一群穿着沙滩衬衫的男护士就等在那里。

回家时，我边走边发出老气横秋的叹息。新邻居的怒吼声在我脑海里一个劲儿地向外撅着屁股，像是要从我的嘴巴里蹦出来。这是什么传染病吗——要把我这艘小船推进油一样黏稠闪亮的沟里去。蓦地，一阵凉意从我的心头涌出。我深感不安，四肢僵硬地向前走着，紧紧闭上嘴，生怕骂出脏话。我的母亲站在门前迎接我。我今天和一群坏脾气的人儿“交朋友”，被脏话秽语轰得昏昏沉沉，如同在火中荡秋千、熔炉里游泳。我一见到我的母亲，就被她恬静的笑容、甘甜的眉眼惊艳到背脊发凉，像一只被蜂蜜所吸引的蚂蚁一般迫不及待地跑去拥抱她，将她身上的花蜜吸入胃里。当她热乎乎湿漉漉的嘴唇贴上我的脸颊时，我瑟瑟发抖地站在原地，一动都不敢动。她把我抱进家里时，我鼻子一酸，差点号啕大哭。我开始手舞足蹈地给她讲今天发生的事情，像浅滩上的蛎鹬一样拍打自己的翅膀。我脚下的木质地板发出嘎吱声，里面的钉子也因生锈传来吱吱的噪音。我的母亲低声安慰我，只要一有机会，她就会弯下腰抓住满屋子扑腾着翅膀乱跑的我，在我的脸蛋上轻轻啄上一口。不久，所有的不安都被她一口一口啄完了。

可是当夜晚来临，我依旧无法入睡，用粗布被子将自己缠得紧紧的。我的周围已经形成了一个恐惧的圆环。我被已经死去了的新邻居的坏脾气和结局所恐吓。母亲已经陷入甜蜜的梦乡，闭着眼睛，轮廓朦胧的睫毛几乎没有颤抖，像一只泰坦甲虫那样安稳。我的耳边回荡着我的新邻居们的怒吼声，脑海中不断浮现出幻觉和诸多真实的情景。每隔一段时间，我都要翻动一下。

“气死我了！”

“啊！”我发出尖叫，从床上弹了起来。我的耳中突然炸响起这熟悉的话语，我在听到的一瞬间身上就冒出了鸡皮疙瘩。有完没完！我瞪大眼睛看向窗外，抱着发抖的胳膊坐了起来，被子里的我的两腿也在发软，我甚至感到挡也挡不住的尿意。我的头发刺痛我的脖颈，我的胃肠凶猛地翻腾，我难受得要死，满身都是汗。窗外什么都没有，在昏暗的房间里，我听到了遥远的墓地那头传来了争吵声。它是那么远，同时又那么近。它和我隔着一座山，却又近在耳边。我绞着双手不停地惊呼，这拖泥带水的怒骂声如蚊虫般在我周身盘旋不去，冷不防地咬上我一口。

“去你父亲的棺材里！我这里已经很挤了！”

是女主人的声音！是那位此时此刻已经没了舌头且被厚厚的棺材盖和泥土压住的女主人的声音！我甚至听见了男孩的声音，可是他不是在山上吗？这或许只是一场噩梦？

“哦，臭小子，你不要进来！我这棺材比你母亲的都要小。”

“这群人真是气死我了！这个棺材可真够小的！竟然在死人身上挣钱，无耻下流！”

“他们拿着尺子量了半天，什么用都没有！”

“他们为什么不多做一副棺材？”

“谁知道你也死了！你就躺在外面吧，明天他们看见了，肯定会给你也做一副棺材的！”

“我被虫子咬得受不了了！我一定要进去！”

“你给我待在外面！我可不给你让位子。”

“我不，我挖了半天才把棺材挖出来！我一定要进去！你们赶快挪个地方！”

“早不死晚不死，偏偏深更半夜死掉了！你真是气死我了，从你出生到现在，你一直在惹我生气！”

“我也很生气啊！我怎么知道山里那么多虫子！我被它们咬得发疯！我整条胳膊上都是它们啃出来的印子，我是被它们活生生气死的。”

“你就死在山里算了！别在这里招人烦！”

“你们这群老骨头！没了舌头还这么能说！我都告诉你们山里虫子多了！我根本受不了。”

“哈，没了舌头？我就算失掉灵魂也照样能骂你一天一夜。”

男孩也死了？我侧耳倾听他们的争吵声，是那么全神贯注。这个空间里什么声音都没有，从另一个空间里传出的声音彻底惊扰着我。我哆哆嗦嗦地坐着。夜晚与我之间被连上铁轨，本该被运来的油葫芦们的鸣叫或是行星作物全部烂在铁轨旁，被源源不断送来的竟然是那群坏脾气的人嘴里呕出来的碎木屑。我感觉自己被男孩欺骗了。他满口谎言，他说要去山里的。去山里，就注定要和那些绿色、粉色、乌珠穆沁熏皮袍色或是炸土豆色好好相处，最差也要和山里闪着翠绿色光芒的啤酒瓶碎片做个朋友。然而他却被蚊虫气死了！真可恶，他的坏脾气将他的肠道都堵塞了。如果他把那些嗡嗡叫的小虫子看成是周末来打野鸡的人，就不至于如此神经兮兮的了。他竟然死了！我难以置信——他竟然也被气死了！哪怕他变成山里的一只露着牙齿的东方蝙蝠也比这好。

“嘘——”我的母亲不知何时醒来了，她抱住了我，将我拉下来。我的头被她轻轻压在了枕头上。我又躺下来了。她身上是睡眠的味道、梦的味道。我狠狠吸了一口，希望它们让我的心跳减速，让我睡觉，但无济于事。

“你做噩梦了吗？”她问我。

“他们在吵架。”

“哦，我的孩子，别管他们，睡吧。”

“我办不到，妈妈。”

我被自己的汗水刺痛了腋窝，却被她的汗水抚摸。我们的胸脯贴在一起，我感受到她的心跳。她睡眼惺松地挠着我的肚皮，我想她应该是想挠自己的。我的母亲握住我的肩膀，轻松地转动着，就像熟练的司机把握着方向盘。以往不管发生什么事，只要她这样摇晃我，我就会安心睡去的。可现在我的眼睛瞪得大大的，嘴唇颤抖，感觉全身冰冷。恐惧已将我挂牌出售给了我的新邻居。飞蛾或是其他小虫敲打着玻璃，噼啪作响。母亲的声音渐渐模糊，抚摸我的力气也变得微小。

“快睡吧……天都要亮了。”

“连猫都讨厌别人坐在它的椅子上。我们堪称大自然里的不良员工的典范，脾气不好，个人卫生也令人发指。”

“睡吧我的孩子，我的美梦足够我们两个人分享了……”

母亲在我耳边喃喃自语，摆弄着自己所擅长的陈述句小游戏。我依旧睡不着，她身上曾经能够安抚我的神奇的魔力如今已经消失了。我全身都被笼罩在令人惊惧不安的咒骂声中。我忧郁地望着母亲的脸，她的脸就像无风时的湖面，连一丝涟漪都没有。我的母亲全身都沐浴在一种朦胧的静谧之中，几乎所有人都期待和她一起漫步在月光之下。我曾经与她紧密相连。可是现在，我在她怀里，却感觉与她无比遥远。她可以选择不去听死者的呼喊，远离坏脾气的人，远离他们恶毒的唾骂。我却无能为力，我连死去的蚊子的嗡嗡声都可以清清楚楚地听见，也不能避免被坏脾气的人影响。

当我的母亲停止一切话语和动作，发出鼾声时，他们的争吵声便越加明显了。我惊恐地想要唤醒我的母亲，可无论我怎么推拉她，她都无法醒来。她闭着眼，丝毫也不受人类痛苦的浸染，她居高临下地嘲讽一切人。她睡了，是在讽刺我吗？不祥的预感在我心中弥漫，我吐出的每一口气都是震颤冰冷的。熟睡中的母亲也变得同他们那般庞大恐怖了。我深感无助，紧紧揪着她的睡袍，如果我有额外的四肢，我定会像蜘蛛那样将母亲团团围住。“妈妈，睁开眼吧！和我说说话。”我大喊着，不断地回忆着母亲睁着眼睛的样子——在松垮的晾衣绳旁睁着眼睛的母亲、给西里德格会员打电话时睁着眼睛的母亲、撕下二十三号的日历时睁着眼睛的母亲……可是每当我想拥抱回忆中的、睁着眼睛的母亲时，她便又把眼睛闭上了。噩梦啊！噩梦啊！我听见了棺材碰撞、肉体打击和生物抹眼泪的声音。我双腿的颤抖竟然令厕所的玻璃门都跳动了起来。天花板上的灯泡也被我抖落，“当”的一声掉进烟灰缸里。这些死人毫无节制地利用自己已经沉睡的灵魂。哪怕死去了，他们依旧对自己的怒火怀揣着一种高尚的责任感。

他们活着时，这犹如新陈代谢一般轻松，因此死了都要照顾好它。哪怕他们因它而丧命，失去了皮肤的温度，被烫出了满身的水疱……

如果我今晚不睡觉，那明天的课上我就会昏昏欲睡。生气的老师会告诉我的母亲，母亲便会因此讨厌我。绝望的我开始尝试着将母亲的发饰塞进耳朵里。发饰的尖角钻进我的耳朵里，从另一边探出了头。这个动作一气呵成，锋利的发饰像一班列车从我脑子里驶过。我突然意识到伤害自己是一件不会流太多汗的工作。我没有将它拔出来，闭上了眼。本来近在我耳边的怒骂声逐渐听起来像是从盒子里传来的，又渐渐变得似有似无，听起来像是有人在遥远的太仆寺旗敲碎了一只缺钙的母鸡下的蛋。如果我抽烟，我可以这么说——大概过了一根烟的时间——我什么都听不见了。这种递进的安静缓解了我的恐惧。我面对着母亲侧躺，将脸埋进她的胸脯。她在睡梦中抚摸我的头发，却不小心被从我耳朵里冒出来的发饰尖角刺破了手指。她只痛苦地呻吟了一下，便沉沉睡去了。

渡澜，女，蒙古族，1999年出生，内蒙古大学文学与新闻传播学院在读。作品散见于《收获》《青年作家》等期刊。

微小说

邻居赵五

安　谅

明人和老王等几个人站在医院门口，迟疑不决。又有两个邻居匆匆走来，见到他们，神情颇为诧异：“怎么不进去？难道赵五他，走了？”“别瞎猜，听说已苏醒，除脸部烧伤外，其他没有问题。”明人连忙制止。“那你们怎么不进去探望呀？”其中一位疑窦顿生。“这，这……”老王开口了，吞吞吐吐，“有人说，这场火是他引发的。他在家里打牌抽烟……”现场一片静寂。好一会儿，老王说：“我看有可能，他就喜欢喝酒、搓麻将，每天晚上都要闹到半夜。半夜里，我们都睡梦里了，谁会发现着火呢？”“这么看来，是他自己惹的祸，然后怕出人命，逐个敲了我们的门？”有人跟着嘀咕一声。

赵五在家里排行老五，五十多岁，前些年提前下岗了，无所事事，就爱找人在家喝大酒、搓麻将。喜爱清静的邻居们对他很有意见，常常向物业投诉。物业找上门几次，赵五有所收敛，可玩耍的习性未改。

昨天半夜，明人和邻居们的房门被赵五敲响。赵五本有结巴，这回更严重了：“快，快，快走，着，着，着火了！”果然就嗅到一股刺鼻的烟味。在一片慌乱中，楼上楼下的十多户居民，大人小孩都匆忙下楼，大都睡眼惺忪，衣衫不整，有的甚至就裹着毯子，扶老携幼，惊慌失措。赵五却没下楼，还往楼上噔噔噔地跑，明人问他上哪儿；他说，他去楼上通知其他人。“你自己注意安全！”明人提醒他，扶着邻居一位老人下楼，看他急如星火地与自己擦肩而过。

安全撤到楼下，消防车已呜呜地赶到。十五六层烟雾滚滚。明人用目光四下找寻，仍不见赵五的身影。坏了，他一定被困在楼里。他连忙找到一位现场消防指挥，告知这一情况。消防员迅速问明情况，拿着对讲机下了命令。只见几位消防战士像蜘蛛人似的，飞速攀爬到失火楼层，高压水龙头的水柱扑向了烟雾和火海。

当消防员把赵五从楼里的烟雾中救下来时，他已昏迷不醒，面目全非。很多邻居当场就哽咽不止。载着赵五的救护车，飞驰而去。

“多亏了赵五呀！不是他敲门，我们都命运未卜！”邻居老王感叹，其他邻居也附和着，点头称是。不少人泪挂双颊，既为赵五的行为感叹，也为他目前的状况揪心。

火很快扑灭。不幸之中的大幸是，除赵五外，楼内无一人伤亡。由于扑救及时，大火只在楼道一时猖獗，并未殃及各家室内。只有赵五家的门被烧成一团黑了。

大清早，明人提议去探望赵五。赵五是英雄，没有他一一敲门，后果不堪设想。他们抵达医院门口时，碰到了一早就在忙乎的邻居刘大妈，她说，她想了半夜，这场火来得蹊跷，很有可能是赵五自己在家里抽烟燃了火，要不，他怎么会最先知道，而且也只有他家的门被烧毁。这一说，令大家都震惊，老王也嘟囔道：“这个说法有道理。”

犹豫好久。又有几拨邻居过来，他们也都是赶来探望赵五的。这场面确实有点尴尬。

沉吟一会儿，明人开腔了：“在事情还未弄清之前，这还只是猜测。何况，赵五毕竟也是为了救大家才烧成这样的。我们去看看他，也应该。”

躺在重症病房的赵五，脸部被包扎得密不透风，只露出两颗眼珠和两只鼻孔。鼻孔里还插着一根管子，护士正在给他进食。这让明人多少有点宽慰。

赵五的妻子抽泣着说：“这两天赵五身体不好，我们早早熄灯睡了。突然，赵五从床上跳起来，吓了我一跳，他使劲嗅嗅，说声：糟了！连忙开门观望，又赶紧回屋，把我从床上拖起来，一起下楼。刚下一层，他又独自返回。我拉他不住，他说他要叫醒邻居……”

在场的邻居，都听着，好半天不吭声，有的人欲言又止，老王、刘大妈则表现得似信非信。

只有明人再三说道："谢谢赵五，真的谢谢赵五！"

几天后，火灾调查结果出来，是楼道的电表间自燃。赵五的家门正巧紧挨着电表间。

赵五真是英雄啊！老王、刘大妈挨家挨户串门，说要推荐他为见义勇为的英雄。媒体来采访了，老王、刘大妈又抢先在镜头前露脸："赵五是英雄，我们早就看出来了……"

安谅，本名闵师林，中国作家协会会员，已在《人民文学》《诗刊》等全国各类期刊发表文学作品及出版文学专著约六百万字。

鞋匠胡二立

芦芙荭

在麻城，几乎所有人都认识胡二立。

麻城人只要是鞋子坏了，雨伞的伞骨折了，包带断了或者是钥匙丢了，不管远近，都会到他的修鞋摊子上来找他。

胡二立的修鞋摊就摆在麻城老巷子的巷口。那是麻城人口密集的地方。那个地方向阳，一天多半时间都能晒着太阳。老巷子人没事时，也会搬只小凳子坐在那里的墙根下晒太阳。看胡二立修鞋、修伞，或是给人配钥匙。

二立呀，听说凡是小寡妇来你这儿配钥匙，你都会偷偷地多配上一把，咱这麻城里寡妇的门你都能打得开？

坐在墙根晒太阳的人，一边看着他配钥匙，一边喜欢和他开着玩笑。

二立并没停下手里的活，说，还说呢，那天一清早，你家媳妇提着一双鞋子放在这儿让我修，你说怎么了，等我修好了，来取鞋子的却是你家隔壁的老王。

说完，胡二立就嘿嘿地笑。

那人也笑，一扬手就扔过来一个东西，吓得胡二立身子一闪，再一看，却是一支香烟。胡二立将烟叼在嘴上，也不点着，就那么一直叼着。

胡二立干活的手艺好，心地也善良，特别是门上的钥匙丢了，找他配钥匙，放心。

也有人见胡二立修鞋生意好眼红，办过修鞋摊子，想从胡二立的嘴里抢口饭吃，可时间不长，就偃旗息鼓了。

因此，胡二立的修鞋生意在麻城就成了独门生意。

胡二立生意好，手里也挣了些钱，可婚姻大事一直解决不了。

之前，胡二立喜欢过一个女孩，两个人好得死去活来，手也拉过了，嘴也亲过了。有一次，两人在麻城后面的小树林里，还搂搂抱抱过。可后来，女孩的父母死活不同意他们的婚事，就黄了。

这里面有个原因，就是胡二立小时得过小儿麻痹，走起路来不怎么利索。再说，那时的胡二立，家里穷得老鼠都不登门。女孩的父母不同意他们的婚事，也在情理之中。

胡二立眼睁睁看着那女孩嫁给了别人。

人有了这些缺陷，眼光放低些，说个过日子的女人，也是没有什么问题的。

后来，胡二立的日子好了，有人也给他说过媒，可他谁也看不上。

有一次，媒人带着一个女孩到他家，想把他俩撮合到一起。他一副敷衍了事的态度，竟惹恼了那女孩。

女孩说，不就是手里有几个臭钱，好像钱能当腿用似的。

胡二立竟然也不恼不怒。

日子过起来慢，晃荡起来就快。

一晃胡二立就四十的人了。

胡二立的人生目标好像就是为了守在这个老巷子口修鞋。

别看胡二立一天到晚地坐在这巷子口，麻城家家户户的事，他都晓得。哪个男人腰上挂的是什么牌子的钥匙，哪家男人穿的是什么尺码的鞋子，有没有脚气，他都知道。

麻城水井巷的一个男人常常出差，一走就是十天半月。有一次男人出差回家，从腰里掏出钥匙开门，门怎么也打不开。原来，门从里面反锁了。男人敲了半天门，女人才披头散发地开了门。男人一进门，心里就咯噔了一下。男人从不抽烟，屋子里却有一股呛人的烟味。

第二天晚上，胡二立正准备睡觉时，听见有敲门声。打开门一看，门外站着的却是那个男人。

胡二立见到那个男人的那一刻，心里就嘎巴一声，像有一枝干柴被折断了。

男人进屋，将一双鞋扔在了胡二立面前。

胡二立一看面前的那双鞋，心里一下就明白了。

男人说，我想请你看看这双鞋是谁的，等我弄清了，看我不打死这狗日的！

胡二立没有说话。那一刻他觉得他的胸口像有人用刀子在割。但他还是捧起那双鞋翻来覆去地看，一边看，一边摇头。

男人有些急，说，这整个麻城，哪个人的脚大脚小你都清楚，怎么能认不出这双鞋呢？

胡二立说，我真认不得这是谁的鞋。这么大个麻城，有多少双脚？我咋能都认得呢？

男人无可奈何，走了。临出门时，男人没有忘记，提走了那双鞋。

胡二立关上门的那一瞬间，眼泪刷的一下就下来了，他觉得他的身体就跟一团软泥似的，有些支撑不住了。他扶着墙走到了床边。

怎么会是这样呢？

那双鞋，他认得。四十三码。右脚的那只鞋的后跟开裂过，他用平针缝过五针。还有，穿鞋的人走路时，重心有些向外，因此，鞋底外侧的磨损比内侧要厉害些。

当那个男人把那双鞋扔到他面前时，他一眼就认出来了，有几次，他差点都说出了那个人的名字，好让男人好好去揍那个家伙一顿，可最终他还是忍住了。

接下来的事，有些出乎胡二立的意料。

那个男人没有找出那双鞋的主人，就把气撒在了自己女人的身上。他隔三岔五就拿自己的女人出一次气，他狠狠地揍她，将她打得鼻青脸肿。

有几次，胡二立忍不住跑到水井巷，站在那男人房子的对面，果然看见男人的女人，脸上青一块紫一块的，女人在那里择菜、洗衣服。要是不知内情的人，还真看不出有什么事情发生。

世界看起来很平静，胡二立的心里却是翻江倒海。这个他一直深爱的女人，就像一座神一样藏在他的心里，让他守候了这么多年，现在，他心里的那座庙轰地倒了。

回到家里，胡二立自个儿动手做了一辆小木车，他将他修鞋的家伙什都装在那辆小木车里，他还做了几只风车插在小木车上。

那天早上，胡二立就像拉着一只小狗一样，拉着他的那辆小木车从麻城的街道上走过。那时，天还早，麻城的街道上还没有人。风车在车上呼啦啦转，小车的木轮从街道上滚过时，发出轰轰隆隆的声音。

胡二立拉着那辆小木车，去了水井巷。他在那个女人家门对面站了很久很久，直到东边的天发白了，他才拉着他的那辆小木车沿着麻城的街道一路走下去。

走着走着，天就越来越亮了。街道上就开始有了行人。

二立呀，这么早就去摆摊了？

胡二立说，嗯。

胡二立嘴上这样应着，人却并没有往老巷口走，他沿着街道一直走着。

一直走着。

芦芙荭，中国作家协会会员，陕西文学院签约作家。曾就读上海戏剧学院。《商洛文化》杂志执行主编。

廉政书画展

尹小华

县委林书记的书画人人皆知，他仕途强势的那几年，曾掀起书画热，普及班、中级班、高级班，各种书画班遍及全县城。每逢周末，很多家长都领着孩子到书画班上课。

渐渐地，人们对书画冷漠了，像是宣告林书记权势的逐步颓废。有消息灵通人士了解到，林书记近来不断写狂草，狂风暴雨、龙飞凤舞，有时扔得满地都是。要知道，林书记是从来不写草书的。他还引用陆游的词发感慨：

> 当年万里觅封侯，匹马戍梁州。关河梦断何处，尘暗旧貂裘。
>
> 胡未灭，鬓先秋，泪空流。此生谁料，心在天山，身老沧州！

这说明：林书记思想上还是有波动的。

县文化馆陈馆长也是书画爱好者，以往常与林书记一起切磋。这天，他突发奇想，向林书记建议，在县委、县政府机关搞一次书画比赛，邀请县委和县政府领导参加，还可请市委和市政府的领导莅临指导，届时请新闻媒体做报道。

林书记对此建议感触良多：全县人民几乎都知道自己爱好书画，但随着时间推移和人事的起伏变迁，多数人都有意无意地淡忘了，只有陈馆长还提及此事，实属难得。

林书记感叹道：“这是好事，体裁可以不限，内容要统一规范。”随后，他又略加思索道：“就叫‘廉政书画展’，书写的内容都要和反腐倡廉有关，但县委和县政府的领导同志就不参赛了。”说完，犹豫一下，问，“市里领导和新闻媒体还有必要请吗？”

陈馆长立即说：“县里的领导同志不参加档次上不去呀。再说，不请市里领导和新闻媒体，声势也不够。反腐倡廉就是要深入人心，把声势造大。”

林书记又想想，说：“这样吧，领导同志只出作品参展，不评比，否则不好平衡。至于市领导和新闻媒体那里，你与宣传部沟通一下，协调好，不要出岔子。”

陈馆长很受鼓舞，他说：“有林书记的关怀，我们一定把廉政书画展办好。”

林书记当晚就拿出了作品，他把毛主席在七届二中全会上向全党发出的“两个务必”的告诫，用沉着稳重的魏碑体书写下来：

“务必使同志们继续地保持谦虚、谨慎、不骄、不躁的作风，务必使同志们继续地保持艰苦奋斗的作风。”

陈馆长当晚又动员林书记的秘书和司机也拿出了作品。

接着，陈馆长与县委宣传部做过沟通后，又去动员县委和县政府其他领导拿出作品参展，说届时市领导还要莅临指导，新闻媒体也要跟踪报道。

一时间，书画热再度在县城兴起。

一周后的上午十点，县委和县政府机关干部廉政书画展正式开展。陈馆长做了充分准备，场面搞得比较隆重，举办了开展仪式，县委、县政府领导及机关同志踊跃参加，市委和市政府领导也亲临现场，省书画名人也来捧场，新闻媒体还做了报道。

林书记已经很少在公开场合露面了，今天容光焕发，背头发型闪着光泽，纹丝不乱，好像精心打理过，足见他对这项活动的重视。

林书记陪同市里领导依次浏览了参赛作品，当他看到自己的作品时停下来，端详了又端详。在一旁的陈馆长向市领导汇报说：“林书记的作品沉着稳重，真是字如其人哪！内容、意义重大而深远，特别能警示教育人，得到评委一致称赞，被评为特别荣誉奖。”

林书记揶揄道：“净给我戴高帽。”话虽这样说，但嘴上却露出了不易察觉的笑，那种笑已经久违。

市领导看过作品，也对林书记赞赏有加，说：“真看不出，林书记还有这两下子。”

陈馆长又插话道：“林书记是中国书协会员、省书协理事，得过名人真传。”

走到林书记秘书和司机的作品前，还是陈馆长赞道：“林书记身边的工作人员也都有两把刷子，真是近朱者赤啊！”

市领导微微点头，很有感触：“当前，国家正在倡导文化大发展、大繁荣，要以此为契机，深入基层，扎根人民，践行和培育社会主义核心价值观……”

陈馆长感慨道：“在林书记带动和影响下，现在我县学习热情高涨，正是受了林书记熏陶。”此话一出，搞得林书记不知肯定还是否定。肯定吧，有失儒雅风度；否定呢，就等于不承认近朱者赤。

接近尾声时，书画展掀起高潮，陈馆长将贵宾引进一个别致的小展厅。

原来，陈馆长将县文化馆藏的珍宝献了出来：有张大千、赵云壑、钱慧安、程璋、潘天寿的画，还有程十发、于佑任、吴玉如的字，也有程砚秋、丰子恺和姜妙香的名人字画……

来宾惊诧不已，逗留许久，相互间不住地交换着眼神。

接下来，草草看了后面的作品，林书记便请市领导做总结讲话。市领导意味深长道：“举办这次活动很有必要，可以愉悦身心、陶冶情操，是弘扬传统文化的重要举措……”

书画比赛活动组织圆满，基本达到预期目的。

陈馆长本来还准备了不同奖项的奖品，又在锦绣花园酒店订了几桌饭，想把书画热再次推向高潮，但被林书记拒绝了：“发个证书，不发奖品，可留市里领导在县委招待所吃个工作餐，不摆酒水，不愿意吃，也不勉强。新闻媒体的同志，每人发一个盒饭。中央有八项规定，违背不得。”

中午的街道很清静，像一条静静流淌的河。

廉政书画展很快轰动全县，陈馆长的地位随之大幅上升。

林书记也渐渐平静了。有人注意到，林书记又开始写沉着稳重的魏碑了，还有人看见林书记闲暇时收拾院落，给几棵果树剪枝、浇水，表明他的心情宁静了。

年底，林书记升任市委常委、宣传部部长。

陈馆长荣任县政协副主席。

尹小华，中国作协、北京作协会员，石景山区作协副主席。著有长篇小说《昨夜》等四部。

稻　香

符浩勇

李群忙完应酬，从亿丰商厦出来时已是晚上八点。他驱车走在繁华的街道上，心里并不平静。刚才酒桌上同行的话还响在耳膜：这些年，市县里只要有人进了省城站稳脚跟，你就无法摆脱市县来人的烦扰或者纠缠。你帮他把事办了，孝敬菩萨的话也会说；可要是帮砸了，当面甩脸就走人。

他正步入中年，已是省城商业总公司的副总经理，就拿这次人力资源部门招聘来说，应聘者各显神通，各个渠道途径的招呼铺天盖地，应接不暇。而二十多年前，他只身来到这座城市，却是举目无亲……

那年，家乡遭荒，娘给他一个地址，让他进城来找一个叫贾良的人，说他在家乡当过知青，会帮忙的。走的前夜，他和青梅竹马的稻香道别，他动情地说：“等我在城里站稳脚，就回来接你。”稻香却婉拒了：“你进城去了，就好好为前程奔，别惦记我了。”说罢转身就走。他没有去追她，却暗暗下了决心，在城里有出息了一定好好待她，就像他曾信誓旦旦不会忘记秋天田野的稻香。

次日，他挤上客车一路颠簸到了省城，好不容易转折打听到一家门牌下。他敲开门，门里挤出一张中年男人的长脸，警惕地盯着他：“你找谁？”他说：“我来找贾良，他在我们家乡当过知青……”那张长脸皱了皱眉说：“贾良不住这里了，他早搬走了。”他急忙问：“那他搬到哪里去了？”长脸回答说：“城里这么大，找一个人就像大海捞针，哪里去找他。你还是回家去吧。”说罢关上了门。他提着行囊像一只无头苍蝇走在宽阔繁华的街上，看着四周林立的高楼大厦，却找不到自己的立足之地。出来时，他只带了单程的路费，只得找了家小旅馆住下再作打算。

第二天他去找工，准备先挣回家的盘缠。他走过几条街道，问了好多家店铺，找工都没着落；饥肠辘辘，看着店铺里出笼的包子，他记起了家乡田野的稻香。忽然，他发现一个七八岁的小女孩在街边哭着，看样子是迷了路，一副又饿又怕的样子。许多人停下来看她，却又都走开了。他想起小时候有一次稻香上山打柴迷路的情景，就上前去，用他身上仅有的钱买了一个烧饼给了她。女孩不哭了，跟着他又拐过一个街口，却说不清家到底在哪里，他正焦急，女孩的父亲突然从天而降，问清缘由，对他谢天谢地。他已身无分文，正犹豫索要回家路费，没想到女孩父亲问：“你是进城找工的吧？要不到我们公司来干吧。”他喜出望外，差些流泪跪了下去。

在公司，他的勤勉和上进，很快在对外营销方面独当一面。在一次壮大兼并一家公司时，他在一张人员花名册上看到了贾良的名字。起初他还想天下之大，同名同姓的人多了，等到真正见到贾良，居然正是当初自己刚进城时敲门后见到的那个长脸的中年男人。贾良见到他时，脸上也“唰”地红透了，不敢正视他。哦，当初他为何不愿意相认？是怕会给他带来麻烦，还是像稻香说的那样城里的人情比纸薄。而偏偏在这以后，他就是贾良的上司，虽然同在一家商厦里上班，在各种场合常常碰面，但却形同陌路；有好几次，他感觉到贾良似乎要跟自己和解打破僵局，但一想起当初的境遇，就懒得理睬他……

如今二十年过去，李群当上了公司的副总经理，有了一个温馨而安逸的家庭，妻子勤勉贤惠，女儿争气上了大学。尽管这些年在城里打拼滚爬，疲于奔波，但每当驱车回到居住小区，看到楼上亮着柔和灯光的窗户，还有妻子倚窗期待的身影，他就感到无限幸福和温暖。

……

他开车缓缓滑进车库，刚走出来，有个女孩就上前拦住他。他认为是为这次公司招考找他的，故作惊讶地问：“你找谁？”

女孩说：“我来找李群叔，是我娘叫我来的，我娘叫稻香。”他凝眼一怔，仿佛看到稻香轻盈的身影。刚进城两年时，他回家乡，还带了城里的礼品去见稻香，她却已经嫁人了，山里的风霜削走了她的俊俏；她衷心祝贺他在城里站稳了脚跟。再后来，母亲过世，他就很少回家乡了。这些年因为业务忙于应酬，一次次盛宴的记忆荡然无味，也早忘却秋天田野的稻香。现在莫非家乡又遭了灾，稻香才想起了他，让女儿来投靠他？眼下已不是二十年前了，农民工拥进城来，就业机会竞争激烈。况且找工作也不是一天两天的事，她要住多长时间？家里的房间也不宽敞。他不动声色地对女孩说：“李群已经不住这里了，他早搬走了。”女孩急问：“那他搬到哪里去了？”他说：“在城里，找一个人就像大海捞针，你找不到他的，还是回家去吧。”刚一说完，他就觉得这句话似曾耳闻，竟出自自己的嘴里。

女孩向他道谢准备离去。他忽然想起这与多年前自己来找贾良时的遭遇是何其相似。贾良鄙视他的那副嘴脸在心里生了根。贾良早已退休了，他却始终都不原谅他。而现在他怎么也成了这样！他心里一抖，记起稻香当年的温情，对女孩说：“我刚才没认出来，我就是你李群叔；先进家里住下吧，进城找工也不是一时半会儿的事。”

女孩听了，向他嫣然一笑，说：“李群叔，你误会了，我不是来找工的，我去年大学毕业，在一家公司上班，这次家乡要修大桥，我回去一趟，我娘让我给你带土特产来了。”

他听着很羞愧，一脸窘态。待女孩走后，他忽然记起前不久接到家乡一个庆典请柬，他原打算找个借口搪塞过去，但此刻他决定了，不管多忙也要回一趟乡下。

符浩勇，中国作家协会会员，海南省作家协会副主席。曾在《人民文学》《小说界》等发表小说、散文、诗歌八百余篇（首）。

老家拍案惊奇

侯德云

接到堂哥的电话，我就知道，老家出事了。老家的亲人有一个共同的优点，不出事不打电话，一打电话准出事。我曾经问过堂哥，没事，就不能给我打打电话吗？聊聊天也好啊。堂哥很吃惊，说没事打电话不是花冤枉钱吗？还说，我又不是傻子，让我花冤枉钱，不干！

这一次，堂哥在电话里，用哭叽叽的声音对我说，他爹死了。

堂哥的爹，就是我大伯。大伯虽然到了八十高龄，但身体很好，还能下地干活呢，怎么说死就死了？

我问堂哥，大伯是怎么死的？

堂哥说，上吊。

我吓一跳。怎么回事？到底怎么回事？

堂哥说，现在说还得花钱，不上算，你赶紧回来吧，回来我告诉你。说完就挂了电话。

我用最快的速度赶回了老家。

堂哥还是哭叽叽的。他说，是这么回事。乡里修公路，占了咱家的一片果园和一块菜地，赔偿太少，我去找乡长反映情况，开始乡长不见我，后来我开始骂自己的祖宗，乡长就见我了……

我打断堂哥的话，乡里对别人是怎么赔偿的？

堂哥说，没有别人，就咱家。

噢，乡长怎么说？

乡长说，你这个事嘛，这个这个，等等再说，还没到非解决不可的程度。

我问，什么叫“非解决不可的程度”？

堂哥说，我也这样问乡长，问了一遍又一遍，乡长显然是不耐烦了，他拍了桌子，对我大叫，家里有人上了吊，就到了非解决不可的程度了！

我身边没有桌子，只好拍了一下堂哥家的炕沿，说，乡长怎么说这种话？

堂哥说，人家是乡长，想说哪种话就说哪种话。

我说，后来呢？

堂哥说，我回到家里，把乡长的话说给爹听，爹听完就出门了，到果园和菜地那里转了一圈，回来就叫我杀鸡给他吃。

堂哥说，我爹这辈子，最爱吃鸡。

堂哥说，我爹一连吃了三只鸡，吃得直打饱嗝，然后就到果园里上吊了。

正说着，有两个陌生人走了进来。堂哥看了走在前面的胖子一眼，对我说，是乡长来了。

乡长跟堂哥握了握手，说，看来，事情已经到了非解决不可的程度了。

堂哥点点头，对乡长的话表示同意。

乡长从包里拿出两张纸，对堂哥说，这是赔偿协议，你看看，签个字，现在就给钱。

堂哥不看那两张纸，他看着乡长的脸，说，给多少？

乡长说，你想要多少？

堂哥说，五万。

乡长说，我给你十万。

堂哥吓了一跳，连声音都颤抖了，他说，在哪里签字？

乡长用肥胖的手指头往纸上一按，说，在这里。又抽出下面那张纸，说，还有这里。

堂哥签了字。乡长把一张协议装进包里，从身后那个人手里接过厚厚的一沓钱，让堂哥数。堂哥的每一个手指头都在跳舞，根本不听使唤，只好让我替他数。我数了三遍，没错，正好十万。

乡长对堂哥说，咱们是不是两清了？

堂哥说，两清了。

乡长说，那好，我们走了。

他们走得飞快，一眨眼就没影了。

堂哥看着他们并不存在的背影，好一阵发愣。

消息很快在村里传开了。说什么的都有。我亲耳听见有人这样说，唉，以后对老人可要好一点儿，到了关键时刻，能派上大用场。听了这话的人随声附和，就是就是。

办完了大伯的丧事，我跟堂哥告别。原本已经神清气爽的堂哥突然眉头紧锁，他忧心忡忡对我说，下一次，家里要是再遇上什么事，就该他去上吊了。

我没想到堂哥能说出这种话，气咻咻地戗了他一句，你别胡说。

堂哥说，我怎么是胡说？你算算，我爹已经死了，我妈早就死了，现在家里年龄最大的，就是我了。我不去上吊谁去上吊？

我被堂哥的话噎住了，一个字也说不出来。

堂哥哇的一声大哭起来。他哭着说，弟，到那一天，你一定要回来，回来替我数钱啊！

侯德云，读书人，品书人。作家。出版《谁能让我忘记》《自己的事情》《手很白》《小小说的眼睛》等，现居辽东半岛。

儿　女

戴　希

老太太七十七岁生日一过，老头儿就溘然长逝了。

他俩年轻时相濡以沫，年老后相互搀扶，生前的时光都沐浴在暖暖的春日里，小日子过得宁静而温馨。

如今老头儿不在了，老太太朝思暮想，心中时常涌起如潮的怀念和悲伤。

可祸不单行，未出半年，老太太又患上严重的帕金森氏综合征，生活一下不能自理了。

幸好有小儿子寸步不离地跟着她。小儿子任劳任怨、耐心细致，把老人照料得井井有条、一丝不苟。

一日三餐，小儿子总是精心安排，既充分考虑营养调剂，又尽量做到色香味俱全，努力让老人吃得爽快更有益健康。

家中卫生，那是每天小清洗，每周大扫除，始终保持明窗净儿、清新典雅的居住环境。

帮老人穿衣、背老人下床、抱老人上桌、给老人喂饭菜、扶老人如厕、助老人服药、为老人洗头洗澡剪指甲、替老人按摩捶背、安抚老人睡觉……从晨曦初露到夜阑人静，每天小儿子都像不知疲倦的机器，一刻不停地匀速运转。

小儿子还定时拧开音响，放放老人喜欢吟唱的《莫斯科郊外的晚上》；或者抱起琵琶，亲手弹弹老人爱听的《梁祝》。如果有时间，他也端坐在沙发上，陪老人看电视，老人要看哪个频道，他就调到哪个频道，不厌其烦，直至老人眉开眼笑。

天气晴好的日子，吃过早饭，小儿子就把老人背到户外，小心放到轮椅车上，然后推着轮椅车在小区院落里转悠，让老人一边沐浴清新的阳光，一边欣赏明丽的风景。

总之，只要是对老人好或者有益的事儿，小儿子做起来肯定无微不至、乐此不疲。

有时，老人恨自己吃喝拉撒甚至大小便清理都要劳累小儿子，自己简直就是个废物，心烦意乱或心疼小儿子了，也猛然撞墙，想一命呜呼，却总被眼明手快的小儿子及时制止，小儿子还和和气气地安慰老人，极力劝导老人开开心心地过好每一天。

"没肝没肺，你不是人！"

"装腔作势，我不要你的虚情假意！"

……

"我一刻也不想看到你，你给我滚出去，滚得越远越好！"

当老人故意刁难、挖苦小儿子，对他怒目而视，尖酸刻薄地吼叫，咬牙切齿地辱骂，小儿子依然视而不见、听而不闻，依然对老人满面春风、关怀备至。老人黔驴技穷、无可奈何。

世上哪有丁点儿脾气都没有，长年累月对老人悉心呵护、从不懈怠的儿女啊！可自己的小儿子偏偏就是这样的超人！老人一方面觉得自己前世修得好，今生得了福报；另一方面也感到自己亏欠小儿子太多，实在对不起小儿子。老人的眼眶里经常有泪光闪烁。

其实，为老人尽孝，大儿子也责无旁贷，可大儿子有大儿子的难处呀。

大儿子在美国的芝加哥当教授，教中文，他事业第一，一心扑在教研上；自己又是大诗人，酷爱诗歌创作，每天都要挤时间码码字儿；中美两国遥遥万里、远隔大洋，回趟国着实不易，还要花上价格不菲的机票……

听说大儿子的感情生活也多有不顺：娶过五个老婆，先是美国的，继而韩国的，接着日本的，然后南非的，最后是法国的，娶了离，离了娶，只有美国的老婆为他生了个儿子……

偶尔，大儿子能给她寄点美元，虽不多，但老人觉得已不错了。老人知道，大儿子已加入美国国籍，美国人可不兴孝顺这一套。大儿子还有点中国心，还没有忘本变质呢，你能要他怎样？

老人想起二十多年前，大儿子以他们那儿文科全市第一、全省第二的考分考上北京大学中文系时，多么光宗耀祖啊！当然，如今的大儿子已成名闻遐迩的大诗人、超级大国老美的大学教授，更是为他们家族的脸面贴足了金！

只是，如果……如果大儿子也在身边，小儿子就不会孤立无援、独自操劳了！老人也想。

十年后，老人撒手人寰，驾鹤西去。

临终前，大儿子来电说，法国的妻子正好生了仔，他要照顾妻儿，脱不开身，就不回国为老人送终了。

依然只有小儿子不离不弃地守护在老人身旁，陪伴老人度过她人生最后的时光。

“谢谢你，亲爱的儿子！”老人要走时十分吃力地说，然后眼角就沁出一滴清泪。

小儿子霎时感动了、颤抖了。小儿子知道，老人的这一滴清泪，既凝结了她对大儿子的眷眷之心，也蕴含着她对自己的深深感激。尽管小儿子一直认为，他照料老人很正常、理所当然。

老人走了，小儿子依依不舍、闷闷不乐，极度的悲伤之下，也不想再活了。

办完老人的丧事，小儿子就毅然决然，选择了自杀。小儿子自杀的方式不是服毒，不是割脉，不是跳楼，也不是撞墙，而是倒地摔碎自己，并自毁电脑内的自动程序，卸下身上充电和驱动用的高能电池。小儿子不是自然人，他是机器人！

亲爱的读者，请原谅我，前面忘了说明：老人还有个女儿，成家立业后定居北京，在一家外企做高管。收入是很高，心地也好，但人太忙，忙得一塌糊涂，用她自己的话说，就是根本没时间照看老人。所以，机器人实际上是女儿花钱买来，请他照料老人并代她向老人尽孝的。

戴希，中国作协会员、湖南文理学院客座教授。已在《诗刊》《小说选刊》等报刊发表文学作品一千多篇（首）。曾获小小说金麻雀奖。

蒙古马

申　平

那匹蒙古马，是赵氏家族的荣耀。它，就葬在赵家的祖坟旁。每年赵家子孙来烧香祭祖的时候，也要顺便给它烧上一炷香，拜上几拜。

蒙古马的故事，在赵家人的口中已经讲了三代了。但是这年，他们却突然闭口不提了。村里人主动问起，他们也是支支吾吾。

这倒引起大家的好奇心了。人们一边重复着那耳熟能详的蒙古马的故事，一边开始四处打探起消息来。

有关蒙古马的故事，听过的人都说挺来劲儿的。

原来赵家的爷爷，曾经是一个出类拔萃的木匠。在这方圆百里的地界，一提赵木匠，人人都竖大拇指。起初，赵木匠是靠着两只脚、一副担子行走四方的。后来，他去内蒙古地区给蒙古族老乡打家具，人家没有现钱给他，就给了他一匹蒙古马顶工钱。从此，赵木匠外出就有了脚力。

蒙古马本身就是那种个头不高，其貌不扬的品种。赵木匠的这匹蒙古马，就更谈不上威武雄壮了。但有一点，它身上的毛是黑色的，四蹄是雪白的，正好应了“乌云踏雪”之说，如果它的个头再高一些，说不定也算匹名马哩！

赵木匠就整天骑着他的“乌云踏雪”走村串乡，翻山越岭，他和这匹蒙古马之间，渐渐结成了形影不离、生死与共的关系。

这一天，赵木匠又骑马外出了。就在他走后不久，村里来了几个骑着高头大马的日本人。他们找到村长，让村里人都到打麦场上去集合，家里有马的都要牵上，原来他们是来和村人赛马的。

赛马，庄稼人只听说过，但是很少见过。再看他们牵来的马，一匹匹灰头土脑，都是些拉车犁田的料，哪能上得了台面！日本人见了，一个个面带嘲笑。再看他们骑的东洋战马，一匹匹高大漂亮，往那儿一站，威风凛凛，吓得本地那些马老往后躲。日本人更猖狂了，通过翻译叫板："中国的马，你们敢不敢应战？只要你们敢跟着跑，就算你们赢！"

满场的人大眼瞪小眼，没有一个敢应战的。日本人就乘机轮流讲起日本民族如何优秀，你们支那不但人不行，马也不行，必须接受我们的"统治"的道理来。他们讲一段，翻译官翻译一段，没完没了。

要吃晌午饭的时候，赵木匠骑着他的"乌云踏雪"回来了。他远远看见村人都在打麦场上站着，就直接走过去看究竟。

这时候，只听那个翻译官又在叫喊："刚才，几位太君的训话，你们都听清了吧？咱们就是人也操蛋，马也操蛋嘛！现在我最后再问一遍，到底有敢应战的没有？没有，你们村从此就改名叫操蛋村了。"

那几个日本人便在马上哈哈大笑起来，就连他们的马也跟着刨地嘶鸣。

众人都低下头去。这时只听赵木匠吼了一声："你们别欺负人，我跟你们比！"

赵木匠喊着，双腿一夹，"乌云踏雪"就冲过去，和日本人那几匹高头大马站在了一起。这一比就更看出悬殊了，赵木匠不但马矮小，他还穿着旧棉袍，戴顶破毡帽，哪里像个比赛的？日本人看看他，一脸不屑，挥着手说："你，先跑的干活，先跑的干活！"

但是赵木匠竟然不肯。在商定好路线之后，铜锣一响，几匹马一起冲了出去。

谁都没有想到，赵木匠的"乌云踏雪"居然有如神助，它就像一道闪电，一眨眼就飞到了天边，再眨眼它已经飞了回来，把那几匹东洋战马，甩得七零八落。"乌云踏雪"到了半天，那几匹马才气喘吁吁地跑回来。

村人拼命拍手叫好。这时只见那几个日本人纷纷滚鞍下马，一起上前给赵木匠鞠躬行礼，还给他的“乌云踏雪”行礼，最后奖励给他一套和服……

这个故事是真材实料的，也是荡气回肠的，可是赵家人为啥突然不说了呢？

消息灵通的人士，这一天终于寻到了真相：原来，赵木匠的亲孙子，一年前竟然不顾家人的反对，跑到日本留学去了。赵家人认为这是有违祖训的“变节”行为，所以他们就觉得无颜再讲祖上的故事了。

哦，原来如此！村里人不由得更加佩服起赵家的人来。

可是几年后的一天，赵家突然张灯结彩，喜气洋洋，说是那个留日的孙子要回来了。众人就作怪道：“他们赵家这是唱的哪一出啊？”

赵家孙子回来的时候，是坐着一种很奇特的小车回来的。这车没有方向盘，只按电钮操控，也不用加油，走山路沟渠如履平地。车子进村拉上赵家的几个人，直奔赵家祖坟，一眨眼就上了山顶。

赵家孙子率先跳下车，到爷爷坟前磕了几个头，又去拜了一下蒙古马，然后他大声说：“爷爷，我回来看你了。我用从国外学的知识，研究设计出了这样一款最新型轿车，世界领先，国家已经准备投产了。爷爷，你知道这车要用什么牌子吗，您听好了，它的名字就叫作：蒙——古——马——！”

山鸣谷应。

申平，中国作家协会会员，文学创作一级，广东文学院签约作家，省作协理事，广东省小小说学会会长。

陌生人的欠条

徐　东

那时我刚来深圳不久，租住在劳动村，有份赚钱不太多的工作。每天早上我去同一个早点摊吃早餐。摊主是个中年男人，卖些肠粉、汤粉之类的早餐。

有天早上我在路边的桌子上吃肠粉，有位二十出头的年轻人走过来，伸着一只手，不好意思地对摊主说："我就这一块钱了，可以给我一份吗？"

一份肠粉当时需要三块钱。摊主看了一眼那个落魄的年轻人，拒绝了他。摊主不确定那个年轻人是不是故意想要占他的便宜，他那么忙，没有时间多想。

我看着那位被拒绝的年轻人失意地走开，便飞快地吃掉余下的肠粉跟了过去。我本应该去相反的方向，当我故意走过并回头看他时，我看到一张苍白无助的脸。大约因为忽然有个人回过头来看，他吃了一惊，身体微微地向后顿了一下。

我向他点点头，不好意思地说："你……需要帮助吗？"

他犹豫着，点了点头。

我说："你是从什么地方来的呢？"

他有些语无伦次地说："兰州。我到了深圳的蛇口，手机、银行卡、钱包都丢了……我上过大学，在找工作，可现在特别不顺利，找不到工作……我也可以干体力活儿，我想好了，总得让自己生存下去！"

他很瘦，胳膊上还有一块擦伤。可能因为没有钱，也没有住处，他身上的衣服有些脏。

我说："你需要钱吗？"

他看了我一眼，说："你……"

我说："你需要多少？"

他想了想，说："十块，五块也可以……"

我笑了一下，说："为什么不多要一些呢？"

他也笑了一下，说："我不知道什么时候能找到工作，也不知道将来该怎么还……"

我说："没关系，就当我送你了。你觉得需要多少？"

他说："谢谢你！我想我要十块钱就好了。我两天没怎么吃上东西，如果能吃上一顿饭，我就可以走路去找工作了。"

我说："你也不一定今天就能找到工作啊！"

他说："可是，我觉得不该向一个陌生人开口要太多的钱——除非你愿意留下你的联系方式，将来我有钱了可以还你。"

那时我刚发了工资不久，钱包里还有一千多块钱。我想着要不要给他五百元或者三百元，但最后还是按照他的要求，给了他十块钱。

他接过钱的时候，感激地看着我。

我说："祝你一切顺利。"

他点点头，给我鞠了一躬，说："谢谢，谢谢你！"

我看着他那样有礼貌，想了想又拿出两百块钱，说："拿着吧，不用考虑还了。"

他犹豫着从背包里掏出纸和笔，说："请留下您的联系方式吧，等我赚到了钱给您寄过去。"

我说："不用了。"

他说："如果您不方便留联系方式，我不能接受您这么多。"

我说："为什么呢？"

他说："我也说不好，我只是觉得两百块钱不是个小数目，我不该平白无故地接受这么多。"

我想了想又从钱包里掏出三百块钱，说："好吧，我给你留个地址，等你有钱了再还我。”

他笑着接受了，非要给我写个欠条：

> 本人来深圳找工作，举目无亲，因不小心丢失了钱包，遇到困难，有幸遇到 ×× 先生，他好意借我 500 元（伍佰元整），本人承诺找到工作、领到工资后第一时间还清欠款。
>
> ×××
>
> 2007 年 10 月 5 日

十二年后的一天，我又见着了他。

我早忘记了他的模样，或者他的变化太大，让我想不起曾经的那个年轻人。

他微笑着说：“当年我写给您的欠条还在吗？”

我说：“早就丢了。”

他说：“我还能认得您。当时我给您寄了欠您的钱，还写了一封感谢信，但后来退回来了。那时我刚找到工作，很快就被派到外地去了，等我再次回到深圳，去您地址上留的单位，可您的单位也不知搬到什么地方了。”

我说：“你是怎么找到我的呢？”

他说：“我在网上搜您的名字，又与发表您小说的编辑取得联系，这才找到您的联系方式。我真没想到您是位作家。如果您愿意，我想给您五十万。对于现在的我来说，五十万并不算一个大数目。”

我想了想说：“我不能接受，因为一直没有得到你的消息，我在心里早就把你当成了一个骗子，把你忘了。”

他笑笑说：“您是个好人，实在人。现在我想给您一百万，如果您可以接受的话，我会十分开心的，因为我一直想要感谢您。”

我说：“如果现在我再遇到像你当初的情况，可能不会再那样做了。”

他说：“人都是会变化的，这个我理解。这十多年来，我也经过多次蜕变才有了今天。”

我说："虽然我变得现实了许多，但仍然很难接受你那么多钱——虽然我仍然租住在别人的房子里，很需要一百万付个首付，买一套自己的房子。"

他有些吃惊地说："您这样的好人竟然还没有自己的房子？这样吧，我是真诚的，我给您五百万，去买上一套吧。我想和您成为朋友，如果您不嫌弃的话。"

看着他真诚的目光，我仍然觉得他是陌生的，因此我说："对不起，我无法接受。"

他急了，有些生气地说："您必须接受。因为当初我都快饿死了，没有您就没有我的今天。您一定要给我一个报答您的机会。"

我说："可是我觉得不该接受，因为我的生活还过得去，和你当初不一样。"

他说："您可以这样想，您就当买了一张彩票，不小心中了。"

我摇摇头说："我当初对你的好意，或者说好心，不应该用金钱来衡量，不是吗？"

他说："那我该怎么样报答您呢？"

我说："不需要。如果你想要报答的话，请今后遇到需要帮助的人，去力所能及地帮助一下他吧！再说，您今天的出现，已经算是报答我了。"

他郑重地点了点头，留下了五百块钱，走了。

回到家，我对着镜子看，觉得镜子里的自己多少有些冒充高尚，没有出息，不由得有些痛恨自己，觉得自己这一辈子，再也没有什么飞黄腾达的机会了。

由于丢掉了那个人的欠条，我至今不知道他叫什么名字。我觉得这样也好，省得我总是记起 ××× 曾经欠我一份人情。

徐东，出生于山东郓城，现居深圳。中国作家协会会员，一级作家。出版有小说集《欧珠的远方》《旧爱与回忆》《欢乐颂》等。

琢　舞

李佳怡

晨光初现，一片一片的雪花悠然而落。在大雪中，一个细高个儿的男人，翩然起舞，他的舞姿与飘落的雪片相映成趣。

这个男人叫王琢，老李认识，是做小买卖的。做什么小买卖呢？不好定义。这么说吧，什么快，他卖什么：灯节他卖元宵，清明节他卖冥纸，中秋节他卖月饼，春节他卖鞭炮，樱桃下来他卖樱桃，毛桃下来他卖毛桃……不管卖啥，一年四季他不闲着。

老李早晨遛弯儿，恰好遇到王琢在自己的摊位前跳舞。老李乐了，问，王琢，你跳的是什么舞啊？

王琢说，琢舞！

什么"拙"舞？就是笨蛋舞吗？

你没听说，倒也不算你孤陋寡闻。因为这个舞蹈，是我王琢创造的，所以叫琢舞！以后，我会让我的舞家喻户晓，你会慢慢听说的！

王琢乐呵呵地说着，老李的问话，一点都没影响他继续跳他的琢舞。

老李"呸"了一声，也乐了。心想，家都那样了，还穷欢乐呢！

王琢的儿子七岁，脑瘫，成天靠人侍候。妻子精神分裂，一犯病就整天在外面疯跑，不着家。家里家外全靠他王琢一个人忙活。

老李又问了几句什么，但王琢不再理会老李，仍继续跳他的舞。

老李见王琢不搭理他，也就没了心思再看他跳舞，他还得遛弯儿锻炼呢。

老李走了一圈儿回来，突然想起来，该问问王琢今天卖什么了。

王琢一边跳着舞，一边回答说，我今天卖的是大豆包。我的豆包是正宗北票的，馅儿是正宗大芸豆的，皮儿是正宗大黄米掺小米的，用的水是北票松山五泉水。所以呢，我给我的豆包起了个品牌，就是"一二五"牌，扩展开来就是"一豆二米五泉水"!

王琢一边说着，一边跳着，看起来非常欢乐。

一听王琢说出"豆包"二字，老李就胃口大开。老李喜欢吃豆包，打小就偏好这口，问，多少钱一个?

王琢说，五毛钱一个。

老李听后心一沉，心想，可够黑的了。但又口犯馋水，实在顶不住诱惑，于是，咬咬牙买了十个。心想，不就是多给两块钱嘛，能咋的呀!

老李买完了，又陆续有几个老头儿跟王琢打听价格，听了报价，老头儿们竟头也不回地走了。

而那个王琢竟跟没长心似的还在跳。

老李回家把冻豆包蒸好了，一吃，黏黏的、甜甜的，真就不似平常的豆包，老李想，这钱没白花!

吃过了王琢的豆包，老李觉得应该再买些，就下了楼，直奔王琢的豆包摊，说，再给我来一百个!

王琢一边跳舞一边说，老李啊，我可不能卖给你那么多。最多，我卖你二十个!

老李一听急了，说，你这是大姑娘要饭太死心眼了吧? 开店哪有怕大肚子汉的?

王琢说，那你就不懂了，要不说你没有战略眼光呢。哈哈，我这是在打广告搞推广呢，要做大!

老李说，你可真逗，小题大做，卖几个豆包，还需要战略? 还要有眼光? 我看还不如赶紧卖了，多赚点钱呢!

王琢停下舞动的四肢，一本正经地说，我可不逗你! 真是这样!

老李像不懂似的摇了摇头。

王琢还是像傻子似的跳舞。后来，王琢的摊子前经常有人围观，看王琢跳舞，走时顺手把豆包买了。

后来，老李天天来王琢家买豆包，也不多买，每次都是十个以内，够吃一顿的，他倒要看看王琢到底琢磨的是什么。

王琢的小摊上豆包没断过溜儿。

再后来，不但冬天王琢卖豆包，就是五黄六月，王琢还卖豆包。而且，有冻豆包、鲜豆包，还有已经包好的自己现吃现蒸的那种豆包，并且，都是北票的，广告牌子也竖起来了，“一二五”牌。

那时，王琢已经不摆小摊了，而是租了门市，常年经营起了豆包店。

当然，开了店的王琢已经不跳什么琢舞了，他没有那工夫了。

老李问，你咋不跳你那琢舞了呢？

王琢说，我是不是说过我要我的舞蹈家喻户晓？

老李说，说过呀，咋了？

王琢说，那不就得了嘛，买二两棉花你纺一纺（访一访），我王琢是不是家喻户晓？

王琢说着指了指自己的小店。

那倒是，现在谁不知道王琢的豆包店呢？谁又能离开它呢？

据说王琢的儿子仍然瘫着。好在，王琢的妻子精神分裂病好多了，都能照顾儿子了。

这时，老李才恍然大悟，说王琢是个有心人。

李佳怡，女，80后，供职于某杂志社。作品散见于《文艺报》《中国文化报》《北京文学》《西湖》《西部》《湖南文学》《飞天》等报刊。

面　子

纳兰泽芸

满成的媳妇秋莲都过门三年多了，肚子还跟瘪了气的气球一样。

跟秋莲同一年嫁过来的新媳妇村里还有三个，三个都是嫁过来没多久就怀了，第二年就一个接一个比赛似的生了。这让满成觉得很憋气，在村里老少爷们儿面前都抬不起头来。

那天根柱还当着一帮大老爷们儿说："满成啊，你家秋莲咋回事嘛，标标致致的一个小媳妇儿，怎么一上你的炕，肚子就成哑巴炮了？是不是……"根柱乜斜着眼睛坏笑着，周围的几个大老爷们儿听出了根柱话里有话，都起哄起来："根柱今晚你去帮帮忙，保准秋莲明儿一早肚子就鼓起来了！"

满成恼羞得耳朵眼儿里要冒出火来，可是他还是忍住了，他想起了秋莲的话："满成，都是村里的老爷们儿，抬头不见低头见的，人家就是说几句玩笑过嘴瘾，你可不能真动气跟人家动手，不值当，咱过自家的日子，有娃没娃是咱自己的日子，就是没娃我也跟你踏踏实实过一辈子。"

秋莲几句话，把个满成心里暖得不行。所以就算在外面被糙老爷们儿笑话，他想动气的时候想一想秋莲，就不跟他们计较了，满成心想："你们笑我，你们的媳妇虽然有娃，可谁媳妇比得上我秋莲漂亮贤惠！"

满成秋莲结婚满四年的时候，老天给了他们一个意外的礼物。秋莲觉得自己可能怀上的时候还不敢跟满成说，她怕空欢喜一场，到村里赤脚医生文胜那里确认真的怀上了，秋莲也高兴得蜜一样。

晚上当满成把秋莲搂在胳膊弯里要亲秋莲时，秋莲羞涩地推开他：“不行了，我有了。”

“有什么了？”满成还傻乎乎的没反应过来。秋莲只是羞笑，还主动在满成脸上啄了一口。

这在秋莲是很少的主动，秋莲性格文静羞涩，一般不太会主动对男人亲热。秋莲轻轻地说：“你要当爸爸了。”满成只觉得自己的脑袋幸福地轰了一声。

两个人都高兴得不知道怎么办才好，满成说：“哎呀，盼了四年啊，我都快绝望了，觉得这辈子再也当不了爹了。秋莲你说说看，怎么前面那么久都怀不上呢？”秋莲说：“这不就跟咱们种地一样嘛，墒情不好的时候，种什么没什么；墒情好的时候，种什么收什么。”

秋莲的怀孕让满成很是骄傲，满成就像一蓬戈壁滩上的转蓬草一样，干旱的时候蔫头耷脑灰了吧唧无精打采，可是一旦逢上一点雨水，转蓬草立刻绿意葱茏生机盎然。秋莲的怀孕就是这及时雨，让灰了吧唧的满成生机勃勃。

为了给秋莲补足营养，满成逮黄鳝、捉泥鳅，还一个猛子扎到河底摸河蚌，就因为秋莲说喜欢吃辣椒酱炒河蚌肉。秋莲说辣嗖嗖的河蚌肉，越嚼越有味儿。

河蚌摸回家，满成剖开蚌壳，取出肥厚的河蚌肉，还细心地一点点在河蚌肉里面寻找看看有没有小蚂蟥，小蚂蟥经常会钻进蚌壳吸河蚌的汁液。

秋莲说：“满成，人家都说酸儿辣女，我这么喜欢吃辣的，八成肚里是个女娃子了。”满成说：“不管是啥娃，只要是咱俩的娃，都好！”

经常吃过晌午饭，满成牵着秋莲的手在村里散步转悠。村里女人见了说：“哟，秋莲啊你是哪辈子修来的福哦，怀个娃满成把你当观音菩萨供着。”然后用手一戳男人的脑门子：“我怀娃那会子，我家这死鬼一根灯草也没帮我拿过！”

又有女人看着秋莲的肚子说："秋莲这肚子盖个碗都掉不下来，肯定是个男娃子！"

这个时候，满成就高昂着头，扬眉吐气。

秋莲说肚子大了，怕满成睡觉不老实踢着孩子，就让满成到另一个房间睡。

秋莲肚子越来越大，还有不到半个月就要生了。这天一大清早，秋莲对满成说想吃山上的野鸡蛋。山上的野鸡蛋可不好找，但是这时候就算是月亮上的玉兔，秋莲说想要满成就要爬上去捉。

满成在村外那座小山上拉网式地搜索野鸡窝，好容易找到了几个野鸡窝可惜窝里都没有蛋。满成望着空空的野鸡窝想到秋莲失望的眼神，就又鼓起勇气继续寻找。

一直到天黑透，满成才在一个山毛榉的树根边上找到一个野鸡窝，窝里有六个野鸡蛋。满成欣喜若狂地抓起野鸡蛋就往家跑。

跑到家看到家里黑灯瞎火，一打听才知道秋莲跟着村里的拖拉机上县城里了。"坏了！"满成一声喊，掉转头就往县城跑。

跑到县医院，满成在产科找了一大圈都没找到秋莲，问护士也摇头说不知道。满成急得直抓自己头发。

半夜时候，实在没辙的满成回到村子，打远就看见自家屋里亮着灯，满成一阵狂喜奔回家，看到秋莲躺在床上，身边有一个肉乎乎的小肉团。

"啊？秋莲，你咋都回家了？难怪县医院找不到你，吓死我了。"

"吓啥？我跟娃娃不都好好的吗？看看，这是我们的娃。"

满成有点颤抖地抱过粉红的小肉团，小肉团睡着了，睡梦里咂巴着嘴。满成的眼泪就落了下来。

秋莲的眼睛也湿润了。今天好险，要是表妹难产晚几个小时才生下孩子，等满成赶到县医院可就露馅儿了。

不过她还是很欣慰，她和男人满成的面子算是永远保住了，他们再也不会在村里人面前抬不起头了。

虽然枕头在肚子上绑了好几个月太难受，肚子都捂出了好多痱子，但都是值得的。

她想好了，过了这个“月子”她就去看看表妹，这死丫头，男朋友都不要她了还留下他的种干啥，早该打掉呀！不过也好，要是真打掉了，她秋莲上哪儿捡这么现成的便宜去啊！

纳兰泽芸，籍贯安徽池州，现居上海。鲁迅文学院第 33 届高研班学员。《读者》《青年文摘》等期刊签约作家，中高考热点作家。

编后记

收在这本集子里的，是第一届、第二届"'禧福祥杯'《小说选刊》最受读者欢迎小说奖"获奖作品的结集。

"作品是写给读者看的"，多年前一位著名作家说了这么一句简单直白但又耐人寻味的话。虽然每个写作者都有自己的美学趣味，有自己的写作风格，有自己的世界观、人生观、价值观，但是读者喜爱不喜爱、欢迎不欢迎，依然是衡量作品质量高下最简单也最有效的标准。《小说选刊》每期遴选的都是当代作家写作的优秀小说作品，这二十九篇小说能在两年间众多作品中脱颖而出，被评为"最受读者欢迎小说"，是难得的荣誉。

莫言先生获得诺贝尔文学奖之后，居高声自远，他的一举一动一言一行都成为文学界乃至新闻媒体关注的焦点，读者对于他的新作自然也充满期待。莫言深知其中玄奥，从容不迫，沉潜近五年，然后一年内在几家大刊发表了多篇题材各异的短篇小说，读者大呼过瘾。《表弟宁赛叶》便是其中的佳作。

与莫言同列第一届获奖作家榜单的，有获得鲁迅文学奖的吴克敬先生，还有年富力强、未来可期的实力作家艾伟、陈毅达、留待、王威廉等人。第二届获奖作家中，有出道多年、风头正健，跨界影视剧和小说创作的军旅作家陶纯；有以报告文学扬名文坛，试水小说出手不凡，能写善编的杨晓升先生；有诗歌界健将，跨文体写作小说水到渠成的姚辉先生；还有去年在匿名写作大赛中一举成名，新近被称为“铁西三剑客”之一的郑执先生。

特别值得一提的是，第一届获奖作者中，仅有庞羽一位女作家，她作为九零后小说家中的卓越代表，获得“禧福祥杯”可谓实至名归。第二届局面大变，有五位女作家蔡东、张鲁镭、董夏青青、赵依、周瑄璞作品名列榜单，不仅数量上占据了获奖作品的半壁江山，题材、风格之多样，主题之深刻，意蕴之丰富，相较男作家也不遑多让。而且五位女作家也正当创作的盛年，周瑄璞、张鲁镭是七零后，蔡东、董夏青青、赵依是八零后，青春正盛，前途不可限量。

微小说，又称小小说、短小说、微篇小说，篇幅短小，以往在小说家族中属于不起眼的角色。冯骥才先生的微小说集《俗世奇人》去年获得第七届鲁迅文学奖之后，微小说引起了广大读者、文学批评和研究界、文学期刊的重视。我们“‘禧福祥杯’《小说选刊》最受读者欢迎小说奖”将微小说与中篇小说、短篇小说一视同仁，两届一共评出了十篇获奖作品。微小说作者中，不乏在其他文体卓有成就的作家。现居深圳的徐东著有多本长篇小说、中短篇小说集、散文集，是文学大省广东的文坛中坚力量。安谅在微小说之外，也写作中短篇小说。申平、戴希是中国微小说界的元老，领军人物。李佳怡是文学杂志的负责人，纳兰泽芸是有广泛影响力的励志作家，两位年轻女作家偶尔涉足微小说，就显示了扎实的功底。

第二届“‘禧福祥杯’《小说选刊》最受读者欢迎小说奖”新人奖授予今年刚二十岁的蒙古族大学生渡澜。虽然是新人，但是渡澜今年在《收获》《青年作家》《青年文学》《草原》杂志发表了多篇作品，她甫一亮相便让读者、评论界有惊艳之感。江山代有才人出，长江后浪推前浪，正因为不断有新人涌现，文学才拥有源源不断的生命力。

期待获奖作家不断推出更多更好的作品。

祝愿禧福祥公司越来越红火，年年有喜，月月有福，日日吉祥。

顾建平

2019 年 12 月 15 日

图书在版编目（CIP）数据

新时代好小说 / 《小说选刊》杂志社编. -- 北京：作家出版社，2020.1

ISBN 978-7-5212-0816-0

Ⅰ. ①新… Ⅱ. ①小… Ⅲ. ①中篇小说 - 小说集 - 中国 - 当代 ②短篇小说 - 小说集 - 中国 - 当代 Ⅳ. ①I247.7

中国版本图书馆CIP数据核字（2019）第282962号

新时代好小说

编　　者：《小说选刊》杂志社
责任编辑：江小燕
装帧设计：崔　凯
出版发行：作家出版社有限公司
社　　址：北京农展馆南里10号　　**邮　　编**：100125
电话传真：86-10-65067186（发行中心及邮购部）
86-10-65004079（总编室）
E-mail:zuojia@zuojia.net.cn
http://www.zuojiachubanshe.com
印　　刷：玉田县嘉德印刷有限公司
成品尺寸：152×230
字　　数：530千
印　　张：36
版　　次：2020年1月第1版
印　　次：2020年1月第1次印刷
ISBN　978-7-5212-0816-0
定　　价：79.80元
